After the Night

1

Der Tag war wie zum Träumen geschaffen. Es war bereits später Nachmittag, und die Sonne warf lange Schatten, wo sie durch das dichte Unterholz hindurchscheinen konnte. Hauptsächlich jedoch verfing sich das schimmernde Sonnenlicht in den Baumkronen, wodurch der Wald in geheimnisvolles Dämmerlicht getaucht war. Die heiße, schwüle Sommerluft war von dem süßen Duft wilder Kirschen durchtränkt, dem eine Note des erdigen Geruchs faulender Blätter und der Duft frischen grünen Blattwerks beigemischt war. Seit jeher schon hatten Gerüche für Faith Devlin ihre eigenen Farben gehabt. Bereits als kleines Mädchen hatte sie sich gerne damit beschäftigt, die sie umgebenden Düfte in Gedanken zu kolorieren.

Die meisten Farben hingen dabei vom Aussehen einer Sache ab. Erde roch selbstverständlich braun, und der frische Geruch grünen Blattwerks korrespondierte mit der Farbe Grün. Pampelmusen dagegen dufteten grellgelb. Sie hatte zwar noch nie eine Pampelmuse gegessen, hatte in einem Laden aber einmal eine in der Hand gehalten und vorsichtig an der Schale gerochen. Der zugleich süße wie auch säuerliche Duft hatte ihre Geschmacksnerven überwältigt.

Gegenstände farblich zu bestimmen war einfach. Einen Menschen jedoch einer bestimmten Farbe zuzuordnen war schon viel schwieriger, denn Menschen waren niemals nur von einer Farbe, sondern bestanden aus einer Mischung mehrerer

Farbtöne. Farben hatten bei der Geruchsbestimmung von Gegenständen nicht dieselbe Bedeutung, wie dies bei Menschen der Fall war. Ihre Mutter, Renee, entsprach einem dunklen, würzigen Rotton, der mit ein paar schwarzen und gelben Tupfen gesprenkelt war. Das würzige Rot jedoch dominierte alle anderen Farben. Gelb war gut für Gegenstände, hatte jedoch nicht dieselbe positive Besetzung, wenn es auf Menschen zutraf. Mit Grün verhielt es sich genauso, jedenfalls bei den meisten seiner Schattierungen. Ihr Vater, Amos, war eine Übelkeit erregende Mischung aus Grün, Lila, Gelb und Schwarz. Das war einfach zu bestimmen gewesen, denn seit ihrer frühesten Kindheit hatte sie ihn mit Erbrochenem assoziiert. Trinken und sich übergeben, wieder trinken und sich wieder übergeben, das war alles, was Papa machte. Und pinkeln natürlich, und zwar reichlich.

Der schönste Geruch auf Erden, dachte Faith, während sie durch den Wald streifte und zum Sonnenlicht in den Baumwipfeln hinaufschaute, ist der Duft von Gray Rouillard. Faith lebte fast ausschließlich für die wenigen Blicke, die sie in der Stadt von ihm erhaschen konnte. Wenn sie nah genug an ihn herankam, um seine tiefe, dunkle Stimme zu hören, zitterte sie vor Freude. Heute war sie ihm sogar nah genug gekommen, um ihn zu *riechen*! Und er hatte sie endlich einmal berührt! Ihr war immer noch ganz schwindelig davon.

In Prescott hatte sie mit ihrer älteren Schwester Jodie eine Drogerie betreten, weil Jodie aus Renees Portemonnaie ein paar Dollar geklaut hatte und sich davon Nagellack kaufen wollte. Jodies Geruch war orange und gelb, ein blasser Abklatsch von Renees Duft. Sie waren aus der Drogerie gekommen, und Jodie hatte den kostbaren Nagellack in ihrem Büstenhalter versteckt, damit Renee ihn nicht entdeckte. Jodie trug bereits seit drei Jahren einen Büstenhalter, obwohl sie erst dreizehn Jahre alt war. Eine Tatsache, die Faith jedesmal ärgerte, wenn sie daran dachte. Denn Faith war schon elf und hatte immer noch keine Brüste. Vor kurzem hatten ihre kindlich kleinen Knospen zu sprießen begonnen, was ihr jedoch eher peinlich war. Unter ihrem lila LSU-T-Shirt war sie sich ihres entstehenden Busens nur zu bewußt. Als sie jedoch beim Verlassen der Drogerie fast mit Gray zusammengestoßen waren, hatte Faith vollkommen vergessen, wie dünn ihr T-Shirt war.

»Hübsches Hemd«, hatte Gray bemerkt, wobei seine dunklen Augen belustigt funkelten. Dann hatte er ihr auf die Schulter geklopft. Gray verbrachte in diesem Sommer die Collegeferien der Louisiana State University zu Hause. Er spielte in der LSU-Footballmannschaft, war neunzehn Jahre alt, bereits einen Meter neunzig groß und wuchs immer noch weiter. Er wog kompakte achtundachtzig Kilo, wie Faith im Sportteil ihres Lokalblattes gelesen hatte. Dort hatte sie auch erfahren, daß sein Laufstil bemerkenswert sei. Und ihr war bewußt, wie schön er war, nicht im niedlichen Sinn, sondern auf eine wilde, kraftvolle Weise, genau wie das preisgekrönte Rennpferd Maximilian seines Vaters. Seine französisch-kreolische Abstammung zeigte sich in dem dunklen Teint und der klaren, ausgeprägten Knochenstruktur seines Gesichts. Sein dichtes, schwarzes Haar hing ihm wie einem mittelalterlichen Krieger, der sich in die Neuzeit verirrt hatte, bis auf die Schultern herab. Faith las jeden Liebesroman über mittelalterliche Ritter, den sie in die Finger bekam, konnte also einen Ritter auch sofort erkennen, wenn ihr einer begegnete.

Ihre Schulter zitterte, wo Gray sie berührt hatte. Ihre schwellenden Knospen pochten. Sie errötete und senkte den Kopf. Ihr war ganz schwindelig von seinem Duft. Es war ein einerseits ausgeprägter, andererseits aber auch undefinierbarer Geruch, dem sie nichts zuordnen konnte. Er war warm und würzig, von einem noch tieferen Rot als der Renees, und voller verwirrender Farbnuancen.

Jodie streckte ihre runden Brüste hervor, die von einer ärmellosen Bluse in leuchtendem Pink bedeckt waren. Sie hatte die oberen beiden Knöpfe offengelassen. »Und was ist mit *meiner* Bluse?« fragte sie schmollend, wie sie es bei Renee unzählige Male beobachtet hatte.

»Falsche Farbe«, hatte Gray knapp und abfällig geantwortet. Den Grund für Grays Tonfall kannte Faith, denn ihre Mutter Renee schlief mit seinem Vater Guy. Sie kannte den Klatsch und das Gerede über Renee. Und sie wußte, was das Wort ›Hure‹ bedeutete.

Gray war dann an ihnen vorbei in die Drogerie gegangen. Jodie hatte ihm kurz nachgesehen und dann Faith gierig angeblickt und gefordert: »Gib mir dein Hemd.«

»Es ist dir viel zu klein«, hatte Faith geantwortet und war überglücklich gewesen, daß genau das tatsächlich zutraf. Gray hatte ihr Hemd gefallen, er hatte es sogar berührt, und sie würde es niemals hergeben.

Angesichts dieser Wahrheit hatte Jodie ihr einen mißmutigen Blick zugeworfen. Faith war klein und dünn, aber selbst ihre schmalen Schultern dehnten die Nähte des bereits zwei Jahre alten T-Shirts.

»Ich werde mir auch eins besorgen«, hatte Jodie angekündigt.

Das würde sie sicher tun, dachte Faith, während sie in die flimmernden Muster aufblickte, die die Sonne in dem Blattwerk hinterließ. Aber Jodie würde keines besitzen, das Gray berührt hatte. Faith hatte es gleich, nachdem sie nach Hause gekommen waren, ausgezogen und unter ihrer Matratze versteckt. Man würde es nur finden können, wenn man die Bettwäsche wechselte. Da dies aber niemand außer Faith tat, würde das T-Shirt sicher sein, und sie würde jede Nacht darauf schlafen können.

Gray. Die Heftigkeit ihrer Gefühle ängstigte sie, aber sie konnte sie nicht zähmen. Sie brauchte ihn nur zu sehen, und ihr

Herz fing so wild in ihrem schmalen Brustkorb zu klopfen an, daß ihr gleichzeitig heiß und kalt wurde. In der kleinen Stadt Prescott in Louisiana war Gray eine Art Halbgott. Man klatschte, daß er ungestüm und wild sei, aber das Geld der Rouillards ihm den Rücken decke. Bereits als kleiner Junge hatte er jenen dreisten Charme besessen, der weibliche Herzen höher schlagen läßt. Die Rouillards hatten das Ihre zur Versorgung Louisianas mit Herzensbrechern und Lebemännern beigetragen, und Gray hatte bereits früh gezeigt, daß er der wildeste von allen zu werden versprach. Aber er war ein Rouillard. Selbst wenn er vollkommen außer Rand und Band geriet, so tat er auch das noch mit einem gewissen Stil.

Und dennoch war er niemals unfreundlich gegenüber Faith gewesen, so wie andere Bewohner des Städtchens. Seine Schwester Monica hatte einmal vor ihnen ausgespuckt, als Jodie und Faith ihr auf dem Bürgersteig begegneten. Faith war froh, daß Monica mittlerweile auf einem Mädcheninternat in New Orleans war, selbst im Sommer die Zeit oft mit Freunden verbrachte und ihre Heimatstadt nur selten besuchte. Sie hatte monatelang getrauert, als Gray zum LSU-College fortgegangen war. Zwar lag Baton Rouge nicht sonderlich weit entfernt, aber während der Footballsaison hatte er wenig freie Zeit und kam nur über die Feiertage nach Hause. Wenn sie von seinem Besuch erfuhr, trödelte sie in der Stadt herum, um wenigstens einen Blick auf ihn zu erhaschen, wie er mit der aufregend kraftvollen Grazie einer Großkatze spazierenging.

Jetzt im Sommer verbrachte er viel Zeit am See, einer der Gründe für Faiths nachmittägliche Streifzüge durch die Wälder. Es war ein Privatsee und von über acht Millionen Quadratmetern Rouillardland umschlossen. Er hatte eine unregelmäßige, langgestreckte Form mit mehreren Biegungen. An manchen Stellen war er breit und ziemlich flach, aber an anderen schmal und tief. Östlich davon lag das große, weißgetünchte

Anwesen der Rouillards, westlich die ärmliche Behausung der Devlins, wobei keines der beiden Häuser direkt an das Ufer des Sees angrenzte. Dort stand einzig das Sommerhaus der Rouillards. Es war ein weißes, einstöckiges Gebäude mit zwei Schlafzimmern, einer Küche, einem Wohnzimmer und einer mit Jalousien verhängten Veranda, die rund um das Haus lief. Etwas weiter entfernt vom Sommerhaus lagen der Bootsschuppen und ein Anlegesteg sowie der aus Klinkern gemauerte Grill. Im Sommer trafen sich dort manchmal Gray und seine Freunde und verbrachten den Nachmittag mit Schwimmen und Rudern. An solchen Tagen hielt sich Faith am Waldrand auf und beobachtete sie alle nach Herzenslust.

Vielleicht ist er heute auch dort, dachte sie. Das süße Verlangen, das sie bei dem Gedanken an ihn immer verspürte, war fast schon schmerzhaft. Es wäre einfach zu schön, wenn sie ihn an ein und demselben Tag gleich zweimal sehen könnte.

Sie war barfuß und trug kurze Shorts, die ihre dünnen Beine den Dornen und den Schlangen ungeschützt preisgaben. Aber Faith kannte die Wälder und die dort lebenden scheuen Tiere. Vor Schlangen hatte sie keine Angst, und die Kratzer beachtete sie nicht. Ihr langes, dunkelrotes Haar fiel ihr oft in die Augen, also band sie es mit einem Gummiband zurück. Wie eine Elfe schwebte sie durch den Wald, ihre großen Augen blickten bei dem Gedanken an Gray vollkommen verträumt. Vielleicht würde er ja da sein. Vielleicht würde er sie eines Tages im Wald oder hinter einem Baum versteckt entdecken. Vielleicht würde er ihr dann zuwinken und rufen: »Komm doch herüber und mach mit.« Sie verlor sich in dem wunderbaren Tagtraum, wie sie Teil dieser lachenden, wilden, sonnengebräunten Teenager sein würde, wie sie eines von jenen kurvenreichen Mädchen im knappen Bikini wäre.

Noch bevor sie den Rand der Lichtung erreicht hatte, auf der das Sommerhaus stand, konnte sie bereits den silbrigen Glanz von Grays davor geparkter Corvette erkennen. Ihr Herz begann in der ihr wohlbekannten Weise wie wild zu schlagen. Er war da! Sie glitt vorsichtig hinter einen dicken Baumstamm. Es waren überhaupt keine Geräusche zu hören. Kein Planschen, kein vergnügtes Schreien oder Gelächter.

Vielleicht angelte er vom Steg aus oder war mit dem Boot hinausgefahren. Faith trat einen Schritt näher, um den Bootssteg ganz überblicken zu können. Es war jedoch niemand zu sehen. Er war nicht da. Enttäuschung stieg in ihr auf. Wenn er mit dem Boot ausgefahren war, dann war seine Rückkehr vollkommen unbestimmt, und sie konnte nicht lange hier auf ihn warten. Sie hatte sich diese Zeit ohnehin abgeknapst, denn sie mußte schon bald zurück sein und das Abendessen kochen. Und sie mußte sich um Scottie kümmern.

Gerade wollte sie sich zum Gehen umwenden, als sie einen erstickten Laut hörte. Lauschend versuchte sie das Geräusch zu orten. Sie trat aus dem Wald heraus und ging ein paar Schritte auf der Lichtung in Richtung Haus. Jetzt vernahm sie Stimmengemurmel, aber es war zu leise und undeutlich. Sie konnte es nicht verstehen. Ein Glücksgefühl durchströmte sie: er war doch da. Aber er war im Haus. Es würde schwierig sein, vom Wald aus einen Blick auf ihn zu erhaschen. Wenn sie sich jedoch noch weiter heranwagte, dann würde sie ihn hören können. Das würde ihr reichen.

Faith konnte sehr leise sein. Ihre nackten Füße machten nicht das geringste Geräusch, als sie auf das Haus zuschlich, es aber gleichzeitig vermied, vom Fenster aus gesehen zu werden. Das Gemurmel schien vom hinteren Teil des Hauses zu kommen, wo sich die Schlafzimmer befanden.

Sie hatte die Veranda erreicht und sich auf die unterste Stufe gesetzt. Sie neigte den Kopf zur Seite, um das Gespräch zu verfolgen, aber es blieb undeutlich. Sie erkannte jedoch Grays Stimme, die tiefen Töne waren klar zuzuordnen, jedenfalls für

Faith. Dann hörte sie eine Art Keuchen, eine viel höhere Stimme, der ein Stöhnen entfuhr.

Von Neugier und von Grays Baß unwiderstehlich angezogen, stand Faith auf und drehte sehr vorsichtig den Türgriff herum. Die Fliegengittertür war nicht verschlossen. Sie öffnete sie gerade weit genug, daß eine Katze hätte durchschlüpfen können, dann zwängte sie ihren schmalen, federleichten Körper hindurch und schloß sie geräuschlos hinter sich. Auf Händen und Knien kroch sie über die Veranda auf das geöffnete Fenster eines der Schlafzimmer zu, aus dem die Stimmen zu kommen schienen. Wieder ertönte ein Stöhnen. »Gray«, sagte die andere Stimme. Es war eine bebende und halberstickte Mädchenstimme. »Schhh, schhh«, murmelte Gray so leise, daß Faith es kaum hören konnte. Er sagte noch andere Dinge, die Faith aber nicht verstand. Sie rauschten an ihrem Ohr vorbei, ohne daß sie sich aus ihnen hätte einen Reim machen können. Dann sagte er: »Ma chère«. Jetzt schaltete Faith. Er sprach französisch. Sowie sie das erkannt hatte, wurden ihr auch die Worte verständlich, als ob es zunächst des Verständnisses der Töne gebraucht hätte, um den passenden Rhythmus in ihrem Gehirn zu finden. Obwohl die Devlins weder Kreolen noch Cajun waren, verstand Faith das meiste von dem, was er sagte. Die Mehrzahl der Leute hier sprach oder verstand französisch, allerdings unterschiedlich gut.

Es hörte sich irgendwie so an, als ob er einen ängstlichen Hund locken wollte, dachte Faith. Seine Stimme wirkte warm und verführerisch, seine Sätze waren voller Beschwichtigungen und Koseworte. Als das Mädchen wieder etwas sagte, klang ihre Stimme zwar immer noch angespannt, aber sie hatte jetzt einen fast berauschten Unterton.

Neugierig und vorsichtig schob Faith sich ein Stück weiter, so daß sie mit einem Auge durch das geöffnete Fenster blicken konnte. Was sie sah, ließ sie auf der Stelle erstarren.

Gray und das Mädchen lagen nackt auf dem Bett, das mit dem Kopfende gegen die gegenüberliegende Wand gestellt war. Glücklicherweise konnte keiner der beiden sie sehen, denn Faith hätte sich keinen Millimeter rühren können, selbst wenn sie ihr direkt in die Augen geschaut hätten.

Gray lag mit dem Rücken ihr zugewandt, während sein linker Arm unter dem zerzausten blonden Haar des Mädchens versteckt war. Er lehnte sich auf eine Art und Weise über sie, die Faith den Atem stocken ließ. Denn in seiner Art lag sowohl etwas Beschützendes als auch etwas Ungestümes. Er küßte sie. Es waren lange Küsse, die das Zimmer bis auf das tiefe Stöhnen in Schweigen tauchten. Sein rechter Arm – es sah so aus, als ob – ja genau! Er veränderte seine Position, und Faith konnte erkennen, daß seine rechte Hand zwischen den nackten Schenkeln des Mädchens lag, genau auf ihrem Geschlecht.

Faith schwindelte. Ihr Brustkorb schmerzte, weil sie so lange die Luft angehalten hatte. Vorsichtig atmete sie aus und lehnte ihre Wange gegen das weiße Holz. Sie wußte, was die beiden machten. Sie war jetzt elf, und sie war kein kleines Mädchen mehr, wenn sie auch noch keinen richtigen Busen hatte. Vor ein paar Jahren hatte sie Renee und ihren Vater im Schlafzimmer gestört. Ihr ältester Bruder Russ hatte ihr lüstern und sehr anschaulich erklärt, was dort vor sich ging. Hunde hatte sie auch schon dabei beobachtet. Katzen ebenfalls, die dabei schrien.

Das Mädchen stöhnte auf. Faith schaute wieder ins Zimmer. Gray lag jetzt auf ihr und murmelte immer noch französische Worte, lockend und tröstend. Er sagte ihr, wie hübsch sie sei, wie sehr es ihn nach ihr verlange, wie aufregend und wunderbar sie sei. Während er auf sie einredete, veränderte er seine Stellung. Auf den linken Arm gestützt, griff er mit der rechten Hand zwischen ihre Körper. Wegen des Blickwinkels konnte Faith nicht sehen, was er machte, aber sie wußte es ohnehin.

Plötzlich erkannte sie das Mädchen. Es war Lindsey Partain, deren Vater als Rechtsanwalt in Prescott arbeitete.

»Gray!« stöhnte Lindsey mit halb erstickter Stimme. »O Gott! Ich kann nicht . . .«

Grays muskulöse Hüften spannten sich an. Das Mädchen bäumte sich stöhnend unter ihm auf. Aber sie klammerte sich an ihn, und ihr Schrei war voller Lust. Sie hob ihre langen Beine und legte eines um seine Hüfte, das andere verschränkte sie um sein Bein.

Langsam begann er seinen jungen, kraftvollen Körper zu bewegen. Der Anblick war einerseits aufwühlend und verstörend, aber gleichzeitig von einer verwirrenden Schönheit. Gray war so groß und stark, sein sonnengebräunter Körper elegant und äußerst männlich, während Lindsey, schlank und kurvenreich und sehr weiblich, in seinen Armen lag. Er ging behutsam mit ihr um, und sie schien es sehr zu genießen. Ihre schmalen Hände krallten sich in seinen Rücken, sie hatte den Kopf zurückgeworfen, während sich ihre Hüften in seinem langsamen Rhythmus hoben und senkten.

Faith betrachtete sie mit brennenden Augen. Sie empfand keinerlei Eifersucht. Gray war soviel älter als sie, und sie war noch so jung, daß sie ihn niemals mit besitzergreifenden, romantischen Blicken betrachtet hatte. Gray war der leuchtende Mittelpunkt ihrer Welt, den sie von weitem anhimmelte und dessen gelegentliches Auftauchen sie schwindelig machte. Als er sie heute angesprochen und sogar berührt hatte, war es der Himmel auf Erden für sie gewesen. Sie wäre gar nicht imstande gewesen, sich an Lindseys Stelle zu denken oder sich vorzustellen, wie es sich wohl anfühlen mochte, so nackt in seinen Armen zu liegen.

Grays Bewegungen wurden schneller. Das Mädchen streckte sich ihm stöhnend entgegen. Sie hatte die Zähne aufeinandergebissen, als ob ihr etwas weh täte. Aber rein gefühlsmäßig wußte Faith, daß das nicht der Fall war. Grays Stöße waren jetzt sehr heftig. Er hatte seinen Kopf in den Nacken geworfen. Sein langes, schwarzes Haar klebte an seinen Schläfen und an seinen schweißgebadeten Schultern. Er bäumte sich auf und erbebte, dann drang ein tiefes Stöhnen aus seiner Kehle.

Faiths Herz schlug wie wild, und ihre grünen Katzenaugen waren weit aufgerissen, als sie sich von dem Fenster wegduckte, durch die Tür hindurchschlüpfte und die Terrasse so leise verließ, wie sie sie betreten hatte. So also war *es*. Sie hatte tatsächlich Gray dabei beobachtet, wie er *es* getan hatte. Nackt war er sogar noch attraktiver, als sie es sich ausgemalt hatte. Und er hatte nicht diese widerlichen, schnaubenden Geräusche gemacht, so wie Papa es tat, wenn er nüchtern genug war, um Renee ins Schlafzimmer zu locken. Während der letzten paar Jahre war das nicht gerade häufig vorgekommen.

Wenn Grays Vater Guy genauso schön dabei anzusehen war wie Gray, dann konnte sie es Renee nicht verübeln, daß sie ihn Papa vorgezogen hatte.

Sie erreichte die schützende Waldgrenze und schlüpfte leise durch das Unterholz. Es war schon spät. Vermutlich würde sie zu Hause eine Tracht Prügel von Papa bekommen, weil sie nicht dagewesen, wie üblich das Abendbrot vorbereitet und sich um Scottie gekümmert hatte. Aber das war ihr die Sache wert gewesen. Sie hatte Gray gesehen.

Erschöpft, glücklich und noch immer schwer atmend und bebend von dem ausklingenden Orgasmus hob Gray seinen Kopf von Lindseys Hals. Auch sie atmete mit geschlossenen Augen noch immer schwer. Er hatte den größten Teil des Nachmittags damit zugebracht, sie zu verführen, und es hatte sich gelohnt. Das langsame und ausgedehnte Vorspiel hatte den eigentlichen Sex dann besser als erwartet ausfallen lassen.

Ein kleiner Farbfleck, eine winzige Bewegung am Rand seines Blickfeldes ließ ihn aufmerken. Er wandte den Kopf in

Richtung des Fensters, durch das er die Veranda und den Waldrand sehen konnte. Er erspähte lediglich eine kleine, schmale Gestalt mit dunkelrotem Haar. Aber das genügte ihm, um die jüngste der Devlintöchter wiederzuerkennen.

Was streifte das Mädchen so weit entfernt von ihrem Zuhause durch die Wälder? Gray ließ sich Lindsey gegenüber nichts anmerken. Der Gedanke, daß sie zusammen beobachtet worden waren, hätte sie sehr beunruhigt, auch wenn es nur eine von den verarmten Devlins war. Lindsey war mit Dewayne Mouton verlobt. Es würde ihr überhaupt nicht in den Kram passen, wenn ihr jemand ihre Hochzeit vermasselte, selbst wenn ihr eigener Seitensprung die Ursache dafür wäre. Die Moutons waren nicht so reich wie die Rouillards – in diesem Teil von Louisiana war das niemand –, aber Lindsey wußte, daß sie Dewayne in einer Weise in Schach halten konnte, wie es ihr mit Gray niemals gelingen würde. Gray wäre zwar der dickere Fisch gewesen, aber zu einem pflegeleichten Ehemann taugte er nicht. Außerdem war Lindsey klarsichtig genug, um zu erkennen, daß sie bei ihm ohnehin keinerlei Chancen hatte.

»Was ist?« murmelte sie und streichelte seine Schulter.

»Nichts.« Er wandte ihr den Kopf zu und küßte sie. Dann entwand er sich ihrem Körper und setzte sich auf die Bettkante. »Mir ist nur gerade aufgefallen, wie spät es schon ist.«

Lindsey blickte aus dem Fenster auf die länger werdenden Schatten und fuhr mit einem Aufschrei hoch. »Himmel, ich muß heute zum Abendessen zu den Moutons! Nie und nimmer werde ich pünktlich sein!« Sie hastete aus dem Bett und sammelte ihre herumliegenden Kleidungsstücke ein.

Gray zog sich an, dachte derweil aber immer noch an das Devlinmädchen. Hatte sie sie gesehen? Wenn ja, würde sie etwas verraten? Sie war ein merkwürdiges Kind, viel schüchterner als ihre ältere Schwester, die jetzt schon alle Anstalten machte, zu einer ebensolchen Schlampe wie ihre Mutter zu werden. Die Jüngere aber hatte weise, wissende Augen in dem zarten Kindergesicht. Ihre Augen erinnerten ihn an Katzenaugen: blaugrün mit goldenen Punkten, so daß sie manchmal grün und manchmal gelblich aussahen. Er hatte den Eindruck, daß ihr nur wenig entging. Sie wußte, daß ihre Mutter die Gespielin seines Vaters war, daß die Devlins mietfrei in dieser Baracke wohnten, so daß Renee immer dann verfügbar war, wenn Guy Rouillard der Sinn nach ihr stand. Das Mädchen würde es nicht riskieren, sich mit den Rouillards anzulegen.

Armes, kleines, dünnes Mädchen mit dem entrückten Blick. Sie war arm geboren und würde niemals die Chance haben, sich davon frei zu machen, selbst wenn sie es wollte. Amos Devlin war ein gemeiner Säufer. Die beiden älteren Jungen, Russ und Nicky, waren diebisch und verlogen, genauso gemein wie ihr Vater. Sie zeigten bereits Anzeichen dafür, daß sie sich zu Trinkern entwickeln würden. Ihre Mutter Renee war dem Alkohol auch nicht abgeneigt, aber sie hatte sich nicht wie Amos der Sucht hingegeben. Obwohl sie fünf Kinder geboren hatte, war sie sinnlich und schön. Lediglich ihre jüngste Tochter hatte ihr dunkelrotes Haar geerbt, ebenso ihre grünen Augen und die milchigweiße, zarte Haut. Renee war zwar nicht gemein wie Amos, aber den Kindern war sie dennoch keine gute Mutter. Was Renee einzig und allein wirklich interessierte, war Sex. Man mokierte sich, daß sie sich jedem Mann hingab, der willens war, sich auf sie zu legen. Der Sex umgab sie wie eine Aura. Trunkener, besessener Sex. Sie zog die Männer an wie eine läufige Hündin die Rüden.

Jodie, die älteste Tochter, war die reinste Kinderhure. Schon jetzt hielt sie Ausschau nach jedem steifen Schwanz, den sie bekommen konnte. Sie war in dieser Hinsicht genauso entschlossen wie Renee. Gray bezweifelte, daß sie noch Jungfrau war, obwohl sie gerade erst die Oberschule besuchte. Sie hatte sich ihm wiederholt angeboten, was ihn aber nicht im mindesten in Versuchung brachte. Lieber würde er mit einer Schlange schlafen als mit Jodie Devlin.

Der jüngste der Devlinbrüder war zurückgeblieben. Gray hatte ihn, jedesmal an den Rockschoß des jüngsten Mädchens geklammert, nur ein- oder zweimal gesehen – wie hieß sie denn noch, verdammt? Irgendein Gedanke, der ihm eben durch den Kopf geschossen war, hatte ihn daran erinnert. War es Fay gewesen? Nein, doch nicht, aber ähnlich – Faith. Genau, das war ihr Name. Glaube, Hoffnung. Ein merkwürdiger Name für eine Devlin, denn weder Amos noch Renee waren auch nur im geringsten gläubig.

Bei einer solchen Familie konnte man das Mädchen natürlich abschreiben. In ein paar Jahren würde sie in die Fußstapfen ihrer Mutter und ihrer Schwester treten, weil sie sich einer Alternative gar nicht bewußt war. Und selbst wenn sie eine solche erahnte, dann würden doch alle Jungen um sie herumschleichen, weil ihr Name nun mal Devlin war. Lange würde sie dem nicht standhalten können.

Es war stadtbekannt, daß sein Vater bereits seit Jahren mit Renee schlief. So sehr Gray seine Mutter auch liebte, so wenig konnte er es Guy verdenken, daß er sich woanders umgesehen hatte. Der Himmel wußte, daß seine Mutter ihm deshalb jedenfalls keine Vorwürfe machte. Noelle war die am wenigsten sinnliche Frau, der Gray jemals begegnet war. Mit neununddreißig Jahren war sie noch immer so kühl und lieblich wie eine Madonna. Immer wirkte sie beherrscht und hielt Distanz zu ihrer Umwelt. Berührungen mochte sie nicht, noch nicht einmal von den eigenen Kindern. Es war ein Wunder, daß sie überhaupt Kinder bekommen hatte. Guy war ihr natürlich – zu Noelles großer Erleichterung – niemals treu gewesen. Guy Rouillard war heißblütig und lustbetont. Er hatte sich schon in so manchem Bett herumgetrieben, bis er es bei Renee Devlin, mehr oder weniger jedenfalls, bewenden ließ. Dennoch hatte sich Guy Noelle gegenüber immer zärtlich, zuvorkommend und beschützend verhalten. Gray wußte, daß er sie niemals verlassen würde, schon gar nicht für so eine billige Schlampe, wie Renee es war.

Seine Schwester Monica schien sich als einzige an dem Verhältnis zu stören. Von ihrer Mutter emotional ausgehungert, vergötterte Monica ihren Vater und war sehr eifersüchtig auf Renee. Auf diese Weise glaubte sie einerseits ihre Mutter zu verteidigen, andererseits war sie auf die viele Zeit eifersüchtig, die Guy mit Renee verbrachte. Seit Monica sich im Internat mit anderen angefreundet hatte, war es im Haus ruhiger geworden.

»Gray, beeil dich«, bettelte Lindsey hektisch.

Er schlüpfte durch die Hemdsärmel, knöpfte das Hemd jedoch nicht zu, sondern ließ es offen herabhängen. »Ich bin soweit.« Er küßte sie und klopfte ihr auf den Hintern. »Mach dir keine Sorgen, Chérie. Du mußt dich nur noch umziehen. Alles andere an dir sieht ohnehin schon wunderbar aus.«

Sie freute sich über das Kompliment und beruhigte sich etwas. »Wann machen wir das noch einmal?« fragte sie, als sie aus dem Haus traten.

Gray lachte laut auf. Er hatte den Großteil des Sommers damit verbracht, sie herumzukriegen, und jetzt war sie es, die keine Zeit mehr verschwenden wollte. Paradoxerweise war ein großer Teil seiner rücksichtslosen Zielstrebigkeit jetzt, wo er sie besessen hatte, von ihm abgefallen. »Ich weiß nicht«, sagte er langsam. »Ich muß mich schon bald wegen der Footballsaison wieder im College melden.«

Zu ihren Gunsten mußte man sagen, daß sie nicht die Miene verzog. Statt dessen warf sie den Kopf zurück, so daß der Wind ihr in die Haare fuhr, als die Corvette die Privatstraße hinauf zur Schnellstraße rollte. Sie lächelte ihn an. »Ich bin jederzeit dafür zu haben.« Sie war ein Jahr älter als er und besaß ein unerschütterliches Selbstbewußtsein.

Die Corvette schwenkte in die Schnellstraße ein, die Reifen faßten auf dem festen Teer Fuß. Lindsey bewunderte, wie Gray das schnelle Auto zu führen verstand. »In fünf Minuten bist du zu Hause«, versprach er. Auch er wollte nicht, daß ihrer Verlobung mit Dewayne irgend etwas im Wege stand.

Er dachte an die dünne kleine Faith Devlin und fragte sich, ob sie sicher nach Hause zurückgekehrt war. Sie sollte nicht allein in den Wäldern herumstreunen. Sie könnte sich verletzen oder sich verirren. Schlimmer noch, diese Wälder zogen die Schuljungen magisch an, obwohl sie in Privatbesitz waren. Und Gray machte sich keine Illusionen über das Verhalten von Schuljungen, wenn sie im Rudel auftraten. Wenn sie Faith begegneten, dann würden sie vermutlich gar nicht daran denken, wie jung sie noch war. Sie würden lediglich daran denken, daß es sich um eine Devlin handelte. Und das kleine Rotkäppchen hätte nicht die geringste Chance gegen die Wölfe.

Jemand mußte ein wachsames Auge auf dieses Kind haben.

2

Drei Jahre später

»Faith«, sagte Renee angespannt. »Tu was, daß Scottie damit aufhört. Er macht mich noch wahnsinnig.« Faith stellte die Kartoffeln, die sie gerade schälte, beiseite, und ging zu der Drahttür, an der Scottie schnaufend kratzte und auf diese Weise kundtat, daß er in den Garten wollte. Ohne Begleitung aber durfte er nicht nach draußen. Die Worte »bleib aber schön im Garten« konnte er nicht begreifen, sondern streifte umher und verirrte sich. Am oberen Ende der Tür befand sich ein für ihn nicht erreichbarer Riegel, der immer verschlossen war, damit er sich nicht hinausstehlen konnte. Faith war gerade mit der Vorbereitung des Abendessens beschäftigt, obwohl vermutlich nur sie und Scottie zu Hause sein würden. Sie konnte jetzt mit ihm nicht raus.

Sie zog seine Hände von der Tür weg und fragte: »Willst du ein bißchen Ball spielen, Scottie? Wo ist er denn, dein Ball?«

Leicht abzulenken, trabte das Kind los, um seinen roten, abgegriffenen Ball zu suchen. Daß ihn das nicht sehr lange beschäftigen würde, war Faith nur zu klar. Seufzend machte sie sich wieder an die Kartoffeln.

Renee trat aus ihrem Schlafzimmer. Faith sah sofort, daß sie sich heute besonders schick gemacht hatte. Sie trug ein kurzes, rotes Kleid, das ihre langen, schönen Beine zeigte und sich merkwürdigerweise farblich nicht mit ihren roten Haaren biß. Renee hatte wunderschöne Beine. Eigentlich war alles an ihr schön, und sie war sich dessen auch sehr bewußt. Ihr volles rotes Haar hatte sie aufgebauscht, und das würzige Parfüm haftete an ihr wie ein starker, roter Duft. »Nun, wie sehe ich aus?« fragte sie, drehte sich einmal um sich selbst und befestigte ihre billigen Bergkristallohrringe an ihren Ohrläppchen.

»Wunderbar«, antwortete Faith, die genau wußte, was Renee hören wollte. Außerdem entsprach es ganz einfach der Wahrheit. Renee war durch und durch unmoralisch, aber sie war auch aufsehenerregend schön mit ihrem perfekt geschnittenen, ein wenig exotischen Gesicht.

»Also dann, ich gehe jetzt.« Sie beugte sich vor und plazierte einen flüchtigen Kuß auf Faiths Kopf.

»Amüsier dich gut, Mama.«

»Darauf kannst du jede Wette eingehen«, erwiderte Renee lachend. »Und ob ich das tun werde.« Sie schob den Riegel zurück und verließ mit schimmernden Beinen die schäbige Baracke.

Faith lehnte sich an die Drahttür und beobachtete, wie Renee in ihr schickes kleines Cabrio stieg und losfuhr. Ihre Mutter liebte dieses Auto. Eines schönen Tages war sie damit angefahren gekommen, ohne daß sie jemandem erklärt hätte, wie sie in seinen Besitz gekommen war. Nicht daß es diesbezüglich große Zweifel gegeben hätte. Guy Rouillard hatte es ihr gekauft.

Scottie bemerkte Faith an der Tür und schnaubte wieder, zum Zeichen, daß er hinauswollte. »Ich kann nicht mit dir rausgehen«, erklärte ihm Faith mit unendlicher Geduld, obwohl der Junge wohl kaum etwas von dem Gesagten verstand. »Ich muß das Abendessen kochen. Möchtest du lieber Bratkartoffeln oder Kartoffelbrei?« Das war natürlich eine rein rhetorische Frage, denn es fiel Scottie wesentlich leichter, Kartoffelbrei zu essen. Sie strich ihm über sein dunkles Haar und wandte sich wieder dem Tisch und der Kartoffelschüssel zu.

In letzter Zeit war Scottie nicht so quirlig wie gewohnt gewesen. Seine Lippen liefen beim Spielen oft bläulich an. Sein Herz wurde schwächer, ganz wie die Ärzte es vorhergesagt hatten. Für Scottie würde es das Wunder der Herztransplantation nicht geben, selbst wenn es sich die Devlins hätten leisten können. Die wenigen verfügbaren Kinderherzen waren zu wertvoll, als daß man eines davon einem kleinen Jungen gegeben hätte, der sich niemals würde allein anziehen können, niemals würde lesen oder zeit seines Lebens mehr als ein paar unverständliche Worte würde gurgeln können. Er wurde als ›stark zurückgeblieben‹ eingestuft. Obwohl Faith bei dem Gedanken an Scotties Tod einen Kloß in ihrer Kehle spürte, empfand sie keinerlei Bitterkeit über die Tatsache, daß man gegen Scotties Gesundheitsverfall nichts unternehmen konnte. Ein neues Herz würde Scottie nicht helfen können, jedenfalls in keiner sinnvollen Weise. Die Ärzte hatten ohnehin nicht erwartet, daß er so lange am Leben bliebe. Sie jedenfalls würde, welches Alter er auch immer erreichen sollte, auf ihn aufpassen.

Zeitweilig hatte sie geglaubt, daß er Guy Rouillards Sohn

sei. Dann wurde sie wütend darüber, daß man ihn nicht in das große weiße Haus brachte, wo er die beste Versorgung genießen würde und seine letzten Jahre glücklich verleben könnte. Sie glaubte, daß es Guy wegen Scotties geistiger Behinderung nur zu recht war, ihn nicht in seiner näheren Umgebung zu wissen.

Die Wahrheit aber war, daß Scottie genausogut Papas Sohn sein konnte. Scottie sah weder dem einen noch dem anderen Mann ähnlich, er sah eben aus, wie nur Scottie aussah. Er war jetzt sechs Jahre alt und ein friedfertiger kleiner Junge, der sich mit den kleinsten Dingen zufriedengab. Seine Selbstsicherheit aber war ganz und gar abhängig von seiner vierzehnjährigen Schwester. Faith hatte sich seit dem Tag, an dem Renee ihn aus dem Krankenhaus mit nach Hause gebracht hatte, um ihn gekümmert. Sie hatte ihn vor Papas trunkenen Wutanfällen beschützt und Russ und Nicky davon abgehalten, ihn unbarmherzig zu hänseln. Renee und Jodie beachteten ihn gewöhnlich einfach gar nicht, was Scottie seinerseits nichts auszumachen schien.

An diesem Abend hatte Jodie Faith vorgeschlagen, mit ihr zu einer Doppelverabredung zu kommen und lediglich mit den Schultern gezuckt, als ihre jüngere Schwester mit der Begründung ablehnte, sie müsse Scottie hüten. Faith wäre ohnehin nicht mit Jodie ausgegangen, dazu klafften ihre Vorstellungen von Vergnügen einfach zu weit auseinander. Jodie fand es toll, sich mit ihren sechzehn Jahren illegalerweise Alkohol zu besorgen, sich dann zu betrinken und mit einem oder gleich mit mehreren Jungen in ihrer Begleitung zu schlafen.

Alles in Faith widersetzte sich dieser Vorstellung. Sie hatte erlebt, wie Jodie nach Bier und nach Sex stinkend nach Hause gekommen war, die Kleidung zerrissen und beschmutzt, während sie sich hatte totlachen wollen darüber, wieviel ›Spaß‹ ihr der Abend doch gemacht habe. Es schien ihr überhaupt nichts auszumachen, daß dieselben Jungen in der Öffentlichkeit jeglichen Kontakt mit ihr ausdrücklich mieden.

Faith aber machte es jede Menge aus. Die abschätzigen Blikke der Leute, wenn sie ihr oder einem ihrer Familienmitglieder begegneten, waren ihr irrsinnig peinlich. Die verwahrlosten Devlins, so nannte man sie. Trunkenbolde und Huren, alle miteinander.

Aber ich bin doch gar nicht so! Dieser stumme Schrei wollte sich manchmal einen Weg nach außen bahnen, aber Faith unterdrückte ihn immer. Warum nur konnten die Leute nicht über den Namen hinaussehen? Sie malte sich nicht das Gesicht an, noch trug sie zu kurze und zu enge Sachen wie Renee und Jodie. Weder trank sie, noch hielt sie sich in zwielichtigen Lokalen auf, um irgendeinen Kerl aufzureißen. Ihre Kleidung war billig und schlecht gemacht, aber sie hielt sie sauber. Sie verpaßte keinen einzigen Schultag, wenn es sich irgendwie vermeiden ließ. Außerdem hatte sie gute Zensuren und sehnte sich nach Anerkennung. Sie wollte einen Laden betreten können, in dem das Verkaufspersonal sie nicht mit Argusaugen verfolgte, weil sie eine von diesen verwahrlosten Devlins war, von denen ja jeder wußte, daß sie stahlen wie die Raben. Sie wollte einfach nicht, daß Menschen bei ihrem Anblick hinter ihrem Rücken tuschelten.

Ihre Ähnlichkeit mit Renee, viel betonter als die zwischen Jodie und ihrer Mutter, war dabei wenig hilfreich. Faith hatte das gleiche dichte, dunkelrot lodernde Haar, den gleichen porzellanweißen Teint, die gleichen hohen Wangenknochen und exotischen grünen Augen. Ihr Gesicht hatte nicht dieselbe perfekte Ausgewogenheit wie das von Renee, es war schmaler und ihr Kinn etwas betonter, und ihr Mund war zwar breit, aber nicht so sinnlich. Renee hatte eine weibliche Figur, wogegen Faith sowohl größer als auch schlanker war. Ihr Körperbau war viel zarter. Ihr Busen hatte endlich zu wachsen begonnen, fest und vorwitzig. Jodie aber hatte in ihrem Alter bereits einen Büstenhalter getragen, der zwei Nummern größer war.

Weil sie Renee äußerlich so ähnlich war, schienen die Leute auch das gleiche Benehmen von ihr zu erwarten. Sie machten sich nicht die Mühe, ihre eigenen Vorurteile zu hinterfragen. Faith war eben wie der Rest der Familie: mitgefangen, mitgehangen.

»Aber eines Tages werde ich hier ausbrechen, Scottie«, sagte sie leise. »Da kannst du sicher sein.«

Scottie reagierte nicht, sondern hämmerte weiter gegen die Drahttür.

Wie immer, wenn sie sich selbst aufheitern wollte, dachte sie an Gray. Ihre heftigen Gefühle waren in den drei Jahren, seit sie ihn mit Lindsey Partain hatte schlafen sehen, nicht abgeflaut. Im Gegenteil, sie erschienen ihr jetzt noch intensiver. Die vollkommene Hingabe, mit der sie ihn als Elfjährige beobachtet hatte, hatte sich einerseits gesteigert, andererseits aber auch verändert. Heute mischten sich körperliche Sehnsüchte mit romantischen Vorstellungen, die bei ihrer Erziehung weit ausführlicherer Natur waren, als man es von einem vierzehnjährigen Mädchen erwartet hätte.

Ihre Träume waren aber nicht nur von ihrer eigenen Umgebung beeinflußt. Jener Tag, als sie Gray und Lindsey Partain – mittlerweile Lindsey Mouton – im Sommerhaus beobachtet hatte, hatte ihr viel von Grays Körper gezeigt. Sein Geschlechtsteil war vor ihrem Blick verborgen gewesen, weil er ihr den Rücken zugewandt hatte – was nicht so schlimm war, denn sie wußte, wie so etwas aussah. Nicht nur hatte sie Scottie sein ganzes Leben lang umsorgt, auch Papa und Russ und Nicky zogen das Ding, wenn sie betrunken waren, einfach aus der Hose und pinkelten lieber direkt vor die Tür, als die Toilette aufzusuchen.

Aber Faith kannte Grays Körper gut genug, daß sie davon

träumen konnte. Sie wußte, daß er kräftige, schwarzbehaarte Beine hatte, daß sein Hintern klein und rund und fest war und daß direkt darüber zwei bezaubernde Grübchen lagen. Sie wußte, daß er kräftige, breite Schultern und einen langen Rükken besaß und sein Rückgrat tief zwischen den ausgeprägten Muskeln eingegraben lag. Auf seiner breiten Brust hatte sie einen schwarzen Haarflaum bemerkt.

Sie wußte, daß er, wenn er liebte, es auf französisch und mit tiefer, lockender, zärtlicher Stimme tat.

Seine Fortschritte an der LSU hatte sie mit heimlicher Freude verfolgt. Er hatte in zwei Fächern, nämlich Volks- und Betriebswirtschaft, mit einem Diplom abgeschlossen, weil er sich auf die irgendwann anstehende Übernahme der Rouillardgeschäfte vorbereitete. So gut er auch als Footballer gewesen war, eine Karriere als Profi hatte er nicht angestrebt. Statt dessen war er zurückgekehrt, um Guy zur Seite zu stehen. Jetzt würde sie das ganze Jahr über Blicke von ihm erhaschen können, nicht nur während der Sommerferien und an Feiertagen.

Leider war auch Monica wieder nach Hause zurückgekehrt. Wie gewohnt, zeigte sie hemmungslos ihre tiefe Abscheu. Andere legten lediglich eine Art von Verachtung an den Tag, aber Monica *haßte* buchstäblich alle, die auf den Namen Devlin hörten. Das konnte ihr Faith nicht verübeln, manchmal brachte sie ihr sogar Verständnis entgegen. Keiner konnte behaupten, daß Guy Rouillard ein schlechter Vater war. Er liebte seine beiden Kinder, und sie liebten ihn. Was empfand Monica, wenn sie das Gerede der Leute über Guys jahrelanges Verhältnis mit Renee hörte? Und daß ihr Vater ganz offen ihre Mutter betrog?

Als Faith noch jünger gewesen war, hatte sie sich manchmal vorgestellt, daß Guy auch ihr Vater wäre. Amos hatte sie dabei vollkommen verdrängt. Guy war groß und dunkel und aufregend. Sein schmales Gesicht ähnelte dem von Gray so sehr, daß sie ihn unter keinen Umständen würde hassen können. Er hatte sich immer freundlich ihr gegenüber verhalten und hatte dieses Verhalten auch allen anderen Kindern Renees gezeigt. Faith aber schien er besonders in sein Herz geschlossen zu haben und hatte ihr sogar ein oder zweimal eine Kleinigkeit geschenkt. Faith vermutete, daß das ihrer Ähnlichkeit mit Renee zuzuschreiben gewesen war. Wenn Guy ihr Vater wäre, wäre Gray ihr Bruder. Sie hätte ihn aus nächster Nähe bewundern und in demselben Haus wie er wohnen können. Bei diesen Tagträumereien hatte sie ihrem eigenen Vater gegenüber immer Schuldgefühle empfunden. Danach gab sie sich besonders viel Mühe, nett zu ihm zu sein. In letzter Zeit jedoch freute sie sich darüber, daß Guy nicht ihr Vater war. Sie wollte nicht länger Grays Schwester sein.

Sie wollte ihn heiraten.

Diese allergeheimste Vorstellung war so schockierend, daß sie allein der Mut schon erstaunte, so etwas auch nur zu träumen. Ein Rouillard sollte eine Devlin heiraten? Eine Devlin sollte die hundert Jahre alte Villa betreten? Die alten Rouillards würden aus ihren Gräbern auferstehen, um den Eindringling zu vertreiben. Die ganze Stadt wäre vollkommen entsetzt.

Dennoch träumte sie weiter. Sie träumte von einem weißen Kleid, in dem sie in der Kirche auf den Altar zuging, neben dem Gray mit dunkel verhangenem Blick wartete. Auf seinem Gesicht lag ein Ausdruck wilden Begehrens, das ausschließlich auf sie gerichtet war. Sie träumte davon, wie er sie in seine Arme hob und über die Türschwelle trug. Natürlich nicht über die Schwelle der Rouillardvilla, das lag außerhalb jeder Vorstellung. Aber vielleicht gäbe es einen anderen Ort, der ihnen beiden gehörte. Vielleicht ein Flitterwochenhäuschen, wo er sie zu einem großen Bett hinübertrug. Sie stellte sich vor, wie sie unter ihm lag und ihre Beine um ihn klammerte, wie sie es bei Lindsey gesehen hatte, stellte sich seine Bewegungen vor, hörte seine verführerische Stimme, die ihr französische Liebkosungen ins Ohr flüsterte. Sie wußte, was Männer und Frauen miteinander machten, wußte, wohin er sein Ding dirigieren würde, obschon sie sich das Gefühl dabei nicht vorstellen konnte. Jodie behauptete, daß es ein wunderbares Gefühl sei, das allerbeste überhaupt . . .

Scotties unvermittelter Aufschrei schreckte Faith aus ihren Tagträumereien. Sie ließ die Kartoffel aus der Hand fallen und sprang auf. Denn Scottie schrie nur dann, wenn er sich wirklich wehgetan hatte. Er stand noch immer an der Drahttür und umklammerte seinen Finger. Faith hob ihn auf, trug ihn zum Tisch hinüber, setzte ihn auf ihren Schoß und betrachtete seine Hand. An seinem Zeigefinger war ein kleiner Schnitt. Vermutlich hatte er sich an einem Löchlein in dem Gitter verletzt, der lose Draht hatte sich in seine Haut gegraben. Ein Blutstropfen bildete sich auf der kleinen Wunde.

»Schon gut, schon gut«, umarmte sie ihn tröstend und wischte ihm die Tränen ab. »Ich klebe dir ein Pflaster drauf, dann wird es wieder gut. Du magst doch Pflaster.«

Das stimmte. Wann immer er eine kleine Verletzung hatte, beklebte sie ihm Arme und Beine, denn er bettelte so lange, bis alle Pflaster in der Schachtel aufgebraucht waren. Sie hatte deshalb die meisten Pflaster aus der Schachtel genommen und versteckt, so daß er nur zwei oder drei sehen konnte.

Sie wusch sich die Hände und holte die Schachtel aus dem obersten Regal, wo sie sie vor seinen Händen sicher aufbewahrte. Sein kleines rundes Gesicht glühte vor Freude und Erwartung, als er ihr seinen kurzen Finger entgegenstreckte, den Faith bandagierte.

Er beugte sich vor, schaute in die offene Schachtel, grunzte und streckte ihr die andere Hand entgegen.

»Die ist auch verletzt? Die arme Hand!« Sie küßte die kleine dicke Pfote und klebte ihm ein weiteres Pflaster drauf.

Wieder beugte er sich vor, schaute in die Schachtel, hob sie grinsend in die Luft und streckte sein rechtes Bein vor.

»Du meine Güte, du bist ja überall verletzt!« rief Faith aus und klebte ihm ein Pflaster auf sein Knie.

Ein letztes Mal schaute er in die mittlerweile leere Schachtel. Dann trabte er zufrieden zur Tür zurück, während Faith sich wieder dem Essen zuwandte.

An den langen Sommertagen begann es um halb neun gerade erst zu dämmern, aber bereits um acht wurde Scottie müde und döste vor sich hin. Faith badete ihn und brachte ihn ins Bett. Ihr Herz krampfte sich zusammen, als sie ihm übers Haar strich. Er war solch ein süßer kleiner Junge und wußte so gar nichts von seinem gesundheitlichen Zustand, der ihn das Erwachsenenalter nicht würde erleben lassen.

Um halb zehn hörte sie, wie Amos mit seinem alten, ratternden Auto vorfuhr. Sie stand auf, um den Riegel zu öffnen und ihn einzulassen. Er stank nach Whiskey, ein scharfer, grünlichgelber Geruch.

Er stolperte über die Türschwelle und richtete sich auf.

»Wo ist deine Mutter?« knurrte er mit dem häßlichen Unterton, mit dem er sprach, wenn er betrunken war. Und das war fast immer der Fall.

»Sie ist vor etwa zwei Stunden weggegangen.«

Er torkelte auf den Tisch zu, wobei der unebene Boden jeden seiner Schritte zusätzlich erschwerte. »Verdammte Kuh«, murmelte er. »Nie ist sie hier. Dauernd geht sie aus und wackelt vor ihrem tollen reichen Freund mit dem Arsch. Nie ist sie hier, um mir das Abendessen zu kochen. Wie soll da ein Mann satt werden?« brüllte er plötzlich und schlug mit der Faust auf den Tisch.

»Das Abendessen ist fertig, Papa«, erwiderte Faith leise und hoffte, daß der Ausbruch nicht Scottie geweckt hatte. »Ich bringe dir einen Teller.«

»Will nichts essen«, erwiderte er, ganz wie sie es erwartet hatte. Wenn er trank, dann hatte er nie Hunger. Dann wollte er nur noch mehr trinken. »Gibt es in diesem verdammten Haus was zu saufen?« Strauchelnd stand er auf und öffnete die Schranktüren. Als er nichts fand, schlug er sie laut wieder zu.

Faith reagierte schnell. »Im Jungenzimmer ist eine Flasche. Ich hol sie dir.« Sie wollte nicht, daß Amos dort herumtorkelte, sich dann womöglich auch noch übergäbe und Scottie weckte. Sie raste in das kleine dunkle Zimmer und tastete unter Nickys Bett herum, bis ihre Hand auf kühles Glas stieß. Sie zerrte die Flasche hervor und eilte in die Küche. Sie war nur noch ein Viertel voll, aber das würde Papa zufriedenstellen. Sie schraubte den Verschluß ab und reichte sie ihm.

»Hier, Papa.«

»Gutes Mädchen«, sagte er erfreut und setzte die Flasche an die Lippen. »Du bist ein gutes Mädchen, Faith. Nicht so eine Hure wie deine Mutter und deine Schwester.«

»Sprich nicht so über sie«, protestierte sie angewidert. Sich dieser Tatsache bewußt zu sein war eine Sache, sie auch auszusprechen eine gänzlich andere. Außerdem sollte derjenige, der im Glashaus saß, nicht unbedingt mit Steinen schmeißen.

»Ich kann hier sagen, was ich gottverdammt noch mal will!« brauste Amos auf. »Widersprich mir nicht, sonst zieh ich dir einen mit dem Riemen über.«

»Ich habe dir nicht widersprochen, Papa.« Obwohl ihre Stimme ruhig blieb, rückte Faith vorsorglich etwas von ihm ab. Wenn er sie nicht zu fassen bekam, dann konnte er sie auch nicht schlagen. Vielleicht würde er etwas nach ihr werfen. Aber sie war schnell, und seine Geschütze trafen sie nur selten.

»Tolle Kinder hat sie mir beschert«, schimpfte er. »Russ und Nicky sind die einzigen, die ich ertragen kann. Jodie ist eine Hure wie ihre Mutter. Und du, du bist eine besserwisserische Tucke, und der letzte ist ein gottverdammter Idiot.«

Faith hielt den Kopf gesenkt, so daß er ihre beißenden Tränen nicht sehen konnte. Sie setzte sich auf das alte, ausgebeulte Sofa und begann die Wäsche zu falten, die sie heute gewaschen hatte. Man durfte es Amos niemals merken lassen, wenn er einen verletzte. Denn wenn er Blut roch, ging er aufs Ganze. Je betrunkener er war, desto gemeiner wurde er. Am besten, man beachtete ihn nicht weiter. Wie alle Säufer ließ er sich leicht ablenken. Außerdem würde er ihrer Meinung nach ohnehin gleich umkippen.

Sie konnte sich nicht erklären, warum ihr das alles immer noch so wehtat. Schon seit Jahren war sie Amos gegenüber vollkommen abgestumpft, hatte noch nicht einmal mehr Angst. Zu lieben gab es da schon lange nichts mehr, denn der Mann hatte sich mit unzähligen Flaschen Whiskey selbst zerstört. Wenn er jemals anders gewesen war, dann war es damit bei ihrer Geburt jedenfalls schon vorbei gewesen. Aber irgendwie glaubte sie, daß er sich nicht viel verändert hatte. Er war einfach die Art Mensch, die immer andere für die eigene Misere verantwortlich machte, anstatt selber etwas dagegen zu unternehmen.

Wenn er manchmal nüchtern war, konnte Faith erahnen, was Renee seinerzeit an ihm anziehend gefunden hatte. Amos war etwas größer als der Durchschnitt und besaß einen drahtigen Körper, der niemals Fett angesetzt hatte. Sein Haar war noch immer dunkel, wenngleich es auch ein wenig schütter geworden war. Man konnte ihn noch immer als gutaussehenden Mann bezeichnen – sofern er nüchtern war. Betrunken wie jetzt jedoch, unrasiert, mit unordentlich und fettig herabhängendem Haar, rotgeschwollenen, alkoholisierten Augen und aufgedunsenem Gesicht gab es überhaupt gar nichts, was man hätte attraktiv finden können. Seine Kleidung war voller Flecken und dreckig, und er stank gen Himmel. Seinem säuerlichen Atem nach zu urteilen hatte er sich an diesem Tag bereits mehr als einmal übergeben. Die Flecken auf der Vorderseite seiner Hose zeugten davon, daß er beim Wasserlassen nicht sehr umsichtig gewesen war.

Er trank schweigend die Flasche aus und rülpste laut. »Muß pinkeln«, verkündete er, stand taumelnd auf und ging auf die Eingangstür zu.

Faith hörte, wie der Urin auf die Türschwelle spritzte und eine Pfütze bildete, durch die jeder, der heute Nacht irgendwann zu Hause auftauchte, hindurchgehen mußte. Sie würde gleich als erstes morgen früh den Fußboden wischen.

Amos torkelte wieder ins Haus. Er hatte seinen Hosenschlitz nicht geschlossen, aber wenigstens war sein Geschlecht nicht zu sehen.

»Ich gehe ins Bett«, verkündete er und verzog sich. Faith sah ihn stolpern und sich am Türknauf wieder aufrichten. Er zog sich nicht aus, sondern fiel so, wie er war, auf das Bett. Wenn Renee nach Hause kam und Amos in seinen dreckigen Klamotten quer über dem Bett liegen sah, würde sie einen Riesenaufstand machen und alle im Hause wecken.

Innerhalb weniger Minuten hallte Amos' lautes Schnarchen durch die beengte Baracke.

Faith stand eilig auf und ging zu dem kleinen Anbau am hinteren Ende des Hauses, den sie sich mit Jodie teilte. Nur Amos und Renee hatten ein richtiges Bett, alle anderen besaßen lediglich Pritschen. Sie machte das Licht an, eine einzige nackte Glühbirne, und streifte sich schnell ihr Nachthemd über. Dann zog sie ihr Buch unter der Matratze hervor. Jetzt, wo Scottie schlief und Amos schnarchte, hatte sie aller Wahrscheinlichkeit nach ein paar friedliche Stunden für sich, bevor die anderen wieder eintrudelten. Amos kehrte immer als erster zurück, verließ allerdings auch am Morgen als erster das Haus.

Sie hatte gelernt, jede Gelegenheit zur Entspannung zu nutzen und den Augenblick zu genießen. Sie hatte viel zu wenige solcher Augenblicke in ihrem Leben, als daß sie sie einfach verstreichen lassen könnte. Sie liebte Bücher und las alles, was ihr in die Hände fiel. Es hatte etwas Wunderbares, wie man die Wörter aneinanderreihen und dadurch eine ganz neue Welt erschaffen konnte. Beim Lesen konnte sie diese vollgestopfte Baracke hier vollkommen vergessen. Sie durfte aufregende Welten voll Schönheit und Liebe betreten. Wenn sie las, dann glaubte sie jemand anderes zu sein, jemand, der Respekt verdiente. Und nicht eine von diesen heruntergekommenen Devlins.

Sie hatte jedoch auch gelernt, nicht in Gegenwart von Papa oder den Jungen zu lesen. Wenn es glimpflich abging, dann machten sie sich lediglich lustig über sie. Wenn sie aber übler Laune waren, dann konnte es passieren, daß sie ihr das Buch entrissen und es ins Feuer oder in die Toilette warfen. Wenn sie dann hektisch versuchte, das Buch zu retten, wollten sie sich nicht mehr einkriegen vor Lachen, ganz so, als ob es das Komischste sei, was sie jemals gesehen hätten. Renee warf ihr manchmal vor, daß sie ihre Zeit mit Lesen verschwendete, anstatt sich um andere Dinge zu kümmern, aber immerhin nahm sie ihr die Bücher nicht weg. Jodie machte sich zwar manchmal über sie lustig, aber im Grunde genommen war es ihr vollkommen gleichgültig, was ihre Schwester tat. Sie konnte schlicht nicht begreifen, warum Faith ihre Nase lieber in ein Buch steckte, als sich zu amüsieren.

Diese kostbaren Momente allein, wenn Faith in Frieden lesen konnte, waren der Höhepunkt des Tages – ausgenommen die Tage, an denen sie Gray gesehen hatte. Manchmal glaubte sie, ohne Bücher wahnsinnig zu werden und ohne Unterlaß schreien zu müssen. Aber ganz gleich, was Papa auch tat, ganz gleich, wer über ihre Familie schlecht sprach, ganz gleich, was Russ und Nicky trieben und wie sehr Scottie auch kränkelte, wenn sie ein Buch vor sich hatte, dann konnte sie sich darin verlieren. Und heute hatte sie reichlich Zeit zum Lesen und konnte sich in die Geschichte der *Rebecca* vertiefen. Sie legte sich auf ihre Pritsche, zog die Kerze unter ihrem Bett hervor, zündete sie an, stellte sie neben sich und lehnte ihren Rücken gegen die Wand. Das Kerzenlicht, so schwach es auch sein mochte, machte das grelle Licht der Glühbirne wett. Sie erlaubte es ihr zu lesen, ohne die Augen allzusehr anzustrengen. Eines Tages würde sie sich eine Lampe kaufen. Sie stellte sich eine richtige Leselampe vor, die ein weiches, helles Licht verbreitete. Zusätzlich würde sie noch eines dieser Lesekissen besitzen und es sich in den Rücken klemmen.

Eines Tages.

Es war schon fast Mitternacht, als sie den Kampf mit ihren schweren Augenlidern aufgab. Sie haßte es, wenn sie aufhören mußte, da sie keine Minute dieser wertvollen Zeit verschwenden wollte. Aber sie war so müde, daß sie sich gar keinen Reim mehr aus den Worten machen konnte. Die Worte aber zu verschwenden war noch viel schlimmer als die Zeit zu vertrödeln. Seufzend stand sie auf, legte das Buch in sein Versteck zurück und löschte das Licht. Dann kroch sie zwischen die Laken, wobei die Pritsche unter ihrem Gewicht ächzte, und blies die Kerze aus.

Paradoxerweise konnte sie in der plötzlichen Dunkelheit nicht einschlafen. Sie wälzte sich auf der schmalen Pritsche, halb dösend, halb wachträumend hin und her und durchlebte noch einmal die geheimnisvolle Liebesgeschichte des eben gelesenen Buches. Sie hörte Russ und Nicky kurz vor ein Uhr vorfahren. Rücksichtslos laut torkelten sie ins Haus und lachten schallend über irgend etwas, das ihre Saufkumpane sich an diesem Abend geleistet hatten. Beide waren noch minderjährig. Aber etwas so Unwichtiges wie das Gesetz hatte einen echten Devlin noch nie an irgend etwas gehindert. Die Jungen konnten sich zwar nicht in Kneipen sehen lassen, aber es gab noch genügend andere Quellen, um sich Alkohol zu beschaffen.

Manchmal stahlen sie ein paar Flaschen, manchmal überredeten sie andere Leute, Alkohol für sie zu kaufen. Das wiederum bedeutete, daß sie das Geld dafür gestohlen hatten. Keiner der beiden hatte eine Arbeit, weder Teilzeit noch sonst irgend einen Job, weil niemand sie anstellen wollte. Es war schließlich stadtbekannt, daß die Devlinjungs einen bis auf das Hemd auszogen.

»Der alte Poss«, kicherte Nicky. »Braaach!«

Diese Bemerkung reichte, um bei Russ einen Schluckauf zu provozieren. Von den wenigen Satzbrocken, die Faith mitbekam, schien es so, als ob ›der alte Poss‹, wer immer das auch sein mochte, sich bei einem lauten Knall erschreckt hatte. Die Jungen schienen das zum Schreien komisch zu finden, würden sich aber vermutlich schon am nächsten Morgen nicht mehr daran erinnern können.

Sie weckten Scottie, der aber nur grunzte, nicht weinte. Also blieb sie in ihrem Bett. Sie wäre nur äußerst ungern im Nachthemd in das Zimmer ihrer Brüder gegangen. Dennoch hätte sie es getan, wenn Scottie ängstlich geworden und in Tränen ausgebrochen wäre. Aber Nicky sagte: »Sei ruhig und schlaf wieder.« Daraufhin verstummte Scottie. Innerhalb weniger Minuten schliefen sie alle, und das Schnarchen hob und senkte sich in der Dunkelheit.

Eine halbe Stunde später kam Jodie nach Hause. Sie war leise, jedenfalls versuchte sie leise zu sein. Sie ging auf Zehenspitzen durch das Zimmer und trug ihre Schuhe in der Hand. Der Gestank von Bier und Sex hing an ihr, eine ekelerregende gelb-rot-braune Mischung. Sie machte sich nicht die Mühe sich auszuziehen, sondern ließ sich zufrieden seufzend auf ihre Pritsche fallen.

»Bist du noch wach, Faithie?« fragte sie kurz darauf mit lallender Stimme.

»Ja.«

»Das dachte ich mir. Du hättest mit mir mitkommen sollen.

Wir hatten jede Menge Spaß, echt.« Der letzte Satz hatte einen tiefen erotischen Unterton. »Du weißt gar nicht, was du verpaßt, Faithie.«

»Dann verpasse ich doch gar nichts, oder?« flüsterte Faith, und Jodie kicherte.

Faith fiel in einen leichten Schlaf und horchte nach Renees Auto. Dann erst würde sie sicher sein, daß alle wieder wohlbehalten zu Hause waren. Zweimal fuhr sie aus dem Schlaf hoch. War Renee von ihr unbemerkt zurückgekommen? Sie stand auf und ging ans Fenster, um nach dem Auto ihrer Mutter zu sehen. Es war noch nicht da.

In jener Nacht nämlich kam Renee überhaupt nicht nach Hause.

3

»Papa ist gestern abend nicht nach Hause gekommen.«

Monica stand mit vor Sorge verzerrtem Gesicht am Fenster des Eßzimmers. Gray aß weiter sein Frühstück. Es gab nur wenig, was ihm den Appetit verderben konnte. Das also war der Grund, warum Monica schon so früh auf den Beinen war, wo sie sich doch gewöhnlich erst gegen zehn oder auch später aus dem Bett schälte. Hatte sie nicht geschlafen, sondern die ganze Nacht auf Guys Rückkehr gewartet? Seufzend fragte er sich, was Monica gegen Guys Ausflüge unternehmen wollte, etwa ihn ohne Abendbrot ins Bett schicken? Er konnte sich nicht erinnern, daß Guy jemals auf Affären verzichtet hatte, wenn auch Renee Devlin viel ausdauernder an seiner Seite blieb als alle anderen davor.

Seiner Mutter Noelle war es vollkommen gleichgültig, wo Guy seine Nächte verbrachte, solange sie diese nicht mit ihm teilen mußte. Sie tat einfach so, als ob es Guys Affären gar nicht gäbe. Weder sie noch Gray maßen ihnen irgendwelche Bedeutung bei. Es wäre etwas anderes gewesen, wenn es Noelle belastet hätte, das war aber überhaupt nicht der Fall. Es lag nicht daran, daß sie Guy nicht mehr liebte. Gray glaubte schon, daß sie dies auf ihre Art und Weise tat. Aber Noelle hatte eine starke Abneigung gegen Sex. Sie mochte es nicht, berührt zu werden, noch nicht einmal ganz beiläufig. So war es die beste aller Lösungen, wenn Guy sich eine Freundin hielt. Noelle gegenüber benahm er sich immer korrekt. Und obwohl er keinerlei Anstrengungen unternahm, seine Liebschaften zu verheimlichen, so war doch Noelles Stellung als Ehefrau unantastbar. Es war ein sehr altmodisches Arrangement, auf das seine Eltern sich geeinigt hatten. Gray kannte sich gut genug, um zu wissen, daß er als späterer Ehemann ein solches Arrangement für sich nicht gutheißen würde. Dennoch kam es seinen Eltern sehr entgegen.

Monica aber war unfähig, die Sache in diesem Licht zu betrachten. Anders als Gray stellte sie sich ganz auf die Seite ihrer Mutter und glaubte, daß Noelle die Affären ihres Mannes verletzten. Gleichzeitig jedoch vergötterte Monica ihren Vater. Nie war sie glücklicher, als wenn er ihr seine Aufmerksamkeit zuteil werden ließ. Sie hatte eine feste Vorstellung davon, wie eine Familie zu sein hatte: Sie mußte eng zusammenhalten, einen liebevollen Umgang miteinander pflegen, sich immer gegenseitig unterstützen, und die Eltern sollten einander vollkommen ergeben sein. Ihr ganzes Leben hatte sie damit verbracht, ihre eigene Familie diesen Vorstellungen zu unterwerfen.

»Weiß Mama Bescheid?« fragte Gray ruhig. Er unterdrückte die Frage, ob Monica tatsächlich glaube, daß Noelle Guys Abwesenheit etwas ausmachen würde, selbst wenn sie davon wüßte. Manchmal tat ihm seine Schwester richtig leid, aber auf der anderen Seite liebte er sie und wollte ihr nicht weh tun.

Monica schüttelte den Kopf. »Sie ist noch nicht aufgestanden.«

»Warum machst du dir dann solche Gedanken? Wenn sie aufgestanden ist und er dann nach Hause kommt, wird sie annehmen, er habe heute morgen schon etwas zu erledigen gehabt.«

»Aber er ist mit *ihr* weggewesen!« Monica schnellte zu ihm herum. Ihre Augen waren feucht. »Mit dieser Devlin.«

»Woher willst du das wissen? Vielleicht hat er ja auch die ganze Nacht Poker gespielt.« Guy spielte gerne Poker. Dennoch glaubte Gray nicht, daß das Kartenspiel irgend etwas mit seiner Abwesenheit zu tun hatte. Wie er seinen Vater kannte, und er kannte ihn sehr gut, hatte der die Nacht mit Renee Devlin oder irgendeiner anderen Frau verbracht. Es wäre vollkommen naiv von Renee zu glauben, daß Guy sich ihr gegenüber treuer verhielt als gegenüber seiner eigenen Frau.

»Glaubst du?« fragte Monica, die jeden anderen Grund dem vorgezogen hätte, der der allerwahrscheinlichste war. Er trank den Rest seines Kaffees und schob den Stuhl zurück. »Wenn er kommt, sag ihm, daß ich nach Baton Rouge gefahren bin, um mir das Grundstück anzusehen. Spätestens um drei bin ich wieder hier.« Weil sie immer noch so verloren aussah, legte er einen Arm um ihre Schulter und drückte sie an sich. Aus irgendeinem Grund fehlte Monica die Entscheidungsfreudigkeit und arrogante Selbstsicherheit, die den Rest der Familie auszeichnete. Sogar Noelle, so abgehoben sie auch sein mochte, wußte genau, was sie wollte und wie sie es bekommen konnte. Monica dagegen schien inmitten der starken Persönlichkeiten der anderen Familienmitglieder immer ein wenig hilflos.

Für einen Moment vergrub sie ihren dunklen Kopf an seiner Schulter, wie sie es als kleines Mädchen immer getan hatte, wenn irgend etwas schiefgelaufen und Guy nicht zur Stelle gewesen war, um die Dinge für sie zu richten. Obwohl er nur zwei Jahre älter war als sie, fühlte er sich doch immer als ihr Beschützer. Bereits als Kind hatte er gespürt, daß ihr seine innere Stärke fehlte.

»Was soll ich denn machen, wenn er wirklich mit dieser Hure unterwegs war?« fragte sie mit erstickter Stimme.

Gray versuchte sich seine Ungeduld nicht anmerken zu lassen. Seine Stimme jedoch verriet ihn. »Gar nichts wirst du machen, weil es dich gar nichts angeht.«

Sie fuhr entsetzt zurück und blickte ihn vorwurfsvoll an. »Wie kannst du nur so etwas sagen? Ich mache mir schließlich Sorgen um ihn!«

»Weiß ich doch.« Es gelang ihm, seine Stimme zu mäßigen. »Es ist aber die reine Zeitverschwendung. Außerdem wird er es dir nicht danken.«

»Du bist immer auf seiner Seite, weil du genauso bist!« Tränen rannen ihr langsam die Wangen hinunter, und sie wandte sich von ihm ab. »Ich könnte wetten, daß dieses Grundstück in Baton Rouge zwei Beine und einen riesigen Busen hat. Viel Spaß dann noch!«

»Den werde ich haben«, erwiderte er sarkastisch. Er würde sich ein Grundstück ansehen, und was sich danach ergäbe, war eine andere Sache. Er war ein kräftiger junger Mann, dessen sexuelle Potenz seit der Pubertät nicht im geringsten nachgelassen hatte. Sie äußerte sich in einem drängenden Reiz zwischen den Beinen und einer Spannung in seinen Hoden. Er hatte das Glück, genügend Frauen bekommen zu können, die sein Verlangen stillten. Gleichzeitig war er zynisch genug zu sehen, daß der Reichtum seiner Familie seine erotischen Eroberungen unterstützte.

Ihm jedoch war es gänzlich gleichgültig, was eine Frau zu ihm hinzog – ob sie seine Persönlichkeit mochte oder ob ihr sein Körper gefiel oder ob sie ein Auge auf das Bankkonto der

Rouillards geworfen hatte. Alles was zählte war, daß er einen weichen, warmen Körper unter sich spürte, der seine Lust aufnahm und ihm zumindest zeitweilige Erleichterung verschaffte. Bis jetzt hatte er noch keine Frau wirklich geliebt. Aber den Sex, den liebte er. Daran liebte er alles: die Gerüche, die Empfindungen, die Geräusche. Ganz besonders genoß er diesen einen Moment, wenn er in die Frau eindrang und den kleinen Widerstand ihres Körpers spürte. Dann das Gefühl, aufgenommen und von dem heißen, engen, gleitenden Muskel umschlossen zu werden. Himmel, ja, das war wunderbar. Er war immer sehr vorsichtig, was eine ungewollte Schwangerschaft betraf, und trug auch dann ein Kondom, wenn die Frau beteuerte, sie nähme die Pille. Schließlich hatte so manche Frau in der Hinsicht schon gelogen. Als kluger Mann aber schloß er dieses Risiko von vornherein aus.

Sicher war er sich nicht, aber er nahm an, daß Monica noch immer Jungfrau war. Obwohl sie viel emotionaler war als Noelle, ähnelte sie doch in mancher Hinsicht ihrer Mutter. Sie hielt einen Abstand, den bisher noch kein Mann überwunden hatte. Sie war eine merkwürdige Mischung der Persönlichkeiten ihrer Eltern. Sie hatte etwas von Noelles kühler Distanz, ohne deren Selbstsicherheit zu zeigen. Auf der anderen Seite war sie so gefühlsbetont wie Guy, ohne seinen ausgeprägten Eros geerbt zu haben. Gray dagegen besaß den Eros seines Vaters, gepaart mit Noelles Selbstkontrolle. Anders als Guy, war er nicht der Sklave seiner Gelüste. Er wußte, wann und wie er nein sagen konnte. Und Gott sei Dank suchte er sich seine Frauen mit etwas mehr Geschick aus, als sein Vater es tat.

Er zupfte an einer von Monicas dunklen Haarsträhnen. »Ich rufe Alex an. Vielleicht weiß er ja, wo Papa ist.« Alexander Chelette, einer der Rechtsanwälte von Prescott, war Guys bester Freund.

Ihre Lippen zitterten, aber sie lächelte trotz ihrer Tränen. »Er wird Papa finden und ihm sagen, daß er nach Hause kommen soll.«

Gray atmete aus. Es war wirklich ein Wunder, daß Monica zwanzig Jahre hatte alt werden können, ohne das Geringste über Männer zu wissen. »Ich will es nicht beschwören, aber vielleicht kann er dich ja beruhigen.«

Er hatte die Absicht, Monica vorzulügen, daß Guy Poker spiele, selbst wenn Alex ihm die Nummer des Motelzimmers sagen sollte, in dem Guy sich den Vormittag mit Sex vertrieb.

Er ging in das Arbeitszimmer, von dem aus Guy die riesigen Finanzinteressen des Rouillardvermögens verwaltete und wo Gray von ihm lernte. Gray war vollkommen fasziniert von den Feinheiten der Wirtschafts- und Finanzwelt. So sehr sogar, daß er eine Karriere als Profifootballer abgelehnt und in die Welt der Finanzen eingetreten war. Ein besonders großes Opfer hatte es nicht für ihn bedeutet. Er war zwar gut genug gewesen, um in die Profiwelt einzutreten, aber nur, weil er einen guten Trainer gehabt hatte. Er wußte nur zu genau, daß aus ihm niemals ein Star hätte werden können. Er hätte sein Leben ganz dem Football opfern müssen und hätte dann vielleicht acht Jahre lang spielen können, sofern ihm keine Verletzungen dazwischen gekommen wären. Er hätte dabei gut, wenn auch nicht sensationell gut verdient. Wenn er es bei Licht betrachtete, dann liebte er zwar den Football, aber die Welt der Finanzen lag ihm sehr viel näher am Herzen. Das war ein Spiel, das er viel länger würde betreiben können und in dem er wesentlich mehr Geld verdienen konnte.

Obwohl Guy stolz auf seinen Sohn gewesen wäre, wenn der die Sportlerlaufbahn eingeschlagen hätte, so spürte Gray doch die Erleichterung seines Vaters, als er sich für eine Rückkehr nach Hause entschieden hatte. In den wenigen Monaten seit Grays Collegeabschluß hatte Guy ihm eine Menge von Dingen beigebracht, die man in keinem Lehrbuch finden konnte.

Gray fuhr mit den Fingerspitzen über die glänzend polierte Oberfläche des riesigen Schreibtisches. An einer Seite des Tisches stand ein Foto von Noelle, daneben mehrere von Monica und ihm in verschiedenen Altersstufen. Noelle sah aus wie eine von ihren Untertanen umgebene Königin. Die meisten hätten sie als Mutter gesehen, deren Kinder sich um ihre Knie scharten. Aber Noelle hatte keinerlei mütterliche Züge. Das Morgenlicht fiel auf das Foto und zeigte einige Feinheiten, die normalerweise unbemerkt blieben. Gray hielt inne, um das Porträt seiner Mutter zu betrachten.

Auf eine ganz und gar andere Weise als Renee Devlin war sie eine außergewöhnlich schöne Frau. Renee ähnelte der Sonne, stark und heiß und blendend, während Noelle dem Mond ähnelte. Sie war kühl und abweisend. Sie hatte dichtes, glattes dunkles Haar, das sie kunstvoll verschlungen trug. Und sie hatte wunderschöne blaue Augen, die keines ihrer beiden Kinder geerbt hatte. Sie war keine französische Kreolin, sondern ganz schlicht und einfach Amerikanerin, und manch einer in der Gegend hatte sich seinerzeit die Frage gestellt, ob Guy Rouillard nicht unter seinem Stand heiratete. Dann aber stellte sie sich als viel königlicher heraus, als es je eine Kreolin, die in die Rolle hineingeboren worden war, hätte sein können. Die alten Zweifel waren also längst vergessen. Die einzige Erinnerung daran war sein eigener Name, Grayson, der vor der Heirat ihr Familienname gewesen war. Doch seit langem schon hatte man den Namen zu Gray verkürzt, und die meisten Leute glaubten, daß man ihn deshalb gewählt hatte, weil er dem seines Vaters so ähnelte.

Guys Terminkalender lag aufgeschlagen auf dem Tisch. Gray setzte sich halb auf den Schreibtisch, griff nach dem Telefonhörer und ging die Liste der heutigen Verabredungen seines Vaters durch. Um zehn Uhr hatte Guy einen Termin mit dem Bankier William Grady. In diesem Moment verspürte Gray zum ersten

Mal ein wenig Unsicherheit. Guy ließ es niemals und unter keinen Umständen zu, daß seine Frauengeschichten in irgendeiner Weise seine Geschäfte behinderten. Niemals würde er zu einem geschäftlichen Termin unrasiert und mit nicht gewechselter Kleidung auftauchen.

Zügig wählte er die Nummer von Alex Chelette. Die Sekretärin nahm nach dem ersten Klingeln ab. »Chelette und Anderson, Anwaltskanzlei«, flötete sie.

»Guten Morgen, Andrea. Ist Alex schon im Büro?«

»Aber natürlich«, erwiderte sie fröhlich, da sie Grays tiefe, samtige Stimme augenblicklich erkannt hatte. »Sie wissen doch, wie er ist. Da müßte schon ein Erdbeben geschehen, um ihn davon abzuhalten, Punkt neun Uhr durch die Tür zu treten. Bleiben Sie dran, ich verbinde.«

Er hörte, wie er auf Wartestellung gelegt wurde. Aber er kannte Andrea viel zu gut, um zu glauben, daß sie ihren Chef über die Anlage von seinem Anruf informieren würde. Gray war von Kindesbeinen an oft genug in dem Büro gewesen, um zu wissen, daß Andrea die Anlage nur dann benutzte, wenn ein neuer Klient vor ihr stand. Meistens drehte sie sich einfach in ihrem Stuhl um, hob die Stimme und rief durch die offene Tür in ihrem Rücken in Alex' Büro hinein.

Gray mußte grinsen, als er sich an Guys schallendes Gelächter erinnerte. Guy hatte von Alex' Versuchen erzählt, Andrea zu dem etwas förmlicheren Umgang zu erziehen, der allgemein in Kanzleien gepflegt wurde. Der arme, gutmütige Alex hatte gegen seine Sekretärin nicht die geringste Chance gehabt. Sie hatte mit einer solchen Kälte auf den Angriff reagiert, daß das ganze Büro wie vereist gewesen war. Statt mit dem üblichen ›Alex‹ hatte sie ihn mit ›Mr. Chelette‹ angesprochen, hatte grundsätzlich die Zwischensprechanlage benutzt und dafür gesorgt, daß sich ihre kameradschaftliche Zusammenarbeit in Luft auflöste. Wenn er vor ihrem Schreibtisch gestanden und ein wenig hatte plaudern wollen, war sie aufgestanden und hatte sich auf die Toilette verzogen. Die vielen Kleinigkeiten, die sie normalerweise nebenher erledigte und die Alex die Arbeit sehr erleichterten, dirigierte sie jetzt an Alex weiter. Er mußte nun früher ins Büro und konnte erst später wieder gehen, während Andrea peinlich genau darauf achtete, auf die Minute pünktlich Feierabend zu machen. Sie zu ersetzen stand gar nicht zur Debatte, denn Rechtsanwaltsgehilfinnen waren in Prescott Mangelware. Innerhalb von nur zwei Wochen hatte Alex klein beigegeben, und Andrea rief ihm von Stund an wieder durch die offene Tür hindurch zu.

Es knackte in der Leitung, und Alex hob ab. Seine langsame, gutmütige Stimme drang durch den Hörer. »Guten Morgen, Gray. Du bist ja schon früh auf den Beinen.«

»So früh nun auch wieder nicht.« Er war immer schon früher als Guy aufgestanden, aber die Leute schlossen vom Vater auf den Sohn. »Ich bin auf dem Weg nach Baton Rouge, um mir ein Grundstück anzusehen. Hast du eine Ahnung, wo mein Vater steckt?«

Am anderen Ende der Leitung entstand eine kurze Pause. »Nein, leider nicht.« Wieder eine vorsichtige Pause. »Ist irgend etwas nicht in Ordnung?«

»Gestern nacht ist er nicht nach Hause gekommen, und um zehn hat er einen Termin mit Bill Grady.«

»Verdammt«, sagte Alex leise, aber Gray konnte die Aufregung in seiner Stimme hören. »Mein Gott, ich hätte nicht gedacht, daß er ... ach, verdammt noch eins!«

»Alex.« Grays Stimme war scharf wie frisch gewetzter Stahl, der sich durch Draht bohrt. »Was ist denn los?«

»Ich schwöre, Gray, ich hätte nicht geglaubt, daß er es wahr machen würde«, erwiderte Alex geknickt. »Vielleicht hat er es ja auch gar nicht, vielleicht hat er lediglich verschlafen.«

»Was wahr machen würde?«

»Er hat bereits mehrmals davon gesprochen, aber immer nur, wenn er betrunken war. Ich schwöre, niemals hätte ich geglaubt, daß es ihm ernst damit wäre. Himmel, wie konnte er so etwas denn ernst meinen?«

Der Plastikhörer knirschte in Grays zupackendem Griff. »Was ernst meinen?«

»Deine Mutter zu verlassen.« Alex schluckte hörbar. »Und mit Renee Devlin durchzubrennen.«

Behutsam legte Gray den Hörer zurück auf die Gabel. Eine Weile saß er vollkommen regungslos da und starrte auf das Telefon. Es konnte nicht sein ... so etwas würde Guy einfach nicht tun. Warum sollte er auch? Warum sollte er mit Renee durchbrennen, wenn er nach Belieben mit ihr vögeln konnte? Alex mußte sich irren. Niemals hätte Guy seine Kinder oder sein Geschäft ... aber dann wiederum war er so erleichtert gewesen, als Gray sich gegen den Football entschieden hatte. Außerdem hatte Guy ihn im Schnellverfahren mit allen wesentlichen geschäftlichen Vorgängen vertraut gemacht.

Einen gnädigen Augenblick lang konnte es Gray einfach nicht glauben. Doch er war viel zu sehr Realist, als daß dieser Moment lange hätte dauern können. Die Erstarrung legte sich, und eine ungebremste Wut nahm ihre Stelle ein. Wie eine angreifende Schlange schnellte er nach dem Telefon herum und schleuderte es durch das in tausend Scherben zerberstende Fenster.

Sobald Scottie sein Frühstück gegessen hatte, verließ Faith die Baracke. Sie nahm ihn mit zu dem kleinen Bach, wo er im flachen Wasser herumplanschen konnte und versuchte, die Fische zu erwischen. Das gelang ihm natürlich nicht, aber es machte ihm Spaß, es immer wieder zu versuchen. Es war ein wunderbarer Morgen. Die Sonne schien durch die Bäume hindurch auf das schnell fließende Wasser. Alles duftete herrlich frisch. Es waren gute, saubere Gerüche voller guter und sauberer Farben, die den säuerlichen Alkoholgestank wettmachten, den die vier Menschen verströmten, die zu Hause ihren gestrigen Rausch ausschliefen.

Zu glauben, daß Scottie seine Kleidung nicht naß machen würde, war geradezu so, als ob man von der Sonne erwarten würde, im Westen aufzugehen. Als sie den Bach erreicht hatten, zog sie ihm die Hose und das Hemd aus und ließ ihn mit lediglich einer Windel bekleidet im Wasser planschen. Sie hatte für den Weg nach Hause eine trockene Windel mitgebracht. Sorgfältig hängte sie die Kleidungsstücke über einige Äste und watete dann selbst in den Bach, um Scottie im Auge zu behalten. Wenn eine Schlange auf ihn zukommen sollte, würde er nicht wissen, daß er achtgeben mußte. Sie hatte zwar keine Angst vor Schlangen, aber sie war vorsichtig.

Ein paar Stunden ließ sie ihn vor sich hinplanschen, dann hob sie ihn aus dem Wasser. Wild trampelnd protestierte er. »Du kannst nicht länger drin bleiben«, erklärte sie ihm. »Sieh doch mal, deine Zehen sind schon verschrumpelt wie alte Pflaumen.« Sie setzte sich auf den Boden und wechselte seine Windel, dann zog sie ihn an. Das war nicht einfach, denn er fuchtelte immer noch wie wild herum und versuchte, ins Wasser zu entfliehen.

»Laß uns Eichhörnchen suchen gehen«, sagte sie. »Kannst du eins entdecken?«

Abgelenkt blickte er sofort mit vor Aufregung aufgerissenen Augen in die Bäume und suchte sie nach Eichhörnchen ab. Faith nahm sein kleines Händchen und führte ihn langsam durch den Wald auf einem gewundenen Weg zurück zu ihrer Baracke. Wenn sie dort anlangten, war vielleicht auch Renee wieder zu Hause.

Obwohl ihre Mutter schon häufiger die Nacht über weggeblieben war, sorgte sich Faith. Sie unterdrückte ihre Befürchtungen, aber unterschwellig hegte sie doch immer die Angst, daß Renee eines Tages gehen und niemals nach Hause zurückkehren würde. Faith war realistisch genug um zu wissen, daß Renee augenblicklich verschwunden wäre, wenn sie einem Mann begegnete, der ihr ein besseres Leben versprach. Vermutlich war Guy Rouillard sowieso der einzige Grund, der sie noch an Prescott band. Und was konnte der ihr schon geben? Wenn er sie eines Tages verlassen sollte, dann würde sich Renee nicht länger in Prescott aufhalten, als sie zum Zusammenpacken ihrer Sachen benötigte.

Scottie hatte zwei Eichhörnchen entdeckt, eines auf einem Ast und ein anderes, das gerade einen Stamm hinaufkletterte. Zufrieden ließ er sich von Faith führen. Als sie sich jedoch dem Haus näherten und er merkte, wohin sie gingen, machte er grunzende Geräusche und versuchte, sich von Faith loszureißen.

»Hör auf damit, Scottie«, sagte Faith und zog ihn aus dem Wald heraus auf die unbefestigte Lehmstraße, die auf ihre Baracke zuführte. »Ich kann jetzt nicht länger mit dir spielen, ich muß Wäsche waschen. Aber ich spiele Auto mit dir, wenn ich ...«

In diesem Augenblick hörte sie hinter sich das tiefe Brummen eines Motors. Ihr erster, erleichterter Gedanke war: Mama ist wieder zurück. Aber es war nicht Renees schickes rotes Auto, das ihnen aus der Kurve entgegenkam. Es war ein schwarzes Corvette Cabrio, das als Ersatz für den grauen Wagen gekauft worden war, den Gray während seiner Schulzeit gefahren hatte. Faith erstarrte und vergaß sowohl Scottie als auch Renee. Ihr Herz stand still, dann schlug es so heftig gegen ihre Rippen, daß ihr fast übel wurde. Gray auf dem Weg zu ihnen!

Sie wurde so von Freude übermannt, daß sie fast vergessen hätte, Scottie vor den Rädern auf den Grasrand hinaufzuziehen. Gray. Ihr quoll das Herz über. Ein leichtes Zittern begann in ihren Knien und stieg allein bei dem Gedanken, mit ihm zu sprechen, ihren schlanken Körper hinauf. Und wenn es auch nur ein gemurmelter Gruß sein sollte.

Sie starrte ihn an und nahm jeden seiner Gesichtszüge wahr, während er auf sie zusteuerte. Obwohl sie nicht viel von ihm sehen konnte, erschien er ihr doch etwas schmaler als zu seiner Footballzeit. Auch sein Haar war etwas länger. Seine Augen waren ganz die alten, dunkel wie die Sünde und ebenso verführerisch. Sein Blick streifte sie, als sein Wagen an Scottie und ihr vorbeifuhr und er höflich mit dem Kopf nickte. Scottie zerrte vor Aufregung über das schöne Auto an ihrer Hand. Er liebte Renees Auto, und Faith achtete darauf, daß er nicht in seine Nähe kam, da es ihre Mutter ärgerte, wenn er die Abdrücke seiner kleinen Hände darauf hinterließ.

»Also gut«, flüsterte Faith, immer noch ganz verzückt. »Wir werden uns das schöne Auto einmal ansehen.«

Sie traten wieder auf die Straße hinaus und folgten der Corvette, die jetzt vor der Baracke geparkt hatte.

Gray schwang erst das eine, dann das andere Bein über die Tür und stemmte sich aus dem tiefliegenden Auto, als sei es lediglich ein Spielzeugwagen. Er stieg die zwei ausgetretenen Stufen zum Haus empor, öffnete die Drahttür und ging hinein. Faith bemerkte, daß er nicht angeklopft hatte. Irgend etwas war nicht in Ordnung.

Sie beschleunigte ihren Schritt, so daß Scottie auf seinen kurzen Beinchen nach Luft rang und einen protestierenden Laut von sich gab. Der Gedanke an sein schwaches Herz erschreckte sie. Sie hielt inne, beugte sich zu ihm hinunter und hob ihn auf den Arm. »Tut mir leid, mein Schatz. Ich wollte nicht, daß du rennen mußt.« Ihr Rücken schmerzte unter der Last des Kindes, aber sie lief sogar noch schneller. Winzige Steinchen rollten, von ihr unbeachtet, unter ihre nackten Füße, und kleine Staubwolken stoben unter jedem ihrer Schritte hervor. Scotties Gewicht schien sie zu erdrücken und zu verhindern, daß sie die Baracke erreichte. Das Blut schoß ihr in die Ohren, und eine schreckliche Vorahnung verengte ihr so sehr die Brust, daß sie zu ersticken glaubte.

Von Ferne hörte sie ein tiefes Brüllen, das sie als das ihres Vaters erkannte. Daneben hörte sie Grays noch tiefere, noch dröhnendere Stimme. Auf ihren dünnen Beinen rannte sie keuchend auf die Baracke zu. Die Drahttür quietschte, als sie sie aufriß und hineinstürmte, nur um innezuhalten und sich erst einmal an die plötzliche Dunkelheit zu gewöhnen.

Unverständliches Schreien und Fluchen war zu hören, es schien ihr alles wie ein Alptraum.

Nach Luft ringend, setzte sie Scottie auf dem Boden ab. Der war von dem Geschrei vollkommen verängstigt und vergrub sein Gesicht an ihrem Bein.

Als das Klingeln in ihren Ohren nachließ und sie sich an das schummrige Licht gewöhnt hatte, verstand sie das Gebrüll und wünschte sich, daß sie es nicht hätte verstehen müssen.

Gray hatte Amos aus dem Bett gezogen und zerrte ihn in die Küche. Amos schrie und fluchte und hielt sich am Türrahmen fest, um sich Gray zu widersetzen. Er konnte jedoch dem kräftigen Mann nicht viel entgegensetzen, sondern lediglich versuchen, sein Gleichgewicht zu halten, während Gray ihn in die Mitte des Raumes zerrte.

»Wo ist Renee?« bellte Gray und beugte sich drohend über Amos, der zurückzuckte.

Amos rotgeränderter Blick schoß durch das Zimmer, als ob er nach seiner Frau Ausschau hielte. »Hier ist sie nicht«, murmelte er.

»Daß sie nicht hier ist, kann ich auch sehen, du elender Halunke! Ich will wissen, *wo* verdammt noch mal sie ist!«

Amos schaukelte auf seinen bloßen Füßen vor und zurück und rülpste. Er stand mit nacktem Oberkörper und noch immer geöffnetem Hosenschlitz da. Sein ungekämmtes Haar stand in alle Himmelsrichtungen, er war unrasiert, seine Augen waren blutunterlaufen, sein Atem stank vom Alkohol und vom Schlaf. Gray dagegen ragte mit seinem schlanken, muskulösen, fast zwei Meter langen Körper stolz über ihm auf. Sein schwarzes Haar war ordentlich nach hinten gebürstet, sein weißes Hemd makellos und seine Hose maßgeschneidert.

»Sie haben kein Recht, mich hier so herumzustoßen. Mir ist vollkommen egal, wer Ihr Vater ist«, beschwerte sich Amos. Doch trotz seines Widerspruchs zuckte er bei der kleinsten Bewegung Grays zurück.

Russ und Nicky hatten sich aus ihren Betten gewälzt, aber sie machten keinerlei Anstalten, ihrem Vater zur Seite zu stehen. Einem wütenden Gray Rouillard die Stirn zu bieten war nicht ihre Sache.

»Wo ist Renee?« wiederholte Gray mit eisiger Stimme seine Frage.

Amos zuckte mit den Schultern. »Offenbar ist sie ausgegangen«, murmelte er verstockt.

»Wann?«

»Was wollen Sie damit sagen, wann? Ich habe geschlafen. Wie in aller Welt soll ich das wissen, wann sie aus dem Haus gegangen ist?«

»Ist sie letzte Nacht nach Hause gekommen?«

»Natürlich ist sie das! Verdammt, was wollen Sie eigentlich sagen?« brüllte Amos. Das Lallen in seiner Stimme rührte vom Alkohol, der ihm noch immer im Blut war.

»Ich sage nichts anderes, als daß Ihr Hurenweib durchgebrannt ist!« schrie Gray mit wutverzerrtem Gesicht.

Der nackte Schrecken durchzuckte Faith, und wieder verschwamm alles vor ihren Augen. »Nein«, hauchte sie.

Gray schnellte mit dem Kopf zu ihr herum. Seine dunklen Augen funkelten wütend, während er sie maß. »Du machst immerhin einen nüchternen Eindruck. Weißt du, wo Renee ist? Ist sie letzte Nacht nach Hause gekommen?«

Faith schüttelte benommen den Kopf. Ein dunkles Grauen erfüllte sie. Sie hatte den ätzenden, gelben Geruch der Angst in ihrer Nase – ihrer eigenen Angst.

Seine Oberlippe kräuselte sich und zeigte bleckend seine weißen Zähne. »Das hatte ich auch nicht angenommen. Sie ist mit meinem Vater durchgebrannt.«

Wieder schüttelte Faith den Kopf und konnte gar nicht damit aufhören. *Nein.* Das Wort hallte durch ihren Kopf. *Lieber Gott, bitte nicht.*

»Lügner!« schrie Amos, schwankte auf den wackligen Tisch zu und sank auf einen der Stühle. »Renee würde mich und die Kinder nicht verlassen. Sie liebt mich. Ihr herumhurender Vater ist mit irgendeiner neuen Eroberung . . .«

Wie eine angreifende Schlange schoß Gray herum. Seine Faust traf Amos' Kinn, und sowohl Amos als auch der Stuhl fielen krachend zu Boden.

Vor Schrecken aufheulend, vergrub Scottie sein Gesicht noch tiefer an Faiths Körper. Sie aber war so entsetzt, daß sie noch nicht einmal tröstend ihren Arm um ihn legen konnte. Er fing an zu weinen.

Amos strauchelte auf die Beine und versuchte, den Tisch zwischen sich und Gray zu schieben. »Warum haben Sie mich geschlagen?« jammerte er und hielt sich das Kinn. »Ich habe Ihnen nichts zuleide getan. Was auch immer Renee und Ihr Vater getan haben, hat doch nichts mit mir zu tun!«

»Was soll denn das ganze Gebrüll hier?« ertönte Jodies betont lässige Stimme, die sie immer dann gebrauchte, wenn sie einem Mann gefallen wollte. Faith blickte in Richtung Tür und riß entsetzt die Augen auf. Jodie lehnte im Rahmen, ihr rotblondes, ungebürstetes Haar hatte sie über ihre bloßen Schultern geworfen. Sie trug lediglich ein paar spitzenverzierte Höschen und hielt sich geziert ein Jäckchen zu, das ihren Busen gerade eben bedeckte. Mit großen Augen, deren so offensichtlich falsche Unschuld Faith zusammenzucken ließ, blinzelte sie Gray an.

Gray betrachtete sie angeekelt, zog die Lippen zusammen und wandte sich ab. »Bei Anbruch der Dämmerung seid ihr hier alle verschwunden«, sagte er in Amos' Richtung. »Sie verpesten unser Land mit Ihrem Gestank, und ich habe es satt, den in meiner Nase zu haben.«

»Was, wir sollen verschwinden?« krächzte Amos. »Sie überheblicher Schurke, Sie können uns hier nicht einfach rausschmeißen. Es gibt da schließlich Gesetze ...«

»Aber nicht für Leute, die keine Miete zahlen«, erwiderte Gray mit eiskaltem Lächeln. »Die Kündigungsschutzgesetze finden bei Landstreichern keine Anwendung.« Er drehte sich um und schritt auf die Tür zu.

»Moment!« rief ihm Amos hinterher, und sein erschrockener Blick raste im Zimmer umher, als ob er dort eine Lösung finden würde. »Nicht so voreilig. Vielleicht ... vielleicht haben sie ja nur einen längeren Ausflug gemacht. Sie werden wiederkommen. Genau, Renee wird zurückkommen. Sie hat schließlich überhaupt keinen Grund abzuhauen.«

Gray lachte rauh auf, während sein abschätziger Blick die ärmliche Einrichtung der Baracke streifte. Irgend jemand, vermutlich die jüngste Tochter, hatte versucht, sie sauberzuhalten. Aber das war gerade so, als ob man versuchen würde, die Flut aufzuhalten. Amos und die beiden Jungen, die lediglich eine jüngere Variante ihres Vaters darstellten, beobachteten ihn verstockt. Die ältere Tochter stand immer noch in der Tür und versuchte ihm so viel wie möglich von ihren Brüsten zu zeigen, ohne den dünnen Umhang ganz fallenzulassen. Der kleine mongoloide Junge hing schluchzend am Rockschoß der Jüngsten. Das Mädchen stand wie versteinert da und starrte ihn aus riesigen, glänzend grünen Augen an. Ihre dunkelroten Haare hingen ihr unordentlich über die Schultern, und ihre nackten Füße waren staubig.

So dicht neben ihm konnte Faith seinen Gesichtsausdruck gut erkennen. Als er das Umfeld abschätzend maß, zuckte sie zusammen. Dann schließlich blickte er sie an. Er taxierte ihr Leben, ihre Familie und sie selbst und empfand das alles als vollkommen wertlos.

»Sie hat keinen Grund abzuhauen?« fragte er verächtlich. »Ich denke eher, sie hat nicht den mindesten Grund, hierher zurückzukommen!«

Er schwieg und ging an Faith vorbei auf die offene Drahttür zu. Sie knallte gegen die Wand, dann fiel sie zu. Der Motor seines Wagens heulte auf, und einen Augenblick später war Gray verschwunden. Faith stand wie versteinert mitten im Zimmer, während sich Scottie immer noch weinend an sie klammerte. Sie fühlte sich völlig benommen. Sie wußte, daß sie irgend etwas unternehmen sollte, aber was? Gray hatte gesagt, daß sie hier verschwinden mußten. Das Ausmaß dieses Befehls lähmte sie. Verschwinden? Wohin sollten sie denn gehen? Sie konnte keinen klaren Gedanken fassen. Sie konnte lediglich ihre bleischwere Hand heben und tröstend Scotties Haare streicheln: »Ist schon gut, ist schon gut.« Dennoch wußte sie genau, daß das gelogen war. Mama war weg. Nie wieder würde alles wieder gut sein.

4

Gray schaffte es fast einen Kilometer zu fahren, dann wurde sein Zittern so stark, daß er den Wagen anhalten mußte. Er lehnte den Kopf gegen das Lenkrad, schloß die Augen und versuchte seine Panik in den Griff zu bekommen. Was in aller Welt sollte er jetzt nur tun? Noch nie zuvor in seinem Leben hatte er solche Angst gehabt.

Ängstliche Verwirrung ergriff ihn. Am liebsten hätte er sich in Mutters Rockschoß vergraben, so wie der kleine Devlinjunge sich an die dünnen Beine seiner Schwester geklammert hatte. Aber zu Noelle konnte er nicht gehen. Selbst als er noch ein Kind gewesen war, hatte sie seine klammernden kleinen Hände weggeschoben. Er hatte früh gelernt, sich von seinem Vater trösten zu lassen. Und selbst wenn Noelle zärtlicher gewesen wäre, konnte er sie nicht um Zuspruch anflehen, denn genau das würde sie bei ihm zu finden hoffen. Es lag jetzt in seiner Verantwortung, sich um seine Mutter und seine Schwester zu kümmern.

Warum hatte Guy das getan? Wie konnte er nur einfach weggehen? Das Verschwinden, der Verrat seines Vaters erschienen Gray, als ob man ihm das Herz aus dem Leib risse. Guy hatte doch Renee ohnehin immer gehabt. Was also hatte ihn bewogen, seine Kinder, sein Geschäft und sein Erbe im Stich zu lassen? Gray hatte seinem Vater immer nahe gestanden, hatte sich seiner Liebe stets sicher gefühlt und jederzeit auf seine volle Unterstützung gezählt. Jetzt aber, wo diese Liebe und Unterstützung plötzlich fehlten, fühlte er sich, als ob man ihm seine Lebensgrundlage genommen hätte.

Er war vollkommen erschüttert. Mit knappen zweiundzwanzig Jahren schienen die Probleme wie unbezwingbare Berge drohend vor ihm aufzuragen. Noelle und Monica wußten immer noch von gar nichts. Irgendwie mußte er die Kraft aufbringen, es ihnen zu sagen. Für sie mußte er ein Fels sein. Er mußte seinen eigenen Schmerz verdrängen und sich darauf konzentrieren, das Familienvermögen zusammenzuhalten. Die Situation stellte sich ganz anders dar, als wenn Guy gestorben wäre. Denn dann hätte Gray die Aktien und das Geld geerbt und die Kontrolle darüber erhalten. In der jetzigen Situation jedoch gehörte immer noch alles Guy, nur daß er nicht mehr da war. Das Vermögen der Rouillards fiele in sich zusammen, aufmerksame Investoren würden sofort abspringen, und die Aufsichtsräte würden die Macht an sich reißen. Gray würde wie ein Löwe zu kämpfen haben, um auch nur die Hälfte des jetzigen Vermögens zu sichern.

Noelle, Monica und er besaßen ein paar wenige Anteile, die auf ihre Namen überschrieben waren. Aber das würde nicht ausreichen. Guy hatte Gray zwar einen Schnellkurs im Management des Unternehmens erteilt, das Management selbst aber hatte er ihm nicht überschrieben. Es sei denn, er hatte irgendwo einen Brief hinterlassen, der Gray zur Führung des Unternehmens befugte. Wenn ein solcher Brief existieren sollte, dann würde er im Arbeitszimmer zu finden sein.

Wenn er dort nichts fand, dann müßte er Alex' Hilfe erbitten, um eine Strategie auszuarbeiten. Alex war ein verdammt intelligenter Mann und ein guter Unternehmensberater. Er hätte in einer größeren Stadt eine viel lukrativere Kanzlei haben können. Da er aber durch das Vermögen seiner Familie gestützt war, konnte er es sich leisten, in Prescott zu bleiben. Er hatte alle geschäftlichen Dinge für Guy geregelt und war gleichzeitig sein bester Freund gewesen. Deswegen würde er sich auch der rechtlichen Konsequenzen genauso bewußt sein wie Gray.

Und wahrlich, dachte Gray entmutigt, er hatte alle Hilfe nötig, derer er habhaft werden konnte.

Als er den Kopf vom Lenkrad hob, hatte er sich wieder unter Kontrolle. Er verdrängte seinen Schmerz und fühlte an seiner Stelle eine stahlharte Entschlossenheit. Seine Mutter und seine Schwester würden sich ohnehin nur schwer mit der Situation abfinden können; verflucht sollte er sein, wenn er zuließe, daß sie auch noch ihr Zuhause verloren.

Er legte den Gang ein und fuhr an. Die letzten Überbleibsel seiner Kindheit und Jugend ließ er auf der holprigen Schotterstraße zurück.

Als erstes fuhr er zu Alex' Büro in Prescott. Er würde sehr schnell reagieren müssen, um überhaupt noch etwas zu retten. Andrea lächelte ihn an, als er zur Tür hereinkam, so wie das viele Frauen bei seinem Auftauchen taten. Ihr rundes, freundliches Gesicht errötete ein klein wenig. Mit fünfundvierzig war sie alt genug, um seine Mutter zu sein. Aber das Alter verhinderte nicht ihre instinktive weibliche Reaktion auf seine kräftige und stattliche Erscheinung.

Gray lächelte abwesend zurück und war in Gedanken ganz bei seinem Vorhaben. »Ist jemand bei Alex im Zimmer? Ich muß ihn sprechen.«

»Nein, er ist allein. Gehen Sie ruhig rein.«

Gray schritt an ihrem Schreibtisch vorbei in Alex' Büro und schloß hinter sich die Tür. Alex blickte von dem wohlgeordneten Aktenberg auf seinem Schreibtisch auf und erhob sich. Sein Blick war sorgenvoll angespannt. »Hast du ihn gefunden?«

Gray schüttelte den Kopf. »Renee Devlin ist ebenfalls verschwunden.«

»O mein Gott.« Alex ließ sich auf seinen Stuhl zurückfallen, schloß die Augen und drückte den Sattel seiner Nase. »Ich kann es nicht glauben. Ich hätte nicht geglaubt, daß es ihm ernst damit war. Wie konnte er das denn ernst meinen? Er hat sie doch ...« Er machte eine kurze Pause und öffnete leicht errötend die Augen.

»... auch so in seinem Bett gehabt«, beendete Gray forsch den Satz. Mit den Händen in den Hosentaschen ging er auf das Fenster zu und sah auf die Hauptstraße hinunter. Prescott war eine kleine Stadt mit nur etwa fünfzehntausend Einwohnern, aber der Verkehr summte lebhaft um den zentralen Rathausplatz. Schon bald würde jeder dort unten wissen, daß Guy Rouillard Frau und Kinder verlassen und mit einer Hure durchgebrannt war.

»Weiß es deine Mutter?« fragte Alex gequält.

Gray schüttelte den Kopf. »Noch nicht. Wenn ich zurück nach Hause fahre, werde ich es ihr und Monica erzählen.« Der ursprüngliche Schrecken und der Schmerz waren verflogen. Statt dessen verspürte er jetzt eine ungebrochene Willenskraft und einen gewissen Abstand, als ob er aus der Entfernung sein eigenes Handeln beobachten würde. Dieser Abstand floß auch in seinen Tonfall ein, als er Alex fragte: »Hat mein Vater bei dir eine Vollmacht hinterlegt?«

Bis zu diesem Zeitpunkt hatte Alex offensichtlich lediglich an die persönlichen Konsequenzen von Guys Verschwinden gedacht. Jetzt aber ahnte er die rechtlichen Konsequenzen, und er riß entsetzt die Augen auf.

»Verflucht«, sagte er in ungewohnt derbem Tonfall. »Nein, das hat er nicht getan. Wenn er es getan hätte, hätte ich seine Entschlossenheit erkannt und versucht, ihn von seinem Vorhaben abzubringen.«

»Vielleicht ist ja in seinem Arbeitszimmer zu Hause ein Brief. Vielleicht ruft er auch in ein, zwei Tagen an. Wenn das der Fall sein sollte, dann gibt es in geschäftlicher Hinsicht keinerlei Probleme. Wenn er aber keinen Brief dagelassen hat und er nicht anruft . . . ich kann es mir nicht leisten, lange zu warten. Ich muß soviel wie nur möglich liquidieren, bevor sich die Nachricht verbreitet und die Aktienkurse in den Keller fallen.«

Gray zuckte ungerührt mit den Schultern. »Er hat einfach so seine Familie verlassen. Ich darf nicht annehmen, daß ihm seine geschäftlichen Verpflichtungen mehr bedeuten.« Er machte eine Pause. »Ich glaube weder, daß er zurückkommt, noch daß er anrufen wird. Er hat mir soviel er nur konnte so schnell wie möglich beigebracht. Jetzt begreife ich auch, warum. Denn wenn er weiterhin die Geschäfte hätte führen wollen, hätte er das wohl nicht getan.

»Es sollte sich aber auf jeden Fall eine Vollmacht finden lassen«, beharrte Alex. »Guy war ein viel zu ausgefuchster Geschäftsmann, als daß er daran nicht gedacht hätte.«

»Möglicherweise. Aber ich muß Mutters und Monicas Interessen berücksichtigen. Ich kann nicht warten. Ich muß augenblicklich liquidieren und auf diese Weise die größtmögliche Summe herausschlagen, damit ich wenigstens etwas habe, mit dem ich arbeiten und wieder etwas aufbauen kann. Wenn ich nicht schnell agiere und Guy keinerlei Vorkehrungen getroffen hat, dann haben wir bald keinen Topf mehr, in den wir pinkeln können.«

Alex schluckte, nickte aber. »Also gut. Ich werde alles tun, um deine rechtlichen Ansprüche zu klären. Aber ich kann dir jetzt schon sagen, wenn Guy weder eine Vollmacht hinterlassen hat, noch hier wieder auftaucht, dann steckt die Karre wirklich tief im Dreck. Alles ist an ihn gebunden, es sei denn, Noelle reicht die Scheidung ein. In dem Falle stünde ihr die Hälfte der Aktien zu, allerdings würde auch das viel Zeit in Anspruch nehmen.«

»Ich muß mit dem Schlimmsten rechnen«, erwiderte Gray. »Ich werde nach Hause fahren und nach der Vollmacht suchen. Aber du brauchst nicht auf mich zu warten, sondern kannst jetzt schon anfangen. Wenn sich kein Brief finden läßt, werde ich sofort den Makler anrufen und mit dem Verkauf beginnen. Wie auch immer, ich werde dich informieren. Und bitte kein Wort zu irgend jemandem, bis ich anrufe.«

Alex stand auf. »Ich werde noch nicht einmal Andrea einweihen.« Er fuhr sich durch das dunkle Haar und verriet damit seine Nervosität. Denn eigentlich neigte Alex nicht zu nervösem Verhalten. Sorgenvolle Schatten hatten sich um seine grauen Augen gebildet. »Es tut mir so leid, Gray. Ich bin irgendwie mit daran schuld. Ich hätte irgend etwas unternehmen sollen.«

Gray schüttelte den Kopf. »Mach dir keine Vorwürfe. Wie du schon selbst gesagt hast, wer hätte annehmen können, daß er es ernst meinte? Nein, die einzigen, denen ich Vorwürfe mache, sind Vater und Renee Devlin.« Er lächelte unterkühlt. »Ich kann mir keinen ihrer Vorzüge als ausreichend vorstellen, daß er dafür seine Familie im Stich gelassen hätte. Aber da irre ich mich wohl.« Einen Augenblick lang versank er in düsteren Gedanken und schwieg. Dann riß er sich zusammen und ging zur Tür. »Ich rufe dich an, wenn ich etwas gefunden habe.«

Als er das Büro verlassen hatte, sank Alex in seinen Stuhl zurück. Seine Bewegungen waren noch immer steif und schwach. Er konnte kaum seine Mimik unter Kontrolle halten, als Andrea neugierig hereinplatzte. »Was ist denn mit Gray los?«

»Nichts Besonderes. Eine persönliche Sache, die er mit mir durchgehen wollte.«

Enttäuscht, daß er sich ihr nicht anvertraute, fragte sie: »Kann ich irgendwie behilflich sein?«

»Nein, es wird sich alles finden.« Er seufzte und rieb sich die Augen. »Warum gehen Sie nicht Mittag essen und bringen mir ein Sandwich oder so etwas in der Richtung mit? Ich erwarte einen Anruf und muß hierbleiben.«

»Ja, gut. Was wollen Sie haben?«

Er machte eine schwammige Handbewegung. »Irgend etwas. Sie wissen schon, was ich gern esse. Überraschen Sie mich einfach.«

Sie trödelte noch ein wenig in ihrem Büro herum, stellte den Computer aus, legte die Diskette beiseite und nahm ihre Handtasche. Als sie fort war, wartete Alex noch einen Moment, dann ging er ins Nebenzimmer, riegelte von innen ab, setzte sich auf ihren Stuhl, stellte den Computer an und begann eilig zu schreiben. »Verflucht sollst du sein, Guy«, flüsterte er. »Du gottverdammter Mistkerl.«

Guy parkte die Corvette vor den fünf breiten Stufen, die zur überdachten Veranda und der doppelten Eingangstür hinaufführten. Noelle paßte das zwar nicht, sie wollte, daß die Familienautos außer Sichtweite in der angrenzenden Garage abgestellt wurden. Die Auffahrt sollte für Gäste reserviert bleiben, die nicht gleich anhand der geparkten Autos zu wissen brauchten, wer derzeit zu Hause war. Auf diese Weise war man nicht verpflichtet, seine Anwesenheit zu bekennen, und mußte unliebsame Gäste nicht empfangen. Manche von Noelles Vorstellungen stammten wirklich aus dem letzten Jahrhundert. Normalerweise hielt sich Gray an ihre Vorgaben, aber heute hatte er wichtigere Dinge zu tun. Und er hatte es eilig.

Mit zwei Sprüngen hastete er die Stufen hinauf und öffnete die Tür. Monica hatte ihn vermutlich von ihrem Schlafzimmer aus beobachtet, denn sie eilte ihm mit sorgenvoll verzerrtem Gesicht entgegen. »Papa ist immer noch nicht zurück!« zischte sie und blickte zum Eßzimmer hinüber, wo Noelle offenbar ein spätes Frühstück zu sich nahm. »Warum hast du die Scheibe in seinem Arbeitszimmer zertrümmert und bist dann wie ein geölter Blitz aus dem Haus gestürmt? Und warum hast du direkt vor dem Haus geparkt? Das wird Mama nicht gefallen.«

Gray antwortete nicht, sondern ging eiligen Schritts in das Arbeitszimmer. Die Absätze seiner Stiefel hallten auf dem Parkett. Monica folgte ihm auf den Fersen. Sie betrat das Arbeitszimmer, als er bereits die Papiere auf Guys Schreibtisch durchsuchte.

»Ich glaube, Alex hat dir, was dieses Pokerspiel angeht, nicht die Wahrheit gesagt«, flüsterte sie mit leicht zitternden Lippen. »Ruf ihn noch einmal an, Gray. Er soll dir sagen, wo Papa ist.«

»Gleich«, murmelte Gray und sah noch nicht einmal zu ihr

auf. Keines der Papiere auf dem Schreibtisch war eine Vollmacht. Er öffnete die Schubladen.

»Gray!« Ihre Stimme wurde lauter. »Sicherlich ist es wichtiger, Papa zu finden, als seine Papiere zu durchsuchen!«

Er hielt inne, holte tief Luft und richtete sich auf. »Monica, meine Liebe, setz dich hier hin und sei still«, sagte er in einem freundlichen, aber äußerst bestimmten Tonfall. »Ich suche ein sehr wichtiges Dokument, das Papa möglicherweise hier hinterlassen hat. Ich bin gleich für dich da.«

Sie wollte gerade noch etwas anfügen, als sein Blick sie eines Besseren belehrte. Erstaunt setzte sie sich hin, während Gray seine Suche fortsetzte.

Fünf Minuten später lehnte er sich bitter enttäuscht zurück. Kein Brief zu finden. Das alles ergab keinen Sinn. Warum hatte Guy sich die Mühe gemacht, ihm alles beizubringen, wenn er dann ohne eine Vollmacht gegangen war? Wie Alex schon bemerkt hatte, war Guy viel zu clever, als daß er das vergessen hätte. Und wenn er die Zügel weiter selbst in der Hand behalten wollte, warum hatte er dann Gray so gründlich alles beigebracht? Vielleicht hatte er ja die Führung auf Gray übertragen wollen, es sich dann aber doch anders überlegt. Das war die einzig sinnvolle Erklärung. In diesem Fall würden sie innerhalb der nächsten Tage von ihm hören, denn seine finanziellen Geschäfte waren zu komplex, als daß er sie für längere Zeit schleifen lassen könnte.

Dennoch, wie er schon Alex gegenüber gesagt hatte, durfte Gray nicht einfach annehmen, daß sich die Dinge von alleine richten würden. Er konnte sich nicht vorstellen, daß Guy sich nicht um die Geschäfte kümmerte. Aber andererseits hatte er sich bis heute morgen auch nicht vorstellen können, daß Guy sie alle für Renee Devlin im Stich ließ. Das Unmögliche war wahr geworden. Wie also sollte er noch all die anderen Dinge über seinen Vater glauben, die er bis jetzt für unumstößlich gehalten hatte? Die Verantwortung für seine Mutter und seine Schwester lag nun auf seinen Schultern. Er durfte es nicht riskieren, sie zu Sozialfällen zu machen.

Als er nach dem Telefon greifen wollte, stand es nicht an seinem Platz. Vage erinnerte er sich daran, daß er es aus dem Fenster geschmissen hatte, das nun, mit einer Pappe versehen, auf eine neue Scheibe wartete. Er verließ das Zimmer und ging die Diele hinunter zu dem Telefon am Fuße der Treppe. Monica trottete hinter ihm her. Es war offensichtlich, daß sie seine Anordnung zu schweigen mißbilligte.

Als erstes rief er Alex an, der gleich nach dem ersten Klingeln abnahm. »Kein Brief«, gab Gray knapp bekannt. »Sieh zu, ob du für mich eine Vollmacht erreichen kannst. Oder sonst irgend etwas, das meine Position festigt.« Die Vollmacht wäre ein Riesenschritt gewesen, vielleicht konnten sie ja hier und dort ihre Beziehungen spielen lassen.

»Damit habe ich schon begonnen«, erwiderte Alex leise.

Danach rief Gray seinen Börsenmakler an. Seine Anweisung war kurz und bündig. Wenn es hart auf hart kam, dann brauchte er jedes bißchen Bargeld, das er zusammenkratzen konnte.

Und dann kam das Schwierigste überhaupt. Monica starrte ihn voller Entsetzen aus ihren dunklen Augen an. »Da stimmt doch etwas nicht, nicht wahr?« fragte sie.

Innerlich richtete er sich auf, dann nahm er Monicas Hand. »Laß uns mit Mama reden«, sagte er.

Sie wollte noch etwas fragen, aber er schüttelte den Kopf. »Ich erzähle es nur einmal«, erwiderte er mit brüchiger Stimme.

Noelle trank gerade ihre letzte Tasse Tee und las den Lokalteil einer Zeitung aus New Orleans. Prescott hatte seine eigene kleine Wochenzeitung, in der sie regelmäßig erwähnt wurde, aber nur eine Erwähnung in New Orleans zählte wirklich. Ihr Name wurde dort so häufig gedruckt, daß es ihr alle in Prescott neideten. Sie trug ihr weißes Lieblingskleid und hatte die dunklen, glatten Haare zu einem Knoten hochgesteckt. Ihr Make-up war dezent, aber perfekt, ihr Schmuck kostbar, aber schlicht. Nichts an Noelle war übertrieben oder frivol, keine bunte Rüsche tanzte aus der Reihe. Sie trug nur edle, klassische Formen. Auch ihre Fingernägel lackierte sie lediglich mit klarem Lack.

Als Gray und Monica das Zimmer betraten, blickte sie von der Zeitung hoch. Ihr Blick streifte kurz die ineinander verschränkten Hände der beiden. Sie kommentierte dies jedoch nicht, denn das hätte ein persönliches Interesse vorausgesetzt und möglicherweise auch auf der Gegenseite ein solches erzeugt. »Guten Morgen, Gray«, grüßte sie ihn mit ihrer wie gewöhnlich kontrollierten Stimme. Noelle konnte jemanden abgrundtief verabscheuen, doch hätte derjenige das niemals von ihrer Stimmlage her schließen können. Ihre Stimme zeigte weder Wärme noch Zuneigung, weder Ärger noch irgendein anderes Gefühl. Sich derart zu offenbaren wäre ordinär, und Noelle erlaubte sich auch nicht im kleinsten Detail, auf einen solch minderen Standard herabzusinken. »Soll ich noch etwas Tee bereiten lassen?«

»Nein, danke, Mutter. Ich muß mit dir und Monica sprechen. Es ist etwas sehr Schwerwiegendes passiert.« Er spürte, wie Monicas Hand in der seinen zu zittern begann, und gab ihr einen ermunternden Druck.

Noelle legte die Zeitung beiseite. »Sollten wir uns zurückziehen?« fragte sie aus Sorge darüber, daß einer der Bediensteten etwas Privates mithören könnte.

»Nicht nötig.« Gray zog einen Stuhl für Monica hervor, legte die Hand auf ihre Schulter und stellte sich hinter sie. Noelle würde die Nachricht sicherlich wegen der gesellschaftlichen Konsequenzen sehr zu Herzen gehen, aber Monicas Schmerz würde bei weitem schlimmer sein. »Ich weiß nicht, wie ich es euch leichter machen könnte. Offenbar hat er keinen Brief oder etwas Ähnliches hinterlassen, aber Vater scheint mit Renee Devlin zusammen die Stadt verlassen zu haben. Jedenfalls sind sie beide verschwunden.«

Noelles zarte Hand legte sich zitternd an ihren Hals. Monica machte keinerlei Bewegung, sie schien noch nicht einmal mehr zu atmen.

»Ich bin mir sicher, daß er eine solche Frau nicht mit auf eine Geschäftsreise mitgenommen hat«, erwiderte Noelle mit ruhiger Bestimmtheit. »Man denke nur daran, wie das aussehen würde.«

»Mutter ...« Gray hielt inne und unterdrückte seine Ungeduld. »Guy ist nicht geschäftlich unterwegs. Papa und Renee sind zusammen durchgebrannt. Er wird nicht wieder zurückkommen.«

Monica stieß einen schwachen Schrei aus und preßte beide Hände vor den Mund, um ihn zu ersticken. Die Farbe wich aus Noelles Gesicht, ihre Bewegungen jedoch waren ganz ruhig, als sie die Tasse auf den Teller stellte. »Ich bin mir sicher, daß du einem Irrtum aufsitzt. Dein Vater würde seine gesellschaftliche Position nicht riskieren, für eine ...«

»Himmel noch mal!« bellte Gray, dessen mühsam erzwungene Selbstbeherrschung wie ein überspannter Faden riß. »Papa würde keinen Pfifferling für seine verdammte gesellschaftliche Stellung geben. Du bist es, der das wichtig ist. Aber doch nicht ihm!«

»Grayson, es besteht keine Notwendigkeit, ausfällig zu werden.«

Er biß die Zähne aufeinander. Es war typisch für sie, etwas Unangenehmes nicht wahrhaben zu wollen und sich statt dessen nur einem kleinen Detail zuzuwenden. »Papa ist fort«, sagte er, jedes Wort betonend. »Er hat dich wegen Renee verlassen. Sie sind zusammen durchgebrannt, und er wird nicht zurückkommen. Noch weiß es keine Menschenseele, aber morgen früh wird es vermutlich jeder hier in der Gegend wissen.«

Bei dieser Bemerkung weiteten sich ihre Augen. Erschüttert mußte sie sich eingestehen, welche schreckliche Demütigung das für sie bedeuten würde. »Nein«, flüsterte sie. »Das kann er mir nicht antun.«

»Er hat es bereits getan.«

Taumelnd stand sie auf und schüttelte den Kopf. »Er ... er ist wirklich fort?« murmelte sie kaum hörbar. »Er hat *mich* für diese ... diese ...« Unfähig, den Satz zu Ende zu sprechen, verließ sie fluchtartig das Zimmer.

Sowie sich die Tür hinter Noelle geschlossen hatte und Gefühlsaufwallungen nicht mehr zensiert wurden, sank Monicas Kopf auf ihren auf dem Tisch liegenden Arm. Heftiges Schluchzen schüttelte ihren schlanken Körper. Über Noelle fast so erzürnt wie über Guy, kniete sich Gray neben seine Schwester und legte den Arm um sie.

»Es wird eine harte Zeit werden«, sagte er. »Aber wir werden es durchstehen. Ich werde in den nächsten Tagen sehr viel zu tun haben, um unsere Finanzen unter Kontrolle zu bekommen. Aber ich werde für dich da sein, wenn du mich brauchst.« Er brachte es nicht übers Herz, ihr zu sagen, daß ihnen das finanzielle Fiasko drohte. »Ich weiß, wie sehr es jetzt weh tut. Aber wir werden durchkommen.«

»Ich hasse ihn«, sagte Monica mit tränenerstickter Stimme. »Er hat uns wegen dieser ... dieser *Hure* verlassen! Ich hoffe nur, daß er nicht zurückkehrt. Ich hasse ihn. Ich will ihn niemals wiedersehen!« Sie riß sich abrupt von Gray los und stieß beim Aufstehen den Stuhl um. Laut schluchzend verließ sie das Zimmer. Noch als sie schon die Treppe hinaufrannte, konnte er ihr Schluchzen hören. Das Zuknallen ihrer Zimmertür hallte durch das ganze Haus.

Gray hätte gerne sein Gesicht in den Händen vergraben. Er

wollte auf etwas einschlagen, vorzugsweise auf die Nase seines Vaters. Er wollte seine Wut herausschreien. Die Lage war ohnehin schlimm genug, warum mußte Noelle sie noch dadurch verschlimmern, daß sie sich lediglich darum sorgte, was ihre Freunde sagen würden? Warum konnte sie nicht einmal ihrer Tochter tröstend zur Seite stehen? Merkte sie denn gar nicht, wie sehr Monica sie jetzt brauchte? Aber sie war nie für sie dagewesen, warum sollte es jetzt plötzlich anders sein? Im Gegensatz zu dem Guys erwies sich Noelles Verhalten als vollkommen vorhersagbar.

Er brauchte jetzt einen Drink, und zwar einen doppelten. Er ging zurück in das Arbeitszimmer zu der Flasche Scotch, die Guy in dem Schrank hinter seinem Schreibtisch aufbewahrte. Oriane, ihre langjährige Hausangestellte, die gerade mit Handtüchern beladen die Treppe hinaufging, warf ihm einen neugierigen Blick zu. Da sie nicht taub war, hatte sie die Unterhaltung zumindest bruchstückhaft mitbekommen. Die Gerüchteküche zwischen Oriane, ihrem Mann Garron, der sich um das Grundstück kümmerte, und Delfina, der Köchin, würde heißlaufen. Natürlich würde man sie einweihen müssen, nur konnte sich Gray im Moment noch nicht dazu durchringen. Vielleicht, nachdem er sich etwas von diesem Scotch gegönnt hatte.

Er öffnete den Schrank, holte die Flasche hervor und schüttete ein paar Zentimeter des bernsteinfarbenen Getränks in ein Glas. Der rauchige, scharfe Geschmack biß ihm beim ersten Schluck in die Zunge. Dann spülte er den Rest mit einer eleganten Handbewegung hinunter. Er suchte die beruhigende Wirkung, nicht den Geschmack. Er hatte sich gerade ein zweites Glas eingeschenkt, als von oben ein schriller Schrei ertönte. Dann rief Oriane wieder und wieder seinen Namen.

Monica. Sowie er Orianes Schrei vernommen hatte, wußte Gray Bescheid. Mit vor Entsetzen verengter Brust rannte er, immer drei Stufen auf einmal nehmend, die Treppe hoch. Seine langen, kräftigen Beine trieben ihn hinauf. Oriane kam ihm im Gang mit panisch aufgerissenen Augen entgegen. »Sie hat sich geschnitten, sehr schlimm sogar! O mein Gott, o mein Gott! Das ganze Zimmer ist voll Blut . . .«

Gray schob sie zur Seite und rannte in Monicas Schlafzimmer. Dort war sie nicht, aber die Tür zu ihrem Badezimmer stand offen. Er raste darauf zu. Im Türrahmen jedoch erstarrte er zu einer Salzsäule.

Monica hatte sich ihr Badezimmer selbst eingerichtet. Zarte Rosatöne wechselten mit perligem Weiß, was ein wenig lächerlich mädchenhaft wirkte. Normalerweise erinnerte es Gray an Zuckerwatte, aber jetzt war der rosa Kachelboden von dunkelroten Flecken bedeckt. Monica saß ganz ruhig auf dem rosa Plüschdeckel der Toilette und starrte mit großen, dunklen Augen aus dem Fenster. Ihre Hände hatte sie artig auf dem Schoß gefaltet. Stoßweise rann das Blut aus den tiefen Einschnitten, die sie beiden Handgelenken zugefügt hatte. Das Blut füllte ihren Schoß, rann dann ihre Beine hinunter und bildete unten auf dem Boden eine Pfütze.

»Tut mir leid wegen all der Aufregung«, sagte sie mit einer gespenstisch weit entfernten Stimme. »Ich hatte nicht damit gerechnet, daß Oriane neue Handtücher bringen würde.«

»Himmel«, stöhnte er und raffte ein paar der Handtücher zusammen, die Oriane fallengelassen hatte. Er kniete sich neben Monica und ergriff ihren linken Arm. »Verdammt, Monica, den Hintern sollte ich dir versohlen!« Er umwickelte ihr Handgelenk mit einem Handtuch, dann band er noch eines so fest er konnte darum.

»Laß mich doch einfach in Ruhe«, flüsterte sie und wollte sich ihm entwinden. Aber sie war bereits beängstigend schwach.

»Halt den Mund!« bellte er, nahm ihr rechtes Handgelenk und unterzog es derselben Behandlung. »Verdammt noch mal, wie konntest du nur etwas so Blödsinniges tun?« Nach all dem, was er heute schon hatte ertragen müssen, sprengte dieser Vorfall fast seine Nerven. Angst und Wut machten sich in seiner Brust breit, bis er fast zu ersticken glaubte. »Hast du auch nur einen Augenblick an jemand anderen als an dich selbst gedacht? Hast du vielleicht daran gedacht, daß ich deine Hilfe gut gebrauchen könnte und es für alle anderen Beteiligten genauso schlimm ist wie für dich?« stieß er zwischen zusammengebissenen Zähnen hervor. Er riß sie hoch und rannte an Noelle vorbei, die vollkommen abwesend mit blutleerem Gesicht in der Halle stand, und weiter vorbei an Oriane und Delfina, die sich auf dem Flur umklammert hielten.

»Rufen Sie die Klinik an und sagen Sie Dr. Bogarde, daß wir auf dem Weg zu ihm sind«, ordnete er an, während er Monica durch die Eingangstür und die Stufen hinunter zu der geparkten Corvette trug.

»Ich werde dein Auto schmutzig machen«, protestierte Monica schwach.

»Ich habe dir gesagt, daß du den Mund halten sollst«, bellte er. »Und öffne ihn erst wieder, wenn du etwas Vernünftiges zu sagen hast.« Vermutlich hätte er mit jemandem, der gerade einen Selbstmordversuch hinter sich hatte, etwas vorsichtiger umgehen sollen. Aber sie war seine Schwester. Der Schlag sollte ihn treffen, wenn er es zulassen würde, daß sie sich das Leben nahm. Er hatte eine irrwitzige Wut, eine Wut, die er nur mit aller Kraft bändigen konnte. Seit ein paar Stunden schien sein ganzes Leben den Bach hinunterzugehen. Er hatte es satt, daß diejenigen, die er liebte, Dummheiten machten.

Er ersparte sich die Mühe, die Autotür zu öffnen, hob Monica einfach darüber und setzte sie auf den Sitz. Dann rannte er zur Fahrerseite, ließ den Motor an, rammte den Gang hinein und hinterließ eine Gummispur, als er den kraftvollen Motor bis zum Äußersten strapazierte. Monica sank ermattet mit geschlossenen Augen gegen die Beifahrertür. Er warf ihr einen entsetzten Blick zu, wollte aber keine Zeit damit verschwenden anzuhalten. Sie war leichenblaß, und auf ihren Lippen lag ein schwacher, bläulicher Glanz. Das Blut sickerte bereits durch die Handtücher hindurch, die rote Farbe setzte sich gespenstisch von dem weißen Material ab. Er hatte die Schnitte gesehen. Es waren keine kleinen Schnittwunden gewesen, die eher dazu angetan waren, die Umwelt zu erschrecken und Aufmerksamkeit zu erheischen, als sich das Leben zu nehmen. Nein, Monica war es mit ihrem Versuch sehr ernst gewesen. Seine Schwester würde möglicherweise sterben, weil sein Vater nicht widerstehen konnte, dieser rothaarigen Hure Renee Devlin hinterherzujagen.

Er legte die fünfzehn Meilen bis zum Krankenhaus in etwas unter zehn Minuten zurück. Der Parkplatz war besetzt, aber er fuhr am Hintereingang des einstöckigen Gebäudes vor, hupte und hob Monica wieder in seine Arme. Sie war vollkommen leblos, ihr Kopf rollte an seine Schulter, während ihm heiße Tränen in die Augen schossen.

Die Hintertür wurde geöffnet, und Dr. Bogarde stürzte, von zwei Krankenschwestern gefolgt, heraus. »Ins erste Zimmer rechts«, sagte er, und Gray drehte sich zur Seite, um Monica durch die Tür zu tragen. Sadie Lee Franchier, die Oberschwester, hielt die Tür zum Behandlungszimmer auf. Gray trug Monica hinein, legte sie sanft auf den schmalen Tisch, auf dem die Plastikfolie unter ihrem Gewicht knisterte. Sadie Lee legte eine Blutdruckmanschette um Monicas Oberarm, während Dr. Bogarde den von Gray angelegten Notverband abnahm. Schnell pumpte sie sie auf und lauschte dem Stethoskop, das in Monicas Armbeuge gepreßt war. »Fünfundsiebzig zu vierzig.«

»Machen Sie eine Vier auf«, ordnete Dr. Bogarde an. »Glucose.« Die zweite Schwester, Kitty, folgte seinen Anordnungen.

Dr. Bogarde blickte auf Monicas Handgelenke. »Sie braucht

Blut, und zwar schnell«, sagte er. »Wir müssen sie ins Krankenhaus von Baton Rouge bringen, hier kann ich nichts tun. Außerdem braucht sie einen Mikrochirurgen, um die Venen zu nähen. Ich kann sie hier in einen stabilen Zustand bringen, Gray, aber mehr kann ich nicht tun.«

Kitty hängte den durchsichtigen Infusionsbeutel an das Metallgestell und legte eine Kanüle in Monicas Arm. »Wir haben keine Zeit mehr, auf den Krankenwagen zu warten«, fuhr der Doktor fort. »Wir transportieren sie selbst in meinem Wagen. Sie fahren, in Ordnung?« fragte er Gray und blickte ihn aufmerksam an.

»In Ordnung«, erwiderte Gray tonlos.

Dr. Bogarde schlug leicht auf Monicas Handgelenke. »Gut, die Blutung ist gestoppt. Kitty, ich brauche ein paar Laken. Leg eines auf den Rücksitz meines Wagens und das andere über Monica. Gray, nehmen Sie sie wieder auf den Arm, aber Vorsicht mit der Kanüle. Sadie Lee, rufen Sie das Krankenhaus an und sagen Sie Bescheid, daß wir kommen. Und dann rufen Sie die Polizei an, damit sie die Straßen etwas absperren.«

Vorsichtig hob Gray seine Schwester hoch. Dr. Bogarde nahm den Infusionsbeutel in die eine Hand und seine Behandlungstasche in die andere und lief neben Gray her, der Monica zu dem viertürigen Chrysler des Arztes trug. Der Arzt stieg als erster ein, dann half er Gray, Monica vorsichtig auf den Rücksitz zu legen. Dr. Bogarde hängte den Infusionsbeutel an den Mantelhaken und kniete sich auf den Boden.

»Lassen Sie uns hier hinten nicht herumpurzeln«, wies er Gray an, der seinen langen Körper hinter das Steuer zwängte. Dr. Bogarde war ungefähr einssechzig, so daß der Sitz ganz nah zum Lenkrad vorgezogen war und Grays Brust einklemmte. Er konnte den Sitz jedoch nicht nach hinten schieben, weil dort der Arzt auf dem Fußboden kniete. »Fahren Sie lieber gleichmäßig zügig, dann schaffen wir es. Und stellen Sie den Alarm an.«

Gray unterdrückte seine Ungeduld und verließ wie geheißen die Klinik weniger schnell, als er eben gekommen war. Sein Gefühl sagte ihm, daß er das Gaspedal durchtreten und in dieser Position belassen sollte. Lediglich der Gedanke daran, daß der geräumige Wagen mehr für bequemes, denn für schnelles Fahren gebaut war und möglicherweise aus der Kurve fliegen würde, wenn er ihn wie seine Corvette behandelte, ließ ihn ein vernünftiges Tempo halten.

»Wie ist das passiert?« fragte Dr. Bogarde.

Gray blickte ihn durch den Rückspiegel hindurch an. Der Doktor war ein kleiner, drahtiger Mann mit schlauen blauen Augen. Seinem Namen zum Trotz war er weder ein Kreole noch ein Cajun. Er war vielleicht Mitte Fünfzig und hatte ergrauendes, sandblondes Haar. Gray kannte ihn seit seiner Kindheit. Noelle hatte ihn niemals aufgesucht, sondern einen Stadtarzt in New Orleans bevorzugt. Aber der Rest der Familie hatte alles, von kleinen Verletzungen über Grippe bis zu dem gebrochenen Arm, den sich Gray als Teenager zugezogen hatte, von ihm behandeln lassen.

Gray wollte ihm nicht zuviel sagen. Er zog es vor, die Details noch ein wenig zu verschweigen, bis sein Makler Zeit gehabt hatte, die Aktien zu verkaufen, und Alex sich um die rechtlichen Belange hatte kümmern können. Aber es würde nicht möglich sein, die Neuigkeiten vollkommen unter der Decke zu halten. Er informierte also Dr. Bogarde über den Kern der Sache, schließlich das einzig Ausschlaggebende. »Vater und Mutter haben sich getrennt. Monica . . .« Er zögerte.

Dr. Bogarde seufzte. »Ich verstehe.« Es war allgemein bekannt, wie sehr Monica an Guy hing.

Gray konzentrierte sich auf die Straße. Die Stoßdämpfer des Chryslers glichen die holprigen Straßen aus, und die Reifen summten auf dem Teer. Er verspürte wieder dasselbe Gefühl der Irrealität wie schon zuvor. Die Sonne schien heiß durch die

Fenster und brannte auf seinen Jeans. Hohe Tannen rauschten an ihnen vorbei. Der Himmel über ihnen war strahlend blau. Es war Hochsommer, und alles war ihm so vertraut wie sein eigenes Gesicht. Das war es, was so merkwürdig war. Wie konnte denn alles noch genauso sein, wenn doch seine Welt heute in tausend Stücke zersprungen war?

Auf dem Rücksitz überprüfte Dr. Bogarde Monicas Puls und Blutdruck. »Gray«, sagte er leise, »Sie sollten doch schneller fahren.«

5

Um halb elf Uhr nachts verließen Gray und Dr. Bogarde das Krankenhaus von Baton Rouge. Grays Augen brannten vor Müdigkeit. Die emotionalen Belastungen des vergangenen Tages hatten ihn vollkommen durcheinandergebracht. Man hatte Monica schließlich stabilisieren können. Sie war operiert und in künstlichen Schlaf versetzt worden. Kurz nach der Einlieferung ins Krankenhaus war ihr Herz stehengeblieben, aber die Notaufnahme hatte es binnen kürzester Zeit wieder zum Schlagen gebracht. Sie hatte vier Bluttransfusionen erhalten, zwei vor und zwei während der Operation. Der operierende Arzt glaubte, daß an ihrem rechten Handgelenk mit keinerlei bleibenden Schäden zu rechnen wäre, schloß aber Bewegungseinschränkungen am linken Gelenk aufgrund der Sehnenverletzungen nicht aus.

Für Gray allerdings war nur eines wichtig: daß sie lebte. Als man sie von der Intensivstation in das Privatzimmer verlegte, das ihr Gray besorgt hatte, war sie für ein paar Augenblicke aufgewacht. »Es tut mir leid«, hatte sie gemurmelt, als sie Gray erkannt hatte. Er wußte nicht recht, ob ihr Selbstmordversuch ihr leid tat oder dessen Fehlschlag oder daß sie ihm damit so viele Sorgen bereitet hatte. Er entschied sich für die erste der Möglichkeiten, denn die Vorstellung einer Wiederholung war ihm unerträglich.

»Diesmal fahre ich«, sagte Dr. Bogarde und klopfte Gray auf die Schulter. »Sie sehen gar nicht gut aus.«

»Ich fühle mich auch nicht besonders«, murmelte Gray. »Eine Tasse Kaffee täte mir jetzt gut.« Es war ihm nur recht, daß Dr. Bogarde das Steuer übernahm. Er fühlte sich vollkommen benommen, selbst zu fahren hätte vermutlich ein Sicherheitsrisiko bedeutet. Außerdem gehörte das Auto ja dem Doktor. Zwar hätte er immer noch keinerlei Beinfreiheit, aber wenigstens konnte er frei atmen.

»Da habe ich einen Vorschlag. Nicht weit von hier ist ein McDonald's.«

Gray machte sich im Wagen ganz klein und dankte Gott, daß das Armaturenbrett des Chryslers so gut gepolstert war, denn sonst hätten seine Knie blaue Flecken bekommen.

Eine Viertelstunde später hielt er eine dampfende Isoliertasse in der Hand und starrte auf die vorüberfliegenden nächtlichen Lichter von Baton Rouge. Seine glücklichsten Jahre hatte er hier am College verbracht. Er hatte die Straßen unsicher gemacht, ein ungestümer, energiegeladener, zu sexuellen Ausschweifungen bereiter Jugendlicher auf der Suche nach Abenteuern. Davon hatte es immer reichlich gegeben. Niemand war vergnügungssüchtiger als die Cajun. Und Baton Rouge war voll davon. Die vier Jahre hier waren ein einziges Fest gewesen.

Es war gar nicht so lange her, daß er für immer nach Hause zurückgekehrt war, lediglich ein paar Monate, die ihm allerdings wie eine Ewigkeit vorkamen. Der heutige alptraumhafte Tag hatte den gutgelaunten Teenager von einst endgültig ausgelöscht und zwischen den beiden Lebensabschnitten eine deutliche Linie gezogen. Gray war wie die meisten Menschen nach und nach erwachsen geworden, heute aber lag zum ersten Mal das volle Gewicht der Verantwortung auf seinen Schultern. Sie waren kräftig genug, um es zu tragen. Also hatte er sich zusammengerissen und getan, was getan werden mußte. Daß der Mann, der aus diesen Trümmern auferstand, rücksichtsloser und verbitterter sein würde als noch jener am heutigen Morgen – nun, wenn das der Preis fürs Überleben war, dann wollte er ihn gerne bezahlen.

Zu Hause erwarteten ihn weitere Probleme. Unter den gegebenen Umständen hätte man die meisten Mütter mit einer Eisenstange vom Bett ihres Kindes wegprügeln müssen, nicht so Noelle. Gray hatte sie noch nicht einmal telefonisch erreichen können. Statt dessen hatte er mit Oriane gesprochen, die ihm erzählte, Noelle habe sich in ihrem Zimmer eingeschlossen und weigere sich herauszukommen. Er wies Oriane an, ihr durch die geschlossene Tür hindurch mitzuteilen, daß Monica überleben würde.

Wenigstens hatte er keinerlei Befürchtungen, daß Noelle ähnlich reagieren würde wie Monica. Dazu kannte er seine Mutter zu gut. Sie war viel zu egozentrisch, als daß sie Hand an sich legen würde.

Trotz des Kaffees döste er auf der Rückfahrt ein und wachte erst wieder auf, als Dr. Bogarde den Wagen vor dem Hintereingang der Klinik parkte. Den Kopf voller Sorgen, hatte er das Dach seines Wagens offengelassen, so daß sich auf den Sitzen Tau gebildet hatte. Er würde auf dem Nachhauseweg eine nasse Hose bekommen und war dafür fast dankbar. Vielleicht würde ihn das ja wachhalten.

»Werden Sie heute nacht schlafen können?« fragte Dr. Bogarde. »Wenn Sie möchten, kann ich Ihnen etwas mitgeben.«

Gray lachte kurz auf. »Mein Problem ist wohl eher, ob ich bis dahin noch wach bleiben kann.«

»Vielleicht sollten Sie dann doch lieber hier in der Klinik schlafen?«

»Vielen Dank, Doktor. Aber wenn das Krankenhaus mich rufen sollte, dann würden sie es bei mir zu Hause versuchen.«

»Also gut. Aber seien Sie vorsichtig.«

»Ich werde mich bemühen.« Gray schwang ein Bein über die Tür seines Wagens und glitt auf den Fahrersitz. Richtig, der ganze Hintern naß. Die kühle Feuchtigkeit ließ ihn frösteln.

Er ließ das Verdeck offen, so daß ihm die kühle Luft direkt ins Gesicht schlug. Die nächtlichen Gerüche waren klar und süß und viel frischer, als wenn sie durch die Sonne erwärmt wurden. Als er Prescott hinter sich gelassen hatte, war er von der ländlichen Dunkelheit umgeben, die ihn beschützte und beruhigte.

Ein Licht jedoch drang durch die Dunkelheit. Bei Jimmy Jo, der örtlichen Kneipe, war noch schwer was los. Der Schotterparkplatz war mit Autos und Lastwagen besetzt, die Wände vibrierten von der lauten Musik. Als Gray sich mit seiner schwarzen, schnellen Corvette näherte, schoß ein zerbeulter Jeep vom Parkplatz auf die Straße. Quietschend gewannen die Reifen auf der Straßenoberfläche Halt.

Gray trat voll auf die Bremse und kam schlingernd zum Stehen. Der Jeep schleuderte zur Seite, hätte sich fast überschlagen, dann fing er sich wieder. Grays Scheinwerfer beleuchtete die Insassen, die sich vor Lachen den Bauch hielten. Einer fuchtelte mit einer Bierflasche in der Hand herum, lehnte sich aus dem Fenster und schrie etwas zu Gray hinüber.

Gray erstarrte. Er hatte die Worte nicht verstehen können, aber die waren auch gleichgültig. Nicht gleichgültig war ihm, daß es sich bei den Passagieren um Russ und Nicky Devlin handelte und daß sie in dieselbe Richtung wie er fuhren, nämlich zum Landbesitz der Rouillards.

Die elenden Kerle hatten sich nicht aus dem Staub gemacht. Sie saßen immer noch auf seinem Land.

Langsam staute sich in ihm Wut an, eine kalte, aber unbändige Wut. Kühl beobachtete er, wie sie, an seinen Füßen beginnend, seinen Körper hinaufwanderte und jede einzelne Faser seines Körpers zu durchdringen schien. Sie erreichte seinen Magen, der sich zusammenzog, dann breitete sie sich in seiner Brust aus und explodierte schließlich in seinem Kopf. Fast empfand er diesen Zustand nach der Müdigkeit und dem seelischen Nebel als eine Erleichterung. Seine Gedanken blieben ganz sachlich und kühl, während sein Körper zum Bersten gespannt war.

Er wendete die Corvette und fuhr nach Prescott zurück. Sheriff Deese würde die nächtliche Ruhestörung sicherlich nicht gefallen. Aber Gray war ein Rouillard, und der Sheriff würde das tun, was Gray ihm zu tun befahl. Himmel, es würde ihm sogar noch Spaß machen. Die Devlins loszuwerden würde die Kriminalitätsrate der Gemeinde glatt halbieren.

Den ganzen Tag über hatte Faith innerlich nicht zur Ruhe finden können. Eine unbestimmte Vorahnung von Grauen und Verlust hatte ihr auf den Magen geschlagen, und sie war unfähig gewesen, etwas zu essen. Scottie, der ihre Stimmung spürte, war ängstlich und weinerlich, hielt sich ständig an ihrem Bein fest und hinderte sie so am mechanischen Abwickeln ihrer Pflichten.

Nachdem Gray am Morgen abgefahren war, hatte sie wie betäubt zu packen angefangen. Amos jedoch hatte ihr eine Kopfnuß verpaßt und ihr gesagt, sie solle sich nicht so kindisch benehmen. Renee mochte wohl für ein paar Tage verschwunden sein, aber sie würde zurückkommen. Außerdem würde der alte Rouillard es dem jungen Sohn nicht gestatten, sie aus ihrem Haus zu vertreiben.

Trotz ihrer verzweifelten Lage wunderte sich Faith darüber, daß ihr Vater, der ein Jahr älter als Guy war, diesen als einen alten Mann bezeichnete.

Amos war kurze Zeit später auf der Suche nach Alkohol in seinen Wagen gestiegen. Sowie er außer Sichtweite war, rannte Jodie in das Schlafzimmer und durchwühlte Renees Kleiderschrank. Faith folgte ihr und beobachtete entsetzt, wie Jodie Renees Kleider auf das Bett warf. »Was machst du denn da?«

»Mama braucht sie nicht mehr«, erwiderte Jodie vergnügt. »Guy wird ihr lauter neue Sachen kaufen. Warum glaubst du wohl, daß sie das alles hier zurückgelassen hat? Ich dagegen kann es sehr wohl gebrauchen. Nie wollte sie mir eines ihrer Kleider borgen.« In dem letzten Satz schwang Bitterkeit mit. Sie hielt ein enganliegendes gelbes Kleid hoch, das am Halsausschnitt mit Pailletten besetzt war. An Renee hatte es dank ihrer dunkelroten Haare sehr gut ausgesehen, zu Jodies hellorangen Locken jedoch paßte es überhaupt nicht. »Letzte Woche hatte ich eine heiße Verabredung mit Lane Foster und wollte das hier anziehen, aber sie hat es mir nicht gegeben«, sagte sie vorwurfsvoll. »Ich mußte in meinem alten blauen losgehen, und das kannte er schon.«

»Du kannst doch nicht Mamas Kleider nehmen«, protestierte Faith, und Tränen stiegen ihr in die Augen.

Jodie warf ihr einen entnervten Blick zu. »Warum denn nicht? Sie wird sie nicht mehr brauchen.«

»Papa meint, daß sie zurückkommt.«

Jodie bekam einen Lachanfall. »Papa kann seinen Hintern nicht von einem Loch im Boden unterscheiden. Gray hatte schon recht. Warum in aller Welt sollte sie zurückkommen? Nee, nee, selbst wenn Guy kalte Füße bekommen und zu diesem Eiswürfel zurückkehren würde, mit dem er verheiratet ist, wird Mama doch genug aus ihm herausholen, daß sie auf lange Zeit gut davon leben kann.«

»Dann müssen wir hier fort«, erwiderte Faith, und eine salzige Träne rann ihr die Wangen bis zu ihrem Mundwinkel hinunter. »Wir sollten jetzt packen.«

Jodie klopfte ihr auf die Schulter. »Meine kleine Schwester, du bist einfach zu leichtgläubig. Gray war zwar irrsinnig wütend, aber er wird nichts unternehmen. Er hat nur Dampf abgelassen. Ich werde mal bei ihm vorbeischauen. Vielleicht kann ich ja dasselbe Arrangement mit ihm aushandeln, das sein Vater mit Mama hatte.« Sie benetzte mit der Zunge ihre Lippen. Ein gieriger Ausdruck trat in ihre Augen. »Ich wollte schon immer mal herausfinden, ob das Teil in seiner Hose wirklich so groß ist, wie man munkelt.«

Faith fuhr zurück. Eifersucht mischte sich in ihre Verzweiflung. Jodie schien nicht zu sehen, daß ein Schneeball am Äquator eine bessere Überlebenschance hatte, als daß sie irgendeine Anziehung auf Gray ausüben konnte. Und doch beneidete Faith sie um ihren Mut, es auf einen Versuch ankommen zu lassen. Wie stark und selbstsicher mußte man sich fühlen, um auf einen Mann zuzugehen und sich sicher zu sein, daß er einen anziehend finden würde. Selbst wenn Gray Jodie abwiese, so würde das ihrer Selbstsicherheit nicht den geringsten Knacks zufügen. Es gab viel zu viele andere Jungen und Männer, die es nach ihr gelüstete. Gray wäre nach einer Abfuhr höchstens eine noch größere Herausforderung für sie.

Aber Faith war an diesem Morgen die kalte Verachtung in seinem Blick nicht entgangen, mit dem er die Behausung und ihre Bewohner gemustert hatte. Sie wäre vor Scham am liebsten im Boden versunken. Gern hätte sie ihm gesagt, daß sie nicht wie die anderen war. Sie wollte, daß er ihr Bewunderung und Achtung entgegenbrachte. Aber in seinen Augen *war* sie wie die anderen, weil sie in diesem Loch wohnte.

Fröhlich summend trug Jodie Renees bunten Haufen von Kleidern in das Hinterzimmer, um sie anzuprobieren und abzustecken, denn Renees Busen war größer als der ihrer Tochter.

Faith konnte kaum ein Schluchzen unterdrücken, ergriff Scotties Hand und ging mit ihm zum Spielen nach draußen.

Während er seine kleinen Autos im Dreck herumfahren ließ, saß sie mit in den Händen vergrabenem Gesicht auf einem Baumstumpf. Normalerweise konnte sich Scottie auf diese Weise einen ganzen Tag beschäftigen, aber heute kam er bereits nach einer Stunde zu Faith, legte sich vor sie hin und war schon bald eingeschlafen. Sie strich ihm über die Haare, wobei sie ängstlich die bläuliche Verfärbung seiner Lippen betrachtete. Sie schaukelte verzweifelt auf dem Baumstumpf hin und her und starrte vor sich hin. Mama war verschwunden, und Scottie würde nicht mehr lange leben. Man konnte seinen Tod natürlich nicht genau vorausbestimmen, aber viel länger als ein Jahr würde es Faiths Ansicht nach nicht mehr dauern. So schlimm das Leben in dieser Baracke auch immer gewesen war, so hatte es ihr doch eine Art Sicherheit vermittelt. Wenigstens wiederholte sich hier alles Tag für Tag, und sie wußte, was sie zu erwarten hatte. Jetzt aber war alles in die Brüche gegangen, und sie litt unter einer bodenlosen Angst. Sie hatte gelernt, sich zu arrangieren und mit ihrem Vater und den Brüdern klarzukommen. Jetzt aber lief überhaupt gar nichts mehr nach Plan. Sie fühlte sich vollkommen hilflos. Sie haßte dieses Gefühl, sie haßte es so sehr, daß sich ihr Magen zusammenzog.

Verdammt soll sie sein, meine Mutter, rebellierte sie. Und verdammt sollte auch Guy Rouillard sein. Sie hatten nur an sich selbst gedacht und nicht an ihre Familien noch an das Chaos, das sie hinterließen.

Faith empfand sich schon seit langem nicht mehr als Kind. Bereits sehr früh hatte man ihr Verantwortung aufgebürdet, die ihren Augen eine ihrem Alter nicht entsprechende Reife verlieh. Jetzt aber spürte sie schmerzlich ihre Jugend. Sie war zu jung, um irgend etwas zu unternehmen. Sie konnte sich nicht einfach Scottie schnappen und gehen, sie war zu jung, um ihnen beiden den Lebensunterhalt zu verdienen. Dem Gesetz nach war sie auch zu jung, um alleine zu leben. Sie war vollkommen hilflos den Launen der Erwachsenen um sie herum ausgeliefert.

Sie hatte noch nicht einmal die Möglichkeit wegzurennen, weil sie Scottie nicht zurücklassen konnte. Keiner würde sich um ihn kümmern, und er war fast so hilfsbedürftig wie ein Kleinkind. Sie mußte bleiben.

Sie saß den ganzen Nachmittag auf dem Baumstumpf, zu hilflos und verzweifelt, um ihre gewohnten Pflichten zu verrichten. Sie fühlte sich wie unter einer Guillotine, deren Beil drohend über ihr schwebte. Als die Dämmerung hereinbrach, verstärkte sich ihre Anspannung, so als ob jeder ihrer Nerven brach läge. Sie hätte am liebsten geschrien, um die Stille zu erschüttern. Scottie war von seinem Schlaf aufgewacht und hatte wieder zu spielen begonnen, ohne sich jedoch allzu weit von ihr zu entfernen.

Aber der Abend kam, und das Beil war noch immer nicht gefallen. Scottie hatte Hunger, zupfte an ihr und wollte ins Haus. Unwillig stand Faith auf und brachte ihn hinein, als Russ und Nicky sich gerade auf den Weg zu ihren nächtlichen Vergnügungen machten. Jodie hatte das gelbe Kleid angezogen und war ebenfalls gegangen.

Vielleicht hatte Jodie ja recht, dachte Faith, und Gray hatte lediglich Dampf abgelassen und es mit seinen Drohungen nicht ernst gemeint. Vielleicht hatte ja auch Guy während des Tages Kontakt mit seiner Familie aufgenommen und die Situation dadurch etwas entspannt. Er konnte seine Meinung geändert haben oder behaupten, Renee sei gar nicht bei ihm. Alles war möglich.

Aber wie auch immer die Lage sein mochte, sie glaubte nicht an eine Rückkehr von Renee. Und sollte Guy tatsächlich zurückkehren, gäbe es dann keinerlei Grund mehr, ihnen die Baracke weiterhin zur Verfügung zu stellen. Sie war zwar nichts Überwältigendes, aber sie bot ihnen ein Dach über dem Kopf.

Außerdem kostete sie nichts. Aber nein, ihre Hoffnungen waren vergeblich. Sie mußte vernünftig denken. So oder so würden sie hier weggehen müssen, wenn nicht heute, dann eben in der nahen Zukunft. Wie sie jedoch ihren Vater kannte, würde der keinerlei Anstalten machen zu gehen, wenn er nicht dazu gezwungen würde. Er würde jede freie Minute nutzen, die ihm die Rouillards noch zugestanden.

Sie fütterte und badete Scottie, dann brachte sie ihn ins Bett. Wieder hatte sie einen Abend allein für sich. Sie beeilte sich zu baden und zog ihr Nachthemd über. Als sie jedoch ihr kostbares Buch hervorgeholt hatte, konnte sie sich nicht darauf konzentrieren. Die Szene am Morgen wiederholte sich ständig in ihrem Kopf, wie ein immer wieder zurückgespulter Film. Jedesmal, wenn sie an die Verachtung in Grays Blick dachte, stach ein solcher Schmerz in ihre Brust, daß sie kaum noch Luft bekam. Sie drehte sich um, vergrub das Gesicht im Kopfkissen und unterdrückte ihre heißen Tränen. Sie liebte ihn so sehr. Und er verabscheute sie, weil sie eine Devlin war.

Erschöpft von der unruhigen letzten Nacht und dem entsetzlichen Tag verfiel sie in eine Art Halbschlaf. Da sie ohnehin einen leichten Schlaf hatte und aufmerksam wie eine Katze war, wachte sie jedesmal auf, wenn eines der Familienmitglieder nach Hause zurückkehrte. Ihr Vater kam als erster. Natürlich war er betrunken, aber ausnahmsweise verlangte er nicht nach einer Mahlzeit, die er dann ohnehin stehenlassen würde. Faith lauschte, als er in sein Schlafzimmer torkelte. Nur wenig später hörte sie das gewohnte laute Schnarchen.

Jodie kam gegen elf nach Hause. Sie war einsilbig und schmollte. Ihr Abend war offensichtlich nicht so verlaufen, wie sie es sich vorgestellt hatte. Faith jedoch lag still unter ihrer Decke und stellte ihr keinerlei Fragen. Jodie zog das gelbe Kleid aus und warf es in die Zimmerecke. Dann knallte sie sich auf die Pritsche und drehte Faith den Rücken zu.

Heute blieb keiner lange fort. Die Jungen kamen nicht viel später, machten einen Höllenlärm und weckten wie gewöhnlich Scottie auf. Faith aber blieb liegen, und schon bald war alles ganz still.

Alle waren nach Hause gekommen, alle bis auf Mama. Faith weinte lautlos vor sich hin, wischte sich mit dem Laken die Tränen ab und war schon bald wieder eingeschlafen.

Ein lauter Knall riß sie vollkommen verwirrt und erschrocken in die Höhe. Ein grelles Licht schien ihr direkt in die Augen, so daß sie nichts mehr erkennen konnte, dann riß eine rauhe Hand sie von ihrer Pritsche herunter. Faith schrie und versuchte sich dem schmerzhaften Zugriff zu entziehen. Sie sträubte sich, aber wer immer der Angreifer auch war, er hob sie einfach hoch – sie wog ja kaum mehr als ein Kind – und zerrte sie quer durch die Baracke. Neben ihrem eigenen Geschrei hörte sie Scotties Schreie, das Fluchen ihres Vaters, das Gebrüll ihrer Brüder und Jodies Schluchzen.

Im Vorgarten war ein Halbkreis stark blendender Scheinwerfer aufgebaut, und Faith hatte den Eindruck von einer größeren Menschenmenge, die sich hin- und herbewegte. Der Mann, der sie gepackt hatte, stieß die Drahttür auf und schubste sie nach draußen. Sie stolperte über die holprigen Stufen und fiel kopfüber in den Dreck, wobei das Nachthemd ihr die Schenkel hochrutschte. Steine und Schmutz bohrten sich durch die Haut ihrer Knie und Handflächen und schlugen ihr auf der Stirn eine Wunde.

»Hier«, sagte jemand. »Nimm das Kind.« Scottie wurde unsanft neben ihr abgesetzt. Er schrie wie am Spieß. Seine runden blauen Augen blickten sie voller Schrecken an. Faith setzte sich auf, schob ihr Nachthemd herunter und nahm ihn in den Arm.

Rings um sie herum flogen krachend Gegenstände herum. Sie sah, wie Amos sich am Türrahmen festklammerte, während zwei Männer in brauner Uniform ihn aus dem Haus zerrten. Polizei, dachte sie entsetzt. Was in aller Welt suchte denn die Polizei hier draußen, es sei denn, ihr Vater oder die Jungen waren beim Stehlen erwischt worden? Einer der Polizisten hieb mit seiner Taschenlampe auf Amos' Hände ein. Amos schrie auf, löste seinen Griff und wurde in den Garten hinausgestoßen.

Ein Stuhl flog hinterher, und Faith warf sich zur Seite. Er landete splitternd genau dort, wo sie eben gesessen hatte. Halb kriechend und mit Scotties Gewicht um den Hals erreichte sie Amos' schützenden Jeep und lehnte sich gegen den Vorderreifen.

Vollkommen benommen starrte sie auf das entsetzliche Geschehen und versuchte sich einen Reim darauf zu machen. Töpfe, Kleidung und Geschirr flogen aus den Fenstern. Die Plastikteller verursachten beim Aufprall auf dem Boden einen Höllenlärm. Eine Schublade mit Besteck wurde durch das Fenster ausgeleert, und das billige Metall glitzerte im Scheinwerferlicht der Polizeiwagen.

»Räumen Sie die Baracke vollkommen«, befahl eine tiefe Stimme. »Ich will nichts mehr darin sehen.«

Gray! Die geliebte Stimme wiederzuerkennen ließ Faith erstarren. Sie kniete auf dem Boden, und Scottie drängte sich hilfesuchend an sie. Jetzt sah sie ihn. Er stand hochgewachsen und kräftig mit vor dem Körper verschränkten Armen neben dem Einsatzleiter.

»Sie haben keine Befugnis, uns das anzutun!« brüllte Amos und versuchte, an Grays Arm zu zerren. Gray schüttelte ihn ab, wie man einen kleinen, kläffenden Hund abschüttelt. »Sie können uns hier nicht mitten in der Nacht rausschmeißen! Was soll aus meinen Kindern werden, aus meinem behinderten Sohn? Haben Sie denn überhaupt kein Mitleid, einem kleinen Jungen so etwas anzutun?«

»Ich habe gesagt, Sie sollen bei Anbruch der Dunkelheit hier verschwunden sein. Und genau das habe ich auch gemeint«, erwiderte Gray scharf. »Räumen Sie zusammen, was Sie mitnehmen wollen. Denn in einer halben Stunde werde ich das, was noch übriggeblieben ist, anzünden.«

»Meine Kleider!« schrie Jodie und rannte, nach Luft ringend, aus der Schutzzone zwischen zwei Autos hervor. Sie durchsuchte das Durcheinander, hob einige Kleidungsstücke auf und ließ sie wieder fallen, wenn sie ihr nicht gehörten.

Faith stand, den sich anklammernden Scottie auf dem Arm, mit der Kraft der Verzweiflung auf. In Grays Augen war ihr Besitz vermutlich lediglich Müll, aber es war alles, was sie hatten. Sie zerrte sich Scotties Hände vom Hals und hob ein paar ineinander verknäulte Kleidungsstücke auf, die sie in den Kofferraum von Amos' Wagen warf. Sie wußte nicht, was wem gehörte, aber das war ihr einerlei. Sie mußte soviel retten wie irgend möglich. Scottie klammerte sich an sie wie eine Zecke, die man nicht loswurde. In ihrer Bewegung behindert, griff Faith nach Amos' Arm und schüttelte ihn. »Steh nicht einfach so herum!« schrie sie. »Hilf mir lieber, die Sachen in den Wagen zu laden!«

Er stieß sie zurück, so daß sie auf den Boden fiel. »Sag du mir nicht, was ich zu tun habe, du dummes Ding!«

Ohne sich um ihre wehen Knochen zu scheren, stand sie wieder auf. Sie war von der Dringlichkeit der Sache vollkommen betäubt. Die Jungen waren noch betrunkener als Amos. Sie torkelten herum und fluchten. Die Polizeibeamten hatten nun die Baracke ausgeräumt und standen als Zuschauer herum.

»Jodie, hilf du mir!« Sie griff nach Jodie, die weinend an ihr vorbeirannte, weil sie ihre Kleider nicht finden konnte. »Nimm alles, was du nur zu fassen bekommst. Wir können es später sortieren. Nimm einfach alles an Kleidung, was da ist. So bist du sicher, daß deine auch dabei ist.« Das war das einzige

Argument, das Jodie vielleicht motivieren konnte, mit anzufassen.

Die beiden Mädchen eilten durch den Garten und hoben alles auf, was sie in die Hände bekamen. Faith arbeitete schneller als je zuvor in ihrem Leben. Ihr schlanker Körper reckte und bückte sich so schnell, daß Scottie es nicht mehr mit ihr aufnehmen konnte. Er folgte ihr weinend und griff mit seinen kleinen knubbeligen Händen nach ihr, wann immer sie in seine Nähe kam. Ihre Gedanken waren vollkommen gelähmt. Sie konnte und sie wollte nicht denken. Sie bewegte sich automatisch, schnitt sich an einer zerbrochenen Schüssel und merkte es noch nicht einmal. Einer der Polizisten jedoch sah es und brummte: »He, Kleine, du blutest.« Dann band er ihr sein Taschentuch um die Hand. Sie dankte ihm, ohne zu wissen, was sie sagte.

Sie war zu unschuldig und zu beschäftigt, um zu bemerken, daß das Scheinwerferlicht durch den dünnen Stoff ihres Nachthemds drang und sich ihr jugendlicher Körper, ihre schlanken Schenkel und ihre hohen, schönen Brüste abzeichneten. Sie bückte sich, hob etwas auf, und jede Veränderung ihrer Haltung zeigte sie wieder von einer anderen Seite. Mal spannte sich der Stoff straff über ihrem Busen und zeigte die kleinen Gipfel ihrer Knospen, mal offenbarte sich die sanfte Kurve ihrer Hüften. Sie war erst vierzehn, aber in dem grellen künstlichen Licht, mit ihrem langen, dichten Haar, das wie eine dunkle Flamme über ihren Schultern lag, und mit den tiefen Schatten, die ihre hohen Wangenknochen hervorhoben und ihre Augen verdunkelten, war ihr Alter nicht leicht zu bestimmen.

Erkennbar aber war ihre unglaubliche Ähnlichkeit mit Renee Devlin. Renee war eine Frau, die nur einen Raum durchqueren mußte, um die meisten Männer in einen erotischen Schockzustand zu versetzen. Renees Sinnlichkeit war schwül und lebendig, sie hatte auf die männlichen Instinkte geradezu

Signalwirkung. Und die Männer, die Faith jetzt beobachteten, sahen nicht sie, sondern ihre Mutter.

Gray stand wortlos da und beobachtete die Szene. Die Wut brodelte immer noch in ihm, kalt und übermächtig und unbesänftigt. Ekel erfüllte ihn, als er Amos Devlin und dessen Söhne betrachtete, die torkelnd herumstanden, fluchten und Drohgebärden vollführten. Mit den Polizeibeamten vor Ort würden sie es allerdings bei verbalen Angriffen bewenden lassen. Gray ignorierte sie einfach, obwohl er kaum hatte an sich halten können, als Amos auf die jüngste Tochter losgegangen war. Grays Hände hatten sich zu Fäusten geballt, aber sie war so schnell wieder aufgesprungen, daß er sich beherrscht hatte.

Die Mädchen rannten herum und versuchten tapfer, die wichtigsten Dinge zusammenzuraffen. Die männlichen Familienmitglieder ließen auf primitive und gemeine Weise ihren Ärger an den beiden aus, rissen ihnen Dinge aus den Armen und schleuderten sie zu Boden, wobei sie lauthals kundtaten, daß kein Mensch auf der Welt *sie* aus ihrem Haus werfen würde. Folglich bräuchte man keine Zeit damit zu verschwenden, irgend etwas zusammenzupacken, da sie ohnehin nirgendwohin gehen würden, verdammt noch mal. Die Älteste, Jodie, bat sie um ihre Mithilfe, aber deren besoffene Angeberei erstickte ihre Bemühungen.

Die Jüngere verschwendete keine Zeit damit, sich mit ihnen zu streiten. Sie lief nur still hin und her und versuchte Ordnung in das Chaos zu bringen, obwohl sich die Hände des kleinen Jungen an sie zu klammern versuchten. Gegen seinen Willen wanderte Grays Aufmerksamkeit immer wieder zu ihr hin. Ebenso gegen seinen Willen war er von den zarten weiblichen Umrissen ihres Körpers unter dem fast durchsichtigen Nachthemd fasziniert. Gerade ihre Stille erregte seine Aufmerksamkeit. Als er sich plötzlich umdrehte, bemerkte er, daß die meisten der Polizisten sie ebenfalls beobachteten.

Sie hatte etwas merkwürdig Reifes an sich, und die Beleuchtung vermittelte ihm das eigenartige Gefühl, daß er nicht sie, sondern Renee anschaute. Die Schlampe hatte ihm den Vater genommen, seine Mutter in ihr Schneckenhaus getrieben und fast das Leben seiner Schwester auf dem Gewissen. Und nun war sie hier und führte die Männer in der Verkleidung ihrer Tochter in Versuchung.

Jodie war kurvenreicher, aber sie war laut und vulgär. Faiths lange dunkle Haare fielen auf die matt schimmernde Haut ihrer Schultern, von denen die Träger des Hemdes herabgerutscht waren. Sie sah älter aus, als sie war, irgendwie unwirklich, wie eine Wiedergeburt ihrer Mutter glitt sie durch die Nacht, jede ihrer Bewegungen war ein sinnlicher Tanz.

Gegen seinen Willen verspürte Gray, wie sich sein Schaft aufrichtete. Er war von sich selbst angeekelt. Er blickte sich zu den Polizisten um und sah dieselbe Reaktion bei ihnen. Es war eine animalische Erregung, derer sie sich angesichts des jugendlichen Alters des Mädchens wirklich schämen sollten.

Himmel, er war keinen Deut besser als sein Vater. Man brauchte ihm nur einen Blick auf eine der Devlinfrauen zu gestatten, und schon benahm er sich wie ein brünstiger Hirsch, wurde hart und bereit. Monica wäre heute morgen wegen Renee Devlin fast gestorben. Und hier stand er nun, und sein Schwanz fing an, sich beim Anblick von Renees Tochter zu regen.

Sie kam mit einem Bündel Kleidung auf ihn zu. Nein, sie ging nicht auf ihn, sondern auf den Wagen in seinem Rücken zu. Ihre grünen Katzenaugen streiften ihn geheimnisvoll. Sein Puls schoß in die Höhe. Ihr Blick forderte seine nur mühsam beherrschte Wut heraus. Mit vernichtender Schärfe brach es aus ihm hervor, denn er wollte, daß die Devlins genauso sehr wie er würden leiden müssen.

»Du bist der allerletzte Dreck«, sagte er mit tiefer, harter

Stimme, als das Mädchen an ihm vorüberging. Sie blieb stehen und erstarrte, während das Kind sich noch immer an sie anklammerte. Sie blickte nicht Gray an, sondern sah geradeaus, und die feingezeichneten Konturen ihres Gesichts schürten noch seine Wut. »Deine ganze Familie ist der allerletzte Dreck. Deine Mutter ist eine Hure, und dein Vater ist ein versoffener Dieb. Mach, daß du aus dieser Gegend hier fortkommst, und komm ja niemals wieder hierher.«

6

Zwölf Jahre später kehrte Faith Devlin Hardy nach Prescott, Louisiana, zurück.

Seit sie Baton Rouge hinter sich gelassen hatte, war sie immer neugieriger geworden. Abgesehen von ihrem eigentlichen Grund für die Rückkehr hatte sie sich über ihre frühere Heimat nicht viele Gedanken gemacht. Die Straßenführung war ihr nicht geläufig, denn als sie noch in Prescott wohnte, war sie kaum jemals über die Stadtgrenze hinausgekommen. Keinerlei Erinnerungen verknüpften die Vergangenheit mit der Gegenwart, das Mädchen mit der Frau.

Aber als sie das Ortsschild von Prescott passiert hatte, die Häuserreihen und Straßenzüge sich zu Stadtvierteln verdichteten, als die großen Hartholzwälder Tankstellen und Einkaufsläden Platz machten, da fühlte sie eine schmerzliche Anspannung in sich aufsteigen. Als sie den Marktplatz erreichte, steigerte sich dieses Gefühl noch, denn das ziegelrote Rathausgebäude glich aufs Haar genau dem Bild ihrer Erinnerung. Immer noch parkten viele Autos um den Platz herum, und immer noch standen überall Parkbänke, so daß sich ältere Menschen an heißen Sommertagen dort versammeln und unter dem schützenden, dichten Schatten der mächtigen Eichen ausruhen konnten.

Natürlich gab es auch ein paar Dinge, die sich verändert hatten. Einige Gebäude waren neueren Datums, während manch älteres Haus gar nicht mehr existierte. Man hatte an allen vier Ecken des Platzes Blumenbeete angelegt, sicherlich eine Initiative des äußerst aktiven Frauenvereins. Purpurne Stiefmütterchen neigten ihre Gesichter den Passanten zu. Die meisten Dinge jedoch waren unverändert, und die wenigen Veränderungen betonten lediglich das, was geblieben war. Ihr Brustkorb schmerzte jetzt so sehr, daß sie kaum noch atmen konnte, und ihre Hände am Lenkrad zitterten. Ein heftiges und gleichzeitig angenehmes Gefühl durchströmte sie: Heimat.

Sie war so benommen, daß sie den Wagen in einer Parklücke vor dem Gerichtsgebäude zum Stehen bringen mußte. Ihr Herz schlug wie wild, und sie mußte tief durchatmen, um sich zu beruhigen. Sie hatte nicht erwartet, daß sie noch derart tief verwurzelt war, wo sie doch glaubte, man habe ihr ihre Wurzeln bereits vor Jahren endgültig ausgerissen. Sie verspürte eine Mischung aus Angst und Freude. Lediglich die Neugier hatte sie hierher zurückgetrieben. Sie wollte endlich herausfinden, was damals passiert war, nachdem man die Devlins gewaltsam aus der Stadt vertrieben hatte. Dieses heftige Gefühl der Zugehörigkeit jedoch überdeckte in diesem Moment jede Neugier. Dabei gehörte sie doch gar nicht hierher, ermahnte sie sich. Selbst als sie hier noch gelebt hatte, hatte sie niemals hierher *gehört,* sondern war lediglich geduldet worden. Wann auch immer sie einen Laden betreten hatte, hatte man sie mit Adleraugen verfolgt. Denn jedermann wußte, daß eine Devlin alles stehlen würde, was nicht niet- und nagelfest war. Dieser Zustand war von echter Zugehörigkeit weit entfernt.

Faiths Überlegungen hatten jedoch auf ihre Gefühle keinerlei Einfluß. Ihre Instinkte, ihre Empfindungen registrierten dies hier als ihre Heimat. Die üppigen, farbenfrohen Gerüche übertrafen die des gesamten Rests der Welt. Die Bilder hatten sich seit ihrer Geburt in ihr Gedächtnis eingeprägt. Hier war sie geboren und aufgewachsen. Ihre Erinnerungen an Prescott waren bitter, dennoch übte der Ort eine unsichtbare Anziehungskraft auf sie aus, derer sie sich gar nicht bewußt gewesen war und die sie nicht gewollt hatte. Sie hatte lediglich ihre Neugier stillen und mit der Vergangenheit abschließen wollen, damit sie sich ganz auf ihre Zukunft konzentrieren konnte.

Es war nicht leicht gewesen, zurückzukommen. Gray Rouillards Worte brannten noch immer in ihrer Erinnerung, als ob er sie erst gestern und nicht vor zwölf Jahren ausgesprochen hätte. Manchmal dachte sie tagelang nicht an ihn, aber der Schmerz war trotzdem allgegenwärtig. Ihre Rückkehr verstärkte ihre Erinnerungen noch. Sie hörte seine Stimme wie ein Echo in ihrem Kopf: *Du bist der allerletzte Dreck.*

Zitternd atmete sie tief den süßlich grünen Duft ein, in dem ihre ganze Kindheit mitschwang. Sie richtete sich auf. Dann betrachtete sie den Marktplatz genauer und machte sich wieder mit einer Umgebung vertraut, die sie damals wie ihre Westentasche gekannt hatte.

Manche der alten Geschäfte hatten ihre Fassade erneuert. Der Eisenwarenladen hatte jetzt eine Stein- und Zedernfront und rustikale Doppeltüren. Ein McDonald's war an der Stelle eines ehemaligen Milchladens entstanden, ebenso ein neues Bankgebäude. Sie wäre jede Wette eingegangen, daß die Bank den Rouillards gehörte.

Die Passanten betrachteten sie mit der Neugier, mit der Kleinstädter jedem Fremden begegnen, aber niemand erkannte sie. Das hatte sie auch nicht erwartet. Die zwölf Jahre hatten aus dem Mädchen eine Frau werden lassen. Sie war jetzt nicht mehr hilflos, sondern zupackend, und nicht mehr arm, sondern wohlhabend. Mit ihrem taillierten cremefarbenen Kostüm, dem vollen, geschickt hochgesteckten Haar und ihrer Sonnenbrille bot sie den Menschen keinen Anhaltspunkt mehr, der sie an Renee Devlin erinnert hätte.

Welch eine Ironie des Schicksals, dachte Faith. Man hatte Renee zwar vieles vorwerfen können, aber es war nicht ihre Schuld gewesen, daß die Devlins schließlich davongejagt worden waren. Sie war nicht mit Guy Rouillard durchgebrannt.

Die Neugier, was tatsächlich mit Guy Rouillard geschehen war, hatte Faith nach all den Jahren hierher zurückgebracht. Hatte er sich mit einer neuen Freundin vergnügt und war dann nach ein, zwei Tagen wieder aufgetaucht, verwundert darüber, welche Verwirrung er gestiftet hatte? War er auf einer Sauftour gewesen oder hatte gar bei einem Marathonpoker mitgemacht? Faith wollte es wissen. Sie wollte ihn von Angesicht zu Angesicht sehen, ihm in die Augen blicken und ihm sagen, was seine Unverantwortlichkeit sie gekostet hatte.

Blind starrte sie in Richtung des Rathauses, während die Erinnerungen sie überfluteten. Nach jener entsetzlichen Nacht war ihre Familie auseinandergebrochen. Sie waren noch bis nach Baton Rouge gefahren und hatten dann die Nacht in ihren Autos verbracht. Amos war in seinem Wagen geblieben, Russ und Nicky in ihrem, und Faith und Scottie, der auf ihrem Schoß schlief, mit Jodie in ihrer vollkommen abgetakelten Karre.

Rückblickend erinnerte Faith sich nur noch an ihr Entsetzen und ihre Scham. Manche Bilder stachen glasklar hervor: die blendenden Lichter der Polizeiwagen, der Augenblick schieren Entsetzens, nachdem sie aus dem Bett gerissen, vor die Tür gezerrt und in den Dreck gestoßen worden war, Scotties Schreie.

Manchmal konnte sie sich sogar noch an das Gefühl seiner kleinen Hände erinnern, daran, wie er sich ängstlich an ihre Beine klammerte. Die schlimmste Erinnerung jedoch, die mit schmerzhafter Klarheit wieder und wieder auftauchte, war, wie Gray sie voll Abscheu angeblickt hatte.

Sie erinnerte sich, wie verzweifelt sie ihre ärmlichen Habseligkeiten zusammengesucht hatten. Sie erinnerte sich an die lange Fahrt durch die Dunkelheit. Eigentlich war die Fahrt gar nicht so lang gewesen, aber es war ihr wie eine Ewigkeit erschienen. Jede Sekunde hatte sich zu einer Minute ausgedehnt, so daß ihr eine Minute wiederum wie eine Stunde erschienen war. Sie konnte sich nicht erinnern, geschlafen zu haben, auch nicht, als sie in Baton Rouge angekommen waren. Sie hatte mit brennenden Augen dagesessen, ins Leere gestarrt und dabei Scotties warmen Körper auf ihrem Schoß gespürt.

In der frühen Morgendämmerung hatte die Polizei sie aus der städtischen Anlage vertrieben, in der sie geparkt hatten. Ihre schäbige kleine Karawane hatte sich erneut in Bewegung gesetzt. Erst in Beaumont, Texas, hielten sie wieder an. Amos mietete im schlimmsten Viertel der Stadt ein Hotelzimmer, in dem alle sechs Platz finden mußten. Immerhin hatten sie wieder ein Dach über dem Kopf.

Eine Woche später war Amos genauso verschwunden, wie kurz zuvor Renee verschwunden war. Amos aber hatte immerhin seine Kleidung mitgenommen. Nicky und Russ investierten daraufhin ihr weniges Bargeld in Bier und betranken sich. Wenig später war auch Russ verschwunden.

Nicky hatte es immerhin auf einen Versuch ankommen lassen. Das mußte man ihm zugute halten. Er war erst achtzehn, nahm aber, als er plötzlich für drei jüngere Familienmitglieder sorgen mußte, alle möglichen Gelegenheitsjobs an. Jodie trug ihrerseits bei, indem sie als Aushilfe in einem Schnellrestaurant arbeitete. Aber selbst mit ihrer Hilfe reichte es vorne und hinten nicht. Schon bald bekamen sie Besuch von der Sozialfürsorge. Jodie, Faith und Scottie kamen in ein staatliches Heim. Nicky protestierte zwar ein wenig, aber Faith wußte, daß er im Grunde seines Herzens erleichtert war. Seither hatte sie ihn nicht wieder gesehen.

Adoption stand nicht zur Debatte: Faith und Jodie waren zu alt, und Scottie wollte niemand haben. Sie hatten gehofft, alle drei bei einer Familie unterzukommen, wo Faith sich weiter um Scottie kümmern konnte. Diese Hoffnung erfüllte sich zwar nicht, aber die Alternative war durchaus akzeptabel. Jodie kam in einem Pflegehaushalt unter, Faith und Scottie in einem anderen. Faith mußte Scotties Pflege zwar voll und ganz übernehmen, aber daran war sie bereits gewöhnt, und so fiel es ihr nicht weiter schwer. Das war die Bedingung gewesen, unter der man sie zusammengelassen hatte. Und Faith setzte alles daran, ihr Versprechen zu halten.

Jodie blieb nie lange bei einer Pflegefamilie. Zweimal wurde sie versetzt. Faith dagegen hatte Glück mit ihren Pflegeeltern. Die Greshams besaßen selbst nicht viel, aber das wenige, was ihnen gehörte, teilten sie gerne mit ihren Pflegekindern. Zum ersten Mal erlebte Faith, wie anständige Leute lebten. Sie sog es auf wie ein Schwamm. Jeden Tag genoß sie es wieder, von der Schule in ein sauberes Haus zurückzukehren, in dem es nach Essen duftete. Ihre Kleidung war zwar nicht teuer, aber so schön und elegant, wie es ihr die Greshams von dem Pflegegeld erlauben konnten. In der Schule wurde sie von niemandem als verlumpte Devlin geächtet. Sie lernte das Leben in einem Hause kennen, in dem die Erwachsenen sich liebten und achteten.

Scottie wurde verwöhnt. Sie kauften ihm neues Spielzeug. Aber es dauerte nicht lange, bis er dramatisch abzubauen begann. Für Faith war die Freundlichkeit und Liebe, die man Scottie in der wenigen, ihm noch verbleibenden Zeit entgegenbrachte, jedes Opfer wert. Für eine kurze Zeit durfte er glücklich sein. Das Weihnachten nach Renees Verschwinden hatte ihn vor Freude vollkommen trunken gemacht. Stundenlang hatte er dagesessen, zu müde zum Spielen, und zufrieden in die glitzernden Lichter des Weihnachtsbaumes gestarrt. Im Januar war er im Schlaf gestorben. Faith hatte seinen Tod kommen sehen und die Nächte an seinem Bett verbracht. Irgend etwas, vielleicht war es sein veränderter Atem gewesen, hatte sie geweckt. Sie hatte seine kleinen, pummeligen Hände genommen und sie festgehalten. Er atmete immer langsamer und langsamer, bis er schließlich ganz sanft zu atmen aufhörte. Sie hatte seine Hand noch so lange gehalten, bis die beginnende Kälte darin zu spüren war. Dann erst hatte sie die Greshams geweckt.

Fast vier Jahre hatte sie mit den freundlichen Greshams verbracht. Jodie hatte die Schule abgeschlossen, unmittelbar danach geheiratet und war in die Großstadt Houston gezogen. Faith war nun wirklich vollkommen allein, ihre gesamte Familie war fortgezogen. Sie konzentrierte sich ganz auf die Schule und ignorierte die Jungen, die sich ständig mit ihr verabreden wollten. Sie war viel zu betäubt, viel zu sehr traumatisiert gewesen, um sich in das wilde Teenagerleben zu stürzen. Die Greshams hatten ihr vorgelebt, wie wohltuend Stabilität und Achtung sein konnten. Genau das wollte sie auch für sich selbst aufbauen. Deshalb konzentrierte sie all ihre Kraft darauf, etwas aus der Asche aufzubauen, zu der ihr Leben zusammengefallen war. Nachdem sie hart für die Schule gearbeitet hatte, hielt sie für ihre Klasse die Abschlußrede und bekam ein Stipendium für ein kleines College. Es fiel ihr nicht leicht, die Greshams zu verlassen. Aber da der Staat nicht länger zu ihrem Unterhalt beitrug, mußte sie weiterziehen. Während des Studiums arbeitete sie Teilzeit, um sich über Wasser zu halten. Faith machte es nichts aus, hart zu arbeiten. Schließlich hatte sie ihr ganzes Leben lang nichts anderes gekannt.

In ihrem letzten Studienjahr verliebte sie sich in einen Studenten namens Kyle Hardy. Sie waren ein halbes Jahr lang miteinander befreundet und heirateten eine Woche nach Faiths Abschlußprüfung. Eine kurze Zeit lang schwebte sie im siebten

Himmel und war sich sicher, daß Träume wahr werden können. Der Traum hatte jedoch noch nicht einmal die Zeit ihrer kurzen Ehe überdauert. Faith hatte davon geträumt, eine schöne kleine Wohnung einzurichten und dann für eine Zukunft zu sparen, in der es Kinder, ein schönes Haus und zwei Autos geben würde. Diese Hoffnung sollte sich aber nicht erfüllen. Trotz der großen Verantwortung an seinem Arbeitsplatz trank Kyle immer noch ebensogern und genausoviel wie als Student. Das war ihm eines Nachts zum Verhängnis geworden, als er von einer Bar nach Hause fuhr und sein Wagen von einer Brücke stürzte. Andere Fahrzeuge waren Gott sei Dank nicht beteiligt. Bei der Obduktion hatte er doppelt so viel Alkohol im Blut, wie es gesetzlich erlaubt war.

Mit zweiundzwanzig Jahren war Faith nun wieder ganz allein. Erst trauerte sie, dann begann sie damit, ihr Leben wiederaufzubauen. Sie war Steuerfachfrau und hatte etwas Geld von Kyles Lebensversicherung erhalten. Sie zog nach Dallas und arbeitete in einem kleinen Reisebüro. Zwei Jahre später gehörte es ihr, samt einer Filiale in Houston. Und Faith war das Wagnis eingegangen, ihr ganzes Kapital in eine weitere Filiale in New Orleans zu stecken. Zu ihrer Freude gediehen alle drei Büros.

Sie hatte ihr Leben auf eine solide finanzielle Grundlage gestellt und daraus genau die Genugtuung gezogen, die sie sich davon erhofft hatte. Dennoch war sie sich einer schmerzhaften Leere in ihrem Leben bewußt. Auch gefühlsmäßig brauchte sie Stabilität. Sich noch einmal verlieben wollte sie nicht. Die beiden Männer, die sie zu lieben gewagt hatte, hatten ihr deutlich gemacht, wie gefährlich das sein konnte. Aber irgendwo da draußen hatte sie noch ein paar Familienbande. Und die wollte sie jetzt finden.

Vage hatte sie sich daran erinnert, daß ihre Großmutter mütterlicherseits, der sie nur ein einziges Mal begegnet war, in der Gegend von Shreveport wohnte. Als die Sozialfürsorge versucht hatte, Kontakt mit ihrer Großmutter aufzunehmen, hatte man sie nicht auffinden können. Aber die Sozialfürsorge war überarbeitet und personell unterbesetzt. Nach erfolgloser Suche hatten sie aufgegeben. Faith aber hatte einerseits mehr Zeit und andererseits einen stärkeren Willen. Sie telefonierte ein wenig herum. Gott sei Dank gab es in Shreveports Umgebung gar nicht so viele Menschen mit dem Namen Armstead. Schließlich erreichte sie einen Cousin, der wußte, daß Jeanette Armstead vor zehn oder zwölf Jahren nach Jackson, Mississippi gezogen war, genau zu jenem Zeitpunkt, als ihre älteste Tochter Renee wieder bei ihr aufgetaucht war.

Das hatte Faith verblüfft. Renee war doch mit Guy Rouillard durchgebrannt. Weswegen hatte sie dann ihre Mutter aufgesucht? War sie zusammen mit Guy dort, oder war der wieder in den Schoß seiner Familie zurückgekehrt? Eine lange Zeit lag zwischen heute und jener schrecklichen Nacht in Prescott. Es konnte sehr wohl sein, daß Guy diese Jahre glücklich mit seiner Familie verbracht hatte, während ihre eigene Familie auseinandergerissen und zerstört worden war.

Faith hatte über die Auskunft die Telefonnummer ihrer Großmutter herausgefunden und dort angerufen. Zu ihrer Überraschung hatte Renee abgenommen. Nach all den Jahren erkannte sie die Stimme ihrer Mutter sofort. Aufgeregt und erschrocken hatte Faith sich gemeldet. Die Unterhaltung war zunächst etwas angespannt verlaufen, aber schließlich hatte sie die Nachfrage gewagt, was denn mit Guy Rouillard passiert sei.

»Was soll mit ihm passiert sein?« fragte Renee gelangweilt. »Jodie hat mir bereits diese verrückte Geschichte erzählt, ich sei mit Guy Rouillard durchgebrannt. Das war mir neu. Ich hatte es einfach satt, von Amos geschlagen zu werden und in diesem Dreckloch zu leben. Guy Rouillard wäre der letzte gewesen, der dagegen etwas unternommen hätte. Deshalb bin ich abgehauen, nach Shreveport gefahren und habe mich bei Mama einquartiert. Deine Tante Wilma lebte hier in Jackson, also sind wir nach ungefähr einem Monat auch hierhergezogen. Guy Rouillard habe ich niemals wiedergesehen.«

Faith hatte Mühe gehabt, das alles so schnell zu verstehen. Zu viele Gedanken jagten ihr durch den Kopf. Jodie hatte Renee offenbar gefunden, aber weder sie noch ihre Mutter hatten sich die Mühe gemacht, mit Faith Kontakt aufzunehmen. Renee hätte ihre zwei Jüngsten aus der Fürsorge nehmen können, ihr aber war es nur entgegengekommen, sie dort zu belassen. Nach Scottie hatte sie sich noch nicht einmal erkundigt.

Und dann gab es da das Geheimnis um Guy Rouillard. Vielleicht war er ja nicht mit Renee zusammen verschwunden, aber verschwunden war er, wenn auch möglicherweise nicht für lange. Sein Fortgehen jedoch hatte ihr ganzes Leben verändert. Verwirrt und neugierig zugleich hatte sich Faith entschieden, die Wahrheit herauszufinden. Als Vierzehnjährige war sie buchstäblich wie ein Stück Dreck auf die Straße geworfen worden. Mit dieser Wunde hatte sie seitdem leben müssen. Sie wollte wissen, was wirklich geschehen war, um sich ganz ihrer Zukunft zuwenden zu können.

Nun saß sie also in Erinnerungen versunken vor dem Ratsgebäude in Prescott und vertrödelte ihre Zeit. Es würde sich leicht herausfinden lassen, wo Guy Rouillard an jenem Tag vor zwölf Jahren gewesen war. An jenem entscheidenden Tag, der ihr ganzes Leben verändert hatte.

Erst aber mußte sie sich eine Unterkunft für die Nacht suchen. Heute morgen war sie nach Baton Rouge geflogen, hatte dort einen Geschäftstermin wahrgenommen, sich anschließend einen Wagen gemietet und war nach Prescott gefahren. Jetzt war es später Nachmittag, und sie war müde. Ihre Erkundigungen hier würden nicht sehr lange dauern, aber sie wollte nicht noch bis nach Baton Rouge zurückfahren.

Vor zwölf Jahren hatte es im östlichen Stadtteil Richtung Autobahn ein etwas schäbiges Motel gegeben, das möglicherweise gar nicht mehr existierte.

Sie kurbelte das Fenster herunter und sprach eine Frau an: »Entschuldigen Sie, gibt es hier in der Stadt ein Motel?«

Die Frau trat auf das Auto zu. Sie war Mitte Vierzig und kam Faith irgendwie bekannt vor, ohne daß sie ihren Namen hätte nennen können. »Aber ja«, erwiderte die Frau und zeigte mit dem Finger. »Dort hinten biegen Sie nach rechts ab. Dann sind es noch ungefähr anderthalb Meilen.«

Das klang ganz nach dem alten Motel. Faith lächelte. »Vielen Dank.«

»Keine Ursache«, erwiderte die Frau, nickte und ging weiter. Faith fuhr rückwärts aus der Parklücke und manövrierte das kleine Auto in den Verkehr hinein. Prescott war heute kein bißchen lebendiger als vor zwölf Jahren. Zwei Minuten später hatte sie das Motel erreicht. Es stand zwar an genau demselben Ort, aber es war nicht dasselbe Motel. Dieses hier war nicht älter als zwei Jahre und sehr viel größer. Es war zwar nur einstöckig, jedoch um einen Hof herum gebaut, in dessen Mitte ein Brunnen sprudelte und Blumenbeete angelegt waren. Einen Swimming-pool hatte es nicht zu bieten, was Faith aber nicht weiter störte. Ein Brunnen war viel charmanter.

Der Empfangschef war Mitte Fünfzig, und sein Namensschild wies ihn als Reuben Odell aus. Eine seiner Töchter war mit Faith in einer Klasse gewesen. Er fuhr mit dem Gespräch fort, während er Faiths Kreditkarte entgegennahm. Er schaute neugierig auf den Namen ›Faith D. Hardy‹, der jedoch keinerlei Assoziationen bei ihm auszulösen schien. Faith war zwar kein sehr häufiger Vorname, aber vermutlich hatte er seinerzeit ihren Vornamen überhaupt nicht gekannt.

»Ich gebe Ihnen die Nummer zwölf«, sagte er und nahm den Schlüssel vom Haken. »Das Zimmer liegt ganz hinten im Innenhof und so weit von der Straße entfernt, daß der Lärm Sie nicht belästigen wird.«

»Vielen Dank.« Faith lächelte und setzte die Sonnenbrille zum Unterschreiben der Rechnung ab. Sein Gesichtsausdruck wurde von Minute zu Minute herzlicher.

Sie parkte das Auto vor Nummer zwölf. Als sie die Tür öffnete, war sie angenehm überrascht. Das Zimmer war geräumiger, als sie von den meisten Motels gewohnt war. Ein kleines Sofa mit Tisch stand neben der Tür, dahinter ein großes Doppelbett. Auf dem langgezogenen Schreibtisch stand auf der einen Seite der Fernseher, auf der an das Badezimmer angrenzenden Seite war Platz zum Schreiben. Der Schrank war ausreichend, und der Ankleidebereich groß genug, daß zwei Leute bequem zurechtkamen, ohne einander ständig anzurempeln. Sie öffnete die Badezimmertür und erwartete eine normale Wanne. Statt dessen jedoch befand sich dort eine große Dusche mit Schiebetüren. Da sie ohnehin nie badete, war sie über den vielen Platz erfreut. Alles in allem präsentierte sich das kleine Motel überdurchschnittlich.

Sie packte ihre Toilettenartikel und die Wäsche zum einmaligen Wechseln aus. Dann sann sie über ihr weiteres Vorgehen nach. Ihr Anliegen sollte ihr eigentlich keine besonderen Schwierigkeiten bereiten, solange sie niemand als eine Devlin erkannte. Doch kleine Städte hatten oft ein gutes Gedächtnis. Und Prescotts Herz und Seele schlugen für die Rouillards.

Am einfachsten und unverfänglichsten wäre es sicherlich, in der Stadtbücherei die alten Zeitungen durchzugehen. Die Rouillards waren ständig in der Zeitung gewesen. Wenn also Guy Rouillard nach Hause zurückgekehrt war und seine gewohnten Geschäfte wiederaufgenommen hatte, würde sie schon bald auf seinen Namen stoßen.

Sie blickte auf die Uhr. Sie hatte nur etwa eine Stunde Zeit. Wie sie die kleine Bücherei in Erinnerung hatte, schloß sie im

Sommer abends um sechs Uhr. Und in einem Ort von der Größe Prescotts würde sich so etwas nicht schnell ändern. Ihr Hunger konnte warten, die Bücherei dagegen nicht.

Es war schon eigenartig, wie selektiv die Erinnerung arbeitete. Als sie noch hier wohnte, hatte sie das Motel nie bewußt gesehen, aber bei jeder sich bietenden Gelegenheit die Bücherei aufgesucht. Dennoch konnte sie sich an das Motel erinnern, wogegen ihr der Weg zur Bücherei nicht mehr geläufig war. Sie zog das schmale Telefonbuch aus der Schublade, suchte die Anschrift der Bücherei heraus und erinnerte sich erst dann, wo diese sich befand. Sie griff nach ihren Schlüsseln, ging zum Auto und fuhr wieder nach Prescott hinein. Früher hatte die Bücherei hinter dem Postamt gelegen. Dort jedoch stand sie jetzt nicht mehr.

Sie sah sich um und seufzte. Ein großes Schild neben der Post wies die Richtung zur neuen Bücherei von Prescott. Der Architekt hatte sich von der glatten, modernen Bauweise abgewandt und statt dessen ein zweistöckiges Klinkergebäude mit vier weißen Säulen gebaut, dessen breite Fenster von Jalousien verhängt waren. Parkplätze waren mehr als reichlich vorhanden, denn lediglich drei Autos standen davor. Faith erhöhte diese Zahl auf vier und eilte auf die Doppeltüren zu. Das Schild auf der linken Tür bestätigte ihre Annahme, daß die Bücherei von neun Uhr morgens bis sechs Uhr abends geöffnet war.

Die Bibliothekarin war klein, plump und gesprächsfreudig. Faith konnte sich überhaupt nicht an sie erinnern. Sie ging auf den Tresen zu und fragte nach dem Zeitungsarchiv.

»Gleich hier drüben«, antwortete die Frau und kam hinter dem Tisch hervor. »Jetzt ist natürlich alles auf Microfiche. Suchen Sie nach einem bestimmten Datum? Ich zeige Ihnen, wie die Microfiches geordnet sind und wie man den Leseapparat bedient.«

»Das ist nett, vielen Dank«, erwiderte Faith. »Ich möchte so ungefähr vor zehn Jahren anfangen, vielleicht auch noch etwas weiter zurück.«

»Kein Problem. Vor zwei Jahren noch wäre es schwierig gewesen. Aber als wir in dieses Gebäude hier umzogen, wollte Mr. Rouillard alles auf Microfiches haben. Das System war ja auch wirklich etwas veraltet. Jetzt ist alles viel einfacher zu handhaben.«

»Mr. Rouillard?« fragte Faith und versuchte ihre Stimme so beiläufig wie möglich klingen zu lassen, obwohl ihr das Herz fast stehenblieb. Guy war also tatsächlich zurückgekommen.

»Gray Rouillard«, sagte die Bibliothekarin. »Der Familie gehört ja praktisch die ganze Stadt – die ganze Gemeinde, wenn man so will. Aber er ist wirklich ganz reizend.« Sie hielt kurz inne. »Sind Sie denn hier aus der Gegend?«

»Das ist schon eine ganze Weile her«, erwiderte Faith. »Meine Familie zog von hier fort, als ich noch ein Kind war. Ich wollte einmal nach den Todesanzeigen einiger Verwandter schauen. Wir haben über die Jahre den Kontakt zu ihnen verloren. Ich arbeite gerade an einem Stammbaum und würde gern wissen, was aus ihnen geworden ist.« Für eine Erklärung aus dem Stegreif war das gar nicht so übel. Mehrheitlich wurden Microfiches in öffentlichen Bücherhallen ja auch von Personen genutzt, die ihre Familiengeschichte zurückverfolgten. Das jedenfalls war ihre Erfahrung. Wenn sie daran dachte, wie rege sich solche Leute über die Resultate ihrer detektivischen Bemühungen austauschten, schien das Auffinden der Großgroßtante Ruby mütterlicherseits wahrlich süchtig zu machen.

Sie hatte offenbar den richtigen Tonfall angeschlagen, denn die Bibliothekarin strahlte. »Viel Glück, meine Liebe, hoffentlich finden Sie etwas. Mein Name ist Carlene DuBois. Rufen Sie mich, wenn Sie meine Hilfe brauchen. Allerdings schließen wir um sechs, das ist in einer knappen Stunde.«

»Es dürfte nicht sehr lange dauern«, erwiderte Faith und

durchforstete ihr Gehirn nach einer Familie DuBois. Aber sie konnte sich an niemanden mit diesem Namen erinnern. Vielleicht waren die DuBois ja auch erst zugezogen, nachdem die Familie Devlin auf solch unsägliche Art und Weise fortgejagt worden war.

Sowie die Bibliothekarin gegangen war, durchsuchte sie schnell Seite für Seite des Prescotter Wochenblatts von dem Tag an, an dem sie vertrieben worden waren. Sie fand mehrere Eintragungen über Gray. Sie versuchte sie zu ignorieren, aber es gelang ihr nicht. Obwohl die bereits so lange zurückliegende Nacht sie von jeglicher Verliebtheit ihm gegenüber geheilt hatte, hatte sie ihn doch niemals vergessen können. Er war wie ein schmerzender Zahn, der sich immer wieder in Erinnerung brachte.

Hilflos ihrer Neugierde ausgeliefert, kehrte sie zu den Stellen zurück, wo sie Grays Namen gelesen hatte. Das Wochenblatt würde niemals etwas Schlechtes oder Skandalöses über die Rouillards drucken, das überließ man den Zeitungen in Baton Rouge oder in New Orleans. Es wurde aber fein säuberlich aufgelistet, wo sich welches Mitglied der Familie wann aufhielt und den an diesen Dingen interessierten Lesern mitgeteilt. Das war wohl die Mehrheit. Die ersten beiden Artikel beschäftigten sich lediglich damit, daß Gray an dieser oder jener Veranstaltung teilgenommen hatte. Der dritte Artikel stand im Wirtschaftsteil. Faith war davon so überrascht, daß sie ihn zweimal lesen mußte, um den Inhalt zu begreifen.

Niemand sonst hätte wohl irgend etwas Ungewöhnliches oder Alarmierendes an dem folgenden Satz gefunden: ». . . Grayson Rouillard, der den Vorsitz über die Familiengeschäfte übernommen hat, stimmte gegen die Maßnahme . . .«

Der den Vorsitz über die Familiengeschäfte . . . Warum sollte *er* die Geschäfte übernommen haben? Guy würde doch wohl immer noch den Vorsitz führen, denn schließlich gehörte ihm alles. Faith blickte auf das Zeitungsdatum. Fünfter August, keine drei Wochen nach Renees Verschwinden. Was war passiert?

Sie schaltete das Lesegerät aus, lehnte sich zurück und starrte auf den leeren Bildschirm. Sie war nach Prescott nur zur Klärung einiger weniger Fragen zurückgekehrt. Sie hatte sich in Prescott vergewissern wollen, daß niemand dort sie vermißt hatte oder sich auch nur an sie erinnerte, dann wäre auch sie in der Lage, die Stadt endgültig zu vergessen. Wenn sie dabei Guy Rouillard über den Weg liefe, um so besser. Sie hatte Gray niemals Vorwürfe für sein Verhalten damals gemacht, denn sie hatte den Schmerz in seinen Augen und in seiner Stimme gespürt. Aber Guy, dem machte sie Vorwürfe. Und Renee. Selbst wenn sie nicht miteinander durchgebrannt waren, so hatte doch Renee ihre Kinder einfach im Stich gelassen, und Guys Verantwortungslosigkeit hatte ihnen viel Leid gebracht.

Gray hatte die Familiengeschäfte übernommen. Statt daß sich die Dinge nun klärten, war eine weitere Frage offen: Warum hatte Gray die Geschäfte übernommen?

Sie stand auf und schaute sich nach Carlene DuBois um. Sie war nicht mehr an ihrem Tisch, die ganze Bücherei schien vollkommen leer. »Mrs. DuBois?« rief sie, wobei sich ihre Stimme in den vielen Bücherreihen verlor. Carlene jedoch hörte sie, denn Faith vernahm ihre herannahenden Gummisohlen auf dem Kachelboden.

»Hier bin ich«, antwortete Carlene fröhlich und trat hinter der Handbücherei hervor. »Haben Sie gefunden, was Sie suchten?«

»Ja, vielen Dank. Mir ist allerdings noch etwas aufgefallen, das mich verwirrt hat. Es war nur ein kleiner Artikel, aber darin stand, daß Gray Rouillard vor zwölf Jahren die Familiengeschäfte übernommen hat. Das erschien mir etwas merkwürdig, weil doch Gray damals erst Anfang Zwanzig . . .«

»Richtig. Sie müssen wohl vor dem großen Skandal hier weggezogen sein. Oder aber Sie waren viel zu jung, um einer solchen Sache Aufmerksamkeit zu schenken. Wir sind etwa vor elf Jahren hierhergekommen. Und selbst da war es immer noch ein heißes Eisen, das kann ich Ihnen versichern.«

»Was für ein Skandal?« fragte Faith gepreßt. Ihre Verwirrung schlug in Panik um. Irgend etwas stimmte hier doch nicht.

»Nun, als Guy Rouillard mit seiner Geliebten durchbrannte. Ich weiß ja nicht, wie sie gewesen ist, aber alle sagen, daß sie keinen Pfifferling taugte. Er muß schlicht und einfach den Verstand verloren haben, daß er seine Familie und sein Vermögen einfach so zurückließ.«

»Er ist niemals zurückgekehrt?« Faith konnte ihr Entsetzen nicht mehr verbergen. Aber Carlene fand an ihrer Reaktion nichts Ungewöhnliches.

»Niemand hat ihn je wieder zu Gesicht bekommen. Als er weg war, war er weg. Manche behaupten ja, daß seine Frau jeden Mann in die Flucht geschlagen hätte. Ich kann dazu nichts sagen, denn ich bin ihr niemals begegnet. Man munkelt, sie habe seit damals das Haus nicht mehr verlassen. Er hat sich noch nicht einmal die Mühe gemacht, den Kontakt zu seinen eigenen Kindern wieder aufzunehmen.«

Faith war vollkommen vor den Kopf gestoßen. Guy Rouillard hatte seine Kinder geliebt. Was auch immer seine Gefühle seiner Frau gegenüber waren, so hatte es niemals einen Zweifel daran gegeben, daß er Gray und Monica geliebt hatte.

»Mrs. Rouillard hat dann vermutlich die Scheidung eingereicht?« fragte sie.

Carlene schüttelte den Kopf.

»Nein, das hat sie nicht. Vielleicht wollte sie nicht, daß er sich wiederverheiraten konnte, wenn ihm der Sinn danach stand. Jedenfalls ist Gray Rouillard trotz seines jungen Alters in die Fußstapfen seines Vaters getreten. Alles lief genau so, als wenn

Mr. Rouillard noch hier gewesen wäre. Vielleicht sogar noch besser, wenn man den Gerüchten glaubt.«

»Ich war viel zu jung, um mich gut an ihn zu erinnern«, log Faith. »Ich weiß noch, daß er hier ein Held war, weil er Football in der Mannschaft des LSU-Colleges gespielt hat.«

»Nun, da hat sich nicht allzuviel geändert«, sagte Carlene und fächelte sich mit der Hand Luft zu. »Der Mann trifft auf meiner Punkteskala die Zehnermarke, soviel kann ich Ihnen versichern. Obwohl ich zehn Jahre älter bin als er und bereits Großmutter, bekomme ich bei ihm Herzflimmern!« Sie errötete, lachte aber überraschend vulgär auf. »Vielleicht ist es ja sein Schlafzimmerblick, oder aber es sind seine Haare. Es *könnte* natürlich auch sein verdammt fester kleiner Hintern sein!« Sie seufzte verträumt. »Er ist schon ein richtiger Schlawiner, aber was soll's!«

»Weiß er denn, daß Sie auf ihn fliegen?« neckte sie Faith.

»Himmel, jede Frau in der Stadt fliegt auf ihn. Natürlich ist er sich dessen bewußt, der alte Teufel.« Wieder lachte Carlene anzüglich auf. »Mein Mann macht sich schon lustig über mich. Er will sich sein Ohrläppchen durchstechen lassen, damit er mithalten kann.«

Gray hatte ein durchstochenes Ohrläppchen? Die Vorstellung verblüffte sie, und sie richtete sich auf. Was sie erfahren hatte, war äußerst erstaunlich. Sie mußte jetzt allein sein, um nachzudenken.

Sie schaute auf ihre Uhr. »Sie schließen gleich, ich sollte mich sputen. Vielen Dank für Ihre Hilfe, Mrs. DuBois. Und es war nett, Sie kennenzulernen.«

»Gleichfalls.« Carlene zögerte einen Moment. »Entschuldigung, aber Ihr Name ist mir entfallen.«

Weil sie ihn überhaupt gar nicht erst erwähnt hatte. Aber Faith sah keinerlei Grund, ihn zu verheimlichen. »Mein Name ist Faith Hardy«, sagte sie.

»Also, nett, Sie kennengelernt zu haben, Faith. So ein schöner, altmodischer Name. Er ist heute nicht mehr sehr verbreitet.

»Da haben Sie wohl recht.« Faith blickte noch mal auf ihre Uhr. »Auf Wiedersehen. Und vielen Dank für Ihre Hilfe.«

»Keine Ursache.«

Auf dem Weg zurück ins Motel hielt Faith bei einem McDonald's an, um ein Sandwich zu kaufen. Sie war zwar kein Fan der schnellen Küche, aber sie wollte nicht in einem Restaurant essen, wo man sie womöglich erkennen würde. Sie aß das Sandwich nur halb, da sie viel zu nervös war, um richtigen Appetit zu verspüren.

Guy Rouillard war noch immer verschwunden. Wenn er jedoch nicht mit Renee durchgebrannt war, was war dann mit ihm geschehen?

Faith legte sich auf ihr Bett, starrte an die Decke und dachte nach. Guy wäre doch nicht grundlos von seinem Zuhause, seinem Besitz und seinem Vermögen weggelaufen. Jeder hatte angenommen, daß Renee eben dieser Grund gewesen war, nur daß Faith jetzt wußte, daß das nicht stimmte. Selbst wenn er tatsächlich seiner Ehe überdrüssig geworden war, warum hatte er dann nicht ganz einfach die Scheidung eingereicht? Die Rouillards waren zwar katholisch, aber eine Scheidung wäre kein Problem gewesen, solange er nicht wieder hätte heiraten wollen. Auf der anderen Seite hatte er nie den Anschein eines unglücklichen Mannes gemacht, warum auch? Er hatte sich sein Leben ganz seinen Neigungen entsprechend eingerichtet. Sie konnte keinerlei Grund finden, warum er so übereilt und ohne ein Wort zu hinterlassen hätte weggehen sollen. Ohne jemals zu versuchen, mit seiner Familie Kontakt aufzunehmen.

Sie fand keine Erklärung. Es sei denn, er lebte nicht mehr.

Die Möglichkeit – nein, die *Wahrscheinlichkeit* – war erschütternd. Faith wurde bei dem Gedanken fast übel, während sie weitere Möglichkeiten erwog und wieder verwarf. Vielleicht hatte er nur ein paar Tage lang wegbleiben wollen und war dann plötzlich erkrankt oder hatte einen Unfall gehabt. Aber dann wäre er gefunden und identifiziert worden, und man hätte seine Familie benachrichtigt. Das aber war nicht geschehen. Guy Rouillard war in derselben Nacht wie Renee verschwunden.

Hatte Renee ihn umgebracht? Faith setzte sich auf und fuhr sich durch die Haare. Sie konnte den Gedanken nicht ganz verdrängen, wenngleich sie eine solche Tat Renee niemals zutrauen würde. Renee hatte zwar die moralischen Qualitäten einer streunenden Katze, aber sie war niemals gewalttätig gewesen.

Und Amos? Das konnte sich Faith schon eher vorstellen. Wenn er glaubte, ungeschoren davonzukommen, dann war Amos zu allem fähig gewesen. Aber sie konnte sich noch gut an jene Nacht erinnern. Amos war gegen neun Uhr zu Hause angetorkelt gekommen. Er war sturzbesoffen gewesen und hatte geflucht, weil Renee nicht zu Hause war. Sowohl Russ als auch Nicky, ebenfalls betrunken, waren danach nach Hause gekommen. Hätte einer der beiden allein oder mit Hilfe des anderen Guy Rouillard umgebracht haben können? Doch Faith hätte schwören können, daß die beiden über Guys Verschwinden genauso überrascht wie sie gewesen waren. Außerdem war es ihnen wirklich vollkommen egal gewesen, ob ihre Mutter mit Guy schlief oder nicht. Auch Amos hatte sich nicht darum geschert.

Wer also kam noch in Frage? Möglicherweise hatte Noelle ihren Mann umgebracht, weil sie seiner Untreue überdrüssig geworden war. Aber wenn man den Gerüchten glaubte, so hatte er sie seit Beginn ihrer Ehe betrogen, ohne daß es ihr etwas auszumachen schien, ja, sie schien es sogar zu befürworten. Seine Affäre mit Renee hatte bereits Jahre gedauert, warum also sollte Noelle plötzlich dagegen aufbegehren? Es schien ihr so wenig auszumachen, daß sie ihn noch nicht einmal dafür tadelte. Warum sollte sie sich also mit einem Mord belasten? Somit blieb nur einer übrig: Gray.

Sie verwarf diesen Gedanken. Nein, Gray nicht. Sie erinnerte sich an seinen Gesichtsausdruck, als er sie morgens in ihrer Baracke besucht hatte, ebenso an sein Gesicht in der darauffolgenden Nacht. Sie erinnerte sich an seine Wut, seinen unbändigen Haß. Gray war davon ausgegangen, daß sein Vater mit ihrer Mutter durchgebrannt war. Deshalb war er so wütend gewesen.

Und dennoch war es Gray, der von Guys Tod am meisten profitiert hatte. Als Guy nicht mehr da war, hatte er die Führung des Rouillard-Imperiums übernommen und es sogar noch vergrößert, wie die Bibliothekarin gesagt hatte. Vom Tage seiner Geburt an hatte man ihn darauf vorbereitet, eines Tages in die Fußstapfen seines Vaters zu treten. War er des Wartens müde geworden und hatte Guy aus dem Weg geräumt?

Faiths Gedanken irrten wie wild umher. Plötzlich ratterte die Tür, weil jemand kräftig dagegenschlug. Sie sprang erschrocken auf. Wer konnte etwas von ihr wollen? Niemand kannte ihren Aufenthaltsort, also konnte ihr Büro ihr auch keinerlei Nachrichten zukommen lassen. Sie stand auf und ging auf die Tür zu, öffnete jedoch nicht. Es gab kein Guckloch. »Wer ist da?«

»Gray Rouillard.«

Fast hätte ihr Herz aufgehört zu schlagen. Es war zwölf Jahre her, daß sie diese tiefe, rauchige Stimme gehört hatte. Die Knie wurden ihr weich. Aufregung mischte sich mit Angst. Er hatte ihr mehr Schmerzen zugefügt als sonst ein Mensch auf der ganzen Welt. Und trotzdem konnte allein seine Stimme jede Zelle ihres Körpers elektrisieren. Allein ihn zu hören ließ sie empfinden wie das vierzehnjährige Mädchen, das zittrig und aufgeregt wurde, wenn er in der Nähe war. Doch wie immer hatte sie auch das gegenteilige Gefühl, das sie von ihm abstieß, die klare Erinnerung daran, wie er gesagt hatte: *Du bist der allerletzte Dreck.* Was Gray betraf, hatte sie nie zu einer ausgewogenen Einstellung finden können. Sie hatte ihn niemals vergessen können, er war für sie ein Traum und gleichzeitig auch ein Alptraum geblieben.

Sie spürte eine Gänsehaut. Hatte sie ihn durch ihre Gedanken angelockt? Sie stand so lange starr da, bis die Tür wieder unter seinen Faustschlägen erzitterte.

»Mach auf.« Sein Tonfall war von der eisernen Autorität jener Menschen, die unbedingten Gehorsam erwarteten und ihn sich notfalls auch verschaffen würden.

Vorsichtig zog sie die Kette zurück, öffnete die Tür und blickte auf den Mann, den sie seit zwölf Jahren nicht mehr gesehen hatte. Aber ganz gleich, wie lange her es auch gewesen sein mochte, sie hätte ihn in jedem Fall erkannt. Er blieb im Türrahmen stehen. Allein seine körperliche Präsenz ließ ihren Atem stocken.

Er war größer, als sie ihn in Erinnerung hatte. Ein Meter neunzig aber schienen immer sehr groß, wenn man von unten aufblickte. Seine Taille und seine Hüften waren immer noch schlank, Brust und Schultern jedoch waren breiter geworden. Vor ihr stand ein erwachsener Mann, kein Zweifel. Jede Andeutung von Jugendlichkeit war vollkommen verflogen. Sein Gesicht war hagerer und härter, sein Mund lag zwischen zwei Falten, und um seine Augen hatte er die Fältchen eines Erwachsenen. Sie schaute in das Gesicht eines Piraten. Jetzt war ihr klar, warum Carlene DuBois allein bei der Erwähnung seines Namens eine Gänsehaut bekommen hatte. Sein schwarzes Haar war länger als früher, er trug es zurückgekämmt und im Nacken zusammengebunden. Ein winziger Diamant funkelte an seinem linken Ohrläppchen. Mit zweiundzwanzig war er eindrucksvoll gewesen. Mit vierunddreißig war er nicht nur äußerlich, sondern auch von seinem Wesen her ein gefährlicher Pirat. Sie zitterte, wenn sie ihn nur ansah. Ihr Herz schlug plötzlich so laut, daß sie sich fragte, ob er es hören könne. Sie erkannte die Anzeichen ihrer Krankheit und verachtete sich selbst dafür. Sollte sie etwa ihr ganzes Leben lang beim Anblick Gray Rouillards weiche Knie bekommen? Warum nur konnte sie dieses Überbleibsel aus ihrer Kindheit nicht hinter sich lassen?

Über seiner schmalen Nase blickten seine sündhaft dunklen Augen immer noch kalt und unversöhnlich.

Die sinnliche Kurve seiner Lippen verzog sich, als er auf sie herabblickte. »Faith Devlin«, sagte er. »Reuben hatte recht, du siehst genauso aus wie deine Mutter.«

Doch wenn er sich verändert hatte, so galt das ebenso für sie. Faith hatte sich ihr Selbstbewußtsein hart erkämpfen müssen. Sie lächelte ihn kühl an und erwiderte: »Danke.«

»Es war nicht als Kompliment gemeint. Ich weiß nicht, warum du hier bist, aber es tut ohnehin nichts zur Sache. Dieses Motel hier gehört mir. Du hast eine halbe Stunde Zeit, deine Sachen zu packen und das Zimmer zu verlassen.« Sein verzerrtes Lächeln war eigentlich gar kein Lächeln. »Oder muß ich wieder die Polizei holen, um dich loszuwerden?«

Die Erinnerung an jene Nacht stand so machtvoll zwischen ihnen, daß sie fast glaubte, sie berühren zu können. Einen Augenblick lang sah sie wieder die Scheinwerfer und spürte Panik aufsteigen. Aber sie ließ sich nicht von ihm verrückt machen. Sie zuckte galant die Schultern, ging zurück ins Zimmer, warf ihre paar Toilettenartikel in ihren Übernachtungskoffer und nahm die wenigen Kleidungsstücke von der Stange. Sie war sich seines bohrenden dunklen Blickes bewußt, legte die Kleider über ihren Arm, schlüpfte in ihre Schuhe, nahm ihre Handtasche und ging, ohne ihren kühlen Gesichtsausdruck auch nur im mindesten zu verändern, an ihm vorbei nach draußen.

Noch während sie das Motel Richtung Baton Rouge verließ, stand er in der offenen Tür und starrte ihr hinterher.

Faith Devlin! Was für eine lebhafte Erinnerung an die Vergangenheit! Gray starrte den Rücklichtern ihres Wagens hinterher, bis sie verschwunden waren. Als Reuben ihn angerufen und ihm erzählt hatte, eine Doppelgängerin von Renee Devlin übernachte unter dem Namen Faith D. Hardy im Motel, hatte er nicht den geringsten Zweifel, um wen es sich handelte. Hatte also eine der Devlins den Mut besessen, sich in Prescott wieder sehen zu lassen! Es verwunderte ihn nicht, daß es ausgerechnet Faith war. Sie hatte schon immer mehr Rückgrat besessen als der ganze Rest zusammengenommen. Das aber sollte nicht heißen, daß er sie willkommen heißen würde.

Er wandte sich dem hellerleuchteten Zimmer zu, das sie ohne irgendwelches Theater verlassen hatte. Ohne auch nur das allergeringste Theater, verflucht. Er hatte Streit gesucht, sie aber war nicht darauf eingegangen. Sie hatte ihn noch nicht einmal um eine Gutschrift ihrer Kreditabbuchung gebeten. Ohne mit der Wimper zu zucken, hatte sie ihre Sachen zusammengepackt und war gegangen. Kaum eine Minute hatte es gedauert.

Sie war fort. Bis auf die etwas zerknautschte Tagesdecke war das Zimmer so jungfräulich, als ob sie niemals dagewesen wäre. Dennoch war ihre Gegenwart immer noch spürbar. Ein süßlicher, etwas würziger Duft lag in der Luft, der den allen Motels anhaftenden Geruch der Sterilität überdeckte. Instinktiv reagierte er darauf. Es war der Geruch einer Frau, in mancher Hinsicht der jeder Frau, in anderer wieder nur dieser einen. Angelockt von diesem Duft, betrat er das Zimmer.

Faith Devlin. Allein schon ihr Name ließ die Erinnerung an jene Nacht aufsteigen. Still war sie umhergeirrt, ihr feurig dunkles, schulterlanges Haar und ihr schlanker, unter dem dünnen Nachthemd sich abzeichnender Körper hatte die Polizisten und ihn mit einem sinnlichen Zauber belegt. Sie war noch ein Kind gewesen, aber weiß Gott, sie hatte schon damals die sinnliche Aura ihrer Mutter gehabt.

Als sie die Tür geöffnet hatte, war er vollkommen verblüfft gewesen. Sie sah Renee so ähnlich, daß er ihr an die Gurgel hätte gehen wollen. Gleichzeitig jedoch konnte man sie unmöglich mit ihrer Mutter verwechseln. Faith war ein wenig größer und immer noch eher schlank als kurvenreich, obwohl sie in den zwölf Jahren seit ihrem letzten Treffen an den richtigen Stellen zugenommen hatte. Farblich glich sie Renee ganz und gar: die dunkelrote Mähne, die schweren Augenlider über den goldgesprenkelten grünen Augen, der schimmernde Teint. Was ihn jedoch wütend gemacht hatte, war ihre Sinnlichkeit und seine eigene unwillkürliche Reaktion darauf. Es hatte nichts mit dem zu tun, was sie gesagt oder getan hatte, noch hatte es mit ihrer Kleidung, einem eleganten Kostüm, zu tun gehabt. Eine Devlin im Kostüm, mein lieber Mann! Nein, es war einfach ein Teil von ihr, ganz wie es auch bei Renee gewesen war. Die ältere Tochter, an deren Namen er sich nicht erinnern konnte, hatte diese starke Anziehungskraft nicht besessen. Zwar war sie ordinär und leicht zu haben gewesen, aber eben nicht sexy. Faith jedoch war sexy. Zwar nicht in so offensichtlicher Weise wie Renee, aber deswegen keineswegs weniger. Nur ein einziger Blick in ihre Katzenaugen, und er hatte an das Bett hinter ihr gedacht, an zerwühlte Laken und erhitzte Körper. Er hatte sie sich nackt unter sich vorgestellt, ihre Beine um seine Hüften geschlungen, während er die weiche Öffnung zwischen ihren Beinen fand und tief in sie eindrang ...

Gray brach der Schweiß aus, und er fluchte laut in dem leeren Zimmer. Verflucht, er war genauso schlimm wie sein Vater! Angesichts einer Devlin vergaß er sich völlig und wollte nur noch mit ihr schlafen. Immerhin nicht mit irgendeiner Devlin, fügte er in Gedanken an. Allein dafür sollte er dankbar sein. Er hatte Renees starke Reize gekannt, ihnen aber widerstehen können. Außerdem stieß ihn die Vorstellung ab, sich mit seinem Vater dieselbe Frau zu teilen. Die ältere Tochter hatte ihn in keinster Weise angezogen. Faith jedoch ... Wenn sie keine Devlin wäre, dann würde er nicht eher Ruhe geben, ehe er sie unter sich hätte und ausgiebig von ihr Besitz ergriffe.

Sie war jedoch eine Devlin. Allein die Erwähnung dieses Namens entfesselte bereits seine Wut. Seine Familie war durch Renee ruiniert worden. Niemals würde er das vergessen noch verzeihen. Es zu vergessen war unmöglich, da er doch jeden Tag mit den Konsequenzen von Guys Verschwinden leben mußte. Seine Mutter hatte sich so weit zurückgezogen, bis sie nur noch ein Schatten ihres alten Selbst war. Zwei Jahre lang hatte sie ihr Schlafzimmer nicht verlassen. Auch heute verließ sie das Haus nur, um im seltenen Falle einer Erkrankung in New Orleans einen Arzt aufzusuchen. Gray hatte nicht nur seinen Vater verloren, sondern eigentlich ebenso seine Mutter.

Noelle war zu dem schweigenden, traurigen Gespenst einer Frau geworden, die ihre Zeit fast ausschließlich in ihren Zimmern verbrachte. Lediglich Alex Chelette konnte ihr ein kleines Lächeln abringen und ihre blauen Augen ein wenig leuchten lassen. Gray wußte schon lange, daß Alex sich in seine Mutter verliebt hatte, aber es war ein hoffnungsloses Unterfangen. Nicht nur, daß Noelle seine Verehrung vollkommen entging, sie hätte auch dann nichts unternommen, wenn sie sich ihrer bewußt gewesen wäre. Sie war mit Guy Rouillard verheiratet, Punkt. Eine Scheidung war unvorstellbar. Gray fragte sich manchmal, ob seine Mutter immer noch hoffte, daß Guy zurückkäme. Er selbst hatte seit langem eingesehen, daß er seinen Vater niemals wiedersehen würde. Wenn Guy wirklich hätte zurückkommen wollen, dann hätte er Gray niemals zwei Tage nach seinem Verschwinden die Vollmacht zugeschickt. Sie war am Tage seines Verschwindens in Baton Rouge abgestempelt worden. Der Brief hatte klar und sachlich geklungen und keinerlei persönliche Nachricht enthalten. Er hatte ihn noch nicht einmal mit ›herzlichst, Papa‹ unterschrieben, sondern das im

Geschäftsleben übliche ›mit freundlichen Grüßen, Guy A. Rouillard‹ verwendet. Als Gray das gelesen hatte, wurde ihm klar, daß Guy für immer gegangen war. Zum ersten und zum letzten Mal in seinem Leben hatten heiße Tränen in seinen Augen gebrannt.

Alex war in den ersten verzweifelten Monaten, als Gray seine Position vor den Aktionären und im Aufsichtsrat hatte festigen müssen, unentbehrlich gewesen. Alex hatte ihn durch alle schwierigen Situationen geführt, hatte jeden Vorteil für ihn erkämpft und alles getan, um Noelle und Monica zu helfen. Auch Alex hatte um seinen besten Freund getrauert. Guy und Alex waren zusammen aufgewachsen und einander wie Brüder gewesen. Alex war vollkommen überrascht gewesen, daß Guy wegen Renee Devlin seiner Familie den Rücken gekehrt hatte und ohne ein Abschiedswort gegangen war.

In mancherlei Hinsicht war Monica jetzt stärker als früher. Sie brauchte nicht mehr so viel Aufmerksamkeit und war von ihrer Umgebung nicht mehr ganz so abhängig. Sie hatte Gray wegen ihres Selbstmordversuchs um Verzeihung gebeten und ihm versprochen, daß sie nie wieder etwas so Dummes tun würde. Sie war nun zwar stärker, hatte sich aber auch mehr zurückgezogen, als ob die Gram und der Schmerz ihr das Übermaß an Gefühlen beschnitten habe und sie nun zwar ruhiger, aber auch unbeteiligter zurückließ. Sie hatte sich für seine Arbeit interessiert und sich nach und nach zu einer ausgezeichneten Assistentin gemausert. Er konnte sich hundertprozentig auf sie verlassen und vertraute ihrem Urteil. Aber sie lebte fast so zurückgezogen wie Noelle. Monica nahm zwar am gesellschaftlichen Leben teil, sorgte sich um ihr Aussehen, ging regelmäßig zum Frisör und kleidete sich sorgfältig. Seit Jahren jedoch hatte sie keinerlei romantische Verabredung mehr gehabt. Anfangs hatte Gray vermutet, daß ihr ihr Selbstmordversuch peinlich sei und daß das nachlassen würde, wenn ihre

Wunden verheilt wären. Das war jedoch nicht der Fall gewesen. Schließlich hatte er einsehen müssen, daß sie nicht aus Peinlichkeit zu Hause blieb. Monica hatte ganz einfach keinerlei Interesse, mit jemandem auszugehen. Geschäftlich traf sie Verabredungen, auf persönlicher Ebene jedoch wehrte sie jeden Kontakt ab. Seine Vorschläge, doch einmal etwas zu unternehmen, schlug sie alle in den Wind. Er konnte nur ihr Selbstbewußtsein stärken, indem er ihrer Arbeit vertraute und ihr ein gutes Gehalt zahlte, so daß sie sich geachtet und unabhängig fühlte.

Im letzten Jahr jedoch war es dem neuen Sheriff Michael McFane gelungen, sie auszuführen. Seitdem hatte sich Monica ziemlich regelmäßig mit ihm getroffen. Gray hätte vor lauter Erleichterung darüber Tränen vergießen können. Vielleicht gab es einen kleinen Hoffnungsschimmer, daß Monica wieder ein normales Leben leben würde.

Nein, was die Devlins seiner Familie angetan hatten, das würde er niemals vergessen. Doch mit ein wenig Glück würde er Faith Devlin niemals wiedersehen.

Danke. Mehr hatte sie nicht gesagt. Sie war kühl und geheimnisvoll gewesen und hatte ihn angesehen, als ob sie das alles ein klein wenig amüsiere. Ihre Haltung war durch seine Drohung nicht beeinflußt worden. Es war allerdings auch weniger eine Drohung gewesen als vielmehr ein Versprechen. Er hätte sie ein zweites Mal aus der Stadt entfernen lassen, wenn sie nicht freiwillig gegangen wäre. Dazu hätte er die Polizei rufen müssen, denn wenn es zu einer körperlichen Berührung zwischen ihnen gekommen wäre, hätte er – dessen war er sich nur zu bewußt – jegliche Kontrolle verloren.

Sie war mittlerweile eine Frau und nicht mehr das Kind in seiner Erinnerung. Sie hatte sich immer schon von den restlichen Devlins unterschieden, ein scheues Waldwesen, das sich zu einer ähnlichen Herausforderung entwickelt hatte, wie es ihre Mutter gewesen war. Irgendein Idiot jedenfalls mußte ihr verfallen sein, denn jetzt hieß sie mit Nachnamen Hardy, war also verheiratet, obwohl sie keinen Ehering getragen hatte. Ihre schlanken, eleganten und sehr gepflegten Hände waren ihm aufgefallen, und es hatte ihn sogar mit hämischer Freude erfüllt, daß sie keinen Ehering trug. Renee hatte auch keinen getragen, das hätte nicht zu ihrem Stil gepaßt. Ihre Tochter schien das ähnlich zu sehen, zumindest wenn sie ohne diesen unbekannten Mr. Hardy auf Reisen war.

Sie hatte wohlhabend ausgesehen, war also anscheinend wie eine Katze auf die Füße gefallen. Es war schon immer eine der Fähigkeiten der Devlinfrauen gewesen, daß sie jemanden fanden, der sie unterstützte. Ihr Mann, der arme Kerl, war offenbar sehr großzügig. Er fragte sich, wie oft sie ihn wohl zu Hause zurückließ, während sie auf Trebe ging.

Und er fragte sich, warum sie nach Prescott zurückgekehrt war. Sie hatte niemanden mehr hier, weder Familie noch Freunde. Die Devlins hatten keine Freunde, nur Opfer gehabt. Sie mußte gewußt haben, daß man sie hier nicht mit offenen Armen empfangen würde. Vermutlich hatte sie angenommen, man würde sie nicht erkennen. Aber die Leute hier hatten ein gutes Gedächtnis, und ihre Ähnlichkeit mit ihrer Mutter stach einfach jedem ins Auge. Reuben hatte sie sofort erkannt, als sie ihre Sonnenbrille abgenommen hatte.

Wie auch immer, er jedenfalls hatte die Gemeinde von dem Gift der Devlins ein zweites Mal befreit. Diesmal hatte es weitaus weniger Aufsehen erregt als vor zwölf Jahren. Er wünschte nur, daß sie überhaupt gar nicht erst hier aufgetaucht wäre und ihn an seine unfreiwillige Faszination erinnert hätte. Er wünschte, er hätte niemals hören müssen, wie sie mit dieser ruhigen, leisen Stimme ›danke‹ gesagt hatte.

Faith fuhr immer weiter die dunkle Straße entlang und gestattete sich keinen Halt, obwohl sie am ganzen Körper zitterte. Sie wollte verhindern, daß ihre Gefühle die Oberhand über sie gewannen. Sie hatte Gray Rouillards Einschätzung ihrer selbst nur zu deutlich erfahren müssen und sich bereits vor Jahren mit dem Schock und dem Schmerz auseinandergesetzt. Sie würde sich nicht ein weiteres Mal von ihm verletzen oder vereinnahmen lassen. Sie hatte keine andere Wahl gehabt, als das Motel zu verlassen. Denn in seinem Blick hatte sie rücksichtslose Entschlossenheit gesehen und gewußt, daß er nicht bluffte, sondern es ernst meinte. Warum sollte er jetzt zurückschrekken, wenn er nicht davor zurückgeschreckt war, ihre ganze Familie zu vertreiben? Ihre kühle Nachgiebigkeit jedoch hieß nicht, daß er gewonnen hatte. Die Drohung mit der Polizei hatte sie nicht eingeschüchtert. Was sie jedoch sowohl wütend machte als auch ängstigte, war ihre eigene Reaktion auf Gray. Selbst nach all den Jahren und nach dem, was er ihrer Familie angetan hatte, fühlte sie sich ihm wie ein Pawlowscher Hund ausgeliefert. Es war zum Verzweifeln. Sie hatte sich nicht ihr ganzes Leben aufgebaut, damit er sie wie Dreck behandelte, den man so schnell wie möglich beseitigen mußte.

Die Zeiten, in denen sie sich einschüchtern ließ, waren vorbei. Das stille, verletzliche Kind von einst war in einer heißen Sommernacht gestorben. Faith war auch heute noch eine ziemlich ruhige Person, aber sie hatte gelernt, ihre eiserne Willenskraft einzusetzen. Sie war sogar selbstbewußt genug, um gelegentlich ihr feuriges Temperament spielen zu lassen. Wenn er sie wirklich hatte los sein wollen, dann hatte Gray den Fehler begangen, die Sache zu sehr zu forcieren. Schon bald würde er merken, daß ihr Rückzug lediglich bedeutete, daß sie ihren Angriff aus einer anderen Richtung vorbereitete.

Sie würde ihn nicht noch einmal davonkommen lassen. Es war nicht nur eine Sache der Ehre, sie wollte schließlich immer noch herausfinden, was mit Guy passiert war. Dieser Gedanke ging ihr nicht aus dem Kopf.

Ihr aktives Gehirn arbeitete einen Plan aus, und ein Lächeln huschte über ihre Lippen. Sie würde Gray ausmanövrieren, bevor er überhaupt wußte, wie ihm geschah. Sie würde nach Prescott ziehen. Er konnte nichts tun, um das zu verhindern. Und sie würde es sich gemütlich machen, noch bevor er es überhaupt richtig bemerkte. Es war höchste Zeit, daß sie sich ihren alten Dämonen stellte und ihr Selbstbewußtsein stärkte. Sie würde sich der Stadt gegenüber beweisen, die einst auf sie herabgesehen hatte. Dann würde sie die Vergangenheit ganz einfach vergessen.

Und sie wollte Gray beweisen, daß er sie von Anfang an falsch eingeschätzt hatte. Sie wollte es so sehr, daß sie den süßen Sieg fast schon schmecken konnte. Weil sie ihn als Kind so sehr geliebt hatte und weil er sie wie ein strenger, rücksichtsloser Richter und Henker nachts aus Stadt und Gemeinde vertrieben hatte, nahm er in ihrem Kopf viel zu viel Raum ein. Damit wollte sie sich nicht abfinden. Und eines war ihr bewußt geworden: Sie würde sich solange als Dreck empfinden, bis Gray gezwungen wäre, sie als anständigen, moralisch gefestigten und erfolgreichen Menschen anzuerkennen.

Herauszufinden, was mit Guy wirklich geschehen war, war nicht ihr einziges Anliegen. Damit hatte es möglicherweise angefangen, unter diesem Vorwand hatte sie die Wahrheit vor sich selbst verheimlicht. Jetzt aber war sie sich bewußt geworden, daß sie nach Hause zurückkehren wollte.

7

»Richtig, ich möchte, daß alles im Namen der Agentur verhandelt wird. Vielen Dank, Mr. Bible. Ich wußte doch, daß ich mich auf Sie verlassen kann.« Faiths warmes Lächeln mußte sich wohl in ihrem Tonfall gespiegelt haben, denn seine Antwort ließ sie laut auflachen. »Seien Sie da lieber etwas vorsichtiger«, neckte sie ihn. »Vergessen Sie nicht, ich kenne Ihre Frau.«

Sie legte den Telefonhörer auf. Ihre Assistentin, Margot Stanley, blickte sie vorwurfsvoll an. »Hat der alte Esel mit dir geflirtet?« fragte Margot.

»Selbstverständlich«, erwiderte Faith gutgelaunt. »Das tut er doch immer. Er gefällt sich in der Rolle des Hallodris, wo er doch eigentlich ein ganz harmloser, netter Kerl ist.«

Margot atmete aus. »Nett? Harley Bible ist in etwa so nett wie eine Giftschlange. Aber du kannst mit Männern eben einfach gut umgehen.«

Faith konnte sich gerade noch zurückhalten, sehr undamenhaft zu widersprechen. Wenn Margot gesehen hätte, wie Gray sie – und das zum wiederholten Mal – aus der Stadt gejagt hatte, dann würde sie sicherlich nicht glauben, Faith könne mit Männern eben ›einfach gut umgehen‹. »Ich verhalte mich ihm gegenüber halt freundlich, das ist alles. Und so schlimm, wie du behauptest, kann er gar nicht sein, sonst wäre er schon lange nicht mehr im Geschäft.«

»Im Geschäft ist er immer noch, weil er ein ganz ausgefuchster Businessmann ist«, erwiderte Margot. »Er hat die üble Begabung, ein erstklassiges Stück Land genau dann aufzuspüren, bevor es von anderen als Filetstück entdeckt wird, und kauft es für einen Kleckerbetrag. Die Leute kommen nur deswegen mit ihm ins Geschäft, weil er die Grundstücke hat, die sie kaufen wollen.«

Faith grinste. »Wie du schon richtig bemerkt hast, ist er ein ausgefuchster Businessmann. Mir gegenüber war er übrigens immer besonders nett.«

»Ich habe noch keinen Mann erlebt, der zu dir nicht nett gewesen wäre. Wie oft bist du denn schon wegen Geschwindigkeitsübertretung angehalten worden?« fragte Margot.

»Alles in allem?« fragte Faith.

»Die letzten zwei Jahre reichen mir.«

»Nun ... viermal, glaube ich. Allerdings ist das ungewöhnlich häufig und kommt nur daher, daß ich jetzt so viel reise.«

»Klar doch. Und wie oft hast du zahlen müssen?«

»Kein einziges Mal«, gab Faith zu und rollte mit den Augen. »Aber das ist doch nur Zufall. Ich habe niemals versucht, mich aus der Sache herauszureden.«

»Hast du auch gar nicht nötig, das will ich ja gerade sagen. Du wirst angehalten, ein Polizist kommt auf dein Auto zu, du gibst ihm deine Papiere und sagst ›Tut mir leid, ich weiß, ich bin zu schnell gefahren‹. Dann gibt er dir den Führerschein zurück und erzählt dir, du solltest langsamer fahren, denn es würde ihm wirklich weh tun, wenn dein hübsches Gesicht bei einem Autounfall verletzt werden sollte.«

Faith lachte laut auf, weil Margot einmal mit ihr im Auto gesessen und eine solche Szene miterlebt hatte. Der texanische Staatsdiener war ein kräftiger Gentleman der alten Schule gewesen. Er trug einen dicken grauen Schnauzbart und sprach ganz langsam und gedehnt. »Das war das einzige Mal, daß ein Polizist sich über mein ›hübsches Gesicht‹ geäußert hat.«

»Aber gedacht haben es alle. Gib's doch zu. Hast du denn überhaupt jemals einen Strafzettel bekommen?«

»Nein.« Faith unterdrückte ihr Lachen. Margot hatte in den letzten sechs Monaten gleich zwei einkassiert. Und nun mußte sie sich zu ihrem Leidwesen ganz streng an das Tempolimit halten, denn bei einem weiteren Verweis würde man ihr zeitweilig den Führerschein entziehen.

»Mir hat noch nie jemand geraten, langsamer zu fahren, bevor mein Gesicht leidet«, brummte Margot. »Im Gegenteil, sie waren immer ganz geschäftsmäßig. ›Dürfen wir Ihren Führerschein sehen? Sie sind in einer Achtziger-Zone hundert gefahren. Ihr Gerichtstermin ist dann und dann, andernfalls müßten

Sie bis dann und dann gezahlt haben oder aber Ihre Rechte vor Gericht einklagen‹.« Sie sah so angewidert aus, daß Faith sich abwenden mußte, um ihr nicht ins Gesicht zu lachen. Margot konnte der Sache einfach nichts Komisches abgewinnen.

»Früher habe ich nie Strafzettel gekriegt«, fuhr Margot fort und runzelte die Stirn. Faith hatte das bereits so häufig gehört, daß sie es auswendig hätte herbeten können. »Mein ganzes Leben hatte ich noch nicht einmal einen Verweis wegen Falschparkens. Und plötzlich bekomme ich die Dinger, als ob sie vom Himmel herabregnen würden.«

»Du tust ja gerade so, als ob du deine Wände damit tapezieren könntest.«

»Lach nicht. Zwei Verweise sind schon eine ziemlich ernste Sache. Und ein dritter ist eine Katastrophe. Ich werde wohl die nächsten zwei Jahre immer schön fünfzig fahren müssen. Weißt du überhaupt, was das bedeutet? Ich muß morgens früher aufstehen und früher losfahren, ganz gleich, wohin ich will, weil es eine Ewigkeit dauert, bis ich endlich dort ankomme!« Sie hörte sich so gequält an, daß Faith haltlos zu kichern begann.

Margot war wirklich eine Freude. Sie war sechsunddreißig Jahre alt und geschieden, hatte aber nicht die geringste Absicht, solo zu bleiben. Faith konnte sich gar nicht vorstellen, wie sie ohne Margot auskommen sollte. Nachdem sie genügend Geld zusammengekratzt hatte, um die Agentur zu kaufen, hatte sie zwar durch ihren Collegeabschluß ausreichend fachliches Wissen, um den geschäftlichen Teil abzuwickeln. Aber zwischen Buchwissen und dem wirklichen Leben klaffte eine große Lükke. Margot war die Assistentin von J. B. Holladay gewesen, dem vorherigen Besitzer der Holladay Reiseagentur. Gerne hatte sie dieselbe Aufgabe auch für Faith übernommen. Ihre Erfahrung hatte sich als unbezahlbar erwiesen. Sie hatte Faith vor ernstlich groben Fehlern in finanziellen Belangen bewahrt.

Zudem war ihr Margot eine richtige Freundin geworden. Sie war eine große, schlanke Frau mit blondiertem Haar und einem recht theatralischen Sinn für Kleidung. Sie machte auch keinen Hehl daraus, daß sie auf der Suche nach einem neuen Mann war – »Männer machen jede Menge Ärger, meine Liebe. Aber sie haben auch ihre Vorzüge, vor allem den einen« –, und verhielt sich so gutgelaunt in dieser Sache, daß sie keine Mühe hatte, Verabredungen zu bekommen. Ihre Freizeitgestaltung hätte auch die motivierteste Debütantin erschöpft. Daß sie nun behauptete, Faith, die nur selten ausging, habe einen besonderen Draht zu Männern, während man Margot fast nie zu Hause antraf, war Faiths Meinung nach eine etwas gewagte Äußerung.

»Lach nicht«, warnte Margot. »Eines schönen Tages wirst du von einer Polizistin angehalten. Damit ist dann auch deine Glückssträhne zu Ende.«

»Wenn man überhaupt von einer Glückssträhne reden kann.«

»Ach, was soll's.« Margot ließ das Thema fallen und sah sie neugierig an. »Nun erzähl mir mal, was ist das für eine Idee von einem Haus in diesem gottverlassenen Louisiana?«

»In Prescott«, berichtigte Faith sie lächelnd. »Das ist eine kleine Stadt nördlich von Baton Rouge, nahe an der Grenze zu Mississippi.«

Wieder atmete Margot laut aus. »Sag ich doch: gottverlassen.«

»Es ist meine Heimatstadt. Dort komme ich her.«

»Was du nicht sagst. Und du gibst das tatsächlich ganz offen zu?« fragte Margot mit der den gebürtigen Texanern geläufigen Arroganz.

»Ich will nach Hause«, sagte Faith leise. »Ich möchte dort leben.« Es war kein Schritt, zu dem sie sich leicht hatte entschließen können. Sie wußte sehr wohl, daß die Rouillards alles tun würden, um ihr das Leben schwer zu machen. Ganz bewußt wollte sie sich in der Nähe von Gray niederlassen. Die damit verbundene Gefahr bereitete ihr schlaflose Nächte. Doch abgesehen davon, daß sie herausfinden wollte, was damals seinem Vater zugestoßen war, mußte sie sich auch ein paar Dämonen stellen, von denen Gray der größte war. Auf diese oder jene Art hatte er sie fast ihr ganzes Leben lang gequält. Was ihn betraf, so war sie immer noch in dem kindlichen Gefühlswirrwarr von damals gefangen. In ihrem Kopf war er überlebensgroß und mächtig. Er besaß die Macht, sie zu zerstören oder sie zu bestätigen. Ihre letzte Begegnung hatte nicht dazu beigetragen, diesen Eindruck zu verwässern. Sie mußte lernen, ihn als ganz normalen Menschen zu sehen. Sie wollte ihm auf gleichberechtigter Basis begegnen und nicht als ein verletzliches, verängstigtes kleines Mädchen. Sie wollte nicht, daß er diese Macht über sie besaß. Sie wollte ihn überwinden, ein für allemal.

»Diese Reise nach Baton Rouge hat dich davon überzeugt, nicht wahr?« Margot wußte nichts von dem, was vor zwölf Jahren geschehen war. Sie wußte nichts über Faiths Kindheit, außer daß sie bei Pflegeeltern aufgewachsen war, die sie sehr mochte. Faith hatte niemals über ihre Vergangenheit oder ihre Familie gesprochen.

»Ich glaube, es ist wirklich etwas dran am Heimatgefühl.«

Margot lehnte sich zurück. »Heißt das, du willst die Agentur verkaufen?«

Erschrocken blickte Faith sie an. »Natürlich nicht!«

Margots Gesichtsausdruck entspannte sich ein wenig. Erst jetzt wurde Faith bewußt, wie bedrohlich ihre Entscheidung für ihre Angestellten wäre. »Alles wird genauso weiterlaufen wie bisher, mit zwei geringfügigen Änderungen«, sagte sie.

»Wie geringfügig?« fragte Margot argwöhnisch.

»Nun, ich werde in Prescott wohnen. Sobald Mr. Bible ein Haus für mich gefunden hat, werde ich ein Faxgerät, einen

Computer und einen Fotokopierer installieren lassen. Ich bin also genauso erreichbar, elektronisch jedenfalls, wie jetzt auch.«

»Gut, das ist die eine Änderung. Und was ist die zweite?«

»Du wirst für alle Büros als alleinige Managerin verantwortlich sein. Reisen macht dir doch nichts aus, oder?« fragte Faith, plötzlich besorgt. Diesen Aspekt hatte sie bei ihren Plänen noch gar nicht bedacht.

Margots Augenbrauen schossen ungläubig nach oben. »Mir soll Reisen etwas ausmachen? Meine Liebe, bist du verrückt geworden? Ich liebe es, zu reisen. Das vergrößert gewissermaßen mein Jagdrevier. In dieser Gegend haben weiß Gott schon die meisten Kerle ihre Chance auf ein aufregendes Leben mit mir gehabt. Sie haben eben Pech gehabt, wenn irgendein Glückspilz anderswo sie aus dem Rennen schlägt. Außerdem kann einem ein Besuch in New Orleans niemals lästig werden.«

»Und Houston und Baton Rouge.«

»In Houston gibt es Cowboys, in Baton Rouge die Cajuns. Sehr vielversprechend«, erwiderte Margot und fuhr sich mit der Zunge über die Lippen. »Nach Dallas komme ich dann nur noch, um mich auszuruhen.«

Faiths Plan verlief ganz nach ihren Vorstellungen, aber andererseits hatte sie auch viel dafür getan. Sie zog eine tiefe Befriedigung aus ihren Bemühungen. Mit vierzehn war sie hilflos gewesen, jetzt hatte sie ihre eigenen Möglichkeiten. Vier Jahre als Geschäftsfrau hatten ihr viele Kontakte eröffnet.

Mit Hilfe von Harley Bible fand sich schnell ein kleines Haus, das zum Verkauf stand. Das Grundstück lag nicht direkt in Prescott, sondern ein paar Meilen außerhalb der Stadt und grenzte an den Landbesitz der Rouillards. Der Kauf schlug ein tiefes Loch in ihre Ersparnisse. Dennoch zahlte sie den Betrag mit einem Mal, damit Gray keine Tricks mit ihrem Geldgeber spielen und ihr Ärger machen konnte. Sie wußte gut genug

Bescheid, um eventuelle Schritte seinerseits vorauszusehen, die ihr das Leben schwer machen würden. Ihn auszubooten bereitete ihr ein enormes Vergnügen. Er würde erst dann etwas von der Sache erfahren, wenn es bereits zu spät wäre, sie noch aufzuhalten.

Ganz im stillen, indem sie alles über die Agentur arrangierte, was eventuell Aufsehen erregen würde, hatte sie das Haus herrichten lassen und schließlich glücklich ihre Möbel darin plaziert. Nur einen Monat, nachdem Gray sie zum zweiten Mal aus der Stadt gejagt hatte, parkte sie ihr Auto vor ihrem eigenen Haus und blickte mit großer Befriedigung auf ihr Werk.

Sie hatte die Katze nicht im Sack gekauft. Mr. Bible hatte ihr Fotos der Innen- und Außenansichten des Hauses gezeigt. Das Haus im Stil der fünfziger Jahre war klein, es hatte lediglich fünf Zimmer, und war im Hinblick auf den Verkauf modernisiert und renoviert worden. Der vorherige Besitzer hatte gute Arbeit geleistet. Die vordere Veranda erstreckte sich entlang der gesamten Front des Hauses. Eine Schaukel lockte die neuen Bewohner nach draußen, um das schöne Wetter zu genießen. Zwei Deckenventilatoren zu jeder Seite der Terrasse stellten sicher, daß die Hitze nicht unerträglich wurde. Im Haus selbst war jedes Zimmer ebenfalls mit einem Ventilator an der Decke ausgestattet. Die beiden Schlafzimmer waren gleich groß, also hatte sie sich für das dem Garten zugewandte entschieden und das andere als Büro eingerichtet. Es gab nur ein Badezimmer. Aber da sie das Haus allein bewohnte, würde ihr das keinerlei Probleme bereiten. Wohn- und Eßzimmer waren schön, aber das Schönste überhaupt war die Küche. Sie war offenbar bereits einige Jahre zuvor umgebaut worden, denn niemand hätte sich allein für den Verkauf eine solche Mühe gegeben, wenn eine einfachere Küche denselben Kaufpreis erzielen konnte. Hier hatte jemand gewohnt, der das Kochen liebte. Der Herd hatte sechs Flammen, eine eingebaute Mikrowelle und einen ganz normalen Backofen. Ein vom Boden bis an die Decke reichender Schrank bot ausreichend Platz, um Vorräte für ein ganzes Jahr zu verstauen. Statt einer zentralen Arbeitsinsel stand mitten im Raum eine Fleischerplatte, die ausreichend Platz für jedes kulinarische Abenteuer bot. Faith kochte zwar selbst nicht besonders gern, aber die Küche gefiel ihr. Das ganze Haus gefiel ihr ausgesprochen gut. Zum ersten Mal würde sie in einem Haus leben, das ihr auch gehörte. Ihre bisherigen Wohnungen hatte sie gemietet. Dieses Haus aber gehörte ihr. Sie hatte jetzt ein wirkliches Zuhause.

Glückselig fuhr sie nach Prescott, um dort Lebensmittel einzukaufen. Ihr erster Gang jedoch galt dem Rathaus, wo sie ein Nummernschild für Louisiana und einen entsprechenden Führerschein beantragte. Dann ging sie einkaufen. Es bereitete ihr innerlich viel Vergnügen, jetzt ohne Rücksicht auf die Preise in genau dem Laden einzukaufen, dessen Besitzer sie früher mit den Augen verfolgt hatte, damit sie nicht ohne zu zahlen irgend etwas in ihre Tasche gleiten ließ. Morgan war sein Name, Ed Morgan. Sein jüngster Sohn war in Jodies Klasse gewesen.

Genüßlich suchte sie Früchte und Gemüse aus, packte alles einzeln in Plastiktüten und verschloß diese mit einem grünen Klebeband. Ein grauhaariger Mann kam mit beschmutzter Schürze und einem Bananenkorb beladen aus dem Vorratsraum und fing an, das fast leere Regal zu füllen. Er blickte kurz zu ihr auf. Seine Augen weiteten sich ungläubig.

Obwohl sein Haar jetzt viel schütterer war und seine Farbe verloren hatte, erkannte Faith doch mühelos den Mann, an den sie gerade gedacht hatte. »Guten Tag, Mr. Morgan«, sagte sie freundlich und schob ihren Wagen an ihm vorbei. »Wie geht es Ihnen?«

»R-Renee«, stotterte er. Etwas in seinem Tonfall beim Aussprechen des Namens ihrer Mutter ließ Faith innerlich erstarren. Sie betrachtete ihn noch einmal. Nicht auch er! Aber warum schließlich nicht? Guy Rouillard hatte nicht immer zur Verfügung gestanden. Und Renee gehörte nicht zu jenen Frauen, die sich etwas versagten.

Ihr Lächeln erstarb, und ihre Stimme wurde kühl. »Nein, nicht Renee. Ich bin Faith, die jüngste Tochter.« Da hatte sie sich also beleidigen und wie eine Diebin behandeln lassen müssen, während der Mann, der ihr im Laden ständig auf die Finger schaute, zu jenem Rudel gehörte, das ihrer Mutter hinterherjaulte. Sie stieß den Einkaufswagen den Gang entlang. Da der Laden nicht groß war, konnte sie das Flüstern hören, als er seiner Frau erzählte, wer sie war. Nicht viel später wurde sie von einem Schatten verfolgt. Sie kannte den Teenager nicht, der ihr mit schmutziger Schürze hinterherlief und errötete, als sie ihn ansah. Es war jedoch eindeutig klar, daß er sicherstellen sollte, daß ihre Waren in den Wagen und nicht in ihre Tasche wanderten.

Wut flammte in ihr auf, aber sie riß sich zusammen und widerstand ihrem Impuls, sich zu beeilen. Als sie alles auf ihrer Liste zusammen hatte, ging sie an die Kasse und lud die Waren auf das Band.

Als Faith den Laden betreten hatte, hatte Mrs. Morgan die Kasse bedient. Jetzt jedoch übernahm ihr Mann die Aufgabe, während seine Frau sie von der kleinen Kammer aus aufmerksam beobachtete. Er betrachtete die Einkäufe, die sie auf das Band lud. »Sie sollten in der Lage sein, das alles in bar zu bezahlen«, bemerkte er freundlich. »Ich bin sehr vorsichtig, von wem ich einen Scheck akzeptiere.«

»Ich zahle immer in bar«, gab Faith kühl zurück. »Ich bin sehr vorsichtig, wem ich meine Kontonummer mitteile.«

Es dauerte einen Augenblick, bis er merkte, daß er ebenso beleidigt worden war, wie er sie beleidigt hatte. Sein Gesicht lief dunkel an. »Riskieren Sie keine große Lippe. Ich muß mir so etwas in meinem eigenen Laden nicht bieten lassen. Schon gar nicht von Ihresgleichen.«

»Ach nein?« Sie lächelte ihn an. Mit leiser Stimme fuhr sie fort: »Was meine Mutter betrifft, waren Sie aber nicht so wählerisch, oder?«

Die Farbe wich ihm aus dem Gesicht. Blaß und schwitzend warf er seiner Frau einen hastigen Blick zu. »Ich weiß überhaupt nicht, wovon Sie reden.«

»Das ist auch gut so. Dann können wir das Thema ja in Zukunft ruhen lassen.« Sie zog das Portemonnaie hervor und wartete. Er ließ die Lebensmittel an sich vorbeilaufen und tippte die Preise ein. Faith registrierte jede Summe, die auf dem Display erschien. Einmal unterbrach sie ihn. »Die Äpfel waren ein Dollar neunundzwanzig das Pfund, nicht ein Dollar fünfundsechzig.«

Wieder errötete er, weil sie ihn bei einem Fehler ertappt hatte. Jedenfalls nahm sie an, daß es ein Fehler und keine Absicht gewesen war. Sie würde aber jeden Posten auf dem Bon einzeln überprüfen, bevor sie den Laden verließ. Er sollte einmal zu spüren bekommen, wie es sich anfühlte, wenn man von vornherein als unehrlich eingestuft wurde. Früher hätte sie den Rückzug angetreten und wäre bis ins Innerste verletzt gewesen. Diese Zeiten gehörten allerdings längst der Vergangenheit an.

Als er ihr die Summe nannte, zog sie sechs Zwanzigdollarscheine hervor. Normalerweise hatte sie nicht die Hälfte für Lebensmittel zu zahlen, aber vor dem Umzug hatte sie viele Besorgungen aufgeschoben und mußte sich nun neue Vorräte anschaffen. Sie beobachtete ihn, wie er die restlichen Scheine in ihrem Portemonnaie beäugte. Bald würde die Geschichte von ihrem sagenhaften Reichtum die Runde machen. Und keiner würde davon ausgehen, daß sie sich ihr Geld ehrlich verdient hatte.

Sie konnte sich nicht einreden, daß die Meinung der Leute sie nicht interessierte. Es war einer der Gründe für ihre Rückkehr gewesen, den Leuten und sich selbst zu beweisen, daß nicht alle Devlins einen Dreck wert waren. Sie kannte zwar ihren eigenen Wert, aber gefühlsmäßig war sie noch nicht wirklich überzeugt. Das wäre sie erst dann, wenn die Menschen in ihrer Heimatstadt sie akzeptierten. Sie konnte sich von Prescott nicht lossagen. Diese Stadt hatte sie zu dem Menschen gemacht, der sie heute war. Hier war sie tief verwurzelt. Aber das Wohlwollen der Menschen zu suchen hieß nicht, daß sie sich beleidigen lassen würde, ohne daß das Konsequenzen hatte. Als Kind war sie still und leise ihren Weg gegangen. Aber in den vergangenen zwölf Jahren war sie erwachsen geworden und hatte gelernt, für sich selbst geradezustehen. Derselbe Junge, der ihr im Laden gefolgt war, trug nun die Tüten zu ihrem Auto. Er war ungefähr sechzehn Jahre alt. Sein Körper hatte noch eine kindliche Schlacksigkeit, und seine Hände und Füße waren viel zu groß. »Bist du mit den Morgans verwandt?« fragte sie, während sie den Parkplatz überquerten.

Die direkte Ansprache ließ ihn erröten. »Hmm, ja. Sie sind meine Großeltern.«

»Wie heißt du denn?«

»Jason.«

»Ich bin Faith Hardy. Ich habe früher hier gewohnt und bin gerade wieder hierher zurückgekehrt.« Sie hielt an ihrem Wagen an und öffnete den Kofferraum. Wie die meisten Teenager interessierte er sich für alles auf vier Rädern und unterzog den Wagen einer eingehenden Untersuchung. Sie hatte sich für eine solide Limousine und gegen einen Sportwagen entschieden. Eine Limousine war für das Geschäftliche besser geeignet, außerdem mußte man als Fahrer eines Sportwagens auch ein ganz bestimmter Typ sein, und dieser Typ war sie nicht. Für ihr Alter hatte sie schon seit jeher sehr erwachsen gewirkt. Stabilität und Verläßlichkeit waren ihr weitaus wichtiger als Schnelligkeit und gutes Aussehen. Der Wagen jedoch, ein dunkelgrünes, europäisches Modell, war noch kein Jahr alt und hatte trotz seiner Bodenständigkeit das gewisse Etwas.

»Tolles Auto«, bemerkte Jason, als er die Tüten in den Kofferraum stellte.

»Danke.« Sie gab ihm ein Trinkgeld. Er schaute überrascht auf, als er einen Dollar in der Hand hielt. Daraus schloß Faith, daß entweder in Prescott Trinkgelder nicht üblich waren oder aber der Junge dazu angehalten worden war, ihren Wagen auf Sauberkeit oder ähnliches hin zu inspizieren. Mit letzterem lag sie vermutlich richtig, denn die Neugier von Kleinstädtern kannte keine Grenzen.

Ein kleiner weißer Cadillac fuhr auf den Parkplatz. Als Faith ihre Tür aufschloß, kam der Wagen scharf bremsend neben ihr zum Stehen. Sie sah auf und blickte in das vollkommen perplexe Gesicht einer Frau. Es dauerte einen Augenblick, ehe sie Monica Rouillard erkannte, oder wie auch immer sie jetzt heißen mochte. Als sich die beiden Frauen anblickten, erinnerte sich Faith daran, daß Monica sich den Devlins gegenüber immer besonders gemein benommen hatte. Gray war da anders gewesen, er hatte sie alle – bis zu dem Zeitpunkt, wo sein Vater verschwunden war – mehr oder weniger normal behandelt. Trotz allem verspürte Faith ein wenig Mitleid. Denn wenn ihre Vermutung stimmte, dann war Monicas Vater tot, und sie hatte all diese Jahre nichts davon gewußt, daß ihm etwas zugestoßen war. Die Devlins hatten unter Grays Verhalten zu leiden gehabt, aber auch die Rouillards hatten ein schweres Los zu tragen.

Trotz der Dunkelheit im Inneren des Wagens bemerkte Faith, wie blaß und angestrengt Monica sie betrachtete. Dies war eine der Auseinandersetzungen, die man besser vertagen sollte, obwohl sie nicht die Absicht hatte, die Gegenwart der Rouillards zu meiden. Sich abwendend stieg sie in ihren Wagen und startete den Motor. Monica stand direkt hinter ihr, so daß sie nicht rückwärts herausfahren konnte. Aber der Parkplatz vor ihr war frei. Sie fuhr also einfach durch die freie Parklücke hindurch davon, während Monica ihr immer noch hinterherstarrte.

Als sie nach Hause kam, warteten bereits mehrere Faxe auf sie, die alle von Margot stammten. Sie räumte die Lebensmittel fort und ging dann ins Büro, um sich den anstehenden Dingen zu widmen. Sie mochte die Reisebranche. Sie bereitete zwar dann und wann auch Kopfzerbrechen und hatte ihre Tücken. Aber meist waren die Kunden fröhlich und voller Vorfreude. Die Aufgabe der Agentur bestand darin sicherzustellen, daß alle Buchungen korrekt waren und verläßliche Unterkünfte zur Verfügung standen. Vorsichtig versuchten sie die Kunden von Pauschalreisen abzubringen, die nicht auf sie zugeschnitten waren. Beispielsweise riet man einer Familie mit Kleinkindern von einer Kreuzschiffahrt ab, die mehr den Bedürfnissen Erwachsener entsprach. Ihre Angestellten wußten solche Situationen zu meistern. Faith dagegen beschäftigte sich hauptsächlich mit anderen Dingen. Gehälter mußten gezahlt und endlose Steueranfragen beantwortet werden. Faith hatte sich vorgenommen, die Lohnabrechnung immer noch selbst zu bearbeiten. Dazu wurden ihr jeden Montag von den vier Büros die entsprechenden Unterlagen gefaxt. Sie würde die Papierarbeit erledigen, die Schecks ausfüllen und sie per Eilbrief am Mittwochmorgen abschicken. So hatten sie eine passable Lösung gefunden, und die Bequemlichkeit, von zu Hause aus zu arbeiten, begeisterte Faith.

Eine Unbequemlichkeit blieb jedoch bestehen: Sie ließ alle Bankvorgänge, ob geschäftlich oder persönlich, weiterhin von der Bank in Dallas buchen. Sie hatte sich gegen einen Filialwechsel nach Prescott oder auch nur nach Baton Rouge entschieden, denn der Einfluß der Rouillards reichte weit. Sie hatte nicht überprüft, ob die neue Bankfiliale den Rouillards gehörte, weil es ohnehin nicht von Bedeutung war. Denn ob sie ihnen nun gehörte oder nicht, Gray hatte genügend Kapital dort, um seinen Einfluß geltend zu machen. Im Bankwesen gab es natürlich Regeln und Gesetze, aber in diesem Teil des Bundesstaates stellten die Rouillards ihre eigenen Gesetze auf. Ihr Kontostand, ja sogar Kopien ihrer Überweisungen würden Gray Rouillard ohne weiteres zugänglich gemacht. Außerdem zweifelte sie nicht daran, daß er die Buchungen ihrer Zahlungsanordnungen bis zur allerletzten Minute hinauszögerte und ihre eigenen Schecks, wenn irgend möglich, nicht gutschriebe. Es war also besser, ihre Bankgeschäfte weiterhin in Dallas zu belassen.

Kies knirschte in der Auffahrt. Als sie aus dem Fenster blickte, kam dort ein eleganter metallgrauer Jaguar zum Stehen. Sie ließ die Gardine zurückfallen und schob den Stuhl vom Tisch zurück. Sie mußte nicht erst sehen, wer aus dem Auto stieg, um zu wissen, wer ihr einen Besuch abstattete. Außerdem wußte sie genau, daß dies kein Begrüßungsbesuch werden würde. Sie ging gerade durch das Wohnzimmer hindurch auf die Tür zu, als sie auf der Veranda bereits Schritte hörte. »Guten Tag, Gray. Bitte komm doch rein. Allem Anschein nach hast du deine Corvette aufgegeben.«

In seinen Augen flackerte Überraschung, und er trat ein. Seine Größe überwältigte sie. Er wiederum hatte nicht erwartet, daß sie ihn so freundlich hereinbitten würde. Es war gerade so, als ob der Hase aus lauter Gastfreundschaft seinen Bau dem Wolf anbieten würde. »So manches mache ich jetzt langsamer als in früheren Tagen«, sagte er mit breitem südlichem Akzent.

Es lag ihr auf der Zunge zu sagen, daß das so auch viel besser sei, aber sie biß sich auf die Lippen. Sie bezweifelte zwar, daß ausgerechnet Gray Rouillard ihr gegenüber anzügliche Bemerkungen machen würde. Wenn sie es aber so auffaßte, entsprach sie vermutlich genau seinen Erwartungen von einer Devlin.

Zwischen ihnen gab es einfach keinerlei Spielraum für lustige Flirts.

An diesem Tag im späten Frühling war das Wetter heiß, und Gray trug ein loses, am Hals weit offenes Hemd und khakifarbene Leinenhosen. Sein krauses schwarzes Brusthaar lugte aus seinem geöffneten Ausschnitt. Faith zwang sich wegzusehen, war sich jedoch ihres plötzlich beschleunigten Atems bewußt. Der frische, erdige Geruch sauberen männlichen Schweißes begleitete ihn. Sie hatte sich niemals ganz entscheiden können, welche Farbe seinem Geruch zuzuordnen war. Benommen stand sie da und atmete den kaum wahrnehmbaren Duft ein. Seine körperliche Gegenwart vernebelte wie eh und je ihre Sinne. Nichts hatte sich geändert. Beim letzten Wiedersehen war es nicht die Unvorhergesehenheit gewesen, die sie so erschüttert hatte. Es waren die alten Reaktionen, die immer noch in ihr schlummerten, und sie waren durch die Zeit und durch ihre Reife nicht gemindert worden. Sie blickte ihn mit hilflos unterdrückter Wut an. Verdammt, dieser Mann hatte sie fast im Elend ersticken lassen und würde nicht zögern, es noch einmal zu tun. Was war nur mit ihr los, daß sie ihn nicht anblicken konnte, ohne automatisch dieses irrsinnig aufgeregte Gefühl zu verspüren?

Er stand neben der Tür und starrte sie mit zusammengekniffenen dunklen Augen an. Sie rückte etwas von ihm ab, um sich Luft zu verschaffen. Er war körperlich einfach zu vereinnahmend. Er war fünfzehn Zentimeter größer als sie und hatte den gestählten Körper eines Sportlers. Sie hätte sich auf die Zehenspitzen stellen müssen, um überhaupt seinen gebräunten, muskulösen Hals küssen zu können. Ihr Gedanke überraschte und schockierte sie. Automatisch setzte sie eine undurchdringliche Miene auf. Niemals durfte er erfahren, daß sie sich auch nur im geringsten von ihm angezogen fühlte. Denn das würde ihm eine tödliche Waffe gegen sie in die Hand geben.

»Das ist aber eine Überraschung«, bemerkte sie leichthin, obwohl man das kaum behaupten konnte. »Setz dich doch. Möchtest du Kaffee oder vielleicht etwas Eistee?«

»Lassen wir die Höflichkeitsfloskeln beiseite«, erwiderte er. Aus seiner Stimme hörte sie die rasende Wut heraus. »Was machst du hier?«

»Ich lebe hier«, erwiderte sie und zog die Augenbrauen in gespielter Überraschung hoch. Sie hatte den Angriff nicht so frühzeitig erwartet. Wieder trat sie einen Schritt zurück und versuchte verzweifelt, einen sicheren Abstand zu ihm zu wahren. Sein Blick wurde aufmerksamer, dann glänzten seine Augen zufrieden. Sie erkannte entsetzt, daß er ihre Nervosität in seiner unmittelbaren Nähe gespürt hatte. Sie blieb stehen. Er sollte nicht merken, daß er sie auf diese Weise in die Enge treiben konnte. Sie wandte sich ihm ganz zu und sah ihm mit erhobenem Kinn kühl und vollkommen unbeeindruckt direkt ins Gesicht. Leicht fiel ihr das zwar nicht, aber sie schaffte es.

»Nicht mehr lange. Du hast Zeit und Geld verschwendet, hierher zurückzukommen.«

Leicht belustigt erwiderte sie: »Sogar dir dürfte es nicht leicht fallen, mich aus meinem eigenen Haus zu werfen.«

Aufmerksam jagte sein Blick durch das freundliche, gemütliche Wohnzimmer. »Ich habe es gekauft«, fügte sie erklärend an. »Es ist nicht durch einen Kredit finanziert, sondern es gehört ganz mir.«

Zu ihrer Verblüffung lachte er schallend auf. »Dann hast du dich also von Mr. Hardy scheiden und ihn bluten lassen. Hast du ihm sein ganzes Vermögen abgeknöpft?«

Faith erstarrte. »Letzteres stimmt in gewisser Weise sogar. Allerdings habe ich mich nicht scheiden lassen.«

»Was hast du dann gemacht? Dir einen alten Knacker geangelt, der nach ein, zwei Jahren abgekratzt ist? Hast du seine Erben um ihr Erbteil gebracht?«

Die Farbe wich ihr aus dem Gesicht, sie wurde blaß wie eine Madonna. »Nein, ich habe mir einen gesunden, dreiundzwanzigjährigen Mann geangelt, der bei einem Autounfall umgekommen ist, als wir noch nicht einmal ein Jahr verheiratet waren.«

Sein Mund zog sich zusammen. »Tut mir leid«, brummte er. »Das hätte ich nicht sagen sollen.«

»Nein, ich finde auch. Aber mir ist noch nicht aufgefallen, daß die Gefühle anderer einen Rouillard jemals belastet hätten.«

Er stieß den Atem aus. »Eine Devlin sollte sich vorsehen, ausgerechnet in diesem Glashaus Steine zu schmeißen.«

»Ich habe niemals jemandem etwas zuleide getan«, erwiderte sie und lächelte bitter. »Ich stand lediglich zwischen den Fronten, als der Krieg ausbrach.«

»Ganz das Unschuldslamm, ja? Du warst zwar noch ziemlich jung, als all das passiert ist. Aber ich habe ein wirklich gutes Gedächtnis. Ich sehe dich noch heute, wie du vor all den Polizisten und vor mir hin- und hergerannt bist, in einem dünnen Nachthemd, durch das wir alle hindurchsehen konnten. Der Apfel fällt eben nicht weit vom Stamm.«

Faiths Augen weiteten sich. Voller Wut und peinlich berührt schoß ihr das Blut ins Gesicht. Sie trat schnell zwei Schritte auf ihn zu und drückte ihm ihren Zeigefinger in die Brust. »Wage ausgerechnet du es nicht, mir so etwas ins Gesicht zu sagen!« brach es wuterstickt aus ihr hervor. »Ich bin mitten in der Nacht aus dem Bett gezerrt und wie ein Stück Dreck vors Haus geworfen worden. Sprich es nicht aus«, warnte sie eindringlich, als er gerade den Mund öffnen und ihr sagen wollte, daß sie ja auch Dreck gewesen war. Dann stieß sie ihm wieder den Finger in die Brust. »Alles, was wir besessen haben, ist aus dem Haus geworfen worden. Mein kleiner Bruder war hysterisch und wollte nicht von mir ablassen. Was sollte ich denn tun? Sollte ich mir die Zeit nehmen, meine Kleidung zu finden und mich dann zum Umziehen in den Wald verziehen? Warum habt ihr vorgeblich so *anständigen* Leute mir denn nicht den Rücken zugewandt, wenn ihr ein wenig zuviel zu sehen bekommen habt?«

Er blickte auf ihr wütendes Gesicht herab. Sein Gesichtsausdruck war merkwürdig gesetzt, dann senkten sich seine Lider und sein Blick wurde durchdringend. Er nahm ihre Hand und führte sie von seiner Brust weg. Er ließ sie nicht los, sondern umfaßte sie mit seiner harten, zusammengeballten Faust. »Du hast aber ein feuriges Temperament, oder?« fragte er belustigt.

Seine Berührung durchfuhr sie wie ein elektrischer Schlag. Sie wollte ihre Hand von ihm losreißen, er aber verstärkte seinen Griff nur und hielt sie mühelos fest. »Nun mach mal halblang«, sagte er langsam. »Vielleicht glaubst du ja, daß es nett ist, hier mit mir zu stehen und mir mit deinen Fingernägeln Löcher in die Brust zu bohren. Aber um das wirklich zu genießen, müßte ich in einer vollkommen anderen Laune sein.«

Faith blitzte ihn an. Sie konnte sich in dem demütigenden Versuch erschöpfen, sich von ihm loszureißen, oder aber sie wartete einfach, bis er sie wieder losließ. Gefühlsmäßig schreckte sie vor der verwirrenden Hitze seiner überraschend kräftigen Hand zurück. Dennoch zwang sie sich zur Ruhe, denn sie spürte, wie er ihre Bemühungen in dieser Richtung genossen hätte. Dann aber begriff sie die erotische Unterstellung seiner Bemerkung. Ihre Augen weiteten sich, und sie zitterte vor Entsetzen. Diesmal bestand kein Zweifel daran, was er meinte.

»Schlaues Mädchen«, sagte er, während sein Blick auf ihre Brüste wanderte. Er ließ sich Zeit, sie unter dem mintgrünen Seidenhemd zu betrachten. Sie hielt die Luft an, denn durch seinen Blick richteten sich ihre Knospen auf, als ob er sie berührte. »Du willst doch mit mir keinen Streit anfangen, den du nicht gewinnen kannst, oder? Vermutlich hat dir deine Mutter beigebracht, daß ein Mann ganz besonders schnell erregt wird, wenn die Frau sich an ihm windet. Bist du zurückgekommen, um in die Fußstapfen deiner Mutter zu treten? Willst du meine Nutte sein, so wie sie die Nutte meines Vaters war?«

Blinde Wut blitzte in ihren Augen auf, und sie riß mit aller Kraft ihre freie Hand nach hinten. Schnell wie eine Schlange wehrte er ihren Schlag mit seiner anderen Hand ab und hielt auch diese fest umklammert. Er pfiff leise in Anerkennung der Kraft, mit der sie ausgeholt hatte. »Ruhig, ruhig«, schimpfte er und tat so, als ob ihn ihre Wut belustigte. »Wolltest du mir die Zähne einschlagen?«

»Allerdings!« zischte sie. Sie biß ihre Zähne aufeinander und vergaß ihren Entschluß, sich nicht gegen ihn zu wehren. Sie riß an ihren Händen und versuchte sich ihm zu entwinden. Das einzige Resultat aber waren blaue Flecken auf ihren Handgelenken. »Raus hier! Raus aus meinem Haus!«

Er lachte auf sie herab und zog sie an sich. »Was willst du mit mir machen, du willst mich rausschmeißen?«

Sie erstarrte, denn seine Reaktion auf ihre Bemühungen war genau die, die er vorausgesagt hatte. Es gab keinen Zweifel an dem harten Grat, der sich gegen ihren Bauch preßte. Sie wehrte sich mit der einzigen, ihr noch zur Verfügung stehenden Waffe, ihrer Zunge. »Wenn du mich losläßt, du Neandertaler, dann werde ich mir Eiswürfel auf die Handgelenke legen, damit sie nicht blau werden!« stieß sie hitzig hervor.

Er blickte auf seine Finger herab, die ihre zarten Handgelenke umspannten. Als er seinen Griff lockerte, bildeten sich augenblicklich rote Flecken auf Faiths Haut. »Ich wollte dir nicht wehtun«, bemerkte er zu ihrer Überraschung.

Augenblicklich ließ er von ihr ab. »Du hast ja eine richtige Babyhaut.«

Ihre Handgelenke reibend, trat sie zurück und verweigerte jeden Blick auf seinen Hosenschlitz. »Ich nehme an, daß es dir völlig gleichgültig ist, ob du mir wehtust. Mach, daß du rauskommst.«

»Sofort. Ich habe aber noch ein paar Dinge zu sagen.«

Sie blickte ihn kühl an. »Dann sprich sie in Gottes Namen aus und verschwinde.«

Seine dunklen Augen glitzerten gefährlich. Bevor sie wußte, was geschah, hatte er sich direkt vor ihr aufgebaut und kniff sie spielerisch ins Kinn. »Du bist ein ziemlich vorlautes kleines Ding, nicht wahr? Vielleicht ein bißchen vorlauter, als es für dich vorteilhaft sein könnte. Fordere mich zum Kampf auf, meine Süße, und du wirst dir dabei weh tun. Das beste wäre, wenn du deine Sachen zusammenpackst und hier genauso schnell verduftest, wie du gekommen bist. Ich kaufe dir das Haus für den Preis wieder ab, den du dafür bezahlt hast. Du wirst also nichts verlieren. Aber du bist hier nicht willkommen. Ich will nicht, daß meine Mutter und meine Schwester sehen, wie du hier auf- und abstolzierst, als sei nichts gewesen. Du wärmst diesen alten Skandal wieder auf, und alle Leute drehen durch. Wenn du hierbleibst und mich herausforderst, dann wird es ziemlich ungemütlich für dich werden. Du wirst den kürzeren ziehen. Du wirst hier keine Arbeit finden können. Und du wirst schon sehr bald merken, daß du hier keine Freunde hast.«

Sie entriß ihm ihr Kinn. »Was willst du denn tun? Willst du mich ausräuchern?« provozierte sie ihn. »Ich bin nicht mehr die hilflose Vierzehnjährige. Und du wirst einsehen müssen, daß man mich nicht mehr so leicht einschüchtern kann. Ich bin jetzt hier, und ich bleibe hier.«

»Das werden wir ja sehen.« Wieder senkte er seinen Blick auf ihre Brüste. Dann lächelte er plötzlich. »Aber in einer Sache hast du recht: Du bist keine vierzehn Jahre mehr.«

Dann ging er aus dem Haus. Faith starrte ihm hinterher. Ihre Fäuste ballten sich in stiller Wut, während Panik ihr den Magen zusammenzog. Sie wollte nicht, daß er sie wie eine Frau betrachtete. Sie wollte nicht seinen glühenden, gesenkten Blick auf ihr, weil sie sich nicht sicher war, ob sie ihm widerstehen konnte. Der Gedanke an die Ähnlichkeit mit ihrer Mutter und seine Annahme, daß auch sie wieder eine Nutte für die Rouillards sein würde, verursachten ihr Magenkrämpfe.

»War es Renee?« fragte Monica ruhig, obwohl man ihr die Anspannung ansehen konnte. Sie hatte Gray von Morgans Laden aus angerufen. Seitdem ihr Vater mit Renee Devlin durchgebrannt war, war sie nicht mehr so verstört gewesen. Seitdem war Monica einen weiten Weg gegangen. Aber die Verzweiflung in ihren Augen sagte Gray, daß der Schmerz noch immer zu frisch war, als daß sie hätte sachlich damit umgehen können.

»Nein, aber ganz eindeutig eine Devlin.« Er goß sich fingerbreit einen Scotch ein und kippte ihn herunter. Er hatte das Gefühl, daß er den nach der wiederholten Begegnung mit Faith Devlin brauchte. Faith Devlin *Hardy* vielmehr. Eine Witwe. Eine junge, schöne, rothaarige Witwe mit so viel Feuer, daß er nach der Berührung mit ihr seine Hände nach Brandverletzungen hatte absuchen wollen. Ein paarmal war es ihm gelungen, sie aus der Bahn zu werfen, aber größtenteils hatte sie eine entnervend kühle Selbstsicherheit an den Tag gelegt. Sie hatte sich nicht im geringsten um seine Drohungen gekümmert, obwohl ihr doch klar gewesen sein mußte, daß er nicht etwa spaßte.

Sie standen im Arbeitszimmer und genossen einen Aperitif, oder zumindest Gray genoß ihn. Sie hatten Alex zum Abendessen zu sich eingeladen, und Noelle würde bald herunterkommen. Monica und Gray hatten sich zurückgezogen, um sich kurz zu besprechen.

Monica blickte ihn ausdruckslos an. »Es war nicht Renee? Sie sah aber ganz genauso aus, so als ob sie überhaupt nicht gealtert sei. Sie sah sogar noch jünger aus als damals. Ach, jetzt begreife ich erst.« Man sah, wie bei ihr der Groschen fiel. »Es war eine der Töchter, nicht wahr?«

»Die jüngste, Faith. Sie hat Renee immer schon am meisten geähnelt.«

»Was hat sie denn hier gemacht?«

»Sie behauptet, daß sie hier bleiben will.«

Monicas dunkle Augen blickten entsetzt auf. »Das kann sie nicht! Mama würde es nicht ertragen! Alex ist es gelungen, sie etwas aus ihrem Schneckenhaus zu locken. Aber wenn sie hört, daß die Devlins wieder in der Stadt sind, dann kann man nicht wissen, wie weit sie das zurückwerfen wird. Du wirst sie wieder loswerden müssen, Gray.«

Mit ironischem Blick betrachtete er seinen Scotch und trank ihn mit einem Schluck aus. Die ganze Stadt kannte die Geschichte, wie er die Familie Devlin vertrieben hatte. Er war nicht besonders stolz darauf, aber andererseits bereute er es auch nicht. Der Vorfall hatte sich zu einer Art lokaler Legende verdichtet. Monica war nicht vor Ort gewesen, sie hatte das Grauenhafte daran nicht selbst erlebt. Sie hatte lediglich das Resultat gesehen, nicht den Prozeß. Die Erinnerung war ihr nicht in die Seele gebrannt. Er dagegen trug sie immer mit sich herum: Faiths Entsetzen, die hysterischen Schreie des kleinen Jungen und seine jämmerlichen Versuche, sich an sie zu klammern, ihr verzweifelter Versuch, die Sachen zusammenzuraffen ... und die gierige, widerliche Lust der Männer, die sie beobachteten. Die nächtlichen Schatten verbargen ihre Jugendlichkeit und zeigten lediglich die Ähnlichkeit mit ihrer Mutter.

Mit einem Schlage erkannte er, wie diese Nacht Faith und ihn vereinte. Sie bedeutete ein Band der gemeinsamen Erinnerung, das nur der Tod würde zerschneiden können. Er hatte sie niemals wirklich kennengelernt, zwölf Jahre lagen zwischen damals und heute, und trotzdem hatte er sie weder als Fremde betrachtet noch so behandelt. Es war vielmehr so, als ob sie eine alte Bekanntschaft auffrischten. Sie waren einander nicht fremd, weil sie diese Nacht verband.

»Diesmal wird es wohl nicht so einfach sein, sie wieder loszuwerden«, brachte er hervor. »Sie hat das Haus der Cleburnes gekauft. Und wie sie mir selbst noch einmal bestätigte, kann ich sie nicht von ihrem Eigentum vertreiben.«

»Es muß doch eine Möglichkeit geben, den Kreditgeber zu beeinflussen.«

»Ich habe nicht gesagt, daß sie es kauft. Ich habe gesagt, sie *hat* es gekauft. Das ist ein Unterschied.«

Monica runzelte die Stirn. »Wie kann denn eine Devlin das Geld dazu auftreiben?«

»Vermutlich eine Lebensversicherung. Sie ist Witwe. Ihr Nachname ist jetzt Hardy.«

»Wie praktisch für sie«, bemerkte Monica sarkastisch.

»Nein, soweit ich das überblicken kann, war es das nicht«, erwiderte Gray, der sich daran erinnerte, wie blaß Faith geworden war, als er ihr gegenüber mehr oder weniger dasselbe behauptet hatte. Er hörte die Türklingel, dann Alex' Stimme, als Oriane ihm die Tür öffnete. Er klopfte Monica auf dem Weg zur Tür auf die Schulter. »Ich werde alles in meiner Macht Stehende tun, damit sie wieder geht. Aber sicher ist es nicht. Sie ist keine typische Devlin.«

Nein, in keinster Weise typisch. Selbst als sie noch ein Teenager gewesen war, hatte er sie nur ansehen müssen, um mit Erregung zu reagieren. Daran hatte sich nichts geändert. Darüber hinaus war sie aber auch ein viel härterer Gegner, als es sonst irgend jemand aus ihrer Familie hätte sein können. Sie war zielstrebig und intelligent und hatte es offensichtlich, auf welche Weise auch immer, geschafft, sich aus dem Elend ihrer

Familie herauszuziehen. Dafür respektierte er sie. Aber es machte keinen Unterschied: Sie mußte gehen. Monica sorgte sich darum, welchen Effekt ihre Anwesenheit auf Noelle haben könnte, er aber machte sich zusätzlich Sorgen über die Auswirkungen auf Monica.

Als sie in die Eingangshalle traten, kam Noelle grazil die Treppe herunter, um Alex zu begrüßen. Sie bot ihm ihre Wange zum Kuß und erlaubte ihm, ihre Hand unter seinen Arm zu legen. Das waren kleine Berührungen, die sie selbst ihrem Mann nur ausnahmsweise gewährt hatte. Alex' Bewunderung hatte Noelle gut getan und ein wenig ihr zerstörtes Selbstbewußtsein aufgebaut. Gray war sich allerdings nicht sicher, ob es auch für Alex eine gute Sache war. Seine Frau war fünfzehn Jahre zuvor gestorben, und er hätte schon lange wieder heiraten sollen. Er war erst einundvierzig Jahre alt gewesen, als er seine Frau verlor. Vielleicht hätte er es auch getan, aber dann war Guy verschwunden, und Alex, der gute Freund, der er war, hatte der Familie Rouillard die schweren Zeiten hindurch zur Seite gestanden. Selbst nachdem Gray die Vollmacht erhalten hatte, hatte er doch noch ganze zwei Jahre gebraucht, um seine Position zu festigen. Alex war immer dagewesen, hatte die Nächte in Strategiesitzungen verbracht, war für Monica zu einer Art Ersatzvater geworden und hatte schließlich Noelle aus ihrer Depression locken können. Er hatte sich in Noelle verliebt, auch wenn diese das überhaupt nicht zu bemerken schien. Ich hätte es kommen sehen sollen, dachte Gray, als er seine Mutter betrachtete. Sie war auf unterkühlt klassische Art unglaublich schön, und einen Romantiker wie Alex beeindruckte das zutiefst. Ihr dunkles Haar war von wenigen grauen Strähnen durchzogen, was ihr bemerkenswert gut stand. Ihre Haut war immer noch glatt und faltenlos, gleichwohl man ihr Alter niemals unterschätzen würde. Sie hatte nichts Jugendliches an sich, keinerlei Leichtigkeit. Aus der Tiefe ihrer blauen Augen schimmerte immer die Traurigkeit. Gray betrachtete seine Mutter, Monica und Alex und verdammte von ganzem Herzen das, was sein Vater getan hatte.

Als Alex sich neben Noelle setzte, bemerkte er zu Gray: »Heute ist mir ein merkwürdiges Gerücht zu Ohren gekommen, über eine von den Devlins.« Monica erstarrte. Sie blickte ängstlich zu Noelle hinüber, die ganz still und blaß geworden war. Alex ignorierte Grays scharfe, abwehrende Bewegung. »Ich bin zufällig Ed Morgan begegnet. Anscheinend ist eine der Töchter wieder in die Stadt gezogen.«

Alex richtete sich auf und blickte Gray direkt in die Augen. Jetzt merkte Gray, daß Alex absichtlich seine warnenden Zeichen übersehen hatte. Er hatte das Thema mit voller Absicht angeschnitten und zwang Noelle zur Konfrontation. Er hatte das schon mehrmals getan, indem er Guy erwähnte, während Noelle vor jeder Erwähnung ihres Mannes zurückschreckte. Vielleicht war es richtig, so zu verfahren. Alex hatte schließlich mehr Reaktionen aus Noelle hervorlocken können, als es Gray oder Monica jemals gelungen war.

Noelles Hand fuhr bebend an ihren Hals. »Hierher zurückgezogen?«

»Es handelt sich um die jüngste Tochter Faith«, sagte Gray mit ruhiger Stimme. »Sie hat das Haus der Cleburnes gekauft und ist dort eingezogen.«

»Nein.« Noelle blickte ihren Sohn mit schmerzverzerrtem Gesicht an. »Ich kann ... ich kann es nicht ertragen.«

»Aber natürlich kannst du das«, erwiderte Alex überzeugt und setzte sich. »Du gehst niemals aus und siehst niemanden aus der Stadt, du wirst sie also weder sehen noch von ihr hören. Es gibt keinerlei Veranlassung, dich zu beunruhigen.«

Gray lehnte sich in seinem Stuhl zurück und unterdrückte ein Lächeln. Monica und er neigten dazu, Noelle mit Samthandschuhen anzufassen. Er konnte einfach nicht anders, auch wenn Noelle ihn wahnsinnig frustrierte. Alex dagegen hatte keinerlei derartige Hemmungen. Er war unablässig damit beschäftigt, sie aus ihrem Schneckenhaus heraus wieder in die Gesellschaft zurückzuführen. Vermutlich tat er recht damit, das Thema anzuschneiden, und Grays und Monicas Hemmungen waren viel zu rücksichtsvoll.

Noelle schüttelte, immer noch Gray anblickend, den Kopf. »Ich will sie nicht hierhaben«, argumentierte sie nun ganz offen. »Die Leute werden reden. Alles wird noch einmal durchgehechelt werden, und das ertrage ich nicht.«

»Du wirst gar nichts davon mitbekommen«, erwiderte Alex.

Ihr schauderte. »Ich muß es nicht mitbekommen, um zu wissen, daß es stattfindet.«

Nein, vermutlich mußte sie das nicht. Jeder, der jemals in einer Kleinstadt gelebt hatte, wußte nur zu gut, wie Klatsch wieder und wieder aufgewärmt und nichts jemals wirklich vergessen wurde.

»Bitte«, sagte sie an Gray gewandt. »Schick sie fort.«

Gray nippte an seinem Wein und bemühte sich um einen nichtssagenden Gesichtsausdruck. Er hatte es langsam satt, daß die Menschen zu glauben schienen, er müsse nur mal kurz den Zauberstab schwingen, damit bestimmte Leute einfach verschwanden. Wenn er sie weder kidnappen noch umbringen wollte, dann konnte er die Dinge für Faith nur so unangenehm wie möglich gestalten. Diesmal hatte er keinerlei rechtliche Grundlage, keinen Vorwurf der Landbesetzung, keine Familie voller Trunkenbolde und Diebe, bei deren Entfernung die Polizei gerne behilflich wäre. Statt dessen hatte er eine junge Frau vor sich, die stur darauf fixiert war, nicht klein beizugeben.

»Es wird nicht leicht werden«, sagte er.

»Aber du hast doch so viele Einflußmöglichkeiten. Der Sheriff, die Bank . . .«

»Bei der Bank hat sie kein Konto eröffnet, und der Sheriff kann nichts tun, es sei denn, sie bricht das Gesetz. Das hat sie bis jetzt aber noch nicht getan.« Faith würde ganz sicher kein Konto bei seiner Bank eröffnen, soviel war ihm jetzt klar. Sie war äußerst clever. Sie hatte die Schwierigkeiten, denen sie in Prescott begegnen würde, sicher vorausgeahnt, sonst hätte sie das Haus wohl kaum vollkommen abgezahlt. Sie hatte bereits Schritte unternommen, um eventuelle Maßnahmen seinerseits abzufedern. Ihrer Voraussicht mußte er Anerkennung zollen. Er würde sich erkundigen und seinen Einfluß geltend machen, um herauszufinden, ob sie das Haus tatsächlich bezahlt und nicht finanziert hatte. Aber er ging davon aus, daß sie ihm die Wahrheit gesagt hatte.

»Es muß sich doch irgend etwas finden lassen«, bemerkte Noelle verzweifelt.

Gray zog die Augenbrauen in die Höhe. »Wenn man die Möglichkeit eines Mordes außer acht läßt...«, sagte er langsam.

»Gray!« Entsetzt starrte sie ihn an. »Das hatte ich auf gar keinen Fall in Erwägung ziehen wollen!«

»Dann müssen wir uns mit der Vorstellung abfinden, daß sie jetzt hier lebt. Ich kann die Dinge zwar sehr unbequem für sie gestalten, aber mehr auch nicht. Und ich möchte nicht, daß jemand auch nur in Erwägung zieht, sie körperlich anzugreifen«, sagte er und blickte ernst sowohl Monica als auch Noelle an, falls eine der beiden in diese Richtung gedacht haben sollte. Das war zwar nicht wahrscheinlich, aber er wollte kein Risiko eingehen. »Wenn wir sie durch meine Bemühungen loswerden können, gut und schön. Aber ich will nicht, daß ihr etwas zustößt.« Er hinterfragte seine seltsame Beschützerrolle gegenüber einer Devlin nicht. Faith hatte in ihrem Leben genügend Schmerzen und Ängste durchlebt, dachte er und erinnerte sich an das verängstigte Mädchen im Halbkreis der Scheinwerfer.

»Als ob wir zu irgend etwas in dieser Richtung fähig wären«, erwiderte Monica beleidigt.

»Das hatte ich auch nicht angenommen, ich wollte es nur noch einmal klarstellen.«

Delfina brachte den ersten Gang, eine cremige Gurkensuppe. Alle schienen sich einig, das Thema fallenzulassen, bemerkte Gray amüsiert. Es gab nichts im Haus, über das Delfina und Oriane nicht vom ersten Moment an Bescheid wußten. Dennoch hielten sich sowohl Monica als auch Noelle an die alte Regel, daß im Beisein der Dienerschaft nichts Persönliches besprochen wurde. Er bezweifelte, daß eine ihrer Angestellten sich als ›Diener‹ empfand, besonders Delfina nicht. Sie hatte, so lange er sich zurückerinnern konnte, bei ihnen gearbeitet und ihm mit einem Holzlöffel auf die Finger geschlagen, wenn er einen der Petit Fours gemopst hatte, die Noelle für ihre Einladungen hatte backen lassen.

Monica erzählte Alex etwas über einen interessanten Dokumentarfilm, den sie im Fernsehen gesehen hatte. Gray schaute zu Noelle hinüber und sah lautlos eine Träne ihre Wange hinuntergleiten. Sie aß ruhig ihre Suppe, der Löffel hob und senkte sich gleichmäßig, und währenddessen weinte sie.

Nach dem Abendessen folgte Alex Gray ins Arbeitszimmer, wo sie eine halbe Stunde lang geschäftliche Dinge besprachen. Dann sagte Gray: »Monica und ich hatten uns vorgenommen, Mama nichts von Faith zu sagen.«

Alex verzog das Gesicht. »Das hatte ich mir schon gedacht. Ich weiß, daß ich mich da nicht einmischen sollte . . .« Gray atmete tief aus, wobei das Lächeln auf Alex' Gesicht zurückkehrte. »Aber sie kann sich nicht in alle Ewigkeit vor der Welt verstecken.«

»Kann sie das nicht? Sie hat es jedenfalls die letzten zwölf Jahre lang versucht.«

»Wenn sie sich nicht in die Gesellschaft hinausbegeben will, dann habe ich mir vorgenommen, die Gesellschaft hierherzubringen. Vielleicht wird sie dann einsehen, daß sie dem nicht entfliehen kann, und wird sich wieder einfügen.«

»Viel Glück«, bemerkte Gray und meinte es ernst.

Alex blickte fragend zu ihm auf. »Willst du wirklich versuchen zu erreichen, daß Faith hier wieder wegzieht?«

Gray lehnte sich in seinem Stuhl zurück und legte die Füße auf den Tisch. Er sah aus wie ein schlafender Panther, entspannt, aber dennoch gefährlich. »Versuchen werde ich es natürlich, aber ich habe Mutter die Wahrheit gesagt. Rechtlich gesehen kann ich nicht allzuviel ausrichten.«

»Warum läßt du das Mädchen nicht einfach in Ruhe?« fragte Alex und seufzte. »Sie hatte auch so ein nicht gerade einfaches Leben, ohne daß man es ihr noch unnötig schwer machen müßte.«

»Hast du sie gesehen?«

»Nein, warum?«

»Sie sieht Renee Devlin so ähnlich, daß sie ihre Zwillingsschwester sein könnte«, erwiderte Gray. »Eine Devlin zu sein ist schon schlimm genug. Aber dann auch noch so auszusehen, wie sie aussieht ...« Er schüttelte den Kopf. »Sie wird eine Menge Erinnerungen heraufbeschwören, nicht nur in meiner Familie. Renee Devlin war ziemlich umtriebig.«

»Ich würde ihr dennoch eine Chance einräumen«, argumentierte Alex. »Wenn sie versucht, aus sich etwas zu machen, wäre es eine Schande, ihr Steine in den Weg zu legen.«

Gray schüttelte den Kopf. »Ich muß an Mutter und Monica denken. Die sind mir wichtiger als ein kleines Luder, das versucht, ein guter Mensch zu werden.«

Alex sah enttäuscht zu Gray hinüber. Gray war ein harter Mann und ein gefährlicher Kontrahent, aber bisher war er immer fair gewesen. Guys Verschwinden hatte ihn über Nacht in eine Situation gebracht, in der die finanziellen und emotionalen Bedürfnisse seiner Familie plötzlich auf seine Schultern geladen wurden. Bis zu dem Zeitpunkt war Gray ein fröhlicher, in den Tag hineinlebender Raufbold gewesen. Über Nacht aber hatte er sich zu einem harten, rücksichtslosen Mann gewandelt. Sein Humor war immer noch an der Grenze des guten Geschmacks, wenn er sich denn überhaupt noch des Humors bediente. Denn meist war er dazu viel zu ernst. Gray war ein Mann, dem das Ausmaß seiner Macht bewußt war und der nicht davor zurückschreckte, sie zu nutzen. War Guy in der Geschäftswelt respektiert worden, so betrachtete man Gray mit dem Staunen und der Vorsicht, die man einem Raubmörder entgegenbringen würde.

»Du bist zu sehr um sie besorgt«, meinte Alex schließlich. »Noelle und Monica werden nicht zusammenbrechen, nur weil Faith in Prescott wohnt. Es wird ihnen nicht schmecken, aber sie werden lernen müssen, damit zu leben.«

Gray zuckte mit den Schultern. Vielleicht, ja mit ziemlicher Sicherheit sogar sorgte er sich zu sehr. Aber Alex war schließlich nicht dagewesen, als Monica fast verblutet wäre. Auch hatte er Noelles emotionalen Zusammenbruch nicht miterlebt. Als Alex schließlich Noelle aus ihrem Zimmer hatte locken können, hatte sie ja bereits wieder geredet und Nahrung zu sich genommen.

»Ich gebe auf«, sagte Alex kopfschüttelnd. »Du machst ohnehin, was du willst. Aber denk mal darüber nach. Vielleicht kannst du dem Mädchen ja einiges ersparen.«

Als Gray später am Abend alleine, mit den Beinen auf dem Tisch, über der Lektüre eines Wirtschaftsberichts saß, konnte er sich nur schwer konzentrieren. Am Alkohol lag es nicht. Er hatte sich einen Scotch eingeschenkt, als er vor mehr als zwei Stunden mit der Arbeit begonnen hatte. Und er hatte davon erst einen oder zwei Schlucke genommen. Tatsache war, daß ihm das Problem Faith Devlin nicht aus dem Kopf gehen wollte.

Noelles stilles Weinen hatte ihn auf eine Weise berührt, wie es keines ihrer Worte je hätte tun können. Wenn Faith es nicht verdiente, daß ihr wieder Schmerz zugefügt wurde, dann galt dasselbe auch für seine Mutter und für seine Schwester. Auch sie waren unschuldige Opfer gewesen, und Monica wäre fast gestorben. Das konnte er nicht vergessen. Und er konnte es nicht ertragen, sie so zermürbt zu sehen, ohne nicht etwas dagegen zu unternehmen.

Es blieb weiterhin eine Tatsache, daß Noelle und Monica noch stärker verletzt würden, als sie es ohnehin schon waren, wenn Faith Hardy in Prescott bliebe.

Gray starrte brütend auf seinen Scotch. Wenn er ihn austrinken würde, könnte er vielleicht vergessen, wie warm und lebendig sich Faith in seinen Armen angefühlt hatte, wie ihr süßlich-würziger Geruch ihm zu Kopfe gestiegen war und ihn vor Lust hatte schwindlig werden lassen. Vielleicht, wenn er die gottverdammte ganze Flasche austrinken würde, könnte er sein Verlangen vergessen, in das Feuer ihrer Haare zu greifen und festzustellen, ob er sich daran verbrannte. Vielleicht konnte er das Verlangen vergessen, ihre vollen Lippen zu küssen. Er dachte an ihre Haut, die so fein und durchschimmernd war, daß sich der geringste Druck darauf abzeichnete. An ihre Brüste, hoch und rund, und die Knospen, die sich unter ihrem BH abzeichneten. Sie hatte *es*, dieselbe undefinierbare Eigenschaft, die auch Renee besessen hatte, eine vollkommen unbemühte Sinnlichkeit, die Männer anzog wie die Motten das Licht. Faith zeigte es nicht so offenherzig, wie Renee das getan hatte. Ihre gepflegte Kleidung versteckte es etwas, dennoch war diese Eigenschaft ganz klar vorhanden. Faith Hardy sah aus wie eine Klassefrau, die einen ordentlichen Ritt im Bett zu schätzen wußte. Und Himmel, wie gerne er ihr den verschafft hätte!

Wenn sie Prescott nicht verließ, dann würden die Bewohner

des kleinen Städtchens und erst recht Noelle einen noch viel größeren Schock erleben. Denn wieder würde einer der Rouillards eine leidenschaftliche Affäre mit einer Devlin anzetteln.

8

Ed Morgan fing Faith absichtlich bereits vor der Tür seines Ladens ab. »Tut mir leid«, sagte er ohne die Spur von Bedauern. »Ich habe nichts, was Sie brauchen könnten.«

Faith hielt inne und blickte ihn kühl an. »Sie wissen nicht, was ich brauche«, wies sie ihn zurecht.

»Das spielt keine Rolle.« Er verschränkte die Arme und grinste sie an. »Sie werden sich wohl einen anderen Laden suchen müssen.«

Faith unterdrückte ihre Wut. Natürlich steckte Gray Rouillard dahinter. Sich mit Mr. Morgan zu streiten würde ihr nichts nützen, sondern ihr allenfalls eine Festnahme wegen öffentlichen Aufruhrs einbringen. Das wiederum würde Gray direkt in die Hände spielen.

Er hielt Wort, daß er ihr das Leben in der Gegend schwer machen würde. Keine zehn Minuten zuvor hatte ihr der Tankwart fröhlich weisgemacht, ihm sei das Benzin ausgegangen und sie müsse woanders tanken, während zur selben Zeit an der nebenstehenden Zapfsäule ein Mann seinen Tank füllte.

Wenn Gray jedoch glaubte, daß sie dies in die Flucht treiben würde, so unterschätzte er seine Gegnerin ganz gewaltig. Sie könnte natürlich die Leute verklagen, die sie nicht bedienten, aber das würde nicht gerade zu ihrer Beliebtheit beitragen. Sie wollte hier leben, also verwarf sie diese Möglichkeit. Außerdem lag der eigentliche Konflikt zwischen ihr und Gray; alles andere war zweitrangig.

Achselzuckend wandte sie sich zum Gehen. »Auch gut. Wenn Sie ohne mein Geld auskommen, dann komme ich ohne Ihre Lebensmittel aus.«

»Alle anderen Läden in der Stadt befinden sich in derselben Situation«, geiferte er ihr hinterher. »Was auch immer sie kaufen wollen, ist gerade eben ausgegangen.«

Faith überlegte, ob sie ihm den Finger zeigen sollte, widerstand aber ihrem Impuls, denn Ed Morgan mochte es noch als Einladung auffassen. Langsam schlenderte sie zu ihrem Wagen zurück. Offenbar mußte sie ihre Einkäufe woanders tätigen und ihren Tank woanders füllen. Das aber waren lediglich Unannehmlichkeiten, keine unüberwindbaren Hindernisse.

Für die nahe Zukunft bedeutete es eine Unannehmlichkeit, langfristig würde sie etwas dagegen unternehmen müssen. Im Augenblick jedoch machte es sie rasend wütend.

Faith ging an ihrem Wagen vorbei zu der Telefonzelle an der Ecke, die sogar ein Telefonbuch an einer langen, starren Stahlstrippe vorweisen konnte. Es wäre typisch für die Rouillards, wenn sie eine Geheimnummer hätten, dachte sie im stillen. Kochend vor Wut öffnete sie das schmale Bändchen und blättere die Seiten bis zum Buchstaben ›R‹ durch.

Tatsächlich, da stand der Name. Sie holte ein paar Münzen aus ihrer Tasche, warf sie ein und wählte die Nummer.

Beim zweiten Klingeln hob eine Frau ab. »Die Residenz der Rouillards.«

»Gray Rouillard, bitte«, sagte Faith in durch und durch geschäftsmäßigem Tonfall.

»Darf ich fragen, wer anruft?«

»Mrs. Hardy«, erwiderte sie.

»Einen Augenblick bitte.«

Keine zehn Sekunden später klickte es in der Leitung, und Grays dunkle, samtige Stimme schnurrte: »Ist das *die* Mrs. Hardy?«

In seiner Stimme schwang Spott. Ihre Hand umklammerte den Hörer so fest, daß es ein Wunder war, daß er nicht zerbrach. »Genau die ist es.«

»Das hättest du selbst nicht geglaubt, daß du so schnell zur Bittstellerin würdest, nicht wahr, meine Liebe? Was kann ich für dich tun?« Er gab sich noch nicht einmal Mühe, die Genugtuung in seiner Stimme zu unterdrücken.

»Irrtum«, erwiderte sie kühl. »Ich wollte dir lediglich mitteilen, daß deine kindischen Tricksereien keinerlei Wirkung zeitigen werden. Eher werde ich mir meine Lebensmittel aus Dallas einfliegen lassen, als dir die Genugtuung zu verschaffen, das Feld zu räumen!« Noch bevor er überhaupt antworten konnte, knallte sie den Hörer auf und lief zu ihrem Wagen zurück. Außer ihren Dampf abzulassen und ihm zu sagen, wen sie hinter diesen Unannehmlichkeiten vermutete, hatte sie nichts erreicht. Dennoch hatte es sie erleichtert.

Feixend legte sich Gray in seinem Stuhl zurück. Er hatte ihr feuriges Temperament richtig eingeschätzt. Gerne hätte er jetzt beobachtet, wie ihre grünen Augen Feuer sprühten. Vielleicht hatten seine Bemühungen auch nur bewirkt, daß sie sich noch entschlossener festsetzte, anstatt sich an einen freundlicheren Ort zurückzuziehen. Aber eines war sicher: Eine Reaktion hatte er hervorgerufen! Dallas? Vielleicht sollte er dort ein paar Nachforschungen anstellen.

Schon bald wischte Faith ihren Ärger als verschwendete Energie beiseite. Sie würde es nicht zulassen, daß diese Stadt und Gray Rouillard sie in die Enge trieben. Sie würde deren seit zwanzig Jahren gefestigte Meinung über sie ändern! Den Schlüssel dazu aber bildete ihrer Ansicht nach der Beweis, daß Guy Rouillard nicht mit ihrer Mutter durchgebrannt war. Was auch immer der Grund für sein Verschwinden gewesen sein mochte, man konnte nicht ihre Familie dafür verantwortlich machen. So betrachtet, hatte sie viel mehr Grund, auf die Rouillards wütend zu sein als irgend jemand sonst in der Gegend.

Zu wissen, daß Guy nicht mit Renee zusammen gewesen war, war eine, es zu beweisen allerdings eine vollkommen andere Sache. Wenn sie Renee dazu überreden könnte, mit Gray zu sprechen, dann würde er möglicherweise genügend Neugier entwickeln, um selbst nach seinem Vater zu suchen. Aber vielleicht hatte er das ja auch bereits getan, und Mrs. DuBois in der Bücherei wußte nur nicht, was bei seiner Suche herausgekommen war. Wenn Guy am Leben war, dann mußte sich seine Spur in irgendwelchen Akten verfolgen lassen.

Sie fuhr nach New Roads, tankte und kaufte ein paar Lebensmittel. Soviel zu Grays Versuchen, ihr den Hahn abzudrehen, dachte sie auf dem Rückweg befriedigt. Sie trug ihre Tüten ins Haus. Sie hatte noch nicht einmal besonders weit fahren müssen.

Nachdem sie ihre Einkäufe verstaut hatte, ging sie in ihr Arbeitszimmer und rief ihre Großmutter Armstead in Jackson an. Wie beim ersten Mal hob wieder Renee den Hörer ab.

»Mama, hier ist Faith.«

»Faith! Hallo, mein Schatz«, erwiderte Renee in ihrer lasziven, langsamen Art. »Wie geht es dir? Ich hatte nicht erwartet, schon so bald wieder etwas von dir zu hören.«

»Mir geht es gut, Mama. Ich bin zurück nach Prescott gezogen.«

Ein kurzes Schweigen folgte. »Warum hast du denn das getan? Nach dem, was Jodie mir erzählte, hat man euch dort nicht gut behandelt.«

»Es ist mein Zuhause«, erwiderte Faith, obwohl sie wußte, daß Renee sie nicht begreifen würde. »Aber deswegen habe ich nicht angerufen. Mama, hier denkt jeder, daß du mit Guy Rouillard durchgebrannt bist.«

»Ich habe dir doch schon gesagt, daß das nicht stimmt, oder? Es kümmert mich einen feuchten Kehricht, was die Leute dort denken.«

»Mir bereitet es aber ein paar Schwierigkeiten. Mama, wenn ich Gray Rouillard dazu überreden könnte, dich anzurufen, würdest du ihm dann sagen, daß du nicht mit seinem Vater durchgebrannt bist?«

Renee lachte verunsichert auf. »Gray würde mir kein einziges Wort glauben. Mit Guy konnte man gut auskommen, aber mit Gray ... Nein, ich möchte nicht mit ihm sprechen.«

»Bitte, Mama. Wenn er dir nicht glaubt, dann ist das seine Sache, aber ...«

»Ich sagte nein«, unterbrach Renee scharf. »Ich werde nicht mit ihm reden. Du verschwendest nur deine Zeit. Mir ist es vollkommen egal, was diese Idioten in Prescott denken.« Sie knallte den Hörer auf die Gabel. Faith schrak von dem Krachen in ihrem Ohr zurück.

Sie hängte auf und runzelte nachdenklich die Stirn. Was auch immer der Grund dafür sein mochte, Renee hatte offenbar Angst, mit Gray zu sprechen. Das bedeutete wiederum, daß Faith keine Chance hatte, sie zu überreden. Renee hatte sich niemals großartig für andere eingesetzt, auch wenn es sich dabei nur um eine Kleinigkeit wie ein Telefonat handelte.

Wenn Renee nicht mit Gray sprechen wollte, dann mußte sich Faith etwas anderes einfallen lassen, um ihn zu überzeugen. Dafür aber mußte sie zunächst herausfinden, was wirklich aus Guy geworden war.

Wie fand man heraus, ob jemand, der zwölf Jahre zuvor verschwunden war, lebte oder nicht? Sie war schließlich keine Detektivin und wußte nicht, welche Quellen man normalerweise anzapfte, wenn man nach jemandem suchte. Dazu mußte sie einen Privatdetektiv beauftragen, der sich in diesen Dingen auskannte. Das aber würde teuer werden. Nachdem sie ihr ganzes Bargeld in das Haus investiert hatte, waren ihre Möglichkeiten begrenzt.

Und wo fand man überhaupt einen Detektiv? In Prescott gab es keinen, aber vermutlich konnte man in einer etwas größeren Stadt einen auftreiben. Baton Rouge hatte eine Viertel Million Einwohner, lag jedoch ein wenig zu nah an Grays Einflußbereich. New Orleans wäre vermutlich nicht so riskant. Vielleicht überschätzte sie Grays Möglichkeiten auch und war deswegen übervorsichtig. Aber lieber übervorsichtig, als sich überraschen zu lassen. Ein Mann, der eine Frau davon abhalten wollte, Lebensmittel zu kaufen, war einfach teuflisch! Ihre Mundwinkel zuckten bei dem Gedanken, und sie erlaubte sich ein kleines Lächeln. Zugegebenermaßen hatte sie Respekt vor der Zielstrebigkeit, mit der er seine Warnungen und Versprechen in die Tat umsetzte.

Sie würde einen guten Detektiv damit beauftragen, Kreditkartenprotokolle, Bankverbindungen und dergleichen zu durchforsten. Wenn Guy noch am Leben sein sollte, hatte er sicherlich seine finanziellen Reserven angezapft, um seinen Lebensunterhalt zu bestreiten. Sie konnte sich ihn nicht als Tellerwäscher mit einem Minimallohn vorstellen. Vielleicht sollte man herausfinden, ob er eine Einkommensteuererklärung abgegeben hatte. Das konnte jeder gute Detektiv binnen kürzester Zeit, vielleicht innerhalb einer Woche, feststellen. Dann würden sich auch die Kosten in Grenzen halten.

Und wenn der Detektiv in den Akten eine Spur fände? Wenn Guy sich seiner Kreditkarte bedient hätte, wäre es Gray aufgefallen, er hätte es in den Kontoauszügen bemerkt. Hatte Gray vielleicht die ganze Zeit gewußt, wo sein Vater war, und nichts gesagt? Diese Möglichkeit war interessant – und empörend. Wenn Gray seinen Vater tatsächlich aufgespürt hatte, hätte er dann nicht Kontakt mit ihm aufgenommen? Aber in diesem Fall würde er auch wissen, daß Guy nicht mit Renee durchgebrannt war. Die Schlußfolgerung war also, daß Gray – aus welchem Grunde auch immer – seinen Vater niemals gesucht hatte. Denn sonst wüßte er, daß er gegen sie keine Vendetta zu führen brauchte.

Das ihrer Meinung nach Wahrscheinlichste ging ihr nicht aus dem Kopf: Guy war tot. Sie konnte sich zwar vorstellen, daß er sich davongemacht hatte, obwohl auch dann eine Scheidung die naheliegendere Lösung gewesen wäre. Daß er aber nie wieder Kontakt mit seinen Kindern aufgenommen und sein Vermögen einfach zurückgelassen hatte, das konnte sie nicht glauben. Das entsprach einfach nicht der menschlichen Natur. Sie mußte einen Privatdetektiv auf Guy ansetzen, aber sie glaubte nicht, daß die Suche erfolgreich wäre. Danach würde sie in der Stadt Fragen zu stellen beginnen. Sie wußte nicht, was sie finden würde. Alle Teile des Puzzles lagen jedoch bereits vor, man mußte sie nur noch ordnen. Irgend jemand mußte doch wissen, was in jener Nacht vorgefallen war. Die Wahrheit wartete nur darauf, daß jemand sie entdeckte.

Sie zog ein Blatt Papier hervor, zögerte einen Augenblick, und schrieb dann unwillig den Namen ihrer Mutter darauf. Es schien ihr ein bißchen viel des Zufalls zu sein, daß Renee in der gleichen Nacht wie Guy verschwunden war und nichts über ihn wissen sollte. Vielleicht waren sie ja tatsächlich zusammen durchgebrannt, und später war etwas passiert, das Renee niemandem anvertrauen wollte. Obwohl Faith ihrer Mutter nur im Fall der Notwehr Gewaltanwendung zutraute, mußte sie ihren Namen doch ganz oben auf die Liste der Verdächtigen setzen.

Neben Renees Namen schrieb sie in Druckbuchstaben ›GRAY‹, da der ein Motiv besaß. Sie blickte auf die beiden Namen. Einer der beiden, vielleicht sogar beide, wußten, was mit Guy passiert war. Darauf wäre sie jede Wette eingegangen. Widerwillen stieg in ihr hoch. Welchem dieser beiden traute sie eher einen Mord zu: ihrer Mutter oder dem Mann, den sie immer geliebt hatte?

Bitter blickte Faith auf das Papier. Selbstkenntnis bot einem selten Anlaß zur Freude. Sie mußte die größte Idiotin auf der ganzen Welt sein. Gleichgültig, wie sehr Gray ihr Leben zerstört hatte und ihr es jetzt erschwerte, noch nicht einmal der Gedanke an eine Verknüpfung mit dem Tod seines Vaters änderte etwas daran: weder konnte sie vor ihm wegrennen, ihn zerstören oder ihn auch nur ignorieren. Tief im Inneren fühlte sie sich magnetisch von ihm angezogen. Allein sein Anblick ließ sie schwach werden. Wenn er sie berührte, fühlte sie sich bis in die letzte Zelle ihres Körpers elektrisiert. Bisher hatte er sie nur berührt, wenn er wütend gewesen war. Wie wäre es erst, ihn als Liebenden kennenzulernen? Unvorstellbar. Ihr Blut würde kochen, ihr Herz zu schlagen aufhören.

Was sollte sie tun, wenn sie tatsächlich herausfände, daß Gray seinen Vater umgebracht oder einen Mörder gedungen hatte? Allein der Gedanke versetzte ihr einen heftigen Stich, und sie seufzte leise. Sie würde genau das tun müssen, was sie in jedem anderen Fall auch getan hätte. Denn sonst könnte sie sich nie wieder selbst in die Augen sehen. Vielleicht würde sie dann den Rest ihres Lebens Trauer tragen müssen.

Es gab noch andere Verdächtige, die aber nicht so wahrscheinlich waren. Unter die beiden ersten Namen schrieb sie: Noelle. Amos. Vielleicht Monica. Horizontal erweiterte sie die Liste um all die Männer, mit denen sich Renee herumgetrieben und mit denen sie geschlafen hatte. Dazu kamen noch Guys andere Frauen. Obwohl sie sich von einander angezogen fühlten, waren sie sich gegenseitig bemerkenswert untreu gewesen. Ed Morgan mußte auf die Liste kommen, und Faith notierte seinen Namen sogar mit einer gewissen Befriedigung. Sie durchforstete ihre Erinnerung nach weiteren Namen, aber zwölf Jahre waren eine lange Zeit, und die meisten Männer hatten keinen bleibenden Eindruck bei ihr hinterlassen. Vielleicht konnte die Gerüchteküche in der Stadt etwas beitragen oder aber einige von Guys Eroberungen. Offenbar hatte Guy im südlichen Louisiana eine ziemliche Bresche geschlagen. Vermutlich könnte sie einige Damen der Gesellschaft Prescotts hinzuzählen, deren Ehemänner dann auf die Liste zu setzen wären. Mißmutig ließ sie den Kuli fallen. Mit ihrer Vorgehensweise konnte sie auch gleich das Telefonbuch holen und mit dem Buchstaben ›A‹ beginnen.

»Sie sehen gar nicht aus wie ein Privatdetektiv.«

Francis P. Pleasant wirkte wie ein wohlhabender, konservativer Geschäftsmann. In seinem aufgeräumten Büro gab es keine Aschenbecher, und sein hellgrauer Anzug saß gut. Er hatte dunkle, traurige Augen, deren Ausdruck sich jedoch erhellte, wenn er sie anlächelte. »Hatten Sie etwa gedacht, ich müßte eine Flasche Bourbon unter meinem Schreibtisch und eine Zigarettenkippe im Mundwinkel haben?«

»Ja, so in der Richtung.« Sie erwiderte sein Lächeln. »Oder aber, daß Sie ein Hawaiihemd tragen würden.«

Er lachte. »Nicht mein Stil. Meine Frau hat mir immer die Kleidung ausgesucht ...« Er brach ab. Sein Blick streifte das Foto auf seinem Tisch.

Faith folgte seinen Augen. Das Foto stand etwas abgewandt, aber sie konnte eine hübsche Frau in mittleren Jahren erkennen. Ihr Gesichtsausdruck war so fröhlich, daß man bei ihrem Anblick unwillkürlich lächelte. Sie mußte gestorben sein, sonst hätte er nicht so traurig geschaut. »Ist das Ihre Frau?« fragte sie leise. Mühsam lächelte er. »Ja, das ist sie. Ich habe sie vor ein paar Monaten verloren.«

»Das tut mir leid.« Sie war ihm zwar eben erst begegnet, empfand aber tatsächlich echtes Mitleid mit ihm.

»Eine plötzliche Krankheit«, sagte er mit leicht bebender

Stimme. »Ich habe ein schwaches Herz. Wir dachten beide, daß ich als erster gehe, darauf waren wir vorbereitet. Wir haben soviel Geld wie möglich gespart für die Zeit, wo ich nicht mehr arbeiten könnte. Dann wurde sie krank. Zuerst dachten wir, es sei nur eine Erkältung. Achtundvierzig Stunden später ist sie an einer Lungenentzündung gestorben. Als sie merkte, daß sie ernstlich krank war und nicht einfach nur erkältet, war es bereits zu spät.«

Tränen schossen ihm in die Augen. Faith ergriff über den Tisch hinweg seine Hand. Er erwiderte den Händedruck, dann blinzelte er sie verwirrt an.

»Tut mir leid«, entschuldigte er sich und errötete. Er zog sein Taschentuch hervor und wischte sich die Tränen ab. »Ich weiß gar nicht, was in mich gefahren ist. Sie sind meine Klientin, und ich weine mich an Ihrer Schulter aus.«

»Ich habe auch Menschen verloren, die ich liebte«, erwiderte sie und dachte an Scottie und Kyle. »Manchmal hilft es einem, darüber zu sprechen.«

»Das stimmt zwar, aber es war doch nicht richtig von mir. Meine einzige Entschuldigung ist die, daß Sie eine große Warmherzigkeit ausstrahlen, meine Liebe.« Als er merkte, daß er ein Kosewort benutzt hatte, errötete er nochmals. »Nun denn! Vielleicht sollte ich Sie lieber fragen, was Sie zu mir geführt hat.«

»Es geht um einen Mann, der vor zwölf Jahren verschwunden ist«, sagte sie. »Ich möchte gerne herausfinden, ob er noch am Leben ist.«

Er nahm einen Kuli und notierte etwas auf einem Block. »Ihr Vater? Ihr Freund?«

»Weder noch. Er war der Liebhaber meiner Mutter.«

Pleasant blickte zu ihr auf, schien aber nicht überrascht. In seinem Geschäftszweig hatte man sicherlich schon ganz andere Dinge von ihm gefordert. Es war der Sache auf jeden Fall dienlich, wenn er so viele Details wie möglich erfuhr und nicht nur Guys Alter, seinen Namen, seine Beschreibung. Sie erzählte ihm also alles, was vor zwölf Jahren geschehen war und warum sie herausfinden wollte, ob Guy noch lebte.

»Ich muß Ihnen gestehen, meiner Meinung nach ist er tot«, sagte sie. »Vielleicht sehe ich Gespenster, aber ich glaube, daß ihn jemand umgebracht hat.«

Der Detektiv legte den Kuli sorgfältig zwischen zwei blauen Linien auf den Block zurück. »Ist Ihnen bewußt, Mrs. Hardy, daß nach all dem, was Sie mir erzählt haben, Ihre Mutter möglicherweise beteiligt ist? Daß sie in derselben Nacht verschwunden ist ... nun, Sie wissen, wie das aussieht.«

»Ja, das weiß ich. Ich glaube jedoch nicht, daß sie ihn allein hätte umbringen können.« Mit einem schmalen Lächeln fuhr sie fort: »Außerdem würde meine Mutter niemals die Henne umbringen, die die goldenen Eier legt.«

»Aber Sie nehmen an, daß sie weiß, was passiert ist.«

Faith nickte. »Ich habe versucht, mit ihr darüber zu reden. Aber sie wollte nicht.«

»Ich gehe davon aus, daß es keinerlei Beweise gibt, die man der Polizei melden müßte?«

»Keine. Ihre Aufgabe sollte nicht sein, den Mörder Guys zu finden, sondern lediglich herauszufinden, ob er noch am Leben ist oder nicht. Es gibt schließlich noch die verschwindend unwahrscheinliche Möglichkeit, daß er wirklich einfach allem den Rücken gekehrt hat.«

»Sehr unwahrscheinlich«, erwiderte er trocken. »Aber ich muß zugeben, daß schon merkwürdigere Dinge vorgefallen sind. Wenn sich in den Akten irgend etwas verbirgt, so werde ich es finden. Hätte er sich dem Gesetz entziehen wollen, dann hätte er seinen Namen geändert. Aber für ihn gab es keinen Grund, seine Identität zu verschleiern. Es sollte nicht schwierig sein herauszufinden, ob er jemals wieder irgendwo aufgetaucht ist.«

»Vielen Dank, Mr. Pleasant.« Faith zog eine Visitenkarte heraus und überreichte sie ihm. »Hier ist meine Nummer. Rufen Sie mich an, wenn Sie etwas in Erfahrung gebracht haben.«

Glücklich mit ihrer Wahl, verließ sie das Büro. Sie hatte ihn zunächst telefonisch kontaktiert, sein Honorar erfragt und dann einen Termin gemacht. Dann hatte sie seine Referenzen geprüft und war sehr zufrieden gewesen. Mr. Pleasant wurde von seinen Kunden als sowohl ehrlich als auch kompetent bezeichnet, die Art von Mensch, der man sich augenblicklich anvertraut. Wenn Guy noch am Leben war, dann würde Mr. Pleasant ihn finden.

Sie blickte auf ihre Uhr. Sie hatte Prescott bereits sehr früh verlassen und war nach New Orleans gefahren, um den Termin mit dem Detektiv wahrzunehmen. Der aber war kürzer als erwartet ausgefallen. Margot war in der Stadt, und Faith hatte sich mit ihr zum Mittagessen im bekannten »Court of Two Sisters« verabredet. Davor jedoch hatte sie noch reichlich Zeit. Also fuhr sie in ihr Hotel zurück, ließ den Wagen dort stehen und machte einen Schaufensterbummel.

Es war brütend heiß, als sie durch die schmalen Straßen des französischen Viertels lief. Sie wechselte auf die schattige Straßenseite. Durch ihre Filiale hatte sie oft in New Orleans zu tun, hatte sich jedoch niemals die Zeit genommen, dieses alte Viertel zu erkunden. Pferdekutschen bewegten sich langsam durch die Straßen, während der Kutscher den in der Kutsche sitzenden Touristen die Sehenswürdigkeiten zeigte. Die meisten Leute jedoch gingen zu Fuß durch das Viertel. Später würden die Bars und die Clubs die Hauptattraktion sein, so früh am Tage jedoch war Einkaufen die Hauptbeschäftigung. Es gab jede Menge Boutiquen, Antiquitätenläden und Spezialläden, die potentiellen Käufern reichlich Gelegenheit zum Geldausgeben boten.

Sie betrat ein Wäschegeschäft und erstand ein pfirsichfarbenes Seidennachthemd, das an die Hollywoodgöttinnen der vierziger und fünfziger Jahre erinnerte. Nachdem sie die ersten vierzehn Jahre fast ausschließlich die abgelegte Kleidung anderer getragen hatte, kamen ihre neuen Kleider ihr immer wie ein sündiger Exzeß vor. Obwohl sie mittlerweile das Geld dazu hatte, konnte sie sich selbst dennoch nie zu einer richtigen Einkaufstour überreden. Aber ab und zu gönnte sie sich etwas Luxuriöses: Spitzenunterwäsche, ein schönes Nachthemd, ein gutes paar Schuhe. Diese kleinen Extravaganzen gaben ihr das Gefühl, daß die schlechten Zeiten wirklich der Vergangenheit angehörten.

Als sie das Restaurant erreichte, wartete Margot bereits auf sie. Die hochgewachsene Blondine stand auf und umarmte sie stürmisch, obwohl Faith doch Dallas erst vor kaum mehr als einer Woche verlassen hatte. »Wie schön, dich zu sehen! Nun, kommst du gut klar in deinem kleinen Kaff? Ich glaube nicht, daß ich jemals wieder irgendwo seßhaft werden kann! Meine erste Dienstreise, und gleich nach New Orleans. Ist es nicht eine wunderschöne Stadt? Hoffentlich macht es dir nichts aus, im Hof zu sitzen. Ich weiß, es ist wirklich heiß. Aber wie oft sitzt man schon in einem Innenhof in New Orleans?«

Faith mußte angesichts des Wortschwalls lächeln. Margot fand ihren neuen Aufgabenbereich wirklich aufregend. »Rechnen wir mal nach. Ich bin jetzt sechsundzwanzig. Ich esse zum allerersten Mal in einem Innenhof. Sehr häufig kommt es also nicht vor.«

»Ich werde jede Minute auskosten.« Sie wählten einen Tisch und setzten sich. Es war gar nicht so unerträglich heiß. Man hatte Schirme aufgestellt, und die Bäume spendeten Schatten. Margot blickte auf die große Papiertüte in Faiths Hand. »Einkaufen warst du also. Was hast du gekauft?«

»Ein Nachthemd. Ich würde es dir gerne zeigen, aber hier mitten im Restaurant will ich es nicht hervorziehen.«

Margots Augen blitzten. »Diese Art Nachthemd ist es also?«

»Einigen wir uns darauf, daß es kein Großmutterhemd ist«, erwiderte Faith leise. Beide lachten. Ein freundlicher Ober schenkte ihnen Eiswasser ein. Das Klirren der Eiswürfel machte Faith mit einem Schlage klar, wie durstig sie während des Einkaufsbummels geworden war. Als sie das Glas an den Mund setzte, blickte sie sich um und starrte direkt in das Gesicht von Gray Rouillard.

Ihr Herz machte augenblicklich einen verräterischen Sprung. Er saß zwei Tische weiter mit einem Herrn zusammen, der ihnen den Rücken zuwandte. Seine Augen funkelten, als er sein Weinglas zu einem wortlosen Toast erhob. Sie hob antwortend ihr Wasserglas und nickte gespielt freundlich.

»Kennst du hier jemanden?« fragte Margot und drehte sich auf ihrem Stuhl um. Gray lächelte sie an. Margot erwiderte sein Lächeln schwach, dann drehte sie sich vollkommen überwältigt zu Faith um. »Verdammt noch mal«, murmelte sie mit benommener Stimme.

Faith konnte Margots Reaktion nur zu gut verstehen. Die Lebensart von New Orleans kam Gray entgegen. Er trug einen leichten italienischen Anzug und ein hellblaues Hemd, das seine dunkle Hautfarbe unterstrich. Sein dichtes schwarzes Haar war zurückgebürstet und im Nacken mit einer Spange zusammengehalten. Der winzige Diamant glitzerte in seinem linken Ohrläppchen. Seine breiten Sportlerschultern und seine katzenartige Geschmeidigkeit zogen die Blicke sämtlicher weiblicher Gäste auf sich. Er sah nicht im herkömmlichen Sinne gut aus. Seine französischen Vorfahren hatten ihm eine fast zu lange gebogene Nase vererbt und einen starken Bartwuchs, der bereits mittags einen Schatten auf sein Gesicht zu werfen begann. Sein Kinn war fest wie ein Felsen. Nein, an Gray war nichts Hübsches. Aber er erregte Aufsehen. Sein direkter, dunkler Blick und der sinnliche Schwung seiner Lippen wirkten sowohl gefährlich als auch verführerisch. Er machte den Eindruck, als ob er sowohl im Bett als auch außerhalb abenteuerlustig und selbstsicher war.

»Wer ist das?« flüsterte Margot. »Kennst du ihn, oder flirtest du mit einem Unbekannten?«

»Ich flirte nicht«, erwiderte Faith erstaunt und wandte den Blick von Gray ab.

Margot lachte. »Meine Liebe, so wie du ihm zugeprostet hast, hieß das: Komm und hol mich, schöner Mann, wenn du den Mut dazu hast. Glaubst du etwa, ein Typ wie der wird sich dieser Herausforderung nicht stellen?«

Faiths Augen weiteten sich. »Aber nicht doch! Er hat mir mit seinem Weinglas zugeprostet. Also habe ich dasselbe mit meinem Wasserglas getan. Warum sollte er sich dabei irgend etwas denken, wenn er doch damit angefangen hat?«

»Hast du in letzter Zeit mal in den Spiegel geguckt?« fragte Margot, blickte noch einmal kurz über ihre Schulter hinweg auf Gray und lächelte.

Faith wehrte ab: »Das hat damit nichts zu tun. Er würde nicht ...«

»Doch, doch, und zwar gerade in diesem Moment«, erwiderte Margot zufrieden. Faith konnte ein Zusammenzucken nicht unterdrücken, als sie sich umdrehte und Gray neben sich stehen sah.

»Meine Damen«, sagte er breit, nahm Faiths Hand und verbeugte sich altmodisch, aber vollkommen selbstverständlich. Ihr erstaunter Blick traf seinen. Sie sah etwas Teuflisches, aber auch etwas sinnlich Gefährliches in der Tiefe seiner Augen. Dann senkte er den Blick und berührte mit den Lippen ihre Finger. Seine Lippen waren weich und sehr warm. Ihr Herz schlug ihr wie wild gegen die Rippen, als sie versuchte, ihm die Hand zu entziehen. Aber sein Griff verstärkte sich, und sie fühlte, wie sich seine Zungenspitze in die empfindliche Kuhle zwischen ihrem kleinen Finger und ihrem Ringfinger bohrte. Wieder zuckte sie zurück. Er hatte diese verräterische Reaktion wohl bemerkt, richtete sich auf und ließ ihre Hand los.

Er wandte sich Margot zu und beugte sich über die Hand, die sie ihm mit beseeltem Blick entgegenstreckte. Faith fiel auf, daß er Margots Hand nicht küßte. Aber das machte keinen Unterschied. Margot hätte nicht verwirrter aussehen können, wenn er ihr Diamanten angeboten hätte. Faith fragte sich, ob derselbe weiche, nachgiebige Ausdruck auch auf ihrem eigenen Gesicht lag. Hastig senkte sie den Blick, aber natürlich war es dazu schon zu spät. Gray war viel zu erfahren, um derlei Nuancen zu übersehen. Die Haut ihrer Finger vibrierte dort, wo seine Zunge sie berührt hatte. Der winzige feuchte Fleck fühlte sich gleichzeitig heiß und kalt an, und sie ballte die Faust, um das Gefühl zu verdrängen. Ihr Gesicht glühte. Das eben war geradezu die Parodie eines Sexualaktes gewesen. Sie empfand seine Berührung als eine simulierte Penetration ihres Körpers und wurde augenblicklich heiß und feucht zwischen den Beinen. Sie fühlte, wie sich ihre Knospen aufrichteten und sich gegen die Spitze ihres BHs drückten. Verdammt sollte er sein!

»Gray Rouillard«, murmelte er in Margots Richtung. »Faith und ich sind alte Bekannte.«

Immerhin hatte er nicht behauptet, daß sie Freunde seien, dachte Faith, während sie angespannt zusah, wie Margot sich vorstellte und zu ihrem Entsetzen Gray an ihren Tisch bat. Zu spät versetzte sie Margot einen leichten Tritt mit dem Fuß.

»Danke«, erwiderte Gray und lächelte Margot derart charmant an, daß diese Faiths Tritt überhaupt nicht bemerkte. »Aber ich bin geschäftlich hier und muß wieder an meinen Tisch zurück. Ich wollte nur kurz herüberkommen, um mit Faith ein Wort zu wechseln. Kennen Sie sich schon lange?«

»Vier Jahre«, erwiderte Margot und fügte stolz hinzu: »Ich bin ihre Bereichsleiterin.«

Wieder versetzte Faith ihrem Knöchel einen Tritt, diesmal etwas stärkerer Natur. Margot blickte sie überrascht an, während Faith sie warnend anblitzte.

»Ach ja?« fragte Gray und klang interessiert. Sein Blick wurde konzentrierter. »In welchem Bereich arbeiten Sie denn?«

Endlich schien Margot den Wink zu verstehen, denn jetzt blickte sie Faith fragend an.

»In keinem, der auf deiner Linie läge«, erwiderte Faith und lächelte ihn so kühl an, daß ihm augenblicklich klar wurde, daß mit weiterer Information nicht mehr zu rechnen sei.

Sie atmete erleichtert aus, verkrampfte sich jedoch gleich erneut, als er neben ihr in die Hocke ging. Es war eine elegante männliche Bewegung, die sein Gesicht mit ihrem auf dieselbe Höhe brachte. Jetzt war es für sie schwieriger, ihren Gesichtsausdruck zu verbergen. Aus dieser Nähe konnte sie die endlos tiefen, schwarzen Pupillen seiner Augen sehen, die bei ihrem Anblick glänzten. »Wenn ich gewußt hätte, daß du nach New Orleans fährst, meine Liebe, dann hätten wir doch gemeinsam herfahren können.«

Wenn er jetzt damit rechnete, daß sie in Margots Anwesenheit nervös werden würde, so hatte er sie vollkommen falsch eingeschätzt. Und wenn er glaubte, sein Charme würde ihr den Verstand rauben, so war er wieder auf dem Holzweg. Mit welchem Vergnügen hätte sie ihm unter die Nase gerieben, daß sie eine erfolgreiche Geschäftsfrau war. Aber die Ereignisse der letzten Woche hatten sie vorsichtig werden lassen, was irgendwelche Auskünfte anging. Ihr Ansehen würde weder ihn noch die Stadt Prescott beeindrucken, es sei denn, sie könnte beweisen, daß ihre Mutter nicht mit seinem Vater durchgebrannt war. Bis dahin jedoch würde sich an seiner Einstellung ihr gegenüber nichts ändern. Sie hob ihr Kinn, ein sicheres Anzeichen ihrer Wut, und sagte: »Lieber wäre ich die ganze Strecke zu Fuß gelaufen, als zu dir ins Auto zu steigen.«

Margot schluckte hörbar, aber Faith würdigte sie keines Blickes. Sie konzentrierte sich, in einer Art visuellem Kampf, ganz auf Gray. Er grinste in schamloser Freude, daß er sie hatte provozieren können.

»Wir hätten aber viel Spaß miteinander haben und uns die Ausgaben teilen können.«

»Tut mir leid, daß du finanzielle Sorgen hast«, erwiderte sie süßlich. »Vielleicht kann dein Geschäftspartner dich ja bei sich unterbringen, wenn du dir kein Hotelzimmer leisten kannst.«

»Um Hotelkosten brauche ich mir keine Gedanken zu machen. Mir gehört das Hotel.«

Verdammt, dachte sie. Sie mußte herausfinden, um welches Hotel es sich handelte, und sicherstellen, daß dort keine Pauschalreisenden mehr eingebucht wurden.

»Warum essen wir nicht zusammen zu Abend?« fragte er. »Wir haben eine Menge zu besprechen.«

»Das glaube ich nicht. Danke für die Einladung, aber ich muß ablehnen.« Am Nachmittag würde sie nach Prescott zurückfahren. Sie wollte ihn aber im Glauben belassen, daß sie seine Einladung lediglich deshalb ablehnte, weil sie auf seine Gesellschaft keinen Wert legte.

»Es wäre zu deinem Vorteil«, sagte er, wobei er sie drohend anblickte.

»Ich bezweifle, daß irgendein Vorschlag seitens eines Rouillard jemals zu meinem Vorteil ausfallen könnte.«

»Du hast dir ja meinen Vorschlag noch nicht angehört.«

»Das habe ich auch nicht vor. Geh bitte wieder zurück an deinen Tisch und laß mich in Frieden.«

»Ersteres hatte ich ohnehin vor.« Er stand auf und ließ seinen Zeigefinger an ihrem Nacken entlanggleiten. »Aber unter gar keinen Umständen werde ich dich in Ruhe lassen.« Er nickte Margot zu und schlenderte wieder zu seinem Tisch zurück.

Margot klapperte wie eine Eule mit den Wimpern. »Soll ich

nicht lieber nachsehen, ob er verletzt ist? Du hast ihn ja fast massakriert. Was in aller Welt hat denn dieser Satansbraten getan, um dich so gegen ihn aufzubringen?«

Faith nahm Zuflucht zu ihrem Wasserglas und versuchte sich wieder zu fassen. Als sie das Glas absetzte, sagte sie: »Das reicht sehr weit zurück. Er ist ein Hatfield und ich bin eine McCoy.«

»Eine Familienfehde? Erzähl schon.«

»Er versucht, mich aus Prescott zu vertreiben«, sagte Faith geradeheraus. »Würde er von meiner Agentur erfahren, könnte er möglicherweise versuchen, unsere Pauschalreisen zu blokkieren. Das würde unserem Ruf schaden, und wir würden dadurch Geld verlieren. Du hast ja gehört, ein Hotel hier gehört ihm. Nicht nur ist er so ekelerregend reich, daß er Menschen zu seinen Zwecken bestechen kann, er hat auch weitreichende geschäftliche Verbindungen. Ich traue ihm alles zu.«

»O Gott. Das hört sich wirklich ernst an. Was hat denn diese Fehde ausgelöst? Hat es jemals richtiges Blutvergießen gegeben?«

»Keine Ahnung.« Faith fummelte an ihrem Besteck herum. Sie wollte nicht über ihre Vermutung sprechen, daß ein Mord geschehen sein könnte. »Meine Mutter war die Geliebte seines Vaters. Überflüssig zu erwähnen, daß seine Familie jeden mit dem Namen Devlin haßt.« Diese Erklärung mußte ausreichen. Sie konnte nicht die ganze Geschichte erzählen. Noch nicht einmal einer Freundin konnte sie von ihren Erinnerungen an jene Nacht erzählen.

»Wie war noch einmal der Name dieser Stadt, Prescott?« fragte Margot. »Bist du auch ganz sicher, daß sie nicht Peyton Place heißt?«

Beide lachten. Der Kellner kam auf sie zu und fragte sie nach ihren Wünschen. Beide wählten Buffet und gingen ins Haus, um ihre Auswahl zu treffen. Faith war sich der dunklen Augen, die jede ihrer Bewegungen verfolgten, nur zu bewußt. Wäre doch Margot nicht so erpicht darauf gewesen, im Hof zu essen. Sie wäre viel lieber seinen Blicken aus dem Weg gegangen. Aber wer hätte ihn heute auch in New Orleans vermutet? Wer hätte geglaubt, daß man sich in einer Stadt dieser Größe gleich über den Weg lief? Zugegebenermaßen waren die »Two Sisters« ein sehr beliebtes Restaurant, aber in New Orleans gab es viele sehr beliebte Restaurants.

Kurze Zeit, nachdem Faith und Margot mit ihren Tellern zurückgekehrt waren, brach Gray zusammen mit seinem Geschäftspartner auf. Er blieb kurz neben Faith stehen. »Ich möchte wirklich mit dir sprechen«, sagte er. »Komm doch heute um sechs in meine Suite. Ich wohne im Beauville Courtyard.«

Es gelang ihr, ihre Enttäuschung zu verbergen. Das Beauville war ein schönes, mittelgroßes Hotel mit einem wunderbaren Ambiente, das um einen offenen Hof herum gebaut worden war. Sie hatte bereits häufig Reisegruppen und Einzelreisende dort untergebracht. Wenn es Gray gehörte, dann mußte sie ein anderes, wunderschönes, mittelgroßes Hotel mit wunderbarem Ambiente finden, weil sie nicht wagen würde, nochmals dort zu buchen. Sie beantwortete seinen Befehl – denn genau das war es – mit einem Kopfschütteln. »Nein. Ich werde nicht kommen.«

Seine Augen blitzten. »Dann sieh zu, wie du zurechtkommst«, erwiderte er und ging fort.

»Sieh zu, wie du zurechtkommst?« wiederholte Margot empört und starrte seinem breiten Rücken hinterher. »Was wollte er denn damit sagen? Wollte er dir etwa *drohen*?«

»Vermutlich«, erwiderte Faith und schob einen Happen Pastasalat in ihren Mund. Sie schloß genüßlich die Augen. »Hmm, versuch mal. Er ist wunderbar.«

»Bist du vollkommen verrückt geworden? Wie kannst du das Essen genießen, wenn dieser Macho dir gerade gedroht hat ... dir zu schaden, nehme ich an.« Entrüstet hob Margot die Gabel und kostete den Salat. Sie richtete sich auf. »Er *ist* gut. Derartige Sorgen können warten, bis wir mit dem Essen fertig sind.«

Faith kicherte. »Ich bin seine Drohungen gewohnt.«

»Macht er sie denn jemals wahr?«

»Immer. Eines muß man Gray lassen, es ist ihm ernst mit dem, was er sagt. Außerdem hat er keinerlei Hemmungen, seinen Einfluß spielen zu lassen.«

Margots Gabel fiel auf den Tisch. »Und was willst du jetzt tun?«

»Nichts. Schließlich hat er ja mit nichts Bestimmtem gedroht.«

»Das heißt also, daß du dich in jeder Hinsicht in acht nehmen mußt.«

»Soweit es ihn betrifft, tue ich das ohnehin.« Ihre eigenen Worte waren ihr selbst so schmerzhaft, daß sie den Kopf senkte, um ihre Gefühle zu verbergen. Wie schön wäre es, sich in Grays Gegenwart sicher und entspannt zu fühlen. Wie schön, wenn all seine rücksichtslose Zielstrebigkeit, all seine Vitalität zu ihrem Schutz und nicht gegen sie verwendet würden. Wußten Monica und Noelle es überhaupt zu schätzen, daß sie so jemanden hatten, der sich ihretwegen unverzüglich in den Kampf stürzen würde? Sie liebte ihn, aber er war ihr Feind. Keinen Augenblick lang durfte sie das vergessen, niemals durfte ihr Wunschdenken ihren Verstand vernebeln.

Mit voller Absicht lenkte sie das Gespräch in sichereres Fahrwasser. Sie sprachen über die Probleme, die sich durch ihren Umzug nach Prescott und ihre Abwesenheit von Dallas ergeben hatten. Sie war froh zu hören, daß die wenigen Probleme geringfügig waren. Ein paar Schwierigkeiten hatten sie vorausgesehen, aber Margot war eine gute Managerin und kam mit den Büroleitern der Filialen sehr gut aus. Der einzige Unterschied bestand darin, daß nun Margot statt Faith diejenige war, die herumreiste, obwohl sicherlich auch in Zukunft gelegentlich Faiths Anwesenheit erforderlich sein würde. Aber im großen und ganzen hatte alles gut geklappt. Sie entschieden, daß Faith aufgrund ihrer Nähe zu Baton Rouge und New Orleans diese beiden Filialen auch weiterhin betreuen würde. Es wäre für Margot unsinnig, erst nach New Orleans zu fliegen und zusätzlich auch noch die weite Strecke nach Baton Rouge zu fahren. Margot schaute etwas enttäuscht drein, denn sie war ganz vernarrt in New Orleans, aber sie war auch praktisch veranlagt. Die Entscheidung fußte sogar auf ihrem Vorschlag. Sicherlich würde es Gelegenheiten geben, wenn Faith es weder in die eine noch in die andere Stadt schaffen könnte. So konnte sich Margot trotzdem auf gelegentliche Besuche dort freuen.

Nach dem Essen verabschiedeten sie sich vor dem Restaurant, denn Margots Hotel lag in entgegengesetzter Richtung von Faiths geparktem Wagen. Es war noch heißer geworden. Die Feuchtigkeit machte die Luft bleiern, und das Atmen fiel schwer. Der Geruch vom Fluß her wurde stärker, und drohende schwarze Wolken am Horizont versprachen einen Frühlingssturm, der die Hitze für kurze Zeit vertreiben, die Straßen dann aber in eine Sauna verwandeln würde. Faith beschleunigte ihre Schritte, denn sie wollte noch vor dem Gewitter den Heimweg antreten. Als sie an der etwas zurückliegenden Tür eines dunklen, verlassenen Ladengeschäfts vorbeikam, wurde sie von hinten von einer starken Hand gepackt und in den Eingang gezogen.

Überfall! dachte sie. Eine blinde, glühendheiße Wut stieg in ihr auf. Sie hatte viel zu hart für ihr Geld gekämpft, als daß sie es ohne Widerstand aufgegeben hätte – auch wenn das von der Polizei immer wieder geraten wurde. Statt dessen stieß sie ihren Ellenbogen rückwärts in gut gestählte Bauchmuskeln und hörte befriedigt ein schmerzerfülltes Stöhnen. Sie wandte sich mit erhobener Faust um und öffnete den Mund, um nach Hilfe zu schreien. Verschwommen nahm sie die Größe und die breiten

Schultern wahr, dann riß ihr Angreifer sie hart an seinen Körper. Ihre Stimme erstarb in einem teuren, sandfarbenen italienischen Anzug.

»Alle Achtung«, tönte Grays tiefe Stimme belustigt. »Du kleine rote Wildkatze, wenn du im Bett auch so heißblütig bist, dann muß es ja ein wahres Vergnügen mit dir sein.«

Der Schock über seine Worte vermischte sich mit Erleichterung über seine Identität, aber beides besänftigte ihre Wut in keinster Weise. Schwer atmend stieß sie ihn in die Brust und wand sich frei. »Verdammt! Ich dachte schon, ich sei überfallen worden!«

Seine Augenbrauen zogen sich zusammen. »Und dann hast du trotzdem von deinem spitzen Ellenbogen Gebrauch gemacht?« fragte er ungläubig und rieb sich den Bauch. »Wenn ich nun wirklich ein Dieb gewesen wäre und ein Messer oder eine Pistole gehabt hätte? Weißt du denn nicht, daß du dann lieber deine Tasche hergeben sollst, anstatt das Risiko einer Verletzung einzugehen?«

»Niemals«, schnappte sie und strich sich die Haare aus der Stirn.

Sein Gesicht verzog sich zu einem Lachen. »Ja, du würdest es wahrscheinlich immer so machen.« Er griff nach einer feurigen Strähne und schob sie ihr hinter das Ohr. »Erst einmal angreifen und erst später darüber nachdenken?«

Sie riß ihren Kopf nach hinten, um seiner Berührung zu entgehen. »Warum hast du mich überfallen?«

»Seit du das Restaurant verlassen hast, folge ich dir. Ich denke, daß dieser Ort so gut wie jeder andere ist, um unsere kleine Unterhaltung abzuhalten. Du solltest wirklich besser aufpassen, wer hinter dir läuft.«

»Auf deine Standpauke kann ich verzichten.« Sie blickte zum Himmel. »Ich möchte zu meinem Auto, bevor das Gewitter hier losgeht.«

»Wir können in mein Hotel – oder auch in deines – gehen, wenn du hier nicht sprechen möchtest.«

»Nein. Mit dir gehe ich nirgendwohin.« Erst recht nicht in ein Hotelzimmer. Er machte ständig diese alarmierend anzüglichen Andeutungen. Sie traute ihm nicht, und sich selbst traute sie nicht zu, ihm zu widerstehen. Alles in allem war es also das Beste, wenn sie sich so weit wie möglich von ihm entfernt aufhielt.

»Dann wird es wohl hier sein müssen.« Gray sah auf sie herab. In der schmalen Einfahrt stand er so nah bei ihr, daß ihre Brüste seinen Anzug berührten. Als er sie zu sich herangerissen hatte, um ihren Schrei zu ersticken, hatte er sie fühlen können: fest und rund und sinnlich. Er wollte sie sehen, sie spüren, sie schmecken. Er war von Faiths körperlicher Gegenwart gänzlich eingenommen und fühlte sich, als ob er mitten in einem elektrischen Feld stünde, die Luft um ihn voller züngelnder Flammen. Sich nur mit ihr zu streiten war bereits aufregender, als mit anderen Frauen zu schlafen. Als kleines Mädchen war sie zwar scheu wie ein Fabelwesen gewesen, aber mittlerweile hatte sie sich zu einer Frau gemausert, die vor niemandes Wut Angst zu haben schien, weder vor ihrer eigenen noch vor der anderer.

»Ich kaufe dir das Haus ab«, sagte er plötzlich, sich an sein eigentliches Anliegen erinnernd. »Ich zahle dir das Doppelte von dem, was du dafür bezahlen mußtest.«

Ihre grünen Augen wurden schmal und ähnelten noch mehr denen einer Katze. »Geschäftlich ist das aber keine gute Entscheidung«, sagte sie leichthin, obschon die Wut direkt unter ihrer Haut schwelte.

Er zuckte die Schultern. »Ich kann es mir leisten. Aber kannst du es dir leisten, mein Angebot abzulehnen?«

»Ja«, erwiderte sie lächelnd.

Die Befriedigung in ihrem Gesicht brachte ihn fast zum Lachen. Sie hatte also tatsächlich etwas aus sich gemacht. Und sogar mehr, als man es auf den ersten Blick erraten konnte. Wenn sie eine Bereichsleiterin hatte, dann hatte sie auch Niederlassungen in mehreren Städten. Er verspürte unwillkürlich Stolz über ihren Erfolg. Er wußte ganz genau, wie wenig sie besessen hatte, denn er hatte ihr damals vor zwölf Jahren zugesehen, wie sie hektisch ihre Habe aus dem Dreck sammelte. Die meisten Menschen konnten auf ihre Familie oder Verwandte zurückfallen. Faith aber hatte nichts und niemanden, was ihren Erfolg um so bemerkenswerter machte. Wenn sie *seine* Rücklagen besäße, dachte Gray, dann würde ihr vermutlich jetzt bereits der halbe Bundesstaat gehören. Es würde nicht leicht sein, eine Frau mit einem solchen Durchsetzungsvermögen loszuwerden.

Sein Unterbauch zog sich lustvoll zusammen. Schwache, hilflose Frauen hatten ihn noch nie angezogen, die hatte er in seiner eigenen Familie zur Genüge. An Faith aber war nichts Schwaches.

Er betrachtete ihr Gesicht und bemerkte sowohl die Ähnlichkeiten mit Renee als auch die Unterschiede. Ihr Mund war breiter und beweglicher, ihre Lippen rot und sinnlich und samtig wie Rosenblüten. Ihre Haut war makellos und hatte jenen Porzellanteint, auf dem sich jede Berührung, jeder Kuß abzeichnete. Er stellte sich vor, wie er sie mit dem Mund berühren würde, wie er ihren Körper küssen würde, bis er die zarten Falten zwischen ihren Beinen erreichte, zwischen denen noch sensiblere Stellen verborgen lagen. Bei der Vorstellung bekam er eine volle, schmerzhafte Erektion. So nah bei ihr konnte er den süßen, lockenden Geruch ihrer Haut riechen. Er fragte sich, ob diese Süße zwischen ihren Beinen noch intensiver wäre. Er hatte den Geruch einer Frau immer schon besonders geschätzt, aber Faiths Duft war so erregend, daß jeder seiner Muskeln sich vor Verlangen anspannte und es ihm schwermachte, irgendeinen anderen Gedanken zu fassen.

Noch während er die Hand nach ihr ausstreckte, war ihm das Heikle der Sache bewußt. Das Allerletzte, was er wollte, war, dem Beispiel seines Vaters zu folgen. Immer noch konnte er nicht ohne ein Gefühl der Demütigung und der Wut an das Verschwinden seines Vaters denken. Es war so frisch und unmittelbar, als ob es gerade eben erst passiert wäre. Er wollte Noelle und Monica nicht verletzen, er wollte den alten Skandal nicht wieder beleben.

Es gab Hunderte von Gründen, und allesamt gute, warum er Faith Devlin nicht in seinen Armen halten sollte. Aber in diesem Augenblick hatte keiner davon auch nur die geringste Bedeutung. Seine Hände umschlangen ihre Taille. Faith fühlte sich warm und weich und so lebendig an, daß seine Handflächen bei jeder Berührung brannten und ihm ihre Nähe wie ein schwerer Wein zu Kopfe stieg. Sie riß ihre Augen auf, und ihre schwarzen Pupillen weiteten sich, bis nur noch ein schmaler grüner Rand übrigblieb. Sie hob ihre Hände und legte sie auf seine Brust. Sie bedeckte seine Brustwarzen, und ein Schauer überfuhr seine Haut. Sein Blick war ganz auf ihren Mund fixiert. Er zog sie näher zu sich heran, bis ihr schlanker Körper an seinem ruhte. Er fühlte, wie sich ihre Beine zwischen seine drängten, wie sich ihre festen Brüste gegen seine Brust drückten. Er beobachtete, wie sich ihre weichen, vollen Lippen öffneten und sie verblüfft nach Luft rang. Dann hob er sie auf die Zehenspitzen, neigte den Kopf und stillte seinen Hunger.

Ihre Lippen fühlten sich weich und samtig wie Rosenblüten an. Er neigte den Kopf zur Seite und steigerte den Druck seines Mundes. Faith öffnete ihre Lippen wie eine Blume. Das Blut pulsierte in seinen Adern, und er zog sie näher zu sich heran, schlang seine Arme um sie und schweißte sie gegen seinen Körper, damit sie seine Erektion an ihrem weichen Bauch spüren konnte. Er fühlte ihr Beben, die windenden Bewegungen ihrer Hüften, die sich in seine Richtung bäumten. Ein

Gefühl des Triumphs übermannte ihn. Sie legte ihre Arme um seinen Hals und öffnete ihren Mund, damit er sie noch tiefer penetrieren konnte. Ein tiefes Stöhnen drang aus seiner Kehle, während er ihren Mund mit seiner Zunge erkundete. Ihr Geschmack war süß und würzig von dem starken Kaffee, den sie zusammen mit ihrem Nachtisch genommen hatte. Ihre Zunge wand sich lockend um seine, dann saugte sie daran und hielt ihn so gefangen.

Er drängte sie weiter zurück, bis sie gegen eine vernagelte Tür stieß. Wie von Ferne vernahm er die Stimmen der Leute, die auf dem Bürgersteig hinter ihnen vorbeigingen. Dann hörte er ein leises Donnern, aber all das war bedeutungslos. Sie lag wie ein Feuer in seinen Armen. Sie kämpfte nicht gegen ihn, sie widerstand nicht seinem Kuß, sondern im Gegenteil, sie reagierte heftig auf seine Berührungen. Ihre bebenden Lippen hingen zärtlich an ihm. Er wollte mehr, wollte alles. Verzweifelt umfaßte er ihren Po und hob sie hoch, so daß seine Erektion in der sanften Kuhle zwischen ihren Beinen zu liegen kam. Er drückte sie reibend an sich und stöhnte vor Lust.

Erste Regentropfen platschten auf die Straße und kündigten das Gewitter an. Die Menschen rannten vorbei, um ins Trokkene zu kommen. Ein Donnerschlag ließ ihn herumfahren. Das irritierende Geräusch zerschnitt den lustvollen Nebel, der ihn einhüllte.

Ob es der Donner oder aber seine Reaktion darauf war, die für Faith den Zauber brachen, konnte sie nicht sagen. Plötzlich richtete sie sich in seinen Armen auf und wehrte sich gegen ihn. Er konnte die Wut in ihrem Blick sehen, setzte sie schnell auf die Füße und ließ von ihr ab, bevor sie um Hilfe schrie.

Sie drängte sich an ihm vorbei auf den Bürgersteig hinaus, wo sie augenblicklich vom Regen durchnäßt wurde. Dann wandte sie sich zu ihm um. Ihre Augen schimmerten verwirrt. »Faß mich nie wieder an«, sagte sie mit tiefer, rauher Stimme. Dann drehte sie sich um und rannte so schnell sie konnte davon. Sie neigte den Kopf auf die Brust, um den Regen abzuwehren, der sich wie aus Eimern auf die schmale Straße ergoß. Er starrte ihr hinterher und wollte sie unter ein Dach zerren, hielt sich jedoch zurück. Wie eine Wildkatze würde sie gegen ihn kämpfen, wenn er sie einholte. Er sah ihr hinterher, bis sie zwei Straßen weiter rennend um die Ecke bog und aus seinem Blick verschwand. Sie rannte nicht nur . . . sie floh. Und zwar vor ihm.

9

Als Faith an ihrem Wagen ankam, war sie vom Regen durchnäßt und zitterte vor Aufregung und Kälte. Mit bebenden Händen steckte sie den Schlüssel in das Schloß, was ihr jedoch erst nach mehrmaligen Versuchen gelang. Sie kroch ins Auto, fiel vornüber gegen das Lenkrad und preßte ihren Kopf gegen das kühle Plastik. *Idiotin!* dachte sie wutschnaubend. *Blöde Kuh!* Sie mußte wohl verrückt geworden sein, ihrem Verlangen nachzugeben, ihn zu küssen. Jetzt wußte er Bescheid, jetzt konnte sie es nicht länger vor ihm verbergen. Für ein paar lustvolle Augenblicke hatte sie ihm ihre Schwäche präsentiert, und jetzt wußte er, daß sie ihn begehrte. Die Demütigung brannte auf ihrem Gesicht und fraß sich wie Säure in ihren Magen. Sie kannte seinen Charakter nur zu gut, hatte sie doch seine Rücksichtslosigkeit aus allererster Hand kennengelernt. Er war ein Jäger, und das erste Anzeichen von Schwäche reizte seinen Jagdtrieb.

Jetzt würde er nicht nachgeben, bis er sie endlich besessen hatte. Die gelegentlichen zweideutigen Hinweise würden offenen Verführungsversuchen weichen. Sie hatte sich selbst gerade bewiesen, daß sie ihrer Vernunft nicht trauen konnte, sich ihm zu widersetzen. Was ihn betraf, besaß sie keinerlei Vernunft. Entsetzt malte sie sich aus, wie sie beiläufig benutzt und dann verstoßen würde. Er sah sie als eine zweite Ausgabe ihrer Mutter, eine Nutte, die für jeden die Beine zu spreizen bereit war, der über das entsprechende Werkzeug verfügte. Seit heute wußte sie allerdings auch, daß er in dieser Hinsicht keine Wünsche offen ließe. Sie hingegen verzehrte sich nach ihm, ihre kindliche Verliebtheit war einer reifen Sehnsucht gewichen. Sie wünschte sich nichts heftiger, als von ihm geliebt zu werden und im Gegenzug die Tore ihrer unendlichen Liebesfähigkeit zu öffnen. Er aber würde diesen Traum in einen Alptraum verwandeln, würde ihre Schwäche nutzen, um sie damit zu verletzen. Er würde sie schließlich darauf reduzieren, eine weitere Hure der Familie Devlin zu sein, derer sich ein Rouillard bedienen durfte.

So sehr sie auch in Prescott bleiben wollte, so würde sie doch lieber wieder fortziehen, als mit dieser Erniedrigung leben zu müssen. Damit leben zu müssen, daß sein verächtlicher Blick sie traf, so wie sie das bereits einmal erfahren hatte. Seine Worte hallten wie ein Echo in ihrer Seele. Es war ein über die Jahre sich endlos wiederholender Refrain: *Du bist der allerletzte Dreck.* Der Satz war ihr ins Unterbewußtsein eingebrannt und tauchte immer wieder auf, um sie zu verfolgen.

Nein, das würde sie nicht noch einmal ertragen können. Aber ein paar Augenblicke lang war sie im siebten Himmel gewesen. Seine Arme hatten sie umschlungen, und sie hatte ihn streicheln dürfen. Sie hatte seine Schultern berührt und hatte ihre Hand durch den seidigen, dicken Pferdeschwanz in seinem Nacken gleiten lassen. Wir würde er wohl mit offenem, auf die Schulter hängendem Haar aussehen? Oder schweißgebadet, über sie gebeugt, mit lustverzerrtem Gesicht ...

Sie stöhnte. Sie spürte den süßen Schmerz, den nur er mildern konnte. Liebhaber waren nie ihre Sache gewesen. Kyle hatte sie noch als Jungfrau geheiratet, und er war der einzige Mann geblieben, mit dem sie je geschlafen hatte. Ihre Keuschheit jedoch spiegelte lediglich ihre Abscheu vor Renees Verhalten. Keine allen zugängliche Hure zu sein war eher die Ursache dafür als tatsächliches Desinteresse. Sie liebte die körperliche Liebe, liebte das Gefühl, einen Mann in sich zu spüren, liebte die Gerüche und die Geräusche, liebte den Schweiß. Als die Trauer über Kyles Tod ein wenig nachgelassen hatte, hatte sich ihr sexueller Appetit, gerade wegen ihrer Zurückhaltung, noch verstärkt. Sie konnte sich aber einfach nicht dazu bringen, nur des körperlichen Bedürfnisses wegen Sex zu haben. Und nach Kyles Tod hatte sie keine emotionale Bindung gewollt. Vier Jahre hatte sie auf Umarmungen und Küsse verzichtet, bis Gray sie in die Arme genommen und ihr für wenige Augenblicke das Paradies gezeigt hatte.

Er besaß eine hitzige Animalität, die ihr erloschenes sexuelles Feuer neu entfachte. Er war hart wie Stahl gewesen und hatte keinerlei Hehl daraus gemacht. Er wollte, daß sie ihn spürte, und hatte sie absichtlich zu sich herangezogen und hochgehoben, damit sie den harten Schaft seiner Erektion zwischen ihren Beinen spürte. Es war mitten am Tag und mitten in der Öffentlichkeit gewesen, was ihn aber nicht hatte bremsen können. In New Orleans waren diese Vorkommnisse vielleicht eher normal, sie aber hatte so etwas bisher noch nicht erlebt. Sie hatte auf gute Manieren immer besonders viel Wert gelegt. Anerkennung und Verantwortung waren ihr viel zu wichtig, als daß sie jemals Liebkosungen in der Öffentlichkeit zugelassen hätte. Aber genau das war eben geschehen.

Wenn er sie berührte, dann vergaß sie alles außer der heißen Lust, in seinen Armen zu liegen. Verzweifelt fragte sie sich, ob sie ihn gehindert hätte, noch weiter zu gehen. Oder hätte sie sich dort auf der Straße wie eine heruntergekommene Hure nehmen lassen, ohne Rücksicht auf Anstand, Schamgefühl und sogar unter Mißachtung des Gesetzes? Ihr Gesicht glühte bei der Vorstellung, daß sie wegen Erregung öffentlichen Ärgernisses hätte festgenommen werden können. Wegen absoluter Blödheit wäre wohl näher an der Wahrheit.

Mit keinem außer mit Gray hätte es jemals so weit kommen können. Bei keinem anderen hätte sie sich so gehen lassen.

Sie saß regungslos im Auto und beobachtete, wie der Regen in Strömen gegen die Betonpfeiler des Parkhauses klatschte. Blankes Entsetzen erfüllte sie. Vielleicht hatte sie die Wahrheit schon immer geahnt, sie jedoch weit von sich gewiesen. Jetzt aber konnte sie sich davor nicht länger verstecken.

Sie hatte Kyle geliebt und sehr gerne mit ihm geschlafen. Aber es war, als ob sie nur halb bei der Sache gewesen wäre. Immer schon hatte es eine andere Hälfte gegeben, die unberührt geblieben war und die, unwiderruflich, Gray gehörte. Sie hatte Kyle betrogen. Vielleicht hatte er es niemals geahnt. Außerdem stimmte es, daß ihre Ehe aufgrund seiner Trinkgewohnheiten gefährdet gewesen war. Dennoch hätte sie ihn niemals heiraten dürfen, ohne ihn von ganzem Herzen zu lieben. Sie hatte immer die Vorstellung gehabt, sich noch einmal zu verheiraten. Jetzt aber erkannte sie, daß das unmöglich war: Sie konnte nicht noch einen Mann betrügen. Es gab nur einen Mann, den sie mit Haut und Haar und ohne jede Zurückhaltung lieben konnte. Dieser Mann war Gray Rouillard. Und er war gleichzeitig der einzige Mann, dem sie sich nicht anvertrauen konnte, weil er sie zu zerstören trachtete.

Als es zu regnen aufgehört hatte, ging Gray in sein Hotel zurück und führte ein Telefonat mit Dallas. »Truman, bitte schau doch mal was für mich nach. Du hast doch eine Einwohnerliste, nicht wahr? Schau doch mal nach, ob dort eine Faith Hardy aufgeführt ist.«

Er legte die Beine gekreuzt auf den kleinen Tisch und wartete, während sein Geschäftsfreund das dicke Buch wälzte. Einen Augenblick später hörte er den texanischen Akzent in seinem Ohr: »Ich hab hier zwei Faith Hardys und so ungefähr zehn weitere mit dem Initial F.«

»Eine von ihnen vielleicht F. D. Hardy?«

»Laß mal nachsehen ... nein. Es gibt F. C. und F. G., aber keine F. D.«

»Berufsbezeichnungen?«

»Also, ein Lehrer, ein Rentner ...« Truman führte die Liste der genannten Berufe auf. Keiner von ihnen stimmte mit den wenigen ihm bekannten Fakten überein. Vielleicht war Dallas ja doch nicht die richtige Stadt. Wahrscheinlicher allerdings war es, daß sie sich absichtlich nicht in den Verzeichnissen aufführen ließ.

»Also gut, hier kommen wir nicht weiter. Schau doch mal nach Margot Stanley, M-a-r-g-o-t.«

Truman lachte. »Bist du dir sicher, daß es nicht M-a-r-g-a-u-x heißen sollte? So schreibt man das doch heute, wenn man weiß, wo's langgeht.«

»Schau mal unter beiden Schreibweisen nach.«

Wieder hörte man das Blättern der Seiten und Trumans Summen. Er hielt inne. »Stanleys gibt es hier seitenweise.«

»Und irgendwelche Margots, so oder so buchstabiert?«

»Ja, wir haben hier eine ganz gewöhnliche Margot.«

»Wo arbeitet sie?«

»Holladay Reisebüro, mit zwei ›L‹ und einem ›A‹.«

»Schau doch mal darunter nach. Vielleicht ist dort ja auch der Besitzer aufgeführt.«

Wieder Summen am anderen Ende der Leitung. »Voll ins Schwarze getroffen«, bemerkte Truman. »Der Eigentümer heißt F. D. Hardy.«

»Danke«, erwiderte Gray und freute sich über den geringen Aufwand, der nötig gewesen war.

»Keine Ursache.«

Gray legte den Hörer auf und dachte nach. Faith war Eigentümerin eines Reisebüros. Unerklärlicherweise freute ihn das. Einem Gefühl folgend, öffnete er die Gelben Seiten von New Orleans und fand dort eine bescheidene, geschmackvolle Anzeige: ›Holladay Reisebüro – mehr Urlaub im Urlaub – die Sorgen überlassen Sie ganz einfach uns.«

Ihr gehörten also mindestens zwei, vermutlich noch weitere Büros. Das erklärte auch, warum sie das Haus in bar hatte bezahlen können. Bei der Erinnerung an ihr zufriedenes Gesicht, nachdem sie sein Rückkaufangebot abgelehnt hatte, mußte er lächeln. Wenn sie jedoch so wohlhabend war, warum verheimlichte sie es dann? Warum zeigte sie nicht allen in Prescott, daß eine Devlin sich aus dem Dreck herausarbeiten konnte? Warum hatte sie Margot zurückgepfiffen und so verhindert, daß sie noch weitere Details preisgab?

Man mußte kein Hellseher sein, um das herauszufinden. Faith hatte Angst, daß er ihre Geschäfte behindern würde. Nicht nur hatte er in Louisiana und noch darüber hinaus einigen Einfluß, er hatte ihr sich auch als Besitzer eines Hotels in einer Stadt vorgestellt, die vom Tourismus lebte. Es wäre ein leichtes für ihn, ihrem Büro Steine in den Weg zu legen. Offensichtlich erwartete sie, daß er genau das tun würde. Zerknirscht stellte er fest, daß ihre Meinung von ihm nicht gerade sehr hoch war.

Wie aber sollte sie das auch sein? In einer schwülen Sommernacht vor zwölf Jahren hatte er sie in den Dreck gestoßen. Seither hielt sie ihn vermutlich für den personifizierten Teufel.

Vor einer knappen Stunde noch hatte er ihr Angst eingejagt, als er sie von hinten gepackt hatte. Die Reaktion des kleinen Rotschopfs jedoch war eher wütend als verängstigt gewesen. Sie hatte sich behende und mit grünem, zielsicherem Blick umgedreht. Und dann hatte er sie fest auf einer öffentlichen Straße genommen, ihren Hintern umfaßt, sie hochgehoben und seinen Schwanz zwischen ihre Beine gepreßt. Kein Wunder, daß sie ihm davongelaufen war, als er sie schließlich losgelassen hatte.

Nur . . . sie hatte sich nicht gewehrt. Statt dessen hatte sie so erhitzt und süß in seinen Armen gelegen, daß bei der Erinnerung daran ihm jetzt noch schwindelte. Sie hatte vor Erregung gezittert. Ihre Reaktion hatte ihn vollkommen überwältigt und ihn so verrückt gemacht, daß er sich immer noch nicht davon erholt hatte. Einen Augenblick lang war er vor Lust blind gewesen, hatte alles um ihn herum vergessen außer dem Verlangen, in sie einzudringen. Wenn dieser Donnerschlag ihn nicht so erschreckt hätte, hätte er sie vielleicht an Ort und Stelle genommen, wo die Leute keine zwei Schritt weiter von ihnen vorübereilten. Er konnte sich nicht erinnern, jemals so verrückt nach einer Frau gewesen zu sein, daß alles andere ihm vollkommen gleichgültig gewesen wäre. Aber Faith hatte ihn mit nur einem einzigen Kuß in diesen Zustand versetzt.

Ein einziger Kuß, gleichzeitig süß und würzig und so glühend, daß er sich daran verbrannt hatte. Wie ihre Zunge sich spielerisch um seine gewunden hatte! Dann die ungebremste Sinnlichkeit, mit der sie daran gesaugt hatte. Die Leidenschaft, mit der sie sich an ihn gepreßt hatte. Sie begehrte ihn ebenso heftig, wie er sie begehrte.

Er erinnerte sich an die Rundung ihrer Hüften in seinen Händen. Er ballte die Hände zusammen, damit sie weniger schmerzten. Diese nagende Lust, sie zu besitzen, war viel schlimmer, als er es sich hätte ausmalen können. Er war es nicht gewohnt, irgendwelche sexuellen Gelüste zu unterdrücken. Die Mauern zwischen ihnen waren unüberwindlich, und das machte ihn schier wahnsinnig. Da war einerseits seine Mutter, die sich angesichts der Demütigung, daß ihr Mann mit einer stadtbekannten Hure durchgebrannt war, vollkommen zurückgezogen hatte. Und andererseits Monica, die mit zerschnittenen Handgelenken in ihrem eigenen Blut gelegen hatte. Ihre weißen Füße gehörten zu jenen Bildern, die er niemals vergessen konnte. Außerdem waren da noch seine eigenen Gefühle, die Wut und der Schmerz darüber, daß sein Vater sie verlassen hatte. Doch diese Mauern existierten nicht nur für ihn. Die Erinnerung an jene Nacht stand kalt und ernüchternd zwischen Faith und ihm. Zu viele Schmerzen, zu viele Gefühle, die dagegen sprachen, daß sie sich näherkamen.

Doch ihre Körper kümmerten sich nicht im geringsten um solche Gründe.

Das war die ganze Geschichte. Er war zwar kein Don Juan, hatte es aber immer leicht gefunden, eine Frau ins Bett zu bekommen. Doch trotz seiner vielfältigen Erfahrungen war er auf diese Glut nicht vorbereitet gewesen. Sie konnten einander nicht in die Augen sehen, ohne die daraus aufsteigende Hitze zu spüren. Jede ihrer Berührungen glich lodernden Flammen.

Unruhig lief er auf und ab und suchte nach einer Möglichkeit, die Hindernisse zu umgehen. Sie durfte nicht in Prescott bleiben, das würde seine Familie zu sehr belasten. Er mußte ihr das Leben einfach weiterhin zur Hölle machen. Aber er war weder willens noch fähig, in dieser Richtung besonderen Eifer zu entwickeln. Er hatte ihr Unannehmlichkeiten beschert, Punkt. Er konnte sich nicht dazu durchringen, sie richtiggehend zu verfolgen. Sie verdiente es nicht, auch sie war nur ein Opfer gewesen. Sie hatte hart daran gearbeitet, etwas aus ihrem Leben zu machen, und es war ihr gelungen. Wenn seine Familie nicht wäre, dann würde er sie mit offenen Armen willkommen heißen. Und mit offenem Hosenschlitz, dachte er zerknirscht, denn er spürte bereits wieder die aufkeimende Erregung zwischen seinen Beinen.

Aber er durfte seine Familie nicht ignorieren und konnte an ihren Gefühlen nichts ändern. Faith mußte gehen. Wenn auch vielleicht nicht so sehr weit weg. Er konnte sie vielleicht zu einem Umzug nach Baton Rouge überreden oder in eines der kleineren Dörfer in Prescotts Umgebung. Irgendwohin, nur eben außerhalb der Stadtgrenze und nah genug, daß sie sich sehen konnten. Sie hatte einen strategischen Fehler begangen, indem sie ihm ihr Begehren offenbart hatte. Das konnte er nun nutzen, um sie zur Aufgabe ihres Hauses zu bewegen. *Hier können wir uns nicht treffen. Zieh um, dann sehen wir uns so oft wie nur möglich.* Das würde ihr nicht gefallen, vielleicht würde sie ihn auch zum Teufel schicken. Aber nicht für lange. Denn die Glut war da und brannte ebenso heftig in ihr wie in ihm. Wenn er jede Gelegenheit nutzte, um sie anzuheizen, würde sie die Dinge schließlich ähnlich wie er sehen. Vorausgesetzt allerdings, daß das Feuer sie bis dahin nicht schon verzehrt hatte.

Sie konnte das Haus in Prescott sogar weiterhin behalten, falls sein Verkauf zuviel verlangt sein sollte. Er würde ihr ein anderes Haus an einem Ort ihrer Wahl kaufen.

Zwei Dinge jedoch waren unumgänglich: Sie mußte Prescott verlassen. Und er mußte sie besitzen. Was immer der Preis dafür sein sollte, er mußte sie besitzen.

»Ich stimme Ihnen zu«, sagte Francis Pleasant und nippte an dem Eistee, den Faith ihm angeboten hatte. »Ich glaube auch, daß Guy Rouillard nicht mehr lebt. Und zwar bereits seit zwölf Jahren nicht mehr.«

Er hatte einen hellblauen Keppleinenanzug an. Das hätte geschmacklos ausgesehen, wenn sein Sitz nicht so perfekt gewesen wäre, wenn das weiße Hemd nicht so nagelneu und sein Schlips nicht so makellos gewesen wären. An Francis Pleasant sah ein solcher Anzug einfach gut aus. Seine Augen blickten nicht mehr ganz so traurig, ein Anflug von Neugier schimmerte in ihnen.

Sie saßen in Faiths klimatisiertem Wohnzimmer. Faith war

von seinem Anruf bereits zwei Tage nach ihrer Auftragserteilung überrascht gewesen. Aber nun war er hier und hatte auf seinen Knien einen Block plaziert.

»Seit der Nacht seines Verschwindens findet sich keinerlei Spur mehr von ihm«, sagte er. »Keine Einkäufe per Kreditkarte, keine Bankabbuchungen, keine eingezahlten Sozialleistungen noch irgendwelche Einkommensteuerbescheide. Mr. Rouillard war kein Krimineller, er mußte also weder seinen Namen ändern noch vollkommen von der Bildfläche verschwinden. Die logische Schlußfolgerung ist die, daß er tot ist.«

Faith atmete tief durch. »Das habe ich mir auch gedacht. Ich wollte jedoch sichergehen, bevor ich hier in der Gegend Fragen stelle.«

»Ist Ihnen klar, daß im Falle seines gewaltsamen Todes Ihre Fragen jemanden sehr ängstigen könnten?« Er nippte nochmals an seinem Tee. »Die Situation könnte gefährlich für Sie werden, meine Liebe. Vielleicht wäre es besser, die schlafenden Hunde nicht zu wecken.«

»An eine mögliche Gefahr habe ich auch schon gedacht«, gab sie zu. »Aber meine Mutter hatte schließlich eine Beziehung mit ihm und jeder hier glaubt, daß sie mit ihm durchgebrannt ist. Da wird sich doch niemand über mein Interesse an der Sache wundern. Über meine Dreistigkeit vielleicht, aber nicht über mein Interesse.«

Er lachte. »Das kommt ganz auf die Art der Fragen an. Wenn Sie gleich damit ins Haus fallen und behaupten, daß Guy Rouillard ermordet wurde, würde das jede Menge Aufsehen erregen.« Er richtete sich auf, und seine Stimme wurde verbindlicher. »Ich rate Ihnen, die Sache zu begraben. Wenn es tatsächlich Mord war, dann liegt er jetzt zwölf Jahre zurück. Die Zeit verwischt eine Menge Spuren. Sie haben keinerlei Anhaltspunkte, wo Sie mit der Suche beginnen sollen. Sie werden vermutlich nichts finden, aber sich trotzdem in Gefahr begeben.«

»Ich soll noch nicht einmal versuchen, die Wahrheit herauszufinden?« fragte sie leise. »Darf denn ein Mord ungesühnt bleiben?«

»Sie denken an die Gerechtigkeit. Eine wunderbare Idee, wenn man die dazugehörigen Mittel hat, sie durchzusetzen. Manchmal jedoch muß man die Gerechtigkeit gegen andere Faktoren abwägen. Die Realität macht einem ganz einfach einen Strich durch die Rechnung. Vermutlich ist Mr. Rouillard ermordet worden. Vermutlich hatte Ihre Mutter etwas damit zu tun, wenn auch nur als Mitwisserin. Könnten Sie das ertragen? Und wenn nun sein Tod lediglich ein Unfall war und sie wegen Mordes vor Gericht kommt? Gray Rouillard ist ein einflußreicher Mann. Glauben Sie etwa, er würde den Tod seines Vaters ungesühnt lassen? Der schlimmste Fall wäre allerdings der, daß sein Tod kein Unfall war. In diesem Falle, meine Liebe, würden Sie sich ganz ohne Frage selbst in Gefahr begeben.«

Sie seufzte. »Meine Beweggründe, herauszufinden, was ihm wirklich zugestoßen ist, sind nicht ganz uneigennützig. Ich möchte hier leben. Hier ist meine Heimat, hier bin ich aufgewachsen. Ich werde aber hier so lange nicht geachtet sein, wie jedermann glaubt, daß Guy mit meiner Mutter durchgebrannt ist. Die Rouillards wollen mich hier nicht. Gray erschwert mir die Dinge, wo er nur kann. In Prescott kann ich weder einkaufen noch tanken. Wenn ich nicht beweisen kann, daß meine Mutter mit Guy Rouillards Verschwinden nichts zu tun hat, dann werde ich hier niemals irgendwelche Freunde haben.«

»Was, wenn Sie Beweise dafür finden, daß sie ihn umgebracht hat?« fragte Pleasant leise.

Faith biß sich auf die Unterlippe und rollte das feuchte Glas zwischen ihren Handflächen. »Mit dieser Möglichkeit muß ich rechnen«, erwiderte sie kaum hörbar. »Wenn meine Mutter an seinem Tod schuld ist, dann kann ich nicht länger hier leben.

Aber der Wahrheit ins Auge zu blicken, ganz gleich wie schrecklich, ist nicht halb so schlimm, wie ihr aus dem Wege zu gehen. Vielleicht finde ich ja auch gar nichts heraus, aber versuchen werde ich es.«

Er seufzte. »Ich habe mir gedacht, daß Sie das sagen. Wenn es Ihnen nichts ausmacht, würde ich gern hier in der Gegend ein paar Nachfragen anstellen, nur aus Neugier. Die Leute erzählen mir vielleicht ein paar Dinge, die Sie nicht erfahren würden.«

Damit konnte er recht haben. Jetzt, wo man wußte, wer sie war, würden die Leute eher die Bude dichtmachen, als sich Gray zu widersetzen. Aber der Detektiv hatte bereits die Aufgabe erfüllt, für die sie ihn beauftragt hatte. »Ich kann weiterreichende Nachforschungen nicht bezahlen«, sagte sie wahrheitsgemäß.

Er winkte ab. »Die gelten meiner eigenen Neugier. Ich habe einen guten Fall schon immer zu schätzen gewußt.«

Sie blickte ihn skeptisch an. »Hat Sie das jemals daran gehindert, ihr ganz normales Honorar zu fordern?«

»Nun, das nicht«, gab er zu und lachte. »Aber ich brauche das Geld nicht, und ich will wissen, was Guy Rouillard zugestoßen ist. Wie lange ich mit meinem Herzen noch so arbeiten kann, weiß ich nicht. Wahrscheinlich nicht mehr sehr lange. Deshalb möchte ich meine Zeit nur mit Fällen verbringen, die mich auch wirklich interessieren. Was das Geld angeht ... einigen wir uns einfach darauf, daß ich es im Moment nicht unbedingt brauche.«

Weil seine Frau gestorben war, wollte er damit sagen. Er blätterte plötzlich hektisch in seinen Notizen, und sie wußte, daß er mit den Tränen kämpfte. Sie wartete einen Augenblick, um seine Würde zu wahren, dann bot sie ihm noch etwas Eistee an.

»Nein, danke. Er war köstlich, genau das Richtige an einem

heißen Tag.« Er erhob sich und rückte den steifen Leinenanzug zurecht. »Ich informiere Sie, wenn ich auf etwas Interessantes stoße. Gibt es hier im Ort ein Motel?«

Sie erklärte ihm den Weg und begleitete ihn auf die Terrasse hinaus. »Darf ich Sie zum Essen einladen?« fragte sie, einem Impuls folgend, denn sie ertrug die Vorstellung nicht, wie er allein sein Sandwich verdrückte.

Er errötete. Die Röte stieg ihm bis hinauf zu seinem sich lichtenden Haar. »Das wäre mir ein Vergnügen.«

»Wäre es Ihnen recht, schon um sechs Uhr zu kommen? Ich esse nicht gern spät.«

»Ganz meinerseits, Mrs. Hardy. Bis um sechs dann.«

Lächelnd ging er auf seinen Wagen zu. Faith schaute ihm hinterher, dann widmete sie sich dem Papierberg, den sie bei seiner Ankunft liegengelassen hatte. Sie freute sich auf das Abendessen. Ohne Zweifel hatte sie eine Schwäche für Mr. Pleasant entwickelt.

Pünktlich um sechs setzten sie sich zu einer leichten Mahlzeit zart gegrillter Schweinekoteletts, Safranreis und frischen grünen Bohnen. Sich umblickend registrierte der Gast die kleinen Details: gestärkte Leinenservietten, ein kleiner Strauß winziger Röschen, den Duft des selbst zubereiteten Essens. Sie ahnte, was er seit dem Tod seiner Frau vermißte. Sie verweilten über dem Dessert, einem nicht zu süßen und nicht zu sauren Zitronensorbet. Die Unterhaltung mit ihm war mühelos. Seine altmodische Art empfand sie als äußerst angenehm. Rücksicht in jeder Form war in ihren Jugendtagen so selten gewesen, daß sie dafür doppelt dankbar war.

Es war schon fast acht Uhr, als ein lautes Klopfen ihre Haustür erschütterte. Faith erstarrte. Sie mußte die Tür nicht erst öffnen, um zu wissen, wer auf ihrer Terrasse stand.

»Stimmt irgend etwas nicht?« fragte Pleasant, dem ihr veränderter Gesichtsausdruck nicht entgangen war.

»Vermutlich werden Sie gleich Gray Rouillard kennenlernen«, erwiderte sie, stand auf und ging zur Tür. Wie immer klopfte ihr Herz zu schnell und zu laut bei der Vorstellung, ihm wiederzubegegnen und mit ihm zu sprechen. In mehr als fünfzehn Jahren hatte sich daran nichts geändert. Sie hätte ebenso wieder elf Jahre alt sein und ihn staunend bewundern und verehren können.

Es dämmerte. Die langen Frühlingstage trennten sich nur widerwillig vom letzten Tageslicht. Gray stand wie eine Silhouette gegen das Opal des Himmels, eine große breitschultrige und gesichtslose Figur. »Ich störe hoffentlich nicht«, sagte er. Aber sein Tonfall war von jener Härte, die ihr sagte, daß es ihm so oder so vollkommen gleichgültig war.

»Wenn du gestört hättest, dann hätte ich gar nicht erst geöffnet«, erwiderte sie und ließ ihn eintreten. Sie konnte den herausfordernden Unterton ihrer Stimme nicht unterdrücken, wenngleich sie ihn in Pleasants Gegenwart auch zu dämpfen versuchte.

Grays Lächeln war kaum mehr als ein Fletschen seiner Zähne, als er sich Faiths Gast zuwandte, der höflicherweise aufgestanden war. Der Raum erschien plötzlich viel zu eng, so sehr dominierten Grays vitale männliche Präsenz, seine ganzen ein Meter neunzig. Er trug ein weißes Hemd, schwarze Jeans und Stiefel mit niedrigen Absätzen und ähnelte mehr denn je einem Piraten. Seine Zähne blitzten genauso hell wie der kleine Diamant in seinem Ohr.

»Wir haben bereits gegessen«, bemerkte Faith beherrscht. »Mr. Pleasant, das ist Gray Rouillard, einer meiner Nachbarn. Gray, das ist Francis Pleasant aus New Orleans.«

Gray streckte ihm die Hand entgegen, in der die Pleasants vollkommen verschwand. »Geschäftsfreund oder Freund?« fragte er, als ob er ein Recht auf diese Auskunft hätte.

Mr. Pleasants Augen funkelten, er kräuselte nachdenklich die

Lippen und zog seine Hand zurück. »Ich denke, beides. Wie steht es mit Ihnen? Nachbar und auch Freund?«

»Nein«, unterbrach Faith.

Gray bedachte sie mit einem eiskalten Blick. »Kann man nicht behaupten«, sagte er.

Pleasants Augen funkelten noch mehr. »Verstehe.« Er nahm Faiths Hand, hob sie zu einem Handkuß an die Lippen, dann küßte er sie auf die Wange. »Ich muß jetzt gehen, meine Liebe. Meine alten Knochen brauchen etwas Ruhe. Ich habe in letzter Zeit die Schlafgewohnheiten eines Kleinkinds. Es war ein wunderbares Abendessen. Vielen Dank für die Einladung.«

»Das Vergnügen war ganz meinerseits«, erwiderte Faith, tätschelte ihm die Hand und drückte ihm ebenfalls einen Kuß auf die Wange.

»Ich rufe an«, versprach er und trat durch die Tür. Wie schon am Morgen wartete Faith am Türrahmen, bis er in sein Auto gestiegen war, dann winkte sie ihm, während er rückwärts aus der Einfahrt fuhr.

Ihre Furcht unterdrückend, schloß sie die Tür und wandte sich wieder Gray zu, der leise dicht hinter sie getreten war. Seine Augen waren schwarz vor Wut. »Wer in aller Welt ist er?« knurrte er. »Läßt du dich von einem alten Kerl aushalten? Verbindest du in New Orleans das Geschäftliche mit dem Privaten oder gehört das alles bei dir zum Geschäftlichen dazu?«

»Das geht dich nichts an«, erwiderte sie tonlos. Sie sah zu ihm auf und versuchte, die glühend rote Flamme ihrer Wut zu unterdrücken, was ihr aber leider nicht hundertprozentig gelang. Francis Pleasant war vierzig Jahre älter als sie. Dennoch war Grays allererster Gedanke der, daß sie mit ihm schlief.

Er trat noch einen Schritt näher und stand nun unmittelbar vor ihr. »Und ob mich das etwas angeht, jedenfalls seit zwei Tagen.«

Seine Anspielung auf das, was in New Orleans vorgefallen war, ließ Faith erröten. »Das hatte keinerlei Bedeutung«, sagte sie mit vor Peinlichkeit rauher Stimme. Er aber packte ihre Schultern und schüttelte sie.

»Und ob. Vielleicht brauchst du eine kleine Auffrischung deiner Erinnerung.« Er beugte seinen Kopf herunter. Zu spät hob sie die Hände, um ihn abzuwehren. Ihre Handflächen drückten sich gegen seine Brust, als seine Lippen ihren Mund berührten. Augenblicklich war sie von Wärme durchdrungen. Seiner Wärme. Ihrer Wärme. Ihr wurde schwindelig. Sie wankte vorwärts, ihre Lippen öffneten sich, um sich noch besser seinem Drängen hinzugeben und seine heiße, tastende Zunge einzulassen. Das tiefe Blau und das blutrote Burgund seines Duftes wirbelten um sie herum, erfaßten sie, nahmen von ihr Besitz. Sein Herz schlug stark und heftig unter ihrer rechten Hand. Sie spürte die harte, prompte Erektion an ihrem Bauch, und ihre Hüften bewegten sich instinktiv auf ihn zu.

Er hob den Kopf. Er atmete schwer, seine Augen waren wild vor Leidenschaft und seine roten Lippen von dem heftigen Kuß ein wenig geschwollen. Seine Hände streichelten und massierten ihre Schultern. »Leugne nicht, was passiert ist.«

»Nichts ist passiert.« Sie stammelte diese Lüge mit einer solchen Heftigkeit, daß ihre Verzweiflung dahinter zurücktrat. Natürlich wußte er, daß sie log, aber das war ihr gleich. Sie war sich seiner Absicht vollkommen bewußt. In New Orleans hatte sie den Fehler begangen und ihm einen Finger gereicht, jetzt nutzte er die Situation, um die ganze Hand zu nehmen. Vielleicht war er heute abend in dem Glauben hierhergekommen, daß sie leichtes Spiel für ihn sein würde? Daß er sie ins Bett bekäme und sie sich dann dazu überreden ließe, die Stadt zu verlassen? So daß sie sich treffen könnten, ohne seine Mutter zu verärgern? Ihre Lüge jedoch teilte ihm mit, daß sie nicht klein beigeben würde. Sie entwich ihm seitwärts, so daß er sie nicht gegen die Tür pressen konnte. »Es war nur ein Kuß ...«

»Klar doch, King Kong war auch nur ein Affe. Verdammt noch mal, halt doch endlich mal still«, sagte er entnervt. »Du machst mich mit deinen Tänzeleien ganz schwindelig. Ich werde dich nicht zu Boden werfen und dich überwältigen – jedenfalls jetzt noch nicht.«

Ihr Blick wurde panisch. »Da kannst du aber dein Leben drauf wetten, daß du das nicht tun wirst!« schrie sie und versuchte wieder, sich ihm zu entziehen. »Weder heute noch in der Zukunft!«

»Wirst du jetzt endlich damit aufhören?« schnappte er. »Du bekommst nur noch mehr blaue Flecken.« Mit einer schnellen Bewegung drehte er sie herum, kreuzte ihre Arme unter ihrer Brust und hielt ihre Handgelenke im Polizeigriff. Sein muskulöser, durchtrainierter, warmer Körper drückte sich gegen ihren Rücken. Die Verlockung wuchs. Sie bog ihren Hals nach hinten und ließ ihren Kopf auf seine Brust fallen. Ihr Körper drückte sich geschmeidig gegen seinen, und sein würziger Duft machte sie ganz schwindelig. Angesichts ihres aufsteigenden Verlangens schauderte sie. Wenn sie ihm jetzt nur im geringsten nachgab, dann wäre sie verloren. Er würde keine fünf Minuten brauchen, um sie aufs Bett zu legen.

»Siehst du es jetzt ein?« flehte er mit sanfter, weicher Stimme, als er ihr Zittern verspürte. »Ich muß dich nur berühren, weiter nichts. Mir geht es genauso. Mir gefällt die Situation ebensowenig wie dir, aber verdammt noch mal, Faith, ich begehre dich. Und irgend etwas müssen wir tun.«

Sie zitterte immer noch vor Anstrengung, ihm zu widerstehen. Dann schüttelte sie schwach den Kopf. »Nein.«

»Nein was?« Er drückte sein Kinn auf ihren Kopf. »Nein, du begehrst mich nicht? Oder nein, wir werden nichts tun? Welche Lüge willst du mir jetzt auftischen?«

»Ich werde es nicht zulassen«, erwiderte sie unbeirrt. Sie öffnete die Augen und blickte stur geradeaus, fixierte eine der Lampen, damit sie das Gefühl seiner Umarmung verdrängen konnte. »Ich werde es nicht zulassen, daß du mich noch einmal wie Dreck behandelst.«

Er erstarrte, sogar sein Atem setzte einen Moment lang aus. Dann seufzte er leise auf. »Das steht immer zwischen uns, nicht wahr?« Er mußte nicht deutlicher werden, denn die Erinnerung an jene Nacht war allgegenwärtig. Nach kurzem Schweigen sagte er: »Liebling, ich weiß von dem Holladay Reisebüro. Ich weiß, daß du dir das alles erarbeitet hast. Ich weiß, daß du nicht so bist wie deine Mutter.«

Himmel, er hatte den Namen ihrer Firma herausgefunden. Sie unterdrückte ihre Panik und konzentrierte sich statt dessen auf seine eben gemachten Aussagen. »Klar weißt du das«, erwiderte sie bitter. »Und du hast eine derart hohe Meinung von meinem Charakter, daß du mich eben erst beschuldigt hast, mich von einem alten Mann aushalten zu lassen. Himmel, ich habe einen einsamen alten Mann zum Essen eingeladen. Natürlich gehe ich dann auch mit ihm ins Bett!« Wütend versuchte sie sich loszureißen.

Seine Arme umklammerten sie noch fester, so daß sie kaum noch Luft bekam. »Ich habe dich gewarnt. Du wirst noch grün und blau davon.«

»Und wenn schon, dann ist es deine Schuld und nicht meine! Du bist es schließlich, der mich hier festhält!« Sie trat rückwärts gegen sein Schienbein. Da sie aber keine Absätze und er Stiefel trug, stöhnte er nur kurz. Sie wußte, daß sie ihm nicht weh getan hatte. Sie wollte ihren Körper ihm zuwenden, um ihn besser angreifen zu können.

»Du . . . kleine . . . Wildkatze«, sagte er und versuchte, sie am Entkommen zu hindern. »Verdammt, halt jetzt still! Ich war eifersüchtig«, gab er schließlich ohne Umschweife zu.

Einen Augenblick lang war sie viel zu erstaunt, als daß sie hätte reagieren können. Sie stand bewegungslos und spürte so etwas wie Freude. Eifersüchtig! Er konnte nicht eifersüchtig sein, es sei denn, ihm läge wirklich etwas an ihr. Nein, in diese Falle durfte sie nicht gehen. Sie wagte es nicht, ihm zu glauben. Sie hatte ihn schon bei der Verführung beobachtet. Sie erinnerte sich daran, wie er Lindsey Partain beruhigt hatte, ihr Komplimente zugeraunt und ihr erzählt hatte, wie sehr er sie begehrte, wie sehr er sie brauchte. Er besaß ein großes Geschick, das zu bekommen, was er sich in den Kopf gesetzt hatte. Sie hatte zwar angesichts der offenkundigen Beweise keine Zweifel, daß er sie wirklich körperlich begehrte, aber sonst hatte sich nichts verändert. Er wollte immer noch, daß sie von Prescott fortzog. Ihre Schwäche würde er nutzen und sie überzeugen, daß sie es freiwillig tun solle.

»Erwartest du allen Ernstes, daß ich dir glaube?« brachte sie schließlich schwach hervor.

Er preßte seine Hüften nach vorne. »Willst du das hier leugnen?«

Sie zwang sich zu einem Schulterzucken. »Was gibt es da zu leugnen? Du hast einen Steifen. Na und? Das hat doch keinerlei Bedeutung.«

Ein Lachen bebte in seiner Brust. »Gut, daß ich ein ausgeprägtes Selbstbewußtsein habe, sonst könntest du mir noch zu Minderwertigkeitskomplexen verhelfen.«

Sie wünschte, er würde nicht lachen. Sie wollte nicht wahrhaben, daß er Humor besaß. Sie wollte, daß er kleingeistig und gemein war, damit sie ihn verachten konnte. Statt dessen aber war er wagemutig und geradeheraus und hatte ein entwaffnendes Lachen. Rücksichtslos war er, aber gemein, das war er nicht.

Er neigte den Kopf, und sein warmer Atem hauchte ihr ins Ohr. »Eigentlich ist es doch ganz unproblematisch«, murmelte er. »Wir können zusammen sein. Zwar nicht hier, aber es gäbe eine ganz praktikable Lösung.«

Wieder erstarrte Faith. »Aber sicher gäbe es die. Mein Fortgehen wäre allerdings die Voraussetzung, nicht wahr?«

Seine Zunge spielte mit ihrem Ohrläppchen, dann knabberte er sinnlich daran. »Du müßtest nicht weit wegziehen«, lockte er. »Du müßtest noch nicht einmal das Haus hier verkaufen. Ich kaufe dir ein anderes Haus, ein größeres, wenn du willst ...«

Rasende Wut ergriff sie. Sie riß sich aus seiner Umarmung los und wirbelte zu ihm herum. Ihr Gesicht war blaß, ihre Augen glühten. »Halt den Mund! Du denkst wohl immer noch, daß ich käuflich bin? Daß der einzige Unterschied darin besteht, daß ich heute in einer anderen Preiskategorie angesiedelt bin? Ich will dein verfluchtes Haus nicht. Und aus meinem will ich dich draußen haben, und zwar jetzt auf der Stelle!«

Seine Augen wurden schmal, er bewegte sich jedoch keinen Zentimeter. »Ich wollte dich nicht kaufen. Ich wollte dir die Dinge lediglich so weit wie möglich erleichtern.«

»Der Versuch ist ja ganz nett, aber ich kenne dich. Ich habe dich bereits in Aktion gesehen, erinnerst du dich?« Die Erinnerung an jene Nacht schwang bitter in ihrer Stimme und stand wie eine Wand zwischen ihnen. Außerdem hatte sie noch eine Erinnerung, von der er nichts wußte: das eine Mal, als sie ihn mit Lindsey Partain beobachtet hatte. Weiß Gott, sein Verhalten kannte sie gut.

Einen Moment lang blickte er sie wortlos an. »So etwas wird nicht noch einmal passieren«, sagte er sanft.

»Nein, das wird es nicht«, stimmte sie mit erhobenem Kinn zu. »Ich werde es niemals zulassen, daß du mich noch einmal so behandelst.«

»Du hättest nicht viele Möglichkeiten, wenn ich es tatsächlich wollte«, erwiderte er. Wieder funkelte dieses gefährliche Leuchten in seinen Augen. Er lachte leise. »Laß dir das gesagt sein, Liebling. Ich kann noch ganz andere Saiten aufziehen als bisher.«

Sie riß ihren Kopf zurück. »Das kann ich auch.«

Sein Blick wanderte an ihrem Körper herab. Sein Blick wurde unruhig. »Ich wette, daß du das kannst. Du forderst mich ja geradezu auf, herauszufinden, welche anderen Saiten du aufziehen kannst. Nur so aus Spaß. Aber diese Diskussion hat sich weit von der eigentlichen Frage entfernt. Wir befinden uns nicht im Krieg, Liebling. Wir können eine freundliche Abmachung treffen und uns gegenseitig sehen, ohne daß meine Familie sich verletzt fühlt. Natürlich nur, wenn du dem zustimmst.«

»Nein«, erwiderte sie.

»Das ist scheinbar dein Lieblingswort. Ich werde langsam müde, es dauernd zu hören.«

»Dann geh mir einfach aus dem Weg.« Sie seufzte erschöpft und schüttelte den Kopf. »Ich will deine Familie überhaupt nicht verletzen. Das ist nicht der Grund, warum ich zurückgekommen bin. Aber hier ist meine Heimat, und ich will ganz einfach hier leben. Wenn ich deswegen gegen dich ankämpfen muß, so werde ich das auch tun.«

»Also doch Krieg.« Er zuckte mit den Schultern. »Es ist deine Entscheidung, wieviel Ärger du für dein Leben hier in Kauf nehmen willst. Ich jedenfalls werde nicht klein beigeben. Du wirst auch in Zukunft nirgendwo in der Stadt willkommen sein. Wenn du es dir jedoch anders überlegen solltest, brauchst du mich nur anrufen. Ich werde mich um dich kümmern, ohne irgendwelche Fragen zu stellen und ohne über dich zu triumphieren.«

»Ich werde nicht anrufen.«

»Vielleicht ja, vielleicht nein. Aber bedenke, was wir miteinander haben könnten.«

»Was denn? Ein paar schnelle Nummern jede Woche? Und

ein paar Lügen, weil deine Familie nichts davon wissen soll? Vielen Dank auch, aber das kommt für mich nicht in Frage.«

Er legte seine Hand gegen ihre Wange. Diesmal zuckte sie nicht zurück. Sanft strich er mit dem Daumen über ihre Unterlippe und spürte, wie sie weich wurde. »Es geht mir um viel mehr als nur ums Bett«, sagte er leise. »Aber, weiß Gott, das will ich auch. Und zwar so sehr, daß es schon weh tut.«

Gerade weil sie ihm so unendlich gern geglaubt hätte, wagte sie sich jetzt nicht vor. Sie mußte die Tränen zurückdrängen, als sie den Kopf schüttelte. »Bitte, geh jetzt.«

»Also gut, ich gehe. Aber überlege es dir.« Er wandte sich der Tür zu, dann hielt er inne. »In Sachen deiner Firma . . .«

Augenblicklich läuteten bei ihr die Alarmglocken, und sie stählte sich für eine weitere Auseinandersetzung. »Wenn du es wagen solltest, meiner Firma zu schaden . . .«

Er sah sie ungeduldig an. »Ruhig, ruhig. Ich werde nichts dergleichen tun. Ich wollte dir nur sagen, daß ich stolz auf dich bin. Ich bin stolz darauf, daß du das alles geschafft hast. Ich habe meinen Hotelmanager angewiesen, daß er gegenüber Gruppen aus deinem Büro besonders aufmerksam sein soll.«

Stolz auf sie? Faith stand vollkommen regungslos, während er zur Tür hinausging. Die Tränen, die sie so erfolgreich zurückgehalten hatte, rannen ihr jetzt die Wangen hinunter. Sollte sie ihm das glauben? Nein, das konnte sie nicht. Sie würde sich an ihre ursprüngliche Entscheidung halten und keine weiteren Gruppen mehr in sein Hotel buchen.

Dennoch mußte sie weinen. Er hatte gesagt, daß er *stolz* auf sie sei.

10

Monica ließ sich Zeit im Badezimmer, sie brauchte die Privatsphäre, um wieder zu sich selbst zu finden. Für sie war die sexuelle Hingabe immer wieder beängstigend. Michael schien das nicht zu merken. Wenn er sich von ihr herabgleiten ließ, dann war er zufrieden und ein wenig ermattet. Jetzt hörte sie das unter seiner Bewegung knarrende Bett. Vermutlich drückte er gerade seine Zigarette aus. Er rauchte nicht viel und wollte eigentlich ganz damit aufhören, aber nach dem Sex konnte er einer Zigarette nur schwer widerstehen.

Heute hatte seine Hand beim Anzünden ein wenig gezittert, wodurch die kleine Flamme tänzelte. Diese verräterische Geste hatte sie innerlich schmelzen lassen, und sie blieb länger im Badezimmer als gewöhnlich, damit er es ihr nicht anmerkte. Es war schon schlimm genug, daß er wußte, wie verrückt sie wurde, wenn er in ihr war. Sie stöhnte und krallte sich mit feuchten Händen an ihn, während ihre Hüften rotierten. Wie sehr sie sich auch bemühte, sie konnte einfach nicht stillhalten. Und feucht war sie auch jedesmal. Sie erinnerte sich an die peinlich schmatzenden Geräusche, wenn er wieder und wieder in sie eindrang. Aber in jenen Augenblicken war es ihr überhaupt nicht peinlich. Dann war die Glut, die er in ihr entfachte, ihr einziger Gedanke. Im nachhinein jedoch empfand sie Scham.

Mit Alex war es allerdings ganz anders. Da fiel es ihr nicht schwer, sich ganz zurückzunehmen. Ihm schien das nur recht zu sein, und Monica wußte auch, warum. Denn Alex machte sich selbst vor, daß sie Noelle sei.

Eigentlich wollte sie nicht mit Alex schlafen, aber gleichzeitig wollte sie es auch wieder. Sie konnte wahrlich nicht behaupten, er nötigte sie, auch nicht, um ihr Gewissen zu erleichtern.

Sie liebte Alex, allerdings mehr wie einen väterlichen Freund. Natürlich konnte er nicht den Platz ihres Vaters einnehmen, das konnte niemand. Aber er war Papas bester Freund gewesen. Auch er war tief verletzt gewesen, als ihr Vater einfach so verschwunden war. Ganz und gar selbstverständlich hatte er ihnen allen seine starke Schulter angeboten, an der sie sich anlehnen oder ausweinen konnten. In jenen schrecklichen ersten Tagen hatte sie manchmal so tun können, als sei er tatsächlich ihr Vater und alles sei so wie zuvor.

Lange aber konnte sie diesen Selbstbetrug nicht aufrechterhalten. Der entsetzliche Schrecken jenes Tages hatte unweigerlich etwas in ihr verändert. Sie hatte akzeptiert, daß nichts je wieder perfekt sein würde. Papa würde nicht zurückkommen. Er zog ein Leben mit dieser Hure einem Zusammenleben mit seiner Familie vor. Er liebte Mama nicht und hatte es auch niemals getan.

Alex jedoch liebte Mama. Armer Alex. Monica konnte nicht genau sagen, wann sie seine Gefühle zum ersten Mal erraten, wann sie seine Zuneigung und die Traurigkeit in seinen Augen entdeckt hatte. Es mußte so um die Zeit herum gewesen sein, als er Mama zum ersten Mal dazu überredet hatte, wieder mit ihnen zu Abend zu essen. Er besaß einen größeren Einfluß auf Mama als sie oder Gray. Vielleicht lag es ja an der sanften, hingebungsvollen Höflichkeit, mit der er sie behandelte. Papa hatte sich weiß Gott niemals auf diese Art und Weise ihr gegenüber verhalten. Er war zwar auch höflich und zärtlich gewesen, aber es war offensichtlich, daß er es nur der Form halber tat und sein Gefühl nicht aus der Tiefe her rührte. Alex dagegen nahm Noelle wirklich ernst.

Sie erinnerte sich an die erste Nacht mit ihm. Gray hatte geschäftlich in New Orleans zu tun. Mama war zum Abendessen nach unten gekommen, schien aber trotz Alex' Aufmunterungen trauriger als sonst. Es hatte sie bereits einige Überwindung gekostet, auch nur mit ihnen zu speisen. Trotz seiner Bitten hatte sie sich direkt nach dem Essen in ihr Zimmer zurückgezogen. Als er sich zu Monica umdrehte und sie die Verzweiflung in seinen Augen sah, hatte sie ihn tröstend in den Arm genommen.

Es war eine ziemlich kalte Winternacht gewesen. Sie hatten sich ins Wohnzimmer ans Kaminfeuer gesetzt, und Monica hatte versucht, ihn aufzuheitern. Während Alex seinen Lieblingsbrandy trank, hatten sie auf dem Sofa vor dem Kamin über vieles geredet. Das Haus war ruhig, das Zimmer von lediglich einer Lampe schwach beleuchtet. Das Feuer war lautlos erloschen. Im Feuerschein mußte sie so ausgesehen haben wie Mama. Sie hatte an jenem Abend ihr dunkles Haar zu einem Knoten hochgesteckt. Außerdem hatte sie sich schon immer in dem konservativen, klassischen Stil gekleidet, den auch Mama bevorzugte. Aus all diesen Gründen – der Brandy, die Einsamkeit, das dunkle Zimmer, seine eigene Enttäuschung, ihre Ähnlichkeit mit ihrer Mutter – war es dann passiert.

Hände hatten in ihren Haaren gewühlt, und er hatte gestöhnt. Monica erinnerte sich an ihre widerstreitenden Gefühle, ihre Angst wie auch ein fast schmerzhaftes Mitleid ihm gegenüber. Er hatte ihre Brüste gestreichelt, aber geradezu ehrfürchtig und ohne sie auszuziehen. Er hatte ihren Rock nur so weit wie unbedingt notwendig hochgeschoben, als ob er sie nicht unnötig beschämen wollte. Sie hatte eine verschwommene Erinnerung an das Gefühl nackter Haut, als er sich an sie gepreßt hatte, dann an einen stechenden Schmerz und die schnellen Stöße. Nicht verschwommen hingegen war die Erinnerung an seine Stimme, als er »Noelle« in ihr Ohr gemurmelt hatte.

Er schien gar nicht gemerkt zu haben, daß er der erste gewesen war. In seiner Vorstellung war sie Mama.

Und in ihrer Vorstellung, Gott möge ihr beistehen, war er Papa gewesen.

Es war alles so krank, daß sie sich immer noch vor sich selbst ekelte. Sie hatte niemals sexuelle Gefühle für ihren Vater gehegt, sie hatte überhaupt keinerlei sexuelle Gelüste gekannt, bis sie Michael begegnete. Aber in der verwirrenden Gefühlsvielfalt jener Nacht hatte sie geglaubt, daß er sie vielleicht nicht verlassen würde, wenn sie ihm das gäbe, was Mama ihm verwehrte. Sie hatte also den Platz ihrer Mutter eingenommen und sich als sexuelle Bestechung angeboten, damit ihr Vater zu Hause bliebe. Armer Alex, arme *sie.* Beide waren Ersatz für etwas, das keiner von beiden jemals besitzen konnte. Freud hätte sich ins Fäustchen gelacht. Aber die Nacht damals war die erste von vielen, die in den vergangenen sieben Jahren folgen sollten. Michael hatte sie vermutlich in nur einem einzigen Jahr öfter besessen als Alex in sieben. Alex hatte sich geschämt und sich inständig entschuldigt. Aber er war immer wieder zu ihr gekommen, in seiner Hilflosigkeit brauchte er die Vorstellung, daß Noelle in seinen Armen läge. Und Monica gab ihm, was er für diese Lebenslüge benötigte. Er kam jedoch niemals, wenn Gray zu Hause war, immer nur, wenn ihr Bruder geschäftlich außerhalb der Stadt unterwegs war.

Das letzte Mal war erst vor zwei Tagen gewesen, als Gray in New Orleans zu tun hatte. Sie war wie gewohnt am Abend in Alex' Büro gekommen, und er hatte sie auf dem Sofa genommen. Es dauerte nie sonderlich lange. Weder entkleidete er Monica noch sich selbst jemals ganz. Sieben Jahre schlief er schon mit ihr, und sie hatte ihn niemals nackt gesehen, sogar seinen Schwanz hatte sie nur sehr selten zu Gesicht bekommen. Er entschuldigte sich immer noch für seine Bedürfnisse, so als ob sie tatsächlich Mama sei. Die ganze Angelegenheit war ihm irgendwie unangenehm. Also brachte er die Sache immer so schnell wie möglich über die Bühne, danach wusch sich Monica und ging nach Hause.

Mit Michael war es ganz anders. Sie konnte immer noch nicht

so recht sagen, was sie an ihm anzog oder wie es dazu gekommen war. Er war in Prescott aufgewachsen, sie hatte ihn also ihr ganzes Leben lang gekannt. Er war fünf Jahre älter als Gray und am Ende ihrer Schulzeit bereits der zweite Mann neben dem Sheriff gewesen. Er hatte seine Jugendliebe geheiratet und mit ihr zwei kleine Jungen bekommen. Sie waren wie Pech und Schwefel gewesen, ehe seine Frau ihn Knall auf Fall und aus heiterem Himmel verlassen hatte. Sie war noch Bogalusa gezogen, wo sie ein paar Jahre später wieder heiratete. Seine Söhne waren mittlerweile siebzehn und achtzehn Jahre alt, und er hatte ein gutes Verhältnis zu ihnen.

Michael hatte ein gutes Verhältnis zu allen, dachte sie und zog lächelnd ihre Mundwinkel hoch. Das war auch der Grund, warum man ihn vor drei Jahren, als Sheriff Deese in Rente gegangen war, zu dessen Nachfolger ernannt hatte. Er war ein wirklich netter Kerl, der die Uniform einem Anzug und ein paar ordentliche Stiefel gewöhnlichen Schuhen vorzog. Er war schlacksige einsneunzig groß, hatte sandfarbenes Haar, freundliche blaue Augen und jede Menge Sommersprossen auf seiner Nase.

Vor ungefähr einem Jahr war Monica zum Einkaufen in der Stadt gewesen und hatte in dem Grillrestaurant zu Mittag gegessen, in dem es die besten Hamburger in der Gegend gab. Mama wäre über ihren gewöhnlichen Geschmack entsetzt gewesen, aber Monica liebte Hamburger und gönnte sich gelegentlich einen. Sie hatte an einem kleinen Tisch gegessen, als Michael hereingekommen war und auf dem Weg zu seinem Tisch an ihrem plötzlich Halt gemacht und sie gefragt hatte, ob er sich zu ihr setzen dürfe. Erstaunt hatte sie zugestimmt.

Anfangs hatte sie sich etwas verunsichert und steif benommen, aber Michael besaß die Begabung, die Stärke aus einem Hemd herauszukitzeln. Schon bald lachten und redeten sie, als ob sie alte Freunde wären. Als er sie zum Abendessen einlud, war ihr das einen Augenblick lang äußerst peinlich gewesen. Sie war sich nur zu bewußt, daß Mama das nicht gutheißen würde. Michael McFane strahlte so gar keine Vornehmheit aus. Dennoch hatte Monica eingewilligt. Zu ihrer Überraschung hatte er selber gekocht und Steaks in seinem Garten gegrillt. Er lebte jetzt auf der kleinen Farm, auf der er aufgewachsen war. Der nächste Nachbar wohnte erst in zwei Kilometer Entfernung. Monica fühlte sich in der ruhigen Einsamkeit seines ländlichen Zuhauses wohl.

Entspannt genug jedenfalls, um nach dem Essen zu Countrymusik aus dem Radio in seinem kleinen Wohnzimmer zu tanzen und sich dann von ihm ins Schlafzimmer führen zu lassen. Sie hatte nicht vorgehabt, das zuzulassen, hatte noch nicht einmal die Möglichkeit in Erwägung gezogen. Aber er hatte auf eine beharrliche und langsame Art sie zu küssen begonnen. Zum ersten Mal in ihrem Leben fühlte sie, wie Leidenschaft ihren Körper ergriff. Sie war über die Schnelligkeit all dessen bestürzt gewesen, hatte ihn aber doch ihr Kleid und kurz darauf ihren BH öffnen lassen. Niemand hatte jemals ihre nackten Brüste gesehen. Michael jedoch sah sie nicht nur, er küßte sie und saugte an ihnen. Die saugende Kraft seiner Lippen hatte sie so erregt, daß sie mit ihm auf sein Bett sank. Bald waren sie auf dem Baumwollaken vollkommen nackt und ineinander verschlungen. Ihre unterdrückte Leidenschaft explodierte zu einem Verlangen, das ihr noch heute Angst einjagte.

Eine *Dame* würde sich niemals so benehmen. Monica aber hatte schon immer gewußt, daß sie keine Dame war. Mama war eine Dame, und Monica hatte ihr ganzes Leben lang versucht, so zu sein wie Mama, damit Mama sie liebte. Dennoch war sie gescheitert. Mama wäre entsetzt und angeekelt, wenn sie wüßte, daß ihre Tochter mehrere Stunden in der Woche im Bett von Michael McFane – dem Sheriff zu allem Überfluß – wie ein Karnickel vögelte.

Manchmal war Monica die Strenge zuwider, mit der sie von Kindesbeinen an erzogen worden war. Gray dagegen war nicht durch all die Vorschriften eingeengt worden, was eine Dame zu tun und zu lassen habe. Mama schien Gray von Geburt an für einen hoffnungslosen Fall gehalten zu haben. Er war ein Mann, und deshalb erwartete sie von ihm nicht mehr als ein rein tierisches Verhalten. Weil sie selbst jedoch eine Dame war, hatte sie die sexuellen Eskapaden des Vaters wie des Sohnes ignoriert. Solche Dinge waren ihr vollkommen gleichgültig, und sie erwartete, daß sie ihre Tochter ebenso gleichgültig ließen.

Leider waren ihre Erwartungen nicht erfüllt worden, obwohl Monica sich in den ersten fünfundzwanzig Jahren ihres Lebens wirklich Mühe gegeben hatte. Sogar als Mama sich nach dem Fortgang ihres Vaters vollkommen zurückzog, hatte Monica noch gehofft, wenn sie nur wirklich gut genug sei, dann würde Mama Guys Verschwinden nicht so zusetzen.

Dennoch hatte sie sich immer schon nach mehr gesehnt. Mama war so reserviert und kühl, so perfekt und unnahbar. Papa dagegen war warm und liebevoll gewesen, er hatte sie umarmt und sich mit ihr gebalgt, obwohl Mama derartiges Verhalten gegenüber einer Tochter für unangemessen hielt. Gray war sogar noch körperlicher als sein Vater. Schon von Kind an hatte Monica das in ihm lodernde Feuer erkannt.

Sie erinnerte sich an ein Mal, als Gray in den Ferien zu Hause zu Besuch gewesen war. Sie hatten alle um den Tisch herum gesessen und geredet. Gray hatte mit der Grazie einer Großkatze in seinem Stuhl gehangen und über einen Streich gelacht, den einige Spieler ihrem Trainer gespielt hatten. Er hatte damals eine Art Ursinnlichkeit verströmt, die sie gar nicht richtig in Worte fassen konnte, eine Wildheit steckte in der Art, wie er seinen Kopf neigte, in der Art, wie er sein Glas anhob. Sie hatte Mama angesehen, deren Gesicht nichts als Ekel widerspiegelte, so als ob Gray ein widerliches Tier sei. Er war ja auch ein Tier gewesen, ein gesunder, rangelnder Teenager, der vor männlichen Hormonen nur so strotzte. Aber Monica fand nichts Ekelhaftes an ihm, und sie hatte die Abneigung ihrer Mutter verurteilt.

Gray war ein wunderbarer Bruder. Sie hätte gar nicht gewußt, was sie während jener schrecklichen Zeit nach Papas Verschwinden ohne ihn hätte machen sollen. Sie hatte sich wegen ihres Selbstmordversuchs so geschämt, daß sie sich selbst schwor, nie wieder so schwach zu sein und Gray nie wieder so etwas zuzumuten. Es war schwer für sie gewesen, aber sie blieb ihrem Schwur treu. Sie mußte nur die dünnen, silbrigen Narben an ihren Handgelenken betrachten, um sie an den Preis jener Schwäche zu erinnern.

Faith Devlin jedoch vor dem Lebensmittelladen wiederzusehen hatte sie vollständig geschockt. Nach langer, langer Zeit war sie in die alte Gewohnheit zurückgefallen, mit ihren Schwierigkeiten zu Gray zu rennen und zu erwarten, daß er sie für sie löste. Sie schämte sich für die Art, wie sie sich hatte gehenlassen. Aber als sie das dunkle, fast schon weinrote Haar Faith Devlins sah, hatte ihr Herz beinahe ausgesetzt. Für einen verrückten, schwindelerregenden Augenblick hatte sie geglaubt, daß Papa zurück sei. Denn wenn Renee wieder da war, dann war natürlich auch Papa zurückgekehrt.

Aber sie hatte Papa weit und breit nicht entdecken können. Nur Renee war wieder da und sah ungerechterweise noch jünger aus als damals. Jemand so Gemeines und Niedriges wie Renee hätte ihre Sünden für alle sichtbar im Gesicht tragen müssen. Das Gesicht aber, das Monica angestarrt hatte, hatte denselben wunderbar faltenlosen Teint wie immer. Dieselben schläfrigen grünen Augen, den breiten, weichen, sinnlichen Mund. Nichts hatte sich verändert. Für kurze Zeit war Monica wieder in die Rolle des hilflosen kleinen Mädchens zurückgefallen und zu Gray gelaufen.

Nur daß es nicht Renee gewesen war. Die Frau auf dem Parkplatz war Faith Devlin gewesen. Gray hatte sich merkwürdig unwillig gezeigt, sein ganzes Gewicht gegen sie zum Tragen zu bringen. Monica konnte sich nur verschwommen an Faith erinnern, ein dürres, unscheinbares kleines Mädchen mit dem Haarschopf ihrer Mutter. Nicht im geringsten verschwommen jedoch war der Schmerz bei ihrem Wiedersehen, die Flut der Erinnerungen, das alte Gefühl des Betrugs und der Verlassenheit. Seitdem war sie vor Besuchen in der Stadt zurückgeschreckt. Sie hatte Angst, Faith Devlin erneut zu begegnen. Sie hatte Angst davor, daß Faith ihr Salz in die Wunden streuen würde.

»Monica?« hörte sie Michaels träge Stimme. »Bist du dort drin eingeschlafen, Liebling?«

»Nein, ich mache mich nur schnell fertig«, rief Monica und ließ das Wasser laufen, um ihre Schwindelei zu untermauern. Sie blickte auf ihr Spiegelbild. Nicht schlecht für zweiunddreißig. Glattes, dunkles Haar, nicht ganz so schwarz wie Grays, aber ohne ein einziges weißes Haar. Ihr Gesicht war feinknochig wie das ihrer Mutter, aber sie besaß die dunklen Augen der Rouillards. Sie wog kein Gramm zuviel, und ihre Brüste waren fest.

Als sie aus dem Bad trat, lag Michael noch immer splitternackt auf dem Bett. Ein Lächeln breitete sich auf seinem Gesicht aus, während er seinen Arm nach ihr ausstreckte. »Komm her zu mir«, lockte er. Ihr Herz machte einen Satz. Sie kroch wieder in das Bett zurück und genoß die Zärtlichkeit seiner Umarmung. Er seufzte zufrieden und drückte sie an sich, seine große Hand berührte ihren schönen Busen. »Ich finde, wir sollten heiraten«, sagte er.

Nicht nur machte ihr Herz einen Satz, es hörte auch beinahe auf zu schlagen. Ihre runden Augen starrten ihn sowohl panisch als auch erstaunt an. »H-heiraten?« stammelte sie. Dann schlug sie beide Hände vor den Mund, um ein hysterisches aufsteigendes Kichern zu unterdrücken. »Michael und Monica McFane?« Jetzt mußte sie doch kichern.

Er grinste. »Hört sich an, als ob wir Zwillinge wären. Aber wenn du damit leben kannst, dann macht es mir auch nichts aus.« Er zwirbelte ihre Knospe mit dem Daumen und freute sich über die Reaktion seiner Berührung. »Wenn wir ein Kind haben, dann soll es heißen, wie es will, nur mit 'M' darf sein Name nicht beginnen.«

Ehe. Kinder. O Gott. Sie hatte nie daran gedacht, daß er sie vielleicht heiraten wollte. Auch für sich selbst hatte sie sich eine Ehe nicht vorstellen können. Vor zwölf Jahren war ihr Leben vollkommen eingefroren, und sie erwartete einfach nicht mehr, daß sich das ändern würde. Aber nichts im Leben ist statisch. Sogar ein Stein verändert mit der Zeit seine Form. Alex hatte den gleichmäßigen Rhythmus ihres Lebens nicht gestört, Michael aber war wie ein Komet darin gelandet.

Alex. O Gott.

»Ich weiß, daß ich dir nicht allzuviel zu bieten habe«, sagte Michael. »Dieses Haus ist sicherlich nicht das, was du gewöhnt bist. Aber ich werde alles nach deinem Geschmack renovieren. Du brauchst mir nur zu sagen, wie du es haben willst, und ich werde es so machen.«

Ein weiterer Schock. Sie hatte ihre gesamten zweiunddreißig Jahre in ihrem Elternhaus gelebt. Sie versuchte sich einen anderen Wohnsitz vorzustellen, aber es gelang ihr nicht. Vor zwölf Jahren waren die Grundfesten ihres Lebens zusammengebrochen. Seitdem hatte sie auf irgendwelche Änderungen, schon etwas so Lapidares wie den Kauf eines neuen Autos, mit Panik reagiert. Gray hatte sie schließlich gezwungen, das alte Auto aufzugeben, das sie seit ihrem neunzehnten Lebensjahr fuhr. Ebenso hatte er sie auch vor fünf Jahren gezwungen, ihr Zimmer zu renovieren. Seit Jahren schon war ihr das Kleinmädchen-Dekor auf die Nerven gegangen, aber den Gedanken, es zu verändern, empfand sie als noch unerträglicher. Es war ein Segen gewesen, daß Gray eines Tages, während sie beim Zahnarzt war, einen Handwerker mitgebracht hatte. Als sie wieder nach Hause kam, war die Tapete bereits abgezogen und der Teppichboden herausgerissen. Dennoch hatte sie drei Tage lang darüber Tränen vergossen. So wenig von ihrem früheren Leben war nach Papas Fortgang unverändert geblieben, daß es schmerzte, etwas davon aufzugeben. Nachdem die Tränen versiegt und das neue Zimmer fertiggestellt war, hatte sie es geliebt. Es war lediglich der Übergang, der ihr so weh tat.

»Liebling?« fragte Michael, jetzt mit zögernder Stimme. »Tut mir leid, ich dachte nur ...«

Sie legte ihre Hand auf seinen Mund. »Wage es nur nicht, dich mir gegenüber kleinzumachen«, sagte sie. Ein tiefer, heftiger Schmerz durchfuhr sie, daß er auch nur einen Augenblick lang denken konnte, sie würde sich als zu gut für ihn empfinden. Das Gegenteil war der Fall. Erst vor zwei Tagen hatte sie auf dem Sofa in Alex' Büro gelegen und sich von ihm vögeln lassen. Ein häßliches Wort, eine häßliche Sache. Es hatte nichts gemein mit der körperlichen Liebe mit Michael. Wenn es vorüber war, spürte sie nichts außer vielleicht etwas Mitleid und Erleichterung.

Wenn Michael von Alex erfuhr, dann würde er sie gar nicht mehr heiraten wollen. Wie sollte er auch? Das ganze vergangene Jahr über hatte er geglaubt, daß sie ihm allein gehörte, während sie in dieser Zeit einem alten Freund der Familie den Geschlechtsverkehr mit sich gestattet hatte.

Alex gegenüber hatte sie nicht die geringsten Schuldgefühle gehegt, als Michael ihr Geliebter geworden war. Sie fühlte sich nicht mit Alex verbunden, wie auch? Eigentlich vögelte er ja noch nicht einmal sie, sondern ihre Mutter. Wenn sie jedoch zu Alex ging, so empfand sie tiefe Scham darüber, daß sie Michael betrog. Sie sollte Alex sagen, daß all dies ein Ende haben mußte. Aber die Angst saß immer noch tief in ihr vergraben. Wenn sie ihn nicht mehr an sich heranließ, würde er dann gehen? Und wenn er es täte, wäre das überhaupt schlimm? Sie war nicht mehr das verletzte, verwirrte kleine Mädchen, sie brauchte keinen Papa mehr – oder gar dessen Ersatz.

Aber was würde aus Mama werden, wenn Alex nicht mehr zu ihnen ins Haus kam? Er liebte sie. Wie sollte er den Anblick Noelles ertragen, die niemals für ihn erreichbar sein würde, wenn er nicht sich selbst einreden konnte, daß er sie körperlich besaß.

»Ich liebe dich«, sagte sie jetzt, an Michael gewandt, während eine Träne ihre Wange herabrollte. »Ich habe nur nicht geglaubt, daß du mich heiraten würdest.«

»Du dummes Ding.« Er wischte die Tränen von ihren Wangen. Ein schiefes Lächeln erschien auf seinem Lausbubengesicht. »Ich habe nur ein ganzes Jahr gebraucht, um den Mut dazu aufzubringen.«

Sie brachte ein Lächeln zustande. »Ich hoffe, daß ich nicht so lange brauchen werde, um den Mut zu einem Ja zu haben.«

»So viel Angst, ja?« fragte er und lachte.

»Jede . . . jede Veränderung ist nicht leicht für mich.« Sie schluckte bei dem beängstigenden Gedanken daran, wie sie Mama von Michael erzählen würde. Gray wußte natürlich Bescheid, es war schließlich kein Geheimnis, daß sie sich sahen. Aber niemand ahnte, daß sie bereits seit einem Jahr miteinander schliefen. Da Mama aber nie in die Stadt ging und dort auch keine Freunde mehr hatte, war sie nicht auf dem aktuellen Stand. Sie sähe es aus zweierlei Gründen nicht gern. Erstens sähe sie Monica nicht gerne verheiratet, ganz gleich, mit wem. Denn das würde bedeuten, daß ihre jungfräuliche Tochter den ekelerregenden Berührungen eines Mannes preisgegeben wäre. Und zweitens würde sie es überhaupt nicht schätzen, wenn dieser Mann Michael McFane wäre. Die McFanes waren immer schon arme Bauern gewesen und bewegten sich nicht im entferntesten auf der gesellschaftlichen Ebene der Graysons und der Rouillards. Die Tatsache, daß Michael zum Sheriff ernannt worden war, würde ihn in ihren Augen kein bißchen besser machen. Er war nur ein kleiner Angestellter des öffentlichen Dienstes, der ein nettes, aber doch in keiner Weise bemerkenswertes Gehalt verdiente.

Und mit Alex würde sie auch sprechen müssen.

»Das wird alles werden«, beruhigte sie Michael. »Ich fange mit dem Haus schon einmal an. So in ungefähr sechs Monaten sollte ich damit fertig sein. Das gibt dir doch ausreichend Zeit, um dich mit dem Gedanken anzufreunden?«

Sie blickte in sein liebenswertes Gesicht und antwortete: »Ja.« Ja zu allem. Ihr Herz schlug wie wild. Sie würde es schaffen. Sie würde es Mama erzählen und ihrer eisigen Verachtung standhalten. Sie würde Alex sagen, daß sie ihn nicht mehr treffen konnte. Es würde ihm weh tun, aber er würde Verständnis für sie aufbringen. Mama würde er nicht im Stich lassen, es war albern von ihr, so etwas überhaupt auch nur zu denken. Sie mußte die Dinge aus dem Blickwinkel einer erwachsenen Frau und nicht aus dem eines ängstlichen Mädchens betrachten. Alex war nicht deshalb ein Freund geblieben, weil sie ihm den Sex mit ihr erlaubt hatte. Er war Grays gesetzlicher Vertreter und bereits zu Zeiten ein Freund gewesen, als sie noch nicht einmal geboren war. Das ganze war für ihn vermutlich nur noch eine Gewohnheit. Vielleicht wäre er sogar für jede Ausrede dankbar, um die Sache zu beenden. Vielleicht hatte er ja genauso viele Schuldgefühle wie sie.

Sie mußte alles so gut wie nur irgend möglich machen. Nichts, aber auch gar nichts durfte schiefgehen. Ein normales, glückliches Leben schaukelte wie die sprichwörtliche Karotte vor ihrem geistigen Auge. Und sie konnte sie bekommen, wenn sie nur alles richtig machte. Letztes Mal hatte Renee Devlin ihren Traum zerstört ...

Ihre Gedanken wurden jäh unterbrochen. Selbst in Michaels Umarmung tauchte das Gesicht vor ihrem inneren Auge auf: schläfrige grüne Augen und ein sinnlicher Mund, der die Männer verrückt machte. Renee war in der Gestalt ihrer Tochter immer noch gegenwärtig.

Faith mußte gehen. Mama würde viel glücklicher sein, wenn Faith die Stadt verließe. Und wenn Michael ...

Sie stemmte sich gegen seine nackten Schulten. »Ein Problem gibt es allerdings.« Er ließ sie los und seufzte enttäuscht. Der Grund seiner Enttäuschung zuckte zwischen seinen Beinen. »Welches denn?«

»Mama.«

Er seufzte erneut. »Du glaubst, daß sie einer Heirat mit mir nicht positiv gegenübersteht?«

»Weder mit dir noch mit irgend jemandem sonst«, erwiderte Monica ohne Umschweife. »Du weißt nicht ... es wird sie so erschüttern.«

Er blickte sie überrascht an. »Aber warum denn, um Himmels willen?«

Monica biß sich auf die Lippe. Öffentlich die dreckige Wäsche ihrer Familie zu waschen mißfiel ihr. »Weil das bedeutet, daß ich mit dir schlafe.«

»Aber warum solltest du auch nicht ... ach so.« Er sah sie unsicher an. Vermutlich erinnerte er sich an all den Klatsch über das Arrangement, das Noelle und Guy gehabt hatten. »Sie mag solche Dinge wohl nicht sonderlich.«

»Allein der Gedanke ist ihr bereits verhaßt. Und da jetzt Faith Devlin wieder in der Stadt ist, ist sie ohnehin beunruhigt.« Vorsichtig stieß ihn Monica in die von ihr gewünschte Richtung. »Wenn Faith nicht mehr hier wäre, würde Mama in wesentlich besserer Stimmung sein. Ich weiß nur nicht, wie ich das bewerkstelligen soll. Gray versuchte, sie zum Gehen zu bewegen. Aber er behauptet, er könne nicht viel ausrichten. Jedenfalls nicht soviel wie damals.«

Zu ihrer Überraschung wurde Michael ganz still. Ein grimmiger Ausdruck legte sich über sein Gesicht.

»Ich kann Grays Gefühle gut nachvollziehen«, erwiderte Michael. »Ich würde auch nicht gerne etwas unternehmen, um das Mädchen nochmals aus ihrem Haus zu vertreiben.«

Monica zuckte zurück. Sie war erschrocken darüber, daß er genau entgegengesetzt reagierte, als sie es erwartet hatte. Sie hatte mit seinem Verständnis gerechnet. »Sie ist eine Devlin! Ich ertrage es kaum, sie anzusehen, ohne daß mir schlecht wird.«

»*Sie* hat aber gar nichts getan«, verwies sie Michael in so vernünftigem Tonfall, daß es sie nervös machte. »Wir hatten jede Menge Ärger mit den anderen Devlins, aber mit ihr nicht.«

»Sie sieht genauso aus wie ihre Mutter. Mama hätte fast die Nerven verloren, als sie erfuhr, daß eine von ihnen wieder in die Stadt zurückgezogen ist.«

»Es gibt kein Gesetz, das ihr verbietet, dort zu leben, wo sie leben möchte.«

Da er offenbar ihren Standpunkt nicht begreifen konnte, wurde Monica jetzt ganz deutlich. »Du könntest doch etwas in dieser Sache unternehmen, oder nicht? Gray tut nicht gerade viel. Aber du könntest doch einen Weg finden, der sie zum Umziehen bewegen würde.«

Doch Michael schüttelte den Kopf. Ihr Magen krampfte sich enttäuscht zusammen. »Ich war beim letzten Mal dabei«, sagte er aufgeräumt, und seine blauen Augen verdunkelten sich. »Als wir ihre Familie aus dieser Baracke geschmissen haben, in der sie damals wohnten. Der Rest der Familie war mir egal, es war sogar gut, sie alle loszuwerden. Aber Faith und der kleine Junge haben beide sehr gelitten. Ich werde niemals ihren Gesichtsausdruck vergessen. Und ich wette, daß es Gray nicht anders ergeht. Das ist vermutlich auch der Grund, warum er sie diesmal nicht so hart angeht. Der Himmel weiß, daß ich ihr so etwas nicht ein zweites Mal antun könnte.«

»Aber wenn Mama . . .« Monica bremste sich. Er würde es nicht tun. Er konnte es einfach nicht begreifen, weil er nicht mit Mama zusammenlebte und nicht wußte, wie deren eiskalte Ablehnung einen bis ins Mark traf. Sie unterdrückte ihre Ungeduld und lächelte ihn an. »Laß nur, ich werde es Mama schon irgendwie beibringen.«

Aber wie? Sie hatte es noch nie geschafft, Mama im Zaum zu halten. Sie konnte diese schmerzhaften Dinge nicht einfach so abschütteln, wie es Gray zu tun pflegte. Gray liebte Mama, das war ihr klar, aber er nahm sie in vielerlei Hinsicht gar nicht ernst. Monica dagegen fühlte sich immer noch wie ein ängstliches kleines Mädchen, das verzweifelt versuchte, den Vorstellungen seiner Mutter zu entsprechen. Und genau das niemals wirklich schaffte.

Sie würde die Sache selber in die Hand nehmen. Sie durfte Michael nicht verlieren. Sie würde Alex sagen, daß sie sich nicht mehr mit ihm treffen konnte. Und irgendwie – irgendwie – würde sie Faith Devlin loswerden. Das würde Mama so glücklich machen, daß sie gar nichts mehr dagegen hätte, wenn Monica heiratete.

11

Beunruhigt legte Faith den Telefonhörer auf die Gabel zurück. Das war jetzt das sechste Mal, daß sie Francis Pleasant angerufen und keine Antwort erhalten hatte. Eine Sekretärin beschäftigte er nicht. Diese Rolle hatte früher Mrs. Pleasant ausgefüllt, und nach ihrem Tode hatte er nicht den Mut gehabt, sie zu ersetzen. Mr. Pleasant hatte das Hotel verlassen, besser gesagt, er hatte die Schlüssel auf dem Nachttisch zurückgelassen, und seine Sachen waren nicht mehr da. Da er das Zimmer vorab bezahlt hatte, war das so ungewöhnlich nicht.

Ungewöhnlich jedoch war, daß er sie nicht wie versprochen angerufen hatte. Sie glaubte nicht, daß er es vergessen hätte. Irgend etwas stimmte da nicht. Eingedenk seines gesundheitlichen Zustandes befürchtete sie, daß er im Krankenhaus lag und zu krank war, um zu telefonieren. Bei dem Gedanken an einen einsamen Tod zog sich ihr Magen zusammen. Irgend jemand sollte doch wenigstens bei ihm sein und seine Hand halten, so wie sie damals Scotties gehalten hatte.

Abgesehen von ihrer Sorge um ihn wußte sie nicht, wen er befragt und was – wenn denn überhaupt etwas – er dabei herausgefunden hatte. Sie würde alleine weitermachen müssen, ohne seine Antworten auswerten zu können.

Sie hatte keine klare Vorstellung über ihre Vorgehensweise oder wonach sie Ausschau halten und welche Fragen sie stellen sollte – immer vorausgesetzt, daß man sich überhaupt zu einem Gespräch mit ihr bereitfinden würde. Neuzugezogene würden ihr natürlich Auskünfte geben, allerdings wüßten die nicht viel zu erzählen. Die Alteingesessenen dagegen verfügten über Informationen, würden aber vermutlich Grays Anweisungen folgen und jeden Kontakt mit ihr meiden.

Eine plötzliche Idee jedoch ließ sie schmunzeln. Es gab einen Menschen, der mit ihr, wenn auch nicht aus freien Stücken, sprechen würde.

Sie bürstete sich die Haare und drehte sie zu einem schweren Knoten, den sie mit wenigen Nadeln feststeckte. Ein paar Strähnen hingen ihr ins Gesicht und in den Nacken. Dabei beließ sie es, und wenige Minuten nach ihrer Entscheidung war sie schon Richtung Prescott zu Morgans Lebensmittelladen unterwegs.

Erwartungsgemäß wurde sie augenblicklich von Morgans

Frau bemerkt. Faith beachtete sie nicht, sondern schlenderte auf das Kühlregal im hinteren Teil des Ladens zu, wo sie vor Mrs. Morgans guten Ohren sicher war. Es dauerte nicht lange, bis Ed schnellen Schrittes durch die Regalreihen eilte. Auf seinem fleischigen Gesicht spiegelte sich sowohl Ungeduld als auch Ablehnung. »Vielleicht haben Sie es noch nicht ganz richtig verstanden«, bemerkte er schnaufend, als er vor ihr zum Stehen gekommen war. »Ich will Sie in meinem Laden nicht sehen! Hier können Sie keinerlei Einkäufe tätigen.«

Faith blieb ruhig stehen und lächelte ihn kühl an. »Ich bin nicht hierhergekommen, um etwas zu kaufen. Ich möchte Ihnen ein paar Fragen stellen.«

»Wenn Sie nicht sofort gehen, hole ich die Polizei«, erwiderte er und blickte sich verunsichert um.

Die Erwähnung der Polizei zog ihr den Magen zusammen, vermutlich genau die von ihm erwünschte Reaktion. Sie richtete sich auf und zwang sich dazu, die Drohung zu ignorieren. »Wenn Sie meine Fragen beantworten«, sagte sie leise, »bin ich in wenigen Minuten hier wieder raus. Wenn nicht, dann wird Ihre Frau vielleicht mehr erfahren, als Ihnen lieb ist.« Wenn es darum ging zu drohen, so hatte sie auch etwas zu bieten.

Er wurde blaß und warf einen ängstlichen Blick über die Schulter. »Ich weiß überhaupt nicht, wovon Sie reden.«

»Auch gut. Meine Fragen betreffen nicht meine Mutter. Ich möchte gerne etwas über Guy Rouillard wissen.«

Er blinzelte, verwirrt über die neue Wendung. »Über Guy?« wiederholte er.

»Mit wem hat er sich in jenem Sommer noch getroffen?« fragte sie. »Ich weiß, daß meine Mutter nicht die einzige war. Erinnern Sie sich an irgendwelche Gerüchte?«

»Warum wollen Sie das wissen? Es ist vollkommen egal, mit wem er sich noch getroffen hat. Schließlich ist er mit Renee und nicht mit einer der anderen durchgebrannt.«

Faith blickte auf ihre Uhr. »So wie ich die Sache einschätze, haben Sie jetzt noch ungefähr zwei Minuten, bevor Ihre Frau hier erscheint, um nach uns zu sehen.«

Er starrte sie unfreundlich an, dann brachte er zögernd hervor: »Ich habe gehört, daß er sich mit Andrea Wallice getroffen hat, der Sekretärin von Alex Chelette. Alex war Guys bester Freund. Keine Ahnung, ob da was dran ist, denn sie schien nicht sehr traurig, als er nicht mehr da war. Dann gab es da noch eine Kellnerin draußen bei Jimmy's. An ihren Namen kann ich mich nicht mehr erinnern, aber Guy hat sich ein paar Mal mit ihr getroffen. Sie ist allerdings nicht mehr da. Dann habe ich noch gehört, daß er mit Yolanda Foster etwas hatte. Guy war wahrlich kein Kind von Traurigkeit. Ich kann mich wirklich nicht erinnern, mit wem er noch alles was gehabt hat, und wann.«

Yolanda Foster, das mußte die Frau des damaligen Bürgermeisters sein. Ihr Sohn Lane gehörte zu jener Gruppe, die insgeheim mit Jodie herumhingen, aber in der Öffentlichkeit dann kein Wort mehr mit ihr wechselten.

»War das allgemein bekannt?« fragte sie. »Gab es denn keine eifersüchtigen Ehemänner?«

Er zuckte mit den Schultern und blickte wieder nach vorn in den Laden. »Vielleicht hat es der Bürgermeister ja gewußt. Aber Guy hat viel zu seinem Wahlkampf beigesteuert. Ich bezweifle, daß er es an die große Glocke gehängt hätte, wenn er gewußt hätte, daß Yolanda ... nun ja, die Beiträge für ihn einstreicht.« Als er grinste, merkte Faith einmal mehr, wie sehr er ihr zuwider war.

»Danke für die Information«, sagte sie und wandte sich zum Gehen.

»Sie werden also nicht mehr hierherkommen?« fragte er ängstlich.

Sie hielt inne und sah ihn nachdenklich an. »Vielleicht nicht«, erwiderte sie. »Rufen Sie mich an, falls Ihnen noch ein paar

Namen einfallen.« Dann verließ sie schnellen Schrittes und ohne Mrs. Morgan auch nur eines Blickes zu würdigen den Laden.

Zwei Namen und zusätzlich noch die Möglichkeit der unbekannten Kellnerin. Das war ein Anfang. Was sie jedoch am meisten interessierte, war die Erwähnung von Guys bestem Freund, Alex Chelette. Er würde höchstwahrscheinlich alle ihre Fragen beantworten können.

Die Chelettes waren eine der alteingesessenen, sehr wohlhabenden Familien in der Gegend. Sie hatten zwar nicht das Niveau der Rouillards, aber das erreichte schließlich niemand hier. Der Name war ihr bekannt, wenn sie auch keinerlei Erinnerung damit verband. Sie war ja bereits mit vierzehn von hier fortgegangen. Außerdem hatte sie sich viel mehr zurückgezogen als die meisten Mädchen ihres Alters. Sie erinnerte sich nur an jene Menschen, die in direktem Kontakt mit einem ihrer Familienmitglieder standen. Soweit sie sich erinnern konnte, war sie bisher noch niemanden der Chelettes begegnet. Alex würde aber sicherlich aufzutreiben sein, denn alteingesessenes Geld wechselte nicht so schnell den Wohnort.

Sie ging zu einer Telefonzelle am Rand des Parkplatzes und schaute im Telefonbuch nach. Der Anschluß war unter ›Alexander Chelette, Rechtsanwalt‹ aufgeführt. Darunter stand die Nummer von ›Chelette & Anderson, Rechtsanwälte und Notare‹.

Sie warf eine Münze ein und wählte das Büro. Eine melodische Stimme antwortete nach dem zweiten Klingeln.

Faith sagte: »Mein Name ist Faith Hardy. Könnte ich heute noch einen Termin mit Mr. Chelette bekommen?«

Die folgende kurze Pause sagte Faith, daß ihr Name registriert worden war. Dann antwortete die melodische Stimme: »Den Vormittag über ist er bei Gericht, aber Sie könnten um halb zwei mit ihm sprechen, falls Ihnen das recht ist.«

»Ja, gern. Vielen Dank.« Faith legte auf und fragte sich, ob die singende Stimme diejenige von Andrea Wallace gewesen war, seinerzeit Mr. Chelettes Sekretärin, oder ob es sich um eine andere handelte.

Wenn sie nicht noch einmal nach Haus zurückfahren wollte, dann hatte sie drei Stunden zu überbrücken. Ihr Magen knurrte und erinnerte sie daran, daß die Scheibe Toast von heute morgen um halb sieben schon lange verdaut war. Würde sie in den Restaurants der Stadt bedient werden, oder hatte auch dort Grays Einfluß bereits gegriffen? Schulterzuckend beschloß sie, die Sache gleich einmal auf die Probe zu stellen.

Sie parkte ihren Wagen direkt vor einem Restaurant am Marktplatz, das sie zuvor noch nicht besucht hatte. Bevor sie zu den Greshams gezogen war, hatte sie nie außer Haus gegessen. Sie hatten ihr die Annehmlichkeiten der Restauration gezeigt. Bei dem Gedanken mußte sie lächeln. Sie betrat das kühle, etwas abgedunkelte Restaurant und machte sich eine gedankliche Notiz, die Greshams heute abend noch anzurufen. Sie versuchte den Kontakt zu halten und rief mindestens einmal im Monat an. Seit ihrem letzten Telefonat waren schon wieder fast vier Wochen verstrichen.

Da man seinen Tisch selbst wählen konnte, entschied Faith sich für eine kleine Nische am hinteren Ende des Raums. Eine freundliche, etwas korpulente Bedienung brachte eilig die Karte. »Was möchten Sie trinken?«

»Süßen Tee.« Daß der Tee geeist sein würde, war hier vollkommen normal, es sei denn, es wurde ausdrücklich heißer Tee verlangt. Gewöhnlich bestand die Wahl deshalb lediglich zwischen gesüßtem und ungesüßtem.

Die Bedienung beeilte sich, das Getränk zu servieren, und Faith warf einen Blick auf die Karte. Sie hatte sich gerade für den Geflügelsalat entschieden, als jemand neben ihrer Nische auftauchte. »Bist du nicht Faith Devlin?«

Faith erstarrte. Würde sie jetzt zum Gehen aufgefordert werden? Sie betrachtete die Frau, die vor ihr stand. »Ja, das bin ich.« Die Frau kam ihr irgendwie bekannt vor mit ihren braunen Haaren, den braunen Augen und dem breiten, von Grübchen eingerahmten Mund. Sie war klein, vielleicht etwas über einssechzig, und sah neugierig aus.

»Dachte ich es mir doch. Es ist zwar schon lange her, aber die Haarfarbe werde ich nie vergessen.« Die Frau lächelte. »Ich bin Halley Bruce, das heißt, mittlerweile heiße ich Johnson. Ich war in deiner Klasse.«

»Aber ja!« Sowie sie den Namen gehört hatte, erkannte Faith die Frau. »Ich erinnere mich. Wie geht es dir?« Halley war nicht ihre Freundin gewesen – sie hatte keinerlei Freunde gehabt –, aber andererseits hatte sich Halley auch nicht an den gemeinen Hänseleien beteiligt, denen Faith ausgesetzt gewesen war. Sie hatte zumindest Abstand bewiesen.

Der Ausdruck ihrer Augen war eindeutig freundlich. »Möchtest du dich zu mir setzen?« lud Faith sie ein.

»Nur für einen Augenblick«, sagte Halley und setzte sich Faith gegenüber. Die Kellnerin brachte Faiths Tee und nahm die Bestellung für den Geflügelsalat auf. Wieder allein, sagte Halley lächelnd: »Das Lokal hier gehört der Familie meines Mannes, und ich leite es für sie. Ich erwarte jeden Moment eine Lieferung und muß mich dann darum kümmern.«

Da Gray bereits von ihrem Reiseunternehmen wußte, gab es keinerlei Grund mehr, nicht darüber zu sprechen. »Und ich schwänze gerade. Ich habe ein Reisebüro in Dallas und hätte meine Managerin unterrichten sollen, wo ich jetzt bin, aber ich habe vergessen, sie von zu Hause aus anzurufen.«

Nun, wo die sozialen und finanziellen Hintergründe geklärt waren, konnten sie sich als ebenbürtig zulächeln. Faith fühlte eine Wärme in sich aufsteigen. Selbst als sie bereits bei den Greshams gewohnt hatte und dort auf die Oberschule gegangen war, hatte sie keine Freundin gehabt. Sie war noch viel zu traumatisiert gewesen und hatte sich viel zu sehr zurückgezogen, um Freundschaften aufzubauen. Erst auf dem College hatte sie sich überhaupt um andere bemüht. Die selbstverständliche Akzeptanz ihrer Mitbewohnerinnen war ihr eine Offenbarung gewesen. Anfangs schüchtern, war sie schon bald aufgeblüht und hatte begeistert an den weiblichen Ritualen teilgenommen, die ihr als Mädchen verwehrt gewesen waren: das nächtelange Schwatzen, die Neckereien und das Gelächter, das Tauschen von Kleidung und Make-up, der Wirbel, wenn man sich morgens zurechtmachte und dabei den gleichen Spiegel mit einer Zimmergenossin teilte. Zum ersten Mal hatte sie sich an den endlosen Gesprächen über den Mann, das Geheimnisvolle beteiligt – vielmehr hatte sie den anderen zugehört und über deren Naivität nur lächeln können. Obwohl damals viele ihrer Mitstudentinnen bereits mit einem Mann geschlafen hatten und Faith immer noch Jungfrau war, hatte sie sich doch unendlich viel älter und erfahrener gefühlt. Die anderen betrachteten die Männer durch die rosarote Brille der Romantik, während sie selbst keinerlei Illusionen hegte.

Dennoch waren die Freundschaften zu Frauen für sie immer besonders schön gewesen. Jetzt betrachtete sie Halley Johnson in der Hoffnung, daß dies mit ihr auch möglich sein könnte.

»Wo bist du denn damals hingezogen?« fragte Halley und ging ganz zwanglos über die näheren Umstände hinweg, unter denen Faith Prescott verlassen hatte.

»Beaumont, Texas. Dann bin ich nach Austin aufs College gegangen. Danach dann Dallas.«

Halley seufzte. »Ich habe niemals woanders als hier gelebt. Und das werde ich wohl auch niemals tun. Erst wollte ich mich ein wenig umsehen, aber dann haben Joel und ich geheiratet, danach kamen die Kinder. Wir haben zwei«, sagte sie und lachte. »Einen Jungen und ein Mädchen. Nachdem wir von jeder Sorte eins hatten, haben wir dann aufgehört. Und du?«

»Ich bin Witwe«, erwiderte Faith, und ein trauriger Schatten legte sich bei dem Gedanken an Kyle über ihr Gesicht. Er war so jung und so sinnlos gestorben. »Ich habe gleich nach dem College geheiratet. Mein Mann ist nach kaum einem Jahr bei einem Autounfall umgekommen. Wir hatten keine Kinder.«

»Das ist hart.« In Halleys Stimme schwang echte Sympathie mit. »Tut mir leid. Ich kann mir kaum ausmalen, was es bedeuten würde, Joel zu verlieren. Er treibt mich manchmal zwar wirklich auf die Palme, aber er ist mein Fels in der Brandung, er ist immer da, wenn ich ihn brauche.« Nach kurzem Schweigen lächelte sie. »Und was bringt dich zurück nach Prescott? Ich kann mir vorstellen, von hier nach Dallas zu ziehen, aber doch nicht umgekehrt.«

»Es ist mein Zuhause. Ich wollte zurückkommen.«

»Ich will ja nicht neugierig oder unhöflich sein, aber ich würde meinen, daß gerade Prescott der Ort ist, an den es dich am wenigsten zurückzieht. Nach dem, was passiert ist, meine ich.«

Faith blickte kurz zu ihr auf, konnte aber keinerlei Boshaftigkeit in Halleys Gesichtsausdruck erkennen. Nur ein wenig Wachsamkeit, als ob sie sich über Faith noch nicht ganz im klaren sei.

»Ein Zuckerschlecken ist es nicht gerade«, erwiderte sie. Dann entschied sie sich zu derselben Offenheit, wie auch Halley sie an den Tag legte. »Ich weiß nicht, vielleicht hast du ja schon davon gehört? Gray Rouillard würde es nicht gefallen, wenn er herausbekäme, daß ich hier etwas zu essen bekomme. Er hat offensichtlich allen Ladenbesitzern nahegelegt, mich nicht mehr zu bedienen.«

»Ja, davon habe ich gehört«, sagte Halley grinsend. Ein

wenig von der Wachsamkeit wich aus ihrem Gesicht. »Aber ich bilde mir meine Meinung über Leute lieber selbst.«

»Ich möchte dir keine Unannehmlichkeiten bereiten.«

»Das tust du nicht. Gray ist nicht nachtragend.« Sie hielt inne. »Vielleicht stimmst du da nicht mit mir überein. Ich gebe zu, ich möchte ihn nicht zum Feind haben. Aber nur, weil du hier einen Geflügelsalat gegessen hast, wird er nicht böse werden.«

»Aber alle anderen in der Stadt scheinen ihn sehr ernst zu nehmen.«

»Er hat einigen Einfluß hier«, stimmte Halley zu.

»Auf dich etwa nicht?«

»Das habe ich nicht gesagt. Aber ich kenne dich aus der Schule. Du warst anders als die anderen. Wenn es jetzt Jodie gewesen wäre, also sie würde nicht mehr hier sitzen und auf ihr Essen warten. Du jedoch bist hier jederzeit willkommen.«

»Vielen Dank. Aber laß es mich wissen, wenn es zu einem Problem werden sollte.«

»Darüber zerbreche ich mir nicht den Kopf.« Halley lächelte, während die Bedienung den Geflügelsalat auf den Tisch stellte. »Wenn er in der Sache wirklich knallhart hätte sein wollen, dann hätte er das auch zum Ausdruck gebracht. Eines muß man Gray zugestehen, auf sein Wort kann man sich verlassen. Er sagt, was er meint. Und er meint, was er sagt.«

Laut dem Namensschildchen auf ihrem Schreibtisch war Andrea Wallace immer noch die Sekretärin von Alex Chelette. Die Frau hinter dem Tisch war gute Fünfzig, und auf ihrem Gesicht waren die Spuren ihrer Jahre deutlich erkennbar. Ihr graues Haar war zu einem kurzen, ordentlichen Pagenschnitt gestylt. Faith betrachtete sie und malte sie sich zwölf Jahre jünger aus. Dennoch konnte sie sich nicht vorstellen, daß Andrea der Typ Frau gewesen war, für den Guy Rouillard sich erwärmt hatte.

Sein Typ war auffälliger, nicht wie diese adrette Frau mit dem neugierigen Blick.

»Sie sehen aus wie Ihre Mutter«, sagte Andrea schließlich, wobei sie den Kopf zur Seite legte und Faiths Gesicht betrachtete. »Ein paar Unterschiede, aber Sie könnten fast als Renee durchgehen, besonders natürlich Ihr Teint und Ihre Haarfarbe.«

»Haben Sie sie gekannt?« fragte Faith.

»Nur vom Sehen.« Sie deutete Richtung Sofa. »Nehmen Sie doch Platz. Alex ist noch nicht vom Essen zurück.«

Gerade als sich Faith setzen wollte, betrat ein schlanker, gutaussehender Mann den Raum. Er trug einen Anzug, in Prescott eine Seltenheit, es sei denn, man war Anwalt und hatte den Vormittag im Gericht zugebracht. Er blickte Faith an und war sichtlich erschrocken. Dann lächelte er. »Sie sind sicherlich Faith. Der Himmel weiß, daß Sie niemand anderer sein können. Es sei denn, Renee hätte den Jungbrunnen entdeckt.«

»Das habe ich auch gedacht«, sagte Andrea, wandte sich zu ihm um und blickte ihm in die Augen. Faith schaute unwillkürlich zu Boden. Ihrem bisherigen Eindruck nach konnte sie sich nicht vorstellen, daß Andrea jemals etwas mit Guy gehabt hatte, dazu war sie viel zu offensichtlich in ihren Chef verliebt. Ob Alex Chelette das überhaupt bewußt war? Schnell kam sie zu der Schlußfolgerung, daß dem nicht so war. Er schien Andreas Blick überhaupt nicht zu bemerken.

»Kommen Sie herein«, sagte er, ließ Faith in sein Büro eintreten und schloß hinter ihnen die Tür. »Wir müssen Ihnen als sehr unhöflich erscheinen, daß wir uns in Ihrer Anwesenheit derart über Sie äußern. Dafür muß ich mich entschuldigen, aber die Ähnlichkeit ist wirklich frappierend. Allerdings sind bei näherem Hinsehen die Unterschiede auch nicht zu übersehen.«

»Diese Reaktion zeigen alle, die mich zum ersten Mal sehen«, sagte sie und lächelte. Es fiel ihr überhaupt nicht schwer, Alex Chelette anzulächeln. Er gehörte zu jenen Männern, die das

Alter interessanter machte: immer schon schlank, würde er mit den Jahren sogar noch schlanker werden. Sein dunkles Haar war an den Schläfen ergraut, um seine grauen Augen herum hatte er ein paar Fältchen. Dennoch hätte er leicht für Mitte Vierzig durchgehen können und nicht für seine tatsächlichen Mitte Fünfzig. Seine Farbe war hellgrün und so belebend wie frisch gemähtes Gras.

»Bitte setzen Sie sich«, sagte er und ließ sich ebenfalls auf seinem Stuhl nieder. »Was kann ich für Sie tun?«

Faith setzte sich auf das Ledersofa. »Ich bin aus ganz privaten Gründen hier und hätte eigentlich dafür Ihre Geschäftszeit gar nicht in Anspruch nehmen dürfen.«

Er schüttelte lachend den Kopf. »Aber nicht doch. Und jetzt erzählen Sie mir, was Ihnen zu schaffen macht? Ist es Gray? Ich habe ihn zu überzeugen versucht, daß er Sie in Ruhe lassen soll. Aber er ist seiner Mutter und seiner Schwester gegenüber sehr beschützerisch. Er will nicht, daß sie sich aufregen.«

»Ich kann Grays Lage sehr gut nachvollziehen«, erwiderte Faith trocken. »Aber deswegen bin ich nicht gekommen.«

»Ach?«

»Ich wollte Ihnen ein paar Fragen über Guy Rouillard stellen. Sie waren doch sein bester Freund, nicht wahr?«

Er lächelte sie kaum merklich an. »Das dachte ich jedenfalls. Wir sind zusammen aufgewachsen.«

Sollte sie ihm erzählen, daß Guy doch nicht mit ihrer Mutter durchgebrannt war? Sie spielte mit dem Gedanken, verwarf ihn aber sogleich. So nett er auch schien, sie durfte nicht vergessen, daß er ein alter Freund der Familie Rouillard war. Sie mußte davon ausgehen, daß alles, was sie ihm erzählte, direkt an Gray weitergeleitet wurde.

»Er hat meine Neugier geweckt«, sagte sie schließlich. »Diese Nacht damals hat meine ganze Familie zugrunde gerichtet, genauso wie die von Gray. Was für ein Mensch war er? Ich weiß, daß er meiner Mutter gegenüber ebensowenig treu war wie gegenüber seiner Frau. Warum also sollte er auf einmal alles im Stich lassen, seine Familie und sein Geschäft, nur um mit ihr zusammenzusein?«

»Erwarten Sie nicht, daß ich Ihnen das beantworten kann«, erwiderte er zerknirscht. »Um es so höflich wie möglich auszudrücken, Renee war eine faszinierende Frau, jedenfalls für Männer. Körperlich war sie ... nun, Guy war ihrer Sinnlichkeit gegenüber jedenfalls sehr aufgeschlossen.«

»Aber er unterhielt doch bereits eine Affäre mit ihr. Es gab also keinen Grund für ihn wegzugehen.«

Alex zuckte mit den Schultern. »Das habe ich selbst auch nie begriffen.«

»Warum hat er sich nicht ganz einfach scheiden lassen?«

»Auch darauf habe ich keinerlei Antwort. Vielleicht wegen seiner Religion. Guy ging zwar nicht häufig in die Kirche, aber er war doch religiöser, als man es vermuten würde. Vielleicht glaubte er auch, daß es für Noelle einfacher sein würde, wenn er sich nicht von ihr scheiden ließ. So konnte er einfach alles Gray übertragen und verschwinden. Ich weiß es wirklich nicht.«

»Alles Gray übertragen?« wiederholte Faith. »Wie meinen Sie das?«

»Tut mir leid«, sagte er leise. »Ich kann die geschäftlichen Details meiner Klienten nicht offenlegen.«

»Nein, natürlich nicht.« Faith machte schnell einen Rückzieher. »Können Sie sich noch an irgend etwas in jenem Sommer erinnern? Mit wem traf sich Guy noch?«

Er blickte sie erstaunt an. »Warum sollten Sie das wissen wollen?«

»Wie gesagt, der Mann interessiert mich. Seinetwegen habe ich meine Mutter nie mehr wiedergesehen. War er liebenswert? Hatte er Ehrgefühl, oder war er ganz einfach ein Streuner?«

Einen Augenblick lang starrte er sie an, dann wurde sein

Blick von Schmerz überschattet. »Guy war der liebenswerteste Mann der Welt«, sagte er schließlich. »Ich habe ihn geliebt wie einen Bruder. Er war immer gutgelaunt, immer zu jedem Spaß bereit, und wenn ich ihn wirklich brauchte, war er sofort zur Stelle. Seine Ehe mit Noelle war enttäuschend für ihn. Trotzdem hat mich sein Verschwinden überrascht, denn er hatte zu seinen Kindern Gray und Monica eine enge Beziehung. Er war ein furchtbarer Ehemann, aber ein guter Vater.« Er blickte auf seine Hände herab. »Es ist jetzt zwölf Jahre her«, sagte er leise. »Und ich vermisse ihn immer noch.«

»Hat er jemals angerufen?« fragte sie. »Oder sonstwie mit seiner Familie Verbindung aufgenommen?«

Er schüttelte den Kopf. »Nicht, daß ich wüßte.«

»Wen hat er in jenem Sommer außer Yolanda Foster noch getroffen?«

Wieder verblüffte ihn ihre Frage. Seine Augenbrauen schossen in die Höhe, dann wehrte er ab: »Das ist alles nicht von Belang. Zu Gray sage ich auch immer wieder, daß das jetzt Vergangenheit ist, daß man die Vergangenheit ruhen lassen sollte. Jener Sommer hat jede Menge Unheil gebracht. Es immer wieder aufzuwärmen tut niemandem einen Gefallen.«

»Ich kann es aber nicht vergessen, solange es auch sonst hier in der Stadt niemand vergessen hat. Ganz gleich, wie erfolgreich oder angesehen ich auch sein mag, in dieser Stadt halten mich die meisten noch immer für nichts als Dreck.« Bei dem letzten Wort zitterte ihre Stimme ein wenig. Sie hatte ihre Fassung vollkommen bewahren wollen. Dieser kleine Lapsus war ihr peinlich, gleichzeitig beunruhigte er sie. Manchmal jedoch ließ sich der Schmerz einfach nicht länger verstecken.

Alex mußte es auch aufgefallen sein, denn sein Gesichtsausdruck veränderte sich. Er stand plötzlich von seinem Stuhl auf, setzte sich neben sie und nahm ihre Hand in seine. »Ich weiß, daß es schwer für Sie war«, sagte er leise. »Die Leute werden ihre Meinung ändern, wenn sie Sie erst einmal ein wenig kennengelernt haben. Und Gray wird schließlich auch nachgeben. Wie gesagt, seine Reaktion basiert auf seinem Schutzverhalten seiner Familie gegenüber. Aber im Grunde ist er fair.«

»Und rücksichtslos«, fügte Faith hinzu.

Ein bedauerndes Lächeln spielte auf Alex' Gesicht. »Das auch, ja. Aber er ist nicht gemein, darauf können Sie mein Wort haben. Wenn es mir irgendwie möglich ist, seine Meinung zu beeinflussen, dann werde ich das tun. Das verspreche ich Ihnen.«

»Danke«, erwiderte Faith. Deswegen war sie zwar nicht hierher gekommen, aber der Anwalt war offenbar zu gewissenhaft, als daß er persönliche Dinge über seine Klienten und Freunde verraten hätte. Der Besuch war in Faiths Augen trotzdem kein völliger Reinfall, denn nun konnte sie Andrea Wallice von ihrer Liste streichen.

Sie fuhr nach Hause und dachte über die Informationsfetzen nach, die sie heute gesammelt hatte. Wenn Guy ermordet worden war, dann waren Lowell oder Yolanda Foster die wahrscheinlichsten Verdächtigen. Sie grübelte darüber nach, wie sie ein Treffen mit einer der beiden herbeiführen konnte. Außerdem machte sie sich Pleasants wegen Sorgen. Wie mochte es ihm wohl jetzt gehen?

»Ich habe heute Faith getroffen«, bemerkte Alex am Abend, als er mit Gray zusammen die Akten durchging. Er hob sein Brandyglas und betrachtete den jungen Mann über den Rand hinweg. »Im ersten Moment war die Ähnlichkeit schon fast unheimlich, aber bei näherem Hinsehen kann man sie nicht mit Renee verwechseln. Es ist schon seltsam, daß Renee zwar schöner, aber Faith anziehender ist.«

Gray sah auf. Eine merkwürdige Wachsamkeit lag in seinen dunklen Augen, während er Alex' Ausdruck einzuschätzen versuchte. »Ja, mir ist ihre Attraktivität auch schon aufgefallen, falls du das meinen solltest. Wo bist du ihr begegnet?« Er hob sein Glas, füllte es mit seinem Lieblingsscotch und genoß den rauchigen Geschmack auf seiner Zunge.

»In meinem Büro. Sie kam, um etwas über Guy zu erfahren.«

Gray hätte sich fast verschluckt. Er setzte das Glas mit einer solchen Wucht ab, daß der Whiskey gefährlich darin herumwirbelte. »*Was* wollte sie? Was in aller Welt wollte sie denn über Papa wissen?«

Der Gedanke, daß Faith etwas über seinen Vater in Erfahrung zu bringen versuchte, ließ eine bittere Wut in ihm aufsteigen. Es war wie ein Reflex: Einen Moment lang war sie nicht *Faith*, der Mensch, sondern eine *Devlin* mit allem, was diesem Namen anhaftete. Er selbst begehrte sie so heftig, daß es ihn sowohl beunruhigte als auch ekelte. Und obwohl er sich bewußt war, daß er dieses Verlangen nach ihr bei der erstbesten Gelegenheit stillen würde, so wollte er nicht, daß sie und seine Familie miteinander in Berührung kamen. Er wollte weder Monica noch Noelle mit ihr konfrontieren, und auf gar keinen Fall wollte er, daß sie Fragen nach seinem Vater stellte. Guy war verschwunden. Seine Abwesenheit, sein Betrug war wie eine Wunde, die nur oberflächlich verheilt war und bei der kleinsten Verletzung zu bluten begann.

»Sie wollte wissen, was für ein Mensch er war, ob er jemals wieder Kontakt aufgenommen hat, und ob er sich in jenem Sommer auch noch mit anderen Frauen traf.«

Wutschnaubend wollte sich Gray aus seinem Stuhl erheben und auf der Stelle zu ihrem Haus fahren, um sie zur Rede zu stellen. Alex aber hielt ihn zurück, indem er seine Hand auf Grays Arm legte. »Sie hat ein Recht darauf, es zu wissen«, sagte er freundlich. »Zumindest darf sie neugierig sein.«

»Ich soll verdammt sein, wenn sie darauf ein Recht hat!« knurrte Gray.

»Auch sie hat seitdem ihre Mutter nicht wiedergesehen.«

Gray erstarrte, dann sank er auf seinen Stuhl zurück. Alex hatte recht, verflucht. So schmerzlich es war, so mußte er doch die Wahrheit gelten lassen. Er war wenigstens schon erwachsen, wenn auch in geschäftlichen Dingen noch vollkommen unerfahren gewesen, als Guy sie verlassen hatte. Aber Faith war erst vierzehn Jahre alt gewesen, hilflos und verletzlich wie ein Kind. Er wußte gar nichts über ihr Leben zwischen damals und heute, außer daß sie jetzt Witwe war und ein erfolgreiches Reiseunternehmen besaß. Aber er hätte seinen letzten Pfennig darauf gewettet, daß ihr Leben kein Zuckerschlecken gewesen war. Mit Amos Devlin und diesen zwei Nichtsnutzen als Brüder, dazu die Hure von einer Schwester, das konnte nicht einfach gewesen sein. Davor war es sicherlich auch kein feines Leben gewesen, aber immerhin hatte damals ihre Mutter noch bei ihnen gewohnt.

»Laß sie doch in Ruhe, Gray«, sagte Alex leise. »Sie hat eine schönere Begrüßung verdient als die, die ihr manche hier jetzt bereiten. Zum Teil ist das deine Schuld.«

Gray hob das Glas, schwenkte den Whiskey und starrte in das bernsteinfarbene Getränk. »Ich kann nicht«, brummte er mißmutig. Er stand auf, ging mit seinem Glas zum Fenster und starrte auf sein Spiegelbild, dann in die dahinterliegende Dunkelheit. Er gönnte sich noch einen stärkenden Schluck. »Sie muß hier fort, ehe ich etwas tue, das Monica und Mutter wirklich verletzen würde.«

»Und was wäre das?« fragte Alex verblüfft.

»Nun, sagen wir einfach, was Faith betrifft, so stehe ich zwischen einer Wand in meinem Rücken und etwas sehr Hartem. Die Wand ist meine Familie, und das Harte . . .« Er blickte sich mit einer fast ärgerlichen Belustigung in den Augen um. »Das Harte sitzt in meiner Hose.«

Alex starrte ihn entsetzt an. »Mein Gott.«

»Es ist wohl erblich.« Das war die einzige Erklärung, dachte er verbittert. Er hatte den Schwanz seines Vaters geerbt. Wenn man eine Devlin davor stellte, so wurde er hart. Nicht jede Devlin, das stimmte, denn zwei hatten ihn ganz kalt gelassen. Aber Faith ... Nichts an ihm blieb kalt, wenn sie auch nur seinen entferntesten Umkreis betrat.

»Das kannst du deiner Mutter nicht antun«, flüsterte Alex. »Die Erniedrigung würde sie umbringen.«

»Mein Gott, das weiß ich doch! Deswegen möchte ich, daß Faith geht, ehe ich etwas Dummes tue.« Er wandte sich Alex zu, immer noch glitzerte der Ärger in seinen Augen. »Die Anziehung besteht nicht nur auf meiner Seite. Es wäre verdammt viel leichter, wenn es so wäre. Gestern abend war ich bei ihr zu Hause, um ihr einen Vorschlag zu machen. Wenn sie die Gegend nicht verlassen wollte, dann würde ich ihr ein Haus in einer der umliegenden Städte kaufen, solange es außerhalb dieser Gemeinde liegt. Auf diese Weise könnten wir uns treffen, ohne jemanden zu verletzen. Ein alter Mann war bei ihr, mit dem sie zu Abend gegessen hatte. Ich war so eifersüchtig, daß ich ihr vorgeworfen habe, sie ließe sich von ihm aushalten.«

Er schüttelte den Kopf und lachte leise in sich hinein.

»Kannst du das glauben? Der Alte war so dünn wie ein Zahnstocher und hatte einen total altmodischen Anzug an. Und ich konnte nichts anderes denken, als daß er sie ins Bett bekommen wollte.«

»Welcher alte Mann?« fragte Alex interessiert. »Kenne ich ihn?«

»Er war aus New Orleans. Sein Nachname ist Pleasant. Ich war so wütend, daß ich mich nicht erinnern kann, ob sie mir auch seinen Vornamen genannt hat. Er gab sich als einer ihrer Geschäftsfreunde aus.«

»War er das denn?«

Gray zuckte mit den Schultern. »Vermutlich. Faith ist Inhaberin eines Reiseunternehmens. In New Orleans hat sie eine Filiale.«

»Sie ist die *Inhaberin*?«

»Sie hat ganz schön was aus sich gemacht, nicht wahr?« Da war es wieder, dieses Gefühl des Stolzes. »Sie hat in Dallas angefangen. Ich weiß nicht, wie viele Filialen sie jetzt besitzt, aber ich habe jemanden beauftragt, Informationen über sie zu sammeln. Morgen werde ich wohl einen entsprechenden Bericht vorliegen haben.«

»Wirst du denn, falls sie nicht wegziehen möchte, ihr Geschäft zu ruinieren versuchen?« fragte Alex, allerdings weniger scharf, als Gray es vermutet hätte.

»Nein. Erstens bin ich so ein Mistkerl nun doch nicht. Und zweitens, wenn ich es täte, dann hätte ich wohl nicht mehr die geringste Chance, bei ihr zu landen.« Sein Mund zuckte. »Entscheide selbst, welches der gewichtigere Grund ist.«

Alex aber lächelte nicht zurück. »Das ist eine ganz schlimme Situation. Wenn du wirklich auf ein Verhältnis mit ihr aus bist ...«

»Das bin ich«, erwiderte Gray und kippte den Rest seines Whiskeys runter.

»Dann kann sie nicht hier leben. Das würde Noelle vollkommen zerstören.«

»Wegen Monica mache ich mir da mehr Sorgen als um meine Mutter.«

Alex blinzelte, als ob er an Monica noch gar nicht gedacht hätte. Das hatte er vermutlich auch nicht, da seine ganze Aufmerksamkeit Noelle galt. Natürlich wußte er von Monicas Selbstmordversuch, das hatte man nicht verheimlichen können, jedenfalls nicht nach all dem Aufstand in Dr. Bogardes Praxis. Und Monica versuchte ohnehin nicht, ihre Narben zu verstekken. Sie war viel zu stolz, um den Weg des Feiglings zu beschreiten und lange Ärmel und breite Armbänder zu tragen.

»Monica ist viel stabiler jetzt, als sie es damals gewesen ist«, sagte Alex schließlich. »Aber für Noelle scheint es nichts zu geben, auf das sie zurückgreifen könnte. Anfangs dachte ich – und heute denke ich es immer noch –, daß sie sich der Situation stellen und ihr Leben weiterleben sollte. Aber wenn sie herausfindet, daß du eine Affäre mit Faith . . . nein. Sie könnte es nicht ertragen. Sie würde sich vielleicht auch das Leben nehmen wollen.«

Gray schüttelte den Kopf. Es erstaunte ihn, daß Alex Noelle über all diese Jahre hinweg gekannt und immer noch nicht begriffen hatte, daß sie viel zu egozentrisch war, um sich selbst zu verletzen. Dic Kurzsichtigkeit der Liebe ließ ihn nur ihre kühle, perfekte, unerreichbare Schönheit wahrnehmen. Es lag an dieser romantischen Ader, die er besaß. Sehr ungewöhnlich für einen Juristen.«

»Sie muß gehen«, sagte Alex bedauernd.

12

Das Summen des Faxgeräts übertönte den Wagen, der in Faiths Auffahrt einfuhr. Als heftig an die Tür geklopft wurde, lehnte sie sich aus dem Fenster. Sie konnte nicht erkennen, wer auf der Terrasse stand, aber sie sah den grauen Jaguar, der hinter ihrem Auto parkte. Seufzend nahm sie ihre Kaffeetasse und ging ins Wohnzimmer, um zu öffnen. Es war gerade erst halb neun, viel zu früh, um sich mit Gray Rouillard auseinanderzusetzen.

Als erstes fiel ihr auf, daß er fuchsteufelswütend war.

Sie hatte ihn nur einmal so wütend gesehen, und das war der Tag, an dem Renee verschwunden und er zu ihrer Baracke gekommen war, um sie rauszuschmeißen. Als sie die kalte Berechnung in seinem Blick bemerkte, kam die Erinnerung an jene Nacht zurück und ließ sie zu dem verängstigten Mädchen schrumpfen, das sie damals gewesen war. Ihr gefror das Blut in den Adern. Sie trat einen Schritt zurück, als er durch die Drahttür kam und sie lautstark hinter sich ins Schloß fallen ließ.

Das Geräusch erschreckte sie. Ihr Blick heftete sich ohne zu blinzeln auf sein Gesicht, als ob sie sich nicht trauen würde, ihn aus den Augen zu lassen.

»Was in aller Welt glaubst du eigentlich, was du da tust?« fragte er sie sehr leise. Der samtene Tonfall war ebenso furchterregend, wie wenn ein Messer über die Schneide eines anderen gezogen wurde. Er kam noch einen Schritt auf sie zu, so daß er über sie gebeugt dastand. Wieder zog sich Faith einen Schritt zurück. Die Kaffeetasse in ihrer Hand zitterte.

Für jeden Schritt, den er vorwärts machte, trat sie einen zurück. Es war wie ein langsamer Tanz, der für sie schließlich mit dem Rücken an der Wand endete. Ihre Schulterblätter drückten sich gegen das Schiefergestein, als ob sie sich irgendwie hindurchpressen könnte. Noch ehe sie zur Seite ausweichen konnte, schossen seine Arme vor. Seine Handflächen stemmten sich rechts und links von ihren Schultern gegen die Mauer. Er hielt sie in dem Käfig seines Körpers und seiner Arme gefangen. Er beugte sich ein wenig nach unten. Die oberen Hemdenknöpfe seines weißen Hemdes waren offen und zeigten ein wenig seiner dunklen, mit schwarzen Locken bewachsenen Brust. Sein Puls war direkt vor ihren Augen in der Kuhle am Ende seines muskulösen Halses deutlich zu sehen. Faith heftete ihre Augen an diese rhythmische Bewegung und versuchte verzweifelt, sich zu fangen. Sie war *nicht* mehr vierzehn Jahre alt. Er konnte sie *nicht* aus ihrem eigenen Haus werfen.

»Und?« fragte er, noch immer mit samtener, gefährlich schnurrender Stimme.

Seine breiten Handgelenke drückten sich gegen ihre Schultern, die eine ärmellose Bluse offenbarte. Seine Haut preßte sich rauh an ihre. Seine breiten Schultern und seine Brust standen wie eine Wand vor ihr, und sein würzig männlicher Duft weitete automatisch ihre Nasenflügel. Sie klammerte sich immer noch an ihre Kaffeetasse und hielt sie wie einen Schutzschild zwischen sich und ihn. Dann schluckte sie und brachte mühsam hervor: »Wovon redest du denn überhaupt?«

Er lehnte sich noch näher zu ihr, so daß sein Bauch ihre Finger berührte. »Ich spreche von all den Fragen, die du gestellt hast. Alex hat mir gestern abend erzählt, daß du in seinem Büro warst. Mit Alex zu sprechen ist eine Sache, der kann stillhalten. Aber rate mal, wem ich heute morgen begegnet bin? Ed Morgan.«

Trotz seiner ruhigen Stimme entging ihr der kalte Zorn seines Blickes nicht. Wenn er vor Wut getobt hätte, hätte sie das nicht halb so sehr erschreckt. In dieser Stimmung aber war er zu allem fähig. Merkwürdigerweise jedoch hatte sie körperlich keine Angst vor ihm. Nein, wenn Gray sie verletzen konnte, so war es im Bereich der Gefühle.

»Ich sage es dir nur ein einziges Mal«, sagte er, die Worte überdeutlich betonend. Er brachte sein Gesicht noch näher heran, bis seine Nase fast die ihre berührte. »Stelle keinerlei Fragen mehr nach meinem Vater. Deine Neugier wird nur die Gerüchteküche anheizen und meine Familie weiter verletzen. Und wenn das passieren sollte, Faith, dann werde ich dich, egal wie, aus dieser Gemeinde vertreiben. Da hast du mein Wort drauf. Also merke dir eines: Ich will nicht, daß dein hübscher Mund den Namen meines Vaters auch nur flüstert.«

Ihre aufgerissenen grünen Augen starrten in die seinen, die kalt, schwarz und nur wenige Zentimeter entfernt waren. Sie hob ihr Kinn, und ihr Mund, den er hübsch fand, öffnete sich. Mit voller Absicht packte sie den Tiger am Schwanz und murmelte: »Guy Rouillard.«

Erst weiteten sich seine Pupillen ungläubig, dann wurde die

Kälte seines Blickes von einem lodernden Feuer erfaßt. Es war vielleicht nicht klug gewesen, ihn zu provozieren, aber das Resultat war faszinierend. Sein Gesicht verdunkelte sich, und wenn sein langes Haar nicht zusammengebunden gewesen wäre, dann hätte es wohl zu Berge gestanden.

Sie hatte den Bruchteil einer Sekunde Zeit, dieses Schauspiel zu genießen. Dann bewegte er sich mit der unglaublichen Schnelligkeit, die sie schon einmal an ihm beobachtet hatte. Seine Hände umklammerten ihre Arme, und er schüttelte sie wie wild. Ihre Finger lockerten den Zugriff auf die vergessene Tasse in ihren Händen, und sie fühlte, wie sie ihr entglitt. Sie schrie auf und versuchte sie zu halten, was ihr aber durch seine unmittelbare Nähe nicht gelang. Sie konnte nur noch die fallende Tasse in ihre Richtung kippen, sonst hätte die dampfende Flüssigkeit ihn verbrannt. Der Kaffee ergoß sich über ihren dünnen Rock und klatschte an ihren rechten Schenkel, dann spritzte er auf ihre Füße. Wieder schrie sie auf, diesmal vor Schmerz. Die Tasse fiel scheppernd zu Boden, wobei aber lediglich ein Henkel abbrach. Gray sprang zurück und ließ automatisch von ihr ab. Hektisch zerrte sie den durchnäßten Stoff von ihrem schmerzenden Bein.

Sein dunkler Blick streifte sie, dann sagte er in rauhem Tonfall: »Mist.« Er riß sie zu sich heran, und seine Hände machten sich in ihrem Rücken zu schaffen. Ihr Rock fiel ihr zu Füßen. Er hob sie aus dem Kreis des Stoffes in seine Arme. Schwindelig krallte sie sich an ihn, während der Raum um sie herum verschwamm.

»Was hast du vor?« schrie sie ängstlich, als er sie schnell in die Küche trug. Der Schmerz hatte sie viel zu sehr verwirrt, und er bewegte sich schneller, als sie denken konnte. Abgesehen davon war sie sich ihrer nackten Beine, die über seinem Arm lagen, nur zu bewußt. Sie hatte nur noch ihre Unterhose und ihre Bluse an.

Er angelte mit dem Fuß nach dem Stuhlbein, zog den Stuhl unter dem Tisch hervor und setzte sie vorsichtig darauf. Er wandte sich dem Waschbecken zu, riß mehrere Papierhandtücher ab, faltete sie zusammen und tränkte sie mit kaltem Wasser. Das Papier tropfte noch, als er es auf ihren geröteten, brennenden Schenkel legte. Sie zuckte vor der Kälte zurück. Wasser rann ihr Bein herunter auf die Sitzfläche des Stuhles und benetzte ihr Höschen.

»Ich hatte den Kaffee ganz vergessen«, murmelte er. Tatsächlich hatte er ihn überhaupt erst wahrgenommen, als er ihr Bein hinunterrann. »Tut mir leid, Faith. Hast du hier irgendwo Tee?« Noch bevor sie antworten konnte, hatte er bereits den Kühlschrank geöffnet und die Teekaraffe, fast ein Muß in den südlichen Haushalten, herausgenommen.

Er öffnete reihenweise ihre Schubladen, bis er die frischen Handtücher gefunden hatte. Er nahm eines heraus, tunkte es in die Karaffe mit Tee und wrang es vorsichtig aus. Sie beobachtete amüsiert, wie er die Papierhandtücher von ihrem Bein pellte und sie durch das teegetränkte Tuch ersetzte. Schon das Wasser hatte sie als sehr kalt empfunden, aber der Tee war eisig. Faith atmete keuchend ein, während auch aus dem Handtuch ein Rinnsal bis unter ihren Po rann.

»Tut es weh?« fragte Gray, kniete sich neben ihren Stuhl und strich das Tuch über ihrem Schenkel glatt. Seine Stimme war vor Sorge gepreßt.

»Nein«, erwiderte sie geradeheraus. »Es ist kalt, und mein Po wird dabei ganz naß.«

Sein Gesicht war jetzt auf ihrer Höhe. Ihre Worte vertrieben die Sorge auf seinem Gesicht, und die Anspannung wich aus seinem Körper. Er legte die linke Hand auf die Stuhllehne und fragte mit einem Anflug von Humor: »Mache ich zuviel Aufhebens?«

Sie kräuselte die Lippen. »Ein bißchen vielleicht.«

»Dein Schenkel ist ganz rot. Du hast dich verbrannt.«

»Nur ein wenig. Es brennt ein bißchen, aber mehr nicht. Ich glaube nicht, daß es Blasen geben wird.« Ihr Blick wurde ganz schmal, als sie versuchte, das aufsteigende Lachen zu unterdrücken. »Ich freue mich über deine Anteilnahme. Du hättest mich trotzdem nicht fast vollkommen ausziehen müssen.«

Er blickte auf ihre nackten Beine. Die weiße Baumwolle ihres Slips war unter dem Saum ihrer Bluse kaum zu sehen. Ein Zittern durchfuhr ihn. Er strich mit der Hand über ihren verletzten Schenkel, seine Handfläche streichelte ihr festes, kühles Fleisch und genoß ihre seidige Haut. »Ich wollte dein Höschen schon seit einiger Zeit naß bekommen«, murmelte er. »Allerdings nicht mit Tee.«

Ihr Lächeln verschwand, als ob es nie dagewesen wäre. Die Spannung zwischen ihnen wuchs. Ihr Innerstes zog sich bei seinen Worten zusammen, ihre Lenden wurden ganz heiß, ihre Brüste spannten. Sie fühlte die Feuchte des Verlangens und das Eingeständnis *Das hast du bereits* auf ihren Lippen. Sie unterdrückte es, da ihre verräterische Reaktion eine Grenze überschritten hätte, über die sie nicht gehen wollte. Wie ein Magnetfeld strömte Gray heiße, drängende sexuelle Spannung aus. Sie brauchte es ihm nur zu gestehen, und er wäre auf ihr.

Das Verlangen, ihn zu berühren, sich gegen seinen breiten, harten Körper zu pressen und sich ihm zu öffnen, war fast schmerzhaft spürbar. Nur ihr Selbsterhaltungstrieb ließ sie still und schweigend verharren.

Er lehnte sich fast unmerklich noch näher, sie konnte seinen würzig-süßlichen Geruch einatmen. Das Blut pulsierte ihm in den Adern. Schweigend beobachteten sie einander, wie zwei Erzfeinde, die auf einer staubigen Straße aufeinandertrafen. Er wollte ihr Höschen herunterziehen und sein Gesicht in ihrem Schoß vergraben. Es war ein so starkes Bedürfnis, daß er vor Anstrengung, es zu unterdrücken, zitterte. Er fragte sich, was sie tun würde, wenn er seinem Impuls nachgäbe. Würde sie es mit der Angst bekommen und ihn wegstoßen? Oder würden ihre Beine sich öffnen und ihre Hände sich in seine Haare krallen?

Seine Hand spannte sich um ihren Schenkel, seine Finger drückten die seidige Haut, die durch seine Berührung erwärmt worden war. Er sah, wie sich ihre Pupillen weiteten, dann ihre Lider sich senkten und sie einen langen, tiefen Atemzug machte, der seinen Blick auf ihre Brüste lenkte. Er bewegte seine Hand ein wenig und rieb seinen Daumen vor und zurück. Mit jeder Berührung bewegte er sich weiter und weiter nach oben und auf die Spalte zwischen ihren Beinen zu. Er wollte sie berühren. Er vergaß Monica, er vergaß Guy, er vergaß alles bis auf die langsame, verzehrende Bewegung seines Daumens, der sich näher und näher an die ungemein zarte Haut zwischen ihren Beinen herantastete, die so dürftig mit einem Baumwollslip bedeckt war. Er würde seinen Daumen unter das Beingummi gleiten lassen und dann auf ihre fest geschlossene Falte stoßen. Dann würde er seinen Daumen aufwärts lenken, sie gleichzeitig öffnen und den kleinen Hügel über ihrem Geschlecht finden.

Wenn sie sich von ihm berühren ließe, dann würde er sie erobern. Er würde sie nehmen.

Sein Daumen fuhr über das Gummiband. Sie bewegte sich. Ihre Hand klammerte sich an seine und zog seine von ihrem Bein fort. »Nein«, flüsterte sie.

Enttäuschung durchfuhr ihn wie ein Buschfeuer. Ein Ton, der einem Knurren ähnelte, entfuhr seiner Kehle. Körperliches Verlangen kämpfte mit seinem Verstand um die Vormachtstellung. Sein Verstand gewann den Kampf, allerdings nur äußerst knapp. Er schwitzte vor Lust, sie zu besitzen. Seine Erektion preßte sich schmerzhaft gegen die ihn beengende Hose.

»Nein«, wiederholte sie, als ob die ursprüngliche Ablehnung

nochmals der Betonung bedürfe. Vielleicht war es zur Klärung ja auch wirklich notwendig.

Langsam drehte er die Hand, so daß seine Finger sich mit ihren verschränkten. »Dann halte für eine Minute meine Hand.«

Sie klammerte sich an ihn, fühlte den Druck seiner Finger, die sich unruhig bewegten, als ob er etwas suchte. Seine andere Hand klammerte sich an die Rückenlehne ihres Stuhls, seine Gelenke standen vor Anspannung weiß hervor.

Nach einem endlosen Augenblick, in dem die Zeit, in der der Blick sie verband, stehengeblieben zu sein schien und das Verlangen zwischen ihnen flackerte, begann die schreckliche Anspannung nachzulassen. Seufzend wechselte er die Position und streckte sein Bein aus. Er befreite seine Hand, um seine Hose zurechtzurücken, und die Falte zwischen seinen Augenbrauen glättete sich.

Sie räusperte sich, unsicher, ob sie überhaupt etwas sagen sollte.

Er richtete sich steif auf. Die Ausbeulung seiner Hose ließ keinerlei Zweifel zu, aber er hatte jetzt wieder die Kontrolle über sich erlangt. Er zerrte ein Handtuch vom Haken und legte es auf ihre Schenkel. Auf diese Weise verbannte er die Versuchung aus seinem Blick, wenn auch nicht aus seiner Nähe.

Nach einer Weile fragte er mit ruhiger Stimme: »Bist du dir auch sicher, daß du dir nicht wehgetan hast?«

»Ja.« Sie sprach ebenfalls sehr leise, als ob eine lautere Stimme ihre Kontrolle zunichte machen und sie über die Klippe stürzen würde, die sie eben gerade noch vermieden hatte. »Es ist nur eine kleine Verbrennung. Morgen werde ich davon wahrscheinlich gar nichts mehr spüren.« Das Brennen war bereits verschwunden, die feuchten, kalten Teetücher hatten die Haut beruhigt.

»Also gut.« Er sah auf sie herab, dann hob er die Hand, als

ob er ihr Haar streicheln wollte, ließ sie aber sogleich wieder fallen. Wenn er sie berührte, würde das nicht ohne Folgen bleiben. »Erzähl mir jetzt, warum du all diese Fragen nach meinem Vater gestellt hast.«

Sie sah zu ihm auf, wobei das dunkle Feuer ihres Haars ihr über den Rücken fiel. Sie wollte ihm erzählen, daß sie glaubte, sein Vater sei tot. Aber die Worte blieben ihr im Halse stecken. Sie konnte es nicht über sich bringen. Sie mußte einfach weiter glauben können, daß er nichts mit dem Tod seines Vaters zu tun hatte, denn sie liebte ihn, und es würde ihr das Herz brechen. Und weil sie ihn liebte, konnte sie ihn nicht verletzen. Wie sollte sie ihm erzählen, daß sein so geliebter Vater nicht nur tot, sondern vermutlich sogar ermordet worden war?

Statt dessen erzählte sie ihm etwas, was zwar der Wahrheit entsprach, aber doch nur ein Teil dieser Wahrheit war. »Er gehörte auch zu meiner Vergangenheit. Ich kann mich gar nicht mehr an eine Zeit erinnern, wo er nicht schon dazugehörte. Aber gekannt habe ich ihn dennoch nicht. Wenn er mich sah, war er immer nett zu mir. Dann habe ich seinetwegen meine Mutter verloren. Glaubst du etwa, daß ich nicht wissen will, was für ein Mensch er war? Darf ich denn nicht versuchen, die Lücken zu füllen, um mir aus dem Geschehenen einen Reim zu machen?«

»Viel Glück«, knurrte er. »Ich dachte immer, daß ich ihn besser als irgend jemand sonst auf der Welt kannte. Und trotzdem kann ich mir sein Verschwinden nicht erklären.« Er schwieg einen Augenblick. »Wenn du noch irgendwelche Fragen über ihn stellen möchtest, dann frage *mich.* Denn ich meine es ernst mit dem, was ich gesagt habe. Ich will dir gegenüber nicht gemein werden, Faith, aber ich werde alles tun, um meine Familie zu beschützen. Vergiß das nicht.«

Da er es ihr schon angeboten hatte ... Aber jetzt war wohl nicht der Zeitpunkt, ihr Zusammentreffen dadurch zu verlängern, daß sie ihm halb entblößt Fragen stellte. Wie sollte er diese, sexuell derart angespannt, beantworten können? Sie betrachtete ihn nur schweigend. Seine Mundwinkel hoben sich zu einem breiten Lächeln. »Ich höre ja gar keine Versprechungen? Denk darüber nach, Liebling. Mach es dir nicht schwerer als unbedingt nötig. Verhalte dich einfach ruhig und benimm dich.«

»Wie ein artiges kleines Mädchen?«

»Wie eine kluge Frau«, korrigierte er sie. Wieder bewegte sich seine Hand auf sie zu, wieder wurde er abgewiesen. Sie spürte, daß er noch bleiben wollte, seine Sache zu Ende führen wollte. Aber sie hatte ihn abgelehnt, und nun zwang sie sich, ihre Entscheidung zu respektieren – jedenfalls für den Augenblick. Jedesmal wenn sie einander über den Weg liefen, würde der Kampf erneut ausbrechen. Und jedesmal wäre die Versuchung gerade deshalb noch stärker, weil sie bisher unterdrückt worden war.

»Ich werde jetzt gehen«, sagte er.

»Gut.«

Er blieb stehen, dann sagte er: »Ich will nicht gehen.«

»Tu es trotzdem.«

Er lachte. »Du bist eine knallharte Frau, Faith Devlin.«

»Hardy.«

»Den habe ich nicht gekannt, er kommt mir unwirklich vor. Hast du ihn geliebt?«

»Ja.« *Aber nicht so, wie ich dich liebe. Niemals so.*

Seine dunklen Augen funkelten. Jetzt berührte er sie doch und legte seine Hand auf ihre Wange. »Für mich wirst du immer eine Devlin bleiben, mit deinen roten Haaren und deinen Hexenaugen.« Er beugte sich und preßte seine Lippen einen kurzen Augenblick lang auf ihre. Dann war er verschwunden. Als die Tür sich hinter ihm geschlossen hatte, sank Faith erleichtert auf einen Stuhl.

Es schien ihr, als ob ein Orkan durch das Zimmer gefahren sei und sie umhergewirbelt hatte. Ihr Herz schlug immer noch wie wild, und ihre Knie waren weich wie Butter. Diese kurze Zeit gehörte zu den erotischsten Minuten ihres Lebens. Und er mußte dazu nichts weiter tun, als ihr Bein zu berühren. Wenn sie tatsächlich miteinander geschlafen hätten, dann hätte sie vollkommen die Selbstbeherrschung verloren. Das Verlangen, das ein einziger seiner Blicke, eine flüchtige Berührung oder auch lediglich sein herrlich würziger Geruch auslösen konnte, jagte ihr Angst ein.

Für mich wirst du immer eine Devlin bleiben.

Nicht gerade das schönste aller Komplimente. Sie konnte nur den Schluß daraus ziehen, daß er niemals ihre Herkunft, ihre Familie vergessen würde und daß sie nichts tun konnte, um seine Meinung über sie zu ändern.

Und ich werde dich immer lieben, flüsterte sie. *Immer.*

Nur eine Berührung ihres Beins, und er wäre fast gekommen, dachte Gray ironisch. Himmel, wenn er wirklich einmal in sie eindringen sollte, dann würde sein Herz von der Anstrengung, sich zurückzuhalten, vermutlich explodieren.

Seine Hände zitterten beim Fahren, eine ganz normale Reaktion, wenn er mehr als eine Minute in Faiths Gegenwart verbracht hatte. Es wäre alles viel einfacher, wenn sie auf ihn nicht ebenso reagieren würde. Sie hätte ruhig bleiben und ihn ablehnen können. Statt dessen aber dieser schmelzende Blick ihrer Augen! Er kannte all die Anzeichen. Ihr Atem wurde tiefer, ihre Brüste wurden rund und fest, ihre Knospen richteten sich auf. Und obwohl er sie nur flüchtig geküßt hatte, weil er der Versuchung nicht länger hatte widerstehen können, waren ihre Lippen doch rot und geschwollen gewesen. Eine leichte Röte hatte unter ihrer Haut gelegen.

Er begehrte sie. Er mußte sie zum Gehen überreden. Er

begehrte sie. Die sich ausschließenden Imperative machten ihn verrückt.

Sie hatte ihm nicht versprochen, keine Fragen mehr zu stellen. Sie hatte nicht mit ihm argumentiert, jetzt aber wurde ihm klar, daß hinter ihrem Schweigen eine grenzenlose Sturheit steckte. Sie mochte nicht aktiv kämpfen, aber sie widerstand. In jungen Jahren war Faith oft vom Leben gebeutelt worden, sie war zu hilflos gewesen, ihre eigenen Entscheidungen zu treffen. Jetzt aber, wo sie ihr Schicksal selbst bestimmen konnte, ließ sie sich nicht leicht von ihrem Kurs abbringen. Diese Gradlinigkeit war vermutlich der Grund, warum sie mit erst sechsundzwanzig Jahren bereits Besitzerin ihres eigenen Unternehmens war.

In Anbetracht dieser Tatsache war es nicht sehr wahrscheinlich, daß er sie davon überzeugen konnte, die Stadt zu verlassen. Seiner Vernunft, sich von ihr fernzuhalten, konnte er ebenfalls nicht trauen. Er blickte also einer äußerst schwierigen Zukunft entgegen.

Monicas Hände zitterten, als sie die Tür zu Alex' Büro öffnete und Andrea anlächelte. Es gelang ihr, ihre Stimme ruhig und freundlich klingen zu lassen. »Ich hoffe doch, daß er im Büro ist. Ich war gerade in der Stadt, und da ist mir etwas eingefallen, was ich gern mit ihm besprechen würde.«

»Es ist dein Glückstag«, erwiderte Andrea lächelnd. Sie kannte Monica, seit diese in den Windeln gelegen hatte. »Er ist vor fünf Minuten zurückgekommen. Er macht sich gerade noch etwas frisch, wird aber in einer Minute hier sein. Setz dich doch.«

Daß er sich frisch machte, war natürlich lediglich die höfliche Form, ihr mitzuteilen, daß Alex auf der Toilette war. Mama würde so etwas Ähnliches sagen, sollte sie überhaupt auf eine Toilette auch nur anspielen. Monica hatte während ihres zweiunddreißig Jahre langen Lebens noch niemals gehört, daß ihre Mutter die tatsächliche Funktion einer Toilette erwähnt hatte. Körperliche Dinge mußten, so gut es ging, versteckt werden. Monica konnte sich nicht vorstellen, daß ihre Mutter jemals Sex gehabt hatte, obwohl sie und Gray der lebende Beweis dafür waren, daß es mindestens zweimal passiert sein mußte. Und was den Besuch eines Gynäkologen und die Erniedrigung einer Geburt betraf, so war es ein Wunder, daß Noelle ihren Vater nicht gleich nach dem ersten Mal aus dem Schlafzimmer ausgeschlossen hatte, um das alles nicht noch einmal durchleben zu müssen.

Monica vermied das Ledersofa, ging auf das Fenster zu und schaute zum Rathaus hinüber. Die frischen Frühlingsblüten machten nun dem üppigen Blätterwuchs des Sommers Platz. Die Zeit drängte unaufhörlich vorwärts. Die Erde und die Pflanzen durchliefen ihre Zyklen, ohne sich dabei von kleinlichen Menschen beeinflussen zu lassen, die in ihrer Überheblichkeit glaubten, daß sie alles in der Hand hatten.

Alex kam in das Zimmer und lächelte bei ihrem Anblick. »Was bringt dich heute zu mir?« Er war gerade gestern abend bei ihnen zum Essen gewesen, wo man dringende Fragen hätte erörtern können.

Monica betrachtete das hagere, gutaussehende Gesicht, die freundlichen grauen Augen, und ihr Hals wurde trocken. Seit einer Woche versuchte sie den Mut aufzubringen, um mit ihm zu sprechen. Sie hatte es heute sogar bis in sein Büro geschafft, aber jetzt versagte ihr die Stimme.

Er runzelte angesichts ihrer Zurückhaltung die Stirn. »Was ist los, Liebling?« fragte er leise, schloß die Tür, kam auf sie zu und nahm ihre Hand.

Sie atmete tief durch. Manchmal glaubte sie, daß sie vollkommen verrückt sei und daß die Sache mit Alex nur in ihrer Phantasie existierte. In seinem Blick oder seinem Benehmen war nie auch nur eine Andeutung ihres Verhältnisses zu spüren, wenn sie sich irgendwo in der Öffentlichkeit trafen. Er war ganz einfach nur der Alex, der er immer gewesen war. Eine standhafte Schulter, an die man sich anlehnen konnte, die er bereitwillig zur Verfügung gestellt hatte, bis sie und Gray alles selbst übernehmen konnten. Es schien tatsächlich so, als ob diese heimlichen Augenblicke sich zwischen zwei anderen Menschen abspielten, zwischen Papa und Mama, die sich in der Person anderer begegneten.

Es war aber Alex, ermahnte sie sich selbst. Er würde sich nicht in Luft auflösen. Seine Liebe und seine Unterstützung hingen nicht davon ab, ob sie mit ihm schlief oder nicht. Sie war für ihn eine bequeme Lösung, ein Ventil für seine aufgestauten Gefühle gewesen, mehr nicht.

Das jedenfalls sagte ihr die Vernunft. Emotional jedoch war sie zu Tode erschrocken. Ein Vater hatte sie bereits verlassen, seine Liebe zu ihr war nicht stark genug gewesen, um sich der Verlockungen einer Renee Devlin zu entziehen. Sie hätte es nicht ertragen können, wenn sie Alex auch noch verloren hätte.

Aber dann war da Michael. Wenn sie jetzt nicht die Gelegenheit beim Schopfe ergriff, dann würde sie *ihn* vielleicht für immer verlieren. Ihre Wahl zwischen diesen beiden Männern war eigentlich gar keine Frage. Michael gehörte ihr ganzes Herz. Er war das Leben, das sie ausfüllte.

»Monica?« drängte Alex, und seine grauen Augen verdunkelten sich sorgenvoll.

Sie schluckte. Sie mußte es ihm sagen. Sie schloß die Augen und ratterte es herunter. »Ich werde Michael McFane heiraten.«

Einen kurzen Augenblick lang war es still. In Erwartung eines Unheils kniff sie die Augen noch fester zusammen. Als jedoch die Sekunden verstrichen, ohne daß Alex etwas sagte, hielt sie es nicht länger aus und öffnete die Augen.

Er lächelte sie in liebevoller Überraschung an. »Meine herzlichen Glückwünsche«, sagte er lachend. »Was hast du denn geglaubt, was ich sagen würde?«

Erstaunt blickte sie ihn an. »Ich ... ich weiß es nicht.«

»Ich bin glücklich für dich, meine Liebe. Weder du noch Gray haben bisher irgendeine Neigung erkennen lassen, daß ihr heiraten werdet. Das hat mir immer Sorgen bereitet. Der Sheriff ist ein guter, verläßlicher Mann.«

Sie benetzte ihre Lippen. »Mama wird es aber nicht gefallen.«

Er schwieg einen Moment lang nachdenklich. »Wahrscheinlich nicht, aber das sollte dich nicht bremsen. Du hast es verdient, glücklich zu sein, Monica.«

»Ich will sie nicht verletzen.«

»Es gibt Dinge, denen sie sich einfach wird stellen müssen. Andere wiederum sollte man ihr vielleicht nicht zumuten. In diesem Falle aber solltest du Michael heiraten und so glücklich wie nur irgend möglich werden. Glaube mir, diese Neuigkeit wird sie nicht halb so sehr aufregen wie die Sache mit Faith Devlin?«

»Faith Devlin?« Monica blinzelte. »Was ist mir ihr?« Da Noelle bereits wußte, daß Faith wieder in Prescott wohnte, konnte sie sich auf Alex' Bemerkung keinen Reim machen.

»Hat dir Gray nicht davon erzählt?« Er schien überrascht.

»Offensichtlich nicht. Was hätte er mir denn erzählen sollen?«

Er seufzte. »Sie hat hier in der Stadt alle möglichen Fragen gestellt – über Guy. Persönliche Fragen. Wenn man sie nicht bremst, dann wird sie alles wieder aufwühlen. Das wird Noelle viel mehr zusetzen als deine Hochzeit.«

Monica schien es, als ob man ihr einen Schlag versetzt hätte. Faith Devlin stellte Fragen über ihren Vater? Allein schon der Gedanke machte sie wütend. War es nicht genug damit, daß ihre Hure von Mutter ihr ihren Vater weggenommen hatte? Monicas Gesicht rötete sich vor Wut. »Was für Fragen hat sie denn gestellt? Verflixt noch mal, was muß sie sich da einmischen?«

»Persönliche Fragen. Was für ein Mensch er war und ähnliche Dinge. Gestern ist sie hier vorbeigekommen, weil sie gehört hatte, daß ich Guys bester Freund war. Mit mir zu sprechen ist eine Sache. Aber Gray hat heute früh herausgefunden, daß sie auch Ed Morgan mit Fragen belästigt hat.«

»Sie hat *Ed Morgan* über Papa ausgefragt?« schrie Monica. »Er ist das größte Klatschmaul weit und breit!«

»Gray hat sich der Sache angenommen«, beruhigte sie Alex und tätschelte ihre Hand. »Du kennst ja Gray. Nach nur zehn Sekunden konnte Ed Morgan nur noch stottern.«

Wenn Gray in Wut geriet, war er mit seinen kalt glitzernden dunklen Augen tatsächlich beängstigend. Sie glaubte nicht, daß Ed Morgan ihm auch nur annähernd zehn Sekunden widerstanden hatte. Die Vorstellung amüsierte sie einen Augenblick lang, aber dann wurde sie von ihrer Empörung über Faith Devlins Wagemut überlagert.

»Ich kann ihre Neugier verstehen«, sagte Alex. »Aber ich habe schon zu Gray gesagt, daß es für deine Mutter ein Verhängnis wäre, wenn sie das herausfände.«

»Ich kann ihre Neugier aber nicht verstehen!« schrie Monica. Es bedurfte so wenig, um alles wieder in ihr hochkommen zu lassen: das Gefühl des Verlorenseins, den erstickenden Schmerz. Haß brodelte in ihr auf. Sie riß ihre Hand los und wandte sich ab. »Gray hat Ed Morgan zum Schweigen gebracht, aber was macht er mit *ihr*?«

»Das weiß ich nicht.« Alex schüttelte den Kopf. »Du wirst sicherlich nicht mit mir übereinstimmen, aber anfangs war ich dafür, daß man sie in Ruhe läßt. Was damals geschehen ist, war nicht ihre Schuld. Sie hat das Recht, dort zu leben, wo sie leben will. Das ist etwas, das Noelle hätte akzeptieren müssen, um dann das Beste daraus zu machen. Aber hier geht es um etwas anderes. Es geschieht mit voller Absicht, und es ist etwas, woran *sie* die Schuld trägt.«

»Gray wird sich darum kümmern«, erwiderte Monica. »Er muß es einfach.«

»Ich weiß nicht, ob er dazu in der Lage ist.«

»Natürlich ist er das! Es gibt eine ganze Reihe von Dingen, die er tun könnte.«

»Laß es mich noch deutlicher sagen. Angesichts seiner Gefühle für Faith wird er wohl kaum mit der nötigen Härte gegen sie vorgehen. Wach auf, Monica!« warnte er sie. »Paß auf deinen Bruder auf. Er fühlt sich zu ihr hingezogen. Die ganze Sache ist für ihn nicht leicht.«

Monica spürte, wie ihr das Blut aus dem Gesicht wich und sich ihre Züge verhärteten. Gray fühlte sich zu dieser Frau *hingezogen*? Nein. So gemein konnte Gott nicht sein. Er würde es nicht zulassen, daß sie diesen Alptraum noch einmal durchleben mußte.

Sprachlos reichte sie Alex die Hand. Sie konnte sein offenkundiges Mitleid mit ihr nicht ertragen und verließ eilig das Büro. Erst auf der Straße fiel ihr wieder ein, daß sie versäumt hatte, ihm zu sagen, daß sie ihr Verhältnis beenden mußten.

Wenn Gray mit Renee Devlins Tochter zusammen wäre, würde das Mama umbringen. Der Klatsch würde so gemein werden, daß sie niemals wieder ihr Gesicht zeigen könnte. Monica lachte bitter auf. Daß sie auch nur einen Gedanken daran verschwendet hatte, Mama würde sich wegen Michael McFane Sorgen machen!

13

Francis Pleasants Büro lag im zweiten Stockwerk. Während Faith die Treppen hinaufstieg, hoffte sie entgegen aller Wahrscheinlichkeit, daß sie ihn dort anträfe, daß sein Telefon nicht funktioniert hatte, daß alles in Ordnung wäre. Ein nicht funktionierendes Telefon war zwar nicht sehr wahrscheinlich, denn wenn er nicht hätte nach draußen telefonieren können, hätte er es selbst bemerkt und ein anderes Telefon benutzt. Außerdem wäre ihm sicherlich nicht entgangen, daß er keinerlei Anrufe von außen mehr bekam. Aber vielleicht war er ja einfach mit einem anderen Fall beschäftigt und hatte sie ganz vergessen.

Sie bezweifelte jedoch, daß Francis P. Pleasant jemals irgend etwas vergaß.

Sein Büro lag hinter der ersten Tür links. Die obere Hälfte der Tür war verglast, aber die von innen angebrachte Jalousie verhinderte, daß sie in das Zimmer blicken konnte. Sie drückte die Klinke herunter, aber die Tür war verschlossen. Ohne eine Antwort zu erwarten, klopfte sie an und legte ihr Ohr gegen das Glas. Im Zimmer blieb es still.

Im Türblatt befand sich ein Briefschlitz. Faith schob ihn auf und drehte ihren Kopf so, daß sie hineinschauen konnte. Ihr Blickfeld war sehr eingeschränkt, aber sie konnte eine ziemliche Menge Post auf dem Boden verstreut erkennen. Er war nicht da. Die viele Post ließ darauf schließen, daß er bereits mehrere Tage nicht im Büro gewesen war.

Äußerst besorgt ging Faith den Flur hinunter zur nächsten Tür. Der Beschriftung nach befand sie sich vor dem Rechtsanwaltsbüro Houston H. Manges. Sie konnte das Klappern einer Schreibmaschine und Stimmen vernehmen, also öffnete sie die Tür und trat ein.

Houston H. Manges Büro war klein und überfüllt. Jedes

bißchen Freiraum war mit Aktenschränken belegt. Sie befand sich im Empfangsbereich, den sich eine weißhaarige Frau mit drei Gummibäumen teilte, von denen einer eine unglaubliche Länge erreicht hatte. Der Raum dahinter, in den sie durch eine geöffnete Tür blicken konnte, hatte in etwa dieselbe Größe und war bis zur Decke mit Büchern vollgestellt. Ein gedrungener Mann saß hinter einem etwas ramponierten Schreibtisch und sprach mit einem Klienten, der in einem der beiden mit rissigem Imitatleder bezogenen Sessel ihm gegenüber saß. Von dem Klienten konnte sie lediglich den Hinterkopf sehen.

Die winzige Frau schaute auf und lächelte fragend, machte aber keinerlei Anstalten, die Tür zu schließen, um ihrem Chef und seinem Besucher etwas mehr Privatsphäre zu gönnen. Faith zuckte kaum merklich mit den Schultern und trat näher.

»Ich bin eine Klientin von Mr. Pleasant nebenan«, sagte sie. »Seit Tagen habe ich vergeblich versucht, ihn telefonisch zu erreichen. Wissen Sie vielleicht, wo ich ihn finden könnte?«

»Nein«, erwiderte die kleine Frau. »Vor etwa einer Woche ist er in diese Stadt gefahren, die an der Grenze zu Mississippi liegt, der Name ist mir entfallen. Perkins oder so ähnlich. Ich nehme an, daß er sich immer noch dort aufhält.«

»Nein, von dort ist er schon einen Tag später wieder abgereist. Er hat ein schwaches Herz, deshalb mache ich mir Sorgen.«

»O je.« Das kleine Gesicht verzog sich zu einer sorgenvollen Miene. »An sein Herz habe ich gar nicht gedacht, obwohl ich davon wußte. Seine Frau Virginia – wir haben immer zusammen zu Mittag gegessen, und es war so traurig, als sie starb – hat mir davon erzählt. Es war wohl richtig schlimm, wie sie sagte. Ich habe gar nicht daran gedacht, nach ihm zu sehen.« Sie griff nach der Telefonkartei und blätterte bis zum Buchstaben 'P'. »Ich versuche mal seine Privatnummer. Sie steht nicht im Telefonbuch. Er wollte nicht, daß sich Geschäftliches mit Privatem vermischt.«

Das wußte Faith bereits. Sie hatte die Auskunft angerufen, um die Nummer zu bekommen. Als sie dort nicht fündig geworden war, war sie hierhergefahren, um ihn zu suchen.

Nach einer Weile legte die kleine Dame den Hörer wieder auf. »Keine Antwort. Jetzt mache ich mir aber wirklich Sorgen. Es ist nicht Francis' Art, nicht Bescheid zu geben, wo er ist.«

»Ich rufe alle Krankenhäuser an«, sagte Faith mit Entschiedenheit. »Darf ich von hier aus telefonieren?«

»Aber selbstverständlich. Wir haben zwei Leitungen, man kann uns also trotzdem noch erreichen. Wenn wir einen Anruf erhalten, müssen Sie allerdings auflegen, damit ich ihn annehmen kann.«

Faith dankte Gott für die südstaatliche Gastfreundschaft, nahm das Telefonbuch von New Orleans und suchte die Krankenhäuser heraus. Es waren mehr, als sie erwartet hatte. Mit dem obersten beginnend, wählte sie dessen Nummer.

Eine halbe Stunde später und mit dreimaliger Unterbrechung wegen einlaufender Telefonate gab sie sich geschlagen. Mr. Pleasant war in keinem der örtlichen Krankenhäuser zu finden. Wenn er auf der Fahrt zurück von Prescott krank geworden war, wäre er in einem anderen Krankenhaus untergekommen. Aber in welchem?

Es konnte ihm ja auch etwas wirklich Schlimmes zugestoßen sein. Das war eine Möglichkeit, an die sie gar nicht zu denken wagte. Wenn Guy Rouillard ermordet worden war und Mr. Pleasants Fragen eine bestimmte Person aufgestört hatten ... allein der Gedanke verursachte ihr Übelkeit. Wenn dem freundlichen älteren Herrn etwas zugestoßen sein sollte, so war es ihre Schuld, weil sie ihn da hineingezogen hatte. Sie hatte ja nichts gehabt, woran sie sich halten konnte, abgesehen von Renees Behauptung, daß sie an jenem Abend überhaupt nicht mit Guy zusammen gewesen war und ihn seither nie wiedergesehen hatte.

Die wenigsten Menschen würden wohl einen Mord hinter einer solchen Geschichte vermuten. Die wenigsten Menschen hätten jetzt die Angst, daß Mr. Pleasant irgendwie auf dieselbe Person gestoßen war, die auch Guy ermordet hatte. Aber andererseits waren die wenigsten Menschen mitten in der Nacht aus ihrem Haus gejagt und in den Dreck gestoßen worden. Vor dem Verschwinden von Renee und Guy war Faiths Leben zwar freudlos, aber doch berechenbar gewesen. In jener Nacht jedoch war ihr Glaube an die beruhigende Normalität des Lebens zusammengebrochen. Niemals hatte sie wieder dieselbe Geborgenheit verspürt. Es war, als ob man einen Vorhang aufgerissen hatte und sie nun ständig an alle erdenklichen Gefahren erinnert wurde. Schlimme Dinge waren nicht nur möglich, ihrer Erfahrung nach waren sie sogar wahrscheinlich. Sie hatte Scotties Hand gehalten, als er gestorben war, sie hatte Kyle in der Leichenhalle identifiziert. Sie hatte keine Zweifel mehr, daß solche Dinge vorkamen im Leben.

»Was werden Sie jetzt tun?« fragte die Sekretärin, die davon auszugehen schien, daß Faith etwas unternähme.

»Eine Vermißtenanzeige aufgeben«, erwiderte Faith, weil das das einzige war, was ihr einfiel. Mr. Pleasant war so plötzlich und so unwiederbringlich wie Guy Rouillard verschwunden. Und er hatte Fragen über Guy Rouillard gestellt. Zufall? Ziemlich unwahrscheinlich. Aber andererseits hatte sie keinerlei Anhaltspunkte, die eine polizeiliche Untersuchung rechtfertigen würden. Sie konnte lediglich eine Vermißtenanzeige aufgeben. Das würde wenigstens eine wie auch immer geartete Nachforschung in Gang setzen.

Sie erkundigte sich nach dem Weg zum Polizeihauptquartier und fuhr dorthin. Ein Beamter zeigte ihr das zuständige Büro. Dann saß sie auf einem steillehnigen Stuhl und erzählte einem müde blickenden Detektiv, der sich den Anschein des Interesses gab, was sie wußte.

»Sie haben das Motel angerufen, in dem er wohnte? Und er war bereits nicht mehr da?« fragte Detektiv Ambrose. Sein ermatteter Blick erhellte sich etwas, wenn er sie anblickte.

»An der Rezeption hatte man Mr. Pleasant nicht gesehen. Der Portier sagte, daß er den Schlüssel auf dem Nachttisch hinterlassen habe und daß seine Sachen nicht mehr dagewesen seien.«

»War das Zimmer im voraus bezahlt worden?«

Faith nickte.

»Nichts Ungewöhnliches also. Demnach hat ihn niemand gesehen, nachdem er Prescott verlassen hat. Seine Post stapelt sich in seinem Büro, niemand nimmt zu Hause sein Telefon ab, und sein Herz ist auch nicht mehr das beste.« Der Detektiv schüttelte den Kopf. »Ich werde mir sein Haus ansehen, vielleicht finde ich etwas, aber ...« Er zögerte mitfühlend.

Aber vermutlich hat einfach das Herz nicht mehr mitgemacht, das war es, was er dachte. Faith zog betrübt die Schultern hoch. Wenn Mr. Pleasant gestorben war und sie weder seine Hand hatte halten noch seinem Begräbnis hatte beiwohnen können, würde sie das sehr traurig machen. Sie hatte lediglich die Neueingänge der Krankenhäuser nachgeprüft und nicht, ob er nicht irgendwann in der letzten Woche dort behandelt worden war. Aber er wußte von seinem Herzen, war vorbereitet, hatte sogar darauf gewartet, seine Frau wiederzusehen. Es würde sie traurig machen, aber es wäre doch irgendwie richtig gewesen, wenn er so gegangen wäre. Der eigentliche Alptraum wäre es, wenn der Detektiv ihn nicht auffinden konnte. Dann müßte sie das Schlimmste annehmen und schwebte dennoch im Ungewissen.

Sie zog eine Visitenkarte aus ihrer Handtasche und schob sie über den Schreibtisch. »Bitte rufen Sie mich an, wenn Sie etwas erfahren haben«, sagte sie. »Ich habe ihn nicht gut gekannt, aber er war mir dennoch sehr sympathisch. Er war ein ausgesprochen netter Mann.« Entsetzt bemerkte sie, daß sie in der Vergangenheitsform über ihn sprach, und zuckte zusammen.

Der Detektiv nahm die Karte entgegen und fuhr mit dem Finger an der Kante entlang. »Etwas würde ich gerne noch von Ihnen erfahren, Mrs. Hardy. In welcher Angelegenheit war er für Sie tätig?«

Sie hatte die Frage vorausgesehen und sagte ihm die Wahrheit. »Vor zwölf Jahren ist meine Mutter mit ihrem Liebhaber durchgebrannt. Ich wollte, daß Mr. Pleasant die beiden findet.«

»Ist ihm das gelungen?«

Sie schüttelte den Kopf. »Jedenfalls nicht, solange ich noch Kontakt zu ihm hatte.«

»Wann war das?«

»Ich hatte ihn zum Essen eingeladen. Das war am Abend, bevor er das Motel verlassen hat.«

»Hat ihn irgend jemand danach noch gesehen?«

»Das weiß ich nicht.« Es war nicht schwer, die Zielrichtung seiner Fragen zu erkennen. Aber immerhin nahm sie der Detektiv ernst.

»Hat er einen normalen Eindruck gemacht, als er ging?«

»Ja, es schien ihm gut zu gehen. Ich bekam überraschend Besuch, deshalb ist Mr. Pleasant gleich nach dem Essen gegangen.«

»Außer Ihnen hat ihn also noch jemand gesehen?«

Sie lächelte kaum merklich. »Ja.«

»Wer war Ihr Besuch?«

»Ein Nachbar, Gray Rouillard. Er kam vorbei, um mir mein Haus abzukaufen.« Es war erstaunlich, wie weit die nackten Fakten von den wirklichen Ereignissen entfernt lagen. Sie hatte sich zu einer Expertin gemausert, die lediglich die Spitze des Eisberges offenlegte und sich mit dem Rest der Wahrheit bedeckt hielt.

»Gray Rouillard«, wiederholte Detektiv Ambrose, und seine

müden Augen erhellten sich. »Ist das derselbe Rouillard, der vor ungefähr zehn Jahren für die LSU Football gespielt hat?«

»Es ist fast schon dreizehn Jahre her«, erwiderte sie. »Ja, das ist derselbe Mann.«

»Die Rouillards sind hier in der Gegend sehr einflußreich. Und Sie wollen ihm Ihr Haus verkaufen?«

»Nein. Er wollte es kaufen, aber ich will nicht verkaufen.«

»Haben Sie ein gutes Verhältnis zu ihm?«

»Nein, das kann man nicht behaupten.«

»Ach so.« Er schien enttäuscht. Faith starrte ihn einen Augenblick an, dann lächelte sie schwach. Sie war hier schließlich in den Südstaaten. Professioneller Football hatte sich zwar in der Gunst der Zuschauer auch schon einen Platz erobert, konnte aber dem College-Football nicht den Rang ablaufen.

»Nein, ich habe keinerlei Einfluß auf ihn, daß er Ihnen Eintrittskarten beschaffen könnte«, sagte sie.

Er zuckte mit den Schultern und lächelte ebenfalls. »Einen Versuch war es ja wert.« Er klickte seinen Kuli zurück und stand auf, womit er ihr bedeuten wollte, daß er keinerlei Fragen mehr an sie hatte. »Ich werde sehen, was ich über Pleasant herausfinden kann. Sind Sie noch eine Weile in der Stadt oder fahren Sie gleich nach Hause zurück?«

»Ich fahre zurück. Ich bin nur hierhergekommen, um ihn aufzusuchen.« Dankbar stand sie von dem unbequemen Stuhl auf und mußte sich zurückhalten, um sich nicht zu räkeln.

Er berührte leicht ihren Arm. »Mein erster Gang wird mich zu den Sterberegistern führen«, sagte er leise.

Faith biß sich auf die Unterlippe und nickte.

Seine Hand klopfte ihr leicht auf den Arm. »Ich lasse von mir hören.«

Fast während der gesamten Rückfahrt nach Prescott weinte sie. In den letzten zwölf Jahren hatte sie nur wenige Tränen vergossen, außer für Kyle und für Scottie. Aber der Gedanke,

Mr. Pleasant zu verlieren, tat ihr wirklich weh. Ihr Leben hatte sie mit einem Minimum an Optimismus ausgestattet, und so erwartete sie das Schlimmste.

Detektiv Ambrose blieb tatsächlich am Ball. Als sie nach ihrer Rückkehr den Anrufbeantworter abhörte, erwartete sie bereits eine Nachricht von ihm: »Ich war bei Pleasants Haus, wo ich aber keinerlei Anzeichen von ihm fand. Auch dort stapelt sich die Post, und die Nachbarn haben ihn nicht gesehen.« Dann kam eine kurze Pause. »Er ist auch nirgendwo als Todesfall registriert. Ich werde Sie über meine weitere Suche informieren.«

Er war verschwunden. Der Gedanke hallte wie ein Echo in ihrem Kopf. Nach seiner Abreise aus Prescott hatte ihn niemand mehr gesehen.

Vorausgesetzt, er war überhaupt aus Prescott abgereist.

Wut staute sich in ihr auf und verdrängte die Trauer. Ihre Mutter und Guy hatten vor zwölf Jahren etwas angezettelt, das bis heute seine zerstörerischen Schatten warf. Faith mußte zugeben, daß ihre Mutter mit Mr. Pleasants Verschwinden nichts zu tun hatte, denn sie hatte den Mann ja gar nicht gekannt. Dennoch war sie für die Wurzel dieses Übels verantwortlich.

Faith ließ ihren Überlegungen immer gleich Taten folgen. Wütend hob sie den Telefonhörer auf und wählte die Nummer ihrer Großmutter.

Am anderen Ende jedoch hörte sie nur endloses Klingeln. Es war niemand zu Hause.

Sie versuchte es noch vier Mal, ehe die brüchige Stimme ihrer Großmutter antwortete und Renee ans Telefon rief.

»Wer ist dran?« hörte sie Renee im Hintergrund fragen.

»Eine deiner Töchter, die Jüngste.«

»Ich will nicht mit ihr sprechen. Sag ihr einfach, ich bin nicht da.«

Faiths Hand umklammerte den Hörer, und ihre Augen wurden schmal. Sie hörte ihre Großmutter am Hörer herumfummeln. Sie wartete die vorgeschobene Entschuldigung nicht ab, sondern sagte: »Sag Mama, wenn sie nicht mit mir sprechen möchte, dann gehe ich zur Polizei.« Das war zwar nur Bluff, aber immerhin gut kalkuliert. Renees Reaktion darauf würde ihr viel verraten. Wenn ihre Mutter nichts zu verbergen hatte, dann war die Drohung wirkungslos. Wenn sie jedoch ...

Es entstand eine Pause, während die Nachricht weitergegeben wurde, dann meldete sich Renee zu Wort. »Wovon in aller Welt sprichst du denn, Faithie? Was hat denn die Polizei hier zu suchen?« Der Tonfall war zu freundlich, zu fröhlich.

»Ich spreche von Guy Rouillard, Mama ...«

»Würdest du jetzt bitte endlich mit Guy Rouillard aufhören? Wie ich dir schon sagte, habe ich ihn nicht gesehen.«

Faith kämpfte gegen die aufsteigende Übelkeit an und sagte in beruhigendem Tonfall: »Das weiß ich doch, Mama. Ich glaube dir. Aber meiner Ansicht nach ist ihm in der Nacht, wo du verschwunden bist, etwas zugestoßen.« Man durfte ihre Mutter nicht merken lassen, daß man sie irgendwie verdächtigte, sonst würde sie sich noch fester als das Portemonnaie eines Geizkragens verschließen.

»Davon habe ich nicht die geringste Ahnung. Wenn du so schlau bist, wie du glaubst, mein Fräulein, dann steck deine Nase besser nicht ständig in anderer Leute Angelegenheiten.«

»Wo hast du dich denn an dem Abend mit ihm getroffen, Mama?« fragte Faith, ohne auf den mütterlichen Ratschlag einzugehen.

»Ich weiß gar nicht, warum du dir so viele Sorgen um ihn machst«, erwiderte Renee verstockt. »Wenn er seine Pflicht mir gegenüber erfüllt hätte, wäre ich versorgt gewesen. Und ihr Kinder auch«, fügte sie noch an. »Er hat es aber immer weiter aufgeschoben, wollte warten, bis Gray die Schule beendet hatte – na ja, jetzt ist es auch egal.«

»Seid ihr ins Motel gegangen? Oder habt ihr euch woanders getroffen?«

Renee atmete scharf ein. »Du bist wirklich stur, wenn du dir mal etwas in den Kopf gesetzt hast, weißt du das eigentlich? Du warst von allen immer schon die Hartnäckigste. Du warst so überzeugt von dem, was du vorhattest, daß du sogar dann nicht locker gelassen hast, wenn du schon vorher wußtest, daß dein Vater dich dafür vertrimmen würde. Wir haben uns an dem Abend im Sommerhaus getroffen, wenn du es unbedingt wissen mußt. Dorthin sind wir fast immer zu unseren Verabredungen gefahren. Wenn du jetzt da rumschnüffelst, wirst du merken, daß mit Gray nicht halb so gut Kirschenessen ist wie damals mit Guy.«

Als Renee den Hörer aufknallte, zuckte Faith zusammen, atmete zitternd ein und legte auf. Was auch immer in der Nacht geschehen war, Renee wußte Bescheid. Nur ihr Eigeninteresse konnte sie zu etwas bewegen, was sie nicht wollte. Sie mußte also einen Grund dafür haben, warum sie nicht wollte, daß Faith die Polizei einschaltete. Bevor sie das eingestehen würde, mußte allerdings noch einiges geschehen.

Das Sommerhaus natürlich, dachte Faith resigniert. Warum konnten Guy und Renee ihre Rendezvous nicht amerikanischer Tradition entsprechend in einem Motelzimmer abhalten? Faiths Erinnerungen an das Sommerhaus waren gemischter Natur, wie alles, was Gray Rouillard betraf. Sie wollte das Haus eigentlich nicht wiedersehen, denn das würde sie zu sehr an ihre Kindheit erinnern. Wie sie sich damals stundenlang am Waldrand herumgetrieben und gehofft hatte, Gray für einen kurzen Augenblick zu sehen. Sie hatte bäuchlings auf Tannennadeln gelegen und ihm und seinen Freunden beim Baden zugesehen, hatte ihr lautes Lachen gehört und davon geträumt, daß sie eines Tages an ihrem Vergnügen teilnehmen könnte. Was für ein albernes Kind sie gewesen war!

Dort hatte sie auch Gray beobachtet, wie er sich mit Lindsey Partain liebte. Ihr Magen zog sich bei der Erinnerung zusammen, ihre Hände ballten sich in einer Mischung aus Eifersucht und Wut zu Fäusten. Damals hatte sie lediglich gesehen, wie schön er war. Jetzt aber war sie eine Frau geworden und besaß auch das Verlangen und die Wünsche einer Frau. Sie wollte noch nicht einmal daran denken, wie er es mit einer anderen trieb, geschweige denn ihn dabei beobachten.

Das alles war schon fünfzehn Jahre her, aber die Erinnerung daran war so frisch, als ob es erst gestern passiert wäre. Sie konnte sich an seine tiefe, rauchige Stimme erinnern, die französische Liebkosungen flüsterte, sie erinnerte sich an die Bewegungen seines kräftigen jungen Körpers zwischen Lindseys gespreizten Beinen.

Verdammt sollte er sein. Warum hatte er sie an jenem Tag in New Orleans geküßt? Nur von seinen Küssen zu träumen war eine Sache. Etwas ganz anderes war es, zu wissen, wie er schmeckte, wie weich seine Lippen waren, wie sich seine Umarmung anfühlte und wie sich seine Erektion gegen ihren Bauch preßte. Es war nicht fair von ihm, ihr Verlangen zu schüren, nur um es dann hinterher gegen sie zu verwenden. Aber nichts, was mit Gray zu tun hatte, war fair. Warum war sein Haar nicht über die Jahre schütter geworden, statt immer noch als dichte Mähne zu sprießen? Warum hatte er nicht zunehmen und einen Bierbauch bekommen können, unter dem sein Gürtel sich einschnürte? Statt dessen hatte er sogar noch besser trainierte Muskeln als während seiner Sportlerzeit. Und wenn er sich schon nicht verändert hatte, warum dann nicht wenigstens sie? Warum mußte ihr Herz in seiner Gegenwart immer noch so heftig schlagen?

Sie war doch immer noch das bewundernde kleine Mädchen, das Stunden, Wochen, ja Monate im Wald auf dem Bauch liegend verbracht hatte, um nur einen einzigen Blick auf ihren

Helden zu erhaschen. Selbst das Wissen, daß ihr Held manchmal ein rücksichtsloser Schuft sein konnte, hatte diese Fixierung auf ihn nicht erschüttern können.

Sie wollte nicht zum Sommerhaus gehen und sich mit ihren jugendlichen Träumereien konfrontieren. Was konnte sie nach zwölf Jahren dort schon noch finden? Nichts.

Bisher jedoch hatte noch niemand Guy Rouillards Verschwinden aus ihrem Blickwinkel betrachtet. Keiner hatte bisher den Verdacht gehegt, daß er dort möglicherweise die letzten Stunden seines Lebens verbracht hatte.

Faith haderte mit sich. Nach der langen Fahrt nach New Orleans und wieder zurück war sie müde und hungrig, außerdem vor Sorge wegen Mr. Pleasant vollkommen erschöpft. Sie wollte zwar nicht zum Sommerhaus gehen, hatte sich selbst jedoch von der Notwendigkeit überzeugt. Wenn sie aber dorthin ginge, dann sollte sie das sofort tun, solange die Nachmittagssonne noch hoch am Himmel stand.

Sie griff nach ihrem Schlüssel und verließ das Haus.

Der beste Weg dorthin war ihrer Meinung nach der, den sie auch als Elfjährige immer genommen hatte. Vom Hause der Rouillards führte eine Straße zum See hinunter, die sie aber vermeiden wollte. Von ihren früheren Erkundungen her kannte sie das Gelände der Rouillards jedoch wie ihre Westentasche. Sie beschloß, zu einem verwunschenen Flecken in der Nähe der Baracke zu fahren, in der sie aufgewachsen war. Als sie jedoch die letzte Kurve vor der Baracke erreicht hatte, hielt sie an und klammerte sich an das Lenkrad. Sie konnte einfach die letzte Biegung nicht umfahren. Die Baracke war mittlerweile sicher eingefallen, aber das würde ihre Erinnerungen nicht leichter machen. Sie wollte es ganz einfach nicht sehen, wollte die Erinnerungen an jene Nacht nicht wieder auffrischen.

Der Schmerz saß ihr wie ein Knoten in der Brust, nahm ihr die Luft und brannte in ihren Augen. Sie weinte nicht. Sie hatte für Mr. Pleasant, für Scottie und für Kyle geweint. Ihrer selbst wegen hatte sie seit der Nacht, in der Renee sie verlassen hatte, keine Träne mehr vergossen.

Wenn sie die Sache weiter hinausschob, würde sie noch später zu essen bekommen und sie hatte jetzt bereits großen Hunger. Sie stieg aus dem Auto, schloß ab und ließ die Schlüssel in ihre Rocktasche gleiten. Der Fahrweg war auf beiden Seiten üppig mit Sträuchern bewachsen und war jetzt fast nur noch ein Pfad, da die Natur das Land zurückerobert hatte. Als sie den Wald erreichte, wurde das Laufen einfacher. Sie nahm sich einen Stock, falls sie einer Schlange begegnen sollte, aber sie hatte keine Angst. In diesen Wäldern war sie aufgewachsen, hier hatte sie gespielt und sich vor Amos versteckt, der in betrunkenem Zustand seine Fäuste jedermann schmecken ließ, der ihm über den Weg lief.

Wohlbekannte kräftige Frühlingsgerüche übermannten sie. Sie blieb einen Moment stehen, um sie zu genießen. Sie schloß die Augen, um sich zu konzentrieren. Der würzige, braune Geruch der Erde, die Frische der Blätter, der goldene Duft des Harzes ließen sie erbeben. Auch Grays Duft enthielt etwas Harziges. Sie hätte ihn hier zu gern nackt bei sich gehabt, damit sie alle Schattierungen seines Duftes erkunden konnte. Trunken vor Glück würde sie sich an ihm ergötzen . . .

Sie riß die Augen auf. Die verräterische Wärme ihres Körpers verriet den Ursprung ihrer Phantasien. Ihre Rückkehr in den Wald hatte sie ausgelöst. In ihrem Kopf waren die Gerüche des Waldes untrennbar mit denen von Gray verbunden, mit der Hoffnung, ihn zu sehen, mit der schwindelerregenden Freude, wenn sie ihn tatsächlich sah.

Unbeirrt ging sie weiter. Wenn sie ihn nicht aus ihrem Kopf verbannte, dann würde sie schon bald auf ihrem Bauch in den Kiefernnadeln liegen und wieder ganz und gar in ihre Kindheit zurückgeworfen sein.

Der Weg bis zum See dauerte nur etwa zwanzig Minuten. Der Wald hatte sich natürlich verändert, die Zeit stand bei Bäumen so wenig still wie bei Menschen. Sie mußte einen Umweg um Hindernisse machen, die es früher nicht gegeben hatte, und alte Erkennungsmerkmale waren verschwunden. Dennoch fand sie ihren Weg mit der Zielsicherheit einer Brieftaube.

Sie kam aus der gewohnten Richtung seitlich von hinten auf das Sommerhaus zu. Von dort aus konnte sie die Anlegestelle und einen Teil des Bootshauses sehen. Früher hatte sie gebetet, daß dort eine Corvette stehen möge, jetzt aber war sie froh, keinen Jaguar dort zu erblicken. Es wäre wirklich ein Witz, wenn Gray jetzt auftauchte. Gott sei Dank hatte er heutzutage geschäftliche Dinge zu erledigen und konnte sich den Luxus eines langen, faulen Tages mit Schwimmen und Angeln nicht mehr leisten.

Die Zeit hatte auch das Sommerhaus verändert. Verwahrlost war es nicht gerade, dafür hatte Gray gesorgt. Dennoch machte es einen verlassenen Eindruck. Von Menschen regelmäßig genutzte Dinge verströmten eine gewisse Aura, die dieses Sommerhaus nicht mehr besaß. Die Ordnung war kaum merklich gestört. Früher war der Rasen immer akkurat gestutzt gewesen. Obwohl das Gras jetzt nicht voll Unkraut war, zeigte es doch eine gewisse Unebenheit, die darauf schließen ließ, daß es mindestens eine Woche lang nicht gemäht worden war. Früher hatte das Sommerhaus immer die Spuren menschlicher Nutzung gezeigt, jetzt aber war es geradezu penibel ordentlich und bar der Spuren von Aktivitäten, die es früher lebendig gehalten hatten.

Sie stieg die Hintertreppe hinauf, dieselbe Treppe, auf der sie einst gekauert und seinem Liebesspiel mit Lindsey Partain zugesehen hatte. Die Fliegentür zur Terrasse hin war nicht verschlossen und knarrte ein wenig, als sie sie öffnete. Bei dem

Geräusch mußte sie lächeln, so sehr war es mit ihren Kindheitstagen verbunden.

Trotz aller Schwierigkeiten hatte sie keine schreckliche Kindheit gehabt. Vieles war sogar geradezu erfreulich gewesen, voller Phantasie, beispielsweise ihre ausgiebigen Erkundungen der Wälder. Sie war durch Bäche gewatet, hatte Krebse mit bloßen Händen gefangen und hatte fein geäderte Blätter bewundert, die sie gegen die Sonne hielt. Sie hatte zwar nie ein Fahrrad besessen, aber sie hatte blauen Himmel und frische Luft gehabt und mit Spannung erwartet, wieviele Insekten und Würmer sich unter einem hochgehobenen Baumstamm versteckten. Sie hatte wilde Beeren direkt vom Strauch gegessen. Ab und zu hatte sie eine Pfeilspitze gefunden und ihren eigenen Pfeil und Bogen aus gespitztem Holz und einer alten Angelrute gebastelt. Die Vergnügungen hatten ihr einen Kräftevorrat verschafft, von dem sie in schlechten Zeiten zehrte.

Die Holzbohlen knarrten unter ihren Füßen, als sie auf die hintere Tür zuging. Auf der Veranda standen früher mehrere Schaukelstühle, auf denen man einen schönen Sommerabend genießen konnte. Das Angelzeug hatte ins Bootshaus gehört, ein paar der Gerätschaften lagen jedoch immer auf der Terrasse herum: eine Angelleine, ein reparaturbedürftiger Schwimmer, verschiedene Köder und Haken. Jetzt allerdings war die Veranda vollkommen leer. Jetzt war sie kein Treffpunkt mehr für übermütige Jugendliche oder ein Liebesnest für Erwachsene.

Sie ging zu dem Fenster hinüber, von dem aus sie Lindsey und Gray bei der Liebe beobachtet hatte. Das Zimmer war leer und die Dielen mit einer dünnen Schicht Staub bedeckt. Einen Moment lang stand sie da und erinnerte sich an den so weit zurückliegenden Sommertag, der von dem Zauber der Kindheit überlagert war.

Sich abwendend versuchte sie, die hintere Tür zu öffnen. Überrascht stellte sie fest, daß sich der Griff leicht drehen ließ.

Sie hatte das Sommerhaus noch nie von innen gesehen, sondern es lediglich das eine Mal bis auf die Veranda geschafft. Sie trat in die Küche und sah sich neugierig um. Es mußte früher einen Kühlschrank und einen Herd gegeben haben, denn in den Lücken, wo sie einmal gestanden hatten, waren die elektrischen Anschlüsse markiert. Sie öffnete die Schränke und Schubladen, aber sie waren alle leer. Jedes Geräusch hallte in den Räumen.

Alles war recht sauber. Es roch nicht nach Mäusen, obwohl die letzte Reinigung offenbar einige Wochen zurücklag. Als sie durch die Zimmer ging, fiel ihr auf, daß in keinem der Räume auch nur eine einzige Glühbirne war. In den zwei Schlafzimmern stand jeweils ein Schrank, und sie schaute in beide hinein. Nichts, noch nicht einmal ein einziger Kleiderbügel. Das Sommerhaus war vollkommen leer.

Welches der Schlafzimmer hatten Guy und Renee benutzt? Es war egal, denn hier würde sie nichts finden. Es gab keinerlei Nischen oder Schränke, in denen eine Leiche hätte verborgen werden können. Das Haus gab nicht zu dem geringsten Verdacht Anlaß. Jeder Beweis war schon lange weggewischt oder übermalt worden. Sie wunderte sich, daß sich noch niemand in dem Haus niedergelassen hatte, wo es doch nicht verschlossen war. Aber da es sich mitten auf dem Gelände der Rouillards befand, kamen hier nur wenige Menschen überhaupt vorbei.

Sie wollte noch zum Bootshaus gehen, obwohl sie dort nichts erwartete. Sie war nur zu ihrer eigenen Beruhigung hierhergekommen, daß sie alles getan hatte, um herauszufinden, was mit Guy und Mr. Pleasant geschehen war. Durch die Vordertür verließ sie das Haus Richtung Anlegesteg. Sowohl das Bootshaus als auch der Anlegesteg lagen in einem etwas abgeknickten Winkel zum Haus in einer leichten Biegung. Seit sie vor zwölf Jahren das letzte Mal hier gewesen war, hatte man der Vegetation erlaubt, die Ufer zu überwuchern. Junge Trauerweiden wuchsen in Gruppen am Wasser und spendeten nun viel mehr Schatten als früher. Früher hatte man, vom Bootshaus abgesehen, vom Haus aus fast ohne Hindernis auf den See blicken können. Jetzt aber schlugen Büsche und Bäume ihre Wurzeln tief in den nahrhaften Boden.

Der Anlegesteg war noch gut erhalten, und sie lief bis zur Spitze. Es war ein ruhiger Tag, die fast unmerkliche Brise schlug auf dem Wasser Wellen, die rhythmisch gegen die Poller klatschten. Es war einer dieser heißen, trägen Tage, an denen sie sich auf den Rücken legen und die dicken weißen Wolken beobachten wollte, die über den blauen Himmel trieben. Vögel zwitscherten in den Bäumen, ein Fisch sprang plätschernd und ohne den Frieden zu stören aus dem Wasser. Weiter links glitt ein rotweißes Etwas friedlich über die Wellen ...

Ihre Augen weiteten sich vor Entsetzen, während sie sich langsam umwandte. Ein Fischerboot bedeutete, daß jemand fischte. Jemand, den sie wegen des Bootshauses bisher nicht gesehen hatte. Wie ein Reh im Scheinwerferlicht folgte ihr Blick der Angelrute, die sich elegant aus dem Wasser bog. Die Angel wurde von Gray Rouillard gehalten, der mit freiem Oberkörper in der Nähe des Ufers hinter dem Bootshaus stand und sie aus zusammengekniffenen Augen beobachtete.

Einen Augenblick lang sahen sie sich über das Wasser hinweg an. Faiths Augen wanderten panisch umher. Sie suchte nach einem guten Grund für ihre Anwesenheit hier, ihr sonst so schnelles Gehirn jedoch war durch den Schock wie gelähmt. Sie hatte sich vollkommen allein geglaubt. Sich dann umzublicken und ausgerechnet Gray zu sehen, ohne Hemd auch noch, war einfach unfair. In seiner Gegenwart benötigte sie ihren ganzen Verstand und durfte sich nicht durch seine breite, nackte Brust oder das lange, auf die Schultern herabfallende Haar ablenken lassen.

Er ruderte schnell ans Ufer. Sie zog die Vorsicht dem Mut

vor und ergriff die Flucht. Ihre Fußsohlen donnerten auf den Bohlen. Er ließ die Angel fallen und rannte um das Bootshaus herum. Keuchend rannte sie noch schneller. Wenn sie den Waldrand vor ihm erreichen konnte, wäre sie vor ihm sicher. Sie war kleiner und schlanker und würde sich unter manchem Baum hindurchducken können, um den er einen Umweg machen müßte. Doch so schnell sie auch war, er hatte noch immer die Behendigkeit eines Footballspielers. Sie konnte ihn aus dem Augenwinkel heraus sehen. Er näherte sich immer mehr und legte mit jedem Schritt an Geschwindigkeit zu. Dann hatte er ihr den Bruchteil einer Sekunde voraus. Sein breiter Körper blockierte ihren Weg. Bevor sie anhalten konnte, prallte sie gegen ihn. Leider hatte sie zum Abstoppen kein sehr geeignetes Schuhwerk an. Mit voller Wucht traf sie auf seine Brust. Der Aufprall nahm ihr die Luft. Er stöhnte und stolperte ein paar Schritte rückwärts, seine Arme aber waren schnell genug, um sie aufzufangen.

Er fand sein Gleichgewicht wieder und legte leise lachend die Arme um sie. »Für ein Leichtgewicht war das ein ziemlich gelungener Versuch. Ganz schön schnell sogar. Wohin willst du denn so eilig, Rotschopf? Und was in aller Welt hattest du überhaupt hier zu suchen?«

Sie rang noch immer nach Luft. Himmel, er war wirklich hart wie Stahl! Sie hatte sich vermutlich beim Aufprall blaue Flecken zugezogen. Nach einer kurzen Pause brachte sie mühsam hervor: »Ich will mich erinnern und nachdenken.« Gleichzeitig versetzte sie ihm einen leichten Stoß, damit er sie wieder auf die Füße setzte.

Er schnaubte und ignorierte ihren Hinweis. »Du befindest dich auf einem fremden Grundstück. Da mußt du dir schon eine bessere Ausrede einfallen lassen.«

»Neugier«, brachte sie, immer noch außer Atem, hervor. Seine feste Umarmung hinderte sie daran, tief Luft zu holen.

Sie wand sich, hörte aber sofort wieder auf. Die Reibung an seiner nackten Haut war zu irritierend, zu gefährlich.

»Das kann ich schon eher glauben«, murmelte er. »Und wohin willst du jetzt?« Er beschloß, sie wieder auf die Füße zu stellen, und lockerte seinen Griff etwas, so daß sie an seinem Körper herabglitt. Faiths Wangen glühten, als sie etwas von ihm abrückte. Die Farbe rührte allerdings nicht von den tiefen Atemzügen, die sie jetzt tat. Er trug lediglich ein paar samtweiche Jeans und Stiefel. Fasziniert und hilflos starrte sie auf seinen nackten Oberkörper. Seine Schultern waren gut sechzig Zentimeter breit und voller Muskeln, die sich in mehreren Lagen über seine Brust zogen. Die schwarzen Locken seines Brusthaares verdeckten fast vollständig seine kleinen, flachen Knospen und liefen spitz auf seinen Bauchnabel zu. Sein flacher Nabel wurde durch die sündhaft tiefgeschnittenen Jeans betont. Ein dünner Schweißfilm glänzte auf seiner Haut. Er sah aus wie eine Statue, die nur aus Muskeln und Sehnen bestand.

»Wie bist du denn hierhergekommen?« sprudelte sie hervor, ohne auf seine Frage einzugehen. »Mir ist dein Auto gar nicht aufgefallen.«

»Mit dem Pferd.« Er nickte mit dem Kopf in Richtung der Wiese auf der anderen Seite des Hangs. »Dort steht er und frißt sich die Wampe voll.«

»Maximilian?« fragte sie, da sie sich an den Namen von Guys preisgekröntem Hengst erinnerte.

»Einer seiner Söhne.« Gray runzelte die Stirn und blickte auf sie herab. »Woher kennst du denn Maximilian? Und wie bist *du* hierhergekommen?«

»Den meisten Leuten in der Gegend hier ist es bekannt, daß du Pferde besitzt«, sagte sie und rückte ein wenig von ihm ab.

Er griff nach ihrem Arm. »Langsam, langsam. Viele Leute wissen von unseren Pferden, aber nur wenige von ihnen kennen den Namen des Zuchthengstes. Hast du schon wieder Fragen über uns gestellt?« Seine Hand umklammerte sie noch fester. »Mit wem hast du denn dieses Mal gesprochen? Sag es mir, verflucht noch mal!« Er unterstrich seine Forderung, indem er sie ein wenig schüttelte.

»Mit niemandem«, fauchte sie zurück. »Ich hatte den Namen noch von damals in Erinnerung.«

»Wie hättest du ihn denn damals wissen sollen? Renee hat sich zwar nie besonders zurückgehalten, aber ich bezweifle, daß sie zu Hause Details über das Leben ihres Liebhabers verbreitet hat.«

Faith preßte die Lippen aufeinander. Sie konnte sich an den Namen des Hengstes erinnern, weil sie wie ein Schwamm jedes bißchen Information über Gray aufgesogen hatte. Das würde sie ihm gegenüber jedoch nicht zugeben. »Ich hatte den Namen noch von damals in Erinnerung«, wiederholte sie schließlich.

Er glaubte ihr kein Wort, und sein Gesicht verdunkelte sich.

»Ich habe mit gar niemandem geredet!« schrie sie und versuchte sich loszureißen. »Ich habe mich an den Namen des Pferdes erinnert, mehr nicht.« Warum nur mußte jede Begegnung mit ihm mit einem Gerangel enden?

Er blickte in ihr nach oben gerichtetes Gesicht, und seine Augen wurden schmal. »Also gut, das laß ich dir durchgehen. Und jetzt erzähl mir, warum du deine Nase hier in mein Sommerhaus steckst, und wie du hierhergekommen bist. Denn ich weiß ganz bestimmt, daß *du* kein Pferd besitzt.«

Das konnte sie ihm ohne Schwierigkeiten erzählen. »Ich bin gelaufen«, sagte sie. »Durch den Wald.«

Er blickte auf ihre Füße. »Für eine Wanderung bist du nicht gerade gut ausgerüstet.«

Das stimmte. Sie hatte sich nicht die Zeit genommen, sich umzuziehen. Sie trug immer noch ihren knielangen Rock, Strümpfe und die flachen Schuhe, die sie auch in New Orleans schon angehabt hatte. Sie war in diesen Wäldern aufgewachsen und hatte sich wegen ihres Schuhwerks keine Sorgen gemacht. Um ihm ihre Gleichgültigkeit zu demonstrieren, zuckte sie mit den Schultern und sagte: »Daran habe ich überhaupt nicht gedacht.« Schnell fügte sie noch hinzu: »Tut mir leid, daß ich hier durchgelaufen bin, ich gehe auch gleich . . .«

»Moment mal.« Er hielt sie zurück. »Du gehst hier erst fort, wenn ich dir sage, daß du gehen kannst, und vorher nicht. Ich warte immer noch auf eine Antwort.«

Gott sei Dank funktionierte ihr Gehirn jetzt wieder besser. »Ich war nur neugierig«, sagte sie. »Hier haben sie sich damals getroffen, deshalb wollte ich es mir einmal ansehen.«

Sie brauchte ihm nicht erklären, wen sie damit meinte.

Zu ihrem Entsetzen wurde sein Blick ganz kalt. »Erzähl mir nichts. Du warst schon einmal hier, ich habe dich doch selbst gesehen.«

Ertappt starrte sie ihn an. »Wann denn?«

»Damals, noch als Kind. Du bist wie ein kleiner Kobold durch die Wälder gestreift, aber du hast vergessen, deinen roten Kopf zu bedecken. Er nahm eine ihrer Haarsträhnen und steckte sie hinter ihrem Ohr fest. »Es sah aus, als ob eine Flamme durch den Wald tanzte.«

Er wußte also, daß sie früher schon immer hierhergekommen war. Einen kurzen, peinigenden Augenblick lang fragte sie sich, ob er sich bewußt war, daß er sie angezogen hatte wie das Licht eine Motte. Verbittert erinnerte sie sich an all ihre kindlichen Phantasien, daß er eines Tages aufblicken, sie bemerken und sie zu den anderen mit einladen würde. Gesehen hatte er sie, schön und gut, aber eingeladen hatte er sie natürlich nicht. Wenn er sie damals tatsächlich hinzugebeten hätte, wäre das auch vollkommen überraschend für sie gewesen. Die acht Jahre Altersunterschied zwischen sechsundzwanzig und vierunddreißig fielen jetzt nicht mehr ins Gewicht, zwischen elf und neunzehn klaffte damals jedoch ein riesiges Loch. Und selbst wenn sie nicht zu jung gewesen wäre, war sie doch immer noch eine Devlin und auf alle Ewigkeit aus diesem Kreise verbannt.

»Ich frage dich noch einmal«, sagte er leise, als sie hartnäckig schwieg. »Was hast du hier gemacht?«

»Das sagte ich bereits.« Sie hob ihr Kinn und hielt seinem Blick stand. »Reine Neugier.«

»Die nächste Frage ist: Warum? Seit du wieder hier wohnst, zeigst du diese Neugier ziemlich häufig. Was hast du vor, Faith? Ich habe dich gewarnt, den ganzen Klatsch wieder aufzuwärmen und meine Familie zu verletzen. Und ich meine es verdammt ernst!«

Sie hatte ihm bereits die einzige Antwort gegeben, die sie geben konnte. Er hatte ihr nicht geglaubt. Sie könnte ihm die volle Wahrheit sagen, oder aber sie könnte lügen. Sie wählte weder die eine noch die andere Möglichkeit, sondern schwieg.

Sein Mund zuckte vor Wut, und seine Hand klammerte sich noch fester um ihren Arm. Faith gab keinen Laut von sich, und sein Blick senkte sich auf die deutlichen Male, die seine Finger auf ihrer weichen Haut hinterlassen hatten. Fluchend lockerte er seinen Griff. Wie ein Pfeil schoß sie von ihm weg und rannte auf die Sicherheit bietenden Wälder zu. Schon nach wenigen Schritten erkannte sie ihren Fehler, aber ihr Gefühl und nicht ihr Verstand hatte sie zu diesem Schritt bewogen. Als der Jäger, der er war, rannte er ihr augenblicklich hinterher. Sie hatte erst die halbe Wiese hinter sich, als sein schwerer Körper ihr den Boden unter den Füßen wegzog, wie ein Tiger, der eine Gazelle erlegte. Er stürzte mit ihr, hielt sie eng an sich gedrückt und drehte sich, so daß er den Fall abfing und sie auf ihm zu liegen kam. Sie sah nur noch Gras, Bäume und den Himmel, während er sie herumrollte und sich auf sie legte.

Ihr Verlangen ließ sie augenblicklich erstarren. Sie wagte es nicht, diesen wunderbaren Moment zu zerstören. In seinen

Armen zu liegen war eine Sache, unter ihm zu liegen jedoch eine noch ganz andere. Sein nicht geringes Gewicht preßte sie in das Gras. Der süße grüne Duft zerquetschter Grashalme mischte sich mit dem männlich verschwitzten Geruch seiner Haut. Der Fall hatte ihren Rock bis zu ihrem Schenkel hochgeschoben, und einer seiner Schenkel lag zwischen ihren, so daß ihre Beine seine Muskeln umschlossen. Instinktiv hatte sie sich beim Fallen an ihn geklammert. Jetzt gruben sich ihre Finger tief in seinen nackten Rücken und spürten die Hitze seines Körpers. Sie lagen da, als ob sie sich liebten, und ihr Körper reagierte sofort. Ihre Sinne verschwammen und wurden von einer ersten Explosion sexueller Wonne verdrängt.

»Alles in Ordnung?« murmelte er schließlich und hob den Kopf.

Faith schluckte. Die Worte blieben ihr im Hals stecken. Ihr Innerstes zog sich zusammen und sie wollte sich ihm in blindem Verlangen entgegenbiegen. Sich mühsam beherrschend, wandte sie den Blick ab. So mußte sie nicht sehen, ob ihr Verlangen sich in seinen Augen spiegelte.

»Faith?« drängte er.

»Ja«, flüsterte sie.

»Sieh mich an.« Er stützte fast sein gesamtes Gewicht auf die Ellenbogen, so daß sie besser atmen konnte. Aber er war immer noch viel zu nah, sein Gesicht nur wenige Zentimeter von ihrem entfernt.

Die Versuchung züngelte zwischen ihnen. Sie war um so stärker, als sie ihr schon so oft widerstanden hatte. Es bedurfte so wenig, die Lust zu einem Feuer zu entfachen: ein Kuß oder eine Berührung von ihm war wie ein Funke, der einen Strohhalm traf. Mit jedem Mal wurde es schwerer, ihm zu widerstehen. Nur ihre Aversion gegen schnellen Sex und die Vorstellung, ein Ebenbild ihrer Mutter zu sein, hatten es ihr möglich gemacht, ihn auf Abstand zu halten. Aber jede Berührung mit ihm schwächte ihre Willenskraft und erschwerte ihre Ablehnung.

Sein Atem strich ihr über die Lippen. Die zarte Berührung ließ sie den Mund öffnen, als ob sie ihn einatmen wollte. Sein Kopf senkte sich, sein Mund näherte sich dem ihren.

Verzweifelt klemmte sie ihre Arme zwischen sich und ihn und stemmte ihre Hände gegen seine Brust. Die dichten Locken kitzelten ihre Handflächen, und sie spürte seine harten Knospen unter ihrer Hand. Von ihrem BH und ihrer Bluse verborgen hatten sich auch ihre Knospen aufgerichtet.

Er verharrte über ihr. Schweiß rann von seiner Schläfe das Kinn hinunter. Seine Brustwarzen fühlten sich wie kleine Stacheln an, die in ihren Handflächen brannten. Sie wollte sie berühren, sie mit der Zunge erkunden, das Salz seiner Haut schmecken und seine Erektion spüren.

Die Versuchung zerrte heftig an ihr. Er atmete ein, und seine Brust dehnte sich unter ihren Händen. Das Kartenhaus ihres Widerstands fiel unter der Welle ihres Verlangens in sich zusammen. Leise seufzend bewegte sie ihre Hände, so daß ihre Daumen seine Brustwarzen einmal, zweimal und noch einmal berührten. Ihr wurde schwindelig vor Wonne.

Seine Pupillen weiteten sich und verdrängten fast vollkommen die dunkle Iris. Sein Kopf fiel zwischen ihre Arme, sein langes Haar umrahmte ihre Gesichter, und sein Atem stieß keuchend zwischen seinen Zähnen hervor. Jetzt wo sie nachgegeben hatte, konnte sie sich mit ihren Händen nicht mehr zurückhalten. Sie erkundete die muskulöse Breite seiner Brust und kam wieder und wieder zu den beiden Gipfeln zurück, die sie in dieses gefährliche Territorium gelockt hatten. Sie konnte ihn gar nicht genug berühren, konnte ihren Hunger, ihn zu spüren, kaum stillen.

Dann schob er ihre Hände beiseite. Seine Augen sahen funkelnd auf sie herab. »In einem fairen Spiel ist jeder mal an der Reihe«, sagte er und legte seine Hand auf ihren Busen.

Sie streckte sich ihm entgegen und stöhnte lustvoll auf. Ihre Brüste sehnten sich nach seiner Berührung. Sie waren so fest und empfindlich, daß ihr das glühende Gewicht seiner Hände fast unerträglich war. Hätte er jedoch jetzt von ihr abgelassen, es wäre die nackte Folter gewesen. Sogar durch ihre Kleidung hindurch brannten ihre Brüste unter seinen Fingern.

Er senkte den Kopf und küßte sie leidenschaftlich. Gleichzeitig zerrte er ihre Bluse aus dem Rockbund, schob seine Hand unter den Stoff, fingerte sich unter dem BH hindurch und legte seine Finger auf die zarten Hügel ihrer nackten Brust. »Du weißt, was ich will«, raunte er, verlagerte sein Gewicht noch mehr auf sie und preßte seine muskulösen Beine zwischen ihre.

O ja, sie wußte es. Sie wollte es ebenso heftig wie er, und das machte all ihre anderen Erwägungen zunichte. Seine rauhen Finger zupften an ihren Knospen, er rollte sie zwischen Finger und Daumen. Sie wünschte sich seine Lippen dort. Halb entblößt auf dem Gras unter der heißen Sonne wollte sie von ihm genommen werden. Sie wollte *ihn* haben, für immer.

»Sag es mir«, sagte er. »Sag mir, warum.« Er murmelte die Worte an ihrem Hals, während er eine Reihe von Küssen auf ihr Schlüsselbein setzte.

Sie blinzelte verwirrt in die Wolken. Dann rissen ihr seine Worte wie ein Sturzbach den Boden unter den Füßen weg. Er begehrte sie – der Beweis preßte sich gegen ihren Bauch –, aber während sie sich im Nebel der Lust verloren hatte, waren seine Sinne vollkommen klar geblieben. Er versuchte noch immer, die Antwort aus ihr herauszubekommen.

Wutentbrannt explodierte sie, schlug mit den Fäusten auf ihn ein und trat ihn mit den Füßen. Er rollte von ihr herunter und setzte sich auf. Mit seinen zerzaust um das Gesicht hängenden

Haaren und seinen vor entfesselter Lust schmalen Augen sah er aus wie ein halbnackter Wilder.

»Du elender Hund!« zischte sie und zitterte vor Wut. Sie kam auf die Knie und ballte die Hände zu Fäusten, die sie verzweifelt an sich hielt. Dies war der ungünstigste Zeitpunkt, ihn körperlich anzugreifen. Sowohl ihre als auch seine Selbstbeherrschung waren bis zum äußersten gespannt, die kleinste Ursache würde sie sprengen. Er machte sich auf ihren Angriff gefaßt. Sie beobachtete die erotische Erwartung in seinem Blick. Einen langen Augenblick lang sahen sie einander an, dann zwang sie sich wegzusehen. Bei dieser Auseinandersetzung hätte sie nur zu verlieren.

Und zu reden gab es auch nichts mehr. Vielleicht hatte sie das Feuer ja nicht direkt entfacht, aber sie hatte es geschürt, indem sie ihn gestreichelt hatte. Dafür, daß die Dinge sich weiter als gewollt entwickelt hatten, mußte sie sich selbst die Schuld geben.

Schließlich stand sie auf und machte mit steifen Bewegungen einen Schritt vorwärts. Ihr Rock hatte einen Riß, ihre Strumpfhose hing lose zerfetzt an einem Bein herunter. Sie wandte sich zum Gehen, wurde aber von ihrem eigenen Rock daran gehindert. »Ich bringe dich zurück«, sagte er. »Ich hole nur schnell das Pferd.«

»Danke, aber ich laufe lieber«, erwiderte sie steif.

»Ich habe nicht gefragt, was dir lieber ist. Ich habe gesagt, daß ich dich zurückbringe. Du solltest nicht alleine durch die Wälder streifen.« Er traute ihr nicht, daß sie bei ihm bliebe, wenn er sie losließ. Also zog er sie hinter sich her.

»Ich habe mein halbes Leben allein in den Wäldern verbracht«, knurrte sie.

»Mag sein, jetzt aber wirst du nicht allein dort herumwandern.« Er blickte sie mit zusammengekniffenen Augen an. »Dies hier ist mein Grundstück. Also lege ich auch die Regeln fest.«

Er hielt immer noch ihren Rock fest, so daß sie ihm entweder folgen oder aber ihren Rock ganz zerreißen mußte. Hinter dem Bootshaus liefen sie noch etwa hundert Meter zu der Stelle, wo Gray den Hengst hatte grasen lassen. Auf sein Pfeifen hin bewegte sich das große, braune Tier auf sie zu. Faith bemerkte entsetzt, daß es keinen Sattel trug.

»Reitest du ihn ohne Sattel?« fragte sie unsicher.

Seine dunklen Augen funkelten. »Ich werde dich schon nicht fallen lassen.«

Sie verstand zwar nicht viel von Pferden, da sie noch niemals auf einem gesessen hatte. Aber sie wußte, daß Hengste unberechenbare Tiere waren, die man nur schwer unter Kontrolle halten konnte. Als das Pferd sich näherte, wollte sie rückwärts ausweichen, aber Grays Griff hielt sie an seiner Seite.

»Hab keine Angst. Das ist einer der gutmütigsten Hengste überhaupt, sonst würde ich ihn wohl kaum ohne Sattel reiten.« Das Pferd kam ganz nah an sie heran. Gray ergriff die Zügel und raunte ihm Liebkosungen ins Ohr.

»Ich habe noch niemals auf einem Pferd gesessen«, gab sie zu und starrte auf den sich senkenden Kopf des Tiers. Seine samtenen Lippen berührten ihren Arm, und seine Nüstern weiteten sich angesichts ihres Geruchs. Zögernd streichelte sie seine Nase.

»Dann wirst du bei deinem ersten Ritt gleich auf einem Vollblüter sitzen«, sagte Gray und hob sie auf den breiten Rücken. Sie klammerte sich an die üppige Mähne. Plötzlich bekam sie Angst vor der Höhe, während der lebendige Pferdeleib sich unablässig unter ihr bewegte. Gray nahm die Zügel in die Hand, hielt sich an der Mähne fest und schwang sich hinauf. Der Hengst schwankte unter dem zusätzlichen Gewicht. Faith atmete ängstlich ein. Aber Grays Berührung und der Tonfall seiner Stimme beruhigten das Tier sofort.

»Wo hast du deinen Wagen abgestellt?« fragte er.

»In der Kurve kurz vor der Baracke«, erwiderte sie. Das waren die einzigen Worten, die sie während des ganzen Ritts miteinander sprachen. Gray lenkte das Pferd durch die Bäume, vermied herabhängende Zweige und führte es um Hindernisse herum. Faith klammerte sich fest. Sie war sich die ganze Zeit der nackten Brust Grays an ihrem Rücken und ihrer Hüften an seinen Beinen bewußt. Seine muskulösen Schenkel umschlossen ihre Hüften und zogen sich zur Führung des Hengstes rhythmisch zusammen. Viel zu schnell erreichten sie die Straße. In gewisser Weise aber hatte die Reise eine halbe Ewigkeit gedauert.

Er hielt neben dem Auto, stieg ab und hob sie herunter. Plötzlich erschrocken, daß sie ihre Autoschlüssel in dem ganzen Durcheinander verloren haben könnte, betastete sie ihre Rocktasche, bis sie das beruhigende Klirren der Schlüssel hörte. Sie wollte ihm nicht in die Augen blicken, zog also den Schlüssel hervor und steckte ihn ins Schloß.

»Faith.«

Sie zögerte, drehte aber dann den Schlüssel und öffnete die Tür. Er kam einen Schritt auf sie zu. Sie war dankbar für die zwischen ihnen geöffnete Autotür.

»Halte dich von meinem Land fern«, sagte er ruhig. »Wenn ich dich noch einmal auf einem Grundstück der Rouillards antreffe, dann werde ich dir geben, worum du die ganze Zeit gebeten hast.«

14

Am nächsten Tag fand Faith einen Zettel auf dem Vordersitz ihres Wagens. Sie hob das gefaltete Papier auf, neugierig, was sie dort liegengelassen haben könnte. Dann las sie in Blockschrift: STELL KEINERLEI FRAGEN MEHR NACH GUY ROUILLARD. HALT DEN MUND, WENN DU WEISST, WAS GUT FÜR DICH IST. Sie lehnte sich gegen das Auto, und der Wind ließ das Papier in ihrer Hand flattern. Da sie ihr Auto vor der Tür nicht abschloß, war es klar, wie der Zettel dorthin gekommen war. Sie starrte ihn an und grübelte darüber nach, ob man ihr tatsächlich drohte oder ob es einfach nur eine Phrase war. *Halt den Mund, wenn du weißt, was gut für dich ist.* Mit kleinen Abwandlungen hatte sie das schon hundertmal irgendwo gehört. Der Zettel mochte eine Drohung sein, wahrscheinlich aber war er nur eine Warnung. Irgend jemandem mißfiel, daß sie über Guy Rouillard Fragen stellte.

Gray hatte den Zettel nicht geschrieben. Es entsprach einfach nicht seinem Stil, denn er formulierte seine Drohungen höchstpersönlich und äußerst präzise. Seine letzte Drohung war ihr noch gut in Erinnerung. Wer aber konnte sich sonst noch durch ihre Fragen gestört fühlen? Es gab zwei Möglichkeiten: jemand, der etwas zu verbergen hatte; oder jemand, der sich bei Gray anbiedern wollte.

Sie hatte sich gerade auf den Weg in die Stadt machen wollen, um noch weitere Nachforschungen anzustellen. Diesmal hatte sie ein Gespräch mit Yolanda Foster angepeilt. Es lag also eine gewisse Ironie darin, daß der Zettel ausgerechnet zu diesem Zeitpunkt aufgetaucht war. Nachdem sie kurz nachgedacht hatte, wie ernst sie die Warnung nehmen sollte, entschied sie sich, dennoch zu fahren. Wenn es dem Urheber des Zettels wirklich ernst mit seiner Drohung war, dann würde er sich etwas präziser ausdrücken müssen.

Zunächst aber ging sie mit dem Zettel ins Haus und verschloß ihn in ihrem Schreibtisch. Dabei berührte sie nur so viel von dem Stück Papier, wie unbedingt nötig. Bisher hatte die Sache noch nicht die Ausmaße, daß man die Polizei verständigen müßte. Aber sollte sie noch eine derartige Warnung bekommen, wollte sie beide als Beweismittel vorlegen können. Auf den Sheriff war sie ohnehin nicht besonders erpicht. Sie erinnerte sich noch an ihn, wie er mit fleischigen, verschränkten Armen seinen Untergebenen dabei zusah, wie sie die Baracke der Devlins ausräumten. Sheriff Deese war ganz und gar auf Grays Seite gewesen. Es stellte sich also die Frage, ob er gegen eine an sie gerichtete Morddrohung überhaupt etwas unternehmen würde.

Nachdem sie den Zettel gut weggeschlossen hatte, fuhr sie in die Stadt. Sie hatte ihre Vorgehensweise gestern nacht ausgearbeitet, als sie schlaflos im Bett gelegen hatte. Sie würde Mrs. Foster nicht vorher telefonisch benachrichtigen, damit diese gar nicht erst einer persönlichen Begegnung aus dem Weg gehen konnte. Ein überraschender Besuch von Angesicht zu Angesicht war viel besser. Dann konnte sie ihre Fragen stellen, noch ehe sich Yolanda von dem Schrecken erholt hatte.

Sie kannte die Privatadresse der Fosters nicht, und die im Telefonbuch angegebene Anschrift war ihr nicht geläufig. Ihr erstes Ziel war deshalb die Stadtbibliothek. Zu ihrer Enttäuschung saß nicht die leutselige Carlene DuBois hinter der Theke. Statt dessen hockte dort eine kühle kleine Blondine, die wohl frisch von der Schulbank kam. Sie kaute Kaugummi und blätterte ein Musikmagazin durch. Was war nur aus dem Stereotyp der Bibliothekarin mit strengem Haarknoten geworden, die auf ihrer schmalen Nase eine Lesebrille trug? Der kaugummikauende Rockfan jedenfalls war keine Verbesserung.

Faith schätzte die kleine Bibliothekarin auf kaum vier oder fünf Jahre jünger als sich selbst. Dennoch gehörte sie seelisch und emotional einer anderen Generation an. Sie selbst war niemals so jung gewesen, wie das Mädchen es immer noch war, doch das empfand sie eigentlich nicht als Nachteil. Sie hatte schon in jungen Jahren Verantwortung tragen müssen. Sie erinnerte sich daran, wie sie schon am Herd stand, als die eiserne

Bratpfanne noch viel zu schwer für sie war, und sie auf einen Stuhl klettern mußte, um die Bohnen umzurühren. Sie hatte mit einem Besen gefegt, der fast doppelt so groß gewesen war wie sie selbst. Und sie hatte auf Scottie aufpassen müssen, was von all ihren Aufgaben die meiste Verantwortung forderte. Nach dem Schulabschluß war sie auf das Leben vorbereitet gewesen, anders als die Kinder, die sich niemals um etwas hatten kümmern müssen und sich folglich überhaupt nicht zurechtfanden. Diese ›Kinder‹ rannten auch mit fünfundzwanzig Jahren immer noch zu ihren Eltern.

Das Mädchen schaute von ihrer Zeitschrift auf und verzog ihre grellpinken Lippen zu einem routinierten Lächeln. Ihre Augen waren so stark umrandet, daß sie wie Mandeln aussahen, die in eine Kohlegrube gefallen waren. »Kann ich Ihnen behilflich sein?«

Dem Tonfall nach war sie immerhin kompetent, dachte Faith erleichtert. Vielleicht hatte das Mädchen ja gerade eine ihrer intensiven Schminkphasen. »Haben Sie eine Karte von der Stadt oder der ganzen Gemeinde?«

»Natürlich.« Sie führte Faith zu einem Tisch, auf dem ein großer Globus stand. »Hier sind alle Atlanten und Pläne. Sie werden jährlich auf den neusten Stand gebracht. Wenn Sie also eine ältere Karte benötigen, müssen Sie das Archiv benutzen.«

»Nein, ich brauche nur die aktuelle Karte.«

»Bitte sehr.« Das Mädchen zog einen unglaublich dicken Wälzer hervor, den sie jedoch mit Leichtigkeit handhabte. »Wir müssen die Karten in Plastik verschweißen und dann in dieses Buch heften«, erklärte sie. »Sonst werden sie gestohlen.«

Faith lächelte, als das Mädchen sich wieder abwandte. Diese Verfahrensweise leuchtete ihr ein. Eine Karte zusammenzufalten und damit den Raum zu verlassen war eine Sache, aber ein riesiges plastikverschweißtes Ding hinauszuschmuggeln eine ganz andere.

Sie wußte nicht, ob die Fosters in der Stadt oder etwas außerhalb wohnten. Zunächst schaute sie also auf den Stadtplan und fuhr mit dem Finger das Straßenverzeichnis ab. Richtig! Sie merkte sich die Koordinaten und fand schnell Meadowlark Drive, eine Siedlung, die es zu ihrer Zeit noch nicht gegeben hatte. Sie merkte sich den Weg, legte die Karte zurück und verließ die Bibliothek. Die junge Frau war wieder so in ihre Zeitschrift vertieft, daß sie noch nicht einmal aufsah, als Faith an ihr vorüberging.

Da Prescott nicht groß war, erreichte Faith ihr Ziel in weniger als fünf Minuten. Der neue Stadtteil war großzügig angelegt, es standen dort also weniger Häuser auf größeren Grundstücken. Es gab vermutlich nicht viele Menschen in Prescott, die sich hier ein Haus leisten konnten, denn sie sahen alle sehr teuer aus. Im Nordosten oder an der Westküste wären sie locker eine Million Dollar wert gewesen.

Das Haus der Fosters sah aus wie eine Mittelmeervilla und lag inmitten von großen Eichen, von denen langes Moos herabhing. Faith parkte in der Einfahrt und lief den klinkergefließten Weg bis zum doppeltürigen Eingang hinauf. Die Klingel war von Ranken verdeckt, aber dezent beleuchtet, so daß man sie finden konnte. Sie drückte darauf und hörte das Echo des Gongs durch das Haus schallen.

Einen Augenblick später ertönte das eilige Klappern von Absätzen auf den Fußbodenfliesen, dann wurde die Tür geöffnet. Eine sehr hübsche Frau in mittleren Jahren stand in engen schilfgrünen Hosen und einer weißen Tunika im Türrahmen. Ihre kurzen aschblonden Locken waren zu einer Seite gekämmt, und sie trug breite goldene Kreolen. Überraschung blitzte in ihren dunkelblauen Augen auf.

»Guten Tag, mein Name ist Faith Hardy«, sagte Faith schnell, um dem schrecklichen Mißverständnis vorzubeugen, sie sei Renee. »Sind Sie Mrs. Foster?«

Yolanda Foster nickte, offensichtlich war sie sprachlos. Sie starrte sie an.

»Ich würde gerne mit Ihnen sprechen, wenn es sich einrichten läßt.« Um die Antwort für sie positiv zu gestalten, trat Faith einen Schritt vor. Yolanda trat zurück und ließ sie zögernd ins Haus.

»Viel Zeit habe ich nicht«, bemerkte Yolanda eher entschuldigend als ungeduldig. »Ich bin zum Mittagessen verabredet.«

Das war, ihrem Aufzug nach zu urteilen, sogar wahrscheinlich, es sei denn, Yolanda zog sich zu Hause immer wie zu einer Modenschau an.

»Nur zehn Minuten«, versprach Faith.

Unentschlossen führte Yolanda Faith in das weitläufige Wohnzimmer, wo sie sich setzten. »Ich möchte Sie nicht so anstarren, aber Sie sind doch Renee Devlins Tochter, nicht wahr? Ich habe schon gehört, daß Sie in der Stadt sind. Die Ähnlichkeit ist wirklich ... nun, wie verblüffend sie ist, hat man Ihnen sicherlich schon oft gesagt.«

Anders als bei den anderen war keinerlei Abfälligkeit aus Yolandas Tonfall herauszuhören. Überraschenderweise mochte Faith die Frau. »Der eine oder andere hat schon so etwas angedeutet«, erwiderte sie trocken. Yolanda lachte, wodurch sie Faith noch sympathischer wurde. Dennoch verfolgte Faith unbeirrt ihr Ziel. »Ich möchte Ihnen ein paar Fragen über Guy Rouillard stellen, wenn das möglich ist.«

Die mit Rouge getönten Wangen wurden ein wenig blasser. »Über *Guy*?« Ihre Hände fuhren unschlüssig durch die Luft, dann legte sie sie in ihren Schoß. »Warum fragen Sie da mich?«

Faith schwieg. »Sind Sie allein?« fragte sie schließlich, denn sie wollte die Frau vor anderen nicht in Verlegenheit bringen.

»Ja, Lowell ist diese Woche in New York.«

Das war einerseits vorteilhaft, andererseits aber auch nicht. Denn abhängig von ihrem Gespräch mit Yolanda wollte sie sich eventuell auch noch mit Lowell Foster unterhalten. Sie atmete tief durch und ging die Sache gleich frontal an. »Hatten Sie mit Guy in dem Sommer, in dem er dann verschwunden ist, ein Verhältnis?«

Die dunkelblauen Augen blickten verzweifelt, und Yolanda erblaßte noch mehr. Sie sah Faith starr an, während die Sekunden verstrichen. Faith erwartete ein Abstreiten, statt dessen aber seufzte Yolanda merkwürdig sanft auf. »Wie haben Sie das herausbekommen?«

»Ich habe Fragen gestellt.« Sie sagte ihr nicht, daß es offensichtlich ein so weit verbreitetes Gerücht war, daß sogar Ed Morgan davon wußte. Wenn Yolanda glaubte, sie sei diskret gewesen, dann sollte man ihr diesen beruhigenden Glauben lassen.

»Es war das einzige Mal, daß ich Lowell betrogen habe.« Yolanda wandte den Blick ab, während ihre Finger nervös an ihren Hosen herumzupften.

»Das glaube ich Ihnen«, erwiderte Faith, weil Yolanda offenbar Unterstützung nötig hatte. »Was ich über Guy Rouillard gehört habe, muß er ein sehr guter Verführer gewesen sein.«

Unwillkürlich spielte ein sehnsuchtsvolles Lächeln um Yolandas Mundwinkel. »Das stimmt, aber ich kann ihn nicht dafür verantwortlich machen. Ich hatte mir in den Kopf gesetzt, mit ihm zu schlafen, lange bevor ich auf ihn zugegangen bin.« Ihre immer noch unruhigen Hände spielten nun mit der Sessellehne. »Ich habe herausbekommen, daß Lowell ein Verhältnis mit seiner Sekretärin hatte, und zwar seit Jahren schon. Ich rastete vollkommen aus. Ich drohte ihm mit allen möglichen Dingen, wenn er nicht augenblicklich mit ihr Schluß machte. Die Scheidung war dabei die einzige Drohung, die ihm keinerlei körperliche Schäden zugefügt hätte. Er flehte mich an, ihn nicht zu verlassen. Seine Geliebte würde ihm überhaupt gar nichts bedeuten, es sei nur Sex, er würde es nie wieder tun – nun ja, das

Übliche halt. Aber keine drei Wochen später ertappte ich ihn. Als er sich eines Abends auszog, hatte er seine Unterhose falsch herum an, so daß das Etikett zu sehen war. Die einzige Erklärung dafür war, daß er sie zwischenzeitlich ausgezogen hatte.«

Sie schüttelte den Kopf, so als ob sie nicht verstehen konnte, warum er nicht achtsamer gewesen war. Die Worte sprudelten nur so aus ihr heraus, als ob sie sie zwölf Jahre in sich aufgestaut hätte. »Ich habe kein Wort darüber verloren. Aber am nächsten Tag habe ich Guy angerufen und mich mit ihm in seinem Sommerhaus am See verabredet. Lowell und ich und ein paar andere Freunde waren schon zum Grillen dagewesen. Ich wußte also, wo es war.«

Schon wieder das Sommerhaus! Vater und Sohn hatten die Betten in jenem Haus wirklich immer warm gehalten. »Warum haben Sie Guy für Ihre Rache ausgewählt?« fragte Faith.

Yolanda sah sie überrascht an. »Nun, ich hätte mir wohl kaum einen unattraktiven Mann ausgesucht, oder?« fragte sie vernünftig. »Wenn ich schon eine Affäre hatte, dann sollte sie mit jemandem sein, der wußte, was er tat. Guys Ruf zufolge war er genau der Richtige. Außerdem war Guy kein Risiko für mich. Ich wollte Lowell hinterher erzählen, was ich getan hatte. Denn wenn ich es ihm nicht hätte sagen wollen, wäre es auch keine richtige Rache gewesen. Dank Guys Einfluß würde ihm Lowell nichts antun, wenn er herausfand, mit wem ich ihn betrogen hatte. Denn das wollte ich so lange wie möglich geheimhalten.

Also habe ich Guy im Sommerhaus getroffen und ihm gesagt, was ich vorhatte. Er war sehr nett und sehr vernünftig. Er versuchte, es mir auszureden, falls Sie sich das vorstellen können! Sprach davon, wie sehr Lowell mich wohl verletzt haben müsse.« Yolanda lächelte. Ihre Augen wurden feucht, als sie Faith anblickte. »Da war nun ein Mann, der im ganzen Umkreis Affären hatte, aber mich lehnte er ab. Ich hatte mich selbst immer als anziehend eingeschätzt, er tat das aber offenbar nicht. Fast hätte ich geweint. Als mir tatsächlich eine Träne herunterlief, wurde Guy ganz verrückt. Er war so süß, einfach wunderbar. Tränen konnte er einfach nicht widerstehen. Er klopfte mir auf die Schulter und sagte mir, wie hübsch ich sei und daß er wirklich gerne mit mir schlafen würde. Aber ich hätte einfach die falschen Beweggründe, und Lowell sei sein Freund und so weiter.«

»Aber Sie haben ihn dann doch überzeugt?«

»Ich habe ihm dann gesagt, wenn nicht du, dann eben ein anderer. Er hat mich nur angeschaut, aus diesen dunklen Augen, die immer so aussahen, als ob man sich in ihnen ertränken könnte. Ich wußte, daß er darüber nachgrübelte, wer wohl dieser andere sein würde. Er machte sich Sorgen um mich, dachte wahrscheinlich, daß ich mir irgendeinen Tölpel suchen würde. Dann nahm er meine Hand, legte sie auf seinen Schritt und meinte, in diesem Fall solle ich doch lieber mit ihm vorlieb nehmen. Dann führte er mich ins Schlafzimmer.« Sie zitterte ein wenig, ihr Blick ganz in der Erinnerung versunken. Sie schwieg. Faith wartete geduldig, bis sie mit ihrem Rückblick abgeschlossen hatte.

Mit weicher Stimme sagte Yolanda schließlich: »Können Sie sich vorstellen, wie das ist: den eigenen Mann zu lieben und im Bett vollkommen zufrieden zu sein – und dann herauszufinden, daß man von Leidenschaft nicht die geringste Ahnung gehabt hat? Guy war ... Himmel, ich kann Ihnen nicht sagen, wie Guy als Liebhaber war. Ich habe vor Lust geschrien, er hat mich Dinge fühlen und tun lassen, die ich nicht ... ich wollte eigentlich nur ein einziges Mal mit ihm schlafen. Aber dann sind wir den ganzen Nachmittag dort geblieben und haben uns geliebt.

Lowell habe ich nichts davon erzählt, denn dann hätte ich meine Rache beenden müssen. Und das konnte ich nicht. Ich konnte nicht aufhören, mich mit Guy zu treffen. Wir haben uns mindestens einmal in der Woche gesehen, wenn es sich irgendwie einrichten ließ. Dann verschwand er.« Sie blickte zu Faith auf, als ob sie die Wirkung ihrer nun folgenden Worte beobachten wollte. »Mit Ihrer Mutter. Als ich das hörte, habe ich eine ganze Woche lang geweint. Danach habe ich Lowell davon erzählt.«

»Natürlich war er fuchsteufelswild. Er hat herumgebrüllt und mir mit der Scheidung gedroht. Ich saß nur da und habe ihn beobachtet, habe aber nichts gesagt. Das hat ihn natürlich nur noch wütender gemacht. Dann habe ich gesagt: »Du solltest immer darauf achten, daß du hinterher deine Unterhose richtig herum wieder anziehst.« Mit offenem Mund starrte er mich an. Jetzt wußte er, daß ich ihm auf die Schliche gekommen war. Ich bin aufgestanden und habe das Zimmer verlassen. Etwa eine halbe Stunde später folgte er mir weinend. Wir haben uns dann versöhnt«, sagte sie schnell. »Soweit ich weiß, war er mir nie wieder untreu.«

»Haben Sie jemals wieder von Guy gehört?«

Yolanda schüttelte langsam den Kopf. »Anfangs hatte ich darauf gehofft, aber nein, er hat weder geschrieben noch angerufen.« Ihre Lippen zitterten, als sie Faith verzweifelt anblickte. »Mein Gott«, flüsterte sie. »Ich habe ihn so sehr geliebt.«

Wieder eine Sackgasse, dachte Faith auf der Fahrt nach Hause. Yolanda zufolge hatte ihr Mann erst von ihrer Affäre mit Guy erfahren, als der bereits verschwunden war. Lowell kam also nicht in Frage. Yolanda war viel zu offen gewesen, hatte offensichtlich nicht im entferntesten daran gedacht, daß Guy ermordet worden sein konnte. Es war auch keine Frage für sie gewesen, ob sie sich Faith gegenüber offenbaren sollte. Stattdessen hatte sie sich an Faiths Händen festgeklammert und den Mann beweint, den sie vor zwölf Jahren zum letzten Mal gesehen und mit dem sie einen leidenschaftlichen Sommer verbracht hatte.

Schließlich hatte sich Yolanda wieder gefangen und war peinlich berührt gewesen. »Himmel, die Zeit. Ich werde mich verspäten. Und es ist mir ja so unangenehm, daß ich einer Fremden gegenüber . . .« Erst jetzt war ihr klar geworden, was sie alles erzählt hatte. Sie hatte Faith starr vor Entsetzen angeblickt.

Faith spürte, daß sie Yolanda trösten mußte. Sie berührte ihre Schulter und sagte: »Sie mußten sich einmal aussprechen. Ich verstehe das. Und ich verspreche Ihnen, daß ich darüber stillschweigen werde.«

Nach einem kurzen, angespannten Moment sagte Yolanda: »Ich vertraue Ihnen. Ich weiß nicht warum, aber es ist so.«

Jetzt hatte Faith also keinerlei Verdächtige oder Hinweise mehr. Nicht daß da jemals irgendein konkreter Anhaltspunkt gewesen wäre. Was sie hatte, waren Fragen. Und irgend jemanden störten diese Fragen. Der Beweis dafür war der Zettel, den sie am Morgen gefunden hatte. Ob der nun der Beweis für ein schlechtes Gewissen war oder nicht, konnte sie nicht sagen. Auch wußte sie nicht zu sagen, was sie, außer weiter Fragen zu stellen, noch tun konnte. Früher oder später würde jemand reagieren.

Wenn sie sich auf diese Weise beschäftigt hielt, würde sie vielleicht nicht an Gray denken.

Die Theorie ließ sich jedoch nur schwerlich in die Praxis übertragen. Sie hatte seit dem letzten Nachmittag ganz bewußt vermieden, weiter über ihn nachzudenken. Die Signale ihres unruhigen Körpers hatte sie mißachtet und nicht mehr an das gedacht, was zwischen ihnen vorgefallen war. Aber trotz ihrer Willenskraft strafte sie ihr Unterbewußtes Lügen. Denn er war in ihren Träumen aufgetaucht, und als sie frühmorgens aufgewacht war, hatte sie sich nach ihm ausgestreckt. Der Traum war so realistisch gewesen, daß sie vor enttäuschter Sehnsucht geschrien hatte.

Sie hatte ihm keinerlei Widerstand mehr zu bieten, das mußte sie nun einfach zugeben. Wenn er nicht diese verhängnisvollen Worte gesprochen hätte, dann hätte sie sich ihm auf der Wiese hingegeben. Ihre moralischen Ansprüche lösten sich in Luft auf, wenn er sie in seine Arme nahm. Es waren nur noch Papiertiger, die er mit seinem ersten Kuß bereits besiegte.

Während sie mehr und mehr Personen von ihrer Liste der Verdächtigen strich, verlagerte sich der Verdacht immer weiter auf Gray. Vernünftig betrachtet war es durchaus möglich, daß er seinen Vater beiseite geschafft hatte. Aber von ihrem Gefühl her konnte sie den Gedanken überhaupt nicht akzeptieren. Nicht Gray. *Nicht Gray!* Sie konnte es einfach nicht glauben, und sie wollte es auch nicht glauben. Sie kannte ihn zwar als Mann, der vor nichts zurückscheute, um die ihm liebsten Menschen zu beschützen. Aber einen kaltblütigen Mord traute sie ihm nicht zu.

Ihre Mutter wußte, wer der Mörder war. Davon war Faith felsenfest überzeugt. Ehe ihre Mutter das jedoch zugäbe, wären noch einige Anstrengungen vonnöten, denn ein solches Eingeständnis würde sie selbst in Schwierigkeiten bringen. Renee würde nicht gegen ihre eigenen Interessen handeln, jedenfalls nicht für so etwas Abstraktes wie die Gerechtigkeit. Faith kannte ihre Mutter gut. Wenn sie sie zu sehr bedrängte, dann würde Renee, teils aus Angst, aber hauptsächlich, um eventuellen Schwierigkeiten aus dem Weg zu gehen, einfach weglaufen. Nachdem sie die Information mit dem Sommerhaus aus ihr herausgekitzelt hatte, mußte sie mit ihrem nächsten Anruf noch etwas warten.

Der Karton wurde am nächsten Tag abgeliefert.

Sie war gerade von einer Einkaufstour in der benachbarten

Gemeinde zurückgekehrt, hatte die Lebensmittel ins Haus getragen und sie verstaut. Dann ging sie zum Briefkasten, um die Post zu holen. Als sie den Deckel des großen Kastens öffnete, fand sie die gewohnten Rechnungen, Zeitschriften und Reklamesendungen vor. Obenauf stand ein Karton. Sie zog ihn neugierig heraus, denn sie hatte nichts bestellt. Aber das Gewicht des Kastens machte sie neugierig. Es war mit breitem Paketband verklebt, und ihr Name und ihre Adresse waren daraufgeschrieben.

Sie trug alles ins Haus und stellte es auf den Küchentisch. Sie holte ein Messer aus der Schublade, schnitt das Band auf, öffnete den Karton und schlug das Packpapier beiseite.

Entsetzt starrte sie darauf und übergab sich voller Ekel in das Abwaschbecken.

Die Katze war nicht nur tot, sie war zusätzlich verstümmelt worden. Sie war in Plastik eingewickelt, vermutlich damit der Geruch niemanden auf das Paket aufmerksam machte, bevor es geöffnet wurde.

Faith reagierte instinktiv. Als das Würgen nachließ, griff sie blind nach dem Telefonhörer.

Sie schloß die Augen, als sie die tiefe, rauchige Stimme an ihrem Ohr hörte. Sie klammerte sich an den Telefonhörer wie an einen Rettungsanker. »G-Gray«, stammelte sie. Dann sagte sie nichts mehr, denn ihr Kopf war vollkommen leer. Was sollte sie ihm sagen? *Hilfe, ich habe Angst, ich brauche dich?* Sie hatte keinerlei Anspruch auf ihn. Ihr Verhältnis beruhte auf einer explosiven Mischung aus Feindschaft und Verlangen. Jede Schwäche ihrerseits würde ihm nur weitere Munition an die Hand geben. Aber es ekelte sie, und sie hatte Angst. Und er war der einzige Mensch, den sie um Hilfe bitten konnte.

»Faith?« Etwas von ihrem Entsetzen mußte in dem einen gesprochenen Wort erkennbar gewesen sein, denn seine Stimme wurde sehr ruhig. »Was ist los?«

Sie wandte sich wieder dem widerlichen Ding auf dem Küchentisch zu, fand ihre Stimme wieder, wenngleich auch nur ein Flüstern zustande kam. »Es ist eine ... eine Katze hier«, brachte sie mühsam hervor.

»Eine Katze? Hast du Angst vor Katzen?«

Sie schüttelte den Kopf, wurde sich aber bewußt, daß er das durch das Telefon hindurch nicht sehen konnte. Ihr Schweigen deutete er als Zustimmung, denn er sagte beruhigend: »Dann wirf etwas nach ihr, sie wird sich verziehen.«

Wieder und diesmal heftiger schüttelte sie ihren Kopf. »Nein.« Sie atmete tief ein. »Hilf mir.«

»Gut.« Er schien zu glauben, daß sie sich vor lauter Angst außerstande sah, mit einer Katze allein fertig zu werden, denn er antwortete beruhigend: »Ich bin gleich da. Setz dich irgendwohin, wo du sie nicht sehen kannst. Ich kümmere mich dann gleich darum.«

Er hängte auf, und Faith folgte seinem Rat. Sie ertrug es nicht, mit dem Ding unter einem Dach zu sein. Also ging sie auf die Veranda und setzte sich stocksteif auf die Gartenschaukel. Dort wartete sie seine Ankunft ab.

Er war in weniger als einer Viertelstunde da, aber diese Minuten schienen ihr wie eine Ewigkeit. Er schälte sich aus seinem Jaguar und kam mit elegantem, lockeren Gang auf die Veranda zu. Er hatte den Anflug eines überheblichen Lächelns auf den Lippen: Der Held war gekommen, um eine hilflose kleine Frau vor einem wilden Biest zu retten. Faith war es vollkommen gleichgültig, was er dachte. Hauptsache, er würde dieses Ding aus ihrer Küche entfernen. Sie starrte ihn mit so blutleerem Gesicht an, daß sein Lächeln schwand.

»Du hast ja richtig Angst«, sagte er sanft, ging vor ihr in die Hocke und nahm ihre Hände in seine. Ihre Finger waren trotz des schwülen Wetters eiskalt. »Wo ist sie?«

»In der Küche«, sagte sie schmallippig. »Auf dem Tisch.«

Er klopfte ihr beruhigend auf die Hand, erhob sich und trat durch die Fliegentür. Faith hörte, wie seine Schritte durch das Wohnzimmer hindurch auf die Küche zugingen.

»Welches verdammte Arschloch denkt sich so etwas aus!« Sie hörte den wilden Fluch, weitere folgten. Dann knallte die Hintertür. Sie verbarg ihr Gesicht in den Händen. Sie hätte ihn warnen sollen, damit er nicht denselben Schock erlitt wie sie, aber ihr waren einfach nicht die richtigen Worte eingefallen.

Ein paar Minuten später kam er um das Haus herum und stieg die Treppen zur Veranda hoch. Er hatte die Lippen aufeinandergepreßt, und seine dunklen Augen waren kälter, als sie sie jemals gesehen hatte. Diesmal jedoch richtete sich seine Wut nicht gegen sie.

»Ist schon gut«, sagte er leise. »Ich habe sie weggetan. Komm mit ins Haus, Liebling.« Er legte seinen Arm um sie, hob sie aus der Schaukel und führte sie in das Haus und dann in die Küche. Sie wollte umkehren, aber er ließ nicht locker. »Es ist schon gut«, versicherte er ihr und drückte sie auf einen Stuhl. »Du siehst aus wie ein Gespenst. Gibt es hier etwas zu trinken?«

»Tee und Orangensaft im Kühlschrank«, erwiderte sie mit schwacher Stimme.

»Ich dachte eher an etwas Alkoholisches. Hast du nicht etwas Wein?«

Sie schüttelte den Kopf. »Ich trinke keinen Alkohol.«

Trotz der Wut in seinem Blick lächelte er ihr zu.

»Spielverderberin«, sagte er leise. »Also gut, dann eben Orangensaft.« Er holte ein Glas aus dem Schrank, füllte es mit Saft und hielt es ihr hin. »Hier, trink das aus, während ich kurz telefoniere.«

Sie nahm artig einen Schluck, mehr um etwas zu tun zu haben als aus Durst. Gray blätterte im Telefonbuch. Sein Finger fuhr über die allererste Seite, dann wählte er eine Nummer. »Sheriff McFane, bitte.«

Faith hob den Kopf. Plötzlich war sie hellwach. Bei Grays Gesichtsausdruck jedoch wagte sie keinerlei Einspruch. »Mike, hier ist Gray. Könntest du zu Faith Hardys Haus kommen, bitte? Ja richtig, das ehemalige Haus der Cleburnes. Sie hat gerade eine wirklich scheußliche Überraschung in ihrem Briefkasten gefunden. Eine tote Katze ... ja, der ist auch dabei.«

Er legte auf. Faith räusperte sich. »Was ist auch dabei?«

»Ein Drohbrief. Hast du ihn nicht gesehen?«

Sie schüttelte den Kopf. »Nein, ich habe nur die Katze gesehen.« Ein Zittern fuhr ihr durch den Körper, und das Glas bebte in ihrer Hand.

Er fing an, die Schränke zu öffnen und zu schließen. »Wonach suchst du?« fragte sie.

»Nach Kaffee. Gegen den Schock erst einmal Zucker, danach brauchst du Koffein.«

»Ich bewahre ihn ihm Kühlschrank auf. Oberstes Regal.«

Er holte die Dose heraus, und sie zeigte auf die Filtertüten. Den Kaffee bereitete er gut zu, besonders für jemanden, der so etwas vermutlich zu Hause nie tun mußte. Unter anderen Umständen hätte sie dieser Gedanke belustigt.

Als der Kaffee aufgesetzt war, zog er einen Stuhl heran und setzte sich ihr so nah gegenüber, daß sie sich berührten. Er umklammerte ihre Schenkel mit seinen warmen Beinen. Er fragte sie nicht danach, was geschehen war, denn das würde der Sheriff gleich tun. Sie war ihm dankbar für sein Taktgefühl. Er saß lediglich bei ihr, seine beruhigende Gegenwart wärmte sie. Seine dunklen Augen musterten ihr Gesicht, als ob er überlegen würde, ihr den Orangensaft selbst einzuflößen, wenn sie ihn nicht so schnell trank, wie er es für richtig hielt.

Um das zu vermeiden, nahm sie einen weiteren großen Schluck und beobachtete tatsächlich, wie sein Gesicht sich ein wenig entspannte. »Wage es bloß nicht«, murmelte sie. »Ich versuche mit aller Kraft, mich nicht noch einmal zu übergeben.«

Sein ernstes Gesicht leuchtete kurz amüsiert auf. »Woher weißt du denn, woran ich gedacht habe?«

»So wie du erst das Glas und dann mich angesehen hast.« Sie trank noch einmal. »Ich dachte immer, Deese sei der Sheriff hier.«

»Er ist jetzt im Ruhestand.« Gray dachte flüchtig daran, daß ihre Erinnerung an Sheriff Deese keine angenehme sein konnte. Er fragte sich, ob das der Grund war, weswegen sie ihn so entsetzt angesehen hatte, als er die Polizei rief. »Michael McFane wird dir gefallen. Wenn das kein irischer Name ist! Er ist noch ziemlich jung für den Posten und immer daran interessiert, Neues hinzuzulernen.« Auch Mike war in jener Nacht bei der Baracke gewesen, erinnerte sich Gray. Aber Faith würde sich vermutlich nicht an ihn erinnern. In ihrem Schock hatte sie die herumstehenden Polizisten sicher nur schemenhaft wahrgenommen. Nur er und der Sheriff waren ihr in Erinnerung geblieben, da sie etwas abseits gestanden hatten.

Ein unerklärlicher Widerspruch wurde ihm jetzt bewußt: Sheriff Deese hatte sie nicht wiedersehen wollen, aber ihm gegenüber hatte sie niemals einen solchen Widerwillen gezeigt. Sie war geradeheraus, provozierend und für ihn frustrierend gewesen, aber sie hatte niemals auch nur die geringste Scheu in seiner Gegenwart gezeigt.

Auch für ihn hatte es keinerlei Zurückhaltung gegeben. Warum sonst war er sofort nach ihrem Anruf wegen einer aufdringlichen Katze auf dem Grundstück in sein Auto gestiegen und hatte einen Geschäftstermin abgesagt und war so schnell wie möglich hierhergefahren, während noch immer Monicas Protestrufe in seinem Ohr klangen? Faith hatte ihn um Hilfe gebeten. Und ganz gleich, wie nichtig die Ursache auch sein mochte, er würde ihr helfen, wenn es ihm möglich war. Wie es sich dann herausgestellt hatte, war das Problem alles andere als nichtig gewesen, und seine Beschützergefühle waren entflammt. Er wollte herausfinden, wer etwas so Ekelerregendes getan hatte, und demjenigen würde einiges blühen. Seine Fäuste juckten geradezu vor Verlangen, sie dem Schuldigen ins Gesicht zu schlagen.

»Warum hast du nicht geglaubt, daß ich es gewesen bin?« fragte er leise, während sein Blick sich auf ihr Gesicht heftete, damit ihm keine noch so geringe Gefühlsregung entging. »Ich habe doch versucht, dich hier aus der Stadt zu bekommen. Die logische Schlußfolgerung wäre gewesen, mich als ersten zu verdächtigen.«

Sie schüttelte bereits den Kopf, bevor er noch ganz zu Ende gesprochen hatte. Bei der Bewegung wirbelten ihr ihre Haare ins Gesicht. »So etwas würdest du nicht tun«, erwiderte sie voller Überzeugung. »Genausowenig wie du mir die erste Drohung hinterlassen hast.«

Er unterbrach sich, so sehr war er von ihrem Vertrauen eingenommen.

»Erste Drohung?« fragte er dann streng.

»Ja, gestern. Als ich aus dem Haus ging, lag auf meinem Autositz ein Drohbrief.«

»Hast du es der Polizei gemeldet?«

Wieder schüttelte sie den Kopf. »Es war keine sehr deutliche Drohung.«

»Was stand denn drin?«

Sie blickte ihn ein wenig unsicher an, und er fragte sich warum. »Ich zitiere: ›Halt den Mund, wenn du weißt, was gut für dich ist.‹«

Der Kaffee war durchgelaufen. Er stand auf und goß ihnen jeweils eine Tasse ein. »Wie trinkst du ihn?« fragte er abwesend, mit dem Gedanken immer noch bei dem Drohbrief und dem Paket, das diesmal von einer etwas deutlicheren Notiz begleitet gewesen war. Kalte, schwarze Wut stieg in ihm auf, und er konnte sie kaum im Zaum halten.

»Schwarz.«

Er reichte ihr ihre Tasse und setzte sich wieder auf seinen Stuhl. Sie konnte seinen Gesichtsausdruck besser als manch anderer einschätzen, und irgend etwas mußte sie gewarnt haben, denn sie fing mit einem ihrer Ablenkungsmanöver an. »Früher habe ich meinen Kaffee mit viel Zucker getrunken, aber Mr. Gresham ist Diabetiker. Er meinte, es sei viel leichter, alles Süße aufzugeben als mit Süßstoff zu süßen. Deshalb war nichts zum Süßen im Haus. Sie hätten sicher Zucker für mich gekauft, wenn ich danach gefragt hätte, aber ich wollte nicht unbescheiden sein . . .«

Wenn sie ihn wirklich hatte ablenken wollen, dachte er irritiert, dann war ihr das gelungen. Denn obwohl er ihre Taktik durchschaut hatte, war sie dennoch effektiv, weil sie einen so interessanten Köder benutzte. »Wer ist denn Mr. Gresham?« unterbrach er ihren Wortschwall. Er spürte ein wenig Eifersucht, vielleicht war er ja ihr Lebensgefährte gewesen, bevor sie nach Prescott gezogen war.

Sie sah ihn aus ihren grünen Augen an. »Die Greshams waren meine Pflegeeltern.«

Pflegeeltern. Sein Magen zog sich eiskalt zusammen. Er hatte immer geglaubt, daß ihr Leben mehr oder weniger so weitergegangen war wie zuvor. Von außen betrachtet waren gute Pflegeeltern natürlich ihrem ehemaligen Leben vorzuziehen, aber es war für Kinder immer schwer, die Eltern zu verlieren. Gute Pflegeeltern zu finden war wie ein Lottogewinn. Viele Kinder wurden von ihren Pflegeeltern mißbraucht. Und ein junges Mädchen mit Faiths Äußerem . . .

Der knirschende Kies kündigte Mikes Ankunft an. »Bleib hier«, knurrte Gray und ging zur Hintertür hinaus. Er winkte Mike zu, während dieser mühsam seinen langen Körper aus dem Polizeiwagen schälte und dann hinter das Haus ging, wo Gray das Paket abgestellt hatte.

Als Mike auf den Tierleichnam hinabblickte, zuckten seine Gesichtsmuskeln angeekelt. »Ich habe weiß Gott schon viel gesehen in meiner Laufbahn«, sagte er, während er sich neben das Paket kniete. »Aber bei manchem Anblick wird mir auch heute noch schlecht. Aus welchem Grund sollte jemand dies einem hilflosen Tier antun? Hast du das Paket angefaßt?«

»Nur um es hier herauszutragen. Ich habe darauf geachtet, nur die vordere linke Ecke anzufassen, und hinten rechts. Ich weiß nicht, wie oft es Faith angefaßt hat, bevor sie es geöffnet hat. Ich habe mit einem Stift die Klappen etwas weiter aufgebogen«, fuhr er fort. »Unter einer liegt ein Zettel.«

Mike hing derselben Verfahrensweise an und zückte einen Kuli. Seine Lippen kräuselten sich, während er den in Blockbuchstaben mit schwarzem Filzstift auf eine Pappe geschriebenen Drohbrief las: VERSCHWINDE AUS PRESCOTT ODER DU WIRST GENAUSO AUSSEHEN WIE DIESE KATZE.

»Ich werde es mitnehmen, um eventuelle Fingerabdrücke zu finden.« Er blickte Richtung Haus. »Alles in Ordnung mit ihr?«

»Sie war ziemlich durcheinander, als ich hier ankam. Aber jetzt geht es wohl.«

»Gut.« Michael schloß den Karton mit dem Kugelschreiber, starrte ihn einen Moment lang an und seufzte.

Gray blickte nun ebenfalls hinunter. Jetzt fiel ihm auf, was er bisher übersehen hatte. »Verdammt. Keine Briefmarke. Es lag auf ihrer anderen Post. Ich dachte, es sei ebenfalls per Post gekommen.«

»Nein. Jemand hat es persönlich zugestellt. Laß uns ins Haus gehen und sie fragen, ob sie irgend etwas gehört oder ein Auto bemerkt hat.«

Sie betraten die Küche. Faith saß immer noch dort, wo Gray sie zurückgelassen hatte, und nippte an ihrem Kaffee. Sie blickte auf. Äußerlich schien sie ganz ruhig, aber Gray vermutete, daß ihre Selbstbeherrschung an einem sehr dünnen Faden hing.

Sie stand sofort auf und blickte Mike an.

»Guten Tag.« Er berührte mit der Hand die Krempe seines Hutes. »Ich bin Michael McFane, der Sheriff hier. Würden Sie mir ein paar Fragen beantworten?«

»Selbstverständlich«, erwiderte sie. »Möchten Sie eine Tasse Kaffee?«

»Gern.«

»Zucker und Milch?«

»Zucker.«

Nachdem sie ihn höflich bewirtet hatte, setzte sie sich auf ihren Stuhl. Gray stand neben ihr und stützte sich auf den großen Tisch. Mike lehnte sich gegen das Waschbecken und kreuzte die Füße.

»Wo haben Sie das Paket gefunden?« fragte Mike.

»Im Briefkasten.«

»Es sind keine Briefmarken drauf. Es ist also nicht mit der Post gekommen. Ich nehme an, daß es jemand nach dem Postboten dort hineingelegt hat. Außer der Post darf niemand den Briefkasten nutzen, der Briefträger hätte es also herausgenommen. Haben Sie den Postboten oder irgendein anderes Auto gehört?«

Sie schüttelte den Kopf. »Ich war nicht hier. Ich war einkaufen. Ich bin nach Hause gekommen, habe die Lebensmittel ins Haus getragen und bin dann zum Briefkasten gegangen.«

»Ist irgend jemand Ihnen gram? Vielleicht jemand, der Ihnen eine tote Katze abliefert, um wieder quitt zu sein?«

Wieder schüttelte sie den Kopf.

»Gestern hat sie einen Drohbrief in ihrem Auto gefunden«, warf Gray ein.

»Was für einen Drohbrief? Was stand darin?«

»Meinen Mund zu halten, wenn ich wüßte, was gut für mich wäre«, erwiderte Faith.

»Haben Sie ihn aufgehoben?«

Sie seufzte, sah Gray ermattet an und stand auf, um zu ihrem Schreibtisch zu gehen. Sie kam mit dem Brief zurück, den sie nur an einer Ecke anfaßte. »Legen Sie ihn auf den Tisch, ich möchte ihn nicht berühren«, sagte Mike.

Sie gehorchte. Gray stellte sich neben Mike, um den Brief zu lesen. Er war mit denselben Druckbuchstaben geschrieben, die auch den Karton zierten. STELL KEINERLEI FRAGEN MEHR NACH GUY ROUILLARD. HALT DEN MUND, WENN DU WEISST, WAS GUT FÜR DICH IST. Gray blickte irritiert zu ihr hinüber. Jetzt verstand er ihren Blick von vorhin.

»Was hast du denn jetzt wieder angestellt?« knurrte er.

»Da bin ich ebenso ratlos wie du«, erwiderte sie mit einer Glätte, die genausoviel zu enthüllen wie zu verbergen schien.

»Hmm«, sagte Mike und kratzte sich am Kinn. »Was hat denn dein Vater damit zu tun, Gray?«

»Unser Fräulein Neugierig hat überall in der Stadt Fragen über ihn gestellt.« Er blickte sie grimmig an.

»Aber warum sollte das jemanden so sehr stören, daß er Drohbriefe schickt und eine tote Katze in ihrem Briefkasten hinterläßt?«

»Mich hat es ganz gewaltig gestört«, gab Gray unumwunden zu. »Ich möchte nicht, daß Monica oder meine Mutter unter all den wieder hochkochenden Gerüchten leiden. Ich habe allerdings keine Ahnung, wen es dermaßen stören könnte, daß er zu solchen Mitteln greift.«

Der Sheriff schwieg. Nachdenklich senkte er seine blauen Augen. »Oberflächlich betrachtet bist du wohl der wahrscheinlichste Täter, Gray«, sagte er schließlich. Faith wollte protestieren, aber er hob abwehrend die Hand. »Das werden auch Sie gewußt haben«, sagte er an sie gerichtet. »Ich frage mich allerdings, warum Sie trotzdem erst ihn und nicht die Polizei gerufen haben.«

»Ich wußte, daß er weder den Brief noch das Paket hierhergebracht hatte.«

»Es ist ja kein Geheimnis, daß du über ihre Rückkehr nach Prescott nicht gerade begeistert warst«, bemerkte Michael und betrachtete Gray.

»Nein, das war ich nicht. Und ich bin immer noch nicht glücklich darüber.« Grays Mund verzog sich zu einem Grinsen. »Aber Drohbriefe und tote Katzen sind nicht mein Stil. Ich trage meine Auseinandersetzungen offen aus.«

»Verdammt, mir brauchst du das nicht zu erzählen. Ich habe mich nur gefragt, warum Mrs. Hardy dich zu Hilfe gerufen hat.«

Gray knurrte. »Dann find es doch heraus.«

»Das ist mir, glaube ich, schon gelungen.«

»Dann hör mit den Kindereien auf.«

Der Sheriff nahm es ihm nicht übel, sondern grinste lediglich. Einen Augenblick später verhielt er sich wieder ganz geschäftsmäßig. »Ihr müßt beide auf die Wache kommen, damit wir eure Fingerabdrücke nehmen können und dann den Karton auf die absuchen können, die nicht dazu passen. Und wir müssen noch ein Protokoll aufnehmen, Mrs. Hardy.«

»Ja, gut. Ich hole nur schnell meine Schlüssel.« Faith stand auf, aber Gray hielt sie am Arm fest.

»Ich fahre dich.«

»Du mußt doch nicht den ganzen Weg wieder hierher zurück . . .«

»Ich habe gesagt, ich fahre dich.« Er blickte mit eiserner Miene auf sie herab und zwang ihr seinen Willen auf. Sie machte einen etwas entnervten Eindruck, widersprach aber nicht weiter. Wieder mußte der Sheriff grinsen.

Gray führte sie hinaus und begleitete sie zu dem luxuriösen

Ledersitz des Jaguars. »Du mußt mich nicht fahren«, brummte sie, während sie sich anschnallte.

»Natürlich muß ich das, wenn ich mit dir reden will.«

»Was gibt es denn noch zu reden?«

Er ließ den Motor an, fuhr rückwärts aus der Einfahrt und folgte dem Polizeiwagen. »Anscheinend hat irgendein Verrückter es auf dich abgesehen. Du wärst außerhalb von Prescott um einiges sicherer.«

Sie wandte den Kopf ab und starrte aus dem Fenster. »Bis zu dieser Schlußfolgerung zu kommen hat ja nicht sonderlich lange bei dir gedauert«, entgegnete sie.

»Du starrköpfige kleine Hexe! Kannst du es denn nicht in deinen roten Kopf bekommen, daß du vielleicht wirklich in Gefahr bist?«

15

Als Faith die Polizeistation verließ, war sie irrsinnig wütend. Die meiste Zeit über hatte sie ihr Temperament einigermaßen gezügelt. Gray hatte während der gesamten Hinfahrt auf sie eingeredet, daß sie aus Prescott wegziehen solle. Sheriff McFane hatte ebenfalls befunden, daß sie hier womöglich nicht mehr sicher sei, da sie allein wohne und die nächsten Nachbarn weit entfernt seien. Faith hatte dem entgegnet, daß, wenn sie ginge, die Drohungen auch verschwinden würden. Auf diese Weise würden sie niemals herausfinden, wer es gewesen war. Der Schuldige würde sich darüber ins Fäustchen lachen, wie gut seine Taktik gewirkt habe. Diese Befriedigung wolle sie ihm jedoch nicht verschaffen.

Sheriff McFane hatte zugeben müssen, daß ihre Schlußfolgerung logisch sei und ihr Mut beachtenswert, aber daß sie die

Situation möglicherweise unterschätze: Sie sei tatsächlich in Gefahr.

Dem hatte sie zugestimmt, aber auf ihrer Ansicht der Dinge beharrt. Jetzt, wo sie den ersten Schock verdaut hatte, konnte sie Ursache und Wirkung klar voneinander trennen. Die tote Katze bedeutete, daß sie der Wahrheit, was mit Guy tatsächlich geschehen war, sehr nahe gekommen sein mußte. Wenn sie jetzt aufgäbe, würde sie die Wahrheit nie herausfinden. Der Sheriff und Gray glaubten, daß jemand sie belästigte. Sie aber wußte genau, daß die Sache um ein Vielfaches ernster war als das. Sie mußte der Versuchung widerstehen, ihnen von ihren Vermutungen über den Hintergrund der Katze und der Drohbriefe zu erzählen. Wenn bekannt wurde, daß sie einen Mord an Guy Rouillard vermutete, würde das den Schuldigen warnen. Dann würde es viel schwieriger werden, ihn dingfest zu machen. Sie schwieg, aber ihre Frustration machte sie nervös. Sheriff McFanes Argumente konnte sie ignorieren, aber Grays gingen ihr an die Nieren. Seine anfänglichen Überredungskünste hatten sich in hartnäckige Befehle gewandelt, als sie die Polizeiwache verließen, um wieder zu ihrem Haus zurückzufahren.

»Zum allerletzten Mal: nein!« schrie sie mindestens schon zum fünften Mal, während sie einstiegen. Die Leute drehten sich nach ihnen um.

»Mist«, murmelte Gray. Für einen Mann, der den Klatsch nicht aufrühren wollte, hatte er sich heute ziemlich unvorsichtig benommen. Seinen Jaguar übersah man nicht so leicht, und auch Faith war eine Frau, nach der man sich umschaute. Nicht wenige würden bemerkt haben, daß er sie heute in die Stadt gefahren hatte, mit ihr auf die Wache gegangen war und sie mit ihr zusammen wieder verlassen hatte, ganz davon zu schweigen, daß sie ihn anbrüllte. Aber jetzt konnte er daran nichts mehr ändern. Und wenn er noch einmal mit derselben Situation wie heute konfrontiert wäre, dann würde er wieder genauso reagieren.

Faith rammte die beiden Gurtschnallen zusammen. »Ich weiß, daß du weder mit der Katze noch mit den Briefen irgend etwas zu tun hast«, sagte sie ärgerlich. »Aber du bist dir dennoch nicht zu schade, die Sache zu deinen Gunsten hinzubiegen, nicht wahr? Du wolltest mich gleich am ersten Tag hier verscheuchen, und es verletzt deine männliche Ehre, daß ich mich nicht deinem Willen beuge.«

Er sah sie gefährlich ruhig an, während er den Wagen um den Platz lenkte. »Das glaubst du doch wohl selbst nicht«, erwiderte er ruhig. »Wenn ich wollte, könnte ich dich in einer halben Stunde hier weg haben. Aber ich habe mich dagegen entschieden.«

»Tatsächlich?« fragte sie ungläubig. »Warum solltest du klein beigeben?«

»Aus zweierlei Gründen. Erstens hattest du das, was hier vor zwölf Jahren geschehen ist, nicht verdient. Ich wollte dich nicht noch einmal auf diese Art und Weise behandeln.« Er wandte seinen Blick kurz von der Straße ab und ließ ihn an ihrem Körper herabgleiten, wobei er bei ihren Brüsten und ihren Schenkeln ein wenig verweilte. »Und den zweiten Grund kennst du ja.«

Diese Wahrheit brachte das Faß zum Überlaufen. Er begehrte sie. Das hatte sie gleich bei dem ersten brennenden Kuß in New Orleans gespürt. Aber er begehrte sie nach den von ihm aufgestellten Regeln. Er wollte sie in ein kleines Haus außerhalb der Gemeinde von Prescott verbannen, damit ihr Verhältnis seine Familie nicht stören würde. So wäre es für ihn am besten, denn auf diese Weise könnte er zwei Fliegen mit einer Klappe schlagen.

»Ich lasse es nicht zu, daß du mich versteckst, als ob man sich meiner schämen müßte«, sagte sie. Ihre Augen leuchteten bitter, während sie starr geradeaus blickte. »Wenn du dich nicht öffentlich mit mir sehen lassen kannst, dann halte dich einfach von mir fern.«

Er schlug mit der Faust gegen das Lenkrad. »Verdammt noch mal, Faith! Die Katze war nicht gerade ein Willkommensgruß. Ich denke an deine Sicherheit! Ja, es stimmt, ich wäre hocherfreut, wenn du in eine andere Stadt ziehen würdest. Meine Mutter macht mich verrückt, aber deswegen will ich ihr noch lange keinen Schaden zufügen. Muß ich mich etwa dafür entschuldigen, daß ich sie trotz allem liebe? Du kannst so etwas wegstecken, sie aber nicht. Und ich bin gänzlich unbescheiden, ich will einerseits ihr Bestes, und dich will ich auch haben. Wenn du umziehen würdest, dann könnten wir eine verdammt befriedigende Beziehung haben, und ich müßte mir keine Sorgen darüber machen, daß ein Wahnsinniger dich verfolgt.«

»Dann überlasse es doch einfach mir, mir Sorgen um mich zu machen.«

Er gab ein frustriertes Schnauben von sich. »Du rückst aber auch nicht einen einzigen Millimeter von deinem Vorhaben ab!«

Wieder mußte sie der Versuchung widerstehen, ihm zu sagen, aus welchen Gründen sie an Ort und Stelle bleiben wollte. Und diese Gründe gingen weit über ihre persönliche Beziehung hinaus. Aber in der Stimmung, in der er sich befand, hätte er ihr ohnehin kein Wort geglaubt.

Sie waren bereits außerhalb der Stadt, und es war nur wenig Verkehr auf der Straße. Schon bald bog er in den schmalen Weg ein, der zu ihrem Haus führte. Es war ihr niemals vorher aufgefallen, wie einsam und leicht angreifbar ihr Haus lag. Sie hatte den Frieden, die Ruhe und die Abgeschiedenheit genossen. Verdammt sollte er sein, dieser unbekannte, unsichtbare Feind, daß er ihr die Freude an ihrer Heimkehr vergällte.

Sie sprach bis zu ihrem Haus kein Wort. Es war bereits später

Nachmittag, und die schräge Sonne tauchte das Haus in einen goldenen Schimmer. In sehr kurzer Zeit hatte sie es sich hier heimisch gemacht, war von ihren eigenen Dingen und ihren eigenen Wänden umgeben und von ihrem eigenen Dach beschützt. Hier sollte sie fortgehen? Das lag völlig außerhalb ihrer Vorstellungskraft.

»Beantworte mir eine Frage«, sagte sie, eine Hand bereits am Türgriff. »Ganz abgesehen von meinem Wohnort möchte ich keine Affäre mit dir haben. Verringert das deine Angst um mein Wohlergehen?«

Er hielt sie am Handgelenk im Wagen zurück. Seine Augen waren schwarz vor Wut, aber er beantwortete die beleidigende Frage nicht, sondern focht lediglich ihre Behauptung an. »Ich kann dich dazu bringen, deine Meinung zu ändern«, sagte er leise. »Das wissen wir beide nur zu gut.«

Sie öffnete die Tür, und er ließ sie aussteigen. Er war zufrieden, daß er das letzte Wort gehabt hatte. Das hatte er häufig, dachte sie. Er hatte die Angewohnheit, die Unterhaltung weiter zu treiben, als sie ursprünglich hätte gehen sollen. Ihre einzige Rückzugsmöglichkeit war es zu schweigen.

Sie war sich seiner Anwesenheit in ihrem Rücken bewußt, bis sie sicher ins Haus gelangt war. Er hatte recht, verdammt. Er konnte ihre Meinung ändern, sogar mit nur sehr geringer Anstrengung. Ihre Behauptung war zwar provozierend gewesen, aber keine Lüge. Sie wollte keine Affäre mit ihm – das bedeutete aber nicht, daß sie ihm würde widerstehen können. Wenn er jetzt darauf bestanden hätte, mit ihr ins Haus zu kommen, hätte wahrscheinlich nur ein einziger Kuß ausgereicht, um sie direkt ins Bett zu bekommen. Erst im nachhinein hätte sie es dann bereut.

»Was hast du dir nur dabei gedacht, Gray?« fragte Alex irritiert. »Erst fährst du mit ihr durch die Gegend, und dann streitest du dich direkt vor der Polizeiwache mit ihr. Mein Gott noch mal, die halbe Stadt hat dich gesehen. Und die andere Hälfte hat dich gehört.«

Monica hob den Kopf und blickte ihren Bruder betroffen an. Gray hätte Alex dafür erwürgen können, daß er das Thema vor seiner Schwester anschnitt.

»Ich habe nur versucht, sie zum Umzug zu bewegen«, erwiderte er knapp. Aber auch ohne sie direkt anzusehen, spürte er die Anspannung in Monicas Körper. »Irgend jemand spielt ihr widerliche Streiche. Heute war eine tote Katze in ihrem Briefkasten.«

»Eine tote Katze?« Alex verzog das Gesicht. »Das ist ja ekelhaft. Aber warum saß Faith in deinem Auto?«

»Sie hat mich angerufen, als sie sie gefunden ...«

»Warum hat sie dich angerufen?« fragte Monica vorwurfsvoll.

»Darum.« Gray war sich seiner direkten und sehr unverbindlichen Antwort bewußt, aber es war ihm gleichgültig. »Ich habe Mike angerufen, und er ist zu ihrem Haus rausgekommen. Er wollte, daß wir beide mit auf die Wache kommen, um Fingerabdrücke nehmen zu lassen ...« Monica stieß einen Schrei aus. »Faith war immer noch ganz durcheinander, also habe ich sie gefahren.«

»Warum hat man denn deine Fingerabdrücke genommen?« fragte Monica empört. »Hat sie dich etwa beschuldigt, daß du es getan hast?«

»Nein, aber ich hatte den Karton angefaßt. Mike mußte wissen, welche Fingerabdrücke zu uns gehörten, um die herauszufiltern, die dem elenden Schurken gehören, der das getan hat.«

Monica kaute auf ihrer Unterlippe. »Hat er denn etwas gefunden?«

»Das weiß ich nicht. Als sie mit ihrer Aussage fertig war, habe ich sie nach Hause gefahren.«

»Wird sie denn wegziehen?« fragte Alex.

»Verdammt, nein.« Gray fuhr sich erregt durch das Haar. »Sie schaltet in der Hinsicht mittlerweile ganz auf stur.« Auf stur schalten war nicht der richtige Ausdruck: Sie war von Geburt an stur. Er stieß sich vom Tisch ab und stand auf. »Ich gehe noch aus.«

»Jetzt?« fragte Monica erstaunt. »Wohin denn?«

»Nur ein wenig aus dem Haus.« Er war so unruhig und nervös wie ein Hengst, der eine Stute zwar riechen, aber sie nicht erreichen konnte. Das Blut pulsierte ihm in den Adern und zwang ihn, etwas zu unternehmen, irgend etwas. Es schien ihm, als ob sich ein Sturm zusammenbraute, und das gleichbleibend schöne Wetter machte ihn wahnsinnig. »Ich weiß nicht, wann ich zurück sein werde. Wir gehen die Akten morgen durch, Alex.«

Erstaunt und besorgt beobachtete Monica, wie er das Zimmer verließ. Wieder kaute sie auf ihrer Lippe. Es sah ganz so aus, als ob Gray seine Beziehung zu dieser Devlin noch weiter vertiefte. Sie konnte einfach nicht verstehen, wie er dazu in der Lage war, nach allem Leid, das ihre Familie ihnen bereitet hatte. Und Michael war auch in ihrem Haus gewesen! Monica wollte nicht, daß er irgendwie mit Faith Devlin in Berührung kam. Diese Devlins waren wie Spinnen, sie woben ihre klebrigen Fäden, in denen sich unvorsichtige Männer schnell verfangen konnten.

Alex schüttelte den Kopf und blickte sorgenvoll vor sich hin. »Ich sage deiner Mutter gute Nacht«, erklärte er und ging die Treppe hoch. Noelle hatte sich nach dem Abendessen unter dem Vorwand der Müdigkeit in ihr eigenes Wohnzimmer zurückgezogen. Die Wahrheit aber war die, daß sie sich dort oben einfach wohler fühlte.

Eine halbe Stunde blieb er oben. Monica saß noch immer im Arbeitszimmer, als sie ihn die Treppe herunterkommen hörte.

Seine Schritte waren langsamer als die, mit denen er hinaufgegangen war. Er trat in die Tür, und sein Blick blieb an ihr haften. Monica sah auf und starrte ihn entsetzt an. Seine Hand wanderte zum Lichtschalter. Monica erstarrte. Ihr stockte der Atem, als er das Licht ausschaltete.

»Liebling«, sagte er. Und sie wußte, daß die Worte an die Frau im oberen Stockwerk gerichtet waren.

Faith tigerte durch das Haus. Weder ihre Lektüre noch das Fernsehprogramm reizte sie. Trotz ihres Beharrens darauf, hier wohnen zu bleiben, war sie doch viel tiefer verstört, als sie zugeben wollte. Sie mußte sich zwingen, die Küche zu betreten, so stark war die Erinnerung an jenen Karton. Erleichtert registrierte sie den leeren Tisch. Die Erinnerung verschwamm etwas, als sie sich eine kleine Mahlzeit bereitete. Aber wie wenig es auch immer war, sie konnte nur die Hälfte essen.

Sie rief Renee wieder an. Sie wußte, daß es zu früh war, aber ein fast verschütteter Instinkt lenkte sie in Richtung ihrer Mutter. Es war nicht Trost, den sie suchte. Vielmehr war es eine Verbindung, die über die familiären Bande noch hinausging: die Männer der Rouillards.

Zu ihrer Erleichterung nahm Renee selbst das Telefon ab. Wenn ihre Großmutter geantwortet hätte, so hätte sich Renee niemals an den Apparat locken lassen.

»Mama«, sagte sie und war über ihre eigene, zittrige Stimme beunruhigt. »Ich brauche Hilfe.«

Am anderen Ende wurde es still, dann sagte Renee müde: »Was ist denn los?« Mütterliche Sorge war für sie nicht die normale Reaktion.

»Jemand hat eine tote Katze in meinen Briefkasten gelegt, und ich habe ein paar Drohbriefe bekommen. Ich soll nicht weiter Fragen stellen, sonst würde ich wie die Katze enden. Ich weiß nicht, wer das macht . . .«

»Was denn für Fragen?«

Faith zögerte, weil sie befürchtete, daß Renee auflegen könne. »Über Guy«, gab sie zu.

»Verflucht noch mal, Faith!« schrie Renee. »Ich habe dir doch gesagt, daß du deine Nase da nicht hineinstecken sollst. Aber nützt es was? Nein, du mußt den ganzen Mist wieder aufwühlen, und jetzt wird dir von dem Geruch übel. Du setzt dein Leben aufs Spiel, wenn du nicht endlich den Mund hältst!«

»Jemand hat Guy umgebracht, nicht wahr? Und du weißt, wer es war. Deshalb bist du fortgegangen.«

Renees schneller, stoßweiser Atem war deutlich durch die Leitung zu hören. »Misch dich da nicht ein«, bettelte sie. »Ich kann es dir nicht sagen. Ich habe geschworen, es niemals irgendwem zu sagen. Er hat mein Armband. Er hat gesagt, er würde den Mord auf mich schieben, wenn ich jemals etwas erzählen würde. Er hat gesagt, daß er das Armband so hinlegen würde, daß es so aussähe, als ob Guy und ich uns gestritten hätten und ich ihn dann umgebracht hätte.«

Nach Wochen der Vermutungen, nachdem sie allen Gerüchten nachgegangen und immer in einer Sackgasse gelandet war, war die plötzliche Wahrheit erschreckend. Es dauerte einen Augenblick, ehe Faith sich von dem Schock erholt hatte.

»Du hast Guy geliebt«, sagte sie überzeugt. »Du hast ihn nicht umgebracht.«

Renee fing zu weinen an. Es war kein lautes Schluchzen, um Mitleid zu erwecken. Tränenerstickt sagte sie: »Er war der einzige Mann, den ich je geliebt habe.« Gleichgültig ob sie Guy wirklich geliebt hatte oder nicht, Renee glaubte, daß sie es getan hatte. Und das war genug.

»Was ist denn passiert, Mama?«

»Das kann ich nicht sagen . . .«

»Mama, bitte.« Verzweifelt suchte Faith nach einem Grund, der auch Renee einleuchten würde. Es wäre einiges vonnöten, um den Egoismus ihrer Mutter zu bezwingen, und in diesem Fall konnte Faith es ihr gar nicht verübeln, daß sie ihre eigenen Interessen wahrnahm. Was aber immer schon ihre Egozentrik überragt hatte, war ihre Habgier. »Mama, hier in der Stadt glaubt man, daß Guy noch am Leben ist. Er ist nicht für tot erklärt worden, also hat man sein Testament auch noch nicht verlesen.«

Renee schniefte, aber das Wort ›Testament‹ ließ sie aufmerken. »Ja und?«

»Wenn er dir etwas hinterlassen haben sollte, dann wäre es in seinem Testament. Du hättest all die vergangenen Jahre schon viel Geld haben können.«

»Er hat immer gesagt, daß er mich versorgen würde.« Ein weinerlicher, selbstmitleidiger Tonfall schlich sich in Renees Stimme. Sie atmete tief durch, um sich zu beruhigen. Faith konnte fast hören, wie sie ihre Entscheidung fällte.

»Wir haben uns wie immer im Sommerhaus getroffen«, sagte sie. »Wir hatten schon ... na, du weißt schon. Hatten es schon getan. Jedenfalls lagen wir zusammen im Dunklen, als er vorfuhr. Wir wußten nicht, wer es war. Guy sprang auf und zog sich die Hosen über, denn er hatte Angst, es sei eines seiner Kinder. Wegen seiner Frau hätte er sich keinerlei Gedanken gemacht, denn er wußte, daß es ihr gleichgültig war.

Sie gingen in das Bootshaus, um zu reden. Ich hörte, wie sie sich anbrüllten, habe mich also auch angezogen und bin dorthin gegangen. Gerade als ich ankam, öffnete Guy die Tür. Er hielt inne und drehte sich um. Ich werde niemals vergessen, was er gesagt hat. Er sagte: »Ich stehe zu meiner Entscheidung.« In dem Augenblick knallte der Schuß und traf ihn direkt in den Kopf. Er fiel vor dem Bootshaus ins Gras. Ich fiel neben ihm auf die Knie und schrie und weinte, aber er war schon tot, noch bevor er den Boden berührte. Er hat noch nicht einmal gezuckt.«

»War es Gray?« brachte Faith mühsam hervor. Nein, das konnte nicht sein. Nicht Gray. Aber sie mußte die Frage stellen. »Hat Gray seinen Vater umgebracht?«

»Gray?« fragte Renee erstaunt. »Nein, nicht Gray. Er war gar nicht da.«

Nicht Gray. Danke, lieber Gott. Nicht Gray. Egal wie oft sie sich gesagt hatte, daß er es nicht gewesen sein konnte, irgendwo mußten doch noch letzte Zweifel geblieben sein, denn jetzt fühlte sie sich augenblicklich erleichtert.

»Mama ... Mama, niemand würde annehmen, daß du Guy umgebracht hast. Warum bist du denn nicht zur Polizei gegangen?«

»Bist du verrückt geworden?« Renee stieß ein scharfes Lachen aus, das sich in Tränen auflöste. »In der Stadt hätten die Leute alles über mich geglaubt. Den meisten hätte meine Festnahme sogar gefallen, selbst wenn sie von meiner Unschuld überzeugt gewesen wären. Außerdem hatte er schon alles geplant ...«

»Aber du hattest doch noch nicht einmal eine Waffe!«

»Mich wollte er auch noch umbringen! Er sagte, er würde die Pistole in meinen Mund stecken und mit seiner Hand über meiner den Abzug ziehen, wenn ich ihm nicht schwören würde zu verschwinden, nie wieder zurückzukommen und niemandem gegenüber auch nur ein Wort darüber zu sagen. Er ist stark, Faithie, stark genug, um so etwas zu tun. Ich habe versucht, mich gegen ihn zu wehren, aber er hat mich geschlagen. Ich konnte ihn nicht abwehren.«

»Und warum hat er dich nicht umgebracht?« fragte Faith, die sich fragte, warum ein Mörder freiwillig eine Augenzeugin laufen ließ.

Renee konnte nicht gleich antworten, denn sie weinte hemmungslos. Schließlich schluchzte sie auf und fand mühsam ihre Stimme wieder. »Er ... er wollte Guy nicht erschießen. Er war bloß so verdammt wütend, hat er damals gesagt. Er wollte mich nicht auch noch umbringen. Er sagte, ich solle mich aus dem Staub machen. Und er hat mein Armband behalten. Wenn ich jemals zurückkommen sollte, dann würde er es so hindrehen, als ob ich Guy ermordet hätte. Ich würde dann die Todesstrafe bekommen. Und das macht er auch, du kennst ihn nicht!« Ihre Stimme war am Schluß ganz schrill, dann löste sie sich wieder in Schluchzen auf.

Faith fühlte, wie ihr die Augen brannten. Zum ersten Mal empfand sie Mitleid mit ihrer Mutter. Arme Renee, keine Schulbildung, keinen gesellschaftlichen Einfluß oder Freunde, ihr ganzes wildes Leben und ihre Sorglosigkeit waren ideal für jemanden, der sie als Prellbock benutzen wollte. Der eine Mann, den sie liebte und von dem sie finanziell abhing, war vor ihren Augen erschossen worden. Und dann hatte man ihr auch noch gedroht, sie für den Mord zu belangen. Der Killer hatte sie wirklich geschickt geknebelt, denn unter keinen Umständen würde Renee zur Polizei gehen. Sie hätte ihm alles geglaubt, und vermutlich sogar zu recht.

»Ist schon gut, Mama«, sagte sie leise. »Ist schon gut.«

»Du ... du wirst nichts sagen? Es muß unser Geheimnis bleiben, sonst läßt er mich verhaften. Ich weiß, daß er es tun wird.«

»Ich werde dich von niemandem verhaften lassen, das verspreche ich dir. Weißt du, was er mit der Leiche gemacht hat?«

Renee bekam einen Schluckauf, so überrascht war sie. »Seine Leiche?« fragte sie abwesend. »Ich nehme an, daß er sie irgendwo verscharrt hat.« Das war schon möglich, aber würde ein Mörder soviel Zeit verschwendet und ein Grab gegraben haben? Ein Grab, auf das man hätte aufmerksam werden können? Und das, wo doch der See gleich daneben lag? Man mußte den Körper nur mit einem Gewicht beschweren, und das Problem der Leiche war gelöst.

»Was für eine Waffe hat er benutzt? Hast du das erkennen können?«

»Ich habe keine Ahnung von Waffen. Es war eine Pistole, mehr kann ich dir nicht sagen.«

»War es ein Revolver, so wie in den Western, mit der Patronenkammer, wo die Kugeln hineinpassen? Oder hatte sie einen Abzug im Griff?«

»Ja, genau, einen Abzug im Griff«, sagte Renee, nachdem sie einen Augenblick überlegt hatte.

Eine automatische. Das bedeutete, daß die Patronenhülse sich gelöst hatte und irgendwo im Bootshaus herumliegen mußte. Der Mörder mußte sich um die Leiche kümmern und die Zeugin zur Flucht überreden. Hatte er dann noch an die Hülse gedacht, war zurückgekommen und hatte sie aufgehoben?

Welche Aussichten hatte sie, daß sich eine Patronenhülse nach zwölf Jahren immer noch dort befand? Nur äußerst geringe. Aber nach Guys Verschwinden war der Ort nur noch selten benutzt worden, das Bootshaus war also sicherlich nur den nötigsten Aufräumaktionen ausgesetzt gewesen. Die Hülse konnte in das Boot gefallen sein, oder sogar ins Wasser, wo sie auf immer und ewig verloren wäre.

Sie konnte aber auch in einer Ecke gelandet sein.

»Bitte laß die Sache ruhen«, bettelte Renee. »Bitte. Du hättest nicht dorthin zurückziehen sollen, denn jetzt ist er dir hinterher. Geh fort, bevor dir etwas zustößt. Du kennst ihn nicht!«

»Wer ist er denn, Mama? Vielleicht kann ich ja etwas unternehmen ...«

Renee unterbrach die Verbindung mitten in einem Weinkrampf. Faith legte langsam den Hörer auf. Heute nacht hatte sie so viel erfahren, und doch war es immer noch nicht genug. Das Wichtigste jedoch war, daß sie Grays Unschuld jetzt sicher sein konnte. Und am schlimmsten fand sie, daß sie immer noch nicht herausgefunden hatte, wer der Schuldige war.

Der Mörder war ein ›er‹. Damit entfielen Andrea Wallice und Yolanda Foster, von deren Unschuld Faith ohnehin überzeugt war. Lowell Foster hatte zwar erst später von der Liebschaft seiner Frau mit Guy erfahren, aber so wie sich der Klatsch in diesem Nest ausbreitete, wäre es durchaus möglich, daß ein Übereifriger sich erboten hatte, den gehörnten Ehemann zu informieren. Daß der gehörnte Ehemann derweil mit seiner Sekretärin schlief, tat nichts zur Sache. Lowell mußte also weiter auf ihrer Liste bleiben.

Wer aber hätte sich in jener Nacht mit Guy streiten sollen und warum? Ein aufgebrachter Geschäftspartner? Guys Persönlichkeit nach zu urteilen war ein betrogener Ehemann jedoch wahrscheinlicher. Mit wem hatte er in dem besagten Sommer denn noch geschlafen?

Die Antworten auf diese Fragen konnte Faith an diesem Abend nicht mehr finden. Sie konnte jedoch selbst feststellen, ob eine lose Patronenhülse irgendwo in dem Bootshaus herumlag. Sie blickte auf die Uhr. Es war halb zehn. Für ein solches Vorhaben war nachts die beste Zeit. Die Chance, Gray in die Arme zu laufen, war dann viel geringer als am Tage.

Faith gehörte nicht zu denen, die eine einmal gefällte Entscheidung hinauszögerten. Diesmal jedoch ließ sie sich immerhin genügend Zeit, um sich festeres Schuhwerk anzuziehen. Auf dem Weg zur Haustür griff sie noch nach einer Taschenlampe.

Sie wollte gerade nach rechts in die kleine Privatstraße einbiegen, die zum Sommerhaus führte, als sie in letzter Minute ihre Meinung änderte. Jemand konnte sie dabei beobachten und die Rouillards alarmieren, und das wollte sie unbedingt vermeiden. Wenn sie das Glück heute zum zweiten Mal verlassen sollte und jemand im Sommerhaus war, dann wollte sie mit ihren Scheinwerfern nicht schon im voraus eine Warnung abgeben.

Sie fuhr also zu demselben Ort, an dem sie auch das letzte Mal geparkt hatte, obwohl sie von dort aus fast zwei Kilometer durch den Wald laufen mußte. Aber das war kein Problem für sie. Sie hatte sich niemals vor der Dunkelheit oder vor den Tieren des Waldes gefürchtet. Dennoch suchte sie sich zur Sicherheit einen Stock, falls sie auf eine Schlange stoßen sollte, bevor diese scheue Kreatur sich vor ihr versteckt hatte.

In der Nacht war es laut im Wald und voller Betriebsamkeit. Waschbären kletterten auf den Bäumen, Eulen riefen, Frösche quakten, Insekten schwirrten herum, Nachtvögel schlugen und Zikaden zirpten wie verrückt. Der Wind trug zu der Kakophonie noch seinen Teil bei, die Kiefern wiegten sich sacht in der Brise. Faith ließ sich Zeit und achtete darauf, daß sie den Weg nicht verlor. Als sie einen kleinen Bach an genau der gewohnten Stelle kreuzte, mußte sie über die Genauigkeit ihres Ortssinns lächeln. Sie ließ das Licht der Taschenlampe über das Wasser gleiten, um sicherzugehen, daß dort nicht gerade jetzt eine Wasserschlange ihr Bad nahm. Dann hüpfte sie auf einen flachen Stein mitten im Bach und von dort aus an das andere Ufer. Von hier aus waren es nur noch ein paar hundert Meter bis zum Sommerhaus.

Fünf Minuten später hielt sie am Rande der Lichtung inne und überblickte erst einmal das Terrain, bevor sie den Schutz der Bäume verließ. Das Haus war dunkel und ruhig. Sie horchte, hörte aber nur die ganz normalen nächtlichen Geräusche. Das Wasser schwappte gegen den Bootssteg, die glatte Oberfläche des Sees kräuselte sich hier und da, wobei das Spiegelbild des fast vollen Mondes sich verzerrte. Nachtaktive Fische schlugen ihre eigenen Kreise und trugen durch gelegentliches Springen zu den nächtlichen Geräuschen bei.

Auf leisen Sohlen lief Faith den Hang zum Haus hinunter. Was sollte sie tun, wenn das Bootshaus abgeschlossen war? Das wäre wahrscheinlich der Fall, obwohl sie das Sommerhaus selbst neulich unverschlossen gefunden hatte. Aber damals war auch Gray dagewesen. Er hatte das Haus geöffnet und vermutlich dort nach dem Rechten gesehen.

Wenn sie eine richtige Abenteuerin wäre, dann würde sie sich von geschlossenen Türen nicht abhalten lassen und unter dem Eingang zum Bootshaus hindurchtauchen.

Aber sie war keine solche Abenteuerin.

Nächtliches Unterwasserschwimmen war nicht ihre Sache. Allein bei dem Gedanken, sich bis auf die Unterwäsche auszuziehen und unter die dunkle Oberfläche des Sees zu tauchen, bekam sie eine Gänsehaut. Wenn das Bootshaus wirklich all die Jahre über ungenutzt gewesen war, dann wurde es jetzt vermutlich von Mäusen, Schlangen, Eichhörnchen und vielleicht dem einen oder anderen Waschbären bewohnt, die sich alle über einen plötzlichen Besucher erschrecken würden. Sie würde den Bewohnern dort lieber ausreichend Warnung zukommen lassen, indem sie an der Tür rüttelte oder vielleicht ein Fenster einschlug, wenn es denn dort ein Fenster geben sollte. Ihr war bisher allerdings keines aufgefallen.

Das Bootshaus hob sich hell vor dem glitzernden schwarzen Wasser ab, die weißen Wände sahen im Mondlicht gespenstisch aus. Als Faith den Kiesweg hinauflief, ließ sie ihre Taschenlampe über die breiten Türen gleiten. Enttäuscht seufzte sie auf. Ein dickes, glitzerndes Stahlvorhängeschloß sicherte die Tür. Ein ganz normales Schloß hätte sie vielleicht aufbekommen, aber vor diesem hier mußte sie passen. Ihr einziger Ausweg wäre ein Fenster.

An der Stegseite jedoch war keines, nur eine glatte Wand. Sie lief auf die andere Seite und starrte mit gemischten Gefühlen zu dem Fenster hinauf, das wie ein schwarzes Auge in einem blassen Gesicht wirkte. Immerhin gab es ein Fenster, bei dem sie die Scheibe hätte zerschlagen können. Aber andererseits endete der feste Boden gerade so, daß sie nicht direkt darunter stehen konnte. Das Fenster lag außerdem so hoch, daß sie sich nur mit Mühe hätte hinaufhangeln können. Mit etwas gutem Willen war es zwar nicht unmöglich, aber doch recht schwierig.

Eine sehr warme, sehr feste Hand schloß sich um ihren Oberarm und wirbelte sie herum. Sie prallte gegen einen muskulösen, festen Körper. »Ich habe dir doch gesagt, was ich tun werde, wenn ich dich hier noch einmal antreffe«, sagte Gray leise.

16

Er trug sie auf die Veranda, wo sie durch Fliegengitter vor Mücken und anderen Insekten geschützt waren. Faith war über sein plötzliches Erscheinen so erschrocken gewesen, daß sie sich panisch an seinen Schultern festklammerte, als er sie hochhob und über den Rasen Richtung Haus trug.

Fast augenblicklich wurde sie von der dunklen Flut der Leidenschaft überspült, die sie jeglicher Vernunft und Willenskraft beraubte. Die Gelüste ihres Körpers, so lange unterdrückt, drängten sich nun rücksichtslos in den Vordergrund. Als er sie an seinem Körper hinab auf die Füße gleiten ließ, zitterte sie wie Espenlaub und empfand diese köstliche Berührung geradezu schmerzhaft erregend. Nun war der Augenblick gekommen. Sie begehrte ihn mit blinder, wilder Leidenschaft, die sie nicht länger unterdrücken konnte. Willig drängte sie sich an ihn.

Er preßte sie gegen eine der quadratischen Säulen, die die Veranda stützten. Trotz des Mondlichts war es dunkel dort auf der Veranda. Die sommerlichen Gerüche vermischten sich mit Grays hitzigem, würzigem Duft in der warmen Luft. Sein Atem ging schnell und heftig, während er sich gegen ihren nachgiebigen Körper drängte. Er fuhr ihr durch die Haare, hielt ihren Kopf zwischen seinen großen, starken Händen und ließ seine Zunge tief zwischen ihre Lippen gleiten. Er war unendlich erregt, und seine steinharte Erektion drückte sich gegen ihren Bauch.

Faith seufzte unter seinem fordernden Kuß und rieb sich voller Verlangen an ihm. Sie versuchte sich auf die Zehenspitzen zu stellen, damit sie die harte Schwellung zwischen ihren Beinen spüren konnte. Sie bestand nur noch aus dem lustvollen Verlangen, sich ganz von ihm ausfüllen zu lassen und wurde feucht vor Begierde, ihn dort zu fühlen.

Sein Hemd hing offen herab. Seine Schultern, in die sie ihre Nägel grub, waren von Stoff bedeckt, aber seine Brust war nackt. Sie konnte seine verschwitzte Haut und seine rauhen Locken spüren. Ihre Brüste richteten sich auf, ihre Knospen zogen sich hart zusammen und schmerzten vor Verlangen nach seiner Berührung.

Nach Luft ringend riß er sich von ihren Lippen los, während sich seine Brust bei jedem Atemzug wölbte. Faith befeuchtete sich die Lippen und zog an seinem Nacken, damit er sich wieder zu ihr herabbeugte. Er gehorchte augenblicklich mit einem noch heftigeren, verlangenderen Kuß. Nie zuvor hatte sie eine solche Erregung verspürt.

Er knetete ihre Brüste, und sie stöhnte vor Befriedigung und Erregung darüber leise auf. Aber schon nach wenigen Sekunden genügte ihr das nicht mehr. Er wußte, wonach sie sich sehnte, oder vielleicht empfand er selbst das gleiche Bedürfnis, denn er riß hastig ihre Bluse auf. Die Knöpfe sprangen ab und rollten über den Boden. Mit der einen Hand öffnete er den Vorderverschluß ihres BHs. Ihre festen Brüste boten sich seinen gierigen, fordernden Lippen dar. Er legte einen Arm unter ihren Po und hob sie an, während sein offener Mund an ihr herabglitt und einen feuchten Pfad auf ihrer Haut hinterließ. Er ließ eine angespannte Knospe in seinem Mund verschwinden und saugte heftig daran. Ihre Brüste prickelten vor Lust und sie bäumte sich ihm derart heftig entgegen, als ob sie ihn abwerfen wollte. Er reagierte, indem er sie noch fester umklammerte, umfaßte ihren Po und rieb seine Erektion in der weichen Kuhle zwischen ihren Beinen. Die unumwunden sexuelle Geste ließ das Feuer in ihr noch heftiger lodern. Sie fühlte, wie sie wie durch einen schlüpfrigen Tunnel unweigerlich auf den Höhepunkt zusteuerte.

Sie kämpfte dagegen an, wollte nicht, daß dieses Feuer so schnell vorbei sein sollte. Sie strebte zum Holz des Pfeilers zurück, um sich von seinem harten Schwanz zurückzuziehen. Es gelang ihr nicht. Sein Arm um ihren Po drückte sie an sich und erlaubte es ihr noch nicht einmal, ihre Beine zu schließen. Ein Knäuel formte sich in ihrem Bauch, eine Spannung, die immer, immer drängender wurde ...

Er stellte sie wieder auf die Füße und riß ihren Rock bis zur Taille hoch. Faith lehnte sich erschöpft gegen die Säule. Ihre Sinne waren von der Geschwindigkeit, mit der das alles geschah, vollkommen verwirrt. Verschwommen erinnerte sie sich an das eine Mal, als sie ihn bei der Liebe beobachtet hatte. So geduldig und so zärtlich hatte seine rauchige Stimme liebkosend gelockt. So hatte sie es sich vorgestellt, aber statt dessen wurde sie wie von einem Wirbelsturm in ein fremdes Territorium gerissen. Sie gingen wie Tiere aufeinander los, unfähig, dem Akt die geringste Zärtlichkeit zu verleihen. Dennoch war ihr das in diesen Momenten überwältigenden Verlangens vollkommen gleichgültig.

Mit der linken Hand hielt er ihren Rock hoch, während er mit der rechten ihr Höschen herunterriß. Die Nachtluft streichelte ihre entblößten Hüften. Sie genoß das Gefühl der Nacktheit und zitterte bei seiner Berührung. Er zerrte ihr Höschen bis zu den Knien herunter, dann hob er einen Fuß, setzte seinen

Zeh in die Mitte des Slips und schob ihn ganz zu Boden. Sie hörte, wie der Stoff sich ein wenig sperrte und riß, dann befreite er sie aus ihrer zerfetzten Unterwäsche. Er preßte sie gegen die Säule, öffnete weit ihre Schenkel und drängte sich dazwischen. Faiths Kopf fiel nach hinten. Sie hörte ihren eigenen, keuchenden Atem, als sie in unerträglicher Vorfreude auf seinen harten Stoß wartete, einen Stoß, der sie ausfüllen und ihr tiefes Verlangen befriedigen würde. Seine Hand drängte sich zwischen ihre Körper, zerrte an seinem Gürtel, öffnete seine Jeans und berührte ihr feuchtes, erregtes Fleisch, so daß sie vor Lust aufschrie. Er riß seinen Reißverschluß herunter, befreite seine Erektion und drängte sich gegen sie.

»Ich will dich vögeln«, murmelte er undeutlich. Seine Stimme klang tief und hart, als er sie etwas anhob und sie in eine günstige Position brachte. Seine Hand befand sich noch immer zwischen ihren Körpern. Er fand ihre weiche, feuchte Öffnung und drang mit einem Finger tief in sie ein, um seine Penetration vorzubereiten. Faith erbebte, ihre Arme schlangen sich eng um seinen Hals, während sein Finger die empfindliche Stelle rieb und versteckte Explosionen der Lust auslöste. Ihre inneren Muskeln umspannten den eindringenden Finger, zogen sich zusammen und streichelten ihn. Gray fluchte in wilder Erregung. Unfähig noch länger zu warten, entzog er ihr seine Hand und lenkte den breiten Kopf seines Schwanzes an ihre Stelle. Bei dem enormen Druck, den sein langsames Eindringen verursachte, erstarrte Faith. Das Fieber der Lust verebbte augenblicklich. Sie erinnerte sich an Lindsey Partains erschrockenen, panischen Aufschrei, als er in sie eingedrungen war. Nun endlich wußte sie auch, warum. Dann waren alle Gedanken verflogen. Sie spürte nur noch den unglaublich dicken Schaft, wie er mit kurzen, kräftigen Stößen seiner Hüften weiter und weiter in sie eindrang.

Sie wand sich wild in seinen Armen. Spitze, verzweifelte

Schreie drangen aus ihrer Kehle. Gray hielt inne. Der Schweiß troff ihm von der Stirn und rann seine nackte Brust herunter. Verzweifelt versuchte er sich zurückzuhalten und sich unter Kontrolle zu bekommen.

»Ruhig, ruhig«, flüsterte er, während er seine Lippen gegen die schöne Linie ihres Kinns preßte. Seine Worte wurden von der nächtlichen Brise davongetragen. »Ist schon gut, mein Liebling. Du kannst ihn aufnehmen. Sei jetzt ganz ruhig und laß mich ein. Ich werde dir nicht weh tun, ich werde es langsam und vorsichtig machen.« Noch während er sprach, bewegte er seine Hüften vor und zurück. Die leichten Bewegungen entspannten ihre Muskeln und ließen ihn mit jedem kleinen Stoß tiefer eindringen. Sie stöhnte und zitterte in seinen Armen. Ihr Körper bäumte sich in dem instinktiven Versuch auf, ihn weiter in sich einzulassen. Er versuchte die Kontrolle zu behalten, aber es war zu spät. Mit einer kraftvollen Bewegung setzte er sie auf seinen Schaft und drang ganz und gar in sie ein. Er glaubte in dem heißen Handschuh ihres Körpers augenblicklich zu explodieren.

Der Schock ließ sie erbeben. Sie sank ihm kraftlos in die Arme, ihr Kopf fiel wie eine gebrochene Blüte in ihren Nacken. Seine mühsam errungene Kontrolle erlahmte. Seine Hüften stießen wild zu, und er drang wieder und wieder in sie ein. Sie war fest zwischen seinem Körper und der Säule eingeklemmt. Ihre Sinne waren ausschließlich auf das Klopfen ihres Herzens und die harten Stöße seines Körpers konzentriert. Sie hielt sich verzweifelt an seinem Hemd fest und versuchte das Ende des wilden Ausbruchs seiner Lust abzuwarten.

Plötzlich hielt er inne, denn er hatte ihren seelischen und körperlichen Rückzug registriert. »Nein«, sagte er wütend. »Ich lasse nicht zu, daß du dich zurückziehst. Komm mit mir, Liebling. Laß mich dich spüren.«

Faith versuchte zu antworten, irgend etwas zu sagen. *Ich*

kann nicht, dachte sie. Aber sie brachte kein Wort über die Lippen. Ihr Höhepunkt, vor wenigen Augenblicken noch so greifbar nah, schien jetzt in weite Ferne gerückt. Sie fühlte sich schmerzhaft gedehnt und weit von jeder Leidenschaft entfernt.

Er aber wechselte die Position, legte seine Arme unter ihre Schenkel, die er noch weiter auseinanderbog. Das Gewicht seines Oberkörpers drückte sie gegen die Säule. Sie fühlte, wie sie sich ihm vollkommen öffnete und weder seine Stöße kontrollieren noch auf sie reagieren konnte. Mit einer Hand fand er den kleinen Knopf ihrer Lust. Mit dem Finger öffnete er die schützenden Hautfalten und legte ihn frei. Wieder änderte er seine Position und drang tief in sie ein, so daß er sich heftig gegen den kleinen Hügel preßte. Dann begann er wieder zu stoßen.

Wie ein Blitz durchfuhr es ihren Körper. Sie konnte sich der überwältigenden Gefühle nicht erwehren, die sich mit jedem seiner Stöße steigerten. Er war sich jeder seiner Bewegungen bewußt und trieb sie unweigerlich auf den Höhepunkt zu. Innerhalb weniger Sekunden stöhnte sie vor Lust, in weniger als einer Minute war sie nicht mehr zu bändigen. Als sie ihren Höhepunkt spürte, schrie sie erleichtert auf. Ihr Körper bäumte sich ihm entgegen und bebte in seinen Armen. Ihr Orgasmus schien eine Ewigkeit zu dauern. Er war so stark, daß sie nichts sonst wahrnahm und ganz auf ihre körperliche Lust reduziert war. Kaum hatte sich die Explosion in ihr etwas beruhigt, als seine begann. Er bäumte sich wild auf und riß seinen Kopf nach hinten. An dem muskulösen Hals pochte wie wild seine Schlagader. Ein tiefes Stöhnen drang bei jedem seiner Stöße aus seiner Brust.

Danach sagten sie kein Wort. Nur das schnelle Atmen und ein gelegentlicher, unfreiwilliger Seufzer waren zu hören, während vereinzelte Nerven in der verebbenden Lust noch einmal erbebten. Faith fühlte sich völlig benommen. Ihr Kopf fiel auf seine Schulter. Gray war in ihren Armen zusammengesunken, nur die Säule stützte sie beide. Der Schweiß auf ihrer nackten Haut verband sie miteinander. Sie fühlte sich so unglaublich erschöpft, als sei sie gerade aus der Kampfarena gestiegen.

Sein Atem beruhigte sich. Er richtete sich auf, aber jede Bewegung schien ihn anzustrengen. Sein Herz pochte langsam und heftig. Vorsichtig glitt er aus ihr heraus und umarmte sie fest, als er ihre Anspannung spürte. Denn obwohl sein Samen jetzt behilflich war, war der Rückzug aus ihrem Körper fast so schwierig wie das Eindringen.

Gray war von der Heftigkeit dessen, was sie gerade erlebt hatten, tief erschrocken. Das war kein Sex gewesen. Sex hatte er schon oft gehabt, häufiger als er ihn hätte zählen können. Sex war Lust, manchmal zärtlich, manchmal wild, es war ein drängender Appetit, der sich leicht stillen ließ. Was er aber gerade mit Faith erlebt hatte, das war so kraftvoll und unaufhaltsam wie eine Lawine gewesen. Es war wie ein Feuer, das ihn verbrannt hatte. Ihr biegsamer, zarter Körper zitterte in seinen Armen. Er wollte einen Ort suchen, an dem er sich mit ihr niederlegen, sie trösten, und sich dann wieder in ihr versenken konnte. Er wollte es mit einer solchen Heftigkeit, daß sich sein Magen zusammenzog. Da er an seiner Selbstkontrolle zweifelte, ließ er die Arme fallen.

Immer noch zitternd, hatte er nur einen Gedanken. »Lieber Gott«, sagte er mit einer Stimme, die von seinem anstrengenden Höhepunkt immer noch rauh war. »Wenn Renee zu vögeln auch so war, dann verstehe ich, warum mein Vater nicht von ihr lassen konnte.«

Faith erstarrte. Das wohlige Feuer ihrer Vereinigung erlosch angesichts seiner verletzenden Bemerkung. Sie antwortete nicht auf seine beleidigende Direktheit, obwohl diese ihre Wirkung nicht verfehlt hatte. Hätte er sich von Anfang an in den Kopf gesetzt, daß sie sich schäbig fühlen sollte, dann wäre ihm das auf bemerkenswerte Weise gelungen. Demütigung und Schmerz überfluteten sie. Angesichts des in ihr aufsteigenden Ekels biß sie die Zähne zusammen. Sie hatte geglaubt, daß ihr Herz zerspringen würde, aber für ihn war es – ja, was war es für ihn gewesen? Ein Teil seiner Rache? Hatte er sie, da Renee nicht greifbar war, an ihrer Tochter ausgelassen?

Sie blickte ihn nicht an, sondern ordnete ihre Kleidung. Ihr BH war verdreht, aber schließlich gelang es ihr, den Verschluß zu finden. Alle Knöpfe ihrer Bluse fehlten, also verknotete sie sie in ihrer Taille. Sie bückte sich, um ihr Höschen aufzuheben. Sie wollte es anziehen, aber es war so zerrissen, daß das nicht mehr möglich war. Ihr Gesicht glühte, aber glücklicherweise verbarg die Dunkelheit ihre Scham.

Ohne ein Wort steckte sie die zerfetzte Unterwäsche in ihre Tasche, drehte sich um und wandte sich mit so viel Würde zum Gehen, wie es unter den gegebenen Umständen möglich war. Wie aber konnte eine Frau überhaupt so etwas wie Würde besitzen, wenn sie sich gerade eben stehend hatte nehmen lassen, und zwar mit der Gewandtheit und der Zärtlichkeit eines Matrosen, der nach sechs Monaten auf hoher See eine Nutte auf der Straße nagelte? Ihre Beine fühlten sich an wie Pudding, ihr Geschlecht schmerzte von dem Angriff und sie spürte Grays Samen feucht zwischen ihren Schenkeln.

Sie öffnete die Fliegentür und ging zitternd die Stufen hinab. Die Taschenlampe lag noch dort, wo sie sie fallengelassen hatte. Ihr Lichtkegel erleuchtete einige Grashalme und ein paar Insekten, die sich von dem Licht angezogen fühlten. Sie hob sie auf und prallte beim Aufrichten mit Gray zusammen. Er bewegte sich wie ein Gespenst, dachte sie, denn sie hatte ihn nicht kommen hören. Sie trat beiseite, aber er schnappte ihren Arm und zwang sie stehenzubleiben.

»Was glaubst du wohl, wohin du jetzt gehst?«

»Zurück zu meinem Auto.«

Er schnaubte. »Wenn ich dich schon am hellichten Tag nicht allein zurücklaufen lasse, dann ganz sicher nicht mitten in der Nacht.«

Sie spürte seine wütende Anspannung, aber sie war zu erschöpft und angeekelt, um sich darum Gedanken zu machen. Vorsichtig und ohne ihn anzusehen wand sie sich aus seinem Griff. »Ich bin in diesen Wäldern hier groß geworden. Ich brauche keine Begleitung.«

»Steig in meinen Wagen«, sagte er. Die stählerne Schärfe seiner leisen Stimme verriet ihr, daß er sich von seiner einmal gefällten Entscheidung nicht würde abbringen lassen. »Ich bringe dich zurück.«

Sein Wagen? Verwirrt blickte sich Faith um. Bis jetzt hatte sie noch keine Zeit gehabt, sich darüber zu wundern, wie er hierher gekommen war. Jetzt bemerkte sie den Jaguar, der nahe am Haus und nicht wie sonst in der Auffahrt geparkt war. Wie immer hatte sie sich dem Haus von der anderen Seite genähert und deshalb das Auto nicht bemerkt. Was für ein siebter Sinn hatte ihm eingegeben, heute dort zu parken? Wenn sie seinen Wagen gesehen hätte, dann hätte sie den Schutz des Waldes niemals verlassen.

Er schob sie auf den Jaguar zu. Faith vergeudete keine Zeit mit Protesten. Sie wollte nur weg von ihm. Das ging am schnellsten, wenn sie jetzt nachgab und die Sache hinter sich brachte.

Er öffnete ihr die Tür und half ihr hinein, wobei er seine Hand auf ihren Rücken legte. Faith setzte sich und seufzte zitternd auf, als sie die Erleichterung in ihren Beinen verspürte. Er ging um das Auto herum und schlüpfte hinter das Lenkrad. Seine kräftigen Hände ließen ruhig und sicher den Motor an und legten den Gang ein. »Hast du wieder an der gleichen Stelle geparkt?« fragte er mit vor Ärger gepreßter Stimme.

»Ja«, murmelte sie und schwieg. Dieses Schweigen beizubehalten schien ihr sowohl der sicherste als auch der einfachste Ausweg. Sie starrte auf die dunklen Bäume, die an ihrem Fenster vorbeischwebten.

Die Straße folgte ein Stück dem Seeufer und mündete dann auf die Landstraße. Bald schon mußten sie wieder abbiegen und den holprigen Weg entlangfahren, der früher einmal zu ihrem Haus geführt hatte. Der Zeitaufwand war fast derselbe, als wenn sie zu Fuß gegangen wäre. Aber trotz der Anspannung war sie froh, daß sie ihrem zitternden Körper den Rückweg nicht mehr hatte zumuten müssen. Sie wäre vermutlich über jede Wurzel und jeden Ast auf ihrem Weg gestolpert.

Der Jaguar bog um die Kurve, hinter der ihr Wagen stand. Sie suchte nach den Schlüsseln und betastete die leere Tasche. Panik stieg in ihr auf. »Ich habe meinen Schlüsselbund verloren«, flüsterte sie kaum hörbar. Natürlich hatte sie ihn verlieren müssen! Er hatte ihr den Rock praktisch bis über den Kopf gezerrt. Es wäre ein Wunder, wenn die Schlüssel dabei in ihrer Tasche geblieben wären.

»Hier.« Leise klingend landete der Schlüsselbund in ihrem Schoß. »Ich habe ihn aufgehoben.«

Ihre kalte Hand schloß sich darüber, während Gray seinen Jaguar neben ihrem Auto parkte. Sie hatte die Tür schon geöffnet, bevor er die Handbremse ziehen und den Motor abschalten konnte. Sie stürzte nach draußen und achtete nicht auf sein Rufen. Hektisch fingerte sie am Türschloß. Gray war ausgestiegen und kam auf sie zu. Sie riß die Wagentür auf und schlüpfte hinein.

Er sagte: »Faith.« Aber sie rammte den Schlüssel in die Zündung, ließ den Motor an, trat die Kupplung und fuhr mit noch geöffneter Tür los. Sie lehnte sich hinaus, entriß Gray die Tür, schleuderte sie zu und ließ ihn stehen, während sie eilig rückwärts bis zur nächsten Wendemöglichkeit fuhr.

Gray stand mitten auf der Straße und beobachtete, wie ihre Scheinwerfer hektisch hin- und herschwenkten, während sie das Auto wendete. Dann beobachtete er, wie die roten Rücklichter verschwanden. Seine Hände waren vor Anstrengung zu Fäusten geballt, denn es kostete ihn alle Kraft, ihr nicht zu folgen. Sie war zu aufgebracht, und jeder weitere Druck hätte sie zum Platzen gebracht. Wenn er sie jetzt verfolgte, dann würde sie vermutlich direkt an einen Baum fahren.

Leise vor sich hinfluchend, wandte er sich seinem Auto zu. Wenn er seinen Hintern hätte erreichen können, er hätte ihm einen Tritt versetzt. Verflucht, von allen dummen, stupiden, ja geradezu gemeinen Dingen mußte er ausgerechnet das sagen! Er konnte sich eines bitteren Lächelns nicht erwehren. Er hatte schon bei unzähligen Frauen Süßholz geraspelt, aber keine hatte ihm etwas bedeutet. Faith gegenüber aber, die seinen Körper entflammte, hatte er die schlimmste nur mögliche Bemerkung gemacht. Sie hatte sich augenblicklich in ihr Schnekkenhaus zurückgezogen. Das wunderbare Feuer war sofort zu Asche erloschen. Ihr Gesicht war so glatt und ausdruckslos gewesen wie das einer Puppe. Diesen Ausdruck hatte er schon einmal gesehen – in jener anderen Nacht, die er niemals würde vergessen können. Er konnte nur hoffen, daß er sie niemals wieder mit diesem Gesicht sehen würde.

Die Turbulenzen des Tages hatten auch ihn erschüttert. Erst hatte er diese verdammte verstümmelte Katze auf Faiths Küchentisch vorgefunden, dann hatte er Faith vergeblich davon zu überzeugen versucht, daß sie sich in Gefahr befand und daß es ihrem ureigensten Interesse entsprach, aus Prescott fortzuziehen. Ihr das jedoch klarzumachen war so, als ob man gegen eine Mauer redete. Sie bekam dann diesen verbissenen Ausdruck, hob das Kinn in die Luft und grub ihre Fersen tiefer in den Boden, als der Grand Canyon reichte. Danach hatte sich Alex darüber aufgeregt, daß er und sie in demselben Auto gesessen hatten, als ob Faith irgendwie ansteckend wäre. Und dann hatte ihm Monica einen Blick zugeworfen, als ob er sie ins Gesicht geschlagen hätte.

Er war zum See hinausgefahren, um ganz für sich allein zu sein. Er hatte mit dem Rücken gegen die Hauswand auf der Veranda gesessen, das Mondlicht auf dem Wasser beobachtet und die Ereignisse des Tages noch einmal an sich vorbeiziehen lassen, als Faith leise wie ein Gespenst vorbeigekommen war. Er traute seinen Augen nicht und kämpfte gegen seine Wut darüber an, daß sie offenbar nachts durch den Wald hierhergekommen war, denn ganz sicher hatte sie kein Auto benutzt. Sie war sofort auf das Bootshaus zugesteuert und hatte es mit dem Lichtkegel ihrer Taschenlampe abgeleuchtet. Was in aller Welt suchte sie nur? Das war jetzt das zweite Mal, daß er sie hier antraf.

Und dann hatte die Lust ihn übermannt und alles andere verdrängt. Er hatte sie gewarnt. Daß sie jetzt hier auftauchte, konnte nur bedeuten, daß sie willens war, den angekündigten Preis zu bezahlen.

Er wollte sich selbst einreden, er hätte aufhören können, wenn sie nein gesagt hätte. Glücklicherweise hatte er sich dieser Entscheidung nicht stellen müssen. Sie hatte weder nein noch sonst irgend etwas gesagt. Statt dessen hatte sie sich an ihm gerieben, als ob sie ihm unter die Haut kriechen wollte. Er hatte ganz einfach den Verstand verloren. Sie war so süß und erhitzt gewesen, ihr Mund gleichzeitig wild und zärtlich, ihr Körper hatte sich seiner Berührung entgegengestreckt.

In dem Moment hätte ihn nichts und niemand von ihr wegzerren können. Und selbst jetzt bebte er noch.

Er hatte sie als puritanisch eingeschätzt und damit den Nagel auf den Kopf getroffen. Er schüttelte den Kopf und versuchte immer noch, sich aus seiner Erfahrung heute abend einen Reim zu machen. Faith Devlin, Tochter eines Säufers und einer Hure, trank nicht, rauchte nicht und schlief nicht herum. Er hatte Jungfrauen gehabt, die nicht so eng gebaut gewesen waren wie sie. Vermutlich war sie als Jungfrau in die Ehe gegangen. Plötzlich wurde sich Gray bewußt, daß er der erste war, mit dem sie seit dem Tod ihres Mannes geschlafen hatte. Trotz der lodernden Sinnlichkeit, mit der sie auf ihn reagierte, war sie doch auch ein wenig prüde. Nicht daß sie andere verurteilt hätte, aber bei sich selbst legte sie offenbar äußerst strenge Maßstäbe an.

Der Grund dafür lag natürlich bei ihren Eltern. So wie Faith aufgewachsen war, war sie fest entschlossen, selbst niemals genauso zu werden.

Das fand er solange in Ordnung, wie sie sich nicht von ihm zurückzog. Doch er hatte das unbestimmte Gefühl, daß sie genau das jetzt tun würde, und hatte nicht die Absicht, sie davonkommen zu lassen.

Denk nicht daran. Denk nicht an *ihn.*

Faith wachte aus ihrem unruhigen Schlaf auf. Ihre Lider waren schwer und fühlten sich so müde an wie zu dem Zeitpunkt, als sie ins Bett gegangen war. Sie hatte jeden Gedanken an Gray aus ihrem Kopf verbannt und das unterschwellige Pulsieren ihres Körpers ignoriert. Dann hatte sie geduscht und jede Spur ihrer Vereinigung weggespült. Aber trotz all ihrer Willenskraft hatte ihr Unterbewußtes ihr einen Strich durch die Rechnung gemacht, denn sie hatte von ihm geträumt. Sie war aufgewacht und hatte sich nach ihm ausgestreckt, am ganzen Körper zitternd vor Erregung.

Vier Jahre lang hatte sie die Bedürfnisse ihres Körpers so entschieden unterdrückt, daß sie fast nicht mehr vorhanden gewesen waren. Aber was Gray betraf, besaß sie keinerlei Kontrolle mehr. Am besten, sie gab es ganz offen zu. Letzte Nacht hatte er alles darangesetzt, sie zu erregen, hatte sie genommen und sie hinterher beleidigt. Und jetzt verlangte ihr

Körper nach mehr. Es schien ihm überhaupt nichts auszumachen, daß sie wund und steif war, und obwohl Gray ihre Seele mit verletzenden Worten malträtiert hatte, körperlich begehrte Faith ihn dennoch. Sie wollte mehr von dieser wilden, vernichtenden Leidenschaft. Sie hatte nicht gewußt, daß es so sein konnte. Die Entdeckung erschreckte und demütigte sie.

Er hatte sie wie eine Hure behandelt. Lindsey Partain hatte er mit Geduld und zärtlicher Zuwendung verführt. Faith hatte es selbst gesehen, kannte also den Unterschied. Er hatte Lindsey französische Liebkosungen zugemurmelt, sie dagegen lediglich mit vulgären bedacht. Offenbar behandelte er nur diejenigen rücksichtsvoll, die auf einer gesellschaftlichen Stufe mit ihm standen. Ihre Seele zog sich vor Scham zusammen, aber ihr Körper sehnte sich bereits nach einer Fortsetzung ebendieser Behandlung. Vielleicht hatte sie es ja sogar verdient, daß er so mit ihr umging. Vielleicht hatte ihre Erbmasse all die Jahre lediglich geschlummert und war nun zu neuem Leben erwacht.

Er konnte nicht die Finger von ihr lassen, das wußte sie hundertprozentig. Er hatte sie zu einem Wegzug von Prescott überreden wollen, damit sie zusammen sein konnten. Vielleicht würde sich das Gegenteil aber als wesentlich effektiver erweisen. Sie würde sich Mühe geben, aber sie konnte ihm unmöglich ganz aus dem Weg gehen. Gleichzeitig wußte sie nicht, wieviele Begegnungen mit ihm ihre Selbstachtung überleben würde.

Es galt immer noch herauszufinden, wer Guy umgebracht hatte. Jetzt allerdings nicht mehr so sehr um ihrer selbst willen als vielmehr für Gray. Guys Familie verdiente es zu wissen, daß er sie nicht im Stich gelassen hatte. Sie war nicht bis in das Bootshaus vorgedrungen, das mußte sie noch tun. Sie mußte Detektiv Ambrose anrufen und ihn fragen, ob er etwas über Mr. Pleasant herausgefunden hatte. Sie mußte weiter Fragen stellen und den Mörder zum Handeln zwingen. Wenn er sie angriffe, würde er sich verraten.

17

Das Telefon machte sie heute wahnsinnig. Faith hätte am liebsten den Stecker herausgezogen, ermahnte sich aber, daß sie auch noch ein Geschäft zu führen hatte. Sie hatte keine Extraleitung für das Faxgerät, also mußte das Telefon angeschaltet bleiben. Sie ließ den Anrufbeantworter an, um die Anrufe zunächst zu überprüfen, ehe sie abhob. Leider waren die meisten von Gray.

Der Tonfall seiner ersten Nachricht war einerseits gereizt, andererseits auch beschwichtigend. »Ich wollte dich heute sehen, aber ich mußte gleich früh am Morgen nach New Orleans fahren. Genau da bin ich jetzt auch, und es scheint so, daß ich erst spät am Abend zurückkomme.« Nun, das war gut zu hören. Jetzt mußte sie nicht mehr damit rechnen, daß er jeden Augenblick auf ihrer Veranda stehen würde.

Die Nachricht ging noch weiter, wobei seine Stimme einen tieferen, intimeren Klang annahm. »Wir müssen reden, Liebling. Soll ich heute abend auf dem Rückweg noch vorbeikommen? Ich rufe dich später noch einmal an.«

»Nein!« schrie Faith Richtung Telefon, als er auflegte und der Anrufbeantworter sich ausklinkte.

Erst eine Stunde später wurde ihr so richtig bewußt, welche Chance sich ihr bot. Gray war in New Orleans. Sie war nicht allzu erpicht darauf, noch einmal zum Sommerhaus zu gehen. Wenn sie jedoch jetzt ginge, dann würde sie von niemandem entdeckt werden. Dies war vielleicht die beste Gelegenheit, die sich ihr jemals bieten würde. Und sie mußte noch nicht einmal durch den Wald laufen.

Wenn sie das Fenster zertrümmerte, würde Gray sofort sie verdächtigen, da er sie schon in der vergangenen Nacht um das Bootshaus hatte schleichen sehen. Außerdem würde es schwierig werden, ohne Leiter durch das Fenster einzusteigen, und eine Leiter hatte sie nicht. Aber jetzt war es heller Tag, und sie war eine gute Schwimmerin. Was gestern nacht undenkbar gewesen war, erschien in der grellen Morgensonne durchaus machbar.

Das Telefon klingelte wieder, als sie im Begriff war, mit allen möglichen Dingen beladen, ihr Haus zu verlassen. Da diese Art von Abenteuer in ihrem Leben nicht alle Tage vorkam, mußte sie sich behelfen. Sie hatte ihren alten Badeanzug an, darüber einen Rock und eine Bluse. In einer Tüte lagen zwei Handtücher und eine Taschenlampe, die sie vielleicht zum Ausleuchten der Ecken benötigen würde. Die Taschenlampe war nicht wasserdicht, deshalb steckte sie in einer mit Plastikreißverschluß verschlossenen Plastiktüte. Zu ihrer Sicherheit hatte sie auch das größte Küchenmesser ihres Haushalts mitgenommen. Sie wußte nicht, ob sie es brauchen würde. Sie konnte nur hoffen, daß sie einer aufgebrachten Schlange nicht so nahe kam, daß sie damit zustoßen mußte. Aber es dabei zu haben gab ihr ein Gefühl der Sicherheit.

Auf dem Weg zum Sommerhaus war sie fast fröhlicher Stimmung. Schon zweimal hatte sie versucht, den Ort zu erkunden, und zweimal hatte Gray sie abgefangen. Das dritte Mal würde sie Glück haben. Als sie den See erreichte, konnte sie die Erinnerungen an das, was auf der Veranda geschehen war, nicht vollkommen beiseite drängen. Wie sollte sie auch, wo sie doch jeden Schritt zwischen ihren Beinen spürte? Gleichzeitig verspürte sie auch das leise Pulsieren ihres Verlangens, und sie haßte sich selbst dafür.

Eilig zog sie sich aus. Sie klopfte an die Tür des Bootshauses, um eventuelle Bewohner zu warnen, hörte jedoch keinerlei Scharren oder Geräusche von Tieren, die ins Wasser flohen. Vielleicht war es ja tatsächlich ganz leer. Trotzdem pochte sie nochmals an die Tür und rasselte zur Sicherheit an der Kette.

Zufrieden, daß sie alles in ihrer Macht stehende erledigt hatte, lief sie auf den Steg hinaus, bis sie auf gleicher Höhe mit der Tür des Bootshauses stand, die zum See hinausführte.

Gray und Monica und deren Freunde waren hier an dieser Stelle oft im Sommer schwimmen gewesen. Faith hatte sich selbst mehrere Male ins Wasser gewagt, allerdings nur dann, wenn sonst niemand zu sehen gewesen war. Sie hatte keine Angst, alleine schwimmen zu gehen, denn sie wußte, wie tief es um den Steg herum war. Sie umklammerte die in Plastik verpackte Taschenlampe und hechtete flach ins Wasser. Keuchend vor Kälte kam sie wieder hervor. Im Juli und im August würde der See angenehm warm sein, aber Ende Mai hatte er noch fast winterlich kalte Temperaturen. Sie schwamm zügig hin und her und gewöhnte sich sowohl an das Wasser als auch an ihr Vorhaben. Schon nach kurzer Zeit erschien es ihr nicht mehr ganz so kalt.

Unter dem Bootshaus würde es dunkel sein. Durch das Plastik hindurch stellte sie die Taschenlampe an, dann gönnte sie sich keine weitere Ablenkung. Sie atmete tief ein und tauchte unter der Türkante hindurch.

Die Sicht war trotz der Taschenlampe nicht gerade gut, und unter der Tür war es sehr dunkel. Über ihr erkannte sie ein lichtes Dreieck, das Gott sei Dank nicht von dem Boot verstellt war. Sonst wäre es noch ungewisser gewesen, wo sie aus dem Wasser herauskam. Faith schwamm auf das Licht zu und tauchte an die Oberfläche. Sie streckte sich haltesuchend nach der Bootswand aus und legte die Taschenlampe ab. Erst als sie ihr Haar aus dem Gesicht gestrichen hatte, konnte sie ihre Umgebung klar erkennen.

Das Innere des Bootshauses war schlecht beleuchtet und fast leer. Sie zog sich aus dem Wasser, schaute sich um und gewöhnte ihre Augen an das schummrige Licht. Früher war das Bootshaus voller Luftmatratzen und Schwimmwesten gewesen, die an Haken an der Wand hingen. Das Wasserskiboot war sanft gegen die gepolsterten Wände geprallt, und in den Ecken hatten Ölkanister herumgestanden. Aber nichts von alledem war jetzt noch da. Das Bootshaus war ausgeräumt und gesäubert worden. Jetzt standen dort nur noch ein Rasenmäher, eine Harke und ein alter Besen. Es gab keinerlei Hoffnung, daß eine einzelne Patrone von vor zwölf Jahren hier noch herumliegen würde.

Obwohl sie sich der Sinnlosigkeit ihres Tuns bewußt war, suchte sie dennoch danach. Sie leuchtete mit der Taschenlampe in jede Ecke und suchte auf den Knien liegend alles ab. Nichts. Gar nichts.

Nun, es war ja von vornherein sehr unwahrscheinlich gewesen, tröstete sie sich. Sie hatte es versucht und hatte das morgendliche Bad genossen.

Sie tauchte wieder unter der Tür hindurch in das grelle Sonnenlicht hinaus. Diesmal warteten keine Überraschungen auf sie. Sie kletterte auf den Steg, streifte den Badeanzug herunter, trocknete sich ab und zog sich an. Sie war vorausschauend genug gewesen, sich trockene Unterwäsche mitzubringen. Außer ihren nassen Haaren sah sie vollkommen unverdächtig aus, als sie wieder zu ihrem Haus zurückfuhr.

Auf dem Anrufbeantworter waren zwei Nachrichten von Gray. »Wo bist du denn, Liebling? Schläfst du dich richtig aus und hast das Telefon abgestellt? Ich rufe später noch einmal zurück.«

Sie vergrub ihr Gesicht in den Händen. Die Maschine piepte, dann kam die nächste Nachricht. »Du kannst es nicht bis zum Sanktnimmerleinstag verschieben. Früher oder später wirst du mit mir reden müssen. Nun nimm den Hörer schon ab, Liebling.«

Sie ging ins Bad, um sich das Seewasser aus den Haaren zu spülen. Selbst bei laufendem Wasser hörte sie das Telefon klingeln und kämpfte gegen das Gefühl der Verfolgung an. Das fiel ihr nicht leicht. Die Anrufe hielten den ganzen Tag über an und wurden von Mal zu Mal gereizter. Jetzt lockte Gray nicht mehr, sondern stellte Forderungen.

»Faith, verflucht, geh ans Telefon! Wenn du glaubst, daß ich mich so abschieben lasse . . .« Er legte, ohne die Drohung zu beenden, den Hörer auf.

Zwischen Grays Anrufen telefonierte sie nach New Orleans, aber Detektiv Ambrose war nicht im Hause. Sie hinterließ ihm eine Nachricht und wartete darauf, daß er sie zurückrufen würde.

Erst spät am Nachmittag meldete er sich. Sowie sie die Stimme des Detektivs erkannte, riß sie den Hörer hoch. »Hier spricht Faith Hardy. Haben Sie Mr. Pleasant gefunden?«

»Nein, Mrs. Hardy, tut mir leid. Sein Auto ist auch noch nirgendwo aufgetaucht.« Seine Stimme wurde weicher. »Ehrlich gesagt, die Sache sieht nicht gut aus. Er scheint nicht zu denen zu gehören, die freiwillig von der Bildfläche verschwinden. Es gab nichts, wovor er hätte wegrennen müssen und nichts, wo er hätte hinrennen wollen. Vielleicht hat er die Kontrolle über sein Fahrzeug verloren, hatte einen Herzinfarkt oder ist am Steuer eingeschlafen. Möglicherweise ist sein Wagen von der Straße abgekommen und in einen Fluß gestürzt . . .« Er ließ das Ende des Satzes offen, aber Faith konnte ihn auch ohne seine Hilfe beenden. Er meinte, ein Angler würde ihn schließlich finden.

»Werden Sie mich benachrichtigen?« flüsterte sie und drängte die aufsteigenden Tränen zurück.

»Jawohl, sobald ich etwas höre.«

Er würde aber vermutlich gar nichts hören. Faith legte den Hörer auf die Gabel zurück. Guy Rouillard war ermordet worden. Jetzt war es keine blasse Theorie mehr, denn ihre Mutter hatte es mit eigenen Augen gesehen. Mr. Pleasant hatte direkte Fragen nach Guys Verschwinden gestellt. Hatte der Mörder einfach stillgesessen, da er kein Beweismaterial mehr vermutete, oder hatte ihn die Tatsache, daß es sich bei Mr. Pleasant um einen Detektiv handelte, nervös gemacht? Nervös genug, um einen weiteren Mord zu begehen?

Der freundliche Mann war tot. Und das war ihre Schuld.

Kaum hatte sie den Gedanken zu Ende gedacht, als sie ihn auch schon wieder verwarf. Nein, es war nicht ihre Schuld, es war die Schuld des Mörders. Sie war nicht willens, ihm auch nur das geringste bißchen seiner Schuld abzunehmen.

Nach zwölf Jahren Beweise für die Ermordung von Guy zu finden würde sich als sehr schwierig erweisen. Es wäre viel schlauer, die Suche auf Mr. Pleasant zu konzentrieren, dessen Spuren noch nicht durch die Zeit verwischt waren.

Wenn sie jemanden umgebracht hätte, wo würde sie die Leiche verstecken? In Guys Fall war das Naheliegende der See. Als er ermordet worden war, hatte das Boot gleich daneben gelegen. Was war da einfacher, als ihn zu der tiefsten Stelle des Sees zu rudern, die Leiche zu beschweren und sie über Bord zu werfen? Ein solch bequemer Ausweg hatte im Falle von Mr. Pleasant vielleicht nicht zur Verfügung gestanden. Zunächst einmal war er vermutlich nicht am See gewesen. Und außerdem befand sich dort kein Boot mehr. Wo also würde der Mörder die Leiche verschwinden lassen?

Irgendwo, wo sie nicht leicht entdeckt werden konnte. Es gab viele Wälder in der Gegend, die sich für ein schnelles Begräbnis eigneten. Dann und wann stießen Jäger auf eine Leiche, die schon seit Monaten, manche sogar seit Jahren dort gelegen hatten. Aber wenn der Mörder bereits einmal erfolgreich eine Leiche beseitigt hatte, würde er dann nicht dieselbe Methode anwenden, um auch die zweite Leiche zu entsorgen? Wenn sie von dieser Überlegung ausging, dann war der See der Rouillards genau der Ort, an dem sie suchen mußte.

Alleine konnte sie jedoch hier nichts ausrichten. Sie traute sich die Lösung fast jeder Aufgabe zu, aber sie war vernünftig genug zu erkennen, wann sie fremde Hilfe brauchte. Der See würde abgesucht werden müssen. Dazu brauchte man Boote, Leute, Geräte. Der Sheriff könnte eine Suche anordnen. Zuvor aber müßte sie ihn davon überzeugen, daß ein ausreichender Grund dazu vorlag und daß der See der richtige Ort für die Suche war. Hierzu müßte sie ihm allerdings alles erzählen, was sie über Guy wußte.

Das wiederum konnte sie erst dann tun, wenn sie Gray davon erzählt hatte. Er durfte es nicht von jemand anderem erfahren, auch der Rest seiner Familie durfte nicht ohne Vorwarnung in diese Misere hineingezogen werden. Trotz des beklemmenden Schmerzes und trotz der Tatsache, daß sie sich zu sehr schämte, um ihm wieder gegenüberzutreten, mußte sie sich dazu überwinden, ihm von dem Mord an seinem Vater zu erzählen. Sie war sich nicht sicher, ob sie dazu in der Lage wäre.

Wie bestellt klingelte das Telefon. Faith schloß die Augen.

»Verdammt noch mal, Faith!« Die unterdrückte Wut war in seiner Stimme laut und deutlich erkennbar. »Wenn du jetzt nicht den Hörer abnimmst und mir sagst, daß es dir gut geht, dann werde ich dem Sheriff sagen, er soll mal bei dir vorbei . . .«

Sie riß den Hörer hoch. »Mir geht es gut!« schrie sie und knallte ihn wieder auf die Gabel. Die *Ausdauer* dieses Mannes!

Wieder klingelte das Telefon. Er hatte gerade genug Zeit gehabt, um die Nummer neu zu wählen. »Also gut«, sagte er, als der Anrufbeantworter sich einschaltete. Er hatte seine Stimme jetzt unter Kontrolle, obwohl seine Wut immer noch in jedem Wort spürbar war. »Ich hätte nicht sagen sollen, was ich gesagt habe. Ich war ein Arschloch, und es tut mir leid.«

»Mir tut es auch leid, daß du ein Arschloch bist«, murmelte Faith in Richtung Telefon.

»Du kannst mich morgen treten oder mir eine knallen, wie

du willst«, fuhr er fort. »Aber glaube nur ja nicht, daß du mir in alle Ewigkeit ausweichen kannst, weil ich das nicht zulassen werde.«

Er legte auf, und sie betete inständig, daß seine Anrufe jetzt aufhören würden.

Wieder klingelte das Telefon. Sie stöhnte. Der Anrufbeantworter schaltete sich ein.

»Ich habe gestern keinen Gummi benutzt«, informierte er sie ruhig.

»Ist mir auch schon aufgefallen«, bemerkte sie sarkastisch.

»Und ich gehe jede Wette ein, daß du keinerlei Verhütungsmittel nimmst«, sagte er. »Denk mal darüber nach.« Wieder klickte es, als er auflegte.

»Du Satansbraten!« schrie sie, während ihr Gesicht vor Wut rot anlief. Denk mal darüber nach! Wie sollte sie jetzt überhaupt noch an irgend etwas anderes denken können, nachdem er das Thema angeschnitten hatte?

Sie marschierte durch das Haus, wütend auf Gray und wütend auch auf sich selbst. Es war unentschuldbar. Sie waren keine unverantwortlichen Teenager mehr, die sich von Hormonen anstatt ihrer Vernunft leiten ließen. Doch genau so hatten sie sich benommen. Wie konnten sie nur so unvernünftig gewesen sein? Sie hätte schon vorher an die Möglichkeit einer Schwangerschaft denken sollen, aber sie war so verwirrt gewesen, daß sie überhaupt keinen Gedanken daran verschwendet hatte.

Nun aber übermannte sie die Sorge. Als ob sie nicht auch so schon genug Dinge hätte, um die sie sich kümmern mußte!

Sie geriet in eine solche Panik, daß es eine halbe Stunde dauerte, ehe sie sich einen Kalender vornahm und die Tage zählte. Als sie damit fertig war, sank sie erleichtert zusammen. Ihre Periode sollte in einer Woche beginnen, und sie war immer sehr regelmäßig gewesen. Nichts war sicher, aber vermutlich würde sich die Sache zu ihren Gunsten entscheiden.

Am nächsten Morgen fand sie einen weiteren Drohbrief vor. Seit dem ersten hatte sie ihren Wagen immer sorgfältig verschlossen, so war der Brief denn auch unter den Scheibenwischer gesteckt. Vom Fenster aus glaubte sie etwas zu entdecken und war daraufhin hinausgegangen. Als sie sah, um was es sich handelte, rührte sie den Brief nicht an. Sie wollte auch nicht wissen, was darin stand. Er hatte offenbar schon die ganze Nacht über dort gesteckt, denn das Papier war vom Tau feucht und die Tinte verschmiert.

Letzte Nacht hatte sie nichts gehört, obwohl sie wieder einmal sehr unruhig geschlafen hatte. Wenigstens war es wieder nur ein Brief und kein mißhandeltes Tier.

Sie war immer noch im Schlafanzug und hatte gerade ihr Frühstück beendet. Sie ließ die Nachricht dort, wo sie war, und ging ins Haus zurück. Innerhalb einer Viertelstunde war sie angezogen, hatte ihr Make-up aufgetragen und die Haare gebürstet und machte sich auf den Weg.

Sie öffnete die Wagentür und ließ ihre Tasche auf den Sitz fallen. Vorsichtig zog sie das feuchte Papier unter dem Scheibenwischer hervor, wobei sie es nur an einer Ecke zwischen Zeigefinger und Daumen hielt. Dann stieg sie in das Auto und fuhr direkt auf die Polizeiwache.

Sie parkte auf dem Platz, hob den Brief wie zuvor an einer Ecke hoch und lief damit die drei flachen, breiten Stufen hinauf. Gleich hinter dem Eingang befand sich eine Informationstheke. Sie fragte die blauhaarige Frau, wo genau sich das Zimmer des Sheriffs befände.

»Gleich hier den Flur hinunter und dann links.« Die kleine Frau deutete mit dem Finger und Faith wandte sich gehorsam in die angezeigte Richtung.

Die Flure auf der Polizeiwache rochen überraschend angenehm, was ihre aufgebrachten Nerven ein wenig beruhigte. Es war eine Mischung aus Papier und Tinte, Reinigungsmitteln, dem Geruch ständig hereinströmender Menschen sowie dem kühlen grauen Duft der Marmorböden. Die Wache war vor etwa vierzig oder fünfzig Jahren erbaut worden, als öffentliche Gebäude noch einen individuellen Charakter hatten. Natürlich war sie über die Jahre hinweg hier und da auf den neusten Stand gebracht worden. Leuchtstoffröhren hatten gewöhnliche Glühbirnen ersetzt, so daß die Bürokräfte heute zwar Kopfschmerzen bekamen, aber wenigstens an der Stromrechnung gespart wurde.

Luftkühlungsgeräte waren an einigen Stellen in die Fenster eingesetzt worden. In manchen Räumen, beispielsweise in den Fluren, drehten sich immer noch langsam die Deckenventilatoren und hielten die Luft bewegt und frisch.

Sie erreichte das Ende des Flurs und wandte sich nach links, wo ein weiterer Flur sich anschloß. Fünf Türen weiter fand sie eine offene Doppeltür mit den Buchstaben ›Sher‹ auf der einen und ›iff‹ auf der anderen Türhälfte, so daß das vollständige Wort nur bei geschlossener Tür zu lesen war. Dahinter befand sich ein großer Raum mit einer hohen Theke, die von Wand zu Wand lief. Hinter der Theke gab es mehrere Schreibtische, ein Funkgerät und Türen zu zwei weiteren Büros, wobei eines ein wenig größer als das andere war. Das größere Büro hatte den Namen von Sheriff McFane auf der halb geöffneten Tür stehen, aber Faith konnte von ihrem Standort aus nicht hineinblicken. Fotografien ehemaliger Sheriffs an der Wand waren die Summe dessen, was die Gemeinde in Richtung Wandschmuck unternommen hatte. Besonders aufheiternd wirkte das nicht gerade.

Eine Frau in mittleren Jahren in einer braunen Vizeuniform blickte auf, als Faith auf die Theke zutrat. »Kann ich Ihnen helfen?«

»Ich möchte bitte mit Sheriff McFane sprechen.«

Die Frau blickte über den Rand ihrer Lesebrille hinweg auf

Faith und erinnerte sich offenbar an ihren Besuch vom vergangenen Tag. Dennoch fragte sie: »Ihren Namen bitte?«

»Faith Hardy.«

»Ich schaue nach.«

Sie betrat mit einem lediglich angedeuteten Klopfen das Büro des Sheriffs und Faith hörte Stimmengemurmel. Dann kam der Vizesheriff wieder heraus und sagte: »Hier entlang, bitte.« Damit wies sie auf eine Tür am anderen Ende der Theke. Sie drückte auf einen Knopf, der sich unter der Tischplatte befand, und die Tür öffnete sich.

Sheriff McFane kam durch die Tür seines Büros auf Faith zu und grüßte sie. »Guten Morgen, Mrs. Hardy. Wie geht es Ihnen heute?«

Anstelle einer Antwort hielt Faith den Drohbrief hoch. »Ich habe noch einen bekommen.«

Das Lächeln schwand aus seinem Gesicht, augenblicklich wurde er sehr ernst. »Das gefällt mir aber gar nicht«, murmelte er und griff nach einem Umschlag, damit sie den Brief dort hineinlegen konnte. Sie ließ den Brief fallen, als ob sie sich einen übelriechenden Dinges entledigen würde. »Was steht drin?«

»Ich habe ihn nicht gelesen. Als ich heute früh aufwachte, klemmte er unter meinem Scheibenwischer. Ich habe ihn nur an einer Ecke berührt, damit ich die Fingerabdrücke nicht verwische, falls noch welche da sein sollten. Das Papier ist feucht.«

»Tau. Der Brief muß also bereits mehrere Stunden unter Ihrem Scheibenwischer gesteckt haben. Wir haben ein paar ganz ordentliche Abdrücke von dem Karton und dem ersten Brief abnehmen können. Das Problem ist nur, daß wir nicht das passende Gegenstück dazu finden werden, es sei denn, dem Briefeschreiber wurden schon einmal Fingerabdrücke abgenommen.« Er führte sie in sein Büro und ließ den Umschlag auf seine Schreibtischunterlage fallen.

»Da Sie ihn noch nicht gelesen haben, wollen wir mal sehen, was dort steht.« Er öffnete eine seiner Schreibtischschubladen, durchsuchte sie und fischte schließlich eine Pinzette hervor. Er benutzte die Pinzette und die Spitze eines Kulis, um das feuchte Papier auseinanderzufalten. Faith legte den Kopf schief und las die Druckbuchstaben: DU BIST HIER UNERWÜNSCHT GEH FORT EHE DIR ETWAS ZUSTÖSST

»Dieselbe Person«, sagte Sheriff McFane. »Keine Interpunktion.«

»Weil er sie nicht beherrscht?«

»Möglicherweise. Es könnte aber auch eine bewußte Abweichung von seinem normalen Schreibstil sein, eine Art Tarnung.« Er runzelte die Stirn. »Mrs. Hardy – Faith –, Gray und ich haben es Ihnen ja bereits gesagt: Hier ganz allein zu leben könnte gefährlich für Sie werden.«

»Ich werde nicht fortziehen«, sagte sie und wiederholte damit den Satz, den sie bereits mindestens zwanzig Mal gesagt hatte, als sie wegen der toten Katze hier gewesen war.

»Wie wäre es denn, wenn Sie sich einen Hund anschafften? Es muß ja nicht unbedingt ein Wachhund sein, einfach nur einer, der laut anschlägt, wenn er draußen etwas hören sollte.«

Überrascht blickte sie ihn an. Sie hatte niemals irgendein Haustier besessen, deswegen war ihr der Gedanke bisher auch nicht gekommen. »Aber ja, ich glaube, das werde ich tun. Vielen Dank, Sheriff. Das ist eine wirklich gute Idee.«

»Gut. Legen Sie ihn sich so bald wie möglich zu. Schauen Sie doch mal im Tierheim vorbei, da können Sie einen jungen, gesunden Hund bekommen. Ein schon halb erwachsener wäre am besten. Er wäre jung genug, um sich noch fest an Sie zu binden, und schon alt genug, um richtig bellen zu können und nicht nur dieses Welpengekläffe von sich zu geben.« Er blickte auf den Drohbrief auf seinem Schreibtisch. »Momentan kann ich nicht mehr tun, als meine Leute zwei- oder dreimal pro

Schicht an Ihrem Haus vorbeifahren zu lassen. Wir haben einfach nicht genügend Hinweise, die uns weiterhelfen würden.«

»Ein paar Drohbriefe und eine tote Katze sind ja nun auch nicht gerade das schlimmste Verbrechen dieses Jahrhunderts.«

McFane grinste sie kurz und voller Charme an. »Wir können ihn noch nicht einmal wegen Tierquälerei belangen. Vielleicht erleichtert es Sie zu wissen, daß die Katze nicht gefoltert wurde. Sie ist auf der Straße umgekommen. Jemand hat sie aufgehoben, mehr nicht. Mich beruhigt das ein wenig, denn es läßt die Situation etwas weniger gefährlich erscheinen. Ein richtiger Psychopath hätte es genossen, das Tier zu töten.«

Auch sie fühlte sich dadurch erleichtert. Die Erinnerung an den zerschundenen Kadaver hatte ihr jedesmal wieder Übelkeit verursacht, wenn sie daran gedacht hatte. Die Katze war zwar noch immer genauso tot, wenn aber ein Auto sie angefahren hatte, war sie vermutlich auf der Stelle gestorben. Der Gedanke daran, daß das Tier gelitten hatte, war ihr einfach unerträglich gewesen.

Sie verließ das Zimmer des Sheriffs. Als sie bereits die Hälfte des langgestreckten Flures hinter sich hatte, bemerkte sie einen großen, kräftig gebauten Mann mit langen, dunklen Haaren, der mit der kleinen blauhaarigen Frau sprach.

Fast wäre Faith das Herz stehengeblieben. Sie drehte sich auf dem Absatz um und lief wieder in Richtung Sheriff. Allein die Vorstellung, Gray nach der Roheit ihres letzten Zusammentreffens wiederzusehen, ließ sie in Panik verfallen. Es war eine rein instinktive Reaktion. Ihre Vernunft sagte ihr, daß sie mit ihm würde reden müssen, aber ihr Körper floh.

Sie hörte das tiefe Dröhnen seiner Stimme und legte noch einen Schritt zu. Als sie das Ende des Flurs erreicht hatte, blickte sie noch einmal zurück und sah, wie er schnellen Schrittes auf sie zukam. Seine langen Beine verringerten die zwischen ihnen liegende Strecke in erschreckender Geschwindigkeit. Seine dunklen Augen waren auf sie gerichtet.

Sie rannte um die Ecke, hinter der sich gleich die Damentoilette befand. Sie blickte auf das Schild, hastete hinein und schloß hinter sich die Tür. Sie preßte eine Hand gegen die Brust und versuchte ihr klopfendes Herz zu beruhigen. Sie blickte sich um. Sie war allein in dem mit zwei Kabinen ausgestatteten Raum. Vollkommen erstarrt wartete sie dann darauf, daß seine Schritte an der Tür vorbeigehen würden.

Doch plötzlich wurde die Tür aufgestoßen, und Faith mußte beiseite springen, um sie nicht an den Kopf zu bekommen. Gray stand groß und muskulös und bedrohlich im Türrahmen. Vorwurfsvoll blickte er sie an. Seine Augen glitzerten wie schwarzes Eis.

Faith wollte ausweichen, stieß aber gegen das Waschbecken. Es war nicht viel Platz in dem kleinen Raum. »Du kannst hier nicht hereinkommen!«

Er trat einen Schritt vor und schloß die Tür. »Bist du dir da wirklich sicher?«

Sie atmete tief ein und versuchte sich zu beruhigen. »Jemand könnte auf die Toilette wollen.«

»Möglich.« Er kam noch näher auf sie zu. Jetzt trennten sie nur noch wenige Zentimeter, und sie mußte den Kopf heben, um ihn anzusehen. »Oder auch nicht. Du hast diesen Ort gewählt, nicht ich.«

»Ich habe überhaupt gar nichts gewählt«, schnappte sie zurück. »Ich wollte dir lediglich aus dem Weg gehen.«

»Ist mir aufgefallen«, erwiderte er trocken. »Was machst du denn hier?«

Sie sah keinen Grund, es ihm zu verschweigen. »Ich habe heute morgen an meinem Auto noch einen Drohbrief gefunden. Und den habe ich zu Sheriff McFane gebracht.«

Sein Gesicht verfinsterte sich. »Verflucht noch mal, Faith . . .«

»Er hat mir geraten, mir einen Hund anzuschaffen«, sagte sie, seine Standpauke unterbrechend. »Ich war gerade auf dem Weg ins Tierheim.«

»Gute Idee. Du brauchst aber nicht erst ins Tierheim gehen, ich besorge dir einen. Warum hast du denn gestern das Telefon nicht beantwortet?«

»Ich wollte dich nicht sprechen.« Sie schaute zu ihm auf. »Und ich hole mir meinen eigenen Hund, vielen Dank. Außerdem bin ich nicht schwanger.«

Seine Augenbrauen schossen in die Höhe. »Wie willst du das wissen? Hast du deine Tage bekommen?«

»Nein, aber es war nicht der richtige Zeitpunkt im Zyklus.«

Er lachte. »Ich bin katholisch, Liebling. Und ich kenne jede Menge Leute, die am falschen Tag im Monat gezeugt worden sind.«

»Das mag schon sein, aber bei mir kannst du dich darauf verlassen«, sagte sie und versuchte seitlich auszuweichen.

Gray legte seine Hände um ihre Taille und hielt sie fest. »Himmel, nun bleib doch mal ruhig stehen«, sagte er entnervt. »Du willst immer weglaufen. Was glaubst du eigentlich, was ich dir antun werde?«

»Dasselbe, was du mir auch bei unserem letzten Treffen angetan hast«, gab sie zurück und wurde rot. So sehr sie auch einem Zusammentreffen mit ihm hatte ausweichen wollen, jetzt, wo es dazu gekommen war, fühlte sie wieder die gewohnte Erregung.

Niemals konnte sie vollkommen gelassen und normal mit ihm umgehen, weder in der Konfrontation noch in anderen Situationen. Gray war kein Mann, der in seiner Umgebung Langeweile auslöste. Er war zu groß, zu vital und zu betont männlich und sinnlich. Schon als Kind hatte sie sich von ihm angezogen gefühlt. Und jetzt, als erwachsene Frau, hatte sich dieser Effekt noch vervielfacht. Sie konnte versuchen, ihm das zu verheimlichen, aber sich selbst gegenüber mußte sie es eingestehen. Ihr Körper zog sich zusammen, wurde warm und feucht. Ihre instinktive Reaktion war vollkommen unabhängig von den Vorgaben ihrer Vernunft.

Seine Augenbrauen senkten sich über die mitternächtlich glitzernden Augen. »Es hat dir aber gefallen«, sagte er gefährlich leise. »Tu jetzt nicht so, als ob du nicht willig gewesen wärst. Ich habe jeden deiner Lustschauder gespürt, Liebling.«

Faith fühlte, wie sie noch mehr errötete, und das nicht nur aus Peinlichkeit. Wenn er sie nur nicht berührt hätte, wenn er nur nicht so nah wäre, daß sie seinen wunderbar würzigen Duft wahrnehmen konnte. »Nein«, sagte sie ebenso leise. »Das habe ich auch nicht behauptet.« Sie schwieg einen Augenblick und sammelte Kraft für die größte Lüge ihres Lebens. »Ich möchte es aber nicht wiederholen. Es war ein Fehler und ...«

»Du lügst.« Seine Augen waren auf ihre Brüste gerichtet. Langsam hob er den Blick und sah sie voller Lust an. »Deine Knospen sind ganz steif«, flüsterte er. »Und ich habe dich noch nicht einmal geküßt.«

Ihr Atem setzte aus. Auch ohne ihren Körper zu betrachten wußte sie, daß er recht hatte. Sie konnte die schwere Angespanntheit ihrer Brüste fühlen, sie spürte die Knospen, die sich an der Spitze ihrer Unterwäsche rieben. Wärme durchströmte ihren Körper und sammelte sich in ihrem Unterleib.

Seine hohen Wangenknochen verfärbten sich, und sein Atem wurde schneller. »Faith«, murmelte er.

Die Spannung war wie eine gespannte Saite zwischen ihnen, sie vibrierte vor Erregung. Es schien ihr, als ob diese Saite beständig verkürzt wurde und sie näher und näher zueinander hinzog. In Panik legte sie ihre Hände auf seine Brust und wollte ihn wegdrücken, aber ohne jeden Erfolg. »Das können wir nicht tun«, sagte sie mit schwacher Stimme. »Nicht hier, um Himmels willen!«

Er hörte ihr nicht zu, sein Blick war auf ihre Lippen gerichtet. Abwesend murmelte er: »Was?« Seine Hände legten sich um ihre Taille und zogen sie näher zu sich heran. Sie stöhnte laut auf, als sie seinen starken, vitalen Körper der ganzen Länge nach an sich spürte. Er senkte seinen Kopf, um sie zu küssen, und sie hob ihm den ihren automatisch entgegen.

Seine Lippen waren weich, sein Mund heiß. Unausweichlich wie die Flut durchströmte sie die Erregung. Ihre Hände stemmten sich jetzt nicht mehr gegen ihn, sondern krallten sich in den Stoff seines Hemdes. Er zog sie enger an sich, neigte den Kopf und drängte seine Zunge noch tiefer in ihren Mund. Ein Keuchen entfuhr ihr, sie wand ihre Zunge um seine und saugte daran.

Er schauderte, als ob er einen Schlag bekommen habe. Dann umfaßte er ihre Hüften und preßte sie gegen seine Erektion. Die Hitze der Erregung entzündete ein wildes Feuer, das sie zusammenzuschweißen schien. Er riß sich von ihrem Mund los und stöhnte: »Himmel.« Dann zerrte er ihren Rock hoch und schob ihr das Höschen grob die Schenkel hinunter.

Das Waschbecken drückte sich kalt gegen ihre nackte Haut. Sie blinzelte schockiert, als ob sie aus einer dunklen Welle aufgetaucht sei. »Warte«, murmelte sie.

»Ich kann nicht.« Seine Stimme war rauh und bebend. Er umfaßte mit einer Hand ihre Hüften, während er mit der freien Hand ihr Höschen ganz abstreifte. Noch bevor sie reagieren konnte, richtete er sich auf und hob sie auf das Becken. Er preßte ihre Schenkel auseinander, drängte sich dazwischen und riß ungeduldig an seinem Reißverschluß. Stöhnend befreite er seine Erektion. Faith krallte ihre Fingernägel in seine kräftigen Schultern, als sich der Kopf seines Schafts gegen sie preßte und die Öffnung ihres Körpers suchte. Sie stöhnte, als er begann, sie zu penetrieren. Er preßte sich in sie und dehnte sie fast unerträglich weit. Sie war immer noch ein wenig wund vom ersten Mal, und er schien ihr noch größer als vorher.

Dann war er ganz und gar in ihr, hielt kurz inne und legte seine feuchte Stirn an ihre. »Himmel, du bist so eng wie eine Faust«, keuchte er. Sie zitterte am ganzen Leib, und er drückte sie enger an sich, streichelte ihren Rücken und tröstete sie. Einen Augenblick später begann er sich vorsichtig zu bewegen, kleine, kontrollierte Stöße, die bei beiden eine fast schmerzhaft intensive Lust auslöste.

»Ihn nur in dich reinzustecken läßt mich schon fast kommen.« Seine Stimme war belegt, sie spürte seinen warmen Atem an ihrem Ohr. Er bewegte sich etwas heftiger und schneller. Sie spürte den breiten Kopf seines Penis sich vor- und zurückbewegen. Ihre inneren Muskeln zogen sich lustvoll zusammen. Wieder stöhnte sie auf. Sie versuchte, dieses wilde Pulsieren zu bremsen, und krallte ihre Fingernägel in seine Haut. Er fluchte mit tiefer und vor Lust bebender Stimme. Er legte seine Hand auf ihren nackten Hintern, zog sie zur Kante des Beckens vor und lenkte sie in eine solche Position, daß jeder seiner Stöße ihren entblößten kleinen Sexknopf rieb. Das hatte er schon einmal gemacht, und sie hatte ihm jetzt so wenig entgegenzusetzen wie damals.

Er begann sie heftiger zu stoßen, dem Höhepunkt entgegen. Sie fühlte sich wie in Flammen und bäumte sich in hilfloser Ekstase auf, um seinen Hüften zu begegnen. Ihr Körper wurde von einer unendlichen, unkontrollierbaren Lust überspült.

Die Tür ächzte, dann öffnete sie sich ein wenig.

Blitzartig reagierte Gray, schlug seine linke Handfläche gegen die Tür und knallte sie wieder zu. »Hey!« krächzte eine Frau empört auf der anderen Seite.

»Hier ist besetzt«, sagte er mit rauher Stimme und ohne einen einzigen Stoß seiner Hüften auszulassen. »Gehen Sie woanders hin.« Faith brachte kein Wort heraus. Ihre Augen weiteten sich entsetzt, aber sie konnte ihn lediglich hilflos anblicken. Grays Lippen zogen sich über seine Zähne zurück, sein Kopf fiel nach vorn, und er hämmerte noch schneller auf sie ein. Sein Gesicht war gerötet, der Höhepunkt nur Augenblicke entfernt.

Faith wurde von einem tiefen Beben erfaßt, als die angespannte Spirale sich plötzlich löste und ein jähes Gefühl sie durchflutete. Zitternd drängte sie sich an ihn, vergrub ihr Gesicht an seiner Brust und biß in sein Hemd, um ihre keuchenden Schreie zu ersticken.

Er hatte seine linke Hand immer noch gegen die Tür gestemmt, während seine rechte ihre Hüften umklammerte, um die Balance zu halten. Er stieß zwei-, dreimal heftig in sie, dann bäumte er sich wild auf. Sein Kopf fiel zurück, und ein lauter, kehliger Schrei drang aus seiner Brust.

An der Tür wurde wie wild geklopft. »Was machen Sie da drin?« fragte die Frau mit schriller Stimme. »Das ist die Damentoilette! Sie sollten da gar nicht drin sein!«

Langsam hob Gray seinen Kopf. Ungläubig schaute er auf, als ob er es einfach nicht glauben könne. »Verdammt noch eins!« röhrte er voller wütender Empörung. »Gute Frau, merken Sie denn wirklich nicht, daß ich *beschäftigt* bin?«

Faith brach in unkontrolliertes Lachen aus.

18

Noch nie in ihrem Leben war Faith etwas so peinlich gewesen. Als sie nach Hause kam, rannte sie hinein und verschloß alle Türen, als ob ihr das die Sache erleichtern würde. Sie konnte sich nur verschwommen an ihre Rückfahrt erinnern, im Gegensatz dazu aber war ihr jeder Schritt auf der Polizeiwache gegenwärtig, wie sie mit gerötetem Gesicht und dicht aneinandergepreßten Schenkeln den Flur entlanggelaufen und bei jedem neugierigen Blick innerlich zusammengezuckt war.

Äußerlich war ihr nichts anzumerken gewesen, und sie hatte stolz ihr Kinn erhoben und so von vornherein verhindert, daß irgend jemand sie ansprach. Der Bluff schien funktioniert zu haben, denn niemand hatte sie aufgehalten.

Sobald Gray sie losgelassen hatte, war sie vom Rand des Waschbeckens heruntergeglitten und hatte sich in eine der Toiletten eingeschlossen. Ein nicht zu kontrollierender Lachanfall überfiel sie, während sie ihre Sachen zu ordnen versuchte. Die Ankunft ihres Höschens, das über die Tür geflogen kam, brachte sie vollends aus der Fassung.

»Wirst du wohl ruhig sein?« hörte sie Gray wütend brummen, aber sie konnte nicht anders als wie verrückt zu kichern. Dann sagte er noch etwas, was sie jedoch nicht verstand. Einen Augenblick später quietschte die Tür, und er war verschwunden. Sie öffnete sich jedoch sofort wieder, und ein paar dunkelblaue Schuhe nahmen in der Kabine neben ihr Platz. Die Trägerin der Schuhe war die Dame mit der schrillen Stimme. Sie war ausgesprochen empört.

»Ich sollte es dem Sheriff melden«, erregte sie sich mit so lauter Stimme, daß Faith sie trotz ihres Gelächters hören konnte. »Es einfach in der Damentoilette zu treiben! Hier kann ja jeder hereinkommen, vielleicht eine Mutter mit ihren Kindern. Stellen Sie sich einmal vor, wenn Kinder so etwas sehen würden. Es ist eine Sünde, und es ist einfach ekelhaft, daß die Leute heutzutage kein Schamgefühl mehr besitzen.«

Sie ließ diese Tirade gleichzeitig mit einem stetigen Urinstrahl in das Becken ab. Offenbar rührte ein Teil ihrer Wut von der Tatsache her, daß sie ganz dringend hatte auf die Toilette gehen müssen. Faith versuchte ihr Kichern zu kontrollieren und nutzte die Beschäftigung der Frau dazu, aus ihrer Kabine zu flüchten. Als sie wieder im Flur war, legte sie ihr ganz normales Benehmen an den Tag und ging so schnell sie konnte zu ihrem Wagen. Gray war nirgendwo zu sehen, aber sie hatte ihn ja auch nicht gesucht. Vermutlich hatte er sich in der Männertoilette versteckt.

Faith ließ sich auf einen Küchenstuhl fallen und bedeckte beschämt ihr Gesicht mit den Händen. Was war nur mit ihr los, daß sie es ihm noch nicht einmal an einem öffentlichen Ort abschlagen konnte? *Die Toilette auf der Polizeiwache!* Selbst Renee hatte sich diskreter verhalten.

Das Telefon klingelte, aber sie machte keinerlei Anstalten, den Hörer abzunehmen. Der Anrufbeantworter in ihrem Büro schaltete sich ein, und sie hörte Grays tiefe Stimme, die aber zu weit weg war, um sie zu verstehen. Er legte auf. Ein paar Minuten später klingelte wieder das Telefon. Diesmal erkannte Faith Margots Stimme. Sie hätte den Anruf beantworten sollen, tat es aber nicht. Momentan konnte sie ganz einfach keine normale Unterhaltung führen. Ihre Nerven waren noch vollkommen überspannt, und ihr Körper zitterte von den Folgen des Adrenalinstoßes. Sie konnte nicht nachvollziehen, daß manche Menschen von riskanten Abenteuern abhängig wurden, denn sie empfand Abenteuer als erschreckend.

Als sie ihren Knien wieder zutraute, sie zu tragen, stand sie auf und ging ins Badezimmer. Mehr als alles andere brauchte sie jetzt eine Dusche.

Auf der Fahrt in Richtung Faiths Haus schüttelte Gray ungläubig den Kopf. Er war sich sicher, daß er sie dort finden würde, obwohl sie den Telefonhörer nicht abgenommen hatte. Er konnte nicht glauben, was sie getan hatten, doch die Anziehung zwischen ihnen war so stark gewesen, daß es kein Zurück mehr gegeben hatte. Etwas derart Dummes hatte er noch nicht einmal als Teenager getan, obwohl er damals wirklich wild wie ein Stier gewesen war.

Schnaubend unterdrückte er sein Lachen. Verdammtes Weib! Faith hatte sich sofort in einer der Toiletten verkrochen und wie verrückt gelacht, während er mit bis zu den Knien heruntergelassener Hose dastand und mit nur einer Hand die Tür zuhielt. Schnell hatte er sich dagegen gelehnt und seine Hosen hochgezogen. Dann hatte er Faiths Slip aufgehoben und ihr über die Tür geworfen, woraufhin sie, trotz seiner Mahnung, leiser zu sein, noch lauter gelacht hatte. Die alte Hexe draußen rührte sich nicht vom Fleck, sondern trommelte immer lauter gegen die Tür. Zwischen dem Lärm der Hexe und dem von Faith dröhnten ihm die Ohren.

Schließlich hatte er zu Faith gesagt, daß er draußen auf sie warten würde, war sich aber nicht sicher, ob sie ihn inmitten ihres Lachanfalls überhaupt hörte. Es gab keinen anderen Ausweg, als sich der Situation zu stellen. Er kontrollierte, ob sein Reißverschluß geschlossen war, öffnete die Tür und trat hinaus. Sofort blickte er auf eine plumpe Frau mit gerötetem Gesicht hinab, die sich vor lauter Empörung gar nicht mehr beruhigen konnte. Sie überschüttete ihn mit Worten, aber Gray unterbrach sie. »Die Männertoilette war belegt«, schnappte er. »Was erwarten Sie denn von mir, soll ich in den Flur pissen?«

Dann lief er zur Männertoilette hinüber, die gleich nebenan war. Von draußen hörte er die alte Hexe antworten: »Und wo haben Sie hier hineingepißt, ins Waschbecken etwa?« Lautlos lachend ließ er sich gegen die Wand fallen, Himmel noch mal! Wieder mußte er grinsen. Er kannte die alte Hexe, zumindest dem Aussehen nach. Sie arbeitete im Finanzamt. Die Geschichte, daß er sich mit irgendeinem Flittchen in der Damentoilette amüsiert hatte, würde bis zur Mittagszeit in der Wache bereits Allgemeingut sein, und morgen wüßte es die ganze Stadt.

Sein Grinsen erstarb. Faith wäre zu Tode gedemütigt. Vermutlich war sie das auch schon so. Sie hatte draußen nicht auf ihn gewartet, sondern war vermutlich so schnell sie irgend konnte nach Hause gefahren und hatte sich in ihrem Haus verbarrikadiert. Seine kleine Puritanerin war sicherlich fast krank vor Scham.

Als er ihren Wagen in der Auffahrt stehen sah, seufzte er erleichtert. Er fuhr vor, parkte aber nicht hinter ihr. Statt dessen lenkte er sein Auto hinter das Haus zu dem offenen Schuppen, in dem sie ihren Rasenmäher aufbewahrte. Geißblatt wuchs über dem Schuppendach und rankte sich an einem Kabel empor, das zu einem Elektromast führte und so einen schönen Vorhang bildete, hinter dem er sein Auto verstecken konnte. Er fuhr mit dem Jaguar so weit vor, daß sich die Ranken hinter dem Auto wieder schlossen, stieg aus und sah sich um. Die Straße war nicht zu sehen, also konnte man umgekehrt den Wagen von der Straße aus auch nicht sehen. Er fand sein Verhalten zwar etwas lächerlich, aber er hoffte, daß Faith seine Bemühungen ihrem Ansehen zuliebe schätzen würde.

Er ging auf die Küchentür zu und klopfte ungeduldig. Sie öffnete nicht, also klopfte er erneut. »Faith, mach die Tür auf.«

Faith stand auf der Innenseite der Tür, ihre Hand verharrte an dem Vorhang, den sie gerade hatte beiseite ziehen wollen, um nachzusehen, wer an ihre Küchentür klopfte. Sie war zu Tode erschrocken gewesen, als sie ein Auto in ihrer Auffahrt und dann hinter ihrem Haus gehört hatte, und verspürte Erleichterung darüber, daß es Gray war. Aber auf der Liste aller derer, denen sie jetzt nicht gegenübertreten wollte, stand er an oberster Stelle.

»Geh weg«, sagte sie.

Der Türgriff rasselte. »Faith.« Er sprach ihren Namen mit weicher, sanfter Stimme aus. »Mach die Tür auf, Liebling.«

»Warum?«

»Wir müssen ein paar Dinge besprechen.«

Das stimmte zweifellos, aber Faith stand nicht der Sinn danach. Sie wollte sich lieber in der ganzen Sache wie ein

Feigling benehmen, bis sie ihre Scham überwunden hatte. »Vielleicht morgen«, wich sie aus.

»Jetzt.« Wieder sprach er mit jener sanften Unnachgiebigkeit, die ihr sagte, er würde die Tür innerhalb der nächsten zehn Sekunden aufbrechen, wenn sie sie nicht selbst öffnete. Unwillig machte sie auf.

Er trat ein und schloß, ohne sie eine Sekunde aus den Augen zu lassen, hinter sich ab. Sie war gerade aus der Dusche gekommen und hatte sich noch nicht wieder angezogen, als sie den Wagen hörte. Sie hatte nach ihrem dünnen Morgenmantel gegriffen und ihn übergestreift. An dem Mantel war nichts Verführerisches, er war aus einfacher, weißer Baumwolle und an der Taille zusammengebunden. Dennoch war sie sich nur zu bewußt, daß sie nichts darunter trug. Sie zog den Kragen über ihren Brüsten zusammen. »Worüber möchtest du denn sprechen?«

Ein unglaublich sanftes Lächeln breitete sich auf seinem Gesicht aus, während er auf sie herabblickte. »Das kann warten«, sagte er und hob sie in seine Arme.

Zwei Stunden später lagen sie verschwitzt und erschöpft zwischen den zerwühlten Laken auf ihrem Bett. Die mittägliche Sonne bahnte sich ihren Weg durch die geschlossenen Jalousien und warf feine weiße Streifen auf den Boden. Von der leichten Brise des Deckenventilators überlief Faith eine Gänsehaut. Ihr Körper war so unglaublich sensibilisiert, daß sie jedes Härchen in der Brise zu spüren glaubte. Ihr Herz schlug langsam und kräftig, und ihre Adern pulsierten bei jedem seiner Schläge. Gray lag mit geschlossenen Augen auf dem Rücken. Seine Brust hob und senkte sich, während sie ihren Kopf an seiner Schulter vergrub.

Es dauerte eine Weile, ehe sie sich wieder bewegen konnte. Ihr Körper fühlte sich schwer und kraftlos an, so als ob er überhaupt keine Knochen mehr besäße. In diesen zwei Stunden hatte Gray sie dreimal mit einer solchen Kraft genommen, als ob die Begegnung auf der Wache überhaupt nicht gewesen wäre. Und so fordernd und drängend seine Lust gewesen war, sie hatte darauf mit gleicher Heftigkeit reagiert. Sie hatte sich an ihn geklammert, ihre Fingernägel in seinem Rücken vergraben und ihre Hüften jedem seiner Stöße entgegengestreckt. Ihr Feuer schien seines noch zu beflügeln. Sie konnte nicht mehr sagen, wie oft sie einen Höhepunkt erreicht hatte. Der letzte hatte sich angefühlt wie das lange Schwellen einer Welle, die dann gebrochen war, aber nicht verebben wollte. Trunken vor Lust hatte sie sich davontragen lassen.

Als sein Atem ruhiger geworden war, regte sich Gray, versuchte den Kopf zu heben, ließ ihn aber stöhnend wieder fallen. »Himmel, ich kann mich nicht mehr bewegen.«

»Dann tu es nicht«, murmelte sie und öffnete einen Spalt breit die Augen.

Kurz darauf versuchte er es wieder. Unter großer Anstrengung hob er seinen Kopf und betrachtete das Wirrwarr ihrer nackten Körper auf dem zerwühlten Bett. Sein Blick fiel auf seinen Penis, der weich an seinem Schenkel ruhte. »Du elender Schurke«, bellte er. »Diesmal bleibst du unten!«

Sie kicherte überrascht und vergrub ihr Gesicht an seiner Schulter.

Gray ließ seinen Kopf zurückfallen und zog sie näher zu sich heran. »Du hast gut lachen«, brummte er. »Der verfluchte Kerl versucht mich umzubringen. Von Mäßigung hat er noch nie viel gehalten, aber jetzt wird es langsam lächerlich. Er glaubt wohl, ich sei immer noch sechzehn Jahre alt.«

»Er kann nicht denken«, widersprach sie und kicherte noch mehr.

»Behauptest du. Aber dann könnte man mit ihm vernünftig verhandeln.« Sie lachte immer weiter, und er kitzelte sie, um sich zu rächen. »Hör auf zu lachen«, befahl er ihr, obwohl ein Lächeln auf seinen Lippen lag. »Weißt du überhaupt, wie das ist, wenn ein wichtiger Körperteil weder der Vernunft noch anderen Befehlen gehorcht?«

»Eigentlich nicht. Aber ich kenne das Gefühl, in der Nähe eines solchen Körperteils zu sein.«

Er lachte und strich sich mit der Hand über die Brust. »Weißt du eigentlich, warum Männer ihren Schwänzen Namen geben?«

»Nein, warum?« fragte sie und versuchte, ihr Kichern zu unterdrücken.

»Damit die wichtigsten Entscheidungen ihres Lebens nicht von einem vollkommen Unbekannten gefällt werden.«

Sie lachten wie verrückt. Faith griff nach dem Laken, um sich die Tränen abzutrocknen. Diese verspielte Seite Grays hatte sie bisher nicht gekannt, und sie war unglaublich entzückt davon.

Er stützte sich auf die Ellenbogen und blickte auf ihren Kopf in seiner Armbeuge. »Es ist sowieso alles deine Schuld«, sagte er und strich eine dunkle Haarsträhne aus ihrem Gesicht. Seine Hand wanderte weiter über ihren Hals und die zierliche Kurve ihres Schlüsselbeins und schloß sich über ihrer Brust.

»Meine Schuld?« fragte sie empört.

»Klar.« Er hob ihren Busen etwas an, ließ seinen Daumen über die rosa Schwellung ihrer Knospen streichen und beobachtete fasziniert, wie sie sich augenblicklich aufrichteten und rötlich verfärbten. »Deine Knospen sind wie Himbeeren«, staunte er. Er beugte sich herab, um eine jener besonderen Himbeeren in seinen Mund zu nehmen und sie mit der Zunge zu umkreisen.

Faith bebte in seinen Armen. Ihre sofort aufflammende Leidenschaft erschreckte sie. »Ich kann nicht mehr«, stöhnte sie, merkte aber, daß ihre andere Knospe sich ebenfalls aufgerichtet hatte.

Er zog den Kopf zurück und bewunderte sein Werk. Die rote Brustwarze glitzerte feucht. »Das ist gut so«, bemerkte er leise. »Denn ich für meinen Teil kann ganz sicher nicht mehr.« Faiths porzellanfarbene Brüste glänzten seidig, und ihre Haut war so durchschimmernd, daß man das Netzwerk der darunterliegenden Venen sehen konnte. Ihre Brüste waren fest und aufstrebend, und er konnte seine Hände nicht von ihnen lassen. »Stell dir nur mal vor, wie hübsch die hier sein werden, wenn sie voll Milch sind.«

Sie schlug ihm auf die Schulter. »Ich habe dir doch schon gesagt, ich bin nicht schwanger!«

»Das kannst du nicht wissen«, neckte er sie.

»Doch, ich weiß es.«

»Du könntest dich verrechnet haben.«

»Ich verrechne mich nie.«

»Diesmal vielleicht doch.«

Sie starrte ihn an, dann kam sie auf das zuvor angeschnittene Thema zurück. »Wieso ist es meine Schuld?«

»Muß es sein«, erwiderte er aufgeräumt. »In deiner Nähe bekomme ich jedesmal einen Steifen.«

»Ich tu doch aber gar nichts. Also liegt die Schuld bei dir.«

»Du atmest. Offenbar reicht das bereits aus.« Er ließ sich in das Kissen zurückfallen und zog sie halb auf sich. Seine freie Hand streichelte ihren schmalen Rücken bis zu den Rundungen ihrer Hüften. »Teilweise hat es mit deinem Geruch zu tun, wie Honig und Zimt, süß und gleichzeitig voller Würze.«

Sie hob den Kopf an und blickte ihn erstaunt an. »Mich hat dein Duft auch immer besonders angezogen«, gestand sie ihm. »Sogar als ich noch ein kleines Mädchen war. Du hattest für mich den schönsten Duft auf der ganzen Welt, aber ich habe ihn niemals wirklich in Worte fassen können.«

»Damals warst du schon in mich verliebt?« fragte er zufrieden.

Sie versteckte ihr Gesicht in der Mulde seiner Schulter und atmete den wunderbar männlichen Duft ein, von dem sie gerade gesprochen hatte. »Nein«, sagte sie leise. »Es war kein Verliebtsein.«

Er machte es sich etwas bequemer und legte ihr Bein quer über seine Hüften. Sie spürte, wie sein Penis sich warnend gegen ihren Schenkel drückte, dann jedoch nachließ. »Ich habe mir immer Sorgen um dich gemacht«, sagte er schläfrig. »So ganz allein im Wald herumzurennen.«

Einen Augenblick lang schwieg sie. »Wie oft hast du mich denn gesehen?«

»Mehrmals.«

»Ich habe dich auch gesehen«, sagte sie, indem sie all ihren Mut zusammennahm.

»Im Wald?«

»Im Sommerhaus. Mit Lindsey Partain. Ich habe euch durch das Fenster hindurch beobachtet.«

Er riß die Augen auf. »Du neugieriges kleines Luder!« sagte er und gab ihr einen Klaps. »Ich hatte mir damals schon gedacht, daß du etwas gesehen hast.«

»Ziemlich viel sogar«, stimmte sie ihm zu und rieb sich empört den Hintern. Sie rächte sich, indem sie sein Brusthaar um ihre Finger wand und daran zupfte.

Er rieb sich die Brust. »Aua!«

»Rache ist süß«, sagte sie. »Und sie folgt auf dem Fuß.«

»Das werde ich mir merken«, sagte er und blickte auf seinen Oberkörper herab. »Verflucht, hier ist ja eine kahle Stelle.«

»Das ist nicht wahr.«

Sie rieb ihre Wange an ihm, schloß die Augen und genoß das wunderbare Gefühl seines warmen, starken und vitalen Körpers. Sie hatte sich von dem Moment an, da er sie ins Bett getragen hatte, wie im Paradies gefühlt. Hier mit ihm so entspannt zu liegen, alle Feindseligkeit verflogen und die Lust befriedigt, war mehr, als sie jemals zu hoffen gewagt hatte. Keines ihrer Probleme war bisher gelöst worden, und sie würden sicher wieder auftauchen, im Augenblick aber war sie glücklich.

So glücklich sogar, daß sich nur wenig von ihrer Verletztheit in die Neugier mischte, mit der sie sagte: »Du hast Lindsey auf französisch geliebt.«

Seine Augen hatten sich schläfrig geschlossen, jetzt aber riß er sie wieder auf. »Wie bitte?«

»Ich habe es gehört. Du hast sie auf französisch geliebt. Lauter Liebkosungen und Komplimente.«

Gray war viel zu erfahren, um nicht sofort ihre unausgesprochenen Gefühle zu erkennen. Er sah sie ungläubig an, dann warf er sich ins Kissen zurück und lachte schallend. Faiths Unterlippe zitterte ein wenig, und sie wollte sich abwenden, aber sein Arm hielt sie zurück.

»Himmel«, sagte er und schüttelte sich. Dann riß er sich zusammen und rieb sich mit dem Handrücken die Augen trocken. »Du Unschuldsengel, du. Ich spreche zwar fließend französisch, aber meine Muttersprache ist es nicht.« Das Entsetzen in ihren grünen Augen sagte ihm, daß sie ihn nicht verstand, also erklärte er es ihr. »Liebling, wenn ich noch klar genug denken kann, um französisch zu sprechen, dann bin ich nicht hundertprozentig bei der Sache. Es mag ja nett klingen, aber es bedeutet nichts. Männer unterscheiden sich von Frauen. Je erregter wir sind, desto mehr ähneln wir vorsintflutlichen Höhlenbewohnern. Mit dir konnte ich kaum noch verständlich reden, geschweige denn französisch. Soweit ich mich erinnern kann, hatte sich mein Wortschatz auf wenige überdeutliche Worte reduziert, wovon das Wort ›vögeln‹ noch das markanteste war.«

Erstaunt beobachtete er, wie sie errötete. Er mußte angesichts dieses weiteren Beweises ihrer Prüderie lächeln. »Schlaf jetzt ein wenig«, murmelte er leise. »Lindsey habe ich noch nicht einmal wiedergetroffen.«

Der Himmel wußte, warum sie das zu beruhigen schien, aber sie beruhigte sich. Von der Liebe erschöpft schlief sie leicht wie ein Kind ein. Als sie wieder aufwachte, liebten sie sich erneut. Er war jetzt nicht mehr ganz so drängend. Sein Blick verriet ein wenig Schalk, als er ihr französische Liebkosungen zuflüsterte, und er mußte ihre Hände abwehren, die sich protestierend in sein Brusthaar klammern wollten. Er lachte schallend über ihre Empörung. Sie verbrachten den Nachmittag schlafend, dann liebten sie sich wieder und murmelten einander zärtliche Dinge ins Ohr. Wenn auch der Sex wahnsinnig aufregend war, so waren es die Gespräche danach, in denen das Fundament für echte Nähe gelegt wurde: der ruhige Austausch von Geheimnissen und Gedanken und das Reden über die Vergangenheit.

»Erzähl mir von den Pflegeeltern, bei denen du warst«, sagte er und war erleichtert, als sie lächelte.

»Die Greshams. Sie haben mir das erste Zuhause meines Lebens gegeben. Ich halte immer noch Kontakt zu ihnen.«

»Wie bist du denn überhaupt zu Pflegeeltern gekommen?«

»Pa hat uns nicht lange nach ... nach dieser Nacht verlassen«, erwiderte sie stockend. »Russ, mein ältester Bruder, machte sich auch bald aus dem Staub. Nicky hat sich sehr angestrengt, uns alle zu ernähren, das muß ich ihm lassen. Aber als die Sozialfürsorge auf uns aufmerksam wurde, war er doch ziemlich erleichtert. Jodie wurde bei einer Pflegefamilie untergebracht, und Scottie und ich bei einer anderen. Es war nicht so einfach, jemanden zu finden, der auch Scottie nehmen wollte. Aber die Greshams haben eingewilligt, wenn ich mich um ihn kümmern würde. Als ob ich ihn hätte zurücklassen können«, sagte sie leise.

»Und was ist aus ihm geworden?«

»Im darauffolgenden Januar ist er gestorben. Immerhin durfte er die letzten sechs Monate seines Lebens glücklich sein. Die Greshams waren so lieb zu ihm. Sie haben ihm Spielzeug gekauft und sich viel mit ihm beschäftigt. Weihnachten hatte er noch so viel Freude, aber danach ist er bald gestorben. Ich habe an seinem Bett gesessen«, sagte sie mit ruhiger Stimme, während sich ihre Augen mit Tränen füllten. »Ich habe seine Hand gehalten, als er starb.« Sie strich sich über die Lider. »Ich habe mich immer gefragt, ob Guy sein Vater gewesen ist.«

Daran hatte Gray noch niemals gedacht. Er blickte sie an. Allein der Gedanke, daß sein Vater noch weitere Kinder gezeugt hatte, entsetzte ihn. Ebenso aber auch die Möglichkeit, daß Guy diese Kinder im Dreck hatte verkommen lassen.

Faith suchte nach seiner Hand. »Ich glaube aber nicht, daß er der Vater war«, sagte sie, um ihn zu trösten. »Er hätte keines seiner Kinder so leben lassen, wie wir gelebt haben. Wenn Scottie sein Sohn gewesen wäre, dann hätte er für ihn gesorgt. Ich weiß zwar nicht, wer Scotties Vater war, aber von Papa war er bestimmt nicht.«

Gray blinzelte, und in seinen Augen glitzerten Tränen. »Ja«, sagte er mit rauher Stimme. »Er hätte für ihn gesorgt.« Etwas später fragte er: »Was ist denn mit dem Rest deiner Familie geschehen?«

»Ich weiß es nicht. Ich glaube, Jodie lebt irgendwo in der Nähe von Jackson, aber ich habe sie, seit sie achtzehn war, nicht mehr gesehen. Und was aus Papa und den Jungs geworden ist, davon habe ich keinen Schimmer.« Sie vermied es sorgfältig, Renees Namen zu erwähnen.

Ihre Familie, soweit man sie überhaupt als solche bezeichnen konnte, war durch seine Handlungen zerschlagen worden. Er umarmte sie fest, als ob er so den Schmerz der Vergangenheit für sie lindern könnte.

»Ich habe meinen Vater gehaßt, eine Zeitlang jedenfalls«, gab er zu. »Mein Gott, als ich herausfand, daß er abgehauen war ...

er war der Fels in der Brandung für unsere Familie gewesen, nicht Mutter. Es hat so weh getan, ich konnte es nicht ertragen.«

Faith biß sich auf die Unterlippe. Sie dachte daran, was sie ihm schon sehr bald würde sagen müssen.

»Monica hat versucht, sich umzubringen«, sagte er plötzlich. »Kurz nachdem ich ihr von Papas Verschwinden erzählt habe, hat sie sich die Pulsadern aufgeschnitten. Auf dem Weg zum Krankenhaus wäre sie fast verblutet. Als ich am Abend zur Baracke fuhr, kam ich geradewegs vom Krankenhaus in Baton Rouge.«

Sie merkte, daß er ihr seine Wahnsinnswut damals erklären wollte. Er wollte ihr erklären, warum er damals so gehandelt hatte. Sie küßte seine Schulter, und in der Geste lag Vergebung. Eigentlich hatte sie ihm ja schon vor langer Zeit vergeben, denn sie verstand nur zu gut den Schmerz und das Gefühl des Betrogenseins, das er erlebt haben mußte.

Er blickte zu dem Ventilator an der Zimmerdecke hoch. »Mutter hat sich vollkommen in sich selbst zurückgezogen. Sie hat kein Wort mehr gesagt und sogar nichts mehr zu sich genommen. Zwei Jahre lang hat sie ihr Zimmer nicht verlassen. Sie ist der egozentrischste Mensch, dem ich je begegnet bin«, urteilte er mit brutaler Ehrlichkeit. »Dennoch möchte ich sie nie wieder so erleben.«

Deshalb war er auch so eisern bestrebt, daß weder Monica noch seine Mutter durch Faiths Handlungen oder Worte verletzt wurden. Sie hatte selbst ein wenig von seiner übersteigerten Fürsorglichkeit zu spüren bekommen. In gewisser Hinsicht war er wie der Feudalherrscher Prescotts. Sein Einfluß berührte fast jeden Aspekt des Gemeinwesens, und wie ein Feudalherrscher nahm er seine Pflichten sehr ernst.

Er rollte sich auf sie und drang mit zärtlicher Unnachgiebigkeit in sie ein. Sie hielt den Atem an, denn sie war von den vorherigen Malen noch wund. Er stützte sich auf die Ellenbogen und wiegte ihren Kopf in seinen Händen. »Diese Nacht damals verbindet uns«, flüsterte er. »So häßlich sie auch war, wir teilen unsere Erinnerungen daran. Und es war nicht nur häßlich. In jener Nacht schon habe ich dich begehrt, Faith.« Er bewegte sich langsam in ihr, und sein Blick wurde von der sich allmählich steigernden Lust überschattet. »Du warst erst vierzehn Jahre alt, aber ich begehrte dich. Und als ich dich in dem Motel wiedergesehen habe, da war es so, als ob die zwölf Jahre überhaupt nicht gewesen wären, denn ich begehrte dich noch immer.«

Dann lächelte er. »Soll ich es noch einmal auf französisch wiederholen?« fragte er.

Als Faith das nächste Mal aufwachte, lag sie regungslos und beobachtete Gray im Schlaf. Seine dunklen Wimpern warfen Schatten auf seine Wangenknochen, ein schwarzer Bartwuchs zierte sein Kinn. Seine Lippen waren leicht geöffnet, sein kräftiger Körper entspannt. Seine Schönheit nahm ihr den Atem. Sein langes Haar lag zerzaust auf seinen Schultern. Er sah aus wie ein Pirat, der sich nach langen Schwertkämpfen im Bett seiner Herzensdame erholte. Der winzige Diamant in seinem linken Ohr tat diesem Bild keinen Abbruch.

Um nochmals Sex zu haben, war sie zu wund, aber dennoch zog sein Körper sie an. Er war wunderschön geformt mit seinen langen Gliedern und ausgeprägten Muskeln. Ein Arm hing aus dem Bett heraus, der andere lag locker über seiner Brust. Er hatte große Hände mit wohlgeformten Fingern, aber dennoch war sein kleiner Finger so breit wie ihr Daumen. Die Vorstellung von diesen Händen auf ihrem Körper ließ sie wohlig erzittern.

Sie beugte sich über ihn und atmete den warmen Duft seiner Haut ein, die in Wellen von ihm aufstieg. Es war wirklich Gray. Diese Feststellung überraschte sie immer wieder. Er lag tatsächlich neben ihr. Sie konnte ihn berühren, ihn küssen, und all die Dinge tun, von denen sie ein Leben lang geträumt hatte.

Sein Körper zog sie magnetisch an, beschleunigte ihren Atem und erhitzte ihre Haut. Ihre natürliche Sinnlichkeit wurde durch nichts mehr gebremst. Die Freiheit, ihn zu berühren und sich von ihm berühren zu lassen, war berauschend. Sie legte ihre Hand auf seinen Schenkel und spürte den festen Muskel unter den rauhen Haaren. Dann ließ sie ihre Hand verträumt und wohlig dorthin gleiten, wo seine Haut weich und haarlos war. Sein Hodensack hing lose herab, seine Hoden lagen wie zwei kleine Eier in ihrer weichen Hülle, die sie mit der Hand umschloß. Sie fühlten sich kühl und schwer an. Er bewegte sich ein wenig, ließ die Schenkel auseinanderfallen, wachte aber nicht auf. Er war ein wunderbar männliches Tier und er gehörte – im Augenblick jedenfalls – ganz ihr.

Sie lehnte sich noch ein wenig dichter über ihn, und als sie die Spitzen ihrer Brüste über sein lockiges Brusthaar gleiten ließ, stockte ihr der Atem, und ihre Knospen richteten sich auf.

Er öffnete die Augen. »Ummm«, murmelte er zufrieden und streckte sich nach ihr aus, um sie an sich zu ziehen.

Sie schmiegte ihr Gesicht gegen seinen Hals und legte sich ganz auf ihn. Ihr katzenhafter Körper rieb sich wohlig an seinem. »Du fühlst dich so wunderbar an«, flüsterte sie und leckte an seinem Ohrläppchen. »Du hast alle drei H-Faktoren.«

»Was sind denn H-Faktoren?« fragte er. »Oder sollte ich das besser nicht wissen?«

»Heiß, hart und haarig.«

Er gluckste und streckte sich unter ihr aus. Es war ein merkwürdiges Gefühl, wie auf einem Floß, das man ins Meer hinausgestoßen hatte. Sie klammerte sich an seine Schultern, um nicht herunterzufallen.

Sein Haar streifte ihre Finger, und als er sich nicht mehr bewegte, vergrub sie ihre Hände in der schwarzen Masse. Es war dick und seidig und hatte den Ansatz einer Naturkrause. Die meisten Frauen wären zu allem bereit, um solches Haar zu besitzen. »Warum trägst du dein Haar lang?« fragte sie, zupfte an einer Strähne und kitzelte ihn damit an der Nase. »Und warum der Ohrring? Das ist doch ziemlich auffallend für einen Mann, der in mehreren Aufsichtsräten sitzt.«

Er verzog erwartungsgemäß das Gesicht, dann lachte er. »Versprichst du mir, es niemandem zu sagen?«

»Ich verspreche es – es sei denn, jemand hat dir mit einem Bild von Sinéad O'Connor Angst eingejagt. Das würde ich einfach weitererzählen müssen.«

Seine weißen Zähne blitzten, als er sie ein wenig gequält anlächelte. »Fast genauso schlimm. Ich habe Angst vor elektrischen Haarschneidemaschinen.«

Sie war so erstaunt, daß sie von seinem Körper herunterglitt. »Vor Haarschneidemaschinen?« wiederholte sie. Dieser riesige, muskelbepackte Pirat hatte Angst vor *Haarschneidemaschinen?*

»Ich mag das Geräusch nicht«, erklärte er, legte sich auf die Seite und schob einen Arm unter den Kopf. Seine Augen lachten. »Macht mich einfach irre. Als ich vier oder fünf Jahre alt war, habe ich gebrüllt wie am Spieß, während mein Vater mich stillhielt, damit der alte Herbert Dumas meine Haare schneiden konnte. Daß er mich festgehalten hat, hat meinem Vater das Gefühl gegeben, ein Verräter zu sein. Also versuchte er mich zu überreden, mich anständig zu benehmen. Aber ich habe es einfach nicht über mich gebracht. Allein dieses Geräusch, bzzz, und ich hätte aus der Haut fahren können. Als ich so ungefähr zehn war, hatten wir uns immerhin auf eine Schere geeinigt. Aber je älter ich werde, desto seltener gehe ich hin. Was den Ohrring angeht ...« Er lachte laut auf. »Das ist so eine Art

Tarnung. Der Ohrring läßt es so aussehen, als ob ich mein Haar absichtlich lang tragen würde. Eine Frage des Stils eher als der Phobie.«

»Wer schneidet dir denn die Haare?« fragte sie, zu fasziniert, um zu lachen. Sie mußte erst noch damit fertig werden, daß ein erwachsener Mann den Frisiersalon mied wie andere den Zahnarzt.

»Manchmal tue ich es selbst. Manchmal lasse ich es auch in New Orleans machen. Dort hält man sich an die Regel, daß kein Rasierer angeschaltet wird, solange ich im Raum bin. Warum fragst du? Willst du das etwa übernehmen?« Er streichelte ihren Hals und ließ seinen Daumen über ihr Ohrläppchen gleiten. Er lächelte zwar, aber sie merkte, daß es ihm ernst war.

»Würdest du mir denn zutrauen, deine Haare zu schneiden?«

»Natürlich. Würdest du mich denn nicht deine schneiden lassen?«

Ihre Antwort war schnell. »Niemals. Aber ich würde dich meine Beine rasieren lassen.«

»Abgemacht!« antwortete er genauso schnell und zog sie zu sich heran.

Als Gray das nächste Mal aufwachte, dämmerte es schon fast. Er rieb sich stöhnend das Gesicht. »Ich verhungere«, kündigte er mit rauher Stimme an. »Verdammt, ich muß zu Hause anrufen und denen sagen, wo ich bin.«

Faith rollte auf den Rücken und streckte sich vorsichtig. Obwohl sie den größten Teil des Tages im Bett verbracht hatte, fühlte sie sich so müde, als ob sie die ganze Nacht wachgelegen hätte. Mit Gray Rouillard im Bett zu sein hatte nichts Erholsames. Es machte jede Menge Spaß, und aufregend war es auch, aber geruhsam war es nicht.

Nachdem er seinen Hunger erwähnt hatte, spürte auch sie

ihren leeren Magen. Beide hatten keinerlei Gedanken an ein Mittagessen verschwendet, und das Frühstück war schon lange her. Sie mußten etwas essen.

Er setzte sich auf die Bettkante und ermöglichte ihr einen wunderbaren Blick auf seine Hüften. Sie streckte sich und streichelte sie, während er nach dem Telefonhörer griff und ihr über die Schulter hinweg zulächelte. »Tu dir keinen Zwang an«, ermutigte er sie und tippte seine eigene Nummer ein. Sein Rücken war genauso schön wie seine Vorderseite, stellte sie träumerisch fest. Seine kräftigen Muskeln wurden von der tiefen Kerbe der Wirbelsäule unterteilt, seine breiten Schultern liefen an der straffen Taille schmal zusammen.

»Hallo«, sagte er in die Telefonmuschel. »Sag Delfina Bescheid, daß ich nicht zum Abendessen komme.«

Faith hörte das unverständliche Gemurmel einer Stimme, die offenbar nach seinem Aufenthaltsort fragte, denn er erwiderte ruhig: »Ich bin bei Faith.«

Die Stimme war immer noch unverständlich, aber um einiges erregter. Sie beobachtete, wie sich seine Rückenmuskeln anspannten, und fühlte sich sofort unwohl, so als ob sie ihn belauschte. Sie sollte das Zimmer verlassen, dachte sie. Sie könnte es nicht ertragen, wenn er sich eine Entschuldigung dafür einfallen ließ, daß er bei ihr war. Sie setzte sich auf, schwang sich aus dem Bett und atmete angesichts der unerwarteten Steifheit ihres Rückens und ihrer Beine scharf ein.

»Moni«, sagte Gray geduldig und seufzte. »Wir müssen reden. Morgen früh bin ich wieder zu Hause. Nein, vorher nicht. Morgen früh. Wenn es irgend etwas Wichtiges gibt, kannst du mich hier erreichen.«

Faith richtete sich mühsam auf. Jeder Muskel ihres Körpers schien sich gegen die Bewegung zu sträuben. Ihre Beine waren ganz schwach, die Muskeln ihrer Schenkel zitterten. Sie wollte schnell das Zimmer verlassen, aber alles widersetzte sich ihr. Sie tat einen schwankenden Schritt, stöhnte vor Schmerz, dann tat sie einen weiteren.

»Ich sagte doch schon, wir reden morgen.« Seine Stimme war fest. Er blickte Faith über die Schulter hinweg an und fixierte sie mit einem Blick wie ein Laserstrahl. »Bis dann«, sagte er abwesend zu Monica und legte den Hörer auf, wobei er sie mitten in ihrem Protest unterbrach. Dann sprang er auf die Füße und kam zu der Bettseite, wo Faith zittrig stand.

»Armer Schatz«, sagte er zärtlich. »Muskelkater?«

Sie sah ihn vorwurfsvoll an.

»Da weiß ich, was man tut«, versprach er, nahm das Laken vom Bett und schüttelte es aus.

»Ich auch. Eine heiße Dusche.«

»Später.« Er wickelte sie in das Laken und hob sie hoch. »Sei einfach ganz still und genieße.«

»Was soll ich denn genießen?«

»Still zu sein, was denn sonst?« erwiderte er unnachgiebig. Sie konnte ihm noch nicht einmal einen Klaps versetzen, weil ihre Arme in dem Laken steckten.

Aber schon bald sollte sie mehr wissen. Er trug sie in die Küche und legte sie vorsichtig auf den Tisch. Dann wickelte er sie so aus dem Laken, so daß es unter ihr lag. »Als ich den Tisch zum ersten Mal gesehen habe, hatte ich bereits ein paar gute Einfälle, was man darauf machen könnte«, sagte er zufrieden.

Erstaunt fragte sie: »Was hast du denn vor?« Sie hatte stundenlang nackt in seinen Armen gelegen, aber auf dem Küchentisch fühlte sie sich unerträglich entblößt, als ob sie ein Menschenopfer auf einem steinernen Altar wäre.

»Massage«, sagte er. »Bleib hier liegen.« Er verließ die Küche. Die harte Oberfläche war unbequem, aber die verlockende Aussicht einer Massage hielt sie zurück. Er kam mit einer Flasche Babyöl und einem Waschlappen zurück. »Leg dich auf den Bauch«, ordnete er an. Er drehte den Heißwasserhahn auf und ließ das Wasser so lange laufen, bis es dampfte. Dann füllte er eine Schüssel und spritzte etwas Babyöl hinein.

Sie gehorchte ihm mit steifen Gliedern. Er hatte kein Licht gemacht, und die Küche war schon etwas schummrig, denn draußen dämmerte es bereits. Die Klimaanlage war angestellt, und obwohl sie sich im Schlafzimmer wohl gefühlt hatte, drang die Kälte durch das Laken hindurch und ließ sie frösteln. Zitternd wünschte sie sich, daß er sich beeilte.

»Schließ die Augen und entspann dich«, sagte er ruhig. »Schlaf einfach ein, wenn du willst.«

Ihre schmerzenden Muskeln gewöhnten sich an die harte Oberfläche, und nach und nach entspannte sie sich. Sie schloß die Augen und konzentrierte sich auf die Geräusche dessen, was er tat. Sie hörte das spritzende Wasser und seufzte in Erwartung des warmen Öls auf ihrer Haut.

Seine Stimme war tief und beruhigend, kaum mehr als ein Murmeln. »Ich werde dich waschen, dann fühlst du dich wohler«, sagte er. Dann spürte sie einen feuchten und sehr heißen Waschlappen zwischen ihren Beinen. Die Hitze fühlte sich auf ihrer wunden, geschwollenen Haut herrlich an. Mit unglaublicher Zärtlichkeit wischte er all die Spuren ihres Liebesspiels sorgfältig weg. Wieder hörte sie das Wasser laufen. »Diesmal wird es kalt sein«, warnte er sie vor. Dann preßte sich das kalte Tuch zwischen ihre Beine. Diesen Vorgang wiederholte er mehrmals und linderte so die Schmerzen. Schließlich griff er nach dem Öl. Er fing bei ihren Schultern an, und seine kräftigen Finger gruben sich tief in ihre Muskeln. Erst verkrampfte sie sich, dann ließ sie locker, und alle Anspannung schien aus ihrem Körper zu entweichen. Seine Hände verteilten das erwärmte Öl auf ihrer Haut und machten sie zart und duftend. Er arbeitete sich beide Arme hinunter, massierte sogar ihre Hände und die Zwischenräume ihrer Finger. Seine Berührungen hinterließen überall entspannte Sehnen, weiche Muskeln und vollkommene

Zufriedenheit. Faith schnurrte vor Wonne, als er wieder zu ihrem Rücken zurückkehrte, an ihrer Taille anfing und sich ihre Rippen hinaufarbeitete. Sein kräftiges Streicheln preßte ihre Rippen zusammen und ließ sie bei jedem seiner Handbewegungen laut aufstöhnen. Unermüdlich suchte er jeden angespannten Muskel und knetete ihn solange, bis er unter seinen Händen wieder geschmeidig wurde.

Als nächstes waren ihre Beine an der Reihe. Er knetete ihre Waden, ihre Achillessehne und ihre Fußsohlen. Er ließ ihre Fußgelenke rotieren und preßte seine Daumen gegen ihren Spann, wobei ein überraschend sinnliches Vergnügen ihre Zehen zusammenzog.

»Oh!« stieß sie unfreiwillig hervor.

»Gefällt dir wohl, was?« fragte er leise in der zunehmenden Dunkelheit. Als er die Stelle noch einmal berührte, stöhnte sie auf.

Dann arbeitete er sich ihre Beine hoch, spreizte sie auseinander und massierte die überdehnten, schmerzenden Sehnen an den Innenseiten ihrer Oberschenkel. Diesmal stöhnte sie vor Schmerz, und sie klammerte sich am Tischrand fest. Er murmelte beruhigend und konzentrierte sich auf ihre Hüften. Sie entspannte sich wieder und schloß die Augen. Ihr war mittlerweile nicht nur vom Öl angenehm warm. Seine streichelnden Hände hatten noch einen ganz anderen Effekt. Die Wollust erwachte langsam in ihr und erwärmte nach und nach ihr Blut.

»Jetzt auf den Rücken«, sagte er und half ihr, sich umzudrehen. Er betrachtete interessiert ihre aufgerichteten Brustwarzen und lächelte.

Seine großen, ölglänzenden Hände bedeckten ihre Brüste. Ganz zärtlich massierte er das Öl in die Knospen, die von seinem heftigen Saugen und dem Kratzen seiner Bartstoppeln wund waren. »Deine Haut ist so weich wie die eines Babys«, bemerkte er. »Ich werde mich wohl zweimal am Tag rasieren müssen.«

Faith erwiderte nichts, sie war von seinen Zärtlichkeiten vollkommen gefangen.

Als er mit ihrem Bauch und ihren Schenkeln fertig war, spannte sie sich erwartungsvoll an. Ihr Körper bäumte sich unter seinen Händen auf. Der Raum war jetzt fast vollkommen dunkel, die lavendelfarbenen Schatten der Dämmerung lösten sich in der Nacht auf. Er knipste die Lampe über der Spüle an.

Den schmerzenden Muskeln an den Innenseiten ihrer Schenkel widmete er sich mit großer Ausdauer. Diesmal hörte er nicht eher auf, ehe ihr Stöhnen sich in Schnurren verwandelt hatte. Dann wanderten seine öligen Finger weiter nach oben, streichelten und suchten. Sie bebte vor Lust.

»Gray.« Ihre Stimme war heiser und voller Verlangen. Sie streckte ihm die Arme entgegen. »Bitte.«

»Nein, mein Schatz, für noch eine Runde bist du viel zu wund«, flüsterte er. »Aber ich werde mich schon um dich kümmern.«

Er zog sie samt dem Laken zur Tischkante hin. »Was ...?« begann Faiths Frage, dann fiel sie stöhnend zurück, während er ihre Schenkel über seine Schultern legte. Vorsichtig öffnete er die geschwollenen Falten zwischen ihren Beinen. Sie spürte seinen warmen Atem über sie hinweggleiten. Unwillkürlich hielt sie die Luft an, bevor seine Zunge wie ein Feuer in sie eindrang und sie laut aufschrie. Er war sehr zärtlich und sehr gründlich. Innerhalb weniger Minuten bebte und schrie sie vor Ekstase.

Danach trug er sie ins Badezimmer. Sie stand schläfrig mit ihm unter der Dusche und hatte ihre Arme um seine Taille und ihren Kopf auf seine Brust gelegt. Schmerzen fühlte sie kaum noch, aber jetzt kam sie sich vor wie aus Gummi.

Als das Heißwasser ausging, hob er sein Kinn von ihrem Kopf. »Essen«, murmelte er.

Zögernd ließ sie von ihm ab und stellte das Wasser aus. Sie strich sich die Haare aus dem Gesicht und sah zu ihm auf, wobei Wassertropfen wie Diamanten zwischen ihren Wimpern hingen. Er schien so rücksichtslos und stark, und doch war er so menschlich mit seinen Wünschen und Ängsten und Macken, und für all diese Eigenschaften liebte sie ihn um so mehr. Für eine Weile aber hätte sie ihn sich etwas schroffer und abweisender gewünscht, denn sie konnte das Gespräch über seinen Vater nicht mehr lange hinausschieben.

Doch wenigstens konnte sie ihm vorher etwas zu essen bereiten. Er schlang zwei Schinken- und Tomatensandwiches hinunter, während sie nur eines aß, für das dritte ließ er sich etwas Zeit. Danach erneuerten sie die Bettwäsche, und er ließ sich erschöpft und seufzend auf das Laken fallen. Seine ausgebreiteten Arme und Beine nahmen fast den gesamten Platz ein, aber sie kroch in eine der Nischen und vergrub ihren Kopf an der gewohnten Stelle an seiner Schulter. Sie legte ihre Arme um ihn und drückte ihn fest an sich, als ob sie ihn so vor dem Schmerz schützen könne.

»Ich muß dir etwas sagen«, begann sie leise.

19

Nachdem Gray aufgelegt hatte, weinte Monica, den Kopf auf die verschränkten Arme gelegt, noch lange. Heiße, salzige Tränen fielen auf die glänzende Oberfläche des Schreibtisches. Sie wischte sie mit ihrem Ärmel ab, da sie dem Tisch keinen Schaden zufügen wolle. So einsam und durcheinander hatte sie sich noch nicht einmal damals, als Papa sie verlassen hatte, gefühlt.

Alles lief schief. Sie hatte es nicht geschafft, Alex zu sagen, daß sie nicht mehr mit ihm schlafen würde. Als er vor ein paar Tagen aus Mamas Zimmer heruntergekommen war und sie von der Tür aus angestarrt hatte, hatte ihr Herzschlag fast ausgesetzt. Sie hatte versucht, die Worte hervorzuwürgen, aber ihre Kehle war zu trocken gewesen. Dann hatte er sich über sie gebeugt, und es war einfach zu spät gewesen. Sie wand sich jede Nacht vor Scham, wenn sie nur daran dachte. Wie hatte sie ihm nur gestatten können, sie zu berühren? Sie würde Michael heiraten und fühlte sich schäbig. Sie glaubte ihn, Michael, zu beschmutzen, wenn sie sich in seine Arme warf, nachdem sie mit Alex zusammengewesen war. Außerdem hatte sie Gray immer noch nicht erzählt, daß Michael ihr einen Heiratsantrag gemacht hatte. Ihrer Mutter hatte sie noch nicht einmal gesagt, daß sie überhaupt mit ihm zusammen war. Sie hatte sich solche Mühe gegeben, nach dem dummen Vorfall mit den zerschnittenen Handgelenken ihr Leben wieder in den Griff zu bekommen. Aber jetzt schien ihr alles erneut aus den Händen zu gleiten.

Gray war bei Faith Devlin. Wieder war ein Mann, den sie liebte und von dem sie abhing, von einer dieser Huren verführt worden. Wie hatte er das nur zulassen können? Ausgerechnet Gray? Monica schaukelte mit verschlungenen Armen vor und zurück und stöhnte vor Schmerz, während ihr die Tränen die Wangen hinunterrannen. Er verbrachte die Nacht mit ihr, scherte sich weder darum, was die Leute dachten, noch um den Klatsch, der früher oder später auch Mama zu Ohren kommen würde, ganz gleich, wie sehr sie sie auch abschotteten. Auch Guy war die Familie gleichgültig gewesen, wenn er mit Renee Devlin im Bett gelegen hatte. Und nun schien Gray mit Renees Tochter in die Fußstapfen seines Vaters zu treten. Männer mußte man bloß mit Sex ködern, und schon war es ihnen vollkommen gleichgültig, wem sie durch ihr Verhalten schadeten.

Monica weinte, bis ihre Augen schmerzten und die Lider geschwollen waren. Bei jedem Atemzug fuhr ihr ein Stich durch die Brust. Dann schließlich breitete sich eine schreckliche Ruhe in ihr aus.

Sie öffnete Grays Schreibtisch und starrte auf die Pistole, die ihr Bruder dort aufbewahrte. Die Devlinhexe hatte sich keiner ihrer Warnungen gebeugt, die Schonzeit war jetzt vorbei. In ihrem schrecklichen Schmerz war es ihr egal, daß Gray mit Faith zusammen war. Der Schock würde ihn wachrütteln, dachte sie und griff nach der Pistole. Diesmal würde *sie* es sein, die eine Devlin aus der Gemeinde entfernte.

»Was ist?« fragte Gray und reckte sich, um die Lampe anzumachen. In der Dunkelheit drückte er Faith an sich. »Du hörst dich so ernst an.«

»Bin ich auch.« Sie blinzelte, um die aufsteigenden Tränen zurückzudrängen. »Dir davon zu erzählen, habe ich jetzt schon so oft verschoben, weil ich . . . ich kann es einfach nicht ertragen, dich zu verletzen. Und ich will . . . ich will dir vorher noch etwas anderes sagen.« Sie rang nach Luft und nahm all ihren Mut zusammen. »Ich liebe dich«, sagte sie mit leiser Stimme und voller Zärtlichkeit. »Ich habe dich schon immer geliebt, sogar schon als kleines Mädchen. Von dir einen Blick zu erhaschen oder deine Stimme zu hören, dafür habe ich gelebt. Nichts hat das jemals erschüttern können, weder jene Nacht noch die zwölf Jahre meiner Abwesenheit.«

Seine Arme drückten sie noch fester, und seine Lippen öffneten sich, aber sie legte ihm den Finger auf den Mund. »Sag nichts«, bettelte sie. »Laß mich ausreden.« Wenn sie jetzt nicht alles schnell aussprechen durfte, würde sie vielleicht der Mut verlassen.

»Gray, dein Vater ist nicht mit meiner Mutter durchgebrannt.« Sie spürte, wie sich sein Körper anspannte, und drückte ihn fester an sich. »Ich weiß, wo meine Mutter ist, und er ist nicht bei ihr. Er war auch nie bei ihr. Er ist tot«, sagte sie so ruhig wie möglich. Heiße Tränen traten aus ihren Augen und rannen ihre Wangen hinunter. »Jemand hat ihn in jener Nacht ermordet. Meine Mutter hat gesehen, wer es war, und hatte Angst, daß er sie auch umlegt. Deshalb ist sie geflohen.«

»Hör damit auf«, sagte Gray brüsk. Er löste sich aus ihrer Umarmung und schüttelte sie. »Ich weiß nicht, wessen Lüge das ist, deine oder die von Renee. Aber ich habe einen Brief mit dem Poststempel des darauffolgenden Tages erhalten, der aus Baton Rouge abgeschickt worden war. Wenn er in der Nacht davor ermordet worden ist, dann ist der Brief von einem Toten geschrieben.«

»Ein Brief?« fragte sie verwundert. Von allen möglichen Dingen, die er jetzt hätte sagen können, damit hatte sie nicht gerechnet. »Von deinem Vater? Bist du dir sicher?«

»Natürlich bin ich mir sicher.«

»War es auch wirklich seine Handschrift?«

»Der Brief war mit der Schreibmaschine geschrieben«, erwiderte er. Seine anfängliche Ungeduld hatte sich zu ungebremstem Ärger gesteigert. Er setzte sich auf und schwang die Beine über die Bettkante. »Aber die Unterschrift war von ihm.«

Faith schlang ihre Arme um ihn, um ihn zurückzuhalten. Sie war sich nur zu bewußt, daß er sie wie eine lästige Fliege hätte abschütteln können. Verzweifelt sagte sie: »Was stand denn in dem Brief?«

»Was tut das denn verflucht noch mal zur Sache?« Er hielt ihre Handgelenke und versuchte sich von ihr zu befreien. Sie schlang sich um so heftiger um ihn und preßte sich an ihn. »Es ist wichtig!« Sie weinte, und heiße Tränen rannen seinen Rükken hinab.

Er fluchte leise, hielt aber still. Obwohl er schrecklich wütend war, daß sie das Thema überhaupt angeschnitten hatte und ihn von dieser lachhaften Lüge zu überzeugen versuchte, so weinte sie doch. Er widerstand dem Bedürfnis, sie auf seinen Schoß zu ziehen und sie zu trösten. Mit rauher Stimme sagte er: »Es war eine Vollmacht. Sonst gar nichts, keinerlei Erklärung. Ohne die Vollmacht hätten wir vermutlich fast unser gesamtes Vermögen verloren.«

Seine Brust weitete sich, als er tief einatmete. »Ohne den Brief hätte ich versucht, ihn aufzutreiben. Aber er hat noch nicht einmal geschrieben, daß es ihm leid täte, hat noch nicht einmal auf Wiedersehen gesagt. Es schien gerade so, als ob er sich noch an eine Kleinigkeit erinnert hätte, die er zu erledigen vergessen hatte.«

»Vielleicht hat den Brief ja jemand anderes geschrieben«, sagte Faith und spürte den Schmerz, den er damals gefühlt haben mußte. »Vielleicht hat ihn der Mörder geschrieben. Gray, ich schwöre, Mama hat gesehen, wie er erschossen wurde! Sie waren im Sommerhaus, als jemand vorgefahren ist. Sie hat gesagt, daß Guy und der andere Mann in das Bootshaus gegangen sind und sich dort gestritten haben ...«

Er schoß von der Bettkante hoch und befreite sich aus ihren Armen. Dann schnellte er herum, griff nach ihren Händen und drückte sie auf die Matratze nieder. »Deshalb also bist du da herumgeschlichen«, sagte er ungläubig und drehte die Lampe so, daß er ihr Gesicht sehen konnte. Mit glühenden, kohlschwarzen Augen blickte er auf sie herab. Dann schüttelte er sie wieder. »Du kleine Hexe! Deshalb hast du all diese Fragen über meinen Vater gestellt! Du glaubst, daß er ermordet wurde, und hast versucht herauszufinden, wer ihn ermordet hat!«

Nur wenige Male in seinem Leben war er so wütend gewesen. Seine Hände zitterten vor Anstrengung, sie in seiner Gewalt zu halten. Er glaubte nicht, daß sein Vater ermordet worden war, aber offensichtlich glaubte Faith daran. Diese tollkühne Frau hatte versucht, ganz alleine den Mörder ausfindig zu machen. Wenn es wirklich einen Mord gegeben hatte, dann hatte sie sich einer enormen Gefahr ausgesetzt. Er war zerrissen zwischen dem Wunsch, sie in seine Arme zu nehmen, und dem Wunsch, sie übers Knie zu legen. Beide Möglichkeiten waren gleichermaßen reizvoll.

Während er sich immer noch zu entscheiden versuchte, sagte sie: »Ich wußte, daß ich vermutlich gar nichts finden würde. Aber ich habe das Bootshaus nach einer Patronenhülse abgesucht . . .«

»Moment mal.« Er strich sich mit der Hand über das Gesicht, um die letzte Beichte zu verdauen. »Wann hast du denn das Bootshaus durchsucht?«

»Gestern früh.«

»Es ist abgeschlossen. Hast du jetzt auch Einbruch und Hausfriedensbruch in dein Repertoire aufgenommen?«

»Ich bin unter der Tür hindurchgeschwommen und dann an dem Ankerplatz wieder aufgetaucht.«

Gray schloß die Augen und zählte bis zehn. Dann zählte er noch einmal. Seine Hände zitterten, und er ballte sie zu Fäusten. Schließlich öffnete er die Augen und blickte entsetzt auf Faith herab. Tollkühn war nicht das richtige Wort für ihr Verhalten. Sie ging unglaublich leichtfertig mit ihrer eigenen Sicherheit um, von seiner geistigen Gesundheit mal abgesehen. Das Netz unter dem Bootshaus, das Reptilien und ähnliche Tiere hatte fernhalten sollen, hatte sich zwar über die Jahre gelöst und war nicht repariert worden, aber es war immer noch da. Wie leicht hätte sie sich darin verfangen und ertrinken können. Er hätte sie für immer verlieren können. Kalter Schweiß sammelte sich über seinen Augenbrauen.

»Ich habe nichts gefunden«, sagte sie, ihn unsicher ansehend. »Aber irgend jemanden scheint meine Suche nervös zu machen. Warum sonst hätte ich wohl diese Drohbriefe bekommen?«

Es war, als ob man ihm einen Schlag in den Magen versetzt hätte. Er hielt sich mühsam aufrecht, während ihm die Gedanken durch den Kopf jagten. Dann wurden ihm die Knie weich, und er ließ sich auf das Bett fallen. »Mein Gott«, sagte er tonlos, als er sich der Bedeutung ihrer Worte langsam klar wurde.

»Ich habe einen Privatdetektiv beauftragt«, sagte sie und streckte ihre Hand aus. Sie hatte das dringende Bedürfnis, ihn zu berühren, und drückte sich an ihn. Diesmal schlang er seine Arme um sie und preßte sie gegen seine Brust. »Mr. Pleasant. Er hat Unterlagen von Kreditkartenfirmen, Sozialversicherungsunterlagen und ähnliches durchforstet und keinerlei Spuren von Guy gefunden. Gray, es gab überhaupt keinen Grund für Guy, vor Monica und dir wegzurennen und noch dazu sein ganzes Vermögen zurückzulassen! Er hätte euch meiner Mutter wegen niemals verlassen. Warum auch? Auf sein Verschwinden kann man sich keinen Reim machen, es sei denn, er ist tot. Mr. Pleasant war derselben Ansicht, und deshalb wollte er hier in der Stadt ein paar Fragen stellen.« Ein Schluchzen bebte in ihrem Körper. »Und jetzt ist auch er verschwunden. Ich habe den Verdacht, daß ihn dieselbe Person umgebracht hat!«

»O Gott«, sagte Gray gepreßt. »Faith, sag jetzt nichts mehr. Sei eine Minute lang still.«

Faith drückte ihr Gesicht an seine Brust und gehorchte. Er hielt sie immer noch umschlungen, und sie begann zu hoffen. Er wiegte sie sanft vor und zurück und tröstete dabei sowohl sie als auch sich selbst.

»Alex muß den Brief geschickt haben«, sagte er schließlich ganz ruhig in ihr Haar hinein. »Ich hätte darauf kommen müssen. Er war außer mir der einzige Mensch, der wußte, daß mein Vater keine Vollmacht hinterlassen hatte. Er wußte auch, in welchen Schwierigkeiten wir ohne eine Vollmacht waren, wenn mein Vater nicht zurückkehrte. Also ist er kein Risiko eingegangen. Er war fast so erschüttert wie ich selbst. Außerdem hat er genau das gesagt, was du auch sagst: Welchen *Grund* hatte Guy, mit Renee durchzubrennen? Er hatte sie doch schon erobert, und Mutter hat seine Affären immer ignoriert, also mußte er nicht ... Er ist tot. Er ist wirklich tot.« Die Worte erstarben ihm im Hals, und seine Brust bebte an ihrer Wange.

Faith hielt ihn fest umschlungen und zog ihn auf das Bett herunter. Er klammerte sich verzweifelt an sie. »Mach ... mach das Licht aus«, sagte er. Faith begriff, daß ein so starker Mann seine Tränen lieber im Dunkeln weinen wollte, und löschte das Licht.

Er erzitterte in ihrer Umarmung, sein nasses Gesicht vergrub sich an ihrem Hals. Seine Brust wurde von Schluchzen zerrissen. Sie weinte mit ihm, streichelte seinen Kopf, seinen Rücken und seine Schultern. Sie sagte kein Wort, beruhigte ihn aber durch ihre Nähe und versicherte ihm so, daß er nicht allein war. Ohne die Intimitäten des vergangenen Tages hätte er sicherlich nicht zugelassen, daß sie ihn so schwach sah. Aber sie waren miteinander verbunden, ganz so, wie er gesagt hatte, ihre Leben waren durch die Vergangenheit auf immer miteinander verwoben, und ihre Verbindung war zusätzlich noch durch viele leidenschaftliche Stunden untermauert.

Etwas von dem, was er gerade gesagt hatte, hatte Faith aufmerken lassen. Aber die Bedeutung war ihr nicht klar geworden. Sie drängte alles von sich und konzentrierte sich ganz darauf, ihn tröstend zu halten.

Langsam beruhigte er sich, klammerte sich jedoch nach wie vor verzweifelt an sie. Zärtlich strich sie ihm das klamme Haar aus der Stirn.

»Diese ganzen Jahre«, begann er mit leiser, erstickter Stimme. »Diese ganzen Jahre habe ich ihn gehaßt und ihn verflucht. Und vermißt. Dabei war er die ganze Zeit über tot.«

Sie mußte ihm noch etwas sagen, etwas sehr Schmerzliches.

»Du solltest den See absuchen lassen«, sagte sie und spürte, wie Gray zusammenzuckte. Dort war er schwimmen und angeln gewesen.

Es gab noch viel mehr zu besprechen und es waren Entscheidungen zu fällen. Aber sein Kopf lag schwer auf ihrer Brust. Sie spürte seine vollkommene Erschöpfung. Sie selbst war auch müde, sowohl seelisch als auch körperlich. »Schlaf jetzt«, flüsterte sie und strich ihm über die Schläfe. »Wir können morgen früh weiterreden.«

Sie mußte gedöst haben, aber trotz ihrer Müdigkeit schien etwas in ihr zu arbeiten. Sie wälzte sich unruhig hin und her und spürte Grays schweren Körper dicht an ihrer Seite. Wovon hatte er gesprochen? Irgend etwas von einer brieflichen Vollmacht ...

Sein Körper kam ihr vor wie ein Ofen, der stoßweise Hitze abstrahlte. Trotz des Ventilators war ihre Haut schweißbedeckt. Sie öffnete nicht die Augen, zog aber die Augenbrauen zusammen, während sie den Gedanken zu fixieren versuchte. Eine Vollmacht. Warum sollte Alex wohl so schnell eine gefälschte Vollmacht erstellen, wenn kein vernünftiger Mensch vermuten konnte, daß Guy sich vollkommen von seiner Familie und seinem Geschäft zurückzöge? Er mußte doch damit gerechnet haben, daß Guy sich bei ihm melden würde ...

Es sei denn, er wußte, daß das nicht mehr möglich war.

Alex.

Sie riß die Augen auf und starrte verwirrt in das merkwürdig rötliche Licht, in das das Zimmer getaucht war. Es war noch heißer geworden, und die Luft war von beißendem Rauch erfüllt, ihre Augen und ihre Nase brannten. Endlich begriff sie, was los war.

»Gray!« schrie sie und schüttelte ihn heftig. »Wach auf! Das Haus steht in Flammen!«

Monica parkte den Wagen dort, wo sie ihn auch die beiden Male zuvor geparkt hatte. Es war eine Weide, auf die man vom Haus aus keine Einsicht hatte. Sie trug dunkle Kleidung und weiches Schuhwerk, damit sie sich leise und unauffällig bewegen konnte. Es war ganz einfach gewesen, auf das Haus zuzuschleichen, dort ihre Drohbriefe zu hinterlassen und unerkannt wieder zu entkommen. Den Karton zu deponieren hatte mehr Planung erfordert, denn es war hellichter Tag gewesen. Aber es hatte die Sache ungeheuer erleichtert, daß Faith nicht zu Hause gewesen war. Sie hatte den Karton lediglich in den Briefkasten legen und wieder fortfahren müssen.

Die Pistole in der Hand, stieg sie aus dem Wagen und trat auf die dunkle Straße. Selbst tagsüber fuhren nur wenige Autos hier entlang. Falls eines sich nähern sollte, würde sie es hören und sehen können und genügend Zeit haben, sich zu verstecken. Bis dahin aber war die Straße der bequemste Weg, auf dem sie keinerlei Fußspuren hinterließ.

Über dem nächtlichen Himmel hinter den Baumspitzen lag ein merkwürdig rötlicher Schimmer. Monica schaute irritiert nach oben. Es dauerte eine Weile, bis sie begriff, was die Ursache war. Ihre Augen weiteten sich entsetzt. Das Haus brannte, und Gray war darin! Ein Stöhnen preßte ihre Kehle zusammen, und sie rannte los.

Gray rollte vom Bett und zog Faith mit sich auf den Boden, wo man leichter atmen konnte. Der beißende Rauch brannte bei jedem Atemzug in ihrer Lunge. Er schnappte sich ihren Bademantel von der Stuhllehne und warf ihn ihr zu. »Kriech bis in den Flur, dann zieh das über«, ordnete er an. »Und ein paar Schuhe.« Er schnappte sich Hose und Schuhe und streifte sie sich eilig über. »Ich komme gleich nach.«

Sie gehorchte und sah sich mehrmals um, um sicherzugehen, daß er auch hinter ihr war. Hustend zog sie sich den Mantel über.

Als sie im Flur waren, sahen sie auch aus dem Bad züngelnde Flammen schlagen. Gray kroch dennoch in das Badezimmer und zerrte ein paar Handtücher von den Haken. Wie durch ein Wunder hatte das Wasser noch ein wenig Druck, und er durchtränkte die Handtücher im Waschbecken. Er hustete erstickt, als er ihr eines davon zuwarf. »Leg es dir über das Gesicht«, sagte er mit rauher Stimme.

Sie legte das triefende Handtuch über Nase und Mund und kroch, so gut sie konnte, weiter. Mit Hilfe des nassen Tuchs konnte sie etwas besser atmen.

Das Feuer schien sie einzukreisen, die orangenen Flammen züngelten, wohin auch immer sie sich wandten. Der undurchdringliche Rauch reflektierte das Feuer, so daß es aus allen Richtungen zu kommen schien. Wie hatte es sich nur so schnell überall ausbreiten können? Das Knistern der Flammen war zu einem dröhnenden Geräusch angeschwollen, das ihr ganzes Haus erfüllte. Die Hitze versengte ihre Haut, und kleine Funken fielen wie Tausende glühende Messer herab. Die Dielen unter ihren Füßen schienen zu atmen und wurden heißer und heißer. Schon bald würde der Boden einbrechen. Wenn sie es bis dahin nicht nach draußen geschafft hatten, wäre das ihr Ende.

Gray spürte das genauso wie sie. Faith kam nicht schnell genug vorwärts, ihr Bademantel wickelte sich ihr um die Waden und behinderte sie. Er schob sie grob beiseite, so daß er als erster ging. Er ergriff den Kragen ihres Mantels und zwang sie, sie fast hinter sich herzerrend, zu einem schnelleren Tempo. Er spürte, wie der Boden unter ihnen immer heißer wurde. Er wußte, daß sie höchstens noch eine Minute Zeit hatten, um nach draußen zu gelangen, sonst würde es zu spät sein. Er versuchte durch den qualmenden Rauch zu sehen. Die relative Dunkelheit der Vorderfront ließ ihn hoffen. »Die Haustür«, brüllte er, damit sie ihn in dem röhrenden Inferno überhaupt hören konnte. »Da brennt es noch nicht!«

Ihr Haus war klein, aber die Eingangstür schien unendlich weit weg zu sein. Faiths Lungen schmerzten, und sie rang verzweifelt nach Luft, doch das Feuer verschlang den wertvollen Sauerstoff. Ihre Sicht verschwamm, die Welt schien seitlich wegzukippen. Die Dielen zerschrammten ihr die Knie, als Gray sie packte und der Schmerz sie zu noch größerer Kraftanstrengung anstachelte. Sie zwang ihren Körper weiterzukriechen, während sie verzweifelt wiederholte: *Nicht aufhören, nicht aufhören, wenn du aufhörst, geht Gray auch nicht weiter, nicht aufhören.* Die panische Angst um ihn trieb sie weiter voran.

Plötzlich riß er sie hoch und hielt sie fest an sich gepreßt. Sie blickte in sein geliebtes, rußverschmiertes Gesicht. »Achtung, jetzt!« bellte er, während er das Handtuch über den heißen Türgriff legte und die Tür aufriß.

Er duckte sich, als die züngelnden Flammen tosend hereinbrachen und dann ebenso schnell verebbten. Er hob Faith hoch, schob sie wie einen Fußball unter seinen Arm und preschte durch den brennenden Türrahmen.

Sein Schwung trug sie noch über die Veranda hinaus in die Dunkelheit. Gray versuchte sich noch in der Luft zu drehen, damit er unter Faith landete. Das gelang ihm aber nur teilweise, und sie prallten hart auf dem Boden auf. Er hörte ihren leisen Schrei. Sie befanden sich immer noch gefährlich nah am Haus, und Gray hatte nicht die Zeit nachzusehen, ob sie verletzt war. Er griff ihr unter die Arme und zerrte an ihr. »Los, los! Weg von dem Haus!«

»Nein«, sagte eine rauhe, fassungslose Männerstimme. Das Krachen und Dröhnen des Feuers übertönte beinahe seine Worte. *»Gray, was machst du denn hier?«*

Gray richtete sich auf, zog Faith hoch und drängte sie instinktiv hinter seinen Rücken. Sie waren zwischen zwei Gefahren gefangen: dem Feuer in ihrem Rücken und der Pistole in der Hand des Mannes, der sein Leben lang sein Pate, sein Freund und sein Berater gewesen war.

»Nein«, stöhnte Alex, und in seinen Augen zeigte sich panisch das Weiße. Er schüttelte den Kopf, so wenig wollte er glauben, daß er Gray hier vor sich sah. »Ich dachte, sie wäre allein hier! Ich schwöre, Gray, ich hätte dich niemals in diese Gefahr gebracht.«

Die Hitze in Grays Rücken war so intensiv, daß sie seine Haut versengte. Er trat einen Schritt vor, fixierte jedoch Alex die ganze Zeit. Er wollte Faith unbedingt aus der Hitze wegbringen. Er hielt inne, als er von einem Hustenanfall geschüttelt wurde. Er hörte Faith hinter sich ebenfalls husten und hielt sie mit dem Arm fest, damit sie im Schutz seines Rückens blieb.

Mehrere häßliche Verdächtigungen kamen ihm in den Sinn, die ihn allesamt anekelten. Als er wieder sprechen konnte, richtete er sich auf und wischte sich mit der rußverschmierten Hand über die tränenden Augen. »Dann bist du es also gewesen, der diese ganzen Drohbriefe geschickt hat?« röchelte er. Seine Stimme war so heiser, daß er sie selbst kaum erkannte. »Und die Katze ...«

»Nein«, stritt Alex ab. Seine inbrünstig empörte Stimme war unter den Umständen geradezu lächerlich. »So etwas würde ich nicht tun.«

»Aber Feuer legen und eine unschuldige Frau umbringen, das würdest du tun?« fragte Gray kalt. Die Härte seiner Stimme verlieh seiner Frage noch mehr Stoßkraft.

»Ich hatte gehofft, daß sie gehen würde«, erwiderte Alex in einem erschreckend vernünftigen Tonfall. »Aber du hast sie nicht zum Wegziehen überreden können, noch haben die Drohbriefe sie eingeschüchtert. Ich wußte einfach nicht, was ich tun sollte. Ich konnte doch nicht zulassen, daß sie weiter Fragen stellt und Noelle beunruhigt.«

Gray lachte rauh auf. »Dir war es doch vollkommen gleichgültig, ob Mutter sich beunruhigt oder nicht«, gab er zurück. »Du hattest Angst, daß sie herausbekommen könnte, was meinem Vater zugestoßen ist!«

»Das ist nicht wahr!« schrie Alex wütend. »Ich habe Noelle immer geliebt, und das weißt du auch!«

»Hast du sie so sehr geliebt, daß du meinen Vater erschossen hast, um sie dann für dich zu haben?« beschuldigte ihn Gray geradeheraus. Rasende Wut hatte ihn ergriffen, einerseits weil Faith gefährdet gewesen war, andererseits weil er jetzt ahnte, daß Alex seinen Vater umgebracht hatte. Er konnte sich gerade noch zurückhalten, ihn nicht mit seinen eigenen Händen zu erwürgen. Der einzige Grund für seine Zurückhaltung war der, daß Faith sterben mußte, wenn er unterlag.

Sie standen immer noch gefährlich nah an dem brennenden Haus, das von einem schaurigen roten Lichtzirkel umgeben war. Alex' Gesicht zuckte schmerzverzerrt. »Ich hatte es doch nicht beabsichtigt!« schrie er. »Ich wollte ihn nur aufhalten – er wollte sich von Noelle scheiden lassen! Diese Demütigung hätte sie umgebracht! Ich habe ihn zur Vernunft bringen wollen, aber er ließ sich nicht abbringen. Mein Gott, wie konnte ein Mann ein solches Flittchen deiner Mutter vorziehen? Er war ohne Zweifel verrückt geworden.«

Ironischerweise war es ausgerechnet Alex, der Guy als verrückt bezeichnete. Zu Grays Entsetzen löste sich Faith aus seinem Griff und trat hinter seinem Rücken hervor. »Sie haben ihn also ermordet«, sagte sie mit ebenfalls so heiserer Stimme, daß man sie vor den lodernden Flammen kaum verstehen konnte. »Und meiner Mutter haben Sie gedroht, sollte sie jemals ein Wort darüber verlieren, dann würden Sie ihr den Mord anhängen. In dieser Stadt ist ja wohl unzweifelhaft, wem man Glauben geschenkt hätte, nicht wahr?«

Alex starrte sie so haßerfüllt an, daß die Pistole in seiner Hand zitterte. Gray zog Faith näher an sich heran. Um sich selbst hatte er weniger Angst, denn Alex' Entsetzen, ihn in Gefahr gebracht zu haben, war echt gewesen. Aber Faith – Himmel, sogar jetzt noch war Alex darauf aus, sie umzubringen. Gray konnte es klar in seinem Blick lesen.

»Ich hatte nichts dagegen, daß Sie wieder hierhergezogen sind«, sagte Alex, an Faith gewandt. »Was hier damals geschehen ist, war nicht Ihre Schuld. Aber Sie konnten Ihre Klappe nicht halten, stellten immer wieder Fragen, und dann haben Sie auch noch diesen alten Sack engagiert, damit er seine Nase ...«

»Haben Sie den auch umgelegt?« unterbrach ihn Faith. Ihr Gesicht zitterte vor Wut. »Ja oder nein?«

»Das mußte ich doch tun, du blödes Weib!« schrie Alex, dessen Zorn ihn vollkommen übermannt hatte. »Er war der Sache schon viel zu nahe gekommen. Er hat mich gefragt, ob Noelle irgendwelche Affären gehabt hat. Aber sie war nicht aus diesem Holz geschnitzt.«

»Haben Sie seine Leiche auch wie die von Guy in den See geworfen?« stieß Faith am ganzen Körper zitternd hervor. Es war jedoch nicht Angst, die Gray in ihr spürte, sondern eine bodenlose Wut, in der er seine eigenen Gefühle gespiegelt sah. Er hatte plötzlich die alptraumhafte Vorstellung, daß sie Alex angreifen würde. Es gab nur wenige Dinge, die sich Faith nicht zutraute, wenn sie sie sich erst einmal in den Kopf gesetzt hatte. Sie hatte ganz bewußt einen Mörder aufgestört und ihn gezwungen, sich zu zeigen. Und das, obwohl sie gewußt hatte, in welche Gefahr sie sich damit begab.

Ihr Plan war hundertprozentig aufgegangen, dachte er wütend. Wenn er sie doch jetzt bloß vor ihrem sicheren Tod bewahren konnte. Er stieß sie mit brutaler Gewalt wieder hinter seinen Rücken zurück, denn Alex würde nicht durch ihn hindurchschießen, nur um sie zu treffen. Augenblicklich begann sie sich zu wehren.

Alex starrte die Kämpfenden an. Faith versuchte sich von

Gray zu lösen, damit er nicht verletzt wurde. Und Gray versuchte verzweifelt, sie aus demselben Grund festzuhalten. Alex verzog das Gesicht. »Laß sie los, Gray. Sie ist es nicht wert. Ich kümmere mich um sie. Dann kann alles so weitergehen wie bisher. Sie ist doch nur eine Devlin, es wird niemanden interessieren. Sie hat alles ruiniert! Guy war mein bester Freund, verdammt noch mal! Ich habe ihn geliebt! Aber er war tot ... ich mußte einfach etwas unternehmen.«

»Du hättest dich ja auch stellen können«, bemerkte Gray mit bemüht vernünftiger Stimme. Endlich gelang es ihm, die Arme um Faith zu schlingen und sie an sich zu reißen. Wenn er Alex ablenken und dann nah genug an ihn herantreten könnte, um den Lauf der Pistole nach oben zu schlagen ... Er war schließlich viel stärker und konnte ihn überrumpeln. »Wenn es ein Unfall gewesen ist, dann hättest du ...«

»Also bitte, Gray. Ich bin Rechtsanwalt. Man hätte mich vielleicht wegen Totschlag und nicht wegen Mord angeklagt, aber ich hätte doch für eine ganze Weile in den Bau müssen.« Alex schüttelte den Kopf. »Noelle hätte mit mir nie wieder ein Wort gewechselt. Sie hätte niemanden um sich geduldet, der schon einmal im Gefängnis gewesen war. Tut mir leid, aber es gibt keine andere Lösung.« Alex hob die Pistole und zielte. Gray spürte, daß er abdrücken würde.

Er stieß Faith beiseite und griff Alex an. Er sah, wie der Pistolenlauf sich seitwärts bewegte und Faith folgte. Mit aller Wucht stürzte er sich auf seinen Widersacher. Seine Kräfte waren seit seinen Sportlerzeiten nicht geringer geworden. Ein lauter Schuß zerriß die nächtliche Stille, die heiße Patronenhülse streifte seine Wange. Er griff nach der Pistole und riß sie hoch, während beide Männer gleichzeitig zu Boden stürzten. In dem Moment lockerte sich sein Griff und die Pistole flog ihm aus der Hand. Mit erstaunlicher Schnelligkeit rollte Alex zur Seite, sprang auf die Füße und hob sie auf. Gray kam auf die

Füße und begann, auf Alex zuzugehen. Er schaute nicht zu Faith hinüber, die am Boden lag. Er hätte es nicht ertragen, wenn sie ... Bei dem Gedanken, daß er sie verlieren könnte, zog sich alles in ihm vor Schmerz zusammen. Angst und Wut verbanden sich in seiner Brust. Alex' Tod stand in Grays Gesicht geschrieben, während er sich auf ihn zubewegte.

»Nicht«, bettelte Alex und trat ein paar Schritte zurück. »Gray, bitte laß mich nicht auch noch auf dich schießen.«

»Du Schwein!«

Der Schrei kam aus dem Nichts. Vom Schein des Feuers geblendet, konnte Gray erst nichts erkennen. Dann sah er Monica im Dunkeln stehen. Sie war von Kopf bis Fuß schwarz gekleidet, weswegen man sie nicht hatte sehen können. Das Gesicht seiner Schwester war kalkweiß, und ihre Augen glühten.

»Du Schwein!« schrie sie noch einmal und stürzte wie ein Blitz auf Alex zu. Im Schein des Feuers glänzte der Revolver in ihrer Hand. »Die ganzen Jahre hast du mich gevögelt ... und dir vorgemacht, ich wäre Mama ... *und dabei hast du meinen Vater umgebracht!«*

Vielleicht spürte Alex, daß Monica abdrücken würde. Vielleicht war er aber auch nur über ihr plötzliches Erscheinen und ihre Attacke erschrocken, jedenfalls drehte er sich zu ihr um. Wieder stürzte sich Gray auf ihn, mit einem warnenden Schrei auf den Lippen. Ihm war jedoch vollkommen klar, daß er genau wie eben schon Alex nicht rechtzeitig erreichen würde.

Monica schloß die Augen und drückte ab.

20

»Der gemeine Hund«, wisperte Monica mit angestrengter, tonloser Stimme. »Der gemeine Hund.«

Faith saß mit Monica im Polizeiwagen, legte den Arm um sie, wenn sie weinte, und ließ sie einfach reden. Die Tür auf ihrer Seite hatte man offengelassen, während die auf Monicas Seite geschlossen war, was einem Kompromiß in der Gesetzesauslegung entsprach. Monica schien es gleichgültig, daß die Tür auf ihrer Seite keine Griffe hatte. Sie stand unter Schock und zitterte, obwohl die Nacht auch ohne das Feuer noch heiß genug war. Sheriff McFane hatte vorsichtig ein Laken über sie gebreitet.

Faith schaute durch die geöffnete Tür und fühlte sich immer noch ein wenig betäubt. Es war alles so rasend schnell gegangen. Das Haus war vollkommen zerstört. Alex hatte rund um das Haus Benzin ausgeschüttet und es dann angezündet. Sie hatte innen wie in einer Falle hocken und keinen Ausweg finden sollen. Und wenn sie es doch irgendwie nach draußen geschafft hätte, so hätte er mit gezückter Pistole bereitgestanden. Man hätte geglaubt, daß sie von dem unbekannten Drohbriefschreiber ermordet worden wäre, und da er nicht der Urheber dieser Briefe war, fühlte er sich sicher. Grays Wagen, der ja hinter dem Schuppen geparkt war, hatte Alex in der Dunkelheit nicht bemerkt. Als dann Gray aus dem brennenden Haus getorkelt war, hatte er Alex' sorgfältiger Planung einen Strich durch die Rechnung gemacht. Grays Anwesenheit hatte ihn vollkommen aus der Bahn geworden. Ausgerechnet Gray, den er wie einen Sohn liebte. Jetzt jedoch konnten sie nur noch darüber spekulieren, wie sich Alex aus diesem Dilemma befreit hätte.

Ihr vor dem Haus geparkter Wagen war ebenfalls vollkommen zerstört. Da sie keinen Schlüssel gehabt hatte, um ihn wegzufahren, hatte sie zusehen müssen, wie ein Stück Mauer darauf gefallen und ihn in Brand gesetzt hatte. Grays Jaguar hatte man in sicherer Entfernung am Straßenrand geparkt. Der Schuppen stand noch. Sie starrte ihn durch die Rauchschwaden hindurch an. Vielleicht konnte sie ja dort die Nacht verbringen, dachte sie mit grimmigem Humor.

Ihr kleiner Vorgarten war voller Menschen: der Sheriff und seine Leute, die freiwillige Feuerwehr, Leute von der Ersten Hilfe, der Leichenbeschauer und die Zuschauer. Der Himmel allein wußte, was so viele Leute zu dieser Zeit noch auf der Straße trieben, aber die meisten von ihnen waren offenbar den grellen Blaulichtern gefolgt.

Sie beobachtete Grays großgewachsenen Körper, der sich als Silhouette gegen das glimmende Feuer abhob. Er unterhielt sich mit dem Sheriff. Beide standen nur wenige Meter von Alex Chelettes abgedeckter Leiche entfernt. Gray hatte kein Hemd an, seine langen Haare flatterten ihm über die nackten Schultern. Sogar aus dieser Entfernung konnte sie ihn husten hören.

Ihre Kehle fühlte sich wie Feuer an. Sie spürte den stechenden Schmerz mehrerer Verbrennungen auf ihren Armen, ihren Beinen, auf dem Rücken und an den Händen. Es schmerzte zu husten, aber ihre Lungen ließen sich trotzdem nicht abhalten, sich vom Rauch zu befreien. Alles in allem hatte sie Glück gehabt und fühlte sich einigermaßen gesund.

»Es tut mir leid«, sagte Monica plötzlich. Sie blickte starr geradeaus. »Ich habe die Drohbriefe geschickt. Ich wollte dich irgendwie zum Wegzug bewegen. Das hätte ich niemals tun dürfen. Es tut mir leid.«

Vollkommen perplex lehnte sich Faith gegen die Rückenlehne, löste aber ihren wunden Rücken augenblicklich wieder davon. Sie wollte gerade sagen, daß das nicht so schlimm sei, besann sich aber eines Besseren. Es war schlimm. Sie hatte Angst gehabt, es war einfach abscheulich gewesen. Sie hatte gewußt, daß sich dort draußen irgendwo ein Mörder befand. Das hatte Monica zwar nicht gewußt, dennoch entschuldigte sie das nicht. Auch hatte sie die Katze nicht getötet, aber das entschuldigte sie ebensowenig. Also erwiderte Faith gar nichts und überließ es Monica, ihre eigene Absolution zu finden.

Faith beobachtete, wie ein Sanitäter Gray dazu bewegen wollte, sich zu setzen und durch eine Maske Sauerstoff einzuatmen. Gray aber schüttelte ihn ab, fuchtelte wild mit den Armen und zeigte auf Faith.

»Ich werde es ihnen sagen«, erklärte Monica mit noch immer tonloser Stimme. »Gray und Michael. Die Drohbriefe und die Katze. Wegen Alex wird man mich nicht verhaften, aber ich habe es dennoch nicht verdient, straflos auszugehen.«

Faith hatte keine Zeit, ihr zu antworten. Der Sanitäter brachte seine Geräte zum Polizeiwagen herüber und kniete sich in die offene Tür. Seine Taschenlampe leuchtete ihr in die Augen und ließ sie blinzeln. Er fühlte ihren Puls und schaute sich die Brandwunden an Händen und Armen an. Dann wollte er ihr die Sauerstoffmaske überziehen. »Sagen Sie ihm«, begann sie und deutete auf Gray, »sagen Sie ihm, daß ich es mache, wenn er es auch tut.«

Der Sanitäter sah sie erstaunt an, dann grinste er. »Sehr wohl, Gnädigste«, sagte er, sprang auf und ging zu dem ersten unwilligen Patienten zurück.

Faith beobachtete, wie er Gray gegenüber ihre Worte wiederholte. Gray schnellte herum und starrte sie an. Sie zuckte mit den Schultern. Verärgert nahm er die Sauerstoffmaske und hielt sie sich über Nase und Mund. Augenblicklich begann er wieder zu husten.

Weil sie es versprochen hatte, unterwarf sie sich nun auch der Behandlung. Die Sanitäter stimmten darin überein, daß ihre Lungenfunktion befriedigend war, was bedeutete, daß sie nicht kritisch viel Rauch eingeatmet hatte. Ihre Verbrennungen waren fast ausschließlich ersten Grades, mit ein paar Blasen zweiten Grades auf ihrem Rücken. Sie rieten ihr, Doktor Bogarde aufzusuchen. Gray war in ähnlicher Verfassung. Sie hatten beide unheimliches Glück gehabt.

Glück gehabt, außer daß er einen Freund verloren hatte und sie, abgesehen von dem Morgenmantel und einem Paar Schuhen, ihres gesamten Besitzes beraubt worden war. Einen Schuppen mit zwei Harken und einen Rasenmäher besaß sie immerhin auch noch. Sie hatte sowohl für den Wagen als auch für das Haus eine Versicherung abgeschlossen, aber es würde einige Zeit in Anspruch nehmen, ehe sie alles ersetzt hatte. Ihr müdes Gehirn versuchte all die Dinge aufzulisten, die sie jetzt tun mußte: neue Kreditkarten beantragen, neue Schecks besorgen, neue Kleidung und ein neues Auto kaufen, eine neue Bleibe finden, ihre Post an eine andere Adresse zustellen lassen.

So viele Dinge waren zu tun, und sie fühlte sich zu schwach und müde, um auch nur eines davon in Angriff zu nehmen.

Zumindest war nichts unersetzlich gewesen, abgesehen von ein paar Fotos von Kyle. Andere Erinnerungen an ihre Familie besaß sie nicht.

Schließlich brachte man Alex' Leiche weg. Monica schaute zu, wie man ihn in ein Auto lud, um ihn in die Leichenhalle zu transportieren. Weil er keines natürlichen Todes gestorben war, würde man eine Autopsie veranlassen. »Sieben Jahre lang hat er mich benutzt«, flüsterte sie. »Er hat sich vorgemacht, daß ich Mama sei.« Ein Schauer durchfuhr sie. »Wie soll ich das Michael sagen?« fragte sie geradeheraus.

»Wer ist Michael?«

Monica sah sie verwirrt an. »Der Sheriff. Michael McFane. Er hat mich gefragt, ob ich ihn heiraten will.«

Faith seufzte. Die Verwicklungen nahmen kein Ende. »Das wirst du nicht tun«, sagte sie und berührte Monicas Arm. »Laß die ganze Sache einfach hinter dir. Tu Michael nicht weh, indem du es ihm erzählst. Es wird dir den Schmerz nicht erleichtern. Und Alex hätte noch ein Opfer mehr. Lebe einfach weiter.«

Monica antwortete nicht, weder zustimmend noch abweisend. Aber Faith hoffte dennoch, daß sie ihren Rat annahm. Sie hatte sich selbst mehrmals schon aus dem Dreck gezogen, sie wußte, was es bedeutete, weiterzuleben.

Schließlich wurden sie und Gray in Doktor Bogardes Klinik gefahren und in zwei verschiedene Behandlungszimmer geführt. Der Arzt untersuchte zuerst Gray, denn Faith konnte die beiden durch die dünne Wand hindurch sprechen hören. Dann betrat er schnellen Schrittes den kleinen Raum, in dem Faith etwas ungemütlich auf dem Tisch saß. Er säuberte und verarztete ihre Brandwunden, hörte ihre Lunge ab und sah sie dann freundlich an.

»Haben Sie denn einen Platz, an dem Sie schlafen können?«

Faith schüttelte den Kopf.

»Warum bleiben Sie dann nicht einfach hier? Hinter Ihnen steht ein Bett auf Rollen, das wir gelegentlich benutzen. Sie können es gerne nehmen. Ich kann Ihnen auch etwas zum Anziehen geben. Aber verraten Sie es nicht, ich habe es aus dem Krankenhaus von Baton Rouge mitgehen lassen.« Er zwinkerte ihr zu. »Ein paar Stunden Schlaf wird Wunder wirken. Die Schwestern fangen hier morgens um halb neun an. Dann können Sie Ihre Versicherung anrufen, Kleidung kaufen und all diese Dinge erledigen. Glauben Sie mir, Sie werden sich nach etwas Schlaf viel besser fühlen.«

»Danke«, sagte sie, sein Angebot akzeptierend. Fast vollkommen nackt, ohne Geld, Kreditkarte und Auto – das war mehr, als sie im Augenblick verkraften konnte. Am Morgen würde sie sich von Margot etwas Geld per Funk anweisen lassen. Damit könnte sie dann anfangen, weiterzuleben. Heute nacht aber konnte sie einfach nicht mehr.

Kurz nachdem Doktor Bogarde das Zimmer verlassen hatte,

erschien Gray. Sein Oberkörper und sein Gesicht waren immer noch rußverschmiert, der Arzt aber hatte einige Stellen gesäubert und mit Pflastern beklebt, was Gray das Aussehen einer gescheckten Katze gab. Sie sah selbst wohl genauso aus, wollte sich aber nicht im Spiegel betrachten. Sie lächelte ihn an.

Sein müdes Gesicht verzog sich ebenfalls zu einem Lächeln. »Laut Doktor Bogarde ist bei dir alles in Ordnung. Ich wollte mich nur noch einmal mit eigenen Augen davon überzeugen.«

»Mir geht es gut, ich bin bloß schrecklich müde.«

Er nickte, schlang seine Arme um sie und seufzte tief auf, als er ihre Nähe spürte. Bis er mit eigenen Augen gesehen hatte, daß es ihr gut ging, hatte er höllische Angst gehabt. Die Geschehnisse der Nacht überlagerten immer noch alles. Ein Teil von ihm war gänzlich taub und unempfindsam geworden, ein anderer schmerzte noch immer vor unaussprechlicher Gram. Daß sein Vater bereits vor zwölf Jahren gestorben war, war dabei unwichtig. Er jedenfalls hatte eben erst von seinem Tod erfahren, die Wunde war also ganz frisch. Wenn nun auch Faith etwas zugestoßen wäre . . .

»Komm mit mir nach Hause«, sagte er, küßte ihre Schläfen und atmete den Rauch in ihren Haaren ein.

Schockiert wich sie von ihm zurück und starrte ihn an. »Das kann ich nicht«, stieß sie hervor.

»Warum nicht?«

»Deine Mutter . . . nein.«

»Meine Mutter überlasse mal mir«, erwiderte er. »Es wird ihr zwar nicht gefallen . . .«

»Das ist die schlimmste Untertreibung, die mir je zu Ohren gekommen ist!« Faith schüttelte den Kopf. »Du kannst mich ihr jetzt nicht vor die Nase setzen. Was passiert ist, wird sie ohnehin sehr schockieren. Doktor Bogarde hat mir angeboten, daß ich die Nacht hier verbringen kann, und ich habe sein Angebot angenommen.«

»Vergiß es«, knurrte er. Es fiel ihm nicht leicht zuzugeben, daß sie recht hatte. Aber er sah deutlich, daß sie nicht von ihrem Vorsatz abweichen würde. »Wenn du nicht mit mir nach Hause kommst, dann bringe ich dich im Motel unter.«

»Ich habe weder Geld noch eine Kreditkarte ...«

Er hielt sie auf Armeslänge von sich, und seine dunklen Augen funkelten ärgerlich. »Verflucht, Faith, glaubst du denn wirklich, daß ich dir das Zimmer berechnen würde?«

»Tut mir leid«, entschuldigte sie sich. »Ich bin es gewohnt, für mich selbst zu bezahlen. Ich hatte nicht nachgedacht.« Ein Motelzimmer wäre tatsächlich bequemer, und sie hätte ein wenig mehr Privatsphäre.

Er seufzte und strich ihr über die Wange. Der Ärger war aus seinem Blick verflogen. Es war schon erstaunlich, daß Blumen an den unmöglichsten Orten gediehen, aber das Mistbeet der Devlins hatte wirklich eine außerordentliche Blüte hervorgebracht. »Nun komm schon«, sagte er und half ihr vom Tisch herunter. »Laß uns Doktor Bogarde Bescheid geben, daß du mit mir fährst.«

Zehn Minuten später hielten sie an der Rezeption des Motels. Mühsam schälte Gray seinen Körper aus dem Jaguar. In dieser höllischen Nacht gab es für ihn noch einiges zu erledigen. Ungeachtet seines Aufzugs ging er hinein, holte einen Schlüssel und begleitete sie zur Nummer elf. Er schloß die Tür auf, machte das Licht an und trat zur Seite, damit sie folgen konnte. Müde betrat Faith das Zimmer und blickte sehnsüchtig auf das Bett. Sie hätte sich zu gerne einfach hingelegt und geschlafen, aber der Gedanke, die Bettlaken mit Ruß zu verschmieren, war ihr unerträglich.

Gray folgte ihr, schloß die Tür hinter sich und zog sie zu sich heran. Sie legte ihren Kopf an seine Brust, schloß die Augen und genoß es, seinen kräftigen, starken und so vitalen Körper zu spüren. Sie waren dem Tod so nah gewesen ... Seine Hände umfaßten ihre Handgelenke, und er hob ihre rußigen Finger an seine Lippen. Dann umfaßte er ihre Hand mit der seinen. »Morgen beginnen wir, den See abzusuchen«, sagte er plötzlich.

Sie schmiegte ihre Wange an seine Hand und teilte seinen Schmerz. »Es tut mir so leid«, sagte sie leise.

Er atmete tief ein. »Es gibt jede Menge Dinge, die getan werden müssen. Ich weiß nicht, wann ich etwas Zeit haben werde.«

»Das verstehe ich. Ich habe auch jede Menge Dinge zu erledigen. Die Versicherungen und all das.« Es wäre schön gewesen, wenn sie sich während der nächsten Zeit gegenseitig hätten stützen können, aber die Notwendigkeiten zogen sie in unterschiedliche Richtungen. Der See würde unter polizeilicher Beobachtung durchkämmt werden. Das wußte sie, auch ohne daß er es ihr erklärte. Gray würde dort sein, aber niemand, der nicht direkt an der Suche beteiligt war, wäre zugelassen.

»Ich will dich nicht hier zurücklassen«, murmelte er. Es fiel ihm offensichtlich schwer, trotz all der Dinge, die in dieser Nacht noch getan werden mußten, sich zu verabschieden.

»Du mußt. Ich habe nur einige Formalitäten und ein paar Einkäufe zu erledigen, das schaffe ich schon. Dir aber stehen viel schlimmere Dinge bevor.«

Er hob ihren Kopf an, und seine dunklen Augen bohrten sich in ihre. »Wir reden, wenn all das hier vorüber ist«, sagte er, und das Versprechen klang fast wie eine Drohung. Er küßte sie, seine warmen Lippen drückten sich heftig auf ihre. »Ruf mich an, wenn du mich brauchst.«

»Versprochen.«

Wieder küßte er sie. Sie spürte sein Zögern und streichelte ihm tröstend über das Haar. »Ich will nicht gehen«, gab er zu und legte seine Stirn an ihre. »Vor zwölf Jahren habe ich Mutter sagen müssen, daß mein Vater sie wegen einer anderen Frau verlassen hat. Und nun muß ich ihr sagen, daß er ermordet worden ist. Das Schlimme daran ist, daß ihr die zweite Nachricht nicht halb so sehr zu Herzen gehen wird wie damals die erste.«

»Du bist nicht dafür verantwortlich, was sie empfindet oder nicht empfindet«, erwiderte Faith und berührte mit dem Daumen seine Oberlippe. »Monica und du, ihr habt ihn geliebt. Er wird also nicht unbetrauert bleiben.«

»Monica.« Grays Gesicht verspannte sich, seine Augen wurden schmal. »Sie hat zugegeben, daß sie es war mit den Drohbriefen und der Katze. Michael ist vollkommen aufgelöst. Mit diesem einen Streich hat sie gleich mehrere Gesetzesübertretungen begangen.«

»Laß erst einmal ein wenig Zeit vergehen, ehe du etwas unternimmst«, riet ihm Faith. »Sie ist schließlich deine Schwester. Du willst doch nichts Unüberlegtes tun und damit einen Bruch provozieren. Denk daran, daß auch sie viel durchgemacht hat.« Da ihre eigene Familie in alle Himmelsrichtungen verstreut und ihr Leben von Verlust geprägt war, wußte sie nur zu gut, wovon sie redete. Grays Blick zeigte ihr, daß er zustimmte.

Sie gähnte herzhaft und lehnte sich an Grays Schulter. »Das war mein allerletzter guter Ratschlag für heute«, sagte sie und gähnte erneut.

Er küßte ihre Stirn und schob sie von sich. Er mußte sich zum Gehen zwingen, aber wenn er es nicht bald hinter sich brachte, dann würde er auf dem Bett zusammenklappen. »Schlaf gut, Liebling. Und ruf mich an, wenn du mich brauchst.«

Während der nächsten paar Tage merkte Faith, daß sie in der Stadt eine Freundin besaß. Ob Halley Johnson aus dem Gerede der Leute entnommen hatte, wo Faith jetzt wohnte, oder ob Gray sie um Hilfe gebeten hatte, konnte Faith weder feststellen, noch wollte sie es wissen. Halley jedenfalls klopfte um zehn Uhr am nächsten Morgen an ihre Tür und bot Faith ihre Hilfe an.

Faith hatte bereits Margot angerufen und die Blitzüberweisung angeordnet, sie mußte aber irgendwie zur Bank kommen. Außerdem mußte sie unbedingt ein paar Einkäufe erledigen. Sie wußte nicht, ob man ihr hier in der Stadt überhaupt etwas verkaufen würde. Daß sich das Verhältnis zwischen Gray und ihr dramatisch verändert hatte, war schließlich noch nicht allgemein bekannt.

»Eins nach dem anderen«, sagte Halley, als Faith gleich zur Bank fahren wollte. Sie beobachtete aufmerksam, wie Faith vorsichtig zu ihr ins Auto stieg. Die Verbrennungen waren nicht so schlimm. Dennoch fühlte Faith sich stark mitgenommen, vermutlich weil sie zweimal sehr hart auf dem Boden aufgekommen war. »Ich fahre dich jetzt erst einmal zu mir«, sagte Halley. »Du kannst mein Make-up benutzen, deine Haare waschen und dich etwas verwöhnen. Und dann verrätst du mir deine Größe, und ich kaufe schnell ein paar Sachen für dich ein. Nicht viel«, sagte sie und hob abwehrend ihre Hände, als Faith protestieren wollte. »Nur etwas Unterwäsche, einen Rock und eine Bluse, damit du aus dem Bademantel herauskommst. Du kannst es mir ja später, wenn dein Geld eingetroffen ist, wieder zurückzahlen.«

Dieses Angebot konnte Faith nicht ablehnen. »Danke«, sagte sie und lächelte Halley an. »Ich habe mir schon Gedanken gemacht, ob ich hier in der Stadt überhaupt etwas zum Anziehen bekommen würde.«

»Wirst du«, erwiderte Halley überzeugt. »Wenn nicht, dann werde ich Gray Rouillard persönlich anrufen und ihn bitten, diese Sache unverzüglich zu bereinigen. Außerdem redet die ganze Stadt über nichts anderes, als daß sein Vater nicht mit deiner Mutter durchgebrannt ist. Und daß du geglaubt hast,

Guy sei ermordet worden, und hierher zurückgekommen bist, um es zu beweisen. Wir sind alle ganz entsetzt über die Sache mit Mr. Chelette. Stell dir nur mal vor, du streitest dich mit deinem besten Freund und bringst ihn aus Versehen um. Und das dann über all diese Jahre zu verbergen! Es muß ihn vollkommen irre gemacht haben. Wie hätte er sonst hingehen und dir das Haus über dem Kopf anzünden können. Stimmt es, daß er versucht hat, euch zu erschießen, daß es Monica Rouillard aber gelungen ist, ihm zuvorzukommen?«

»Ja, so ungefähr«, erwiderte Faith ausweichend und fragte sich, ob das die offizielle Variante war. Sie wollte nichts Gegenteiliges zu der allgemein verbreiteten Fassung sagen. Soweit ihr bekannt war, wußten nur sie, Gray und seine Schwester selbst von der unfreiwilligen Affäre zwischen Alex und Monica.

Halley setzte sie bei sich zu Hause ab, und Faith genoß ein ausgiebiges, langes Duschbad. Sie mußte ihr Haar zweimal waschen, ehe der Rauchgeruch vollkommen verschwunden war. Sie nahm Halley beim Wort und cremte sich von Kopf bis Fuß ein. Danach fühlte sie sich schon fast wieder als Mensch. Sie benutzte nur sehr wenig Make-up, gerade so viel, um ihrem Gesicht etwas Farbe zu verleihen. Dann fönte sie ihr Haar. Halley kam mit Tüten beladen zurück und hatte auch an eine neue Zahnbürste gedacht.

Die Kleidung war einfach, Baumwollhöschen und BH, eine Hose aus leichtem Wollstoff und eine dazu passende Tunika. Wieder Unterwäsche zu tragen war wunderbar. Sie war sich ihrer Nacktheit unter dem Bademantel nur zu bewußt gewesen. Halley hatte ein gutes Auge für Farben. Das Hosenensemble, das sie ausgesucht hatte, war in schmeichelndem blassem Rosa gehalten. Ein richtiger Karottenkopf hätte diese Farbe nicht tragen können, aber Faiths Haar war dunkel, fast weinrot. Es hob ihre Stimmung zu wissen, wie gut ihr das Rosa stand.

Halley blieb fast den ganzen Tag über bei ihr und fuhr sie überall hin, zunächst jedoch erst einmal zur Bank. Tausend Dollar in bar bei sich zu haben gab Faith ein Gefühl der Sicherheit. Als erstes zahlte sie Halley ihre Auslagen für die Kleider zurück. Dann fuhren sie zu der Versicherungsgesellschaft, wo Gott sei Dank sowohl Haus als auch Wagen versichert gewesen waren. Faith war schon wieder soweit hergestellt, daß sie das ehrerbietige Benehmen ihr gegenüber im Versicherungsbüro sehr genoß. Die Trennlinie zwischen berühmt und berüchtigt war offenbar äußerst schmal. Sie jedenfalls stand jetzt offensichtlich auf der Seite der Berühmtheiten.

Je weiter der Morgen voranschritt, um so wichtiger erwies sich ihr neuer Status. Da sie sich durch nichts ausweisen konnte, mußte der Versicherungsmakler alles für sie beglaubigen, damit sie Ersatzkreditkarten bekommen konnte. Die Kreditinstitute verschickten schließlich nicht an jeden Anrufer blind eine neue Karte. Die neuen Karten würden bei dem Versicherungsbüro hinterlegt werden und dort am nächsten Tag für sie bereitliegen. Das Büro übernahm auch das Anmieten eines Leihwagens, der ihr ab Mittag zur Verfügung stehen würde.

Als nächstes gingen sie einkaufen. Faith brauchte so vieles, daß sie die Menge der benötigten Dinge erschreckte. Selbst damals, als man sie davongejagt hatte, hatte sie doch nicht alle Habe, wie schäbig auch immer sie gewesen sein mochte, verloren.

Die effiziente Halley schlug vor, eine Liste zu machen. Das erwies sich zum Ordnen von Faiths Gedanken als sehr nützlich. Koffer, Handtasche, Portemonnaie, Shampoo, Seife, Deodorant, Zahnpasta, Tampons, Make-up und Parfüm; Bürste, Kamm, Fön, Reisebügeleisen; Unterwäsche, Strümpfe, Schuhe, Kleidung. »Mein Gott«, sagte Faith angesichts der immer länger werdenden Liste. »Das wird ja ein Vermögen kosten.«

»Nur weil du es alles auf einmal kaufst. Aber all die Dinge

auf der Liste würdest du ohnehin eines Tages kaufen müssen. Was willst du denn streichen, das Make-up vielleicht?«

»Mitnichten!« erwiderte Faith, und sie lachten beide. Sie lachte heute zum ersten Mal, und es tat ihr gut.

Sie gingen in das örtliche Kaufhaus und füllten zwei ganze Einkaufswagen, obwohl sie ihre Einkäufe auf ein Minimum reduziert hatte. Keine der Schuhe paßten ihr, also mußten sie in einen anderen Laden gehen. Halley war so fröhlich bei der Sache, daß auch Faith das Einkaufen Spaß zu machen begann. Sie hatte an diesem Ritus amerikanischer junger Mädchen, gemeinsam einzukaufen, nie teilgenommen. Es war eine vollkommen neue Erfahrung für sie.

Halley schien ihre Gedanken zu teilen. »Mensch, das macht ja Spaß! Das habe ich seit Jahr und Tag nicht mehr gemacht. Das müssen wir wiederholen – unter anderen Umständen natürlich.«

Die Ausgaben fraßen ein ziemliches Loch in Faiths Bargeldvorrat. Nach dem Einkaufen war sie vollkommen erschöpft. Die aufmerksame Halley fuhr sie ins Motel zurück.

Am Abend rief Gray sie an, und er hörte sich ebenso erschöpft an, wie auch sie sich immer noch fühlte. »Wie geht es dir, Liebling?« fragte er. »Hast du alles erledigen können?«

»Mir geht es gut«, erwiderte sie. »Jedenfalls funktioniere ich.« Sie hatte sich zwei Stunden hingelegt, was aber nicht viel geholfen hatte. »Die Versicherungsfirma hat die Sache mit dem Mietwagen übernommen, es ist also alles in Ordnung. Halley ist mit mir einkaufen gegangen. Ich habe wieder etwas anzuziehen.«

»Schade eigentlich.«

Sie antwortete nicht auf seinen Kommentar, aber ein Lächeln zuckte in ihren Mundwinkeln. »Und wie fühlst du dich?«

»Absolut zerschlagen.«

Sie zögerte, denn sie war sich nicht sicher, ob sie die Antwort auf ihre nächste Frage hören wollte. »Haben sie schon etwas gefunden?«

»Noch nicht.« Seine Stimme klang gepreßt.

»Wie geht es Monica?«

Er seufzte. »Ich weiß es nicht. Sie hockt vollkommen geknickt herum. Mike und sie werden das unter sich abmachen müssen. Ich jedenfalls kann ihr in dieser Sache nichts tun.«

»Paß gut auf dich auf«, sagte sie zärtlich.

»Du auch«, erwiderte er leise.

Sowie er aufgehängt hatte, rief Faith bei Renee an. Sie hatte ein schlechtes Gewissen, daß sie nicht eher daran gedacht hatte, nachdem ihre Mutter doch so niedergeschmettert gewesen war.

Ihre Großmutter hob den Hörer ab. Als Faith nach Renee fragte, sagte die alte Dame aufgeregt: »Scheinbar hat sie sich aus dem Staub gemacht. Sie hat ihre Kleider mitgenommen und ist vor zwei Tagen einfach verschwunden. Seitdem habe ich nichts mehr von ihr gehört.«

Faith sank das Herz. Sicher hatte es Renee nach ihrem Geständnis mit der Angst zu tun bekommen. Und jetzt war sie wieder auf der Flucht, diesmal vollkommen grundlos.

»Wenn du von ihr hören solltest, Oma, dann möchte ich, daß du ihr etwas ausrichtest. Es ist sehr wichtig. Der Mann, der Guy Rouillard umgebracht hat, ist tot. Sie muß also keine Angst mehr haben.«

Einen Augenblick lang schwieg ihre Großmutter. »Deshalb war sie immer so nervös«, sagte sie schließlich. »Nun, vielleicht ruft sie ja an. Sie hat noch ein paar Sachen hiergelassen, möglicherweise holt sie sie ja ab. Ich werde es ihr ausrichten, wenn sie kommt.«

Am darauffolgenden Nachmittag zog man den Wagen von Francis Pleasant, in dem auch seine Leiche eingeschlossen war, aus dem See.

Vermutlich hatte Gray darum gebeten, denn einer der Polizeibeamten kam zu Faith ins Hotel, um es ihr mitzuteilen. Der junge Mann war nervös und sehr respektvoll und knetete seine Mütze in den Händen. Er konnte nicht sagen, wie Mr. Pleasant umgekommen war, aber die Leiche würde in die Leichenhalle überführt, wo er Seite an Seite mit seinem Mörder zu liegen käme. Faith unterdrückte ihren instinktiven Protest. Sie wußte, er würde nutzlos sein.

Nachdem der Beamte gegangen war, setzte sie sich auf das Bett und weinte. Dann rief sie Detektiv Ambrose an. Der arme Mr. Pleasant hatte keinerlei Familienangehörige mehr. Der Detektiv versprach jedoch nachzuforschen, ob Mr. Pleasant angesichts seines labilen Gesundheitszustandes Vorbereitungen für sein eigenes Begräbnis getroffen hatte. Es gab einige bürokratische Hürden zu überwinden, da er keines natürlichen Todes gestorben war, aber für einen Prozeß brauchte man ja nun keine Beweise mehr zu sammeln.

Guy Rouillards Cadillac wurde am darauffolgenden Tag nicht weit vom ersten Auto gefunden. Das lange Skelett auf dem Rücksitz waren die einzigen Überreste von Grays Vater. Alex Chelettes Methode, sich der Leichen zu entledigen, war einfach: Er steckte sie in ihre Autos, beschwerte die Gaspedale mit einem Stein und löste die Bremsen. Es war Sheriff McFanes Idee gewesen, in erster Linie nach den Autos zu suchen. Im See gab es nur drei Stellen, die tief genug waren, um ein Auto zu versenken. Da nun die Suchorte eingegrenzt waren, hatte es nicht lange gedauert, bis man die Leichen gefunden hatte.

Faith hatte zwar nicht mit Gray gesprochen. Überall erzählte man sich jedoch, daß er alles daransetzte, Guys Leiche so früh wie möglich überstellt zu bekommen, um ihn dann baldmöglichst, mit zwölfjähriger Verspätung, zu bestatten. Noelle Rouillard ließ sich erstmals seit dem Verschwinden ihres Mannes in der Stadt blicken. Sie sah in ihrem schwarzen Kleid unglaublich tragisch und gleichzeitig unglaublich schön aus. Grays zynische Einschätzung der Reaktion seiner Mutter hatte den Nagel auf den Kopf getroffen. Jetzt, wo jeder wußte, daß ihr Mann *nicht* mit einer Hure durchgebrannt war, konnte sie sich wieder erhobenen Hauptes sehen lassen.

Vier Tage nach dem Fund von Guys Leiche fand die Beerdigung statt. Obwohl sie wußte, daß man über ihre Anwesenheit tuscheln würde, kaufte sich Faith ein schwarzes Kleid und nahm an der Trauerfeier teil. Sie setzte sich neben Halley und deren Familie auf die hinterste Bank. Während der Trauerfeier in der Kirche hatte Gray sie nicht bemerkt. Als aber die Träger Guys Sarg zum Grab getragen hatten, wurde seine Aufmerksamkeit auf ihr in der Sonne glänzendes Haar gelenkt.

Er hatte einen stützenden Arm um Monica gelegt, an deren anderer Seite Sheriff McFane stand. Faith schloß daraus, daß die Verlobung noch Bestand hatte. Noelle genoß die Beileidsbezeugungen all ihrer alten Freunde, denen sie die letzten zwölf Jahre über den Kontakt verweigert hatte. Faith stand ein wenig abseits, zwischen ihr und Gray war eine Gruppe anderer Leute. Aber ihre Blicke trafen sich. Sie wußte, daß er über ihre Worte nachgedacht hatte. Guy wurde von seinen Kindern aufrichtig betrauert, Noelles Gefühle waren unwichtig.

Sie blickte zu ihm hinüber. Er wirkte müde, aber ruhig. Seine Haarmähne war im Nacken zusammengebunden, und er trug einen perfekt sitzenden, zweireihigen italienischen Anzug. Schweiß glänzte in der Mittagshitze auf seiner Stirn.

Sie tat keinen Schritt in seine Richtung, und er winkte sie nicht zu sich heran. Ihr neues Verhältnis war ihre Privatsache und ging auf der Beerdigung seines Vaters niemanden etwas an. Er wußte, daß er sich auf sie verlassen konnte, denn in ihren Armen hatte er seinen Schmerz ausgeweint. Es reichte, daß sie anwesend war.

Als sie sich vom Grab abwandten, bemerkte Faith Yolanda

Foster. Sie stand ganz allein da, Lowell war nicht zu sehen. Yolanda hatte geweint, jetzt aber blickte sie starr in das Grab. Ihr Gesicht war von ihrem gebrochenen Herzen gezeichnet. Dann faßte sie sich und wandte sich ab. Erst in diesem Moment begriff Faith die Zusammenhänge.

Es war ihr nie einsichtig gewesen, warum Guy für Renee alles hätte hinter sich lassen sollen, nachdem sie bereits seit Jahren eine Affäre miteinander unterhielten. Alex hatte davon gesprochen, daß Guy von Noelle die Scheidung verlangen wollte. Das klang schon wahrscheinlicher. Plötzlich aber wußte Faith, daß Guy nicht Renee hatte heiraten wollen. Nach Jahren der Suche hatte Guy Rouillard sich in jenem Sommer in die Frau des Bürgermeisters verliebt. Er hatte Yolandas Ruf geschützt und noch nicht einmal seinem besten Freund von ihr erzählt. Obwohl irgendwer ein Gerücht in Umlauf gebracht haben mußte, sonst hätte Ed Morgan nicht gewußt, daß Guy sich mit Yolanda Foster traf.

Yolanda und Guy hatten heimlich Pläne geschmiedet. Und jetzt, nach all diesen Jahren, erfuhr sie, daß ihr Geliebter sie nicht im Stich gelassen hatte. Guy wurde also außer von seinen Kindern von einem weiteren Menschen betrauert.

Es war schon spät nachts, als auch die letzten Trauergäste keinen Vorwand mehr zum Verbleiben fanden. Gray hatte endlich etwas Zeit für seine Familie. Er nippte an seinem Scotch und beobachtete Noelle, die nach dem Begräbnis ihres Mannes unendlich viel fröhlicher war als in den ganzen zwölf Jahren seiner Abwesenheit. Er brauchte Faith. Er wollte mit ihr zusammensein. Sie auf dem Begräbnis zu sehen hatte sein Verlangen noch verstärkt. Sexuelles Verlangen, Sehnsucht und das Bedürfnis, mit ihr zu reden, mischten sich. Er wollte sie einfach in jeder Hinsicht in seiner Nähe haben. Er erinnerte sich an sein bebendes Herz, als sie ihm ihre Liebe gestanden hatte. Was für ein Dummkopf er gewesen war, daß er sie nicht auch seiner Liebe versichert hatte. Dieses Versäumnis wollte er nachholen, sobald sie wieder miteinander allein waren.

Jetzt in diesem Moment jedoch hatte er seiner Mutter und seiner Schwester etwas mitzuteilen.

»Ich werde heiraten«, sagte er ruhig.

Zwei erstaunte Augenpaare musterten ihn. Er registrierte Monicas Ablehnung, die sich jedoch augenblicklich in Zustimmung verwandelte. Sie nickte ihm kaum merklich zu.

»Ist das wahr, mein Lieber?« murmelte Noelle. »Es tut mir leid, aber ich kenne mich in deinem Freundeskreis gar nicht mehr aus. Ist es jemand aus New Orleans?«

»Nein. Es ist Faith Devlin.«

Noelle stellte ruhig ihr Glas Wein ab. »Dein Witz zeugt von ausgesprochen schlechtem Geschmack, Grayson.«

»Es ist kein Witz. Ich werde sie sobald wie nur irgend möglich heiraten.«

»Ich verbiete es!« erwiderte sie.

»Du kannst mir gar nichts verbieten, Mutter.«

Obwohl er das sehr ruhig gesagt hatte, reagierte Noelle, als ob er sie geschlagen habe. Sie erhob sich und hielt sich aufrecht wie eine Königin. »Das werden wir noch sehen. Dein Vater hat sich vielleicht mit solchem Dreck abgegeben, aber er hat diese Leute nicht mit nach Hause gebracht und von mir erwartet, daß ich mich mit ihnen abgebe!«

»Das reicht«, sagte er mit gefährlich leiser Stimme.

»Ganz im Gegenteil. Wenn du dich entwürdigst und diese Schlampe heiratest, dann wirst du sehen, daß das erst der Anfang ist. Ich werde ihr Leben hier so unangenehm wie nur möglich gestalten.«

»Das wirst du nicht«, schnitt er ihr das Wort ab und knallte sein Glas so heftig auf den Tisch, daß der Whiskey über den Rand schwappte. »Laß es mich noch einmal in aller Deutlichkeit sagen, Mutter. Ich kenne Papas Testament. Er hat dir genügend Geld vermacht, daß du deinen Ansprüchen entsprechend leben kannst. Alles andere jedoch hat er Monica und mir vermacht. Wenn du dich zusammenreißt und meine Frau mit der ihr gebührenden Höflichkeit behandelst, dann kannst du auch in Zukunft hier leben. Aber laß dir gesagt sein, wenn du sie auch nur einmal beleidigst, dann werde ich persönlich dir die Tür weisen. Habe ich mich deutlich genug ausgedrückt?«

Noelle zuckte zurück. Mit blassem Gesicht und leblosen Augen starrte sie ihren Sohn an. »Monica«, sagte sie mit plötzlich schwacher Stimme. »Bring mich in mein Zimmer, Liebling. Männer sind einfach so unzivilisiert . . .«

»Laß die Albernheiten, Mutter«, erwiderte Monica müde.

»Ich darf doch bitten.« Die Worte verbreiteten eine Eiseskälte.

Monica faßte sichtlich all ihren Mut zusammen. Sie war ebenso blaß wie Noelle, aber sie gab nicht klein bei. »Tut mir leid, das hätte ich nicht sagen sollen. Aber Gray hat es verdient, glücklich zu sein. Wenn du nicht zu seiner Hochzeit kommen willst, ist das deine Sache. Ich jedenfalls werde nur zu gerne dort sein. Und da wir gerade beim Thema sind, auch ich werde heiraten. Und zwar Michael McFane.«

»Wen?« fragte Noelle ausdruckslos.

»Den Sheriff.«

Verachtung kräuselte Noelles Lippen. »Den Sheriff! Also wirklich, meine Liebe, er ist doch . . .«

»Für mich ist er perfekt«, schnitt ihr Monica das Wort ab. Es schien sie gleichzeitig zu beängstigen wie auch zu beflügeln, daß sie sich von Noelle nicht hatte einschüchtern lassen. »Wenn du zu meiner Hochzeit kommen möchtest, würde ich mich sehr freuen. Aber du kannst mich nicht daran hindern, ihn zu heiraten. Und Mutter – meiner Ansicht nach wärst du in New Orleans viel glücklicher.«

»Gute Idee«, warf Gray ein und zwinkerte seiner Schwester zu.

Am nächsten Morgen fuhr Faith zum Begräbnis von Francis Pleasant nach New Orleans. Sie hatte gehofft, daß Gray sie anrufen würde, konnte aber verstehen, daß er bis jetzt nicht dazu gekommen war. Sie hatte Sheriff McFane in den Ohren gelegen, die Leiche von Mr. Pleasant freizugeben, und bei der Gelegenheit hatte Michael ihr erzählt, daß Gray so schnell wie möglich Guys Testament offiziell eröffnen lassen wollte. Die rechtlichen Hürden wegen der gefälschten Vollmacht, mit deren Hilfe sie all die Jahre ihre finanziellen Geschäfte getätigt hatten, waren nicht sehr gravierend, da Guy ohnehin alles Gray und Monica hinterlassen hatte. Dennoch waren noch Kleinigkeiten zu regeln.

Margot kam nach New Orleans, um bei Faith zu sein. Sie hatte während ihrer Telefongespräche herausgehört, daß der Tod von Mr. Pleasant Faith mehr zugesetzt hatte, als sie zugeben wollte. Während der kurzen Trauerfeier waren nur wenige Leute zugegen: einige Nachbarn, Margot, Faith und die weißhaarige Dame aus dem Büro Houston H. Manges. Zu Faiths Überraschung war Detektiv Ambrose ebenfalls gekommen. Er trug einen etwas abgetragenen Anzug. Er drückte Faith die Hand, als ob sie eine der Anverwandten sei. Die ganze Zeit jedoch wich der Blick des abgebrühten Polizisten kaum von Margots Gesicht.

Faith war zu müde, um noch nach Hause zu fahren. Sie mietete sich in einem Hotel ein. Margot wollte auch noch die Nacht bleiben – wahrlich keine Überraschung – und verabredete sich mit Detektiv Ambrose.

»Ich schlafe niemals gleich bei der ersten Verabredung mit einem Mann«, plapperte Margot am nächsten Morgen nervös. »Ich meine, so etwas tue ich einfach nicht. Es ist zu gefährlich und außerdem ein wenig geschmacklos.« Sie konnte während des Frühstücks in Faiths Zimmer kaum stillsitzen. Erst fummelte sie an ihrer Serviette herum, dann am Besteck, dann an ihrer Kleidung. Ihr Blick schweifte durch das Zimmer, und alles schien ihre Aufmerksamkeit zu erregen. »Vielleicht bin ich ja etwas altmodisch, aber ich finde einfach, daß man mit dem Sex solange warten sollte, bis man einander etwas bedeutet. Bis zur Hochzeit damit zu warten wäre sogar noch besser. Frauen setzen einfach zu viel aufs Spiel, wenn sie mit Männern schlafen, mit denen sie nicht verheiratet sind.«

»War es also nett mit ihm?« unterbrach Faith sie und nippte an ihrem Kaffee.

Margot schlug ihre Hände vor die Brust und rollte theatralisch mit den Augen. »Und ob es das war!« Sie sprang auf und lief im Zimmer auf und ab. »Ich konnte gar nicht glauben, was mit mir geschah. Ich mache so etwas eigentlich partout nicht, aber dieser Mann war seiner Sache so sicher, es war wie auf einer Karussellfahrt, auf der man nicht mehr abspringen konnte. Nun, so meine ich es eigentlich nicht, mit dem wieder abspringen, denn ich bin abgesprungen ...« Sie hielt inne und wurde so rot, daß Faith sich beinahe vor Lachen an ihrem Kaffee verschluckt hätte.

»Er wollte mich heute abend wiedersehen, aber ich habe ihm gesagt, daß ich nach Dallas zurückfliege und daß er mich zu Hause anrufen soll, wenn er mich wiedersehen möchte.« Margot machte eine besorgte Miene. »Gibt es denn keine Möglichkeit, die Sache etwas zu verlangsamen und wieder in ordentliche Bahnen zu lenken?«

»Vielleicht«, erwiderte Faith. Aber sie hatte Margot schon öfters verliebt gesehen. In diesem Zustand konnte sie sich einfach nicht mehr bremsen.

Den Vormittag verbrachten sie mit Einkäufen und komplettierten Faiths Garderobe in den schicken Boutiquen von New

Orleans. Sie verließ die Stadt etwa um zwei Uhr nachmittags, so daß Margot sowohl Zeit als auch Muße hatte, sich noch einmal mit Detektiv Ambrose zu treffen.

Sie traf wieder im Motel, ihrem vorübergehenden Zuhause, ein. Reuben winkte ihr zu und kam heraus, um ihr mit den Einkäufen zu helfen. Da sie von den Anstrengungen hungrig geworden war, fuhr sie in die Stadt zu Halleys Restaurant. Sie unterhielt sich ein wenig mit Halley und bestellte dann den Geflügelsalat, der sich zu ihrem Stammabendessen entwickelt hatte. Sie saß mit dem Rücken zur Tür in einer Nische. Ihr Salat war gerade vor ihr abgestellt worden, als die Tür hinter ihr aufgerissen wurde und alle Leute mit einem Schlag zu reden aufhörten.

Erschrocken drehte sie sich um und erblickte einen wutentbrannten Gray Rouillard. Offenbar hatte Reuben ihn angerufen. Sein schwarzes Haar hing ihm offen und wirr auf die Schultern. »Wo in aller Welt bist du denn gewesen?« bellte er.

»In New Orleans«, erwiderte sie ruhig, obwohl sie sich der Neugier eines jeden Gastes im Restaurant bewußt war.

»Wäre es zuviel verlangt, wenn du mir vorher sagen würdest, wo du hinfährst?« blaffte er.

»Ich war auf der Beerdigung von Mr. Pleasant«, antwortete sie.

Er schlüpfte ihr gegenüber in die Nische, und seine Wut mäßigte sich etwas. Unter dem Tisch legte er seine Beine wie eine Schere um ihre, dann nahm er ihre Hand in seine. »Ich habe mich . . . ich habe mich zu Tode geängstigt«, gestand er. »Du hast dich zwar nicht abgemeldet, aber Reuben sagte, du hättest einen Koffer in deinen Kofferraum geladen. Ich habe ihn sogar gebeten, dein Zimmer aufzuschließen, damit ich selbst nachsehen konnte, ob deine Sachen noch da waren.«

»Ich hätte die Stadt nicht verlassen, ohne dir vorher Bescheid zu geben«, erwiderte sie und war heimlich belustigt darüber, daß er überhaupt einen solchen Gedanken gehegt hatte.

»Das will ich dir auch geraten haben«, brummte er, dann hielt er inne. »Ach, ich weiß, daß dies weder der richtige Ort noch der richtige Zeitpunkt ist. Aber ich muß mich noch durch Tonnen von Papier wühlen und weiß nicht, wie lange das alles noch dauern wird. Willst du mich heiraten?«

Falls er sie hatte überraschen wollen, so war ihm das gelungen. Er war sogar weit über eine Überraschung hinausgegangen. Vollkommen sprachlos lehnte sie sich zurück. Gray wollte sie *heiraten?* Sie hatte noch nicht einmal gewagt, überhaupt nur den Gedanken in Betracht zu ziehen. Ihre miteinander verstrickte Vergangenheit, die schwierige Situation mit Mutter und Schwester ... sie hatte es einfach nicht für möglich gehalten.

Offenbar faßte er ihre Reaktion als Absage auf, denn seine dunklen Augenbrauen zogen sich zusammen. Aber seinem Wesen entsprechend, schritt er sofort zur Tat, um sein Ziel zu erreichen. »Du mußt mich heiraten«, sagte er laut genug, daß jeder im Restaurant es hören konnte. »Das ist mein kleines Mädchen, das du unter dem Herzen trägst. Sie wird einen Vater brauchen, und du einen Ehemann.«

Faith schluckte. Ihre Augen weiteten sich entsetzt. »Du Satansbraten, du!« schrie sie und stürzte aus der Nische. Sie war nicht schwanger, das wußte sie genau, denn ihre Periode hatte pünktlich vor drei Tagen begonnen. Verschwommen nahm sie all die neugierigen Gesichter wahr, die sie anstarrten. Gray machte ein höchst befriedigtes Gesicht, lächelte sie an und genoß ihre sprachlose Wut. Vielleicht entdeckte er sogar etwas in ihren Augen, eine kurze Warnung, aber er reagierte nicht darauf. Ihre Hand riß das Teeglas hoch und schüttete ihm das eisige Getränk mitten ins Gesicht. »Ich bin nicht schwanger!« schrie sie.

Gray erhob sich aus der Nische und wischte sich mit Faiths Serviette den Tee aus den Augen. »Momentan vielleicht nicht.

Aber wenn du es mal werden willst, sollten wir doch besser heiraten.«

»Heirate ihn«, riet ihr Halley und lehnte sich über die Theke. »Und mach ihm das Leben zur Hölle. Nach diesem Bravourstück hat er es verdient.«

»Genau«, stimmte Gray zu. »Ich habe es verdient.«

Faith sah zu ihm auf. »Aber ... was ist denn mit deiner Mutter?« fragte sie hilflos.

Er zuckte mit den Schultern. »Was soll mit ihr sein?« Faith öffnete den Mund, aber er hob grinsend die Hand. »Ich habe ihr und Monica bereits mitgeteilt, daß ich dich heiraten möchte. Mutter bekam einen ihrer Anfälle akuter Ablehnung, aber Monica hat ihr wortwörtlich geraten, die Albernheiten zu unterlassen. Es war das Komischste, was ich jemals erlebt habe. Mit einer Ausnahme vielleicht.« Seine Augen funkelten sie an. »Monica wünscht uns alles Gute. Michael und sie werden nächste Woche heiraten. Sie hat Mutter nahegelegt, nach New Orleans zu ziehen, das ihr ohnehin seit jeher besser als Prescott gefallen hat. Also, meine Liebe, dann werde ich in dem riesigen Haus ganz alleine herumturnen. Da brauche ich schon meinen ganz persönlichen Rotschopf, der mir Gesellschaft leistet.«

Er meinte es ernst. Faith schluckte und war schon wieder sprachlos. Grays Kopf beugte sich zu ihr herunter. Seine dunklen Augen blickten sie voller Verlangen und Zärtlichkeit an. »Es gibt da noch etwas, was ich dir sagen wollte«, murmelte er. »Ich liebe dich. Ich hätte es dir schon früher sagen sollen. Aber dann kamen so viele Dinge dazwischen.«

Sie überlegte, ob sie ihn schlagen oder sich noch eine Tasse Tee schnappen und sie über ihm auskippen sollte. Statt dessen sagte sie: »Ja.« Er breitete seine Arme aus, und sie warf sich hinein, während alle anwesenden Gäste um sie herum applaudierten.